言情女王携爱再漂流
最新力作

酒店
实习生

（上）

台海出版社

图书在版编目（CIP）数据

酒店实习生：全2册 / 携爱再漂流著. -- 北京：
台海出版社，2020.5（2022.4 重印）

ISBN 978-7-5168-2568-6

Ⅰ. ①酒… Ⅱ. ①携… Ⅲ. ①长篇小说－中国－当代
Ⅳ. ①I247.5

中国版本图书馆 CIP 数据核字（2020）第 038772 号

酒店实习生：全2册

著　　者：携爱再漂流

出 版 人：蔡　旭

责任编辑：俞滟荣

出版发行：台海出版社
地　　址：北京市东城区景山东街 20 号　　邮政编码：100009
电　　话：010-64041652（发行，邮购）
传　　真：010-84045799（总编室）
网　　址：www.taimeng.org.cn/thcbs/default.htm
E－mail：thcbs@126.com

经　　销：全国各地新华书店
印　　刷：三河市嵩川印刷有限公司
本书如有破损、缺页、装订错误，请与本社联系调换

开　　本：880 毫米 ×1230 毫米　　　1/32
字　　数：576 千字　　　　　　印　　张：17.75
版　　次：2020 年 5 月第 1 版　　印　　次：2022 年 4 月第 2 次印刷
书　　号：ISBN 978-7-5168-2568-6

定　　价：85.00 元（全2册）

简 介

职场、情场可有真情？

每个初入职场的新鲜人，对职场都有着自己的向往和目标，而这四个女孩则是为了爱情奔赴职场的。

岳然相恋多年的男友要去美国留学，毕业前和她分手了。为争一口气，她通过了 BYT 的面试，得到了毕业后直接去国外的顶级度假酒店工作的机会，并发誓一定要做个成功的职场经理人。

苏珊，岳然的发小，为了与心爱的人相守，与男友陆昊同时通过了 BYT 的面试。

相貌出众的宁佳佳，人生目标明确——嫁个有品位的有钱人，为了得到这个最佳邂逅机会，同样通过了 BYT 的面试。

暗恋陆昊的罗菲亦得到了 BYT 的工作机会。

带着心底对爱情的憧憬，踏上异国梦幻般的岛屿——瓦宾法鲁小岛，马尔代夫这个印度洋保守得最好的"迷失天堂"。梦想突然变为现实，白沙海滩以及柔美的海浪声，拨弄着醉人的心弦，友情、爱情在这里绽放、凋谢、升华。每个人都上演了人生的悲喜剧，是喜？缘是见到你！是悲？缘是知太迟！是泣？缘是终相识……

目录
CONTENTS

第一章
梦想抉择

面对即将开启的职场之路，很多人面临选择：

是为了梦想、为了爱情苦苦执着，

还是放弃最初的梦想、放弃唾手可得的爱情？

然而这个选择，没有固定的答案，

也没有对错，只有经历了才能知道。

01 幽怨

才进入 5 月，北京的天气就已经热得让人难以平静了。

E 大的校园却因五一小长假而显得清冷，岳然无聊地站在宿舍窗前，看着满园的新绿，忍不住叹气。本想利用这个小长假，好好与彭阳度过学生时代的最后一个假期，然后投入找工作的大军中去！

可就在 4 月 28 日，彭阳来 E 大和她说："对不起，岳然，五一我不能陪你去阳朔了，以后也不能陪你了……"

"什么意思啊？"岳然觉得他在逗自己，微笑着问。

彭阳看她的眼神变得纠结，以他们 20 多年的交情来说，岳然一下意识到问题的严重性："你倒是说啊！"

"老师帮我推荐去美国读书的事，手续都办完了，5 月 12 日就走。"磨叽了半天，彭阳终于说。

"你够能瞒的啊，连我都不知道？"岳然本来是想从阳朔回来，看彭阳准备在哪里工作，自己就在哪个城市找工作，毕竟酒店管理专业找工作是非常容易的。不过彭阳能去美国继续学业是好事，而且以他聪明的脑袋，Q 大的高才生身份，去美国几年，一定会功成名就，只是她不明白为什么他瞒着她，从小一起长大的他还没这样过。

彭阳靠在运动场旁的槐树上叹气："岳然，我认真想过，可能去了就不回来了，我同时申请了那里的实验室工作……"

"什么？"岳然一愣，有点抓不住彭阳的重点，声音不禁提高了八度。

"这个时候，我都不知道该说什么好了。"彭阳颓废地挠着头，"也许是我们太熟悉了，熟悉得像是一家人……兄妹……"彭阳拼命找着措辞。

岳然转身就走，一言不发，本以为他会追上来，可是！直到她越来越感到心痛，脚步也越来越迟疑地走回宿舍，彭阳也没追来，她突然明白了毕业就分手的定论是多么的精准！可是好友苏珊和陆昊还不是依旧如胶似漆？而且，从记事起，彭阳就在身边的，难道真的是在一起时间太久了，审美疲劳了吗？

这时，宿舍的门被推开了，宁佳佳和罗菲有说有笑地走了进来，一看到岳然，罗菲立即说："你不是要和彭阳去阳朔的吗？"

"鬼才要和他去！"岳然生气地说。

"那苏珊呢？"罗菲接着问。

岳然叹气："她和陆昊去阳朔了，反正旅行社交了钱也没法退，换个人去就是了。"阳朔可以换人去，可是她却无处可去，因为早和老爸打了招呼五一不回去，这下想回也回不了了。

宁佳佳嗤笑："别一副死相，又不是什么大事，走吧，和我们去酒吧喝酒跳舞，你不是没去过的吗？"

岳然心底有些犹豫，宁佳佳笑得张扬："行啦，不就是彭阳要去美国了吗？走，去酒吧正好发泄一下这口怨气，最好再钓个美国佬，没准你比他先到美国。"

"呸！别逗了，他哪里有那么大魅力，让我追着他走？"岳然愤愤地说。

"那这次是真的断了吗？"宁佳佳故意问，一进大学时，就知道岳然名花有主，且男友是Q大才俊，有为青年，属于无穷潜力股。此时听说她们分手了，还真是有些快感！

"当然，我思考了三天了，这次是真的要断，老死不相往来都行。这三天，我好好回忆了一下我们这20多年的青梅竹马，不过就是一种习惯，习惯彭阳在身边，习惯他为我做一切而已，那是爱吗？我并不能确定。也许不是，因为每次吵着分手，我都不难过，尤其是这次，我竟有些解脱，虽然有些抱怨。"岳然刻意强调着。

宁佳佳挑眉："既然这样，就更没必要一副晚娘脸了，即使你再幽怨，那个男人也是要走了的。来！打扮得漂亮些！"说着打开衣柜，从里面拿出几件T恤，往身上比划着。

岳然振作起来，就是，为什么不去酒吧呢？和彭阳在一起，根本不可能接触这些的，彭阳那种书呆子与这种地方绝缘，就连去个星巴克，也能弄到笑话百出。想起来就觉得丢脸，那次去东方广场的星巴克，彭阳看不清楚背板上的价格，就如实对服务生说看不清楚。结果服务生给了他两杯卡布奇诺，他回到座位上非得大声说这咖啡名字好笑，结果弄得满咖啡厅的人都在笑……

想到这里，岳然立即翻出那条破了几个洞的牛仔裤和一件白色 T 恤。

换好衣服，又化上精致的妆，还是清纯可爱的模样好，那种幽怨的眼神不适合她，岳然看着镜中的自己，满意地点了点头。

02 神经

已经是黄昏时分了，三个女孩儿婀娜地走出了校门，坐上出租车，直接来到了工体北门的 vics。

站在 vics 酒吧的楼梯上，下面是人头攒动，激情飞扬的场面，看来需要发泄的人还真多。岳然有一丝迟疑，心情亦如外面的燥热天气。

柔软的蓝丝绒沙发宽容地接纳了失意的岳然，宁佳佳点了芝华士套餐，对她说："你是第一次来吧，可要听我的，别惹出什么事来。"

岳然撇嘴，看向拥挤的舞池，她就是想不明白为什么宁佳佳总是想在各方面压过她。

很快服务生就把酒端了上来，岳然一口喝干了杯中酒，站起来说："这也算酒？还是跳舞去吧！"

罗菲笑着说："你们两个去吧，E 大的两朵校花啊，我就不去了，免得黯然失色！"

宁佳佳皱眉，她一直不服气自己是第二，这也就是在校园中，岳然这种小家碧玉、温柔甜美的被奉为第一，像她这样性感、妩媚又成熟的气质，岳然哪里是对手？

黑人 DJ 正放出一曲很有感觉的 Hip-hop&rap，宁佳佳蛮横地拉着岳然扭入舞池。

人可真多，大多还是老外，肆意的张扬让他们的舞步显得激情四射，岳然的情绪也被调动起来了，不知不觉就和宁佳佳拉开了距离。

接连跳了几曲，已是香汗淋漓的岳然终于脚步虚浮地走回卡座，一下坐倒，端起一杯酒一饮而尽："真是痛快。"

罗菲的眼神迷离："听说阳朔很美，就算彭阳不去，你自己去也是好的啊。"

"得了吧，这种地方是一定要和相爱的人一起去的。"岳然的神情暗淡下来，环顾左右："宁佳佳呢？"

"去洗手间了。"罗菲缩入宽大的沙发。

岳然观察着周围不熟悉的景象，宁佳佳走了回来："想玩点儿什么？骰子会不会？"

"不会。"岳然诚实地摇头。

宁佳佳冷哼一声："没意思，那我再去跳一曲了。"说着起身走开了。

罗菲笑着给岳然又倒上了酒："你和苏珊的工作找得怎么样了？宁佳佳可是通过了法航的选拔呢，明天就要去签约了的，我很奇怪你为什么没去试试。"

一说到这里，岳然就有气，当时法航来学校派发报名表的时候，她自然想去，可是彭阳说："那样我们会聚少离多，而且，我们之间的距离会不止八万英尺。"当时岳然还认同地说："你是怕我和客人跑了？听说想嫁个有钱人的女生都会去争取当法航的空姐。"没想到才不过 2 个月，彭阳与她的距离骤然变成大洲大洋的隔阂。

"像咱们酒店管理系的，是不会找不到工作的。你看咱们 E 大今年都成立旅游管理学院了，将招收更多的学生，可见这个行业多需要高素质人才。"岳然信誓旦旦地说，"而且，你看五一小假一结束，不是就有校园招聘会了吗，都是顶级酒店来招人，到时我们努力争取，自然会有大好前程。"

"可是，一想到即将步入那么复杂的酒店职场，我还真有些胆怯。"罗菲轻语。

一说起工作，岳然就来了兴致，对未来，她可是充满憧憬的，于是她安慰着罗菲："很多人会觉得酒店是个复杂的职场，甚至认为服务生是个没前途的职业，可是他们错了。我喜欢酒店这个职业，因为它时尚又有挑战性，每天面对的都是新鲜的事，绝不重复。这里的管理岗位众多，也就提供了升职空间，就算去了外企，也有不少人恐怕干个 10 年、20 年，不过是个主管、经理的吧，而酒店就不一样了，可以一路飘红……"

正说得激情飞扬，突然，一个男人走了过来，搂住岳然说："对不起，美女，我骰子玩输了，他们对我的'奖励'是让我来吻你！"

岳然想推开他，他却搂得更紧，一副就要强吻的架势，岳然想也没想就端起酒杯泼了上去。

那个男人一下站了起来，脸色酱紫，旁边那桌人发出轰天大笑，宁佳佳走了回来，对那个男人说："我来奖励你如何啊？"

那男人看到靓丽的宁佳佳，立即缓和了脸色，轻轻吻了下宁佳佳就走了回去。宁佳佳对岳然说："只是放松一下而已，你这样拘谨，弄得大家都没有面子。只有收放自如的人，才有资格纵情享乐。"

岳然低头不语，这样的收放就算了，越想越觉得无趣，她站了起来说："我想回去了，这次 AA 吧，大概多少钱？我微信给你。"

宁佳佳脸上一红，刚要说话，旁边那桌又走过来一个男人，端着杯酒对岳然说："这次是我输了，他们看你不肯被吻，这次是请你喝酒，可以赏脸吗？"

"好！"不想被宁佳佳奚落，岳然接过酒杯就要喝，宁佳佳却说："既然是请她喝酒，自然应该由她来叫酒，你直接端过来，没得选择怎么行？"

岳然觉得宁佳佳是故意想处处压过自己，于是满不在意地一饮而尽，旁边桌爆出一阵喝彩，尤其是刚才那个要吻她的男人。岳然放下酒杯，说："我先回去了。"说着向楼梯走去。

03 救美

宁佳佳和罗菲连忙赶上去扶住她，一离开 vics，重新呼吸到新鲜的空气，岳然深吸了一口气："还是人间好！"

"你长点心眼行不？什么人拿过来的酒都敢喝啊？"宁佳佳忍不住骂道，"如果酒里给你下了药，你岂不是就完蛋了，我拦着你，还不领情，抢着喝，你能耐啊？"

岳然的头真的有些晕："是吗？你有这么好心？对了，你结账了吗？哦，我忘了，宁大小姐出入这种场所，是不需要自己买单的……"

宁佳佳甩开岳然的手："神经病！"说着也拉开罗菲："真是懒得管你，我们先走，你自己回学校吧。"

"好，没什么了不起。"岳然逞强地说。

宁佳佳和罗菲坐进了一辆出租车扬长而去……

5月，京城的夜晚空气微凉，闪烁的街灯让夜空显得迷离起来，从来没有喝过这么多酒的岳然觉得胃里有些翻腾，于是沿着路边慢慢地往前走，想舒服些再坐出租车回去。

这时一辆车慢了下来，跟在她身旁，车窗慢慢地摇下来，里面伸出一个男人的头："要不要我送你回去？"

岳然扭过头，辨认出是刚才要吻她的那个男人的脸，连忙摆着手说："不用了，谢谢！"

不想，车子停了下来，他竟然推开车门走了下来……

北京的夜晚不如曼谷的璀璨、热闹，即使是节日。每次来北京，谢梵羽都会有这种感觉，可是他还是喜欢北京，因为这里曾经有她……

深夜的道路上，车辆很少，但是谢梵羽却开得很慢，这些路都是他们曾经一起走过的，他想重温那时的心情。

突然前面的一幕吸引了他的目光，一个看上去就很猥琐的男人在拉扯一个女孩，旁边还有一辆缓缓跟着的宝马。

他冷笑了一下，这样的夜晚，这样的场景，见多不怪。正准备绕开，突然女孩的那张脸在路灯的照射下，出现在谢梵羽的眼前，他的心漏跳了一拍！那双眼睛，多像她啊……

谢梵羽下意识地踩住了刹车，拉扯女孩的男人和开车的男人都看向他，他打开车门走了出来："如果她不想跟你们走，你们就不该强迫她。"

猥琐男冷笑道："关你何事？"

开车的男人也停了车，正准备下来，突然看见后面不远处有闪烁的警车顶灯，于是对猥琐男说："走吧，一点儿兴趣都没了。"

猥琐男嘟嘟囔囔地坐进了车里，他们赶紧开车离开了。谢梵羽走近岳然，她坐在地上，有些茫然、有些委屈、有些无助，可怜兮兮地努力睁大眼睛，把眼泪留在眼眶里。

这种眼神，是足以致命的毒药。谢梵羽叹气道："你住在哪里？我送你回去？"

岳然立即站了起来："谢谢了，不用！"说着转身就走，却结结实实地撞在了近在咫尺的电线杆上，发出一声脆响，她就倒了下去……

谢梵羽抢上前扶住了岳然，岳然的额头并没有破，可是她却昏迷过去了。他摇了摇她，岳然没有任何反应，谢梵羽只好把她抱了起来，皱眉想着，这个年龄的女孩子都这么轻吗？

谢梵羽把岳然抱进车里，系好安全带，紧接着行驶到最近的朝阳医院。

从急诊室里出来，谢梵羽的眉头紧锁着，医生说那个女孩并不是撞晕的，而是喝了掺有少量安眠药的酒。有着那么纯净、明亮眼睛的她怎么会喝到这样的酒？她是做什么的？

他低头看向熟睡的岳然，闭上眼睛的岳然和她一点儿都不像，这让谢梵羽又烦躁，又生气，可是潜意识里又觉得不能扔下这个女孩走掉，而明天开会需要的收购资料还得再看一遍，只好又回到医生办公室询问道："麻烦问您一下，她可以离开医院吗？"

"可以。"医生言简意赅地答道。

谢梵羽又把岳然抱上了车，一路回到长城饭店自己的房间。把岳然放在沙发上后，他立即走到书桌前，打开电脑，屏幕上的她对他展露出笑颜。他紧绷的脸终于放松下来，凝视良久，他的眼神又冷了下来，明天的签约仪式一过，HLS集团在北京的这家度假山庄就算是收购成功，她会怎么想呢？

想到这里，谢梵羽振作起来，打开并购企划书，仔细斟酌起来……

04 输家

天色由暗渐明，谢梵羽关上了电脑，起身倒在床上，一扭头，看见正在熟睡的岳然，他的眉头皱了起来，这才想起来还有个不速之客，亦如当年的她闯入他的生活，再不告而别。谢梵羽翻身面对墙壁，她的笑容又浮现在眼前，他微笑着伸手触摸，却是冷冷的墙壁，他叹了一口气，终是抵不过睡意，渐渐入睡。

早上7点，谢梵羽准时睁开眼睛，厚重的窗帘使屋内还是一片幽暗。谢梵羽看向沙发，那个女孩儿竟然还没醒。他坐了起来，耳边响起她在曼谷对他说过的话："只有白日知道迎向光明的人，才可以享受夜的绮丽。"他知道，他和还在熟睡的女孩都不是这种可以享受绮丽夜色的人。

刮干净胡须，把自己弄清爽了的谢梵羽走进酒店的咖啡厅，简单用过早餐，回到房间拿了公文包。那个女孩依旧没醒，他快步走出房间，犹豫片刻，还是把请勿打扰的牌子挂在了门把手上。

谢梵羽来到了地下车库，一坐进车内，就看到副驾驶座位上有一个帆布手袋，应该是那个女孩的，他叹了口气，将手袋放进了后备厢，重新坐进去，启动了车，充满自信地向HLS的度假山庄驶去。

位于京郊的这座HLS的度假山庄刚落成不久，甚至还散发着装修时的气味，却即将面临易主的命运，这是幸运还是不幸？

在度假山庄门口的停车场停好车，谢梵羽走进度假山庄富丽堂皇的大厅，度假山庄的总经理向谢梵羽走了过来，握过手后，谢梵羽爽朗地笑道："今天的签约仪式，布置得很妥当。"

"谢总的夸奖让我有些受宠若惊，只是一个低调的签约仪式而已。"经理婉转地说。谢梵羽冷笑道："我正想要这种低调。"

"我们方董已经在会议室等您了。"经理谦恭地请谢梵羽到了会议室。

没有开场寒暄，甚至没有只言片语，签字完成后，方董叹了口气才说："你还要这样大手笔地和我斗多久才肯善罢甘休呢？"

谢梵羽冷笑道："不是有我这样的竞争对手，才更有趣吗？而且即使失去了这座度假山庄，HLS在东南亚度假山庄的龙头地位还是无法撼动啊！"

"有你这句话，我又有了斗志。"方董故作轻松地说："马尔代夫的度假海岛，你要如何经营？周围的那些岛可是我的地盘，你那个孤岛能有什么大的作为？"

"请你拭目以待。"谢梵羽自信地笑道。

"这又何必？因为玲珑吗？"方董冷笑道，"就算你能彻底把我打垮，她也是我的女人，在这个方面，你是彻底的输家。"

谢梵羽咬紧了牙："那好，你可以等着我摧毁你。"

"原来你只是想扮演英雄救美的角色？只可惜，就连这个小小的梦想你也不会实现。这间度假山庄算我送你的礼物，也可以视作我们正式开始竞争的礼物。"方董嚣张地笑着离开了会议室。

谢梵羽捏紧了合约，走出了这座即将更名到 BYT 名下的度假山庄。就算再困难，也要把方嘉栋的 HSL 集团整垮。他方嘉栋以为这些明面上的收购、竞争就是大手笔了吗？那他就等着迎接更具有毁灭性的打击吧。

来到车前，谢梵羽听到一阵音乐声，循声找起来，是后备厢里发出的声音，疑惑中，他打开了后备厢，声音响亮了起来。

是那个帆布手袋中发出的声音，拉开拉链，手机的音乐也停止了，包里东西一览无余，一个钱包、一个手机、一包纸巾、一个化妆包，钱包底下还有个卡片似的东西，谢梵羽好奇地拿过来，竟然是个学生证。

谢梵羽的手机响了起来，他接了起来："我是谢梵羽。"

"谢总，我是 Colin，您要我安排的校园招聘，我已经准备好了，周四会到 E 大招聘，到时酒店管理专业和英语专业的学生都会来应聘，您要亲自过来吗？"是人力资源总监 Colin 打来的。

谢梵羽说："复试我会参加，另外，帮我关注一个叫岳然的女生。"挂了电话，启动了车子，一抹笑意隐约浮现在谢梵羽的脸上，学生证上的那张照片，那对灵动的双眼，就是玲珑的翻版，他不由得把油门踩得更狠。

05 丢人

脖子好痛，这是岳然有了意识后的第一个感觉，还有腿，几近麻木。她努力睁开沉重的眼皮，第一眼看到一张典型的星级酒店的床铺，而且显然是有人睡过的样子。

她立即翻身坐起来，轻声问："有人在吗？"

没有任何回应，岳然才想起检查自己，还好衣服都完好地穿在身上，除了脖子因为枕着沙发扶手有些落枕外，头也不晕，身体的其他部位也没有什么不适，只是怎么也想不起来昨天自己是怎么来到这里的。

隐约记得从 vics 出来，宁佳佳和罗菲先走了，她是沿着路独自走的，怎么会走到这里了呢？岳然连忙站了起来，看到桌子上物品的标志——长城饭店？即使想不明白，也应该先走为上，于是岳然寻找着自己的手袋。奢华的陈设中并没有手袋的踪影，可是手机、学生证、钱包都在手袋里，难道丢了吗？

这个房间的主人又是谁呢？岳然起身走到壁柜前，推开推拉门，里面几身质料极佳的西装套装挂在那里，表明了这个房间的主人是一位男性，而壁橱角落里，小巧的商务旅行箱，表明这个人是个商务人士。

算了，已经够丢人的了，手袋丢了算什么了，那些证件都可以补办。思考片刻，岳然在床头的便笺上留下了宿舍的电话并留言：如果您看到我的手袋请告知我，万分感谢，更要感谢你昨夜的照顾！

写到这里，又觉得暧昧，想撕掉，却发现这是便签的最后一张，岳然只好划了宿舍的电话号码，打开门走了出去。

谢梵羽回到了酒店，拎着那个手袋，打开门，房间里已经没有了人影。看到了床头柜上的便笺，拿起来看完，揉成一团扔进了纸篓，也许不用太久，就会再见！

下午 2 点，岳然狼狈地回到宿舍，宁佳佳正在化妆，看到她推门进来，夸张地问："你竟然夜不归宿？到哪里去了？我给你打了好几个电话也不接，难道有艳遇？"

憋了一肚子气的岳然累得都懒得搭理宁佳佳了，她倒在自己的床上直喘气。是的，身无分文，又没有手机，只好从长城饭店走了回来。天啊！用穿高跟鞋的脚丈量出了长城饭店到学校的距离，遥远得足以让她崩溃，哪里还有力气和宁佳佳争什么？

宁佳佳却不放过岳然，跑过来坐在岳然的床边，问道："昨晚你到底去哪里了？我和罗菲一夜没睡，你看看这黑眼圈，我还拜托好多朋友们四处找你！"

岳然叹气道："你还好意思问我？你们就那样把我扔在酒吧门口，好在我没出什么事，否则变鬼也得找你讨回公道。"

罗菲也坐了过来："平安回来就好，我们真的是又担心又自责呢。"

岳然坐起来，揉着腿："倒霉死了，手袋不知丢哪里了，我是走路回来的，你说这年头大家都用手机了，连个公用电话都很难找。而且骗子太多，我连个手机也借不到，真是的，快帮我按摩一下，将功折罪。"

"切！"宁佳佳噘着嘴："行了，都怪你，我连法航的入职签合同仪式都没去成，我被耽误了大好前程，不让你赔就是了。"

"真的？"岳然也觉得有些不好意思了，要不是昨天和宁佳佳赌气，也不会发生这些事。

罗菲笑了起来："得了，她根本就是不想去法航工作。岳然，你赶紧休息一下吧，看看你的脚，都磨出水泡了。"

"你怎么会不想去法航工作了呢？你不是一直嚷嚷着要嫁个有钱人？"岳然惊讶地问宁佳佳，这么令人震惊的状况，当然想知道答案，所以早把昨天的不快忘掉了。

宁佳佳不以为然，优雅地起身，拿出高脚杯，倒了杯果汁，仿佛是红酒一般，只倒了一个杯底，还拿起来摇晃几下，才说："我只是看下自己的魅力能不能征服那些人，而真做空姐就不必了，不过是高级一些的服务员，还是高风险工作。就算是国际航线的头等舱，里面的乘客也都是些商务人士，再成功，也不懂得生活，把钱看得比命还重，而且因为压力大，性生活质量很差的，所以没意思。"

罗菲和岳然同时翻了白眼，异口同声地说："你还真是恶心。"

宁佳佳扬眉说道："我这叫坦白，这有什么不能说的，性爱对女人很重要的，你们也别在这里假装纯真，真是，难道岳然你就没和彭阳做过？"

"快闭嘴吧，本来以为你就是一个只想嫁给有钱人的妄想女，没想到还是一个对性爱要求这么多的饥渴女……"岳然连忙反驳。

罗菲倒是对宁佳佳的言论感兴趣，拉着宁佳佳说："那你连法航都不想去，难道想去那些什么世界 500 强企业？咱们这个专业不对口吧，不过你的英语还是不错的。"

宁佳佳捋了下秀发，抬高了下巴说："世界 500 强企业？我才不在乎。听说这次校园招聘，BYT 会来，那个才是我的目标。"

06 选择

"为什么？"岳然和罗菲异口同声地问。

"如果我进了世界 500 强企业其中的一家，那我只能与这一个公司里的精英相遇，而在 BYT 可不一样，我能有机会遇到世界 500 强企业里至少一半公司的高管，这选择面多大啊。"

"天啊！原来你是这么想的，可 BYT 有这么好吗？它不过是东南亚知名的度假山庄而已啊？"罗菲惊讶地问。

"BYT 可是被评为最有品位的度假山庄呢，本来我很想去 HSL 的，上次去了趟 HSL 在京郊新开的度假山庄，太奢华了！太享受了！只可惜，他们今年不到中国来招人，这次 BYT 肯来，我就志在必得。"宁佳佳的眼中发出了志在必得的光芒。

"那又怎样呢？岳然说酒店是很好的行业，我认同，可是你说 BYT 这种度假山庄会是好公司吗？能做好职业规划吗？"罗菲皱眉道。

"职业规划？我做的是人生规划！你说经常出入度假酒店的都是些什么人？"宁佳佳循循善诱道。

"有钱人呗！"罗菲答道。

"切！并不是每个有钱人都去那种地方享受的，那可是会享受生活的精英、带有贵族气质的人士，尤其是那些"金领"或是"钻石王老五"。这世上一点儿都不缺有钱人，要想屈就，随便找找，就是一群。但是精英就不一样了，他们不仅有钱，还会享受生活，有品位、有格调，而且千金散尽，依旧有能力重新拥有。你说，跟在这种人身边，你不努力行吗？得跟得上他们的思想和脚步才行。你以为找个有钱人就万事大吉了？才不是，一定要让自己拥有提升的空间才行，这样，即使以后分道扬镳，你也不是弃妇，而是抢手的魅力女人。"宁佳佳纠正罗菲的话，说得豪情万丈。

"虽然你说的这些都是完全不靠谱的谬论，但你还算有一颗上进的心，我就不鄙视你了，其实女人是不应该依赖男人的。我之所以喜欢酒店行业，就是因为在这个行业里，女性拥有优势，得到升职的空间更大。"岳然完全不能理解宁佳佳的理论。

"切！"宁佳佳坐回自己的床上，"算了，你们是不会懂的。对了，岳然，你会不会去 BYT？"

岳然摇头："还没想好，我更想在国内踏踏实实地工作。"

"就说你没有远大的目标吧，怪不得彭阳要甩了你。只想待在国内，缩在家人的羽翼之下。"宁佳佳冷笑道："如果我是你，就一定要去 BYT，不管怎样，这也是出国镀金，镀的还是有经验值的金。而且听说 BYT 现在扩张的势头很猛，大有和 HSL 集团一比高下的姿态，这样，你所谓的职业规划的机会就更多。"

岳然被宁佳佳说得脸上挂不住："去就去，有什么难的，本来我也是要做出点成绩后就出国的，要给彭阳看看我的实力，这样一毕业就走，更好！"

"你要是去的话，苏珊也会去吗？"罗菲小心翼翼地问道。

岳然一愣："我觉得苏珊应该会去。陆昊是咱们班最优秀的同学，他肯定会去 BYT。如果他去，苏珊一定也会去的，那我更应该去了。如果在同一家公司工作，我们还能相互照顾，怎么样？罗菲，你也去吧！"

"能通过 BYT 的面试可不是一件简单的事。"宁佳佳最大的缺点就是喜欢在别人高兴的时候泼冷水。

岳然和罗菲都沉默了下来。岳然思考片刻，拿起宿舍里的电话，给苏珊拨了过去："亲爱的，你们玩得好吗？我的手机丢了，这两天去补卡……听说这次校园招聘会，BYT 会来，你已经知道了？好！我挂了。"

岳然挂了电话，对罗菲说："陆昊早就知道 BYT 会来，他已经被老师向BYT 推荐过了呢，苏珊凭她老爸一句话，也不用担心录取名额的，也不知道这次 BYT 会招多少人。"

罗菲低了头，爬到上铺，打开书看了起来。她的成绩平平，相貌平平，要想通过 BYT 的面试，也许只是个梦。但为了能时时看到他，她一定会努力通过的！

07 初试

5月8日一大早，天空阴沉沉的，校园里却是热闹异常，礼堂门口站满了学生。这次的酒店招聘专场，不仅吸引来了酒店管理专业和英语专业的学生，因为有 BYT 这样的度假山庄，其他系的学生也跃跃欲试地跑过来了。

9 点的时候，校长还有系主任等老师陪着一群人走了过来，岳然站在苏珊旁边，脸色却苍白起来。

"怎么了？老毛病又犯了，带纸了没？"苏珊关心地问。

"我先回去一趟，马上赶过来。"说着，岳然往宿舍跑去。

这不是老天对她的考验吧，岳然懊恼地从宿舍楼旋风般地冲进礼堂，正撞上走出来的宁佳佳。她优雅地说："岳然，我已经通过初试了，看你的了！"

"好！你能通过初试，我就能通过初试，我还得看你怎么完成你的人生规划呢！"说着，岳然不再理她跑进了礼堂。

直接上了 3 楼，刚到大厅门口，突然一个女士从里面走出来，岳然对她笑笑，想来这是 BYT 的面试官，一定要给对方留下好印象。她看向岳然，一时失了神，继而用英文问："洗手间在哪里？"

岳然微笑着用英语给她详细指了路，她道谢后刚要离开，岳然突然想起来，学校的卫生间可没有卫生纸，看她没有背包估计没有准备卫生纸，于是岳然叫住了她，并从自己的衣兜里拿出一包面巾纸递给她，告诉她卫生间里没有，她先拿去用。

她回给岳然一个很勉强的笑，转身离开了，岳然觉得有些奇怪，那女人看自己的眼神很奇怪。

进了大厅的门，一眼就看到满脸兴奋的苏珊，岳然冲她招招手，她快步走过来："岳然，表格我帮你填好了，也拿了面试号码，快轮到你了呢。"

岳然点头，问苏珊："宁佳佳说她通过了，你呢？"

"我在你前面，听说面试挺简单的，不过这只是初试，还会有复试。今天主要就是看英语口语过不过关，其实学校里学的管理什么的根本不重要，每个酒店都有自己的管理系统，进去了再学，一点都不耽误。还有啊，就是面试的时候尽量保持微笑啊！这可是很重要的。"苏珊说着。

"这个我知道！真是有些紧张呢。"岳然接过苏珊递过来的表格和面试卡，尽量优雅地向 BYT 的面试台前走去。

来到面试台，前面还有 3 个同学，岳然一边看自己的简历，一边想着怎样用英语做自我介绍。

终于轮到她了，岳然走到面试台前，把填好的表格递上去，接过表格的是一个非常帅气的东南亚男人，他看了一眼名字，挑了挑眉，用英语问了她几个简单的问题，岳然微笑着自信地对答如流。

然后他又问道："你觉得作为一名饭店的服务人员最应该注意的是什么？"

岳然略一思考说："态度！"

他微笑着点头，这时，刚才那个女士走到台前，看到岳然又是惊讶地一愣，低声对那个男人说："Colin，她很热情，而且想得很周到。"

Colin亦笑道："周六的早上到长城饭店接受复试吧！"

岳然尽量稳重地离开面试台，一把拉住苏珊："我通过了，这也太简单了，简直比我去找兼职的面试还容易。"

"初试也就是这样，复试才重要，估计会刷掉很多人。"苏珊说。

岳然笑："我们一定能顺利过关，如果我们都过不了，还能有谁过啊？"

"说得也是！"苏珊笑了，"好像今天的初试，大概通过了30多人，我也不知道复试有哪些考核内容，但我听说这次的录取名额是10个人。复试时的面试官一定是比今天面试我们的人职位更高的管理人员，所以要表现得更好一些才行。"

岳然点点头："罗菲通过了吗？"

"罗菲？她也要争取这个机会吗？"苏珊惊讶地说，"这对她来说可能有些难度吧，不过这样的机会是应该努力争取的！否则轻易放弃会后悔很长时间的。"

正说着，罗菲笑着走了过来："岳然！我通过初试了呢！"

"那可真是太好了！"岳然由衷地为她高兴："我有个预感，我们都会顺利通过复试的。"

苏珊大笑着说："那自然好！"

罗菲淡淡地笑着，在人群中搜索着他的身影……

08 战斗

谢梵羽在房间的沙发上，翻看着Colin送来的通过了面试的学生简历，岳然的放在第一个，简历上的照片比学生证上的更好看，笑得更甜美。

他轻咳了一声问："这些学生如何？"

"很不错，尤其是陆昊和岳然，陆昊是个很有职业经理人天赋的男孩，岳然则是很热情活泼的女孩，对了，米娅对她的印象不错。"Colin汇报着。

"米娅？"谢梵羽一愣，如果说他觉得岳然的眼睛像玲珑的，那米娅一定也会觉得像，她还能让岳然通过面试，看来岳然是优秀的，他的嘴角不自觉地上扬起来。

Colin接着说："米娅说马尔代夫的项目要收工了，她先过去验收了，而且她建议，这批学生只要能通过曼谷的酒店实习，就让他们之中最优秀的去马尔代夫的山庄。"

"好，我知道了。"谢梵羽皱眉，他不喜欢米娅的指手画脚，但是他也会尊重她的意见，毕竟她是董事长的掌上明珠，只是她对自己的那份心意是注定要辜负的了。

到了周六，岳然她们一大早就起来了，洗漱完毕，开始精心地化妆。这可不比初试，在校园里要尽量展现出青春活力的一面，而今天的复试可是要看你是否专业了。

所以，她们都对着宿舍里唯一一面不大的镜子努力勾勒着自己清秀的面庞。昨天就商量好要弄成裸妆的效果，而且也试着化过了，所以今天还算顺利。岳然的长发简单地扎了个马尾，宁佳佳的长发搞得直亮，苏珊则是弄了个标准的空姐发型，罗菲是短发，所以不用再收拾。她们清一色地选择了职业小套装，踩上小高跟鞋，出门了。

到了长城饭店，大堂的水牌上指明了复试将在二楼的小宴会厅举行，宁佳佳和岳然在这里实习过，于是宁佳佳走在最前面，罗菲一直看书，头也不抬。

到了宴会厅门口，已经有几个同系和英语系的同学了，她们淡淡地打了招呼，到了这个时候，就全凭自己的本事了。

苏珊寻找着陆昊的身影，终于看到了他，她对他微笑着，陆昊今天穿着浅蓝色衬衫，打了条深蓝色带水钻的领带，还穿了一条深蓝色的西裤，非常帅气。

罗菲也抬眼望去，她不禁失了神，脸也红了。

复试的时间快到了，Colin从里面走了出来，拿着表格对陆昊说："9点准时开始复试，每个人5分钟左右，请你帮忙按顺序让大家做准备。"

陆昊点头称是，苏珊开心地靠在岳然的身上，仿佛得到指派任务的人是她一样。

苏珊和宁佳佳的复试排在前面，罗菲和岳然在最后几名，一共36人的复试，她们要等很长的时间了。

罗菲已经看不进去书了，她和岳然坐在旁边，用聊天缓解紧张的情绪："那些面试完了的人怎么都没有出来？"

"应该是去旁边的厅等结果了，这里面有隔断的。"岳然解释着，"你不用太紧张的，毕竟我们是这个专业的。"

"唉！"罗菲叹气道，"其实，我只是想拼命追上他的脚步而已，哪怕只是同行一段旅程也好，这样我的人生就不会有遗憾了。"

"原来你是有喜欢的人要去BYT！你隐藏得够深的啊？"岳然惊讶，同窗4年，罗菲从来没有交往的男友，原来她有暗恋的人，只是暗恋未免太不现实了，"你从来没有表白过吗？"

09 尴尬

"如果这次能同行，也许会有表白的机会，如果我没有通过面试，那我就放弃，走自己的路。"罗菲的声音很小，但坚定无比。

"你一定行的，为了爱勇往直前的女人最无畏。"岳然安慰着罗菲，亦想到了彭阳，没错，爱情使人勇敢，被甩亦让人奋进："再说，即使没有通过面试，也无所谓。上帝为你关上一扇门，一定会为你打开一扇窗，所以不用非要认定什么。"

罗菲苦笑了一下："只是我未必喜欢那扇打开的窗。"

岳然笑着说："那我们就不求上帝，自己去打开喜欢的那扇窗。不过，你喜欢的是谁啊？"

红霞染到了脖子，罗菲支支吾吾地说："我，不能说。"

"好了！我不问了。"岳然看着身边渐多的空位，心底那份想得到这个工作的渴望更强烈了。

苏珊因为陆昊，可以放弃国内父母铺好的路，罗菲为了暗恋的人勇往直前，宁佳佳则是为了梦想中的有钱人而拼搏，每个人都在努力争取 BYT 的工作机会，那么她呢，也会努力争取这个机会，因为她要做得出色，要证明给彭阳看！让他后悔去！

轮到罗菲了，陆昊走过来对罗菲说："加油啊！该你了。"

罗菲连连点头，红着脸走了进去。

陆昊在岳然身边坐了下来，就剩下他们两个人了，他说："昨天彭阳来找我了。"

"找你干吗？"岳然听了有些生气。

"他希望我和苏珊能照顾你，似乎他有什么隐情。"陆昊淡淡地说，"你别生气，我以为你听了他来托付我们照顾你会高兴呢，毕竟他没有那么绝情。"

"不必了，这比绝情还令人讨厌。"岳然站了起来，"我去做准备了，不就是出国吗？我也会走出去的。"

望着岳然的背影，陆昊选择了沉默，对于彭阳的决定，他无权干涉，即使是他自己面对未来，也充满了不确定。

岳然面前的门打开了，她深吸了一口气，走了进去，宽敞的宴会厅里只有一张条形桌，桌子后面不仅有 Colin，还有一个非常英俊的男人。

那个英俊的男人正认真地看着岳然的简历，然后用英文问："为什么想来 BYT？"

"因为 BYT 是最优秀的酒店之一。"岳然回答。

谢梵羽抬眼看向岳然："那你够优秀吗？"

岳然调整好情绪说："我会努力做到卓越。"

"卓越？"他盯着岳然足足有 15 秒，然后冷淡地问，"你认为作为酒店的员工要给顾客带来怎样的感受才是合格的员工？"

岳然说："只要能给顾客带去爱的感受，就是合格的员工。"

他接着问道："你实习的时候被投诉过吗？"

岳然回答："没有。"

"得到过客人的感谢吗？"谢梵羽又问。

"有，而且很多。"

"给同事带来过麻烦吗？"

"有，在一开始的时候。"

"可以向客人说 NO 吗？"

"不可以。"

"那如果客人让你和他上床呢？"

岳然惊讶地看向谢梵羽，涨红了脸，脑子飞快地运转，然后说："BYT会有这样的客人吗？"

谢梵羽笑着说："有可能！你会怎样？"

"那我就回答——我是人妖！"岳然镇定地说，反正是在泰国，这个也可以算是笑话吧。

"你错了，只要是不合理要求都可以拒绝的，你不仅要为 BYT 守住底线，更要为自己。该拒绝的时候就要拒绝，并不是撒谎就可以的。"谢梵羽板起了脸。

Colin 却在一旁，努力保持微笑到脸部抽筋。

结束了复试，来到旁边的厅，终于看到了苏珊她们，岳然苦着脸："都是些什么乱七八糟的问题，估计我通不过了。"

"怎么会？"苏珊连忙问。

"算了，不想说，就算没通过也无所谓，反正我努力了。"岳然安慰着自己。

陆昊也结束了复试，很快 Colin 就来到了这里，他点了 10 个人名，听到念到自己的名字，岳然的心跳加快了，这个名单里有陆昊、宁佳佳、苏珊和罗菲，应该不是被淘汰的人。

果然，Colin 请那些没有念到名字的人离开了这里，然后接着说："很高兴，在这里与你们认识，听到了你们的谈话，我受益匪浅，我从你们身上看到了 BYT 乃至酒店业的希望，希望你们能愉快地在我们 BYT 学习到先进的酒店管理经验以及获得提升机会。"

岳然激动地搂住旁边的苏珊，心情难以平静下来。

Colin 发给每个人一份资料，然后说："请大家回去好好阅读这份资料，下周我们会正式和各位签订劳动合同，接下来，我们将为各位办理相关手续，手续办好后，就可以到曼谷，我们的总店进行实习期考核。"

最后他留下了岳然："谢总要见你。"

"谢总？"刚才的那个男人吗？岳然心里有些紧张起来，但还是走回了刚才复试的地方，条桌上竟然有个她熟悉的帆布手袋，岳然顿觉头大起来……

10 天意

谢梵羽看岳然停了脚步，于是他拿起手袋走了过来："不要随便喝酒，免得连你想撒谎说自己是人妖的机会都没有，还有记住我今天说的话，底线很重要。"

"我……"岳然感到舌头打了结，接过手袋，对谢梵羽鞠了一躬，"谢谢！我记住了。"

谢梵羽盯着岳然的眼睛，眉头渐渐纠结起来，片刻方说："好了，你回去吧，希望你能像说的那样，做到卓越。"

岳然疑惑地抱着手袋，逃也似的离开了宴会厅。谢梵羽叹了一口气，空旷的宴会厅里传来他叹气的回声，让他觉得心头更加沉重。

苏珊她们在门口紧张地等待着岳然，一看她出来，立即迎上去问："怎么了，刚才面试我们的人是谢梵羽，谢总吗？"

"丢脸死了。"岳然终于发出长叹，看着苏珊打开的资料第一页，谢梵羽的笑脸赫然在目，仿佛是在嘲笑她。怎么办？那天到底发生了什么？她怎么会一点印象也没有呢？

宁佳佳扫了一眼岳然怀里的手袋，冷哼一声："你还真是幸运！"

"不是……"岳然想解释，却又无从说起，完全蒙了……

长城饭店的门口，宁佳佳拉着罗菲打车走了，苏珊和陆昊陪着沉默的岳然坐公交车回去。

到了校园门口，陆昊说："今天晚上咱们庆祝一下吧！咱们班一下占了5个名额，我是'党代表'，晚上我请客。"

"好啊！"苏珊高兴地回答，并说："把彭阳也叫来吧，他不是就要走了？"

岳然立即打断了她的话："我不想听这个名字，如果不是因为他，我也不会这么丢脸！再说，咱们的庆祝，叫他干吗？"

陆昊对苏珊摇了摇头，苏珊也觉得自己说错了话，连忙说："对不起了，岳然，晚上我们去哪儿？"

"你们回去问问宁佳佳和罗菲好了，这次罗菲能通过还真是意外，得好好表扬一下。"陆昊露出阳光般的笑容。

苏珊噘着嘴："难道我们通过就是理所应当的吗？那也是努力的结果啊。而且，我告诉你，别看罗菲平时不出风头，她心机最多了，等工作了，还不一定怎样呢。"

"你怎么这么说罗菲？"岳然睁大了眼睛，"她是因为有喜欢的人要去BYT，对了，也不知道她喜欢的人录取了没，好像只有两个男生哦！"

苏珊皱眉说道："我说她心机重一点都没错吧，咱们在一起4年了，都不知道她有喜欢的人。"

"也没准儿是最近才喜欢的吧。"岳然为罗菲开脱："我可不喜欢你这样评价罗菲，毕竟我们将由同学升级为同事了，而且还是要去异国他乡一起工作，相互照顾还来不及呢，干吗这样呢？"

"还是小心些好，毕竟同事不比同学，那可是有了利益纷争的，我不喜欢玩阴的，你看宁佳佳再嚣张，但是她全都在表面上，你反而不用去防范，而罗菲就不一样了。"苏珊不认同岳然的话。

岳然也想不到用什么话去反驳苏珊，毕竟苏珊的父母都是身在官场的人，也许是见多识广、耳濡目染吧，她对谁都会有防范之心，但至少没有坏心眼去害谁就是了。

不过苏珊说彭阳马上要出国了，岳然心底有些隐隐的惆怅，说分手不难过，真的就一点儿也不难过吗？也不尽然，虽然分手那天，是她先走的，没看着他消失的背影，但心情有多糟糕只有自己知道。如果是在机场，明知道他可能不再回来，那将会是什么心情？不去，绝对不能去送他……

回到宿舍，宁佳佳已经换了时尚前卫的装扮，苏珊连忙说："晚上'党代表'请客，咱们好好庆祝一下吧。"

宁佳佳扫了一眼岳然，仍有些赌气地说："没空。"

岳然连忙说："来吧，我们可是同事了。再说，我那天真的不算隐瞒，完全没有任何印象的，你让我拿什么坦白呢？"

"鬼才信，算了，晚上要去哪里庆祝？"宁佳佳冷哼着说。

"你来定，一向如此的。"岳然讨好地说。

"德性！"宁佳佳露出点笑容，"要不，咱们现在就走，去 HSL 在昌平的度假山庄好了，住一晚上，明天再回来，好好庆祝的同时也感受一下那种氛围！"

"好主意，真该去看看呢！"苏珊和岳然举双手赞成。

罗菲也从上铺爬了下来，眉眼带笑地赞同着。

"对了，你喜欢的人通过了没？除了陆昊，就是英语系的段剑了，难道你喜欢的是他？"岳然快人快语地问道。

"才不是！"罗菲连忙辩白，接着又叹了一口气。

苏珊冷嘲热讽地说："难道是白忙一场？不过也无所谓，去了 BYT，机会更多。"

罗菲不吭声了，苏珊对她总是很排斥。

11 庆祝

"去 HSL 的度假山庄啊？看来'党代表'要大大破费了。"岳然岔开了话题。

苏珊不以为然地说："反正是要好好庆祝的，不用计较那点钱。对了，你们知道 BYT 的薪水是多少吗？"

岳然等人摇头，苏珊伸出两个手指："实习期每月 1000 美元，转正后每月 1500~2000 美元，要看岗位，还有很多补助，外加小费什么的。"

"你怎么知道的？"宁佳佳翻看着拿回来的资料，"这里又没写。"

"陆昊问的。"苏珊得意地说，"复试的时候，谢总对他很满意，然后问他还有什么问题，他就问了，因为他说薪金水平也代表一个酒店的地位和实力。"

"他真大胆，复试的时候还敢问这样的问题。"岳然想起自己的复试，惭愧！

宁佳佳不屑地冷笑："在国内，你觉得 2000 美元是个大数字，你去了那里就会发现，就是一般水平，根本不够花。"

"得了吧！人民币换泰铢能换好多呢，我爸去过那里的。"苏珊嗤笑道，"不过你要是只买名牌什么的，工资确实不够。"

知道她们的消费观与自己是无法一致的，于是宁佳佳不再辩解，而是说："苏珊！你的车今天就贡献出来吧，否则打车去 HSL 山庄好丢脸哦。"

"嗯，也好，陆昊正说练练呢，他已经把驾照考下来了，岳然，你的驾照考得怎么样？"苏珊点头。

岳然挠着头："我就是坐车的命吧！"

宁佳佳拉住岳然的胳膊："没错，咱俩都是坐车的命。"

罗菲笑着说："行了，这时候你俩倒是有共同语言了，真是想不通，你俩的运动神经怎么会那么差。"

苏珊皱眉道："所谓美女都这样吧！对了，去那里是不是要提前预订的？正好是周末。"

一席话提醒了宁佳佳，她连忙拿出手机，一边翻找着电话号码，一边说："那里只对会员开放的，要不根本进不去呢。"终于找到了电话号码，宁佳佳推开宿舍的门，到走廊去打电话了。

"我给陆昊打个电话！"苏珊走到宿舍里的电话前，给陆昊拨了过去："我们决定去昌平的 HSL 体验一下去，你来开车吧，正好练练手，不过这下你要大出血了，要不我和你分摊吧？好，出发的时候给你发短信，你收到就出来吧。"

苏珊挂了电话，宁佳佳也走了进来："搞定，而且还可以享受七折优惠，赶紧把泳装准备出来吧。"

岳然和罗菲对视了一眼，转身走向衣柜，苏珊和宁佳佳都是神通广大的人，而她们能跟着享福就是了，毋需嫉妒和羡慕。

钻进苏珊的座驾——POLO，陆昊自信地发动了车："出发了！指着点路啊，提前点儿说。"

坐在副驾座位上的宁佳佳得意地说："知道了，会的，走吧，上五环。"

一个半小时后，他们安全抵达了度假山庄门口，门童帮宁佳佳拉开了车门，她一走出来，立即抓住从后门刚下车的岳然："你看那牌子，是不是我眼花了？"

岳然顺着宁佳佳的手指看去，天啊，那不是 BYT 的标志吗？她愣在了原地，罗菲绕过她才站在了一边，苏珊从另一个车门下来，陆昊去停车场停车了。

罗菲和苏珊在看到了 BYT 的标志以后，也是惊讶万分，苏珊点头道："怪不得BYT会来中国招聘，看来他们还会在中国开更多的度假山庄。那我们在外面努力工作几年，风光回来做空降兵就是了。"

岳然更有了目标："没错，加油！"

"切！出去了还回来？你们有没有搞错？"宁佳佳不屑地摇头。

陆昊停好车也走了过来，她们一起走进了富丽堂皇的大堂，宁佳佳跑去前台办手续，然后领了钥匙牌回来："走吧，是白沙别墅哦！"

"真的？"岳然想起刚才翻看过BYT的资料，白沙别墅是那种东南亚风格的度假别墅，十分唯美。

"原来BYT是五一假期时才收购的这家度假山庄，可是所有员工都已经换了呢。"宁佳佳边走边小声地说，"都是直接从曼谷调来的。"

苏珊点头："BYT和HSL一直是竞争对手，收购了对方的山庄，难保没有潜伏下来的，自然不会留下原有的员工，这是避免泄露自己的商业机密的做法。"

宁佳佳赞同："不过BYT和HSL的风格并不一样，能在10天的时间里就改头换面，真是厉害。"

"模式都是可以复制的，并不复杂。而且他们两家本来就都是主打东南亚SPA风格的。"陆昊微笑着插话。

岳然说："看来这次体验是来对了，免得咱们去了曼谷露怯。"

"就是，可是SPA是什么？"罗菲问。

"一会儿，我带你去体验。"宁佳佳不自觉地露出了得意的笑容。

到了3号白沙别墅，"真是太漂亮了！"岳然跑了进去，苏珊和陆昊四处参观着，宁佳佳优雅地走到吧台，磨了少许咖啡豆放入咖啡壶中，罗菲张望着四周，不时发出惊叹的声音……

终于把每个角落都看过了，大家围拢在吧台，端着醇香的咖啡，陆昊忍不住兴奋地说："以后我们就将是这样的山庄的主人了！比国内任何一家酒店的感觉都要棒。"

"一来这种地方，立即感觉到有钱是多么美好的一件事。"岳然叹气道，"宁佳佳，我支持你的人生规划了！"

宁佳佳得意起来："主人这个词贴切，不仅要做度假山庄的主人，更要做自己的主人。"

罗菲却皱了眉："我们都适合哪些工作岗位呢？"

"还有两个月，我们就会知道了，今天还是高高兴兴地庆祝踏上职场的第一步吧！"苏珊端起咖啡杯和每个人碰了一下，发出的清脆声音敲击在每个人的心上……

12 新奇

热气袅袅，朦胧的温泉池边，苏珊和岳然找了个僻静的池子泡着，岳然有些不好意思："你怎么不和陆昊去挑个池子泡，干吗还粘着我？"

苏珊嗔怪道："我不是怕你难过吗？在失恋的人面前显摆甜蜜是可耻的，是残酷的。"

"谁说我是失恋了？"岳然一听这个就起急，"别再说彭阳了，我还真是庆幸，在毕业前翻过他这篇！"

"看你急的，就证明你还是在意，等什么时候再提起这个人时，你心平气和地说：'彭阳啊，我的发小。'才说明你是真的翻过他那篇了！"苏珊说完却叹气了，"可是你说感情的这页能那么好翻吗？"

"你干吗也伤感起来？"岳然担心起来，"你和陆昊也有问题了？"

"没有。"苏珊说到这里脸不禁红了，"我和他那了，我们再也不会分开了！"

"原来到这里庆祝，并不是咱们都有了更好、更高的起点，而是你们……"岳然打趣她，苏珊的脸更红了："其实，说实话，我是害怕，不这么拴住他，他就远走高飞了。"

岳然大惊："怎么会这么想？"

"说不出来，但总有这个感觉，陆昊那么优秀，和我在一起，图的是我老爸的权势，为的是他以后的前途。"苏珊叹气，岳然是她唯一能够信任的人。

"可你不是很爱他吗？爱一个人就该信任他、支持他！我可没看出来陆昊有这些心机，凭他的能力一样可以飞黄腾达，干吗要依靠别人？而且，这次不是也去了国外的酒店。"岳然斟酌着用词，终于找到了质疑的方向。

苏珊摇头："你说得也许没错，但这是一种感觉，太难说清了。"

正说到这里，陆昊端了个托盘过来，体贴地说："喝点苏打水吧，不能一直泡在温泉里的。"

苏珊对陆昊露出了甜美的笑容："下来吧，这里的温泉很舒服。"

岳然从池子中走了上来，裹上了白毛巾，拿起一杯满是气泡的苏打水说："我去看看宁佳佳和罗菲的SPA做得如何了。"说着向SPA区域走去。

穿过生长着藤萝的长廊，推开一扇竹子做的门，岳然仿佛置身于一个散发着清香的东南亚风情的庭院，四周只有舒缓的背景音乐传来，仿佛时间也静止了。

岳然正犹豫要从面前三条路中的哪一条进去时，左手边的花径，迎面走来了一个高大挺拔的男人，她定睛一看，慌张地转身就扎进右手边的花径。天啊！刚才那个人竟然是谢梵羽，他应该还没看到她，岳然吐了下舌头，沿着花径走下去，有微风卷起两边房间遮挡的纱幔，谢天谢地，她看见了罗菲。

走进那个隔断的时候，岳然不自觉地扭头向庭院中央张望，院子里静悄悄的，没有一个人影，岳然终于放松了心情，走了进去。

罗菲正趴在SPA按摩床上，一个身材娇小的泰国女子，正在为她推油按摩，对闯进来的岳然只是微微一笑。

罗菲睁开眼睛，舒服地对岳然说："真是享受啊！你也来试试吧？看见宁佳佳了吗？她在对面的房间享受呢，赤条条的哦！"

"我才不想看她这个暴露狂呢，再说，一有机会她就会拿她的75D出来气人！"岳然极为不屑地一边说，一边拍着胸口，心跳总算是正常了，"对了，我刚才好像看见谢总了，吓了我一跳。"

"真的吗？那咱们可别碰上他，至少在这里还是不要碰上比较好。"罗菲说。

"你又说我什么呢？那么大声，唯恐别人听不到啊？"宁佳佳人未到，声音先传了进来，紧接着纱幔挑起，穿着浴袍的她走了进来，"其实咱们来的时候，我就看到谢总了，他在前台呢，不过我办入住的时候，他没注意到我。"

岳然嗔怪道："那你怎么不提醒大家？"

"我以为你愿意见到他！"宁佳佳冷哼道，"那个手袋到底是怎么回事？"

"我真的不知道。"岳然焦急地辩解。

宁佳佳冷笑一声:"算了,爱说不说,不过我可得提醒你,别和'老大'玩暧昧,会死得很惨。"

"我才不会,所以不用你担心。"岳然撇嘴。

"那最好。"宁佳佳说着,推了推罗菲,"好了,该我做淋巴排毒了,还得做个耳烛外加胸部保养。时间可能有点长,你们先回去吧。"

按摩师停了手,罗菲起身,接过按摩师递来的浴袍,系好腰带,对岳然说:"我们去体验一下太空舱去好了,刚才理疗师介绍的时候,我对那个很好奇呢。"

"好。"岳然立即随罗菲向中间的那条花径走去。

13 离愁

入夜了,郊区的夜是墨蓝色的,没有那么多的灯光,3号白沙别墅透着暖黄的灯光。在餐厅里体验了一把有钱人的奢侈后,岳然有了点自豪感,这座山庄哪里都是超级棒,那么曼谷的会怎样呢?

第二天上午,众人依依不舍地离开了度假山庄,陆昊开着车,音响里放出《但愿人长久》的歌声,大家多了几分复杂的情绪。

终于,苏珊打破沉默,小声问岳然:"彭阳今天下午3点的飞机,你真的不想去送他吗?"

从沉思中惊醒的岳然固执地说:"不去!"

苏珊叹气:"我想去,咱们几个是从小一起长大的呢,就当是朋友也该去送送的。"

"他可是为了梦想而放弃了我,放弃了爱情和友情,我何必去送他?"岳然提高了声音。

"我看你是气愤自己被甩吧。"宁佳佳回头看了岳然一眼,继续说,"你不去才不对,让他以为你无比怀念他,无比难过中。你以为这样会让他自责啊?别做梦了,到了美国的那一刻,他就会把你忘得干干净净。但是如果你去了,结果可能就不一样了。"

"怎么个不一样？"岳然瞪大了眼睛。宁佳佳的话虽然刻薄，可确实是一针见血，说到她心上了。

"你想啊，要是你招摇无比地去了，完全没心没肺地和他告别，他心里一定会不痛快，认为你不重视你们之间的感情。男人的自尊心就受到了伤害，心中自然会有不甘，这种不甘会伴随他以后的岁月很久，没准儿凭着这份不甘，还会在多年以后，回来找你，重新征服你哦。"

"谁稀罕他？还征服？"岳然嘴上这么说，心里却已经认同了宁佳佳的说法。其实就是这么回事，你越在乎，他就越不珍惜，而你不在乎了，他反而不甘心了，这就是传说中的欲擒故纵呗。

"看来你还真是意志坚定，爱去不去。"宁佳佳将车窗打开，已经入夏了，和煦的风柔和地吹进狭小的车内。

一直沉默的罗菲捅了下岳然："还是去吧，免得以后后悔。"

"不去。"岳然还在嘴硬，大家都沉默了。

只有岳然时不时在叹气，但是还是无法把压抑在心头的那种无法言说的情绪宣泄出来。

"瞧你那个窝囊样，十多年的青春，都拴在一个男人身上了。怎么可能不难过哦。"宁佳佳从包里拿出一包烟，扔给岳然，"算了，来，试试。"

"我才不抽烟呢，为他堕落不值当。不过，我决定吃了午饭就去送他，不就是个告别吗？我才不会像他那样没骨气，没担待地一个人跑路呢。"岳然把烟盒扔了回去，狠狠地说。

"好！我陪你去。"苏珊露出淡淡的笑容。岳然皱眉道："你是故意的，是他拜托你的？"

"绝对没有。"苏珊一副坦诚的样子。

岳然不再追问，心底却犹豫起来，还是要去送他吗？那离别的场面会如何？切，无所谓了，没决定之前，可以思前想后，一旦决定了，就要勇往直前，不就是个告别吗？反正以后也见不到了；反正人生中这样的告别，以后少不了；反正也是要和过去说再见的，就去吧。反正彭阳为了梦想，选择放弃她；她呢，因为爱情不在了，所以要去追寻新的梦想了，这样不是挺好的吗？

想通了这点，岳然真的开心起来了。一到学校，就让苏珊帮她从食堂打饭，她自己跑回宿舍，翻箱倒柜地找合适的衣服，可是每件都不满意。

宁佳佳拎着半个西瓜走进宿舍时，正看到岳然懊恼地对着一堆衣服发脾气。宁佳佳一努嘴："还说不在乎，骗鬼呢？"

"少说句话，你能死啊？"岳然气愤地说道。

"行了，叫嚣也没用，穿太隆重了不好，会泄露你的心思。平时你什么德行，现在就什么德行呗。"宁佳佳才不怕岳然，依旧毒舌地说："别化妆啊，哭花了难看。还有，别穿高跟鞋，免得想跑开都跑不快。还有，还有，一定要吻别哦，搅得他心神不宁最好。还……"

"你还有完没有？"岳然真受不了宁佳佳越说越兴奋。

"要不是我有事，还真想去围观呢。"宁佳佳笑着拉开门，端着饭盒的苏珊正要拿脚踢门，被吓得一声尖叫："你们两个要死啊！"

14 送别

宁佳佳妩媚一笑，扭着腰走了，岳然走过来接过饭盒说："有什么好吃的？"

"红烧排骨！"苏珊有点疲惫地说。

岳然风卷残云地把排骨啃完，从衣服堆里抽出牛仔裤和桃红色 T 恤，宁佳佳说的真是字字都是真理。她穿好衣服后，问躺在床上的苏珊："怎么样？"

"行，你这样最青春靓丽了。"苏珊回答。

"你怎么了？有点心不在焉的，不会是真的因为彭阳要走，你难过了吧？"岳然噘着嘴问。

"难过还是有点儿的，但最烦人的是我妈，她刚才给我打电话说不希望我去曼谷。"苏珊坐了起来。

"啊？不会吧？"岳然有些惊讶。

"我妈老是这样，看人看得那么紧，不是看我爸，就是看我，烦死了，我巴不得离她远点儿呢。可是我对她的眼泪攻势没有抵抗力啊，真烦。"苏珊紧皱着眉。

"让你爸说服她呗。"岳然的心里咯噔了一下，她也想让老妈纠缠呢，苏珊不知道的是，她"甜蜜"的负担正是自己所怀念的……

宿舍里安静下来，两人各自想着心事。

突然，悦耳的手机铃声响起，苏珊连忙接了起来："好，我们马上下去。"

挂了电话，苏珊跳下床："走吧，我们一起去送彭阳。"

从 E 大到机场并不远，可是岳然却看了三次表，不是怕赶不及，而是有一种错觉，似乎每近机场一步，她和彭阳的距离就远了一步。每次看表，她都希望时间是静止的，这样，就不会患得患失了。

不过，女人的心思就是这样，说忧伤就忧伤起来，岳然的眼泪像断了线的珠子，跌落下来。她连忙打开车窗，任凭疾风吹散她的秀发、她的泪滴。

T3 航站楼还是越来越近了，岳然止住了眼泪，掏出化妆镜看了看，一切如常。

陆昊停好了车，苏珊给彭阳打了电话："你在哪里？我们到了。"

岳然故意快走了几步，她的彭阳就要消失在人海中了，真的会再也不见了吗？如果她可以在这人来人往的机场中，轻而易举地找到他，那么，也许，在几年后，依旧可以在繁华的街头，找到他。

机场里的人真多啊！不知道每个即将离去的人心情如何，岳然终于失望起来。找不到了，真的找不到。收回目光，刚想回头去问苏珊，就看见彭阳站在她的身后，鼻子好酸，岳然连忙低了头，眼泪落在了手心里。

看来要做到宁佳佳说的那样可不容易呢，岳然努力地瞪大眼睛，可是眼泪还是止不住地往下掉，彭阳一下将她揽在了怀中。

这种温暖才是最熟悉的感觉，可是……

谢梵羽拖着轻巧的商务旅行箱走进 T3 航站楼，一抹桃红就在不远处焦急地四处张望。他有瞬间的恍惚，难道是玲珑吗？不会，绝对不会。

闭了下眼，再睁开，果然不是，那抹桃红，已经被拥入一个男人的怀抱。谢梵羽自嘲地笑着从他们身边经过，那张泪流满面的脸还是跃入他的眼底，真巧啊！

岳然的头埋在彭阳的肩上，良久，她才站直了身体，挤出一个微笑："就这么走吧，你要好好照顾自己。"

彭阳叹了口气，想说的太多，却不知从哪里开始，只能一如以前那般讷讷地看着岳然。

很想看清彭阳的眼中是否有不舍和愧疚，可是岳然的眼前一片雾气，她只好甩了甩头："苏珊说我应该来送你，至少我们是很多年的朋友，所以我来了。只是过了今天，我会努力做到把你忘记，反正你也不在乎，我也无所谓。"

岳然说得很急，有些词不达意，说完，她就向外面走去。

彭阳还是没有追来，一切就是这样了，就算做了充分的准备，在离别时，也说不出真心话了。岳然的脚步越来越快，最后终于跑了起来，真是不明白，那么高大的候机楼里的气压怎么会那么低，根本喘不上气来……

最后还是苏珊找到了岳然，她拉着她的手："彭阳已经出海关了，走吧，回去吧！"

"嗯！"岳然微微一笑，"来送他也对，这样就不会再幻想了，对吧？"

"也许吧，这段感情结束了才能开始新的感情。"苏珊还是有些消沉，不想看见送别的场景。彭阳再怎么前途无量，她还是有点难过的。

15 明天

岳然和苏珊走出机场，两个人一路无话，苏珊怕岳然难过，但又不知道说些什么，只好紧紧挽住岳然的手臂，不时观察着岳然的表情，两人缓缓走出了机场。

岳然和苏珊找到了陆昊的车，两人坐进车里，陆昊看了岳然一眼，不时和苏珊交换个眼神，两人一时之间不知道该说什么。岳然头靠着窗户，失神地看向外面。明媚的阳光照在车窗上，温暖得让人有些眩晕，窗外人潮汹涌，每个人都在上演着自己的故事，岳然曾经想过无数种和彭阳分别的场景，没想到会以这样的方式草草结束，她突然觉得非常疲倦，忘掉过去不容易，可是生活在推着人向前走，或许她要开始新的生活了。

一阵沉默之后，岳然先开了口："走吧！陆昊，我们回学校。"

陆昊连忙答应，看着脸色渐渐缓和的岳然，试图安慰她："好，我们先回学校，不过你有没有想去的地方啊？我和苏珊陪你去逛一逛吧。"

"不用了，陆昊。"岳然把头从车窗上挪开，一边坐直了身子看着前方，一边说，"你和苏珊别担心了，我没你们想的那么难过，这么多年了，舍不得总是有的，可现在一个 BYT 就够我费神的了，咱们刚刚通过面试，我没那么多时间浪费在自己的情绪上面，我现在挺好的，你们放心吧。"

苏珊把手搭在岳然的手上面，看了陆昊一眼，叹了一口气："你没事儿就好，我和陆昊也就放心了，不说了，现在眼下咱们第一件大事儿就是，一会儿吃什么来好好安慰一下我们的胃，你这一天'阴有雨'的，弄得我们也都没怎么好好吃东西。"

岳然大方地挥了挥手："好吧，看在你们这么辛苦的份儿上，今天这顿我请，带你们去吃你们最喜欢的那家日本料理怎么样？"

苏珊高兴地叫着："那还等什么？我们走！"3 个人风风火火地驶向料理店，仿佛什么都没发生，一切都和从前一样。

3 个人回到学校时，已经是深夜 11 点了。吃完日本料理的 3 个人情绪高涨，又去 KTV 欢唱了几个小时才回学校，苏珊和岳然轻手轻脚地走进寝室，发现宁佳佳和罗菲还没睡，在兴致勃勃地聊着什么。

"我和罗菲还以为你和苏珊今天不回来了，怎么样？岳然，有没有按照我教你的方法把彭阳弄得失魂落魄啊？"宁佳佳打量着岳然，看她的情绪并没有异常，反倒还挺开心的样子，忍不住揶揄她。

"你少八卦了，有琢磨我的时间不如好好想想进了 BYT 以后怎么多认识几个富商吧！"

"这种小事还需要我琢磨？不在话下好吗？不过话说回来，一个月之后我们就要去曼谷开始实习了，你们把东西都准备好没有？护照加急办应该来得及。"

苏珊停下了手里的动作，惊讶地问道："什么实习？什么曼谷？我怎么不知道？"

"你们没收到 BYT 发过来的消息吗？邮箱里还有他们发过来的实习计划书。"罗菲边说边把手机拿给苏珊看。

苏珊坐到岳然身旁，两人一起查看了手机里的信息和邮箱里的文件，岳然看向上铺的宁佳佳："我们出去的时候都没看手机，估计陆昊到现在也没看见呢。那也就是说咱们下个月就要到曼谷的 BYT 酒店进行实习了，生活在那里了？"

宁佳佳拍着脸，满脸憧憬："对啊！多好的机会啊！看着曼谷的风景，吃着曼谷新鲜的水果，而且终于不用住学校的破宿舍了，去曼谷 BYT 酒店实习我们可是住在酒店里的，虽然也是员工公寓吧，但想想跟学校宿舍一比也会好一万倍吧，而且新的环境、新的人，换个心情多好。"

"天啊！光是想想泰国的气候和紫外线我就头疼得不行了。"罗菲扶着头，哀怨地说着。

"哪有那么多时间让你晒太阳，每天都在酒店里实习，你以为去那里度假啊？而且泰国也就几个景点可以看，街道和住宅都没法看的，实习期间会发生什么事还不知道呢，想想就觉得紧张。"苏珊白了罗菲一眼，没好气地说着。

岳然一遍一遍地翻看邮箱里的文件，其他 3 个人叽叽喳喳地讨论不停。岳然想想宁佳佳的话，倒也有道理，开始实习觉得离自己的梦想更近了一步，彭阳为了梦想，抛下自己去美国留学，曾想过彭阳去哪自己就去哪，而现在，一个月之后，自己也要离开北京，去泰国实习了。岳然只觉得造化弄人，原来没有什么是不可以改变的。她翻出自己的护照，想着这样也许是最好的安排。

"我还什么都没准备呢，明天先列个单子，看看都要买些什么，然后赶紧收拾宿舍里的东西，能快递回家的就麻利儿的了。"苏珊一边刷牙一边说着。

"有你在太省心了，就听你指挥好了。"难得宁佳佳不充当老大。

"那就都早点睡吧，都快凌晨一点了，你们也早点睡。"岳然洗漱完后躺在床上，很快就睡着了。

梦里是曼谷的美景，紧张而充实的实习，还有谢梵羽那张令人紧张的脸，岳然觉得很奇怪，但仍然满怀憧憬……

第二章

火红激情

梦想的种子已经发芽，

心中在盛开勇敢的花，

激情拥抱有梦想的每一分一秒，

迎接一天更比一天灿烂的年华。

01 气流

一个月的时间很快就过去了，4个女生化好了精致的妆容，早早赶到了机场。

岳然是第一次出国，其实本来是有毕业旅行计划的，所以早就办了护照，却不想一下变成了出国工作。曾有人说过，"人生至少要有两次冲动，一场奋不顾身的爱情和一次说走就走的旅行。"泰国之行算不算呢？

看向廊桥口对接着的飞机，岳然的内心十分激动，也逐渐坚定了这颗并不太确定的心，是啊，每一个明天不过是结束今天才能达到的，彷徨、害怕又如何，它还是会如期而至。

想明白这点，岳然露出了浅浅的笑意，这时苏珊和陆昊也走了过来，登机的时间到了。

岳然坐在靠窗的位置，苏珊和陆昊坐在岳然旁边，两个人在一起兴高采烈地讨论着什么，岳然时不时被苏珊拉进他们的对话中，心思却不知道飘到了哪里，眼睛瞟着身边的同学。

段剑、罗菲和宁佳佳坐在一排，段剑时不时看向宁佳佳和罗菲的方向，宁佳佳神采奕奕地对着化妆镜修饰自己的妆容，罗菲的脸白一阵红一阵。岳然看着段剑和罗菲的神色，加上苏珊前几天和自己说的话，更确信罗菲喜欢的人是段剑了，但罗菲什么都没和自己说过，想一想大学这几年时间里，岳然确实不太了解罗菲的个性，身边这些同学，每个人都是不同的，未来不知道会是什么样子。

　　飞机腾空而起，所有的彷徨失措都抛在脑后，岳然吃了点儿飞机餐后就开始补觉，入睡很快，只是不知睡了多久，突然被尖叫声吓醒，睁眼看向旁边惊恐万分的苏珊，迷迷糊糊地问道："怎么了？"

　　苏珊捂着胸口，喘了几口气才说："刚才的气流很强，飞机颠得都快要散架了，还急坠了一下。你都没感觉到？"

　　"是吗？"岳然眨了眨眼，"很平稳啊，哎呀，你看彩虹！"

　　苏珊顺着岳然的手指，看向舷窗外，真的是彩虹呢。刚才飞机穿过雨云带时的惊险一下就没那么重要了，她握紧了岳然的手。

　　"好在没去法航，吓死我了。"宁佳佳这时才发出声音，大家都轻松下来。

　　几个小时的颠簸后，一行人终于到达了泰国曼谷，还没来得及好好感受一下泰国的空气，就到了 BYT 在曼谷暹罗商圈的酒店，进入酒店正门，岳然便被眼前的景象震惊到了。

　　右手边设置着灵堂！

　　看着岳然震惊的样子，苏珊小声说："你不看新闻的？泰皇去世了，因为受人敬仰，所以大家都自觉设灵堂祭奠的。"

　　"哦。"岳然连忙闭上嘴，真心不知道自己这段时间都干了什么，连这个都不知道。

　　再往里走，岳然被吸引住了，BYT 不愧是世界排名前五的酒店集团。看过不少五星级酒店，从没有一个可以达到 BYT 这种层次的，泰国风情与现代艺术风格完美融合在一起，没有任何违和感，精致华丽的装饰也不让人感觉做作，随处可见的佛像更给酒店添了几分神秘的气息。没过多久，就有工作人员带着他们前往会议厅，准备开始迎接新员工的会议。

　　按照工作人员的指示先放好行李箱之后，大家依次落座，会议很快就开始了，BYT 的董事长、总经理谢梵羽和副总米娅以及几个部门的总监悉数到场。

　　终于有了融入的感觉，这里就是自己开启职场生涯的起点啊！兴奋与紧张让岳然忘却了疲惫。

　　"感谢米董事长的讲话，下面有请谢梵羽，谢总经理为我们致辞。"主持人的声音传来，让激动的岳然突然冷静下来，连忙低了头。

　　"大家好，我叫谢梵羽，首先我代表酒店欢迎各位的到来，恭喜大家成为

BYT 的一员，你们都是 BYT 精心选拔的人才，很荣幸和你们相识。相信在座的各位都是怀揣梦想进入的 BYT，进入 BYT 就是进入酒店业的顶端，想要有所成就，就要大家付出百倍的努力。实习期间可能会较为辛苦，但 BYT 一向只培养精英人才。实习时间为 3 个月，通过实习期间考核的，将会进入下一阶段的培训，最终进入马尔代夫 BYT 度假山庄，没通过的，只能遗憾地说再见了。在实习期间，我会关注大家的培训和工作，希望大家都能顺利通过考核。下周一正式开始培训，今天是周五，祝大家周末愉快。"

谢梵羽讲话后，大家都打起了精神，斗志昂扬的同时也明白身边处处都有考验和竞争，岳然满身的活力细胞都被唤醒，决心要闯出一片天地，丝毫没有注意到谢梵羽投过来的目光。

02 招惹

会议结束后，岳然在办公区和同学们登记过个人信息后，大家就搬运着自己的行李进入员工公寓。

员工公寓是两人一间的标间，岳然和宁佳佳被分到了一起，苏珊有点儿不开心，但也不好直接提出来。

进了公寓，岳然兴奋起来，公寓内生活设施非常齐全，充满异国风情，BYT 的一切无不展示着它的财力和实力。宁佳佳亦是满意地打量着屋子里的一切，发出啧啧的赞叹声。

岳然和宁佳佳收拾好东西后，去找苏珊和罗菲。BYT 的员工公寓分为两个楼层，二层是男生公寓，三层是女生公寓，一层有健身房和图书报刊室，这一幢如同别墅一般的公寓还只是办公区域小小的一角，连实习期的未入职员工都可以有这样的待遇，可想而知真正步入 BYT 后会是什么样的生活，岳然越想越激动，拉着宁佳佳跑了起来，宁佳佳和岳然开心地笑着，转弯处突然出现一个人影，三人迎面撞上，一起摔倒在地。

"谁啊！走路不长眼睛啊？跑那么快！"薛凝吃痛地扶着腰，坐在地上对着岳然和宁佳佳喊道。

"不好意思啊，不好意思，你有没有摔到哪里啊？"岳然挣扎着站起来，拉起宁佳佳，两人一起走向薛凝，岳然伸出手想要扶薛凝起来。

"我自己会起来！"薛凝拍掉岳然伸过来的手，狠狠地盯着岳然，"怎么可能没摔到，我都要被你们撞飞了！"

岳然满脸歉意："真不好意思，我们是刚过来的实习员工，还不熟悉这里。这样吧，我给你留个联系方式，你要是有什么不舒服的话就联系我，我……"

薛凝上下打量着岳然，打断她的话："你也是从E大新招聘的？E大什么时候有这种学生的？也不知道哪个系出来的。我不用你怎么样，你以为我是碰瓷儿的还是怎么着？我这一件衣服都够你吃一个月的了，赶紧闪开，别挡我的路！"

岳然此刻脸上也挂不住了，再好的脾气也受不了薛凝这样说话，宁佳佳拉过岳然，盯着薛凝："我告诉你，做人别太过分，多大点儿事啊，你以为你是玻璃做的啊？道歉也道了，怎么就非要不依不饶的！看你也是BYT的员工，以后低头不见抬头见，在国外不一定会遇到什么呢！给自己留条后路！别理她，我们走！"

宁佳佳拉着岳然头也不回地走了，薛凝呆在原地，气得浑身发抖："我记住你们了！"

岳然和宁佳佳很快找到了苏珊的房间，苏珊和英语系的陈冉被分到了一个房间，陈冉是一个开朗的女生，看到岳然和宁佳佳进来找苏珊，热情地打了个招呼就出去买东西了。

"什么东西，气死我了！"宁佳佳把手机往床上一扔，坐在床上气鼓鼓地说着。

苏珊用手肘碰了碰岳然："她这是怎么了，谁又惹着她了？"

岳然叹了口气："刚才我们来找你的时候不小心和一个跟咱们一起实习的女生撞在一起了，我们道歉之后那女生还是不依不饶的，说话特别难听，宁佳佳还了几句嘴，这不现在还生气呢。"

"真是什么人都有，"苏珊边说边坐到宁佳佳旁边，"好了大小姐，你也还嘴了，何必还生气呢，过去就过去了吧。"苏珊拉着宁佳佳起来在房间里四处转，故意转移她的注意力："来看看我们的公寓怎么样，我这刚忙完，还没去看别的房间什么样，你们那个房间也是这样的吗？"

宁佳佳的脸色缓了过来："咱们的房间基本都一样的，不过你们这间布置得还不错。"

岳然环顾四周："是挺好的，我倒真没想到咱们入住的环境能这么好，而且看周围的便利设施还很齐全，跟我们之前的环境相比，简直是天堂啊。"

苏珊接着说道："而且和我一起住的这个女孩看起来还不错，不过罗菲就麻烦了，和传媒系的钱钱分到一起了，她最好别被钱钱耍得团团转。"

岳然摆摆手："行了，哪有你说的那么夸张，知道你怎么样就行了，我和宁佳佳一大堆东西都没收拾呢，我们先回去了，明天一起逛逛街吧，我准备准备，你也是，看有什么需要用的准备好。"

岳然和宁佳佳回到房间后，就开始忙碌起来，东西都归置好后，太阳已经落山了。泰国的落日很美，岳然坐在阳台边，看着天边的晚霞，气氛静谧美好，心里感慨万千。这段时间发生了许多事情，使她原本的生活节奏被打乱了，一切却又好像刚刚步入正轨，她想起彭阳，好像想起一段很遥远的时光，远得连人的身影都模糊了。

宁佳佳拍了拍手上的灰尘，看岳然若有所思的样子，安静地坐在岳然的一侧："下周就开始实习了，想想都觉得开心。"

岳然说："是啊！"

宁佳佳望着天边说："也不枉费我努力了这么久，现在我只想快点实习，快点考核合格进入马尔代夫的度假酒店，这样就会离我父母、离我之前的生活越来越远了吧。"

岳然回过神来，转头看着宁佳佳的侧脸。

宁佳佳感受到了岳然注视她的目光，眼神闪躲着："看我跟你说这些干什么，去吃口饭吧，待会儿问问苏珊她们，晚上要不要逛个夜市？"

岳然笑着点点头，背上包包和宁佳佳一起下楼去吃饭了，关上房门时，岳然看着房间的一切，满足地离开了。

未来也会像现在这样美好吧？

03 惊愕

周一一早，岳然睁开眼睛，就看见宁佳佳在安静地做着瑜伽，见她起床后，两人赶紧收拾好东西，在职工餐厅吃过早餐后，就早早赶到了上课的教室。

岳然赶到教室时，大家已经差不多到齐了，岳然找到苏珊后，和宁佳佳在苏珊旁边的位置坐了下来。

"要上课的资料都准备好没有？"苏珊看岳然有些茫然的样子，用手肘碰了碰岳然。

"准备好了，为了准备这些东西昨天熬夜弄的。"岳然揉了揉发酸的眼，心里升起无数的怨念，酒店发到邮箱内的上课资料只是一个大纲，很多细节的东西需要自己去完善，岳然不敢有一丝怠慢，她的头现在昏昏沉沉的，只期盼睡眠不足的她别在课上出什么乱子。

"经理，不好意思啊，有点迟到了。"临近上课时，一个娇滴滴的声音传过来，岳然看向门口的方向，发现正是昨天被她撞倒的那个女孩。

"这巴结得不要太明显哦！装得还挺像样的，泼妇！"宁佳佳斜睨了薛凝一眼，低声说着。

苏珊好奇地问道："这不会就是昨天和你们有过节的那个女孩吧？"

岳然点了点头，苏珊耸了耸肩："你们真是，一来这就撞了个头彩，这女的叫薛凝，英语系的，之前我和英语系的彩彩出去玩的时候见过她，除了要大小姐脾气什么都不会，可她老爸却是 BYT 在国内集团的股东之一，估计来这里实习是她那恨铁不成钢的父亲把她硬塞进来磨炼的吧，怪不得咱们这次变成了 11 个人啊。"

"你错了，是 12 个人。"宁佳佳纠正道。

岳然这才发现原本 10 个人的团队，在这个培训教室里却变成了 12 个人，还多了一个男生。

还没等她想明白，薛凝已经走了过来，看到岳然和宁佳佳，恶狠狠地白了她们一眼。岳然看着薛凝的样子，只觉得头痛，她揉了揉太阳穴，示意苏珊和宁佳佳安静下来，坐在苏珊旁边的罗菲也提醒大家快上课了，大家迅速安静下来，拿出笔记开始上课。

人力资源部的总监 Colin 轻咳了一声，说："大家好，我们都见过的，你们是谢总和我亲自挑选的，今天的培训首先从你们的职业规划开始。"

这点大大出乎岳然的预料，职业规划？虽然自己对进入 BYT 是有期望的，但是说起职业规划，岳然并没有那么清晰。

"我知道在座的各位，BYT 都是你们的第一份工作，很多人对自己的第一份工作是茫然的、盲目的，甚至是满不在乎的，但我要告诉你们的是——这里是你们人生的第一个转折点，也是你们职场上第一次自己做选择，我希望BYT 是你们选择的所爱，而你们也要珍爱自己的选择。第一份工作非常重要，对你们日后的成长轨迹起着至关重要的作用，所以，第一份工作至少要做满 3 年。" Colin 停顿了一下，让岳然她们有时间来消化他的话。

"我不介意你们把 BYT 作为自己职业上升的跳板，但我绝对介意你们把BYT 当作进入职场的跳板，BYT 应该是你们成长的地方，这个成长包括你们的行为、态度和价值观。你们都应该有所耳闻，酒店是个人员流动很大、很快的地方，但我今天依旧要告诉你们，在这里要工作满 3 年。因为，职场就像比赛，有初赛、复赛和决赛，有的公司赛程缓慢，而 BYT 这里的赛程紧凑又残酷。能在这里坚持 3 年的员工都可以称之为精英，届时你们的价值将是巨大的。"

为期 5 天的入店培训就在 Colin 这充满激情、鼓励和压力的话语中开始了，岳然将 Colin 的话写在了记事本上，也写进了自己的脑海中……

整整一天，岳然都在上课和不停记笔记中度过，了解酒店规模和运营模式，各种安全须知，以及各个部门如何协调工作之后，得知培训一周后，会开始分配到具体岗位上去实习，每个人都要轮流到各个部门去实习一遍，根据考察评定分配最合适的人员到相应部门去工作。

众人在回宿舍的路上都在心里设定着自己的职业规划，苏珊没回自己的宿舍，而是来到了岳然和宁佳佳的宿舍，关上门就小声和岳然说："转岗轮训可是很磨人的。尤其是在自己不喜欢的部门，既不能表现得不好，也不能表现得太好，万一被留下了，那就悲催了。岳然，你有没有想过，想去哪个部门？"

"反正餐饮不能去，尤其是负责早餐，很累的哦。"宁佳佳抢先回答。

岳然想了想说："好好表现就是了，哪个部门都行，而且咱们酒店的培训机制也是挺严格的，哪个部门都有机会，再说了，咱们才开始实习哦，想太远了也没用啊。"

"行了吧，要说升职机会最多的就是前台和销售部好吗？"苏珊恨铁不成钢地白了岳然一眼。

宁佳佳耸了耸肩，却不想反驳苏珊，前台当然不错，不过她看中的可不是升职机会，而是能和客人直接接触哦！

一周的岗前培训很快就过去了，周五下午的时候，大家分别被分配到了前台、客房、餐厅或者酒吧去实习，领到了漂亮的制服。岳然抱着期待想着自己会被分到哪里，结果被一句话从幻想打回了现实。

"岳然，你下周实习的部门是 PA（公共卫生部），请拿好你的制服。"人力资源部的泰国工作人员操着流利的英语对岳然说。

岳然惊讶地看着手里的制服，却又不能说什么，勉强挤出一个笑容想要道谢，对方似乎看出了岳然的为难，又补充了一句："谢总特意交代下来，说希望你能得到更多的磨炼，加油吧。"

岳然脑中天雷滚滚，道了谢便立刻转身，飞快地回到宿舍。

04 失落

回到房间，宁佳佳正在试穿漂亮的前台制服，看见岳然回来满心欢喜地打招呼："回来了，看我这个制服漂不漂亮？"

岳然看着宁佳佳风情万种的样子，心中对谢梵羽的怨念更深，嘴上仍然回答着："漂亮。"

宁佳佳看着岳然无精打采的样子，坐到岳然身边："你被分到哪个部门了啊？"

岳然有气无力地说："公共卫生部。"

宁佳佳又惊讶又觉得好笑："你这被分的是什么部门啊？按道理说咱们不该被分到这个部门去实习的啊，你这是得罪谁了啊？难道是薛凝？岳然啊，这下有你受的了。"

岳然没好气地白了宁佳佳一眼，但也不想冤枉薛凝："不是她。"

"那是谁啊？你才来一周，到底得罪谁了啊？"宁佳佳有点儿急了，"这可不行，你这样很容易被孤立的，可有的是人怕惹祸上身的，你可得上心。"

看到宁佳佳真切的样子，岳然叹了口气："大概得罪的是谢总他老人家吧。"

宁佳佳打量着岳然："谢总？你能得罪到他？难道是那个包的故事，你那天到底怎么了……"

岳然就是想说，也不知道从何说起，完全断片的一夜，让她怎么说？于是一扒拉宁佳佳伸过来的手："你能不能联想别那么丰富？我就是说说而已。"

"也是。"宁佳佳也觉得是自己想太多，"好了，你赶紧去买些护手霜吧。"

岳然烦躁地躺进被子里，嘴里却安慰着自己："哪有那么严重。"

宁佳佳心情大好地去淋浴，岳然叹了口气，一周的课程加上今天这最后的刺激让她感到疲倦，但她知道这才只是一个开始，不知道之后的日子里除了要努力工作之外，还会有什么情况发生，岳然想着，在脑海里早已经把谢梵羽撕碎了千百遍，她咬咬牙，继续看着手里的文件，希望别再出现太多的问题。

周一一早，岳然早早地收拾好自己去 PA 报到。

曼谷 BYT 的工作人员几乎都是泰国人，这次一下来了这么多的中国人，泰国员工一下就有了危机感，尤其是 PA 的经理——安莱拉似乎更是如此，对岳然上上下下打量了一番，然后说："我们 PA 的工作时间是上 12 小时休息 24 小时，比较辛苦不说，要做的还都是技术含量很高的体力活儿，不用心是绝对做不好的，这些你都明白吗？"

经过周末的休息，调整心态，岳然已经放下了那些所谓的心理不平衡，尤其是苏珊特意给她看了一位华人在东京机场清洁工这个职位上做到了国宝级匠人的报道后，她更是坦然了，所以她淡定地说道："知道！我们做的工作是将酒店的门面完美地展示给客人。"

安莱拉点了点头："那好，今天你就开始工作，你的工作时间是晚上 11 点到次日中午 11 点，这 12 个小时的区间。实习时间是两周，加油！"

岳然愣了一下，随即点头："好的，那我先回去了，晚上 11 点准时来。"

看着岳然离开的背影，安莱拉竟然舒了口气，在她的眼里只有认真做事和敷衍做事的两种人，而不存在国籍的差别。

到了晚上 11 点，岳然和其他员工准时出现在 PA。夜班主管 Namu 清点了一遍人数后，便开始安排每个人需要负责的工作区域，又告知了大家工作时需要注意的事项。岳然将内容熟记于心后，就开始跟随众人打扫酒店大堂。

她负责的是地面清洁、打蜡、抛光。本以为不会有多烦琐，没想到每一步工序都需要严谨的态度和专业的手法才能完成，岳然哈着腰一忙就是快3个小时，大理石地面打理得光亮如镜，她腰酸背痛地欣赏着自己的工作成果，心中无限感慨，这也是一种特别的成就感吧。

结果，还没欣赏几分钟，一个喝醉酒的客人突然跌跌撞撞地跑进了岳然的视线，然后就吐在岳然刚擦好的大理石地上。

目瞪口呆的岳然缓过神来，看着蜷缩在一片狼藉的地面上的客人，连忙暖心地给客人递上自己随身携带的漱口水，用流利的英文询问了她的身体状况。

"女士，您哪里不舒服，需要为您叫医生吗？"

被呕吐物包围的客人眼神涣散，岳然轻叹了一口气，将漱口水的瓶盖拧开，然后放进客人的手中："您还是先漱漱口吧，这样感觉会好一些。"

凌晨一点多才下班的谢梵羽碰巧看到了这一幕，朝着岳然的方向看了许久，才转身悄然离开。可是当事人丝毫没有察觉，因为她正在发愁该怎么劝这位醉酒的顾客从冰凉的地板上站起来，结果还没想好，这个姑娘就伤心地哭了起来，口中喃喃地说着德语。

看着一脸茫然的岳然，姑娘觉得没法得到慰藉，便换成了英语说着："我来这就是为了疗伤，为了忘了他！可是他呢！他却在我深陷痛苦的时候带着他的新欢来这里度假，我一想起刚才那对狗男女在一起的样子，我就想撕了他们。"

岳然耐心地听完后，反问道："所以呢？你这样灌醉了自己，就不难过了吗？"

德国姑娘一下子站了起来："你说得对！"然后晃晃悠悠地走了。

岳然把"需要送你回房间吗？"这句话咽回了肚子里，然后认命地重新打扫地面，祛除异味。

二楼的楼梯扶手边，Namu一直看着岳然处理突发事件，暗自点头离开。

之后的工作，岳然一直有条不紊地进行着，一转眼，临近拂晓。

岳然早上的工作，是去大堂的女洗手间收拾并给客人递毛巾，她稍微活动了一下酸痛的肩部，朝着洗手间的方向走去。

早上结账的客人很多，也有不少外出游玩的客人，大堂洗手间的利用率极高，岳然给客人递毛巾，保持洗手台整洁，及时清洁马桶，替换垃圾袋，也是忙得团团转，只能全身心地投入工作中，完全想不起来其他事。

一上午的时间里，岳然也遇到了不少同学，大家看到岳然都有些惊讶，有的人对岳然的遭遇表示同情，其中也不乏假意，但岳然都以乐观的态度回应，没有半点埋怨。

谢梵羽开了一上午的会，身心疲惫，来到大堂巡视的时候，突然看到了岳然推着一辆轮椅正从女性盥洗室出来。

两人目光相遇，岳然一愣，立刻回过神来，带着标准的微笑对谢梵羽说："谢总好。"继续推着客人与谢梵羽擦肩而过，

谢梵羽看着岳然的背影，一下子就与记忆中的那个身影重叠起来，一时失了神。

05 喜悦

虽然擦肩而过时云淡风轻，但岳然心里却是波涛暗涌，有委屈也有想争口气的念头，但更多的却是逃避，最好不要再见的那种嫌弃。

可是事情总是不能按着人的意愿发展，当岳然送了客人回来，谢梵羽正好从洗手间里走出来。岳然心里默默地翻着白眼，怎么就这么不凑巧。

"早上好，还习惯吗？"谢梵羽微笑着跟岳然打招呼。

"还真是问得轻松啊！"岳然腹诽着，脸上却没有丝毫不满的情绪："都很好，谢谢总经理。"

谢梵羽看着岳然明显有些疲惫的脸庞，倒是没有任何表情，微微点头说道："工作态度还不错，本来还以为你会不适应。"

"总经理过奖了，刚到这个岗位上一时的不适应确实是有的，但我会坚守岗位，尽快适应，做好自己分内的事情。"岳然不卑不亢地回答着，她没办法一味地去讨好谁，只想说出自己的真实想法，如果她说她真的很适应这里，多谢谢梵羽之类的话，谁知道谢梵羽会不会真的就把她放在这里，永远不调到其

他的部门。

　　谢梵羽看到岳然的态度，不禁有些改变了对岳然之前的看法，他觉得岳然身上有更多的东西需要时间才能看得到，想到这里，谢梵羽淡淡一笑："好，那你就继续努力吧。"说完，谢梵羽离开了。

　　"总经理慢走。"岳然暗自松了一口气，其实岳然独自一个人的时候想了很多谢梵羽要针对她的原因，可又都觉得不成立，一个成熟的男人，公司的总经理，没有那么多的时间和精力去故意为难一个女孩，唯一的解释就是人家是boss，想怎样就怎样。

　　正准备去洗手间补妆的宁佳佳从远处看见了岳然跟谢梵羽对话的一幕，眨了眨眼睛，怎么看都觉得有问题。她小狐狸般地笑了笑，走远了。

　　岳然腰间的对讲机忽然传来呼叫："岳然，有位顾客在前台等你，马上过来。"

　　"我这就来。"岳然答完，便走向前台，虽然很是感谢这通呼叫，可心中有些纳闷，又发生了什么？

　　岳然刚走到前台，就听见一个甜美的声音："嗨。"

　　她抬头一看，竟是那位昨晚吐得一塌糊涂的德国姑娘，看到她又恢复了精神的样子，岳然倒是替她高兴，便露出了笑容："你好。"

　　"我是 Anna。还记得我吧？" Anna 说完，俏皮地朝岳然眨了眨眼睛。

　　岳然回以一个极富亲和力的笑容："当然。我是岳然，很高兴认识您。请问，我有什么能为 Anna 小姐做的吗？"

　　Anna 拿出一个礼物，笑道："我是来谢谢你的，因为你昨晚的安慰，简直让我茅塞顿开。托你的福，我现在决定彻底忘记那个渣男了。"

　　岳然望着礼物有些犹豫，Anna 见此直接塞进岳然的怀里："这是我的一点小意思，你就不要客气了，况且也不是什么贵重的东西。就当交个朋友嘛。"

　　听到这里，岳然也不好再推辞了："好，那谢谢 Anna 小姐了。不过，我好像也没有说什么……"

　　Anna 晃了晃手指："NO NO NO ！你可能觉得没什么，但是对我来说，你简直就是点亮我人生的一盏明灯啊，还有漱口水，谢谢啦！"对岳然表达完谢意，又转头对前台道："我要向你们的老板正式表扬这位员工，她的服务让我感受到了宾至如归的热情，我要给她五星好评哦。"

前台露出标准的微笑："好的，Anna 小姐。我们会将您的好评反馈给经理的，很高兴您满意我们的服务，"

Anna 满意地点点头，戴上墨镜，向岳然招手："有缘再见。"

"有缘再见。"岳然望着手中的礼物，心中感到一阵暖意，微笑着跟Anna 挥手告别。

前台员工突然开口，有些羡慕和嫉妒地对岳然说："你的运气还真是好啊，竟然遇到这么可爱的客人。"

岳然笑笑，没有说话。她并不觉得这是运气好，因为这是她自己用认真的工作态度所换来的感谢和尊重。这种感觉，让岳然很是受用。

中午在食堂吃了午饭，回到房间，岳然瘫倒在沙发上，宁佳佳也坐在瑜伽垫上按着肩膀，不一会儿响起了敲门声，岳然挣扎着起来去开门，原来是苏珊。岳然转身走到沙发旁，继续瘫坐在那里，苏珊走了进来。宁佳佳起身走向苏珊，苏珊开心地说："岳然你累不累？第一天的工作如何？"

"还好吧。"岳然揉着酸痛的胳膊，其实还是挺累的，而且真心是体力活啊。

"那你是现在睡觉还是熬到晚上再睡？"苏珊给她冲了杯蛋白粉，关切地问。

岳然接过杯子，说了谢谢，一口气喝光，说道："我现在只是有点儿困，还是熬到晚上好好睡吧，要不再折腾出时差感来就不好了。苏珊，你这嗓子怎么有些哑？"

苏珊笑了笑："我不是在总机实习吗？说话说得有点儿多了。"

"那可得多喝水哦。"岳然有些担心，又看向宁佳佳，"你还好吧？"

"我挺好的啊，前台也需要通过培训才能上岗，所以，我还在进行电脑操作培训呢。行了，我走了，下午的培训要开始了。"宁佳佳说完，款款离去。

岳然彻底放松下来，躺倒在床上。

苏珊却叹了口气："我总有点儿受排挤的感觉。"

"别太敏感了。"岳然大大咧咧地挥了挥手，"我被分到 PA，你还劝我呢，怎么去总机还有这个感受了？陆昊怎么样？"

"我们都还好啦，只有你最让人担心，你看微信群了没？同学们都在说你呢。"苏珊并没有回答关于陆昊的问题。

"说我什么啊？就是实习而已，就算是最后真把我分 PA 工作了，我也得去啊，来都来泰国了，不干点儿什么，怎么有脸回去？"岳然还真是放下了，尤其是收到了 Anna 的真心道谢后，愈发觉得在酒店工作，最有意思的就是与客人接触、结识，成为朋友的那种感觉，只要你用心，哪个岗位都是可以做出成绩的。

"可我怎么听宁佳佳说，你觉得是谢总故意整你？"

"这你也信？"岳然有些急了。

一看岳然急赤白脸的样子，苏珊忍不住笑着戳了戳她的脑门："好啦，我今天夜班，也要回去睡觉了，咱俩先出去买点儿水果吧。这么累，可是不能亏待了自己。"

岳然摆了摆手："还是你去吧，我实在是不行了，一下子连着干 12 个小时的体力活，真是累了。你知道我爱吃什么，钱包在桌子上你自己拿。"

苏珊看了看岳然，仍旧不大放心："好，我知道了，你要是有什么事记得给我打电话啊。"

"放心吧，我这么大的人能有什么事。"

苏珊出门后，岳然起身，给自己冲了一杯蜂蜜水，闻了 12 个小时的化学制剂的味道，头都有些昏昏沉沉的，午饭也没什么胃口，还是多喝些水吧。喝掉一大杯水后，岳然去冲凉，泰国已经进入雨季，但今天还好，只是早上下了阵雨，这会儿正是艳阳高照。

室内因为一直开着空调，空气并不太好，她索性关了空调，推开了窗，结果，分分钟就出了一层薄汗。她连忙关了窗，又打开空调，再洗了把脸，对着镜子擦护肤品时，她看到了满脸疲倦的自己，但有着前所未有的充实感。

对职场最初的幻想和现实有落差，却让岳然身体再次蓄满了能量，或许之前的生活太过一成不变，只按照一个固定模式在生活，而如今，每天都是崭新的，不可预知。

岳然躺在床上，四肢酸痛，却对明天充满了期待，她闭上眼睛，很快就入睡了。

06　慰问

好好睡了一觉后已经到了周三的早上，岳然伸了个懒腰，浑身的肌肉都在酸痛地抗议，真是缺乏锻炼啊。起来后，看到了宁佳佳的留言，说是苏珊给她买的水果在冰箱里，她愉快地拿出来，并给自己泡了杯咖啡。

当夜晚再次到来，岳然准时来到了自己的岗位，继续勤勤恳恳地清洗着沙发区域的土耳其羊毛地毯。

等所有的工作都做完了，已经是凌晨三点了，大堂里的灯光也只剩下几盏，岳然在沙发上有些昏昏欲睡，便想着走出去呼吸下新鲜空气，驱走困意。结果，一站起来，头部有点供血不足，岳然突然感到眼前一片黑暗，恍惚中扫到了沙发上的一个小物件，不小心弄掉地上。

岳然缓了一会儿，这才蹲下身去寻找，竟然在很远的地方才找到，是一个儿童发卡，很卡哇伊的图案。把儿童发卡握在手中后，发现没有损坏，也不知道丢失了这个发卡的小女孩会不会伤心，但愿她明天能在前台找回。想到这里，她这才露出了一对酒窝，开心地直起身来就想走。

结果因为光线太暗，再加上对酒店环境还没有很熟悉，也没有注意到玻璃上的反光，岳然的额头狠狠地被撞到了。

"啊，我的头！"

岳然疼得蹲下来，揉了半天额头，有些委屈："这下子可真是一点都不打瞌睡了。"

揉了一会儿，岳然因疼痛而变得狰狞的表情才缓和了不少。这一次，她如临大敌地观察了一下面前的玻璃，然后慢慢站了起来。

"这玻璃可真够结实的。"

岳然抱怨着，突然注意到这是一面离门比较近的落地玻璃窗，而她蹲着的这个高度空空如也，她皱起了眉。

来这里度假的有很多小孩子，孩子们生性活泼好动，要是小孩子跑得急了，一定会看不到这里所存在的危险，万一撞上了，后果简直不堪设想。

岳然龇牙咧嘴地回味了一下刚才所受的痛楚。不行！这件事一定要妥善解决了。

到了早上，岳然赶紧将此事上报给了经理安莱拉。

安莱拉听完表示："你所说的那处玻璃窗在上周不知道什么原因突然碎掉了。现在的刚换没多久，所以还没有贴上磨砂膜。这件事确实是我疏忽了。你能注意到这点非常好，说明你确实是为我们的顾客设身处地地着想。干得不错！"

岳然脸上露出羞涩和开心的笑容："这是我应该做的，作为 BYT 的一员，顾客的安全问题也是我工作职责中的一部分。"

安莱拉满意地点头："你的额头看上去撞得有些严重，别忘了擦药。"

"谢谢经理，我先去忙了。"

岳然从经理室退出去后，从兜里拿出一个小镜子，照了照额头："好像是有些红。"

犹豫了片刻，岳然还是决定先将工作做完再去擦药。

今天上午的工作还算清闲，是把大堂廊桥处的喷水雕塑清洗干净，岳然刚出酒店大门，就遇见了从外面进来的谢梵羽。

"谢总好。"岳然强撑着问了好，满心满眼都是祈祷，以后不要这么巧了。

谢梵羽盯着岳然额头的一片红肿不语，见他没有出声，想来也是没有吩咐，岳然鞠了个躬后，就美滋滋地撒丫子跑走了。

晨会上，安莱拉将岳然的提议也一并汇报给谢梵羽。

散会后，谢梵羽回到自己的办公室，见到 Tony 便说："帮我去药店买瓶活络油。"

"好的，谢总。"Tony 的办事效率很高，活络油很快就放在谢梵羽的桌上。

"谢总，还有什么事吗？"Tony 悄悄打量了谢梵羽一下，神色有些好奇，但是并没有多语，放下活络油便退了出去。

谢梵羽正想着该怎么给岳然，最后决定还是让 Tony 给岳然送过去比较好。他刚准备叫 Tony 进来，Tony 就出现在他面前，叹了口气说："老大，自助餐厅出事了。"

谢梵羽连忙站起身，朝餐厅赶去。

在赶着去自助餐厅的路上，谢梵羽从 Tony 口中知道是有位客人不知什么原因在餐厅突然休克。等他赶到时，医护人员也赶到了现场。

餐厅经理 Kim 和大堂经理 Aumi 见谢梵羽到了，急忙迎过去："由于事发的时候来餐厅吃饭的客人不多，所以并没有引起太大的骚动。受到惊吓的客人我也一一安抚后，派人送他们回房了。"

谢梵羽点头："把出事的顾客资料发给我，还有把这位客人吃过的食物都各拿一份，我要带去医院检验。"

Kim 将已经装好食物的两三个袋子递过去："我已经派人装好了。"

Tony 接过来。

"等我从医院回来再说。"谢梵羽交代完就与 Aumi 跟着急救车去医院了。

Aumi 站在一旁陪着谢梵羽在急救室外面等待，终于急救室的灯灭了，医生走出来说："病人已经脱离生命危险了，是病人食用了鱼子，才引发了过敏性休克。"

谢梵羽心中松了一口气："谢谢医生。"

医生微微点头，便离开了。

身旁的 Aumi 皱眉："谢总，这位客人是误食还是故意的？"

"先去看看吧。"谢梵羽也无法下结论，但他知道，如果此事处理不好，便会是一个麻烦。

等病人悠悠醒转时，就见谢梵羽正在床边站着。

"李先生，您醒了？身体有哪里不舒服吗？"

"你是？"李伟男有些恍惚。

Aumi 在一旁解释道："李先生，这位是我们 BYT 酒店的总经理谢梵羽先生，您因为误食了鱼子引起休克，所以我们才将您送到医院治疗，您现在好些了吗？"

李伟男听到 Aumi 的话说道："不好意思，给你们添麻烦了。"

Aumi 没想到李伟男态度会这么好，本以为还是个讹钱的套路呢。

"李先生是不知道自己对鱼子过敏吗？"谢梵羽问道。

"我是知道的，之前检查身体的时候就查过一次变应源。但是我这个人特别爱吃海鲜，想着螃蟹、龙虾什么的吃了都没事，所以见餐厅里的大马哈鱼子特别鲜美，就一时没忍住尝了个鲜，没想到差点连命都搭进去。这次真的是太感谢你们了，对了，医院的费用是你们给我垫的吧，花了多少？就记在我的账上吧，实在是麻烦你们了。"

谢梵羽轻轻一笑："李先生，您才刚刚脱离危险，还需要静养。至于医药费，虽然责任不在我们，但是李先生确实是在我们酒店发生了这样不愉快的事情，所以李先生的医药费，BYT理应全部承担。您好好休息，稍后我们公司的员工会过来照顾您，祝您早日康复。"

李伟男有些不好意思地道："这怎么好意思？明明是我自己嘴馋，还让你们破费……"

"这是我们应该做的，您不必客气。"谢梵羽微笑着回答道。

病房门被敲了两下，一个穿着BYT制服的男性员工走了进来，朝谢梵羽鞠躬："总经理。"

谢梵羽点头朝管家部的阿颂示意，阿颂立刻领会了，朝着李伟男鞠了一个标准的躬："您好，李先生，我是BYT管家部的阿颂，在您康复前，我负责您的生活起居。"

"哦哦，好的。谢谢！"李伟男道。

"您客气了。"阿颂微笑着回应。

谢梵羽见事情解决得差不多了，开口道："您有什么需要，直接吩咐阿颂就可以了。我们就不打扰您休息了，先告辞了。"

"嗯嗯，好的。不愧是BYT啊！"李伟男不禁感慨道。

谢梵羽回到酒店时，已是中午了，他直接来到前台，让前台的员工将客人的变应源信息加入客人的入住信息里面，以防会有诸如此类的事情发生。一切都解决好后，谢梵羽回到办公室，拿起桌上被遗忘的活络油，不由得想起第一次遇见岳然，她撞上电线杆的样子，哑然失笑，顺手把活络油放进了抽屉里。

谢梵羽想了想，又给人力资源部打了一通电话。

Colin在谢梵羽的示意下发布表彰通知，表扬了岳然工作细致，有主人翁精神，并且积极提出建设性意见，为饭店避免可能发生的危险。有1000泰铢的奖励，外加一瓶活络油……

07 猝死

因为1000泰铢和一瓶活络油，岳然的身心双双被满足，于是修炼成了一个干劲十足的夜猫子了。这一周的时间，岳然上了四次班，剩下的三天几乎都被岳然拿来补觉，所以时间很快就过去了。

像往常一样上床休息的时候，岳然突然意识到自己只要再上三次班，就可以转去别的部门了。本来这件事，她一直期待不已，可是临近结束，却还有些说不清楚的不舍了。岳然迷迷糊糊地想着，不久便去会周公了。这一觉再醒来，又开始了新的一轮工作。

这是一个极其普通的周二傍晚，岳然还没到接班的时间，正在睡觉，苏珊一脚踹开岳然她们的房门，将她从被窝里掏了出来，来回摇晃着岳然："别睡了，出大事了！"

幸亏岳然没有起床气，这要换宁佳佳早就一脚把苏珊踹到墙上当海报了。

宁佳佳从卫生间走出来，手里拿着一根眼线笔对着另一只手上拿的气垫霜上的小镜子画了画，然后满意地一笑。抬头一看岳然正被苏珊摇晃着，语带同情："女人何必为难女人呢。"

岳然的头耷拉在被子的外面，因为瞌睡直点头。

"有客人在大堂男洗手间猝死！"

宁佳佳的手一抖，细长的眼线直冲到太阳穴。气得她暗骂一声，躲进了洗手间。岳然耷拉着的头突然猛地抬起，眼睛瞪得溜圆。

"怎么死的？什么时候死的？是自杀还是他杀？"宁佳佳顶着一张完美的脸再次出现在俩人面前。

苏珊突然觉得无语："我怎么知道？不过大姐，都死人了，你还想着补妆？"

宁佳佳鄙视地看了她一眼："头可断，妆不可乱。"

岳然把苏珊的头转向自己的面前："赶紧说正事，真死人了？"

苏珊郑重地点头："我能拿这事开玩笑吗？这次 BYT 可真是摊上大事了。真是的，几百年都遇不到一回，怎么我们一来就演上"柯南"了啊，怎么就那么衰！要是这件事不解决明白，那我们的前途岂不是也跟着毁了啊？"

宁佳佳和岳然的脸色也双双难看起来。

"你们别不说话，怪瘆人的。"苏珊拽了拽岳然，示意岳然说两句。

岳然没有理苏珊，她知道男洗手间虽然不归自己管理，但像苏珊说的，这可是 BYT 前所未有的危机，如果处理不好，关门歇业都有可能。那她们呢，又该何去何从?

"我还是收拾收拾去上班吧。"想了半天,也不知道该怎么办的岳然说道。

谢梵羽今天在参加董事会,并不在酒店,听到此事,连忙往回赶。

等他到达酒店的时候,警方、医护人员已经悉数到场,一番勘察,还找到了男人写了满满一页"对不起"的信。

整个 BYT 从上到下都紧绷着神经,最后警察局总算传来了消息,确定这名男子是吸毒过量死亡,与 BYT 无关。

岳然听到这个消息的时候,正在大堂打磨着大理石地面,可心里还是有些别扭,一个鲜活的生命突然这么没了……

正当大家要松口气时,前几天去了普吉岛的德国姑娘 Anna 风风火火地回来了,进门就再也控制不住情绪,痛哭起来。

岳然连忙走过去,心中却有种不祥的预感,当 Anna 泪眼迷离地看清是岳然时,竟像是溺水者抓住了救命稻草一般,一把拽住岳然的胳膊:"他到底在哪?你带我去见他!我要见他,我的 Leon!他怎么能狠心抛下我一个人呢,他怎么能呢?"

岳然的预感一下成了真,她跟着抖了抖,连忙抱住眼神空洞的 Anna,Anna 身体僵硬地盯着自己的手,只是喃喃自语着:"Leon……"

深夜的酒店大堂,还有零散的客人进出,岳然将 Anna 扶到廊下的藤椅上。

夜晚有微风轻送,可是此刻,岳然和 Anna 的心都像是在南极的冰天雪地一般。

"岳然!你能帮我吗,他们都不让我见 Leon!你能不能让我见他一面,我不能连他最后一面都见不到,岳然。"

岳然深吸了口气:"你稍等下,我打个电话问下。"

"我不相信他死了,我不相信!不相信!他怎么能就这么死了呢!怎么可能呢。"Anna 脸上的泪顺着脸颊滑过,留下一条黑色的痕迹:"让我见他一面,我就想见他一面,我不能连句告别都没有,我真的不能就这样让他走了啊!我真的做不到……"

岳然抱住就要哭晕的姑娘:"我会帮你的。"

说完,岳然给值班经理打了电话,值班经理接起电话时有些惊讶,但听完岳然的陈述，他表示会请示总经理的，让她先安抚好 Anna。

Anna 期待地望着岳然，岳然放下手机："值班经理要请示一下总经理，我们先在茶歇室里等下，好吗？"

Anna 终于点点头，岳然搀扶着 Anna 来到茶歇室，看着她的泪眼中流露出崩溃的表情，也跟着难过起来。岳然抽出几张纸巾，递了过去。

Anna 哽咽着摇头："我不知道他为什么会想死，他怎么可能想死呢！他又怎么能死呢？"从一开始的询问到自问自答。

"警方说是吸毒过量才造成的死亡。"

Anna 一脸的疑惑，然后双手掩面哭了起来："我是气急了才让他去死的，可那是气话啊，我真的不是想让他去死的。我真的不是……"

岳然眼眶发酸，起身将 Anna 圈进怀里："我知道的，他的死并不是你的错，真的不是。没有人会真的想要让自己深爱的人去死的，他也一定明白的。"

两个女孩抱在一起哭成泪人。

处理完事务的谢梵羽从警察局赶回来，一进茶歇室，就看到两人这个样子，也很无语。岳然看见谢梵羽来了，慌张地抹掉了眼泪："谢总。"

谢梵羽看着岳然轻轻地叹了口气，对 Anna 说道："Anna 小姐，您的意愿我已经向警察局那边转达了。在消息回来之前，您还是先休息一下吧，您的脸色看上去很不好。"

"送 Anna 小姐去之前订的那间房休息。"谢梵羽对跟着进来的值班经理说道。

值班经理领命："Anna 小姐，请跟我来。"

Anna 懵懵懂懂地跟着值班经理走了出去，岳然突然局促了起来。

谢梵羽给岳然倒了一杯热牛奶，轻声问道："你害怕吗？"

岳然点点头又摇摇头："刚开始听见有人死了，是害怕的。但是现在我又不觉得害怕了。"

谢梵羽点头："把牛奶喝了吧，感觉会好一些。"

"BYT 不会有事吧？"岳然握着微热的牛奶杯，心里也镇定了下来。

"是自杀，BYT 的牵连不大。"

岳然点头，谢梵羽疲倦地坐了下来，两人无话，虽然沉默下来，却并不觉得尴尬。几分钟后，谢梵羽竟然睡着了，岳然拿来了毯子，帮谢梵羽盖好后，她便出去继续工作了。

天色渐明，岳然回到茶歇室，想叫醒谢梵羽，也想替 Anna 向他道谢。凌晨的时候，Anna 在值班经理的陪同下去见了 Leon。

一进茶歇室，就看到谢梵羽已经收拾妥当，衬衫上没有明显的褶皱，并将毛毯叠好了。

"我要回去写事件报告了，你可以吗？需要休息一天吗？"

"不，不，我想回去上班。"岳然有些慌乱地拒绝起来。

"也好，身体忙起来，脑子就不会乱想了。不过也别逞强，不舒服自己去找安莱拉请假。"

岳然愣了一下，这是关心吧？

等岳然回到自己的岗位上，内心还是很感动。

可是她还没来得及想什么，Anna 又风风火火地出现在岳然面前，拉着岳然就往外走。

岳然吃惊地问："Anna？你这是要带我去哪儿？"

08 念想

岳然被 Anna 强拉到了酒店花园里面，Anna 才开口说道："可不可以帮我找到一枚戒指？"

"戒指？"

Anna 点点头："那个戒指是 Leon 向我求婚时送我的钻戒，对我意义重大。我想把它找回来。但是花园太大，我一个人不行。你可不可以帮帮我？"

说完，她犹豫地看向岳然。

岳然拍了拍 Anna 的手，爽快地答应道："当然可以。这个时间我已经下班了。"

"你人真好。不过也不知道能不能找到了，已经过去一周了，兴许被别人捡走了。"Anna 露出一丝苦笑，神色暗淡得像是夜晚漆黑的天空。

"你千万别这么想，你必须抱着能找到戒指的这个想法去寻找，这样你的戒指才能收到你的召唤啊。要是你一直在想肯定找不到的话，那我们肯定就找不到了。一定要满怀信心！"岳然信心十足的脸在热辣的阳光下映照得熠熠生辉，安慰人的功夫还不够，但鼓励人的鸡汤还是可以勾兑几碗的。

Anna 也备受鼓舞地狠狠地点了头："嗯！"

岳然见 Anna 终于拾起了信心，心里也略微松了口气："不过，你还能记得你扔掉的时候是往哪个方向扔的吗？"

Anna 认真地回忆着："我当时是从酒店房间的窗口直接扔下去的，不过当时我实在是太生气了，心里想着扔得越远越好，应该就在这一片吧，我记得我是直接抛出去的。"Anna 指了指房间窗口正对应的那片空旷的草地。

唉，还真是潇洒啊。岳然心里感慨，视线顺着 Anna 伸手指的方向望去，有了想法："女孩子的力气是有限的，就算你扔的时候用了很大的力气，但是戒指落地的范围会缩小很多。我们先从你说的位置朝你房间窗口下面搜索吧，这样能找到的概率会大点。我们一人负责一头，分头行动，ok？"

岳然从房间下面的窗口开始寻找，Anna 从空旷的草坪中央开始找起。两个女孩不放过每一寸草地，手指在草间穿梭着，不一会儿手便被草叶划出了一些细小的口子。两个女孩毫不在意，专心地搜索着。

已经是正午了，但是依旧一无收获。岳然眯起了眼睛，期待着某一处能被戒指折射出耀眼的光芒，可惜还是没有找到。

该不会真的被人捡走了吧？要是真的是这样的话，那 Anna……

岳然皱着眉向 Anna 望去，Anna 的双手正在草叶间扫荡，一双蓝眼睛中没有丝毫的不耐烦，也没有放弃的想法。

岳然心中有种说不出来的酸涩，这就是爱情吧。就算天人相隔，爱情也不会随着生命的消亡而凋零。这枚戒指本是 Leon 和 Anna 爱情的见证，没想到却成了 Anna 最后的念想。真是天意弄人。岳然重新打起精神来，眼里闪烁出不找到誓不罢休的坚定目光，再次开始了地毯式搜索。

正午的阳光很毒辣，汗流浃背的岳然继续全神贯注地寻找着，没有丝毫的倦怠。

岳然确认这片区域没有戒指，正想询问一下 Anna 的情况，却见 Anna 眼神空洞地望着草地。

看来情况是跟她一样的。

"别气馁，我们才找了草坪的 1/3 而已，还有许多地方等我们搜寻呢。你怎么样？需要休息一会儿吗？"岳然起身来到 Anna 身边，看着脸色有些苍白的 Anna，担心地问道。

Anna 摇了摇头："我没事。"

"那好吧，那我们继续，争取在落日前把戒指找到。"岳然说完，就蹲在地上，开始寻找戒指。Anna 看着岳然认真的样子，也蹲下身子开始搜寻起来。在两个人搜寻的时候，不知不觉中有不少酒店员工也加入了搜索队伍。

正当大家都陷入绝望时，岳然在灌木丛的枝叶间隙中被一个坚硬的物体扎了一下手指，岳然眼睛一亮，再次将手伸了过去，激动不已地喊道："Anna，看看是不是这个？"

"真的吗？"Anna 急忙跑了过去，其他工作人员也纷纷停了下来，朝着岳然的方向望去。

"你快看看，是不是你的戒指？"岳然把钻戒递给了 Anna。

Anna 视若珍宝地将钻戒轻轻放在唇边，轻喃："Leon。"

"找到就好。"岳然和员工们都松了口气。

员工们也笑着祝贺道："Anna 小姐，恭喜你啊。""是啊，找到就好。"

Anna 郑重地向大家鞠了个躬："谢谢大家，真的很谢谢大家的帮助。"

员工们纷纷表示不客气。

"岳然，真的谢谢你，要不是你，恐怕我是找不到的。"Anna 攥紧了钻戒，向岳然道谢。

岳然笑着回应道："不用客气，这是我应该做的。你快回去冲个凉，换身干净的衣服吧。"

Anna 看着身上的衬衫已经被汗水湿透，紧贴在了身上，虽然这种黏黏的感觉很不舒服，但 Anna 毫不在意："要不是你鼓励我，我恐怕早就放弃了。我想请你喝一杯，你看可以吗？"

"这……我需要问问我的经理。"岳然有些为难，但看着 Anna 一脸的期待，岳然还是没忍心拒绝。

Anna 听了很开心："那好，那我一会儿在大厅等你。"

答应 Anna 的岳然只好来到了安莱拉的办公室，向安莱拉说了 Anna 的邀请：

"经理，我能去吗？"

安莱拉看着岳然一脸小心翼翼的样子，不禁失笑："你已经下班了，所以这是你的自由时间，跟公司无关。而且你是应该去陪陪这个客人的，既然客人盛情邀请你，你就去吧。"

"好的，谢谢经理！"

岳然感谢安莱拉后，迅速回宿舍换了身干净的衣服，去大厅跟 Anna 汇合，两个人一起去了酒吧。

下午的酒吧，客人不多，音乐也很悠扬，只是略带伤感。

Anna 并不想喝醉，只是叫了几瓶啤酒，淡淡地开了口："然，我给你讲讲我的故事吧，你想听吗？"

岳然看了一眼 Anna 无名指上的钻戒，点头，轻轻碰了 Anna 已经空了的酒杯，一饮而尽。

见此，Anna 一笑，缓缓道来："我是在马来西亚工作的时候认识的 Leon。那是我的第一份工作，我那个时候总是跟顾客起冲突，又不愿放低姿态跟顾客道歉。所以跟我一起工作的同事们就开始暗地里排挤我，说我的坏话。我哪是被人欺负的性子，所以当我知道这件事的时候，我就找到了挑头的那个人，狠狠地跟那个女人打了一架，你猜谁赢了？"

岳然想着 Anna 的性子，答道："你赢了。"

"我输了，因为对方人多势众。我就算是一头猛虎也干不过群狼啊。"Anna 笑得很落寞："本是我一人的挑衅，结果变成了被众人群殴，我当时躺在地上就在想我也太笨了吧。不过，我还真没想到大家都这么恨我，可能平时我太过分了吧。"

岳然有些不解，但也不知道从何问起，只能疑惑地望着 Anna，等她解惑。

Anna 示意 waitor 给她倒酒，却一直晃着酒杯没有喝下去："然后 Leon 就出现了，他大声呵斥了那些打我的女人们，可是那些女人正打在兴头上呢，岂能罢休。Leon 没有办法，只好将我护在他的身下，替我挨了几拳。我当时一点都没有感动，只觉得这个男人真笨，还要挨女人的打。所以当那些女人离开时，我连句道谢的话都没有反而还骂了他。可是 Leon 被骂了却一点都不生气，反而要给我的伤口擦药。我看着他明显比我伤得还严重的脸，突然就骂不出来了。后来，当我知道 Leon 因为这件事要被开除后，我很生气，于是就跑去质问Leon，他为什么要将事情都揽在自己身上，他却笑着对我说只要你没事就好。可能是从来没有人对我这么好过吧，也可能是因为他那天的笑太温柔了，当时我就知道我是爱上这个傻小子了，所以我将责任全部揽在了自己的身上，主动辞职，让Leon留在了酒店。对了，其实我们是同行！后来他向我表白，我们就在一起了。我们很相爱，所以没过多久，我就带着他去见了我的父母。父母当时没说反对，也没说认同，我就以为他们虽然不满意但是也默许了我们的关系，所以我们就继续交往着，甚至准备结婚了。结果Leon突然向我提出了分手，然后不辞而别。于是我一个人来泰国疗伤，偏偏遇见他和别的女人在一起。我一度以为他是禁不住外面的诱惑，可是我现在才知道，原来他是被我的父母嫌弃，被逼迫跟我分手的。不过现在再说什么也都晚了，但是我想好了，我想要回马来西亚，回到我们曾经在一起的地方，然后重新站起来，就像他没有离开一样。"Anna握紧戴在右手无名指的戒指，语气充满了坚定。

岳然深受感动："好，祝你一切顺利。"

两个女孩一起举杯，一饮而尽，相视过后，了然而笑。

一杯接一杯的啤酒滑进了岳然的喉咙里，她突然明白了，放不下过去，就永远走不到明天……

09 过往

岳然回到宿舍的时候，已经是晚上7点了，回来就先冲了凉，给被晒伤的颈部抹了很多晒后修复乳，但依旧痒得要命。

岳然坐回床边，看着床头柜上妈妈去世前一家三口的合照，突然想起除了到达泰国的那天，她已经半个月没有给爸爸打过电话了。岳然翻看着手机里的电话簿，找到爸爸的电话，犹豫一下拨了过去。

"喂，然然啊。"

"爸。"

"你休息了没有啊，这段时间在泰国怎么样？"

"我挺好的，您不用担心，爸，太久没给你打过电话了，想你了。"

对面沉默了一下，熟悉的声音才再次响起："我也是，忙起来平时也想不起来给你打电话。你平时多注意身体，一个人在国外学会照顾好自己，遇到事情要冷静，多留一点心思。爸爸离你太远，有些事不能及时帮你，你好好的，别叫我和你王姨担心。"

"知道了，爸，那你先忙，有空我再给你打电话。"

"好，照顾好自己啊，然然，没钱了记得跟爸爸说。"

"知道了，拜拜，爸。"

"拜拜。"

岳然挂了电话，久久不能回过神，她想起了妈妈。

岳然的父母同是政府机关的工作人员，岳然的父亲为人正直，不免得罪了一些人，一直得不到升迁，而且还连累得母亲丢了工作。在那之后，母亲全心全意在家里照顾父亲和岳然，直到她 17 岁时，肺癌夺去了母亲的生命，原本幸福美满的家庭变得支离破碎。

妈妈去世后，岳然与父亲的关系一度恶化。在她的记忆里，妈妈在世时，爸爸从没有对妈妈有过什么关心，一直以来都是妈妈默默地为家庭、为她和爸爸付出，可父亲那时候想得最多的是他的事业，直到妈妈生病后，爸爸才恍然大悟，可是为时已晚。身边的同学都有母亲照顾，可是岳然没有，因此也更加怨恨父亲。

为了消除和女儿之间的心结，父亲做了很多努力，他一直觉得自己亏欠岳然和岳然的妈妈，可是他又是一个不擅长表达情感的人，但他一直尽力在为岳然做着力所能及的事情，一直到岳然大三时才再婚，慢慢地，岳然也理解了爸爸，可父女俩早已形成了远远关心，从不过于亲近的相处模式，岳然拿起相框，有些感慨，这么多年，不是不孤单的。

宁佳佳看着岳然失神的样子，不禁想起了自己的父母，岳然的母亲在她年少时候去世这件事，和岳然同寝室的女生都知道，虽然她没有母亲，可是宁佳佳依旧很羡慕岳然。

岳然虽然不是出身什么大富大贵的家庭，母亲也去世了，可是岳然的父母给她的童年营造了一个温馨的家庭环境，岳然的父亲也是真心实意地关心着岳然，非常在意岳然的感受，不像自己的爸妈，或许他们都不配为人父母。

宁佳佳是在摔摔打打中成长起来的，父亲嗜酒，母亲是一个庸俗的家庭妇女，父母打架是家常便饭，谁也不怎么照顾宁佳佳，家里经济状况又不好，从高中开始宁佳佳就一直在做兼职，省吃俭用把钱存了起来，以备不时之需。让宁佳佳最深恶痛绝的是父母知道自己女儿考上名牌大学后，便企图拿自己当摇钱树，有时不仅克扣自己的生活费，知道宁佳佳实习赚钱后还让宁佳佳给他们汇钱。她早已经彻底厌倦了这样的家庭，只想尽快逃离，可是即便逃得再远，仍有一股无名的力量禁锢着她，她无法掩饰和逃避。

"喂，你下午喝爽了没有，要不要继续？"宁佳佳走到岳然旁边，碰了碰正在发呆的岳然，不仅想让她缓过来，同时也想让自己尽快从灰暗的记忆里走出去。

"只喝了几瓶啤酒，当然没喝爽，而且心里就像压着块大石头，憋闷得很。倒是想出去透透气，但也不太想喝酒。"岳然回过神来，对着宁佳佳说。

"那就先去吃个饭，不管怎么说，有人死了，还是晦气的，咱们得去压压惊。走吧，先出门，再商量去哪里吃。"

"咱们俩是不是有点冷清，我叫上苏珊和罗菲她们吧，正好她俩今天晚上也没有班。"

"好啊，随你。"

过了一会儿苏珊和罗菲就过来了，4个人走出宿舍楼，决定不疯玩儿到午夜绝不回来，看来近来她们几个的压力也很大，岳然心里想着。

坐上泰国特有的交通工具——TUTU 车，4个人兴奋得手舞足蹈，几个人看着周边的景物，苏珊看到认识的景点也会给大家讲解。

"看来你和陆昊平时实习那么忙，也没少出来玩啊，周围差不多都认识。爱情真是伟大，都让你们忘了疲倦了。"宁佳佳打趣着苏珊。

"再累也不能不沟通感情啊，再说之前我和我父母来过一次泰国，对有些东西还是熟悉的。"苏珊回答道。

"不过你们家陆昊呢？"岳然问着。

"哦，他明早要送早航团离店，所以我没叫他。"苏珊略带骄傲地说着。

陆昊这两周在礼宾部实习，虽然每天都是在忙碌地运送行李，但小费很多，而且，他的服务非常细致，还不到两周的时间，就得到了顾客和上司的诸多好评，她的陆昊一直就是最棒的。

岳然和宁佳佳依然打趣着苏珊，罗菲看向窗外，面无表情。

"那今天咱们去哪儿玩，想没想好？"岳然问道。

"我们先去吃饭吧，就去素坤逸路的 Bo Lan 吃一餐，这个餐馆在泰国特别有名，菜品很精致，去尝一尝。吃过饭之后要不要去拜拜四面佛？最近麻烦事太多了，想求个好兆头。"宁佳佳说着。

"求姻缘不能拜四面佛吧？"岳然笑着对宁佳佳说。

"滚！"宁佳佳翘起兰花指，戳着岳然的脑门，"算了，我们马上要到餐厅了，拿好你东西，就你这丢三落四的样子。我跟你说，这可不比国内，你丢在这 TUTU 车上可没人帮你找。"

"去一边去！"岳然打开宁佳佳的手，4 个女生开心地笑成一团。

10 苦难

4 个人走进 Bo Lan，还没来得及品尝这里的美食，岳然已经被这里的装修风格深深吸引住了，周围多是用泰国篮子和木制品作为装饰，花园修剪得整整齐齐，格调雅致，最特别的是这家餐厅还有一家小型农场商店，销售各种调味产品，诠释"食材取自当地，天然无污染"的理念。几个人落座后，岳然看着面前的三套菜单，心想菜品的价格果然与环境和服务是成正比的，不过就当作犒劳自己的吧。4 个人沉浸在餐厅的氛围与精美的食物中，忘记了时间的流逝。

吃过晚饭，4 个女孩满足地走出了餐厅，去四面佛前拜佛。拜佛的人很多，本地人也比较多，但大多都是游客，岳然虔诚地跪在佛像前，上完香后，4 个人走了出来。

岳然看着街道和周围的环境，路上的行人，都让岳然觉得新鲜，泰国的风土人情还是深深地吸引到了岳然，尽管泰国和她想象中有些不同，可她还是很快适应了这里。

到了夜晚，曼谷灯红酒绿的夜生活开始了，苏珊提议："要不我们到街边的小酒吧去小酌两杯吧。"

大家兴致都比较高，都欣然同意了苏珊的提议。

　　走到一家看起来还算安静的酒吧门前，4个女孩走了进去，点了几杯啤酒后，酒吧里的人陆陆续续开始变多，本地的、国外的都聚在这一家小小的酒吧里，正如泰国这个国家本身一样，可以容纳许多不同的人。

　　酒吧里开始有歌舞表演给客人们助兴，表演的大都是年轻的女孩，有些甚至年轻得过于稚嫩，想来应该是未成年人，即便是浓重的妆容也无法掩饰稚气。

　　岳然用手肘怼了一下正在兴头上的苏珊，小声询问："这里的人看上去都好小哦，难道未成年在泰国打工不犯法吗？"

　　苏珊做了个靠拢的手势，其他3个女孩纷纷倾身，等待下文："其实这里面很多还不满15岁，而且也有些是GRATEAI。"。

　　其他3个女孩听完秒懂，GRATEAI就是人妖，人妖在泰国是很常见的，岳然当然是知道的。很早就听说泰国是一个贫富差距非常大的国家，所以有些贫困家庭的男孩子会迫于生计选择吃雌激素，让自己的外貌看起来更加动人，这样才能赚到更多的钱，只有极少部分的GRATEAI会选择变性。

　　无论怎样，这都是一种苦难，岳然看着台上一个个翩翩起舞，将自己身体作为卖点的孩子，心里一阵悲凉。

　　第一个节目结束，旁边桌子的一个男人向酒吧的老板询问其中一个人的价码，打扮艳俗、妆容浓重的女老板听到男人开的价钱之后，脸上立刻笑开了花，眼角的鱼尾纹仿佛要从厚重的粉中裂开一样。

　　老板拉过女孩送到男人面前，女孩怯生生的，艳丽的妆容也掩盖不住女孩那稚嫩的脸庞，女孩的身形还是干干瘦瘦的，身体也是一副还没有发育完全的样子。男人叫女孩过去，女孩有些不愿意但依然被老板推着向前走，男人拿出一张5美元的纸币给了女孩，又另外拿出一张10美元纸币给了老板，简单地交流后，女孩就被那个男人带走了。

　　罗菲惊讶地看着眼前的一切，半晌吐出来一句："怎么能这样呢……这简直太过分了……"

　　宁佳佳看着罗菲，有些嘲讽地说道："拜托，你可别忘了这是泰国，在这里发生这种事是再正常不过的，你要是想因为这种事情打抱不平，我劝你还是回中国的好，不然在这里容易惹麻烦的。况且买卖是自愿的，钱货两讫，各取所需，有什么过分的？你要是这么不忍心的话，干脆你买回去算了。"

岳然看罗菲脸上有些挂不住，赶忙打圆场："宁佳佳的意思是想让你能快点适应这里的环境，毕竟我们还要在泰国实习一段时间。这里的风土人情确实有很多东西和中国是不一样的，虽然大家都一时难以接受，但是在泰国这个国家是再普遍不过的。别说今天这个女孩了，再小的女孩都有，甚至还有男孩也会进行买卖的。"

苏珊看起来也有些不好受："其实这也未必就是阴暗面，至少还算是公平交易，还有很多是我们无法知道的呢。只是……算了，还是希望他们能平安吧。"

一时间大家都有些沉默，岳然看着周围的一切，暗自叹了一口气。正如她所说的，这样的交易确实在泰国是再正常不过的现象，可岳然始终不能理解拿这些当作娱乐和消遣的人们。

她不禁想起自己在度假山庄里所接触的一切，有人享受着帝王般服务的同时，也有人在角落里为了每日的生存用尊严去乞讨。不公平吗？是不公平的，但是也不能全说不公平，只能说各有其命。因为这就是富人跟穷人之间的差距。明明大家同在一片天空下，生活在同一个国家，可是境遇竟然这么的不同，一种怜悯之情慢慢充斥了胸腔，让岳然有些窒息。

但转念，忽然就有了一种感叹和自豪感，还是国内更好，不会出现这些阴暗现象，而努力付出的人还是有机会成功的，那就让在这里的每一天都充实起来吧，怨天尤人又有何用？还是让自己更好才是正途。

周围喧闹的气氛慢慢打破了沉默，可看到刚才发生的一幕后，女孩儿们已经没有了兴致。岳然真的是累了，同样疲倦的宁佳佳突然站了起来，大着舌头："我们回去吧，我有些累了，想睡觉。"

女孩们带着悲悯的眸子望向宁佳佳，没有一个人反对。4个女孩相互搀扶着，走出了酒吧，毫无留恋……

11 人祸

在 PA 的倒数第二个工作日，岳然准时到岗，交接班的时候，主管递给她一个纸袋子，并且宣读了 Anna 的感谢信以及人力资源部的表彰通告，纸袋子里是一瓶青草膏和一瓶晒后修复霜。

这是对她的认可，只是岳然从心里希望那天的事没有发生过就好了，希望 Anna 永远快乐……

转眼，就到了在 PA 工作的最后一天，虽然 PA 的工作内容简单，但经历了生死，让从没考虑过太多问题的岳然已经开始适应每天要面对不同的突发状况，想很多的事情，虽然一直在进行，但依旧担心会出现自己难以解决的问题。

这一天，岳然和往常一样，有条不紊地进行着清洁鱼池的工作，远处走来一个熟悉的女孩的身影，看制服应该是酒店的员工，她便没有多看，继续捞着锦鲤。

"天啊！你怎么在这里啊？"岳然顺着这个尖细的声音抬头一看，仔细辨认后才想起来这个女孩就是薛凝。

岳然没有说话，还是继续做自己该做的事情，她不想在工作岗位上惹出什么麻烦，薛凝得意地看着岳然，看向岳然胸前的员工名牌："叫岳然是吧，你说你怎么来这里工作了啊？还真是可怜啊！同期的实习生里我可没听说过谁来做这种工作的，要不怎么说呢，什么身份的人就该做什么样的事。"

"薛凝小姐，请问你没有工作要做吗？如果没有其他需要的话，还请薛小姐自便，我还需要工作呢。"岳然看着薛凝的嘴脸，冷漠地说着。

薛凝早就知道岳然在 PA 实习，还得到了奖励，并且还获得了两次，这怎么能让她心里舒服呢？今天总算是遇到了岳然，可岳然竟然不把自己放在眼里，她不禁有些脸上挂不住，恼羞成怒地对岳然喊着："还在这跟我装上正经了，你什么样我心里不清楚是吗？把人撞倒了还在那振振有词的，你凭什么跟我这副样子！不就是个保洁员吗，还敢得意？"

鱼池的位置离大堂不远，又是早上，人来人往的，岳然不禁皱起了眉头，就算心里燃起了怒火，但她依然要让自己保持冷静，但眼神已经透露出对薛凝的厌恶："薛小姐，请你注意一下，这里是公共场所，如果你有什么私人问题，请你私下里跟我解决，不要占用我的工作时间。现在你已经严重打扰了我的工作，给我造成了不便。而且，薛小姐同样是 BYT 的员工，你难道不需要工作的吗？"

薛凝看着岳然不温不火的样子，丝毫没达到把岳然惹生气的目的，自己反而被她气到，不禁更加恼火："我的工作不用你提醒！你还真以为自己是个什么东西啊，还打扰你工作！在这跟我扯什么啊？就你这种下贱的人一辈子都只能做这种下贱的工作，永远都没有出头之日！"

岳然无法忍受薛凝的无理取闹，但也不想就这样在这里和她发生争吵，干脆继续捞锦鲤。薛凝气得一把把岳然推进了鱼池里。鱼池的水很浅，刚没到小腿，但是池底有些滑，岳然用极其尴尬的姿势才没摔倒在鱼池里。

薛凝看到岳然眼中涌上的泪水，这下解了气，转身要走，却看到了米娅。

"这位薛小姐，请问你认为什么是下贱的工作？什么又是高尚的工作？"米娅看了岳然一眼，然后走到了薛凝面前，居高临下地看着她。

"米……米副总好……"薛凝没想到会在这种时候遇到米娅，关于米娅，进入曼谷BYT的员工都早有耳闻，外形抢眼的中泰混血儿，双博士学位，父亲是BYT的总裁，凭借自己的能力做到副总的位置，做事雷厉风行。薛凝想到这里，不禁打了一个寒噤，跟米娅比起来，自己不过是一个小股东的女儿，连自己爸爸的那点小股份，还是继承外祖父的遗产才得到的，因此对米娅更多了几分敬畏。

"在BYT工作的员工里，从来没有高低贵贱之分，能经营好一家酒店，需要各个部门的相互配合，缺一不可，所以在这里每个岗位上的每个员工都值得尊敬。"

薛凝一边听着一边连连点头，谄媚的样子令人厌恶。

"还有，你在工作的时间不在岗位上工作，却跑来这里为难同事，怎么，是BYT的工作太闲了吗？需要你在这里找同事麻烦来充实一下生活？"米娅字字说中要害，逼问得薛凝不知该如何反应。

"米总，我……我只是……"

"看来很有必要增加你的工作强度，别在这里继续浪费时间了，赶快回到你的工作岗位上去。"薛凝听了米娅的话后，逃也似的离开了鱼池。

"米总，谢谢你。"岳然从鱼池迈了出来。

米娅看向岳然，态度缓和下来："不用谢我，这在我的管辖范围之内，我也没做什么。薛凝在这件事上固然有她的错，但你有没有通过这件事反思一下自己？"

在校园招聘会去洗手间的路上碰到岳然后，米娅就对岳然很有好感，看着岳然受委屈，又对工作环境不熟悉，忍不住想帮她一下。

岳然满脸不解地看着米娅："反思？"

米娅回答道："对，反思。首先薛凝的吵闹已经在一定程度上打扰了宾客，损坏 BYT 的形象，并且影响到了其他员工和宾客，这个时候你应该立刻做出反应，制止她的行为，而不是一味地忍让，今天是同事还好，找酒店里相应的部门主管就可以解决，但你有没想过，如果薛凝是顾客呢？"米娅点到为止，不再继续往下说。

岳然听了米娅的话后，恍然大悟，知道米娅这是在提点她，她看着米娅说："好的，米总，我知道了，保证不会再发生类似的情况。"

米娅拍了拍岳然的肩，叹了口气："前面的路还长着呢，打起精神来。"说完转身离开了鱼池。

岳然此时丝毫没有因为这件事影响到心情，相反，米娅今天对她说的话让她受益颇多，让她不禁有些兴奋起来。

BYT 果然都是行业翘楚，真希望我以后也能像米总一样优秀！看来我得加倍努力工作才行！岳然想到这里，更加认真地清洗起鱼池来。

米娅通过这次事件后，对岳然的好感也是直线飙升。

虽然发现岳然在处理事情方面还是不够成熟，但是毕竟岳然还年轻，初入行还是需要锻炼几年。岳然身上的良好品质的确让她看到了 BYT 未来的新星，看来是个可以培养的人才。只是，她与那个人长得真的是太像了，米娅在心底又有些排斥岳然。

12 放松

当天中午，对薛凝的处分就下来了，由于薛凝父亲的原因，并没有直接开除她，而是让她接下来的两周去 PA 实习。

这件事很快就传到了谢梵羽的耳朵里，他坐在办公室里，从电脑屏幕上挪开视线，拉开抽屉，两张购物小票安静地躺在里面，一张是购买活络油的，一张是购买青草膏和晒后修复霜的。谢梵羽揉了揉眉心，将两张购物小票扔进垃圾桶，继续看着营业报表。

今年 BYT 上半年的发展势头很好，位于曼谷的酒店营业额比去年增加了17%，芭堤雅、普吉岛、苏梅岛、甲米以及清迈的度假山庄营业额更是喜人。乌隆他尼、中国北京的新店已经开张，而马尔代夫和马来西亚亚庇的酒店也将在 11 月开业，巴厘岛、槟城的酒店将在明年开业，扩张的脚步虽然有些急，但还算是有条不紊，他要忙的事情实在太多了，对这个女孩关注也只是对员工的关心而已。

这件事也很快传到了同期实习的同学耳朵里，因为是周末，晚上岳然、苏珊、宁佳佳和罗菲坐在一起，兴奋地聊着。

"你看，这就叫不是不报，时候未到啊，哈哈，岳然，你也算是傻人有傻福了。"宁佳佳一边吃着手里的零食，一边解气地说道。

"是啊！佳佳前两天还和我说，你每天累得回来倒头就睡，在 PA 工作真的这么累吗？"罗菲看着岳然，担忧地问道。

"累是累，但也锻炼身体了啊，看我这肱二头肌都显露出来了。"岳然举起手臂，展示着自己胳膊上的肌肉。

苏珊笑着去打她的胳膊："行了，你下周去哪里实习？"

"Colin 发来的计划表上是前台，我本来还想在别的部门转转，再去前台呢。你看看佳佳，在前台这两周，各种背东西，上学时都没见她这么用心过。"岳然打趣着宁佳佳。

"切，过来叫师姐，我下周可是可以去接待客人了。有什么不懂的、不会的，尽管问我哈，酬劳嘛，你看着给。"宁佳佳摊开手掌，修长的手指对着岳然勾了勾。

苏珊的眼中闪过一丝失落："前台啊，我下周要去餐饮部，还不知道会是哪个餐厅。陆昊要去客房部了。"

"啊？我下周的实习也是去客房部。"罗菲难掩惊讶的表情。

苏珊微不可察地皱了下眉，岳然大手一挥："早晚都要轮一圈的，我们加油！今晚咱们一起逛逛曼谷的夜市吧，上次只是吃了饭、去了酒吧而已，来曼谷之后，都还没好好尝尝泰国小吃呢，看看你有没有什么喜欢的手工饰品什么的。我们好好地去逛一圈！"

苏珊被岳然捅了捅，看到她这么高兴，苏珊的心情也好起来了："好吧，正好陆昊和段剑也休息，咱们一起。"

几个人决定说走就走，6 个人一起走出酒店门口，罗菲提前考察过曼谷当地最有特色的夜市，最后选定了 Huai Khwang 夜市。其他人见罗菲"做了功课"，就懒得再动脑子，愉快地跟着就是了。

这回坐的是 MRT（轻轨），很快就到了 Huai Khwang 夜市，她们立刻被周围各式各样的小吃所吸引，泰国的东北菜在这里尤为出名，而且因为 Huai Khwang 夜市是当地人常去的夜市，不是为外国观光客开放的观光夜市，所以价格都非常实惠。

几个女孩说说笑笑地买了一大堆好吃的，太多了拿不住的时候就让身后的两个男孩帮忙拿着，苏珊、岳然和宁佳佳不时打量着罗菲和段剑，两个人都有点害羞和拘束。

宁佳佳忍不住打趣段剑："段剑今天跟我们出来好像特别害羞啊，是因为和女孩一起玩不习惯吗？罗菲你好好带段剑玩一会，让他尽快适应，可别这么扭捏了哈。"

除了罗菲和段剑，大家听了之后都哈哈大笑，罗菲的脸涨红起来，段剑这个干净清爽的大男孩听了之后变得和女孩一样害羞，对着宁佳佳连连摆手："不……不是这样的……我没有……"

"好了，好了，我说笑的嘛，干吗这么认真啊？这样吧，你和罗菲一起去给我们买炸鱼吧，我们在前面等你们哦。"宁佳佳笑着，把罗菲推到段剑身边，几个人继续往前面走了。

段剑呆在原地，尴尬得不知道该说什么，罗菲红着眼睛站在那里，满脸的委屈和不甘。

"我知道你喜欢宁佳佳。"一阵尴尬后，罗菲先打破了沉默。

"你怎么……知道的。"段剑看着罗菲，几个女孩的表现，加上陆昊有时候跟段剑聊天时说的八卦，让他也以为罗菲是喜欢他的，听到罗菲这样说，段剑以为罗菲生气了，想说些什么又觉得说什么都不对。

"你放心吧，我不喜欢你，大家都搞错了，我只想问你一句，你喜欢宁佳佳这件事想让宁佳佳知道吗？如果你想的话，我可以帮你。"罗菲不想再听段剑吞吞吐吐的解释，她想把所有误会都解开。

　　段剑听了罗菲的话后，很快就恢复了平静。段剑摆了摆手："我知道她对男人的标准和要求，我也知道我达不到那些标准。虽然我也想努力去成为能匹配上她的人，但是目前的我还是做不到，所以我只要默默地守护着她就好了。"

　　罗菲长舒了一口气："我和你也有同样的想法，既然得不到，默默守护就好了，既然他们都以为咱们俩是喜欢对方的，那不如我们就互相配合，把这场戏一直做下去，既能保护你也能保护我，就这样吧，你也不用再解释些什么了。"

　　段剑点了点头，表示同意，脑海中突然闪过一个人影，段剑犹豫着要不要开口，在心里挣扎了一下还是问出了口："罗菲你不会是喜欢陆……"

　　"有些事，心里清楚就好了，不要再问了，就算问清楚了也没什么意义。快走吧！他们还等着我们买炸鱼回去呢。"罗菲带着段剑走到了炸鱼摊，买完后两个人就去前面找其他几个人了。

　　"你们好慢哦，我们可等你们半天啦。"宁佳佳故意坏笑道。

　　段剑这次没有解释，将炸鱼递给宁佳佳后，又分给了其他人。

　　"炸鱼的摊子顾客太多了，所以排队耽误了些时间。"罗菲把一串炸鱼分给段剑，说道。

　　段剑惊讶了一下，还是接了过来，小声说道："谢谢。"

　　岳然见罗菲的举动有些意外。难不成真的像宁佳佳说的，罗菲喜欢段剑？

　　宁佳佳见此更是玩心大起："哎哟，这是干吗呢？是要虐单身狗的节奏吗？"

　　苏珊见罗菲和段剑站在一起的样子，心里有些说不清道不明的感觉，可是嘴里却嘻嘻哈哈地打趣宁佳佳道："你还少被虐了吗！"说完挽上了陆昊的脖颈，送上了一个带响的贴面吻。

　　宁佳佳叫得更欢了，苏珊得意地望向宁佳佳，视线却一直观察着罗菲，见罗菲笑得依旧灿烂，苏珊才放下心来。

　　陆昊宠溺地捏捏苏珊的脸颊："淘气。"

　　罗菲吃鱼的动作有一瞬的僵硬，段剑见此连忙道："我刚才看那边有个小摊在卖芒果糯米饭，这不是泰国的网红饭嘛，我们快去尝尝吧！"

　　"段剑还是你眼尖！"说完，宁佳佳就拽着岳然率先朝那个摊位跑去，苏珊和陆昊跟在后面。

"谢谢！"罗菲小声说道。

"应该的，我们不是说好了相互配合嘛。"段剑笑笑。

"你们快来啊，好好吃哦。"宁佳佳一边吃一边含糊不清地招呼着没过来的两个人。

罗菲和段剑加入"糯米大军"，几个人吃得好不欢快。一行人走走停停，品尝了许多泰国当地的小吃，也买了很多稀奇古怪的小东西，岳然好久都没有这么开心过了，这样简单明了的快乐真是难得，不管过了多少年，岳然都会记得这个晚上。

第三章

橙色友情

青春之所以总被怀念，

因为其中有恰到好处的友情，温暖了你我，

也雕刻了年华，而友情和爱情一样，

也会吃醋，更容不得辜负。

01 细节

周一一早，去前台报到前，岳然特意去找了一下安莱拉，感谢她对自己这段时间的照顾。

安莱拉倒是态度很是淡然，毕竟，在她将近 20 年的职场生涯中，见过了太多事情，对于相聚和离别看得都很淡。多年来的历练也不会让她对一个人无缘无故地好，在她心里，就算岳然和同龄的女孩确实不同，不骄纵不自负，待人善良又大方得体，但她也不会表现出特别亲近的样子，因为这样反而会害了岳然，让别人以为岳然站了她的队。

她理解初入职场的不适应，也不免担心她在这人际关系复杂的 BYT 里，究竟会怎么样，所以她只是拍了拍岳然的肩膀："前面的路还很长，加油吧！"

岳然长长地舒了一口气："我会的。"

安莱拉笑了笑道："快去前台吧，苏雅很讨厌别人迟到的！"

苏雅正是前台的经理，岳然听罢，连忙挥手告别，去了前台的办公室。

来到办公室的时候，岳然发现与自己一起在这里实习的钱钱已经到了。

"嗨！"钱钱看到岳然，打了个招呼。

"哎呀，你瘦了。"岳然惊讶地发现，于是对钱钱说。

"嗯，前两周在餐饮部实习，体力工作很锻炼人。听说你在 PA 实习来着，怎么样？"钱钱好奇地问。

"还不错，你看我都练出肌肉了。"岳然拍了拍自己的胳膊。

"其实这样挺好的，锻炼了体力和站功。"

岳然很是认同地点了点头，这时宁佳佳推门进来，前两周，她都是在接受培训，今天才可以去前台接待客人。

"怎么也不等我？害得我眼线都没画好。"宁佳佳抱怨着，指着自己的脸，"怎么办？昨天喝水喝多了，眼睛都肿了。"

"喝杯黑咖啡，消肿可快了。"钱钱建议道。

"嗯嗯，我一会儿就去弄，谢谢啦！"宁佳佳笑得妩媚，又看向岳然，"我先忙去了，中午一起吃饭哈。"

说完，宁佳佳就推门出去了，钱钱看着她的背影，羡慕地说："她可真漂亮，不愧是咱们的校花。"

"是呢。"岳然很是赞同。

随着"噔噔噔"的高跟鞋踩地声，脚下生风的苏雅来了，她看到连忙站起来的岳然和钱钱点了点头说："今天有很重要的团队入驻酒店，你俩先看看前台的工作标准及流程手册，等忙完了，我再系统地给你们讲解。还有，就是今天会很忙，如果前面人手不够，会叫你们出去帮忙，要保持微笑，不懂的地方及时问老员工，听明白了吗？"

"OK！"苏雅说话也和她走路一样，语速极快，干脆利索。来泰国已经三周了，置身于英语环境中，适应得很快，所以听这样语速的英文，岳然和钱钱也是没问题的。

拿到厚厚的一本工作标准与流程手册，岳然和钱钱吃惊地先翻了翻，列出来的工作竟然有 300 多条，每一条都有标准和操作流程，大多是在电脑上操作，但也有不少是关于资讯和外币兑换的信息。

两人在吃惊之余，认真地看起来，也随时把不懂的地方记在小本子上。

转眼一个上午的时间就过去了，要不是宁佳佳跑过来嚷着饿死了、累死了，两人完全不觉得时间过得这么快，而这厚厚一本手册只看了 1/4 而已。

和宁佳佳吃午饭也是急匆匆的，宁佳佳说："今天一上午都要忙死了，300 多间客房的客人离店，入住的客人也不少，怎一个慌乱了得。"

岳然羡慕地看着她："你真能干。"

"去，这是我一个人能干得了的吗？"宁佳佳嗔怪着，把碗里的饭扒拉几口："走吧，我还得替换别人来吃饭呢。"

苏雅一见急匆匆赶回来的 3 个人，便对岳然和钱钱说："你俩就先到前台来，帮忙解答一些小问题。"

岳然和钱钱就满怀忐忑地站在了一角。

中午时分是前台最忙的时候，赶在12点前结账的客人很多，而像BYT这种拥有1000多个房间的大型酒店，在旺季就会很忙碌了。

正看着别人忙碌时，有一个神情沮丧的客人走到了岳然面前，她连忙展开笑脸："先生，有什么需要帮忙的吗？"

"我也不知道这个忙你能不能帮。"客人依旧很沮丧，他的手一直在颤抖。

"您说来听听。"岳然听出这是个来自台湾的客人。

"我从大皇宫出来，坐出租车回来的，等进了酒店的门才想起我的摄影器材还在出租车上，可我跑出去的时候，出租车已经开走了。"客人说着，手还在抖动。

岳然这才意识到这个客人可能患有帕金森综合征，连忙说："您不要着急，下车的时候要了发票吗？"

"没有。"客人的额头渗出一层细密的汗珠。

站在一旁的钱钱已经懵了，也为客人着急起来。

"没关系的，我们的门卫会在您下车的时候给您一张纸条，您想想放在哪里了。"岳然因为在大堂打扫时，看到过门卫的工作，于是很有底气地询问。

"哎呀，纸条？我找找。"客人在身上翻找了一通，终于在POLO衬衫的口袋里找到了，递过来。

岳然接过纸条，连连点头："您别着急，有这个就能找到出租车司机的，您把房间号告诉我，就回去休息吧，等出租车司机送回来，我请行李员给您送过去。"

客人激动得半天没说话，好不容易才找到房卡递过来，岳然连忙记下了房间号。

等客人走了，钱钱有些崇拜地看着岳然："你怎么知道得这么多？"

"我只是看到过门卫这样做，当时我也很好奇，因为咱们国内的酒店很少有这样做的。"

岳然先跑去礼宾部，请礼宾部的员工帮忙，给出租车公司打电话，找到了刚才那辆车的司机，并确认了的确有相机包和三脚架遗留在了后备厢，出租车司机答应20分钟后送回酒店。

在等待出租车司机送回摄影器材的时间里，岳然才继续和钱钱说自己的体会："我当时看到门卫这样做的时候，就觉得很奇怪，后来发现，他们在工作中特别注意细节，每辆即将停靠的出租车一进入视线，他们就会把出租车牌号记在卡纸上，每一位乘客下车，他们都会帮忙拉开车门，并且查看一遍车里是否有遗留物品。每个门卫都是这样工作的，我就在想，这是他们的工作流程和标准，而这一套工作流程，完美地诠释了什么叫服务。都说服务是酒店出售的最重要的产品。而最好的服务不是巧妙地弥补错误，而是预见错误、预防错误的发生才对，这样才会让客人感到满意，感到无可挑剔。今天真的遇到了问题，才更能体会这里的门卫在客人下车的时候把出租车牌号和出租车公司的名字记下来，就是万一发生意外时，能方便快捷地查询到这些信息。"

钱钱听完，对 BYT 的认同感增加了很多。其实，来国外工作，学的就是这些管理上的细节。

这时出租车司机已经把摄影器材送回来了，看着行李员给顾客送到客房，岳然和钱钱很有成就感地笑了，也是从这一刻起，她们真的爱上了 BYT，爱上了这份工作。

02 自省

下班后回到宿舍，岳然连忙踢掉半高跟的鞋子，揉着脚，之前两周在 PA 都是穿平底布鞋，可没觉得脚这么受罪。

在餐饮部上早班的苏珊早就回来了，已经睡了个午觉，听到岳然这边的动静，就过来敲门了，岳然光着脚跑去开了门。

"你也不怕着凉？去泡个脚，把水弄热点儿。"苏珊说着。

"可我累得完全不想动。"岳然依旧抱着脚躺在床上。

苏珊无奈，只好起来给她倒了一盆热水过来："起来，褪猪毛。"

"谢谢哈。"岳然献媚地笑着，一骨碌坐起来，把脚放进了水盆里，水很热，有点烫，但岳然也没有把脚拿出来。过了一会儿，她终于适应了水温，才说："真舒服啊！珊珊，你这几天怎么样？"

"也很累，你知道的，早餐厅就跟打仗似的。不停地巡视看哪盘菜少了，就赶紧去厨房端，还要看哪些客人走了，赶紧更换餐具、擦桌子。你看看我手机上的步数，简直逆天了，25000步。感觉这么走下去，几个月就能走回北京了。"

"噗！"岳然忍不住笑出声来，"珊珊啊，你也是有幽默细胞的哦。"

苏珊笑着捶了捶岳然的后背："我交接班的时候，可是听说某人实习特别有心得呢，说来听听呗。"

"什么？我吗？"岳然有些意外。

"对啊，我们经理交接班的时候特意跟我们说的，说是你实习特别用心呢。"

"你们经理是谁啊？我都没见过，他怎么知道我实习用心的？"岳然更加意外了。

"啊？"看岳然绝对没有演戏的样子，苏珊也感到意外，只好解释说："就是你帮客人找回摄影器材的时候，和钱钱说了心得体会吧？我们经理交接班的时候，就跟我们说了，不管是实习还是工作，一定要注意观察，善于学习和总结。"

"哦，可能是钱钱和你们经理说的，她不是刚从餐饮部实习完吗！"岳然总算是没那么惊讶了。

"也许吧，看来钱钱这人也不错，是可以做朋友的人。"苏珊点点头。

"你呀，总是时不时就这么世故。"岳然美滋滋地泡着脚，靠在苏珊身上。

这时，宁佳佳红着眼圈进来了。

"怎么这么晚才回来？"岳然问道，"你这是怎么了？谁敢欺负我们大美女？"

听岳然这么一说，宁佳佳把眼中的眼泪一抹："我是气我自己！猪脑子，把客人资料输入错了。明明很简单的事情却没做好，让苏雅一顿数落。"

"怎么输错了？快说说。"岳然想让宁佳佳发泄出来，别憋在心里。

"这么丢脸的事哪能告诉你？"宁佳佳给自己倒了一杯冰水，一口气喝了下去，才说："其实就是特别低级的错误，就好比1+1，我的答案写成了3这种特别低级的错。"

这么懊恼不已的宁佳佳，岳然倒是第一次见："你也算是够上心的了，在学校，考不及格都没见你这么着急。出错不可怕，只要别再犯同样的错误就是了。"

宁佳佳一时不知道说什么，想了想也对，又从冰箱里拿出一包山竹："吃吧，今天不吃完就该扔了。"

"你怎么一下买了这么多？"苏珊把垃圾桶拿了过来，"就算这边的水果便宜，也不能这么买呀，放不住的。"

宁佳佳已经把一大块雪白的山竹肉放进嘴里，无法回答苏珊的话。岳然赶紧把脚洗好擦干，倒了水，也跑过来吃山竹。

这时苏珊的手机响了，她皱了下眉，用沾了山竹汁的手划了下接听键，然后按了免提："女皇殿下，有何旨意？"

原来是秦阿姨的来电，岳然偷笑，苏珊总是这么称呼她妈。

"你实习结束就要回来了吧？旅行家集团的实习也就该开始了。"秦阿姨的声音传过来。

"我都说过了，我不想去什么投行，BYT 就很好，能锻炼自己的，升职机会又多，一点儿都不比那些世界 500 强公司差，而且还是很时尚的工作。"苏珊紧皱着眉，"再说，你要是不乐意，干吗当初疯了似的非让我学什么酒店管理啊？学了 4 年，你又不让我进酒店，真是搞笑。"

"可你明明有比去酒店更好的选择啊！"秦阿姨愤怒的声音，听得岳然和宁佳佳都是一愣。

苏珊无奈地搓了搓手机："喂？听不清了，哦，没电了。"说完立刻挂断电话，又利落地关了机。

"你妈还对你来 BYT 有意见？"宁佳佳问，"你连华尔街投资银行都不去，够拽的啊。"

"我是觉得，该是我自己做次选择的时候了，以前总是被她左右。"苏珊叹气，"其实只有我们自己选择的出路，不管是顺利还是挫折，我们才会欣然接受，这些道理，做父母的总是不懂，总觉得她给你选择的就是最好的，你就该服从。"

听了苏珊的话，岳然笑了笑，对于这种事，她不觉得自己有什么可以评价的。

"好了好了，赶紧吃完，我还得好好再看一遍前台的资料呢。"宁佳佳也不喜欢这个话题，是的，她没有苏珊这样好的家庭，父母能把所有的路铺好，她只能一切靠自己。但这也许就是人性的劣根性，拥有的就不珍惜，没有的才去拼命追寻。

"前台要背的东西很多吗？你不都背了两周了？"苏珊好奇地问道。

"背会了，不代表用的时候就会。"宁佳佳叹气，"资料是死的，活学活用才行。"

"嗯嗯，你们都好有心得的样子，我也得努力了。"苏珊吃完山竹去洗手。

宁佳佳撇了撇嘴："为了我的凤凰梦，必须得先把麻雀做好、做合格才行啊。"

岳然听完，一下子笑呛了，咳了半天才止住："你够了啊，宁麻雀。本来觉得你是在自省、自责，没想到会是这样，我下回还劝你，就见鬼了。"

苏珊从洗手间里出来，听到了宁佳佳的话，白了她一眼："你什么时候才能从不切实际的梦里醒来啊？"

"我清醒着呢。好走不送。"宁佳佳拉开门，等苏珊一出去，就关了门，捧着笔记本认真地看起来。

03 成就

两周的后台培训很快就结束了。之前在前台实习的宁佳佳已经有惊无险地通过了考核进入下一个部门，而岳然和钱钱都顺利通过了两周的后台培训，可以进入前台实习了。

周一一大早，岳然就精神饱满地来到了前台，前台的工作主要是负责办理宾客入住和结账，接听客人的电话，帮助客人解决问题，很琐碎但容不得犯错，所以，苏雅让她俩在前三天，主要学着接待团队客人，毕竟团队客人有业务熟练的领队、导游，接待起来相对会轻松很多，工作内容就是核对好名字和房间号，收好团队签证，再输入电脑中。

已经是 7 月了，曼谷的天气虽然炎热又潮湿，但很多趁着暑假前来游玩的学生。这两天，学生团有好几个，日本高中生的一个游学团竟然有 100 多人。

在学校的时候，岳然和苏珊选修的第二外语就是日语，只不过还没实践过，一看到下午 3 点左右就有日本学生团入住，岳然连忙飞奔着回到宿舍，取来了日语书。

学习语言的快乐，就在于可以沟通，能有交流的环境利于学习。看到岳然拿来了日语书，苏雅一挑眉，虽然没有说什么，但目光中的犀利少了不少。

学生团的入住办理得很顺利，他们将在酒店里住 5 天，因为岳然会一些日语，从领队、教师到学生，有什么事情都愿意来前台找她。岳然置身于这群学生中，忽然就有一种回到了校园的感觉，而且岳然本身也就比他们大几岁，所以她总带着真诚的笑容，耐心地解答他们的所有问题，不过她发现有一个姓驹井的男生除了随团出去游玩的时间外，总是泡在前台，问了很多关于泰国的风土人情的问题。

这对于来了泰国不过一个月，并且没怎么领略过曼谷风光的岳然来说，就相当有难度了，只能从网上搜索资料给他一一讲解。

而驹井天天泡在前台，也与岳然莫名传出了绯闻，就连谢梵羽都听说了，而且是在晨会上。

在日本学生团入住的第三天，酒店高层例会上，苏雅把最近前台发生的事情做了汇报，并且着力表扬了实习的岳然。然而高级大堂经理乌咪却提醒道："这两天前台就跟动物园似的，每天都围着好多学生，有些学生还干扰了别的宾客，如果岳然这么受欢迎，建议她来大堂经理的位置上解答问题。还有，就是和宾客还是要保持些距离的，她每天和那个小男生凑在那里研究地图、攻略什么的，似有不妥。"

谢梵羽听罢，眉头微挑，笑了笑："苏雅！你怎么看？"

苏雅的神情中有些不屑，她和乌咪的关系不好，在这家酒店也不是秘密。她为岳然辩解道："乌咪经理拿一些无中生有的绯闻来抹黑我的员工，我可是不同意的。去大堂经理那个位置值班，也是不合理的。毕竟，学生团每天都有外出，只有早晚的时间段会经过大堂。这样就把岳然派过去值班，她处理不了其他问题，反而会让需要帮助的客人不愉快。再说，她今天就值夜班，学生团后天一早也离店了，我觉得没有这个必要。"

乌咪冷笑道："夜班哦，可不要出什么事才好。"

谢梵羽点了点头，其实他心里很清楚，这事儿全因薛凝而起。乌咪曾是薛凝父亲——薛副总的秘书，薛副总现在去了乌隆的BYT，薛凝原本在前台实习，因为挑衅在PA实习的岳然，而被调去了PA实习。但她两周的实习期也通过了，这周应该是到客房部实习。到底是乌咪在自作主张，还是被薛总授意？抑或是薛凝耿耿于怀，找上乌咪，如果是这样，薛凝还真不能留下。

在谢梵羽心里，有些小脾气、小个性是无伤大雅的，但人品有问题是绝对不能接受的。因为这样的人留下，就是给自己埋了一颗地雷，什么时候会引爆完全无法控制。而且，整个酒店的运营本身就容不得出错；每个员工8小时的工作都是高强度的，如果心情不愉快，就无法给宾客带来优质服务。这样想着，他脸上的笑容便收敛了，淡淡地说："苏雅说得很对，而乌咪提醒得也有一定道理，为了避免不必要的麻烦发生，麻烦乌咪经理，今晚就做下夜班的值班经理好了。这样我们都可以放心了。"

乌咪被噎得一愣，仿佛搬起石头砸了自己的脚一般，疼却无处发泄。

苏雅听了，心里笑开了花，面上却依旧冷冷的。

晨会一结束，苏雅就回到前台，想了想，还是给岳然的宿舍打了电话，提醒她今晚夜班要注意点儿。

岳然放下电话有点儿懵，但一想这也是第一次在前台值夜班，经理叮嘱一下也不过分，心里对苏雅的亲近感多了几分。

晚上9点左右，日本学生团回到了酒店，很多学生和老师都来到了前台，争先恐后地索要明信片。

岳然刚接班，看到这群大孩子们，竟有些不舍。等他们全部都填好内容，岳然忙着清点数量、收款。等他们从前台处都散开，岳然开始贴邮票，可是当邮票都贴完的时候，竟然多出了一张明信片，岳然的心一沉，是自己清点错了数目，少收了钱吗？

岳然只好一一验看，突然发现有一张明信片的收信人写的竟然是自己的名字，空白的地方用工整的中文写着谢谢二字，而落款，竟然签了很多人的名字，与其他签名不同颜色的名字就是驹井的。岳然的心里感到一阵温暖，她为他们付出了真诚的服务，她也得到了他们真心的感谢！这种幸福感把她的心填得满满的。

可被迫加夜班的乌咪，在大堂里不显眼的角落里站着，气呼呼地盯着岳然。

大堂里却没有任何不妥发生。学生们写完明信片，就都上楼了。

其实又能发生什么呢？乌咪甚至有些懊恼，何必在晨会上说些有的没的。她正暗自生着自己的气，这时，就看见驹井从电梯间里走了出来！

04 报应

驹井三步并作两步地就来到了前台，一双眼睛笑得亮晶晶的，喊着她名牌上的英文名字："Avril！"

正在打印夜班报表的岳然抬起头，看见驹井有些意外："驹井，还有什么事吗？"

驹井摇摇头，从身后拿出了一个包装精美的礼物盒，不好意思地低下头，对岳然小声说："Avril，这是我特意给你准备的一个礼物，希望你能喜欢。"

"可是我不能收客人送的礼物啊！"岳然看着眼前羞涩的大男生，很难狠下心拒绝，可是又想到苏雅在晚班前打来的那个提醒电话，只能说出这句话。

驹井见岳然没有接过礼物，顿时又急又羞地道："Avril，我就是想感谢你这些天的照顾而已，真的没其他意思。而且，这个礼物是我自己亲手绘制的啊。"

"真的吗？"如果是这样，应该就不会有什么事了吧？而且，这也是顾客的一番心意，要是拒绝的话，恐怕会伤了这个大男孩的心吧。岳然想到这里，接过礼物："那我可要好好看看了呢，驹井很喜欢画画吗？"

"是的，小时候，我不爱说话，只喜欢画画，所以……"

岳然笑了："你不爱说话吗？我可没觉得。"

驹井有些不好意思地说："你快拆开看看吧！"

"那我拆开了？"岳然看着礼物好奇不已。

驹井兴奋得直点头。

岳然得到驹井的允许后，将包装上的蝴蝶结拆开，一本漫画书安静地躺在颇有质感的包装纸里。岳然惊呼道："竟然是一本漫画书！是你画的？天啊！我最喜欢看漫画了，没想到我还能遇见漫画家，天啊！太高兴了！谢谢你啊！

驹井，你的礼物我很喜欢。你也太让我吃惊了。"

岳然说完就迫不及待地翻起来，兴奋地说道："画工很棒，内容也很有趣！"看着她认真阅读的样子，驹井在一旁很开心。

乌咪站在远处，也看得一愣，但还是举起了手机。

岳然抬起头，惊讶地问道："这是以泰国古代王朝为背景的漫画吗？怪不得你对泰国的历史这么感兴趣，这是单行本还是会连载？我要是买不到后面的该多可惜。"

驹井羞涩地说："预计会有 12 本，这是第一本，我这次来，也是来深入了解泰国的，毕竟资料、照片和亲眼所见的东西不一样呢。你要是喜欢，每出版一本，我就给你寄过来啊！"

岳然惊呆了："天呐！驹井，你真是太厉害了！你以后一定会是一位伟大的漫画家！你很有天赋哦，一定继续努力哦！我要预订签名版。"

驹井微微笑着点头："好的，Avril，我会努力的。成为漫画家也是我的梦想。我知道你是中国人，我也非常喜欢中国的文化，要是有机会的话，我一定会去中国看看的。如果你能当我的向导就更好了。"

岳然连连点头："好啊！欢迎你来中国玩，我也非常欢迎你。等你以后要去中国的时候，可以和我联系啊，我可以在休年假的时候回去给你当向导。"

"你要在这里工作很久吗？"驹井挑眉。

"我才来曼谷不久，只是实习 3 个月而已，以后还要去别的度假村工作呢，至少会在 BYT 工作 3 年哦。"

"那好，我以后放寒暑假还会来玩的，我们到时候再见。"

"好呀！"岳然笑着看着驹井，就见驹井一脸羞红，有些难为情。

驹井犹犹豫豫地说道："Avril，我还有个请求。"

"嗯？"岳然疑惑地看着他。

"你可不可以跟我拥抱一下？"驹井问完，心里直打鼓，一直在想要是岳然拒绝的话，他该怎么办。虽然很担心会出糗，但是期望却占了更大的比例。

岳然没有驹井的那些担忧，反而落落大方地点头："好的，没问题啊，我还要和大漫画家合个影呢。"说完，就走出前台，朝着正吃惊、兴奋的驹井张开双臂。

"驹井，认识你很高兴。"

驹井紧张地回拥，声音都因为激动有些发抖："我也很高兴认识您，这是我来泰国发生的最棒的一件事了。"

就当两人拥抱了一下的时候，乌咪在远处迅速按下了拍照键，看着手机里的照片，笑得意味不明。

这一幕，也让正站在二楼的谢梵羽看到了。

乌咪看到已经等来自己想要的一幕后，美滋滋地走向洗手间，异常兴奋。

乌咪越想越高兴，之前被迫上晚班的郁闷也消失了。她一个转身，就奔着洗手间而去，可是刚进去，就跟一个里面正推着浇花桶，身穿 PA 制服的员工撞了个满怀。

乌咪吓了一跳，手一抖，手机直接掉进了浇花桶里了，她惊呼一声，反应过来后，迅速将手机捞起来，但是手机已经因为进水黑屏了。

这个 PA 员工急忙从洗手台边搜出几张擦手纸，跑向乌咪，用纸擦拭着手机："对不起，对不起，乌咪经理，我真是没注意到您进来。"

乌咪看着坏掉的手机，气得直发抖，迅速扫了一眼罪魁祸首的名牌——雅拉。

很想发火的乌咪强行将怒火压下去，因为她明白绝不能像薛凝那样被抓住小辫子，况且这件事两个人都有过错，她也只能自认倒霉。

乌咪缓了一会儿，才对着正低头认错的雅拉开口："雅拉，是吧，还希望你以后在工作的时候要多加注意，尤其是在路过死角的时候，一定要先确认前方没有人再通过，避免冲撞到客人。现在是旅游旺季，酒店里的小孩子很多，一旦出现这种情况，岂不是很危险？"

"是，经理，不会再有下次，我一定会多加注意的，决不会再让这种事情发生。"

乌咪点到为止："行了，继续工作吧！"

雅拉恭顺地朝乌咪点了个头，就推着浇花桶走出了洗手间。乌咪再看一眼已经黑屏的手机，这又算怎么回事？难道是做坏事的报应？

05 出错

第二天一早，日本学生团队就离店回国了，岳然目送着他们登车离去，这种离别与之前的离别都不一样，因为这种离别是再次相遇的开始，不是吗？

8 点钟的时候，岳然带着驹井送的漫画书回到了宿舍，又看了一会儿漫画，安心地睡去。

而此时在晨会上，各部门总监或是经理汇报着情况，谢梵羽认真听着，并果断下达着处理意见。等经理们都汇报结束，谢梵羽有意无意地看向一直很安静的乌咪。

乌咪略带尴尬地笑了笑："昨晚一切正常，日本学生团队今早离店也很顺利。"

谢梵羽笑了笑，心里的一块石头总算落了地，原本他都做好了准备，调出了昨晚的录像，准备来和她对峙了，好在乌咪临阵退缩了。不过本来也没有发生什么的事，却总是被别有用心的人弄得好像有多么不可描述似的。

而这些暗流涌动，岳然却全然不知，依旧睡得十分安稳。

岳然很快就进入了前台实习的最后一周，而 BYT 与马来西亚的 MN 集团即将展开合作，要在马尔代夫开辟出一个能同时接待几千人的大型度假酒店，这个度假酒店还修建了水上乐园供客人进行娱乐活动。

MN 集团的高层会议在周三上午 9 点开始，该集团高管会到 BYT 曼谷中心酒店开会，并且酒店高层会向 MN 集团展示 BYT 度假酒店的运营模式，互相交流经验，为马尔代夫度假酒店的建设和运营积累经验。

岳然和钱钱周三正是早班，苏雅嘱咐前台的员工们要打起十二分的精神，准备迎接即将到来的视察。

钱钱显然比岳然还要紧张，从周二一直紧张到现在，一直不停地看着时间，对着镜子整理仪表的次数比吃饭还多。岳然实在看不过钱钱紧张的状态，出言安慰道："钱钱，放松一点，你绷得太紧了。要知道人越紧张反而越容易犯错，就像平常一样就可以了。"

钱钱听完顿时就蔫了："哪有你这样安慰人的，明知道我怕什么还说什么。"

岳然抱歉地一笑："抱歉啦，话糙理不糙嘛，你懂我的意思的。"

钱钱"切"了一声，又转身看向岳然。岳然被看得发毛，本来放松地站着现在也不自觉地将背部挺个溜直。

"怎么啦？"

钱钱看得啧啧称奇："我就奇怪了，为什么我这两天紧张得不行，你却这么淡定呢？"

岳然一脸无奈地耸了下肩膀："我也很紧张，只不过比你紧张得含蓄点而已。好啦，别想了。我们都是最棒的，只要坚信这一点，我们一定没问题的！"说完，岳然上前拍了拍钱钱的肩膀，以示安慰。

钱钱回身深吸了一口气："Ok，Let's go！"

两人互相加油打气后，迅速走到岗位上，开始迎接新一天的工作。

快到 9 点的时候，一位美国游客前来办理入住，他是一个月前在网上预订的大床房，岳然接过了这位美国游客的证件，可是过了 5 分钟，岳然还是没有找到这位美国游客的预订信息。

"对不起，先生，我们刚刚查看了一下预订记录，没有您的预订信息，您要不要再查看一下您在网上的预订信息？"岳然用流利的英文对这个美国游客说道。

"不应该啊，我再看一下。"男人拿出手机，翻看着酒店确认的预订信息，过了一会这位美国游客把手机递给岳然："你看，这不是有确认信息吗？"

岳然拿过这位美国游客的手机，发现确实是这家酒店的预订信息，岳然翻看着预订记录，思考了一会儿，在已入住的客人那里又搜索了一下，突然脸色一变，她对钱钱说："钱钱，这位先生的预订信息怎么标注着已入住啊？我不记得接待过他，你看看是不是哪里出了问题？"

钱钱立刻翻看已确认入住的客房记录，同样脸色一变，悄悄地对岳然说："怎么办啊？岳然，我今天早上太紧张了，是不是把预订记录弄错了？就是你在给别的客人办离店手续的时候，来了一个男人，名字就是这个，我就办理入住了啊！而且那个房间是今天唯一一间空出来的大床房。"

岳然也着急起来："这可怎么办啊？算了，既然问题已经发生了，就赶紧解决吧，MN 的客人马上就要来了，在他们来之前尽快解决好，别惹出什么麻烦。"

　　岳然话音刚落，以米总裁和谢梵羽为首的集团高管和MN集团的高管就出现在大厅门口，向前台的方向走来，此时那位美国游客开始焦躁起来："请问确认好没有，我这次的行程很不顺利，直飞的航班被取消了，我是中转了两趟才过来的。现在很累，想尽快入住。"

　　这位美国游客的声音刚好被向着前台走来的谢梵羽听到了，岳然开始紧张起来，在心里告诉自己这个时候千万不能出什么错，岳然的脑子在飞快地运转，不禁想起来苏雅对她说过的话，她冷静下来，对着男人温和地笑着："对不起，先生，昨天客房客满，虽然早有客人离店，但房间还没有打扫好，我们为您准备了VIP休息室，先委屈您暂时在那里休息一下，等房间收拾好，我们很快就会把房卡送到您手上，您看可以吗？"

　　这位美国游客见岳然良好的服务态度，态度也缓和了下来："好吧！你们尽快解决。"

　　"好的，先生，这位工作人员会给您带路。"岳然和行李员说了一下，行李员对客人礼貌地示意，男人满意地离开了前台。

　　男人走后，岳然迅速调整状态，和钱钱一起用标准的礼仪向走过来的酒店高管问好，谢梵羽目睹了事件的发生经过，心里对这件事也了解了个大概，没有说什么，带着MN的高管向会议室走去。

　　"钱钱，快点想办法给那个客人找到房间。"等领导们一走，岳然迅速反应过来，向钱钱说着。

　　"我正在找，可是大床房已经没有了，现在能匀出来的就是一个小套房，其他房间都不合适。"钱钱快速地翻看着电脑上的入住信息，对岳然焦急地说道。

　　"怎么办？要不要找经理说一下情况，找个解决办法。"岳然有些为难地看着钱钱，毕竟事关钱钱，她不好轻易做出决定。

　　钱钱思考了一下："说是肯定要说的，但是我们不能再耽误时间了，这样，我先去给那位美国游客送房卡，就说是酒店因为耽误他的时间特意给他的补偿，他拒绝的概率应该不大，等我回来，我去向经理解释，会有什么处罚都好，我们先把这件事情解决。"

　　"那你快去吧，这里有我呢。"岳然对钱钱说道，钱钱拿起办好入住的房卡就向VIP休息室走去。

正如钱钱所猜测的那样，男人没有拒绝这样的房间升级，并表示非常高兴，对 BYT 以及 BYT 的员工赞赏有加，岳然和钱钱悬着的心终于放了下来。

06 麻烦大了

然后，钱钱向苏雅汇报了这件事。苏雅听完之后，反问钱钱："你觉得你们的处理方式如何？"

钱钱一愣，快速组织语言说道："经理，这件事确实因为我个人的过失，造成了纰漏，我愿意为我犯的错误承担责任。但是同样的，我也认为我们能对突发事件迅速做出反应，解决危机，客人也对我们的解决方式表示满意。"

"听你这么说，你是觉得你这样做是对的？"

苏雅不轻不重的声音让钱钱心里很没底，她就是猜不准苏雅的态度，所以才回答得含糊其词，简单来说，她还是希望苏雅能看在她跟岳然将功补过的面子上，对自己网开一面。

苏雅的声音变得严厉起来："你们虽然安抚了客人，但是你们有没有想过，你们之所以成功解决问题，是因为你们拿着酒店的利益，行你们工作上的方便才完成的。难不成以后酒店出现这种问题，都要用升级房间的形式来解决吗？你们身为前台员工难道有随便给前来入住的客人升级房间的权力？"

钱钱这才意识到自己跟岳然犯了多么低级的错误，她简直不敢相信，刚才自己竟然还在为此沾沾自喜。

苏雅看着钱钱已经微红的眼眶，眼神里充满了内疚和懊悔，可是这也没有让苏雅有丝毫心软。因为在她的眼中，在工作面前眼泪是无用的，眼泪只不过是一种软弱的表示。

"看来你终于认识到自己的错误了，也还不算晚。知道你们都犯了哪些错误吗？首先你们随意调换房间，就会涉及房间升级的费用。我虽然可以进行费用减免，但是这不代表你们就可以随便拿酒店的资源去遮掩自己的错误。明天上班前，你跟岳然一人交一份检讨给我，出去吧。"

钱钱站了起来，鞠了一个躬："我知道了，经理。我对于给酒店造成的损失很抱歉，这种事绝不会再发生的。"

苏雅知道钱钱已经明白事情的重要性，没有再为难钱钱，反而开口安慰了她两句："谁都会犯错，这是工作中难免的，重要的是你们如何看待错误。把情绪调整好，回到自己的岗位上去吧。"

"嗯，我知道了经理。"

岳然在办公室里看见钱钱终于回来，忍不住想开口询问，但是看见钱钱还有些微红的眼睛，她就明白了苏雅对她们的解决方式并不满意。

"岳然，对不起，害得你要跟我一起写检讨了。"

岳然坦然一笑："没关系，正好很久没动笔，手生了不少，就当练字了。不过，苏经理就罚我们写一个检讨？看来已经是网开一面了。"

钱钱认同道："是啊，这次我们真是错得离谱了，竟然拿酒店的资源去解决犯的错误，确实该罚。"

岳然顿时醒悟过来，开始暗暗自责，这样就算解决了问题，也不是依靠自己的能力解决的。

"不过，你有没有和苏经理说，这两个人的名字是一模一样的？"岳然忽然想到这个问题。

"没敢说，我怕苏雅觉得我这是在找借口。"钱钱说着。

"要不我们还是再查看一下入住登记单吧，刚才也没好好看一遍。"岳然想着，感觉还是有些不对的地方。于是两人开始查看上午那位美国游客的入住登记单，钱钱和岳然调出入住登记单后，又开始查看两人刷的信用卡以及押金账单，但是并没有任何问题。

岳然忽然发现了问题："这两个人的名字一样，不奇怪，但护照号怎么会是一样的呢？这不可能啊？"

钱钱在一旁也皱起了眉头："我确定这两个人长得并不像，只是重名，护照上的照片倒是没错的，你看，两人也确实不像吧。"

岳然心里一惊，倒吸了一口凉气："那岂不是有一个人并没有在我们酒店预订房间，还声称自己是预订了房间的人。我的天，那这两个人到底谁才是真正有预订的客人？又是谁在说谎？钱钱，我们难道是在拍谍战剧吗？"

钱钱也觉得很崩溃："这件事已经超出我们的能力范围了，还是先报告给苏雅吧。"

岳然点头："嗯，那我先在这里注意这两个人的情况，你赶紧去报告给经理。"

钱钱向苏雅请示完后，又奉苏雅的命令向酒店保安部经理报告此事。在保安室的监控上，苏雅确定这两个人还没有离开酒店后，就回到前台给美国大使馆打电话，发了护照复印件的传真，准备确认客人的信息。

发完传真，钱钱一脸焦急地问："怎么样了？大使馆那边怎么说？"

"他们说确认之后就会把照片发过来的。"说完，岳然长出了一口气。

"唉！我们这都遇上的是什么事啊，现实版 007 吗？也不知道会不会有生命危险？"钱钱很担心。

岳然也很害怕，毕竟这种情况在电视上看是很刺激，可是一旦发生在现实中，她可不知道自己会不会有电视剧的女主角那么幸运，毕竟自己只是一个刚刚毕业，战斗力为负的"软脚虾"。

突然，电脑邮件的提示音响起，岳然迅速划动鼠标打开邮件，是大使馆发回来的照片，岳然一眼认出照片里的人是第二个入住套房的人，那么也就是说第一个入住的那位男子就是伪造身份信息的，可是他伪造身份信息入住酒店的目的又是什么呢？

就在岳然发愣的时候，钱钱也跟着愣住了，显然她也认出了第一个入住男子的身份是造假的："岳然，我们该怎么办？"钱钱的声音都带上了哭腔。

岳然也很焦急："我们还是先将情况汇报给苏经理吧。"钱钱猛点头。

岳然直接用前台的电话拨通了苏雅的手机："经理，我是岳然。我们已经通过大使馆的回信确定第一个入住的男子身份是伪造的……好，我们知道了。"

07 枪击事件

"怎么样？怎么样？经理怎么说？"电话刚挂断，钱钱连忙问。

"经理说，为了不打草惊蛇，让我们一起去给第一个入住的男人房间送果盘，观察一下情况。"

"啊?"钱钱整个脸都垮了下来,"不是吧,这种事不是应该报警解决吗?让我们两个小姑娘去,能解决什么问题啊!"

岳然深吸一口气:"先去看看再说吧!酒店人来人往,不会出什么事的。"见岳然已经决定要去,钱钱也只好哭丧着脸跟着岳然去餐厅取了果盘。

俩人一人捧着一个果盘,来到了第一个办理入住的美国游客的房间门口,岳然示意钱钱敲门,钱钱立刻将头摇得像拨浪鼓似的。

无奈之下,岳然上前一步,开始敲门:"您好,不好意思打扰了,客房服务。"

房间内并没有人回应,岳然奇怪地和钱钱对视一眼,岳然再次抬手敲门:"您好,打扰了,我们是酒店的客房服务。如果方便的话,麻烦您开一下门。"

房间内依旧没人回应。岳然掏出早已备好的万能房卡,打开了门,钱钱在身后紧张地跟了进去。

岳然走进去,谨慎地打量周围:"先生,您好?"

岳然立刻给钱钱递个眼神,俩人开始在房间检查,发现房间内空无一人。

"糟了,该不会是发现了什么吧?"

比起钱钱的慌乱,岳然显得稍微镇定一些:"别急,我们先去保安室,看看他什么时候离开的。也和苏雅经理说一下。"

钱钱点头,俩人在去保安室的路上和苏雅通了电话,等她们到达保安室时,保安部经理直接把她们请了进去,简单地询问了几句。

岳然气喘吁吁地解释道:"我们刚才去给那位身份有嫌疑的美国客人送果盘,却发现他不在房间里,我们想看一下监控录像他是什么时候离开的。"

保安经理点头,立刻示意保安人员调出监控录像。

岳然紧张地盯着屏幕,发现这个美国游客走出房间门时,后腰处明显有鼓起一块的痕迹,岳然立刻紧张了起来:"他好像随身携带武器了,看他后腰的位置。"

保安人员立刻放大了岳然说的地方,果然发现这个美国游客在后腰上别了枪。

钱钱声音颤抖着说道:"这是枪……吧?"

果然,保安室的所有人都变了脸色。一股寒意从岳然的脚底冲上了脑门,保安经理沙哑着嗓子:"继续播放。"

画面继续播放，看见美国游客从房间出来后就进了电梯，这期间还有其他客人在电梯出入。直到电梯升到了18楼，美国游客才再次出现在屏幕上。

岳然看见18这个数字，心里凉了下来："糟了！这是高管们今天去开会的地方。"保安经理一听连忙掏出电话开始报警。

岳然看着屏幕上的时间，心里计算着，越想越慌，转身就要往保安室外跑，钱钱一惊："岳然！你干吗去！"

"警察来得不会这么快，我得想办法先通知上面的人。"岳然头也不回地喊道，就坐上了电梯，来到了18楼。从电梯出来后，岳然的脑子里只剩下心跳的声音，突然有一只手搭在了岳然的肩膀上，岳然回身猛地一踢，一脚把谢梵羽踹倒在地。

"岳然！"谢梵羽暴怒道。

岳然这才看见来人是谢梵羽，连忙蹲下来为谢梵羽检查伤势："总经理，对不起，我以为是那个杀手呢。"

正揉着痛处的谢梵羽一愣，也顾不上检查伤势了，连忙站了起来："杀手？"

岳然这才反应过来，连忙说道："没错，杀手就是一个持伪造护照入住我们酒店的嫌疑人，我们刚去保安室查看了监控录像，在录像里我们看见那个美国游客身上带了枪，而且现在已经来到18楼了，虽然不能确定是不是冲着会议室里的人去的，但……"

"报警了吗？"谢梵羽大步向前，朝着会议室走去。

岳然在一旁急忙跟上："已经报了。"

谢梵羽点头："你别跟着我了，在警察到来之前，先派我们酒店的保安过来。"

岳然点头，准备下楼，看谢梵羽站在会议室的门口，犹豫着说道："总经理，您要小心！"

谢梵羽笑了一声："谢谢。"

见谢梵羽朝着会议室走去，岳然一边给保安室打电话，一边不放心地走进电梯。回到保安室之后，她的眼睛紧紧地盯着监控画面。

时间一分一秒地过去，并没有什么事情发生。直到一名侍者托着饮品推门走进会议室的时候，保安经理和岳然同时惊叫出来，这个背影分明就是刚才那个持枪的美国客人！！

在保安与赶来的警方到达前，杀手加装了消音器的枪口已经对准了 MN 的总裁。

岳然和钱钱有些绝望地看着监控画面。

会议室里已经乱作一团，MN 总裁恳求着："你想要什么我都可以满足你，你不必这样做的。"

"去死吧。"

杀手扣下扳机，谢梵羽及时冲了过来，飞身将 MN 总裁扑倒，子弹擦伤了谢梵羽的胳膊。杀手见一击没有得手，立刻准备射出第二枪，MN 总裁连忙抬手挡避，谢梵羽的眼睛紧紧盯着杀手，准备伺机而动。

喇叭声突然从门外传来："里面的人，你们听着，你们现在已经被包围了，放下手中的武器。"

杀手犹豫起来，拿着枪看向 MN 总裁，看起来并不死心，最后还是走到一边，从地上拽起了一名员工，将枪顶在了这位员工的头上，有恃无恐地从另一个通向安全通道的门走了出去，就这样消失在众人面前。

而从那个安全通道出去的出口处，监控设备已经损坏！！

这些显然都是精心策划好的，从伪造护照，用相同的人名入住，再到行凶，以及精心策划好的逃跑路线，这一切都天衣无缝，警方现在也是束手无策。

出了这么大的事，钱钱都要急坏了，她刚到前台工作，竟如此轻易地让嫌疑人住进了酒店，这样的失误，已经可以宣布她在 BYT 的职业生涯结束了吧？

岳然简直不敢相信这一切就这样真实地发生了。

酒店高层反而极为镇定，对外封锁了消息，也对钱钱、岳然和保安部的员工下达了封口令，并让钱钱和岳然回去继续工作。

但总算也有好消息传来，MN 与 BYT 签署了合作协议，马尔代夫的度假村项目开始启动了。

岳然心里明白，这一定是因为谢梵羽的舍身相救，但有一丝疑问始终萦绕在脑海中，不得其解。

但无论怎样，两个人在前台的实习工作就在这惊心动魄的一幕后结束了。

两个人将一起转去客房部，而苏珊这时也去了客房部实习，接下来又会发生什么故事呢？

08　鬼故事

　　"在客房的实习工作虽然很累，但比之前台的实习工作，要轻松多了，至少不费脑子，出了错误也不至于经历生死。"这是钱钱工作一天下来的感悟。

　　苏珊听着觉得好笑："你们在前台犯什么错了，还经历生死？"

　　钱钱自知说溜了嘴，连忙说："哎呀，我就是那么一说而已。"

　　岳然低头喝着水，没有去看苏珊探究的目光，这是她第一个不能和苏珊分享的秘密。而且，就算是事情过去了5天，她还是无法弄清楚，到底发生了什么。

　　放下水杯，3个人从办公室往宿舍走。

　　"你们今天打扫了多少间客房？"钱钱一边走一边问。

　　"我跟着师傅打扫了73间客房。"岳然回答着，巨大的工作量让她的腿肚子现在还在抖。

　　"这么多？我和师傅才打扫了17间。"苏珊有些惊讶。

　　钱钱顿了一下说："我和师傅打扫了89间啊！我说怎么这么累！不过，师傅说只有多干活，才能多收钱。我也才知道，这里的客房部员工底薪极低的，全靠打扫房间，收取小费生活。怪不得国内旅行团出团前都会叮嘱游客，每天一定要在房间里放20泰铢的小费呢。20泰铢才是4元人民币，我的神啊，工作一天才360元人民币不到，要是赶上中班、夜班，还没有这么多呢，真是辛苦。"

　　"原来是这样啊！我师傅没提，但工作起来特别麻利。"岳然终于明白师傅每次进了客房门，都是先将床头柜上的20泰铢收好，才开始打扫卫生的原因了。

　　苏珊也很惊讶："怪不得会打扫这么多房间，但是，会很干净吗？"

　　"当然！"岳然和钱钱异口同声地道。说完两人相视一笑，苏珊有一丝不快闪过心头，可也说不明白那是怎么回事。

　　"其实，还是有的房间里没有放小费的，但师傅也是尽心打扫的，毕竟还有主管会查房啊！"岳然说道，"难道你师傅没收小费？"

　　苏珊眨了眨眼睛："这样说来，她收的更像是工资！很大面值的。不过可能是因为我们是行政楼层的缘故，每个房间都很大，打扫起来费时费力，入住的客人不是团队的，而是商务人士吧。"

"真幸福！"钱钱和岳然又不约而同地说了同样的话。

这次，3 个人都忍不住笑了。

说话间，3 个人就回到了宿舍，因为一天的重体力活儿，她们也没有了消遣的力气，各自回了房间，准备休息，好去面对第二天的工作。

岳然打开自己的房间，就看见宁佳佳正泪眼蒙眬地看着电视里播出的泰剧。她微微一笑，宁佳佳虽然表面多刺，但其实十分敏感脆弱。

洗漱完毕，岳然躺在了自己的床上，经历了上周的事，她其实还真有些打退堂鼓了，谁能想到在酒店工作还能遇到这样的事。但她在浏览了酒店业内最大的论坛后，发现这样的事情并不少见。甚至就像车祸一样，随时都可能发生，就像 Anna 的前男友因吸毒过量而死在了酒店大堂的卫生间那件事一样。

死亡和意外每天都会发生，但是在这个豪华、温馨的酒店里，还是有很多事能带给她快乐和温暖的，就比如 Anna、驹井，甚至谢梵羽……

接下来，就是夜班了，客房部的夜班并不忙，晚上 11 点过后，基本就没有工作了，岳然、苏珊和钱钱在得到师傅的允许后，准备利用空房间好好练习一下铺床的技巧。

这个空房间位于 19 楼的把角处，岳然抱着浆洗得挺括的床单、被罩，和钱钱走的员工电梯，苏珊说她会从行政楼层下来。

来到 1934 号房间门口，钱钱拿出万能房卡打开了房门，按下电灯的开关键，忽然就看见房间里的大床上坐起一个人。吓得钱钱和岳然连忙道歉，退了出去。

这明明是空房间啊，怎么会有客人呢？两个人连忙往电梯处走，截住了赶来的苏珊。

"什么？那个房间不是空房状态吗？怎么会有人呢？"苏珊也是百思不得其解，于是 3 个人回到了客房部的值班室。

钱钱的师傅坎昆正好在值班室里，听到她们说挑了 1934 号空房去练习铺床，立即一脸严肃："那个房间闹鬼，所以一直空着，你们不知道吗？"

"啊！"这回 3 个女孩都吓得不轻，岳然紧张地说："难道我们刚才就看到了……"

简直不敢往下想了，苏珊却一笑："每个酒店都有鬼故事，BYT 的又是怎样的？"

看到三双好奇的眼睛，坎昆一本正经地讲了起来："听说这里闹的是女鬼，每年这里都会死一个帅哥哦，有酒店的服务员，也有住店的客人，都是从那间客房跳楼的。"坎昆继续说道："听说是那个女鬼被男朋友杀死，并抛尸在这个酒店刚刚修建的地基里，每天晚上8点的时候，她都会在19层东段的楼道里巡视一下，一袭白衣，轻飘飘的。"

"你别瞎说哦！要是真有女鬼，19层的东段岂不是早没客人住了？来了BYT这么久，也没听有客人投诉呢。再说了，怎么不是地下室闹鬼，而是19层呢？"岳然实在是被坎昆说得害怕，但又忍不住反驳道。

坎昆连忙辩解道："谁说没有客人见过，你不信拉倒。你不信的话，一会儿就再去那间客房看看，准吓得你汗毛倒竖，那里阴气森森的，即便不刮风，也能听到女人的哭声呢。而且，那间客房一直是空着的，也不会出现在空房表里了，因为，就算是客满，这间客房也不会安排客人住的。要不，你们现在上去看看，保准是空房间了。"坎昆很认真地说："而且，一定是那个女人太恨她男朋友了，18层地狱都不解恨，一定要19层才行。"

岳然顿时感到后背有些发冷，喃喃地说："怎么会？不对啊，我刚才明明看见那个房间的床上坐起来的是一个男人啊。咱们有人在客房中心或是前台实习吗？会不会是房态表弄错了，咱们的实习生就安排进去客人了？"

钱钱和苏珊已经说不出话来了，坎昆正要说什么，岳然的师傅颂娅走了进来，白了坎昆一眼说："你又讲鬼故事骗小姑娘呢？"

09 遭遇讹诈

听了这话，3个人才知道是被骗了，手里拿着的布单和抹布直接飞向坎昆。

坎昆其实是个才25岁的小伙子，看着3个姑娘被吓得脸色苍白，早就憋笑憋得很辛苦了，被颂娅一语道破，也算是长出了口气，笑弯了腰："你们就没看出来床上的那个是努曼吗？"

"什么？"这回轮到苏珊惊呆了，努曼可是她的师傅，这两个人明显是串通好了，故意去她们挑选好的房间去作妖啊！

但经过这么一闹，师徒间的隔阂少了很多，坎昆在被颁娅差点儿揪掉耳朵后，带着她3个人重新回到1934号房间练习铺床。没一会儿，努曼也跑了回来，挠着头说："这都是坎昆的主意，你们没被吓坏吧？"

岳然有颁娅撑腰，自然不客气地说："差点儿吓死好吗？"

5个人再次笑作一团。

正笑着呢，努曼的对讲机响了，颁娅焦急的声音传来："快回来，你负责的房间客人报警了，说是丢了昂贵的钻戒。"

"哪个房间？"努曼一愣，下意识地问道。

"3716号房间！"颁娅说完就关闭了对讲机。

而苏珊一听就急了，3716号房间正是她负责铺夜床的房间，当时努曼应该已经跑去1934号房间装鬼……

岳然一看苏珊瞬间苍白了的脸，也着急了，但还是安慰道："我们先过去看看到底是怎么回事。"

于是岳然陪着苏珊跟在坎昆的身后，急匆匆地赶到了客房部值班室，颁娅已经急红了脸，一见他们回来，立即说："快去3716号房间，客人已经闹起来了，总经理马上就赶过来。"

苏珊已经吓得不知道该怎么办好，她紧紧握着岳然的手，仿若抓住了最后一根稻草。

岳然回握了一下苏珊冰冷潮湿的手，想给她力量，却又不知道该说什么好。于是说："我陪你过去。"

电梯上的数字慢慢地变换着，苏珊的手也哆嗦起来。岳然坚定地说："我相信你！"

苏珊的眼里瞬间浮起泪光，此时此刻，没有比一句"我相信你"更重要的了。

终于来到37楼，走出电梯间，很快就到了3716号房间门口，隐约可以听到房间里有对话的声音，岳然看了眼时间，已经是0点了。

轻轻地敲了敲门，房门立刻就打开了，不仅客房部经理在，总经理谢梵羽也到了，苏珊进门后向总经理和客房部经理点了点头，就冲客人鞠了一躬说道："Ms Thai，我是今晚负责开夜床的服务员苏珊。"

Thai小姐点了点头，并没有理苏珊，而是高傲地看向谢梵羽："谢总，这么晚了，我还要休息，丢了这么重要的东西，也不是你们都围在我这里就能解决的。我原本是希望通过报警来解决，但警方来了，也不过又是一番询问，我这美容觉就睡不了了。所以，这样吧，我给你们8个小时的时间，明早8点，我会去吃早餐，在这之前，你们给我个结果，是赔偿还是报警，如何？"

谢梵羽点头道："再次说声抱歉，Ms Thai，明早我一定会给您一个答复。晚安。"

他说完，带着所有的员工离开了3716号房间。苏珊原本想解释，谢梵羽淡淡一笑，低声说："客人们都睡了，我们去办公室说。"

站在苏珊身旁的岳然，也看到了谢梵羽的笑容，这个笑容里还包含着信任。岳然一下就有了底气，苏珊也是。

回到了客房部值班室，苏珊把晚上开夜床的经过描述了一遍，说房间里并没有看到钻戒。

谢梵羽又问早班赶回来的服务员，她也很肯定地说没有看到。

但客人却一口咬定，她早上出门很急。早晨起来梳洗之后，就急着出门了，她晚上洗漱前会把钻戒摘下来，放在梳妆台上，所以她记得很清楚，早上出门的时候并没有戴上。

因为客人早就出去了，那么进过这个房间的人，包括打扫的服务员、检查的领班、送水果及鲜花的服务员，还有就是苏珊，这4个人先后都赶了回来，但也都一口咬定没有见到梳妆台上有钻戒。

谢梵羽温和地扫了一眼她们，良久才说："我相信你们都是BYT的好员工，不会做出令BYT蒙羞的事情，但是如果真的是谁一时头脑发热，我希望她能主动来和我说，所以我现在不问你们，你们在这里想半个小时。"

说完，他给保安部的值班人员打了电话，让保安部调出来昨天晚上、今天早上客人进入房间以及离开房间时的楼道里和电梯里的监控录像。

值班室里的众人都沉默着，半个小时很快就过去了，谢梵羽看没有人有想说话的意思，于是他说："客人只给了我们8个小时的答复时间，否则她将报警，现在已经过去半个小时了，你们能在剩下的时间里找到那枚钻戒吗？"

"我们会尽力！"几个人同时说道。

"好，现在你们就去37层的物料间，把吸过地毯的吸尘器清洁袋翻找一遍，如果清洁袋已经倒过，你们还要去掏垃圾。我们先来努力查找，你们不要互相怀疑，在没有证据之前，我认为你们都是 BYT 的优秀员工。"

苏珊的手开始颤抖起来，她紧咬着嘴唇，为了自己，为了同事，为了 BYT 的荣誉，今天是非要把 37 楼翻过来找了。

她们这一群人一言不发地来到了 37 楼，钱钱也主动提出来要帮忙。客房部的领班先把 4 个吸尘器的清洁袋找了出来，在工作间里找来几块已经被淘汰的白色地巾，将清洁袋里满满的灰尘抖了出来，几个人小心翼翼地翻找着，不放过任何大点的颗粒。一股的霉味，细碎的粉末中夹杂着头发、线头和纽扣，就是没有什么钻戒。

查找完吸尘器的清洁袋之后，几个人的衣服和头发上都落了灰，吸尘器被排除了，然后只有到楼道里寻找了。于是岳然陪着苏珊等人，分为两组分头寻找，岳然、苏珊和钱钱跪在地毯上，一点点地摸索。一听电梯间有声音，或是西段的客房有开门声，还要立即站起来，做检查状，几个下蹲起立后，岳然感到头晕得厉害。

失望的情绪开始蔓延，负责送水果和鲜花的服务员已经开始哭了，她觉得自己最委屈，她只是放下了托盘就出去了啊。岳然在旁边叹了口气："先别哭啊，找东西要紧。"

这时，谢梵羽来到了 37 楼，招呼一行人回值班室，原来，通过监控录像发现，客人前晚回来的时候，手上确实戴了钻戒，早上走的时候，也是戴着的，然而今晚回来的时候，依旧是戴着的，那么这就和服务员们没有任何关系了！

众人一听自己的嫌疑终于解除了，紧绷的神经终于松了下来。岳然有些气愤地说："这是讹我们吗？"

10 黑名单

谢梵羽笑了笑："该回去休息的就回去休息，该值班的好好值班，明早我会和客人交涉的。"

众人散去。

想着谢梵羽会怎么和这个过分的客人交涉，苏珊、岳然和钱钱一直处于兴奋的状态。好不容易熬到了早上 7 点，3 个人一起去了 37 楼，想第一时间看到解决的方式。

7 点 45 分的时候，谢梵羽与身穿工程部服装的服务员来到了 37 楼的物料间，看到苏珊她们，淡淡一笑："你们拿几条即将淘汰的地巾跟来吧。"

岳然听到，立刻拿起架子上已经泛黄的几条地巾，与苏珊和钱钱一起跟了过去。

敲门进入客房，谢梵羽礼貌地说："早上好，Ms Thai，非常遗憾，我的员工都表示没有看到您的钻戒，在您报警之前，我还是想先查看一下洗手间的洗手台，上次就有个客人的钻戒掉进了这里，万幸还没有被冲走。"

Thai 小姐的眉头一挑，点了点头，工程部的师傅利落地把洗手台下的下水管拆了下来，岳然连忙用地巾吸去里面的积水，一枚亮闪闪的戒指就裹在一团头发里。

众人长出了一口气，苏珊把戒指从头发团里摘出来，冲洗干净，递给客人。谢梵羽说道："给您带来困扰，真的不好意思，我们以后会注意的。"

客人接过戒指，白了谢梵羽一眼："找到就好，价值 20 多万呢！丢了可太可惜了。"

几个人无声地离开了。

灰头土脸地回到宿舍楼，3 个人一起来到岳然的房间，钱钱觉得很愤怒："明摆着是客人自己把戒指掉进洗手池里了，不说让人来帮忙取出来，直接就说失窃！这个客人也太过分了。"

岳然已经出离愤怒了："对，这个客人太恶劣了，不过还是总经理厉害，最后找到了，否则不管怎样，BYT 都会有损失。"

苏珊疲惫地躺在床上叹气："这都是什么人啊？"

3 个人正说着，宿舍里的电话响了，岳然接了起来，竟然是谢梵羽打过来的："不要因为某个客人的不良行为，就对这个行业产生疑问，甚至退缩。"

"嗯！"岳然没想到谢梵羽会打电话来安慰她们，一时有点儿懵，等反应过来，就连忙按了免提键，让苏珊她们也能听到。

"这样的客人是极个别的。知道吗？酒店就是一个迎来送往的地方，每天会接触到形形色色的人，有钱的、有名的、声名狼藉的，他们是我们的衣食父母，我们从来不会拒绝他们，但是，如果他们的行为对不起我们的微笑、尊重和客气，酒店会保护你们的。所以，Thai 小姐已经被 BYT 列入了黑名单！你们做得很好，并没有慌张，也没有相互指责、怀疑，希望你们能保持下去。"谢梵羽说完，挂了电话。

原本很沮丧的 3 个姑娘犹如打了鸡血一样，开心起来，是的，谢梵羽曾经说过，在酒店工作不应该一味地讨好客人，在酒店的利益受到损害时，应该勇敢地拒绝，这是最好的一课了，也让她们对自己的职业有了更深一层的认识。其实工作就是这样，不会让你每天都开心，遇到的每个人都是好人。

休息两天后，再次来到客房部值班室准备交接班时，发现整个客房部都如临大敌。原来，泰国的当红男神——迈亚要在 BYT 下榻，而且还要求必须有一名管家进行服侍。

这个消息不胫而走，BYT 所有的客房部员工都兴奋起来了，几乎人手一本《管家速成学》，每天都沉迷于霸道男神与女管家擦出爱情火花的幻想中。

一晃就过了三天，周五的早上，苏珊看到钱钱也在看《管家速成学》，就笑道："咱们就算了吧，泰语还不太会呢。再说了，这些明星本来就有助理照顾生活起居，特别是一线大腕明星，助理更是好几个，前呼后拥地伺候着，生怕怠慢了这些摇钱树。他还非要一个酒店管家，这只能说明一点！他很多事，也很难伺候。"

钱钱把头抬起来，一脸崇拜地看着苏珊："这些你都懂啊！厉害了，不过，我看这本书，并不是想成为迈亚的管家，而是拿来学学，早晚用得上啊。而且，大家都在看，咱们特立独行也不好。"

"对哦，反正早晚能用上，那咱们也学学吧。"岳然正好走进来，听到钱钱的话，很是认同。

"不过，这个迈亚真的很帅，帅到天怒人怨了呢。"钱钱说着，拿着手机一个劲地在跟她们强调，说迈亚演技多好，今年捧了多少奖杯，又接了多少个广告代言，还说迈亚的模样多么帅气，脾气又是多么温和，等等。

岳然和苏珊本来不知道迈亚是何许人，也不知道迈亚已经火遍东南亚，甚至在中国，也是分分钟上头条的节奏。

钱钱的口水满天飞，依旧滔滔不绝地在夸着迈亚，岳然突然觉得钱钱似乎给她省了一个大工程，至少不用再特意抽出时间去了解这位大众男神了。

岳然有些无奈地看着钱钱："钱钱，我现在都能幻想出你高举条幅，大喊欧巴的模样了。"

钱钱惊讶地看向岳然："你怎么知道的！我高中追星的时候经常这样啊。不过，那是对韩星喊的，对迈亚应该喊什么呢？"

岳然没想到自己随便的一句调侃，竟然还是如假包换的事实了，岳然觉得画面太美，实在吐槽不起，佩服地朝钱钱竖起大拇指。

钱钱"嘿嘿"笑了两声，又问岳然："岳然，今天下午的管家筛选，你不准备去吗？听说是迈亚男神的经纪人亲自过来挑选哦。"

"说好的只是学学呢？你还是想去啊？"岳然翻了个白眼。

"就当陪我吧，你们也知道，我的泰语不好，只会萨瓦迪卡，但我就是想亲眼见一下我男神，就死而无憾了。"钱钱夸张地说。

苏珊撇了撇嘴："让我们陪你去也行，一顿烧烤是少不了的。"

"好的，好的，这有何难！就这么愉快地决定了。"钱钱开心地收好《管家速成学》，准备交接班。

11 贴身管家

岳然想了一会儿，考虑到最近 BYT 争着做迈亚管家的疯狂程度，还真是有点儿犹豫不决："我真的没想好呢，毕竟最近大家的学习热情空前高涨，我什么都没准备，实在是不好意思去啊。"

钱钱一掌拍向岳然后背，激动地说道："怕什么啊！爱拼才会赢啊。"

岳然等着这一招降龙十八掌的威力渐渐消失，才回答道："还嫌你自己的竞争对手不够多吗？这几天，我可是看你吃饭都不忘手里拿本《管家速成学》在看，实在不忍心跟你竞争啊。"

钱钱举起食指摇了摇，一副过来人的模样，对岳然说："这你可就不懂了，正是因为这是人海战，所以我才需要盟友啊。以一敌百，我又不是傻子，只要最后迈亚男神的管家是我的人，就是我取得的胜利。岳然、苏珊，一会儿跟我一起去选管家吧，拜托！拜托！"

岳然和苏珊被钱钱磨得不行："好吧！但是我可觉得你的机会很渺茫哦。"

钱钱一摆手："没事，不是还有你跟苏珊嘛，胜算大着呢，我就不信干不过那些小妖精。"岳然看见钱钱摩拳擦掌的模样不禁失笑起来。

下午的管家面试开始了，由于参选的人比较多，BYT采取10个人一组，一组5分钟的形式进行选拔。

岳然被分到了第七组，钱钱跟苏珊被分到了第三组，但是钱钱为了避免跟苏珊产生竞争，增加选中概率，又跟管家部的一个女孩换到了第四组。

选拔开始了，岳然百无聊赖地坐在等候室看着周围的女员工，很多人都拿着粉饼补妆。她觉得就算去相亲，大家都没有这么积极，不禁对这个叫迈亚的明星产生了兴趣。于是，想着打发时间的岳然打开了手机浏览器，在搜索栏中输入迈亚两个字，各种消息立刻弹了出来，这其中就不乏花边新闻。

岳然随便点进了一条新闻开始阅读，发现迈亚这个人的私生活实在有些乱，竟然还有好多新闻拍到迈亚多次深夜与男模约会，被娱乐小报声称迈亚性取向不明，甚至认为迈亚多次被拍到与男人深夜幽会是因为迈亚有出柜的意向。

看到这里，岳然有些汗颜，实在不明白大家为什么对迈亚如此痴迷，因为在她看来这个迈亚跟其他明星相比，并没什么特别的，一样是绯闻不断，奖项拿到手软，唯一可取的倒是那张脸，不过在娱乐圈，一张漂亮的脸蛋是最基本的，这样说来，迈亚这个人确实没什么特别可取的了。

正想着，就看到谢梵羽从走廊的那头朝这边走过来，岳然猛地站起来，躲进了洗手间，真心不想让总经理知道，她也来凑热闹。而且，她真的没办法解释，自己是被一顿烧烤强迫来的哦。

正躲着呢，就听见外面喊："第七组！还差一个人！"

岳然正在犹豫是否出去，钱钱就冲了进来，一见她就说："我就知道你要临阵脱逃，赶紧过去！"说着，就把岳然拉了出去。

好在谢梵羽已经走了，岳然立刻将手机调成静音，站在队伍的最后，跟着队伍走进了房间。

一进去，就见一个身穿花衬衫，长得有些油腻的男人正不耐烦地低头看着档案，心里暗暗赞叹一声，真洋气。

被岳然嫌弃的男人此时抬起了头，立刻换上了一副异常灿烂的笑脸，露出了一口并不怎么洁白的牙，挥了挥手："嗨，你们好，我是迈亚的经纪人，我叫皮特，知道大家喜欢我家迈亚，我很高兴。为了不耽误大家时间，我们现在就开始吧。"

站在队伍中的第一个女员工开始了自我介绍。岳然一听，大部分都是对迈亚的热爱崇拜之情。岳然看了一眼皮特，发现皮特并没有看这位讲得滔滔不绝的女员工，反而低头猛看资料。

就在这种自说自话的模式把岳然听得有了困意的时候，皮特突然出声："谁是岳然？"

被突然点到名的岳然，就在大家诧异的目光下，站了出来说："您好，我是岳然。"

一直埋头于资料的皮特看见岳然的一瞬间眼前一亮，有惊诧、不敢相信和满意。

"就你了。挑了这么久，终于让我选到一个满意的了，知道什么是贴身管家吧？"皮特点头道。

突然掉进岳然的嘴里的馅饼，让她有些茫然，但是此时她也顾不上旁边人各种迥异的目光，训练有素地回着："知道，管家就是为入住的客人提供 24 小时服务，会同客人住在大套房中的用人房内，随时听候差遣。"

皮特满意地笑了起来："不错，就你了。"说完又转头对负责这次面试的客房部经理和销售部经理说："剩下的人就让他们先回去吧，今天真是麻烦你们了。希望 BYT 能根据我们的要求，做好准备。"

客房部经理回答道："这是当然，请您放心。"

这就被选上了？

直到皮特走出了会议室，岳然都还没有回过神来。

岳然的当选让整个酒店都疯狂了，有的在为男神终于来了欢呼，也有不少质疑声，岳然一个实习生凭什么成为迈亚的贴身管家。

身处风口浪尖的岳然却要接受 3 天的管家特训，这让她痛苦万分的同时，也做到了两耳不闻窗外事。

3 天过后，内心依旧处在茫然状态，但外表已经镇定自若的岳然，迎来了迈亚男神的入住。

然而，岳然见到迈亚的第一面竟然一愣，为什么男神的某些角度和自己有点像？

岳然情不自禁地打了个哆嗦，那个皮特该不会是因为这个才一眼相中自己的吧？

而迈亚也在打量这个正在发呆的小管家，嗤笑一声，对皮特说："这就是你特意浪费一个下午，给我挑的贴身管家？好像智商不在线。"

岳然强迫自己回过神来，恭敬地双手合十问好，然后突然反应过来，刚才迈亚说的是中文！！！

12 秘密

"您好，我是岳然，是迈亚先生在 BYT 入住期间的管家，希望迈亚先生能在 BYT 度过一段愉快的时光。"岳然说完，就向迈亚伸出手示好。

迈亚没有伸出手，看向岳然的一瞬间有些微愣，随即就恢复成面无表情的模样。岳然觉得尴尬不已，皮特连忙伸手，握上岳然的手，笑着说："Avril，你别多想，我们迈亚其实挺好相处的，就是不太喜欢跟别人进行身体上的接触，你别见怪。"

岳然心里骂着迈亚，表面上还保持着礼貌的微笑："理解，这边请。"

到达豪华套房后，岳然先走了进去，将房卡插入暗槽，等屋内灯光明亮时，岳然才回身请迈亚进入。

迈亚一到房间就开始四处打量，皮特连忙跟上去，一脸献媚："迈亚，你觉得怎么样？"迈亚点点头，又用泰语问向皮特："她会泰语吗？"

岳然虽然没学过泰语，但是这一个多月以来，还是多少能听懂些了，至少这句能听懂。岳然看向迈亚，用中文回答道："迈亚先生，您放心，我的泰语还不够对话水平，所以，您一点儿都不用担心我会泄露您的隐私。您有什么吩咐，用英语，用中文都可以。"

看到一脸吃瘪的迈亚，皮特"扑哧"一声笑了，当时他看见岳然长得像迈亚后，太过激动，连语言不通这么大的问题，都被他抛在脑后边了，还好自己慧眼识人，这姑娘很懂迈亚的意思，一下就怼住了迈亚，要不然这个难伺候的主儿还不知道要怎么折腾呢！

迈亚坐在沙发里，就对着岳然说："我有几条规矩要先交代你一下，希望你能严格遵守。第一，每天早上 8:00 准时打扫，我在的时候，打扫房间时不准用吸尘器，平时没有经过我的允许不准随意出入我的卧室，除非是我让你进来的，否则你需要敲门。第二，不可以随意翻动我的东西，任何柜子、抽屉，你都不需要进行整理，只需要负责明面上的清洁就可以了。第三，在这个房间内，你的手机禁止出现，我不希望我的私生活通过照片和视频等形式泄露出去。第四，我的任何行程你都不能向任何人透漏，我想你已经签了保密协议了吧？"

岳然点头，心里对迈亚这种高高在上的态度有些不满，但细一想，他说的这些也是明星的常情，于是那点儿不开心就烟消云散了。

迈亚点头："那就好，我最不喜欢多事的人，做好你分内之事就好。"

岳然点头："我明白的，迈亚先生，请您放心。"

皮特在一旁连忙打圆场："嗯嗯，Avril，你好好干，我相信你没问题的。"

岳然露出标准的露齿笑："我会的。"

"迈亚，我先去确定你明天见面会的事宜，有什么事的话给我打电话。"皮特说完，见迈亚点头后，这才拿包离开。

没了皮特，岳然觉得和男神共处一室，有些不自在，于是对着迈亚说："迈亚先生，您好好休息，有什么事，您吩咐我一声就行，有呼叫器可以使用。"

迈亚直接起身走向了自己的卧室，岳然也回到了自己的休息间。管家的休息间离套房房门较近，离主卧有些距离，正好保证了客人的私密性。而且，休息间里有单独的卫生间和淋浴间，面积相当于普通标准间的大小。

整个套房在确定预订的一周内，根据迈亚的喜好全部换成了蓝色调，与曼谷的湿润温暖的气候形成了对比。而这 3 天的管家特训就是在这个套房进行的，岳然已经对整个套房了若指掌。因为有一天的训练，竟是将双眼蒙住，记住每个家具之间以及房间之间的步数。

这几天的特训对于岳然来说，简直可以用打开了新世界的大门来形容，也让她受益匪浅。但由于更多时间用在了训练技能和技巧上，而对迈亚本人的了解功课做得还有些不足，这让岳然有些忐忑不安。好在今日见了正主，而迈亚的助理更是敬业和专业，此时已将冰箱填满，并将迈亚一周的食谱以及作息时间表交给了岳然。

岳然就在休息间里阅读并背诵着。

接下来的一周，也很顺利，岳然除了为迈亚负责早餐，再加上每天8点钟的清洁工作，迈亚就再也没有吩咐岳然其他工作。而且岳然还发现迈亚是个挺好相处的人，有几次迈亚参加完活动回来，还送给她一些精美的小物件和一些泰国小吃，虽然都是粉丝送给迈亚，他不要的，但是她还是觉得有些感动。

第二周的周二晚上，岳然像往常一样窝在自己的房间里看书打发时间，突然听见客厅里传来"砰"的一声，岳然连忙放下书，跑出了房间，就看迈亚躺在玄关处已经不省人事了。岳然急忙走到他身边，浓烈的酒味扑面而来。岳然叹了口气，蹲下身子准备将他扶回房间。可是岳然刚架起迈亚的一条胳膊，迈亚突然睁开眼睛，猛地将岳然推开，大叫道："别碰我！"然后自己就晃晃悠悠地站起来走进了卧室。

岳然被迈亚用力一推，跌坐在地板上，胳膊被鞋柜的棱角处划出了一道血痕。岳然红了眼眶，最终强忍下疼痛和委屈，去厨房泡了一杯浓茶加了蜂蜜，然后端着茶杯敲响了迈亚的房门。

"迈亚先生，我给您沏了一杯茶，您喝了会好受一些。"

岳然在门外等待许久都没听到答复，正想离开，听到房内传来迈亚呕吐的声音。

"迈亚先生，您还好吗？"

岳然情急之下，跑回自己房间取出备用钥匙，打开了主卧的门，走到洗手间，发现迈亚手里正拿着一条卫生巾……

岳然惊呆了，这一幕明明是她无比熟悉的，可是她却突然愣住了。

迈亚从镜子里发现岳然，脸色瞬间变得苍白起来："滚出去。"

岳然慌张地转身跑走，眼里的惊讶，怪异的眼神深深地刺痛了迈亚。

迈亚双手撑在洗手台上，看着自己，笑得流出了眼泪："你这个怪物。"

刚跑到自己房间门口的岳然慢慢停了下来，迈亚竟然是双性人！岳然一脸震惊。可是当剧烈的心跳慢慢恢复正常后，岳然突然又觉得刚才自己落跑的行为实在是太过分了，她知道双性人是天生的身体缺陷，这导致很多双性人会因为自己的身体产生严重的自卑感，甚至还会有轻生的念头。想到这里，岳然一惊，刚刚自己发现了迈亚的秘密，却丢下他，害怕得逃跑了。

岳然转身就向主卧跑去。一进去，岳然就见迈亚坐在洗手间的瓷砖上，拿着修眉的刀片往大腿处割去，而那里简直可以用伤痕累累来形容，这说明迈亚经常自残。岳然一把夺过刀片，又连忙跑出去拿了急救箱回来，千头万绪涌上来，却不知道说什么，只好闭了嘴，安静地上药。

"我这样的人活着有什么意思？"迈亚讽刺地一笑，随即把岳然的手甩开。

"你别动！"岳然将迈亚的腿按住，为他熟练地包扎起来，新旧交错的伤疤，让她神色一暗，这就是他抗拒别人触碰的原因吧。

"我不会说出去的。"岳然边用纱布缠着手腕，边说。

迈亚一愣，用手捂住了脸，喃喃道："太迟了……"

13 别人的眼光

岳然还没有懂迈亚那句"太迟了"究竟是什么意思。原本以为自己是会被辞退掉的管家，却没想到，凌晨时分，迈亚是 GAY 的新闻就铺天盖地地席卷而来，她才终于明白什么是太迟了，也终于明白迈亚为什么会喝得烂醉加自残。

天刚亮，皮特就风风火火地赶了过来，站在迈亚紧闭的房门前，恨铁不成钢地喊着："迈亚啊，你怎么能这么不小心呢，我不是告诉你一定要多加小心嘛，怎么还会被拍到的呢。现在可怎么好啊，你知不知道老板已经发火了，说要雪藏你呢？"

闻声而来的岳然听到皮特的大叫，忍不住想翻白眼，有这么安慰人的吗？

皮特看见岳然过来，连忙要了杯水，继续敲门："迈亚，打开门好吗？有什么事情，我们一起面对好吗？"

岳然端了水杯过来，感叹皮特终于说了句靠谱的话。

皮特接过水杯一饮而尽，然后靠着门，万分疲惫地说："迈亚，我知道你心里苦，等我们把已经签了的合约都演完，你想怎么选择就怎么选择好吗？"

里面还是没有任何回应。

岳然说："他刚才喝多了，吐过，然后喝了点蜂蜜水，吃了助眠药，我是看着他入睡后，才出来的，估计现在他还在睡觉，你确定现在进去？"

皮特眨了眨眼睛，万分惊讶："你进了他的房间？"

"我一直在他的房间啊！"

"我是说他的卧房！"

岳然心里明白，皮特为什么会如此惊讶，但她知道迈亚一定不想让别人知道她已经知道了他的秘密，于是装作无辜地看着皮特："他吐成那样，我不帮着收拾能行吗？"

"哦，也是，也是。"皮特看着感觉莫名其妙的岳然，连忙掩饰，然后，叹了口气，"好吧，那我在客房睡一下，等他醒了，你来叫我。"说完走进旁边的客房，关上了门。

岳然站在迈亚的房间门口，听了听，又看了看表，吃过药也就才睡了一个多小时，现在应该还不会醒。

想到这里，岳然回到自己的房间，反正是不敢睡觉了，索性打开电视，天啊！娱乐新闻里已经播报了。也不知道皮特在忙什么，有这个工夫来质问迈亚，还不赶紧去危机公关？岳然撇了撇嘴，忽然，自己房间的内线电话响了，她连忙接起来。

谢梵羽的声音传了过来："抱歉，打扰到你了。不过，鉴于今晚的状况，你今晚要警惕一些，确保不要出状况才好。"

"嗯，我知道的。"岳然回答着，在这个复杂多事的夜晚，谢梵羽浑厚的男中音仿佛可以给人带来安定的力量一般，让自从知道了迈亚的秘密之后，就一直慌张的岳然变得镇定起来。

岳然因为不能睡，就打开手机上了微博，一条迈亚——纳瓦达的消息成了热搜头条。点进去一看，发现是纳瓦达的工作室发出的声明，内容很长，但都是在强烈谴责迈亚利用身份强迫纳瓦达与其交往，于是纳瓦达身心备受煎熬，终于决定站出来。

　　岳然看了不少评论，发现舆论已经全部跑向纳瓦达一边，只有少数的粉丝们仍在为迈亚坚持着。岳然收起了手机，望着天花板，突然觉得有一种很不真实的感觉。明明前不久，迈亚还是千万人捧在手心里的男神，而现在只因为一条新闻，就从神坛跌落了下来，推他下来的人还是自己的爱人，岳然不敢想象，她想如果是她的话，也会崩溃的吧。

　　一夜无眠，皮特在5点钟的时候被叫回了公司，岳然在6点的时候，听到迈亚的房间里有了动静，于是敲门问道："迈亚先生，要不要现在用早餐？"

　　房间里面的声音戛然而止，过了一会儿，岳然端了一盘放着两片烤土司、一个培根蛋和一杯牛奶的早餐，重回房间门口敲门，里面传来迈亚的声音："进来吧。"

　　岳然端着托盘走到床边，轻声询问："好些了吗？"

　　迈亚闭着眼睛说："好不好有什么要紧吗？"

　　"当然要紧，你难受又不是别人难受。"岳然轻松地说道，"而且，我看了一晚上的新闻，并没有什么啊，我发现泰国对各种恋情都是包容的，因为这里认为人最重要。难道你自己没有体会吗？"

　　"他们可以接受男人、女人、人妖，却对双性人并不接受，我小时候好几次都差点儿被淹死在昭披耶河里，最终被遗弃……"

　　岳然意识到任何劝慰都是苍白的，于是说："那你就认定自己是个怪物？"

　　迈亚一下子从床上坐了起来，直视着岳然。

　　"不吃早餐，对胃不好的，早餐吃好，才能保证身体的健康。"岳然递上牛奶。

　　迈亚的目光有些咄咄逼人："我这副身体，恐怕是吃什么都不会健康的。"

　　"谁说的？你可以选择的。"岳然摇头，"别欺负我不懂医学啊！"

　　迈亚突然一笑："你想不想挣钱？"

　　岳然被迈亚思路的跳跃性弄得一愣，这跟想挣钱有什么关系？

　　迈亚拿过岳然手中的牛奶一饮而尽，然后漫不经心地切着培根："只要你把我是双性人的身份爆出去，你绝对会大赚一笔的。怎么样？我给你提供证据哦，到时候你分我五成就可以了。反正我也要被雪藏了，倒不如临死前，趁机赚一把，你觉得怎么样？"

见岳然不回答，迈亚放下刀叉，嗤笑出声："怎么？我要多了？那这样吧，给我四成也行，不过再少就不可以了。"

岳然看着迈亚这样故意作践自己，不禁彻底爆发："为什么你一定要说这么难听的话，你觉得你很不幸吗？那我告诉你，你并不是最不幸的，这个世上比你不幸的人还有很多，比你悲惨却依旧在社会底层苦苦挣扎的更是数不胜数，所以你不要再这样自暴自弃下去了，你以为自残就能解决问题吗？如果你真的想解脱的话，你就不会选择自残，而是自杀。但是你没有，这说明在你的心底，你还是渴望活着的。迈亚先生，生活并不仅仅意味着黑暗，你应该学会接受自己的一切，把自己释放出来。否则，连你都不认可自己，你又凭什么奢求别人去认可你呢？在我们中国，有一个很知名的评论家，他也是双性人，但是他从不为自己的身体可耻，他认为这是老天爷最美丽的杰作。现在他不仅收获了事业，还组成了一个非常完美的家庭，没有人会瞧不起他，也没有人会对他指指点点，甚至还得到各界人士的追捧。我之所以说这些，是想告诉你，你必须勇敢地面对自己，你已经躲避了太久了，可是有用吗？你认为你的生活因此变得美好了吗？如果没有的话，就试着改变一下吧，去重新选择你到底要做什么样的人。双性人，这个词并不可耻。你要是不信的话，可以用 Google 搜索一下，看看到底是不是贬义词！迈亚先生，你是个很棒的人，你值得被更好地对待。"

14 太阳照常升起

迈亚低下头，过了许久，才说："你出去吧！"

岳然看着迈亚逃避的态度，突然不想让步："我不会走的，我是您的管家，理应在这里照顾您。"

迈亚从床上拿起一个枕头朝岳然砸了过去，眼睛红得像血一样，怒吼道：

"你以为自己是救世主吗？这是现实，所以不要再在我面前说一些恶心的话。知道我为什么会被曝光吗？是我的爱人，是我自以为是，一厢情愿的爱人为了自己的大好前途，把我出卖了，你让我相信这世上有善意？那你就睁大眼睛给我好好看，在这个世界上除了利益和利用，只剩下恶心！给我滚出去，我不想再看见你。"

岳然见迈亚情绪太激动，只好退了出去。

其实，就算是知道了事情始末和真相又怎样？她只是个管家，也只为他服务 15 天而已，能劝他什么呢？能帮他什么呢？

正想着，突然听到里面"咚"的一声重物倒地的声音，连忙推门进去，却看见迈亚拿着滴血的餐刀，看着自己手腕上喷薄而出的鲜血，冷冷地笑着，仿若耀眼的男神，又仿若妖艳的美姬。

岳然一把按住伤口上方的血管，死死地按住，一边连忙拨打了大堂经理的电话，让其安排医护人员。

等迈亚被送到医院，从急救室出来之后，已经是中午了。皮特得到消息也赶了过来，不过没待多久，就出去接待等在医院外的一群记者们去了。

直到晚上，迈亚才苏醒过来，皮特正好也回来了。

迈亚一字一顿地说："我想召开发布会，将真相说出来。"

岳然惊讶得睁大眼睛，皮特抓狂道："还没到这一步啊。"

迈亚笑得很坦然："死过一次后，我才发现原来生命才是最重要的，我实在没有必要为别人的眼光活着。"

岳然直点头："迈亚，你能这么想，真是太好了，我真的为你高兴。"

"祖宗，你能不添乱吗？"皮特气愤地扇了岳然一个耳光，"原来是你！怪不得我们迈亚会自杀呢，都是你挑唆的是不是？你安的什么心啊？看热闹还不够是不是？你给我滚出去，以后不准再在迈亚面前出现！"

皮特根本不给岳然解释的机会，就把岳然推出了迈亚的病房。岳然顶着微肿的脸，回到 BYT，觉得委屈的同时，也很担心会不会被开除。

客房部经理看着面前的岳然，皱紧了眉头。

"皮特为什么会说迈亚的自杀是你造成的？"

岳然皱眉，她没想到皮特竟然会倒打一耙："迈亚的自杀跟我毫无关系。"

"哦？那这么说你倒是说说迈亚究竟是为什么自杀？你身为迈亚的管家，一天24小时跟迈亚形影不离，你不可能不知道。"

岳然咬紧牙关："对不起，经理，我签了保密协议，不能透露任何迈亚先生的事情。"

"岳然！你知不知道事情的严重性，你很有可能会因为这件事被BYT开除。"

岳然一顿，才道："我相信BYT会做出公正的判断。"

客房部经理叹了口气："这件事我们会调查的，你先回去等通知吧。"

岳然从办公室出来，直接回到宿舍，爬上了床。等到再醒来时，就见钱钱一脸担心地蹲在床边，眼睛一眨不眨地看着自己。

岳然被吓了一跳，彻底没有了睡意，拿出手机一看，已经晚上8点了。

"岳然，你的事我都听说了，你还好吧？"钱钱担心地问道。

"我倒没什么……"

钱钱也沉默了，看着钱钱似乎有问题要问，又叹了一口气才说道："算了，我不问了，问了也是徒增烦恼，还不如不知道。我就问一个问题，迈亚现在还好吗？"

"嗯，我走的时候，迈亚已经苏醒过来了。"

钱钱呼出一口气："那就好。你都不知道，你做迈亚管家的这段日子，我都要担心死了。苏珊知道这些事后，也是急得不行。"

岳然主动给了钱钱一个拥抱："唉！我现在可是比窦娥还冤呢，不过算了，走一步算一步吧。"

看到钱钱好奇的眼神，岳然问道："苏珊和宁佳佳呢？还没下班吗？回来的时候就没见到她们。"

"她们得半夜才能回来呢。对了，BYT真的会开除你吗？虽然我是迈亚的粉丝，可是他出了这么一件事，属实也怪不到你头上啊。要是BYT真因此开除你，可真是太说不过去了。要不，你给迈亚打个电话，求他帮你说说好话？"

岳然叹了一口气："算了吧，迈亚现在状态也不是很好，而且这些事已经够他烦心了，我就别去打扰人家了。再说，我也没他的电话啊。"

"啊？唉……愁人。饿不饿？要不要出去撮一顿，我请客，就当给你压惊了。"

岳然摇头："没有胃口。"

"那行吧。"

正说着，宿舍里的电话响了，钱钱连忙接起来："啊，谢总？好，好。"

钱钱转身，捂住话筒说："快来接电话，是谢总。"

岳然光着脚跑过来接电话。

"事情我已经了解过了，你没有做错什么，休息好了吗？"

"嗯！啊？哦！"岳然觉得自己可能还没睡醒，脑子有点儿跟不上，只能傻傻地回应着。

"那就回到你的工作岗位上去，迈亚已经回来了，点名需要你呢。不过，你过去之前，先看下网络或是新闻，了解一下情况。"

"好的，好的。"岳然放下电话，连忙一边换制服，一边搜索新闻。

新闻视频里，迈亚身穿一身得体的西装，否认了纳瓦达的污蔑，又将事情的真相向大众开诚布公，承认了自己双性人的身份。也表示比起男人，自己更希望选择做女人，还说出自己最大的愿望就是与自己相爱的人厮守到老。

迈亚说完就离开了发布会现场，视频也到此为止。岳然迅速打开微博，发现迈亚的粉丝团已经形成了两极分化的局面，有支持的，当然也有反对的。支持的各种煽情，让人看了瞬间泪崩。反对的，态度十分坚决。

每个人都有自己选择的权利，并不是用对错来衡量的。

15 涅槃重生

看完这些，岳然叹了口气，才想起来身边还有个人呢，再一看钱钱，惊讶得张圆了嘴，半天都没发出声音。

岳然连忙拍了下她的后背，钱钱才"啊"的一声叫了出来："我的天啊，这个消息太劲爆了，我，我，我，无法接受啊。"

就在岳然想给钱钱"科普"一下的时候，她的手机响了起来，是一串陌生的号码。

"喂？"

"我是迈亚。"

岳然一惊："迈亚先生，你的发布会我看到了，您说得很好。"

迈亚轻声笑了："我只是说出我一直想说的而已。"

"嗯，别在乎别人的眼光，做自己就好。"

"谢谢，还有对不起。皮特做的事，我替他向你道歉。"

岳然的眼角润湿了："没事的，皮特先生也是因为担心你，所以我不会怪他的。"

"岳然，你真是个好女孩。如果你不嫌弃的话，我希望我剩下的住在酒店的时间，还是你来做我的管家。也希望我们以后可以成为朋友。"

"谢谢你，迈亚先生，我马上过去。"

"以后叫我迈亚就好。"

岳然也笑了出来："好，不过你以后有什么打算吗？公司会不会雪藏你？"

"谁知道呢，随便吧。无论结果是什么，我都不后悔。"

岳然听着迈亚前所未有的轻松语气，也放下了心："祝你成功。"

挂断电话，她舒了口气："真是太好了。"

钱钱这个时候也缓过神了，旋风般地回到自己的宿舍，要去恶补资料。

然而，迈亚的事件依旧在发酵，他只好躲在房间里，不能出去。

岳然只能更加尽心地照顾着他，可迈亚虽然召开了发布会，表明了自己的态度，可是心理上的创伤却不能那么快消除，更多的时候，他都是坐在窗口发呆。

回到自己的房间时，岳然才发现手机接收了 N 条消息，其中一条竟是驹井发过来的。

"Avril，我已回到东京，昨晚看到了迈亚的新闻，我想把这件事画成漫画，不知你能不能帮我联系一下迈亚，我想向他征求一下意见。"

岳然想了想才回答："为什么要把这件事画成漫画？"

"因为爱啊！"

看到才 17 岁的驹井能说出这样的话，岳然一笑，是的，爱本就是最纯净的东西，于是她把手机拿去给迈亚看……

一周后，就在迈亚办理了离店手续后，驹井的单行本漫画在网络上先发了出来，在日本引起了巨大的轰动，脸书上也迅速被阅读转发，火爆之势逐渐传到了泰国。

这时，很多不理智的粉丝也渐渐冷静下来，给予迈亚真心的祝福。但同时，也有很多人担心迈亚的选择，如果他真的选择成为女性，那么"她"之前所创造的一切都将付诸东流，一切都要从头开始，值得吗？

值与不值，皆在人心。

岳然的生活也回到了正轨，客房部的实习也告一段落，终于要去餐饮部了。

宁佳佳在实习生微信群里提议，大家许久未见，再加上岳然在这段时间又出了这么多事，应该出来聚聚。除了苏珊和罗菲响应，就是陆昊和段剑了，钱钱因为要工作无法参加了。

地方是宁佳佳定的，竟然是曼谷最大的夜店——Ku De Ta club。

这是岳然第二次来到夜店，上一次的经历让她得到了教训，出来玩乐也更加小心和谨慎，不过和北京的 vics 比起来，这里的音乐轻柔安静，并不像那种让人肆意玩乐的地方，更像是让人来放松的。

而且，这里是在 39 层，能够欣赏到整个曼谷的夜景，岳然站在那里看着窗外的夜景，都有些不想进去了。

苏珊却早已看见陆昊在招手了，他们选好了卡座，迫不及待地拉着她、罗菲和宁佳佳往那边走去，却发现斜对面的卡座里，竟然是谢梵羽和酒店的几个经理在和几个欧洲人围成一圈畅饮。

岳然等人都有些意外，连忙假装没看见，走了过去。

把酒水单拿给苏珊，岳然在苏珊耳边说："你点吧，别点太烈的酒，还有咱们能不能换个座位，谢总就坐在咱们斜对面，我不想在这种地方碰到他。"

苏珊看向对面的谢梵羽，拿起包包准备要换个座位，对着宁佳佳和罗菲喊着："起来吧，岳然说对面坐着谢总，她想换个座位。"

原本有的音乐，却偏偏在此时突然停止了，苏珊说的话被谢梵羽听到了，谢梵羽看向声音传来的方向，岳然和苏珊等人因为站着很显眼。音乐声此时再度响起，原来 DJ 刚刚在换音乐，这次则是换了动感的音乐。

岳然已经不知道如何是好，只想找个地洞钻进去。苏珊看了看已经呆住的岳然和一脸玩味的谢梵羽，迅速拦住了旁边的服务生，拿起服务生盘子里两杯酒，一杯递给岳然，推着岳然往谢梵羽的方向走。

岳然被苏珊推到谢梵羽面前，一桌的人都在看着岳然，苏珊向谢梵羽举起酒杯："谢总你好，我叫苏珊，是和岳然同期的实习生，刚刚岳然说在这边看到你了，怕打扰您，所以才说想换个座位，过一会再来打招呼，既然都碰见了我们就先敬大家一杯吧。"苏珊说完喝了一口酒表示敬意，谢梵羽也举起杯来，岳然拿着酒杯也喝了一口，此时谢梵羽身边的一个欧洲人用中文对着苏珊和岳然说："既然都碰到了，又都是酒店的同事，就坐过来一起玩吧。我们是 BYT 普吉岛度假村的，正好过来培训。"

岳然和苏珊刚想拒绝，还没来得及把话说出口，谢梵羽就看着岳然说："那就坐过来一起玩吧，也没有谈公事，都是出来玩的。"

岳然硬着头皮走到卡座旁，却不知道坐在哪里好，谢梵羽向她招了招手，示意她坐在自己身边，苏珊叫宁佳佳和罗菲等人一起过来，坐在了几个欧洲人的旁边。

陆昊与苏珊挨着，很是殷勤地照顾着大家，得到了一片赞扬。

而岳然坐在谢梵羽身边时，发现并不能像在工作环境里一样大方地直视他，她索性不说话，看着大家，别人问什么她就回答什么。

谢梵羽看岳然的表现，不像是装出来的，不免想到遇到岳然的第一个晚上，如果不是他救了这个女孩儿的话，她还不知道会发生什么，但是她好像还不够吸取上次的教训，竟然又跑到这种地方来。好在一行人中，还有几个男生，应该可以保护她们的吧？

16 今宵酒醒何处

其实岳然她们 4 个人走进来的时候，谢梵羽已经看到她了，岳然的一切小动作他都尽收眼底，所以当岳然被发现时，谢梵羽忍不住想捉弄她一下，再给她一点教训。

大家互相敬酒，几个玩得开的人开始给 4 个女孩灌酒，谢梵羽也示意他们别太过分捉弄苏珊她们几个女孩，但一起做游戏，难免会输。渐渐地，谢梵羽发现岳然决不让别人动她的杯子，而且只喝自己面前酒瓶里倒出来的酒。

谢梵羽看着她，又好笑又生气，可是又不知道自己到底为什么这么担心她，是因为她像记忆里的那个影子吗？可是好像又不是。今天的她好像格外好看，长到颈部的毛茸茸的短发，白色的连体裤，休闲的装扮，淡淡的妆容，一下子就和夜店里的女生形成鲜明的对比，谢梵羽摇了摇头，暗自笑了一下，什么时候也开始看女人了，大概今天是有些喝多了吧。

一个酒店经理级的人又向岳然敬酒，岳然刚想举杯，就被谢梵羽拦下："泰尼经理，就别太为难这个小女孩了，这杯酒我跟你喝。"谢梵羽举起杯，一饮而尽。

众人看着谢梵羽，都有些吃惊，谢梵羽的性子大家都知道，从他招呼岳然坐到自己身边的时候众人就觉得不对劲，从未见他为哪个人这样做过，一时间众人都用玩味的目光看着他和岳然。

可是岳然已经感受不到众人异样的目光了，从没喝过这么多酒的她此时已经觉得天旋地转，但理智仍在支撑着她，恍惚中她好像听见谢梵羽替她说话，又觉得是梦境，她的胃里翻江倒海一般，想起身和苏珊她们离开这里，可是其他 3 个人也已经有些醉了。

陆昊和段剑先站了起来，说了告辞的话，要带 4 个姑娘回去，谢梵羽点了点头。

见总经理发话了，其他人自是没什么好反驳的，而且马上就要到凌晨 2 点了，就是这里打烊的时间了，索性众人一起离开了这里。

然而在楼梯口时，有人醉酒摔倒，带倒了宁佳佳和罗菲，两人腿上血流不止，而岳然和苏珊去了洗手间还没回来，陆昊和段剑立刻带了宁佳佳和罗菲去医院。

　　等岳然和苏珊出来的时候，就只剩下谢梵羽在这里等她们了，在知道了原因后，两人有点儿着急，谢梵羽说送她们回酒店宿舍。

　　苏珊连忙说："不用了，谢总，我们还是先去医院看看朋友吧，您也累一天了，先回去休息吧。"

　　谢梵羽叫的代驾司机已经到了，他拉开车门，让她们两个人坐在后排，自己坐在了前排，和司机用泰语交流了几句，便沉默了。

　　在半路上，岳然就突然狂吐不止，还有些低烧。苏珊也受了传染一般，跟着吐了起来。谢梵羽只好让司机先开车到最近的医院，又让司机送苏珊回酒店宿舍。

　　而他在医院里，陪着岳然做检查，一直折腾到天蒙蒙亮。

　　岳然在病床上安睡，谢梵羽走到了观察室外。清晨凉爽的风，拂过脸庞，他的心里却有些诧异，自从和玲珑分手后，从不愿意多和异性接触的他竟然一次又一次为她做了这么多的事情，大概是因为岳然长得像她的缘故吧？

　　谢梵羽叹息着，看着躺在病床上的岳然，他的呼吸有一瞬间的凝滞，生怕她有什么危险，可就是香槟过敏而已，他何必这么紧张呢？一想到这里，他又有些气愤了，明知道自己香槟过敏，怎么还这么不注意呢？还是她根本就不知道？

　　谢梵羽气恼地摇了摇头，大概是太想念她了，才会对岳然这样，他又摇了摇头，努力把脑海里的杂念清除。这是病，得治，而玲珑是毒，得戒！

　　苏珊在宿舍里醒来，一睁眼就看到了守在身边的陆昊，她感动地一笑："对不起，让你看护了一夜。"

　　"没什么，你没事就好。"陆昊却不知为什么，有点儿疏离的感觉。

　　苏珊皱了下眉，不知道是不是自己太敏感了，虽然陆昊就坐在她的床边，她却觉得两人之间的距离仿佛隔着万水千山一般。

　　"你醒了就好，我得回去休息了，晚上还要上夜班呢。"陆昊说完，起身离开，连杯水都没给她倒。

　　苏珊只感到胸口一阵憋闷，却又不知道该怎么办，只好又躺了回去，默默地叹息着。

这时，在观察室的岳然也醒了，她把陌生的环境打量了一番，目光就对上了谢梵羽微怒的眼睛："你酒精过敏，难道不知道吗？以后不要再喝酒了。"

"啊？是吗？我都不知道。我之前喝啤酒没什么事啊！"岳然真的不知道自己会酒精过敏。

"你不能喝香槟类的饮品，记住了！再休息一下吧，我送你回去。"

"不不，不用了，已经很麻烦您了。"岳然连忙坐起来说，"谢总，谢谢您，实在是给您添麻烦了，车子清洗的费用和药费，我明天上班给您。"

"好！"谢梵羽倒是没有拒绝，但依旧等着她。

岳然皱了皱眉，也是，人家都照顾一晚上了，也不差送回去这一件事了。

到了酒店停车场，岳然跟谢梵羽道了别就快步回到了宿舍，回到房间时，宁佳佳、苏珊还有罗菲都在房间里，看到她回来，苏珊立刻飞奔过去抓住岳然的肩膀，看她身体没有大碍，长长地舒了一口气。

"放心吧，我没事儿了，乖啦。"岳然用手拍了拍苏珊的肩膀，安慰着苏珊。

宁佳佳哀号着说："可我有事，我再也不要去夜店了，你看看，我的美腿要是留了疤，我……我就不要活了。"

"扑哧"一声，苏珊笑出声来："行了，别要宝了，陆昊都说了，你俩就擦破点儿皮。"

罗菲也掩着嘴笑了笑："你回来就好，我先回房间去了，得补个觉。"

等罗菲一走，宁佳佳就严肃起来："我说苏珊啊，你得注意点儿你家陆昊了哈，昨天陪我们去医院，他接了不下6个电话，都是一个女人的，而且绝对不是你。"

"什么？"苏珊的目光瞬间暗淡了一下。

"你长点儿心。"宁佳佳提醒着，"陆昊是有野心的。"

说完苏珊，宁佳佳就看向岳然，调侃道："我的岳大小姐，你和谢总经理的关系好像不太一般啊！"

"啊？是吗？我们是二班的。"岳然打着岔。

宁佳佳不知道该说什么，也知道岳然不想回答："好吧，不愿意说就算了，你的身体还不舒服等下就再睡一会吧。"

岳然点了点头，去洗漱了一番，对着镜子里的自己有些疑惑，她能感觉到谢梵羽对她不一样，可他看自己的眼神，却像是透过自己在看别人！这是什么鬼？

想不明白索性不想了，岳然换上睡衣躺在床上，头依旧昏昏沉沉的，脑海中不断闪现近来发生的事情，只要让她近期别再看到谢梵羽就可以了，她不知道该怎么面对他……

第四章

竹色清苍

无论生活在哪里，遇到任何意外都要保持自我平衡，

面对黑夜、风暴、饥饿、嘲弄、事故、挫败，

都要像竹子那样坚韧。而真正的坚韧，

大概就是哭的时候要尽兴，笑的时候要开怀，

说的时候要淋漓尽致，做的时候从不犹豫。

01 明媚

3个月的时间很快就过去了，这3个月的时间里，岳然遇到了各种各样的状况，身心俱疲地通过了5个部门的考核。在剩下的这段时间里，岳然的祈祷或许灵验了，这段时间她没再看到谢梵羽的身影。今天是公布实习合格的人员名单的日子，谢梵羽终于出现了，岳然看到他，不再像当初那样尴尬，心思都放在即将开始的会议上。

会议公布了合格的实习人员的名单，岳然、苏珊、宁佳佳、罗菲、陆昊和段剑都通过了实习审核，正式成为BYT的员工。12个人里，只有两个人因为过失和综合考量不合格，被辞退，其中一个就是苏珊的室友——英语系的陈冉，这让岳然看到了自己工作冷酷的一面，同时明白了因为自己的过失很有可能给酒店带来巨大损失。

岳然非常高兴自己可以通过考核，这些在曼谷通过考核的人员将会被派往普吉岛的度假村，继续学习酒店管理的相关知识，为即将落成的马尔代夫度假酒店储备经验和认识，她知道接下来会面对更多的挑战，想到这里，岳然原本喜悦的心情又有一丝紧张。

开完会，岳然、宁佳佳和苏菲等一行人满心欢喜地走出了会议室，几个人已经开始计划去普吉岛之前的这两天假期该怎么度过了。宁佳佳一直笑而不语，眼睛转来转去不知道在思考什么。段剑看着宁佳佳明艳的笑容，一时怔住。岳然看到段剑的神情，刚想调侃他和罗菲，但看到段剑看的方向，岳然隐隐觉察到不对，什么都没说，和一行人向公寓走去。

回到房间，宁佳佳长出一口气，仰面倒在床上，脸上挂着心满意足的微笑。

"我说你一直在笑什么呢？被录用的喜悦现在还没散去呢？瞧你那样儿，跟个傻子似的。女神啊！形象都不要了？"岳然看见宁佳佳的样子，忍不住打趣她。

宁佳佳起身，昂首挺胸地走到岳然床边坐下，一只手揽住岳然的肩膀："我现在和你形容不出我的心情，反正我总算要苦尽甘来了。现在我的心里，正有一万匹马在我这一亩三分地的小草原上狂奔，看来老天爷还是很够意思的，对我还是公平的！"宁佳佳捂着心口，一脸兴奋的表情。

岳然无奈地笑着："是啊，是啊，宁大小姐总算苦尽甘来了，可喜可贺，虽然我不忍心告诉你去了普吉岛和马尔代夫之后可能更苦呢。"

宁佳佳把手收回来，坐直："唉！真是的，干吗呀！见不得我高兴一会儿不是！未来的事情就留到未来再去想，让我先把眼前的快乐好好享受一下，你这个扫兴的小鬼，真是够惹人厌的！"

岳然笑着，把玩着自己手里的钥匙，一个劲儿地奉承着："是是是，小然子知错了，宁老太后，消消气？"

宁佳佳开心地笑了起来："嗯，哀家向来慈悲为怀，宽容大度，就饶了你吧。"一侧头，看着窗外的阳光，宁佳佳有些感慨："上次咱们坐在一起看夕阳还是3个月前刚刚搬进公寓的时候，现在已经过去3个月了，时间过得真快啊。"

岳然抬头看着窗外的景色，也有一种时光飞逝的感觉，仿佛一切就发生在昨天，想了想这短短三个月里经历的事情，有些感激，感激身边的一切人、事和物，这种时候，岳然突然很想爸爸："我有点想家了，但是还不想这时候给我爸打电话，怕打扰他。"

岳然说到这儿，顿了顿："宁佳佳，来了这么久你给家里打了几次电话啊？"

宁佳佳苦笑着："一个都没有打。"

岳然满脸疑惑，想起刚到泰国时宁佳佳对她说的那句话后感到有些不对，她有些犹豫地问宁佳佳："他们不担心你吗？"

宁佳佳叹了口气："担心，他们担心我能赚多少钱，看我能给他们花多少钱！"

岳然一时愣住，不知该怎么继续往下说，宁佳佳愤怒却又无奈："大学4年，可能在你们心里我就是一个贪慕虚荣的拜金女，可我也不想啊。我没奢求过家人给我什么锦衣玉食的生活，可至少别让我年纪轻轻就为了生计而奔波，他们就是一群鬼，一群吸血的鬼！"

岳然看着宁佳佳脆弱的样子，突然感到有些陌生，她好像从来没有认识过宁佳佳一样，看着她发红的眼眶，岳然不禁有些心酸："其实每个家庭都有每个家庭的不易，就像我，妈妈早逝，爸爸又只知道忙于工作，疏于对我的关心，我也是一个人孤独地成长起来的。可你看现在的我们，我们知道奋斗，实现了最初的梦想。相信我，努力生活，一切都会好起来。就像你说的，终有一天，这一切的付出，会苦尽甘来。"

宁佳佳看了看岳然，眼神里流露出感激，笑着抹了抹不想跌落的泪滴："没想到有一天我还需要你这个小丫头劝我，行了，不说这些了，今天这么开心的日子可不能让这些事情扫了兴。我们还是好好想想晚上去吃些什么吧，现在我只想把时间都花在享受上！虚度光阴！"

岳然笑了笑："好啊，那我们就今朝有酒今朝醉。嗯……问问苏珊他们吧，人多一起吃饭也热闹，而且还很香。"

宁佳佳打个响指："成，就这么定了，你先联系他们，我换套衣服就出发。"

"知道啦，你快点啊。"岳然伸着脖子对着已经躲进洗手间的宁佳佳喊着。

岳然迅速在她们的微信群里发了消息，得到回复后又刷了一会儿朋友圈动态，见宁佳佳还没出来，一看时间，已经半个小时了，岳然穿着拖鞋敲响了洗手间的门："姑奶奶，咱OK了吗？"

宁佳佳打开门，一只手还在粘眼睫毛，眨巴眨巴了眼睛："怎么样？贴歪了没？"

岳然伸手调整了一下位置，宁佳佳顿时乱叫起来："哎呀，眼睫毛进眼睛里去了。"

岳然不满地跟了进去："咱不能这样谎报军情啊，不是说就换个衣服吗，怎么还换了一张脸啊？"

宁佳佳对着镜子用散粉定了妆，顺手把粉盒扔进了手提包里，妖媚地笑起来："我这不是换完衣服觉得不搭配嘛，所以就改了一下。走走走，咱们这就出发。"

两个人说说笑笑地走出房间去找苏珊，多年后岳然回想起来当时的场景，都会感到一阵欣慰，好像日后再也没出现过这样简单明了的快乐。

02 管理好脾气

休整的时间很快就过去了，本以为可以好好玩两天的几个人，没想到已经毕业还要写这次的实习报告。学校还以是优秀毕业生的缘由催促几个人要高质量地完成实习报告，以鼓励学弟学妹。这不禁让几个人产生了深深的怨念，可依旧是硬着头皮把报告完成了。报告完成后，也到了要出发去普吉岛的日子。

一大早，一行人就出发了，这次的行程不再像第一次去曼谷那样充满新奇，对岳然而言更多的是紧张，因为这次培训后，将会决定日后在酒店的工作岗位，到底会分配到哪个部门，就要看自己的天分以及努力了。

到了普吉岛后，简单的介绍以及会议过后，每个人都迅速进入了工作状态，根据对员工实习期间的各项综合评定，员工会暂时被分到各个部门去学习。

钱钱、罗菲、陆昊、严冬被分到了客房部，宁佳佳、段剑被分到了前厅部，岳然、苏珊被分到了管家部，英婕被分到了餐饮部，薛凝竟然被分到了销售部。

几乎没有调整时间，中午到达普吉岛，下午就简单安排好住处和介绍酒店情况，次日一早，10个刚刚成为BYT正式员工的新人就到达了工作岗位。

这次宿舍的分配制度是一个部门的员工住在一起，依旧是两人间，苏珊急急忙忙地赶在上班时间前换好了工作制服，显然还不太适应这样紧张的工作氛围，她的情绪有些消沉，岳然看了看提不起精神的苏珊，拥住她的肩膀，走出房间问："怎么了？觉得有压力了？"

"唉！没想到时间会这么紧张，连一点适应的时间都没有。"

"你就尽快适应吧，往后只会更紧张，不过有压力才有动力啊，我们进的不是普通的酒店集团啊，打起精神吧，现在可没时间让你消沉。"

苏珊深吸了一口气："走吧！工作去！"

而最先遇到问题的却是薛凝。

上午10点多，销售部的接待处站着一对男女，都戴着一副大墨镜和黑色口罩，正用简单的英文单词努力地表达着自己的想法。

正巧，接待这两个人的销售部员工是当地的泰国人，根本不会中文，而这对顾客的英语也不是很好。由于语言不通，双方的沟通陷入了僵局。

男人极为气愤地摘掉了口罩和墨镜，说出了母语："这么大的酒店，就没有一个会讲中文的？"

两位泰国员工依旧保持着礼貌的微笑，这时刚来接班的宁佳佳看到，反应过来，这一对应该是国内的明星情侣，连忙走过："您好，刘先生，有什么可以帮忙的吗？"

不错，这两个人正是国内三四线明星情侣，刘阳成参演的喜剧影片刚上映不久，票房还不错，杨蕾是主持人。

"这位美女的中文真好，我们已经来了半个小时了，就想问问举办婚礼的事。"刘阳成一见宁佳佳颇为惊艳，火气顿时消了一半。

"好的，我马上通知销售部的同事过来。"宁佳佳笑着招呼旁边的同事帮忙倒两杯桔子冰过来，然后给销售部的薛凝打了电话。

杨蕾这时也摘下了遮挡面部的墨镜和口罩，走过去踢了踢刘阳成的腿："注意点形象，这可是在外面，别忘了，你面前可就有个小粉丝呢。"

刘阳成坐正身体，对着宁佳佳一笑，然后哀求地看向杨蕾："杨蕾啊，不行咱换个地方吧，普吉岛也不是就这一家酒店。"

"不行，就是这儿，我加班加点地工作，就为了抽出时间过来看场地，哪能说换就换。再说了，别的酒店能跟 BYT 比吗？你看那个刘思思就是在这里举办婚礼的，我一定也要在这里。虽然时间有点儿仓促，但也不能马虎。"

一位泰国员工送来了两杯桔子冰，杨蕾接过，回了一句："Thank you！"

刘阳成拿起水杯一口喝光："这个真心不错。"

说完，又看向杨蕾，有点纳闷："今儿这是怎么了，要按往常的话，你不早就发火了？"

杨蕾轻轻"哼"了一声："跟她们发火我都嫌浪费感情，要发火我也得找个能听懂的啊。"

刘阳成长臂一伸，把杨蕾揽了过来："媳妇，你怎么能那么可爱呢。"

杨蕾娇嗔地给了刘阳成一下："滚，少来。"

等薛凝赶到的时候，刘阳成正在沙发上低头玩手游，杨蕾坐在一旁补妆。薛凝向着前台的宁佳佳示意后，走上前："刘先生，杨小姐，不好意思，让你们久等了。"

刘阳成感慨万分地站起身，朝薛凝伸出了手："终于啊，终于等到你了。"

薛凝回握后，略带歉意地说："真是对不起，不知道我有什么能为二位效劳的吗？"

薛凝说完又与杨蕾握手，杨蕾收回手后，才说："我们想先看看你们酒店的婚礼场地。"

"没问题，我这就带两位参观。"

薛凝带着俩人逛了一遍 BYT 后，回到了销售部："两位感觉怎么样，可有心仪的场所？"刘阳成看向杨蕾："我觉得都挺好的，你觉得怎么样？"

杨蕾不以为然地摆弄着指甲："还行吧，说实话，和我期待的有点儿落差，BYT 也没传说中的那么好嘛，我都有点后悔来了。"

薛凝看杨蕾拽上天的嘴脸，强忍着不耐烦："不知道杨小姐对哪里不满意，如果在合理范围之内的话，我们会尽量满足杨小姐的。"

杨蕾放下了手，看向薛凝："你这话说的，就像我故意找碴似的。你们BYT 的员工还真是够大牌的啊，让顾客干等了一个小时不说，服务态度还这么差！"

薛凝这下可明白了，这是窝了一肚子火上她这儿来找平衡了。薛凝大小姐什么时候受过这委屈，脾气立刻上来了："杨小姐，让您二位久等了，确实是我们的疏忽。但是您也知道泰国的酒店大多都是要用英文沟通的，也不仅仅是我们 BYT 一家。就算杨小姐去了其他酒店，想必也会出现这种情况。"

杨蕾"噌"的一下站了起来："你这话什么意思？是在讽刺我不会说英语吗？你倒是会说，不也还是个服务员吗！有什么可骄傲的？"

薛凝也跟着站了起来："我并没有这个意思，还请杨小姐不要进行人身攻击。"

杨蕾气得直冷笑："还真是林子大了，什么人都能见到了啊。也不看看自己什么德行，真把自己当根葱了啊。走，谁要在这个破地方结婚啊。"

见杨蕾拉着刘阳成怒气冲冲地离开，薛凝怕事情闹大了会被开除，连忙跑去客房部找陆昊帮忙。

03　横生枝节

陆昊听完表示："这个忙我可以帮，但是我想调去前台工作。"

薛凝正担心杨蕾会投诉自己，急得不行，所以一口答应下来："行，只要你帮了我这个忙，这事没问题。"

陆昊想了想，去了管家部，把事情的来龙去脉跟苏珊和岳然说了一遍："我觉得这个忙，只有你俩可以帮，而且如果定下在这里举办婚礼，估计也是你们负责接待这两位明星，就当卖我个面子，帮个忙。这事纯属是对方没事找事，薛凝也是点儿背撞枪口上了，大家都不容易，薛凝又求到我了，我实在是张不开嘴拒绝，能帮一把就帮一把吧！"

岳然有些犹豫，她跟薛凝又没什么交情，但是不帮又有些说不过去。

还没等岳然想好说辞，苏珊就点头了："你回去吧，这事我们会尽量挽回的。"

等陆昊走了，苏珊怕岳然多想，连忙说："都在一家酒店工作，一荣俱荣，一损俱损，能帮一把就帮一把吧。况且现在明星效应这么厉害，BYT要是因此出了事，还不是我们倒霉。"

岳然笑着说："我当然知道，你说得很对，毕竟我们是一体的，出来更是代表中国员工，走！"

苏珊挎上岳然的胳膊："知道啦，知道啦，知道咱家小然然最好了。"

薛凝的担心果然成真了，杨蕾根本没有离开。薛凝还算机灵，把销售部的经理叫了来。虽然薛凝被经理狠狠地批评了一顿，但这只是给杨蕾看的。薛凝硬着头皮前来道歉，可惜杨蕾根本软硬不吃，一直表达着不满。刘阳成倒是没有说话，但是也默认杨蕾的所为。

销售部经理其实心里跟明镜儿似的，这么闹还不走，应该就是想要折扣，但光闹不开口也没法谈，总之打折的事不能BYT这边先说。

　　岳然跟着苏珊赶到的时候，薛凝还在里面道歉。从没有看过如此低声下气的薛凝，岳然虽然觉得有些解气，但是更多的还是不舒坦。

　　销售部经理看到岳然和苏珊过来，心里顿时有了计较，用英文和她们简单交流了一番："先安抚住客人，我们知道他们在中国还是有一定的知名度的，你们可以表现出诚意，就说会拿出最有诚意的价格来即可。"

　　苏珊点头，朝杨蕾和刘阳成鞠了一个躬："杨小姐，刘先生，你们好！我们是管家部的员工。"

　　杨蕾"哼"了一声："管家部的来干吗？我们又没定这里的房，我是来看婚礼场地的。"

　　岳然露出一个标准的微笑，走向杨蕾："杨小姐，您就别生气了，再生气下去，刘先生就要心疼死了。"

　　刘阳成倒是配合，拉过杨蕾的手放在唇边亲了一下："可不是嘛，宝贝，都要心疼死我了。"

　　岳然见气氛缓和了不少，连忙拿出跟苏珊一起准备的小礼物，那是两块心形香薰皂，上面分别刻了杨蕾和刘阳成的名字："杨小姐，BYT 的员工们知道您跟刘先生有意在我们这家酒店举办婚礼，都很期待，所以为您跟刘先生准备了一份结婚礼物，这份礼物寓意着永结同心，白头偕老，还希望二位不要嫌弃。"

　　刘阳成接过来瞧瞧："这字是你们自己刻的？"

　　岳然点头："是，因为想表达心意，就想自己动手，所以刻得有点粗糙。"

　　刘阳成递过一块给杨蕾："还挺漂亮的，你看看。"

　　杨蕾轻轻地"嗯"了一声，看向岳然："谢谢你们的心意了。味道还不错，是我喜欢的。"

　　岳然趁热打铁："杨小姐喜欢就好，我们BYT很希望能承接您二位的婚礼，定会用最诚挚到位的服务和最有诚意的价格，来让您满意的。"

　　苏珊拿出 iPad："两位可以先看一下我们之前做过的婚礼套系，有什么要求，都是可以进行调整的。"

　　刘阳成接过来，划着 iPad："媳妇，你不是一直都想办草地婚礼吗？你看看这个，这个我觉得不错，看起来挺梦幻的，还有点异域风情的意思。"

杨蕾夺过 iPad，划起来："不行，这个太大众了。"

岳然坐到一旁，拨动图片："我知道有一份企划案特别适合二位，两位可以看看。"

杨蕾看到后连连点头："这个不错。"

薛凝抬头看向认真介绍的岳然，心里有些感动，没想到肯在这个时候帮自己的人是岳然，看来这人也不是那么坏嘛，之前自己的所作所为太幼稚了……

接下来就是销售部经理接管了，岳然就和苏珊功成身退。

往管家部走的时候，苏珊很开心地说："岳然，你可以啊，临时抓的香薰皂很到位，你看到薛凝的表情了，她挺感激你的。"

"我倒是没想她感激我，就是希望她别给咱们抹黑。"岳然不以为意地摆了摆手。

晚上的时候，陆昊被调去了前台的消息传了过来。岳然有一丝怀疑划过心头，但看到苏珊开心的样子，有些不忍说出来，便和她一起祝贺了陆昊。

不管如何，这对明星的婚礼定在 BYT 举办，而且有他们的功劳。

然而，婚礼筹备期只有 20 天，这还是让人有些意外的，给各相关部门都带来了不小的压力，尤其是管家部，一下子要接待 20 多位不同知名度的明星，让人既兴奋又紧张。

一切准备都在井井有条地进行着。

婚礼的前一天，嘉宾也都悉数到场了，伴郎伴娘团的明星阵容相当抢眼，岳然等人总算松了口气，这几天接连加班，把所有问题都解决了。

可是，在婚礼的当天凌晨，布置好的会场竟然出了问题。细查之下，发现布置现场的重要装饰物——印有两人结婚照的气球全都不翼而飞……

04 竟被狼吻

岳然得到消息的时候，正在睡觉，宿舍里的电话一响，她习惯性地看了一眼时间，才 4 点。接起电话就听到了这个消息，困意瞬间全都没了。苏珊也被吵醒了，她连忙告诉她这个消息。

岳然和苏珊连忙穿戴好，来到管家部，经理也赶了过来做了分工。

岳然来到保安室调出了监控，发现是几个住店的小朋友在回去睡觉前拿走玩了，她只好去酒店前台调出入住记录，准备万一没办法解决了，就上前去索要。

苏珊去物料间里查看还有没有剩下的气球，能弄多少就先弄多少。

薛凝去给普集镇上的印刷点打电话询问是否还能再赶制一些出来。

6点半的时候，装饰品终于重新挂了回去。

苏珊今天休息，就回了宿舍补觉，岳然是早班，离接班的时间不多了，索性去酒店的沙滩上走走，直接去上班了。

BYT在普吉岛的卡塔海滩这边，拥有一大片私有沙滩，清晨的海边有一种宁静又充满活力的美。

岳然正眺望着远处的舢板，一个在海滩上晨跑的人冲她吹了口哨，她不置可否地笑了笑，离开了。

吃过早饭，去接班的时候，路过酒廊，再次碰到了晨跑的男人，他拦住岳然问早餐厅在哪里，她礼貌地指明了方向，男人道谢离开，手扫到了岳然的手臂，却没说对不起。

岳然耸了耸肩，去接班了。

10点半的时候，岳然被叫到现场帮忙，伴郎团已经就位了，她意外发现早上偶遇了两次的男人在伴郎团中，她搜索了下记忆中的婚礼团名单，大致想到了他是李朗，应该是个演员，作品不多，但相貌还是很出众的。

这时伴郎团以及新郎去迎接新娘了，岳然再次巡视了一遍现场，并解答了一些现场嘉宾的提问。这时新娘出来了，婚礼终于要开始了。

一切都按着计划好的进行着。

当仪式结束后，自助餐台开始上热菜了，不想，伴郎团突然联手要把一个性感小明星——索霓扔进旁边的泳池，岳然看到索霓的惊慌失措，担心事情闹得过火，把新娘精心准备的婚礼给毁了，连忙跑过去，挡住了那群人。

其中一个伴郎揶揄道："喂，美女，快让开，要不然就是你哦。"

其他伴郎跟着哄笑起来，岳然正犹豫着该怎么把人抢下来，根本没注意李朗悄悄伸出的一只脚，岳然一个没站稳，跌进了泳池。

　　哄闹声响起一片，突然，随着一声女人的尖叫，水池里又荡起了一片涟漪。

　　岳然在水中挣扎的时候，就听见了"扑通"一声，一下子就意识到了索霓还是没有逃过被扔下来的命运。水池的水没有多深，岳然很快就自己站稳了，不过也呛到了。

　　岳然快速地抹了一把脸上的水，视线渐渐清晰起来，找准方位，迅速地朝索霓游了过去，等岳然扶住她的时候，索霓还在挣扎，显然是被吓得不轻："没事了，我扶着你，你慢慢站起来，水并不深。"

　　索霓慢慢平静下来，站稳了，一双花了眼妆的大眼睛有些泛红。

　　原本休息的苏珊不知道什么时候过来的，怀里抱着白色的浴巾冲到泳池边："快上来吧。"

　　周围没有一个人伸手帮忙，岳然轻轻把索霓推在前面："你先上去吧。"

　　索霓吃力地爬上去后，苏珊迅速把浴巾给她围上，又转过身把岳然拉了出来。苏珊皱着眉，把浑身湿透的岳然裹得严严实实："没事吧？"

　　"没事。"岳然回答完，又看向旁边的女人，"小姐，您还好吗？"

　　索霓低垂了视线，看上去有些楚楚可怜："没事。"

　　还真是一个任人欺负的小羔羊啊，也不知道是怎么在娱乐圈生存下来的。

　　"没事就好。"

　　岳然回了一个温暖的浅笑，开始思量着，她很清楚如果刚才没有人绊她，她根本不会摔下去，至于是谁，岳然一抬眼就对上了李朗的视线，他笑得有些幸灾乐祸。

　　一个男人怎么能如此没品位？岳然愕然。她一扭头，极力地想把视线放在其他地方，因为她还真是怕自己忍不住就上去给他一巴掌。要是在外面，她倒是可以为自己出出气，但是这里不一样，这里是她工作的地方，那就意味着，她必须学会忍耐。

　　被丢进水池的两个女人一时间谁都没有发出声音，原本热闹的场面冷了下来。刘阳成摸了摸鼻子，好像没想到会发生这么尴尬的一幕："对不起啊，我们就是开个玩笑，你们没事吧？"

　　还没等岳然回话，索霓就嘻嘻笑了起来："没事，阳成哥，就是刚才有点被吓到了，现在好了。"

"哦，没事就行。"刘阳成说完，又转头看向岳然，岳然没等刘阳成发问，也带着笑回了一句："刘先生，我也没事，就是有点突然，所以也没个准备，刚刚缓过来。"

刘阳成点头："都没事就行了。"然后一招手，原本作为帮凶的伴郎团们纷纷散去，一脸的意兴阑珊，看向岳然的眼神似乎还在埋怨她的不知趣。

人渣！岳然觉得这个词简直是为他们量身定做的。

正在岳然咬牙切齿的时候，索霓走了过来，很真诚地跟岳然道谢："刚才谢谢你！真是对不起，害得你也入水了。"

"没事，您还是先回去换件衣服，再来参加婚礼吧。"

索霓点点头，已经转过去的身子突然又转了回来，用力地握上岳然的手："真的谢谢你。"说完，又感激地看了岳然一眼，才离开。

"你也回去换套衣服吧。"苏珊拢了拢岳然潮湿的碎发，催促着。

"好！"岳然往宿舍走，却没有想到转过一个弯，在一个相对僻静的地方，忽然被一只手拽住了，并被拉转了身体，推了在墙上。

岳然一愣，不怀好意的李朗猛地低头吻了上来。岳然急忙偏过头，只亲到她的脸，李朗有些恼羞成怒，扭过她的下巴，再次低下头。岳然猛地推开他，顺手就甩了他一巴掌，清脆的声音甚至产生了回音……

05 峰回路转

岳然望着李朗左脸上五指分明的手掌印，张了张嘴，什么话都没说出来，这是什么情况，什么情况？

李朗的表情变得狰狞了起来："你敢打我。"说完就举起一只手。

岳然连忙闭上眼睛，却没有意料之中的疼痛感。她睁开眼睛，发现李朗的手被另一只手拽住了，是穿着酒店制服的员工，并且是管理层的黑色西装。岳然松了口气，眼泪在眼眶里打转。

李朗急了："你这是要干吗？BYT行啊，女员工打人，经理帮忙，你们俩什么关系？"

"这里是有监控的，您的行为应该都被记录了下来，需要我传到网上吗？"来人不轻不重地说着，却让李朗一下收回了手。

"你给我等着！"李朗撂下一句狠话，转身就走。

岳然靠在墙上缓了一会儿，这个人才对着她说："我是Mike，你还好吗？"

Mike？岳然已经要死机的大脑再次崩溃，这不是BYT普吉岛度假村的总经理吗？

岳然不知道怎么回到宿舍的，她换掉湿衣服，躺在柔软舒适的单人床上，郁闷无比。

没一会儿，苏珊也回来了，坐在旁边轻轻地叹了一口气："我家小然然受委屈了，这帮人的素质可够差的。"

岳然望着米黄色的天花板，幽幽地回了一句："还有更差的，我差点儿被人强吻……"

"什么？那后来呢？"

"我甩了他一巴掌！"

"那他投诉怎么办？"

"我被Mike救了，他应该不会投诉的。"

苏珊一把扑向岳然身上："谁，谁，谁？"

"这里的总经理……"岳然越说声音越小，这时岳然的手机响了起来，她连忙推开苏珊坐了起来："喂，经理。"

苏珊一听是经理，连忙紧张地看着岳然，直到岳然挂了电话，苏珊才着急地问了一句："怎么了？被经理批评了？"

岳然露出了一个甜美的笑容："今天跟我一起被扔进水池的那个女人，好像去经理那里说明情况了，所以刚刚那通电话是经理表扬我们的。"

苏珊一下子瘫倒在床上："我这柔弱的小心肝啊，可吓死我了。不过，Mike救了你，哎呀，我的小然然，你是经理杀手？谢总救过你，Mike又救了你，这要是让咱们宁大美女知道了，一定得恨死你。"

岳然猛拍苏珊大腿："行了，行了，我先去洗漱了，等我出来之后，别让我在我的床上看见你！"

没过多久，这个小插曲就被两个人抛在脑后了，因为新的工作，已经被派发到两人手中，岳然和苏珊要共同负责一批一周后从英国来的电子集团的客人。

她们需要配合前台以及销售部门协作完成，岳然看着手中的人员资料以及服务要求，和苏珊对视一眼，两个人不易察觉地同时叹了一口气，整整140人的团队，要求又极其烦琐，两个人开始忙碌起来。

结束一天的工作后，岳然和苏珊把晚餐带到宿舍内刚准备开始吃，就听到了门铃声，岳然跑去开门，发现是陆昊和段剑。

苏珊看到陆昊和段剑，招呼着两人过来："你们吃过晚饭了吗？刚好我们还没吃，一起过来吃吧。"

陆昊无精打采地说："我们吃过了，你和岳然快吃吧！"

岳然拿起碗筷，好奇地看着陆昊："陆昊，这是怎么了？怎么这么没精神？工作累了？"

陆昊摇摇头："唉！一言难尽。"

苏珊看向段剑："段剑，他这是怎么了？"

段剑瞄了陆昊一眼："也没什么，就是刚去报到，工作内容还不太熟悉，有点不顺利。"

陆昊反驳道："那叫有点不顺利吗？那个 Peter 分明就是找麻烦啊！我们经过层层选拔好不容易走到这里，就是为了看他脸色的？什么话都不说清楚就安排我们去工作，做不好还发脾气，他怎么不对宁佳佳那样呢？一个脑子都长在下半身的死老外。"

段剑说道："好了，刚进入工作岗位大家都会有点不适应，你看苏珊和岳然，不也是很累的样子吗？熬一熬就过去了，没多久就要去马尔代夫了。"

苏珊拍了拍陆昊的肩膀："我也听明白你什么情况了，不过，咱们是来这进行短期又高效的培训，是为了去马尔代夫正式上岗的，我想这里的员工应该知道咱们不会对他们有威胁，所以未必是难为你，可能就是他的做事风格。如果你看不惯就尽量按照他说的去做，少和他正面对抗，多学经验才是真的，两个月很快就过去了。"

陆昊诧异地看着苏珊，甩开苏珊搭在他肩膀上的手："我们这么优秀的人才不是为了来看脸色，是来这里学习的，我本以为至少你能理解我，可现在看来你和其他人也没什么分别！"

陆昊摔门而去，留下一脸惊愕的段剑和岳然，苏珊满眼的伤心，愣在原地，岳然起身要去追陆昊，被苏珊拦住了。

"他一个大男人，连这点事情都无法面对的话，谁也帮不到他。"苏珊叹着气说着。

"苏珊，你别和他计较，陆昊今天的心情不好，跟你犯浑了，回去我劝劝他。"段剑安慰着苏珊。

"我没事，段剑，就是辛苦你了。"

"我有什么辛苦的，大家都是朋友，我先回去了，你们好好休息，明天还要上班呢。"

"行，你也回去休息吧。"苏珊把段剑送出去，坐到茶几边上继续吃饭。

岳然看着苏珊，也不知道该说什么，只是和苏珊一起默默吃饭，苏珊很快吃完了，岳然也跟着放下了碗筷。

"你知道吗？岳然，这不是陆昊第一次这样了。"苏珊拿起水杯，叹着气。

"他现在怎么这么易怒？"岳然不想像段剑一样帮苏珊和陆昊打圆场，苏珊是她最好的朋友，她看到了陆昊的问题不能装作看不见，继续帮着别人骗苏珊。

"不知道。自从到泰国工作后，他的性格就开始变化。我告诉过他不要那么自傲，没有人在意你，无论起点有多高，生活也不是一下就能变得非常好，是要慢慢努力的，可他不这么认为。我和他沟通过好几次，还是今天这副样子，我有点累了。"

"你让他自己慢慢体会吧，他自己找不到问题的根源，你和他说什么都没用，小时候他就这样固执。"

"让他慢慢来吧，该说的我说了，该做的我都做了，他还是这样我也没有办法，我也要有自己的生活啊。"

"别想了，苏珊，冲个凉，咱们睡觉，一个英国考察团就已经够费心了，别让别的事再烦着你了。"

洗漱过后，两人躺在床上，岳然和苏珊互道晚安后很快就入睡了。

苏珊有些失眠，脑海里不断出现陆昊来到泰国后发生的种种，她第一次对爱了这么多年的男友有些失望，这些情况，她以前从没在陆昊身上看到过，她想着这些事，觉得头越来越沉，过了一会儿就沉沉睡去。

06 辗转反侧

第二天，所有人都按部就班地正常工作，快速确认了工作流程后，岳然、苏珊、宁佳佳和其他几个同学沟通了几个具体细节之后便完成了在客户服务部的工作，接下来还要去采购部。岳然看了看手表，从早上 8 点到现在，已经过去 5 个小时了，岳然和苏珊连午饭都还没有吃。看苏珊饥肠辘辘的样子，岳然决定先放下手里的工作和苏珊一起去员工餐厅吃午饭。

苏珊一边吃饭一边说："听说采购部的经理不太好相处哦。我们还是提前做点心理准备吧。"

岳然吃了一口炒饭，含糊不清地问着："你又在哪儿听的小道消息啊？"

苏珊顺手抢走了岳然盘子里的一块里脊肉，塞进了嘴里，一脸的满足："无风不起浪，十有八九的传言都是经过检验的。"

岳然无奈地摇了摇头。

苏珊拿起纸巾擦嘴："职场上的小人不少，不知道会做出什么事来，我们得留些心眼提防这些小人，别让人在工作上使了绊子。"

岳然说道："行，那咱们下午先把其他工作做完，再去会会这个人精。"

苏珊点头。

下午 4 点的时候，岳然和苏珊来到了采购部，先跟采购部的经理 Yolanda 打了声招呼。

岳然把工作流程条理清晰地交代了一遍，Yolanda 点头："我们部门会尽力配合你们的，有什么需要你直接跟 Nina 说就可以了，我已经交代下去了。"

"好的，谢谢 Yolanda。"

出来后，苏珊搓了搓身上的鸡皮疙瘩："好冷哦……"

岳然看了一眼夸张的苏珊，颇为无语。她倒是觉得 Yolanda 虽然全程都板着一张脸，但是很爽快的样子，至少比那种一上来就给下马威的好太多了。

带着任务，岳然找到了 Nina："嗨，你好。"

Nina 见到岳然热情地打着招呼，然后就拿出销售部给的清单，条理清楚地说着："这份清单我们在昨天也收到了，因为他们在这期间还会在我们酒店举办一场年会，所以采购的这些东西我们有的也比较头疼，正好今天你们过来了，我们可以好好商量一下这些细节问题。"

几个人你一言我一语地商量着，终于在两个半小时后结束了，这个会议还是解决了不少问题，看看窗外，已经是傍晚了。

跟 Nina 告别之后，岳然和苏珊拖着疲惫的步伐回到了房间，连晚饭都没有力气吃。

"岳然，你说，咱们这算高效率的工作吗？"苏珊倒在沙发上，有气无力地说着。

"你别现在就美滋滋的了，咱们这次不忙到这帮英国人离开酒店，是不会结束的，而且咱们以后还得和他们商量中途有意外发生时的应急措施，不过我们俩还是很厉害的！"

苏珊坐起来，搂住岳然："就知道我们俩的组合天下无敌，我们，就是 BYT 的 twins！"

"哈哈哈，还 twins 呢，咱们俩现在都要累成狗了，想想今天晚上到底该吃点什么吧，我好饿啊，你不饿吗？"

苏珊靠在沙发上，拿起手机递给岳然："我也饿啊，可是我实在没有力气了，随便弄个泡面吧，我现在连手机都不想看。"

岳然起来，去烧了水，把调料包拆开放在了面块上，水烧开后，倒入碗中等待着，两个人就一起瘫倒在沙发上。

苏珊望着天花板，房间内很安静，一天的工作结束后，岳然有些昏昏欲睡。

苏珊突然开口说道："岳然！陆昊这两天没理我。"

"你打算怎么办？"

"我不想主动找他！"苏珊叹气。

岳然想了想点头："我也不希望你主动，毕竟，你没有做错事。而且，之前一直都是你迁就他太多，我一直不太明白，你条件这么好，干吗老迁就他呢？"

"因为我更爱他一点儿吧，所以生怕他受委屈，你也知道，我爸妈并不看好他。这次能来 BYT，我妈才没说什么，但还不是要安排我去华尔街投资银行？"

"你妈能看上的女婿得是什么样的啊？"

"哈，这个问题我也问过我妈！"苏珊忍不住笑起来，"我妈说了，就照着我爸这样的找就行。天啊！这标准也太高了好不好……"

岳然也忍不住笑了起来："真是太高了，苏叔叔可是太优秀了。"

"所以啊，你说，我妈看不上陆昊也正常，但陆昊真的不错了，算是很有上进心，很要强的人了。"说到这里，苏珊不由得皱眉，"也许是我妈给他的压力太大了，所以陆昊才这么累吧。"

"哎哎哎，我怎么听这意思，你又原谅他了呢？"岳然戳了戳苏珊，"行了，时间差不多了，吃饭吧，一饿，你的智商就有点儿不在线了。"

两个人一边聊着，一边吃着简单的泡面。

"还是说说明天的工作吧，理清思路，就好弄了。"岳然说。

"也对，想他也没用。"苏珊耸耸肩。

吃完泡面，又核对了一下明天的工作计划，两人就沉沉入睡了，墙上的时钟在滴答滴答地转动，月光照进屋内，照在岳然的脸上，岳然觉得心里很平静，睡得也就越发踏实起来。

而苏珊依旧辗转难眠，这样的夜晚有很多个了，也许还会更多，可她心里终究是放不下的。能轻易告别的绝对不是真爱，可太卑微的爱情也长久不了，她到底该怎么办呢？

一周的时间很快就要过去了，一切都比较顺利地进行着。岳然不禁有些庆幸，觉得自己真的特别幸运，接待准备工作就要收尾了，她感到轻松了许多，很久没有好好享受这样的阳光了，坐在酒店楼下的休息区，看着眼前的景色。

一阵阵热浪向岳然扑来，时间长了，岳然有些受不住，喝了口手中的冷饮，起身准备回到办公室。

岳然起身，刚想走进酒店，一个熟悉的身影出现在眼前，她感觉离自己不远处的那个人很熟悉，一时都忘记了自己要回办公室这件事。

"你在这傻看什么呢？不用去工作了？"来人走到她面前，岳然才回过神来。

"谢……谢总。"岳然意识到自己的失态，加上突然看到谢梵羽的震惊，一时有些不知所措。

07 同一片星空下

"岳然小姐的记忆力可不太好啊，不过才一个月的时间，就不认识我了。"谢梵羽挡住了照在岳然脸上的阳光。

岳然尴尬地连忙摆手："不是的，谢总，近视眼看不清。"

谢梵羽觉得这样的岳然就像一只被主人逗弄的小猫，不由得笑了。

一直不停地工作，又连夜从巴厘岛飞来普吉岛的他，在看到岳然的样子时，心情不禁好了起来："行了，听说你们还要负责一个英国过来的年会团，这么多人的团队，难度一定不小，放松放松就赶快回去工作吧，还有很多问题要处理呢。"

岳然感觉如获大赦："好的，谢总，我先回去工作了，拜拜。"

岳然逃也似的离开那里，谢梵羽看着岳然离去的背影，轻轻地笑了起来。谢梵羽的助理 Tony 看着谢梵羽和岳然的反应，也觉得很有趣，和谢梵羽相处多年，尊重梵羽的同时也把他当作朋友，Tony 用手肘碰了碰他："好久没见你笑得这么开心了啊。怎么？你跟这位，是什么关系啊？"

谢梵羽也没客气："什么关系？这不显而易见，上司和下属的关系啊，见了我就跟耗子见了猫似的。"

Tony 摸着下巴，玩味地看着岳然离去的方向："这个女孩平时挺稳重的，只有在见到你的时候慌慌张张的，我说你这个老狐狸，做了什么把她吓成这样？"

谢梵羽瞥了 Tony 一眼："你一个大男人什么时候也学得这么八卦了，你也不用工作了是吗？今天的视频会议到底几点开？"

Tony 耸了耸肩，告诉谢梵羽开会时间后，两人快步走进了酒店。

岳然在前台和薛凝核对着清单，瞥见谢梵羽和 Tony 走进来时，岳然故意装作看不见，薛凝也在低头忙着核对清单上的内容以及电脑里的备份，没有看见谢梵羽。岳然松了口气，薛凝要是看见谢梵羽，她也就不能装作看不见了，真是好险。

岳然看着谢梵羽走过去，思维有一瞬间的停滞，没有几个人能让岳然有这种感觉，可是谢梵羽让她感到紧张和害怕。她也不明白，为什么自己在见到他后会变得如此反常。之前的事情也过去了一段时间，可是好像命运就是刻意不让岳然忘记，总觉得有些过于奇妙。

"嗨，岳然，想什么呢，叫了你好几遍了，把这些文件拿走啊，你不用了？"薛凝叫醒正在发呆的岳然，拿手在她眼前挥了挥。

岳然回过神，慌慌张张地说："啊？哦，刚……刚才在想还有什么遗漏的事情没和你说，对了，集团总裁的房间换到 blue 别墅去了，原先的那个套房说是要留给一个神秘嘉宾，名单还没有给我，你这边一有消息就赶紧告诉我，我要去准备欢迎卡。好了，我先把文件拿走，有事情你再给我打电话。"

薛凝打量着岳然："我怎么觉得你有点不正常呢？太紧张了吧？你得放松点，事情到现在都进行得很顺利，别担心，不会出什么问题的。"

岳然笑了笑："谢谢你的安慰，那我先去了。"说完，岳然拿走文件，转身走向办公室的方向。

走进办公室，苏珊看到岳然立刻就冲了上去，把手中的文件递到岳然眼前："岳然，你看采购部订的这个半圆台，之前说过宴会上要用的，他们订的这个半圆台尺寸根本不对，还有客人要求的这两种食材，是需要从欧洲空运过来的，他们订的却是另一种食材，产地很相近，可是口味是完全不同的啊。虽然明天下午客人就要来了，但是年会是要在第四天晚上举行的，再订货，理论上是来得及的。"

岳然接过文件，仔细翻看了一遍，倒吸了一口凉气："这怎么可能，这几个问题我和 Nina 确认了好几遍，现在还出现了问题？"

苏珊皱着眉头："就说 Yolanda 难搞吧，但怎么也不能在她的工作环节上出这么大的纰漏啊！"

"现在还不是追究是谁的责任的时候，先得把问题解决了，反正这事儿肯定是采购部的人在背后使手段，订了产地相近的食材，相近尺寸的桌子，可是这些偏偏却又都是用不了的东西。再订东西，也还是要通过她们的，万一又错了，该怎么办？"岳然"唰"的一声合上文件，有些犹豫。

苏珊点头："要不咱们去找薛凝，这个单子是她跟的，而她通过薛副总，还是有解决办法的。"

"对，咱们赶紧去找她。"说完，岳然就和苏珊急匆匆地去找薛凝。

薛凝一听也着急了，但现在确实不是追究是谁的责任的时候，她立即给她的父亲打了电话，通过集团上层，把食材和半圆台的问题先解决了。

几天后的年会举办得很顺利，一切都归于平静。

普吉岛的夜晚不像白天那样炎热，偶尔有微风吹过，心情也变得不那么焦躁了，岳然在海边的沙滩上随意地坐了下来，仰望着星空。

忽然有脚步声响起，岳然扭头看见了谢梵羽。谢梵羽也有些意外："你也发现这里是最佳星空瞭望点？"

"哦，没有，就今天……"岳然也不知道怎么解释，连续两周的忙碌工作，总算在今天画上了句号，她不知不觉地就走到了这里……

"岳然，你觉得你可以胜任现在的工作吗？"谢梵羽突然开口问道。

"谢总，怎么问我这个问题？"岳然不解地说。

"那你可不可以和我说说，今天到底是什么情况？"

"啊？"岳然有点儿懵。

"不要试图掩盖问题，就算你们自己解决了，但这个事情还是发生过，你们却没有上报，是想等你们去了马尔代夫之后，这里继续这样吗？"

"那个……我们没想掩盖，只是想在明天总结会的时候再说。"岳然连忙摆手，"其实，是食材在核对时有偏差，空运过来的食材和原本客人需要的食材产地相近，却不是同一品种。"岳然深吸了一口气，不紧不慢地回答谢梵羽。

"你可想过为什么会出现这样的差错？"谢梵羽声音很冷，面色却看不出任何变化。

"没有证据之前，任何想象都是假设。"

谢梵羽挑了挑眉毛："好，我知道了。你先回去吧。"

岳然觉得今天的谢梵羽有点反常，但听到他说让自己离开的时候，还是立刻就答应了："好的，那我先走了谢总。"

谢梵羽点了点头，示意她离开，月光洒在岳然的身上，谢梵羽陷入沉思，从第一次见到岳然开始，他就一直在做一些反常的事情，大概是她像极了白玲珑，以至于他的目光总是会不由自主地在岳然身上多放一点。

可是不知道从什么时候开始，他不再完全把岳然当作白玲珑的影子，这个女孩冷静、睿智，和同龄女孩相比要成熟许多，可又偏偏在看到他的时候手忙脚乱，大概是因为岳然出错的时候他都在场，她才这样的。可是这又导致岳然更加害怕他，其他女性员工巴不得多和他说两句话，而岳然见到他就像见到鬼一样，在两人之间筑起一道厚厚的围墙。

谢梵羽自嘲地笑了笑，他也不知道这样奇怪的感觉是从哪里来的，为什么要不满意岳然对他的态度。他甩了甩头，告诉自己不要再胡思乱想，抛开个人情感来讲，岳然是一个很优秀的员工，米娅并没有看错人，只是岳然现在还不够成熟，不过稍加锻炼就会有无限的可能。

谢梵羽抬头看着夜空中的星星，今晚的星星好像比之前都要亮得多，他笑了笑，转身走进酒店。

08 如果这是命运

好不容易到了休息日，岳然一个人来到了海滩，享受着日光浴。本来不该是她一个人的，不过苏珊最近情绪很低落，根本没心情，其他人又因为工作忙得焦头烂额，所以岳然只好独自出来享受。

岳然靠在沙滩椅上，透过墨镜，看着一片碧蓝的大海，她突然发现事情进行得顺利后，内心也慢慢平静了下来。

可不知为何，忽然想起了谢梵羽，岳然一直认为自从两个人在北京相遇的那一刻开始，谢梵羽就戴了有色眼镜去看待她，而且也有一些刁难，可每次的刁难都是一场试炼，而到后来，也许是赏识……

当岳然发现脑海中出现这个想法时，自己都被吓了一跳，她不敢相信有一天会得到谢梵羽的赏识，并不是其他原因，而是谢梵羽这个传奇人物，岳然早有耳闻。

谢梵羽有傲人的家庭背景，他的父亲和母亲开创了一个电器品牌，他却也因此从小与父母沟通很少，连见面的机会都寥寥无几。他独自一人去英国求学，学业有成后回国，被国际集团 BYT 赏识，一步一步成为 BYT 有史以来最年轻的总经理，甚至有传言说 BYT 的总裁希望他迎娶自己的女儿，让谢梵羽接替自己的总裁位置。

面对这样一个优秀的人，岳然对谢梵羽的态度用敬畏来形容最恰当不过。岳然试着让自己激动不已的心情慢慢平静下来，她暗暗告诉自己，不可以骄傲自满，她现在最需要做的就是沉下心来，好好工作。

岳然慢慢放松了心情，决定去海里游个痛快，这么想着，岳然把墨镜摘下随手扔在了沙滩椅上，朝海边走去。

没走几步，就听见一个浑厚的声音："岳然？"

岳然停下，望着身穿四角游泳裤的谢梵羽有些失神。我不会是出现幻觉了吧？总经理怎么可能在这里呢？

"嘿，想什么呢？该不会以为我是虚幻的吧。"

岳然一脸茫然地看着谢梵羽，有些局促："总经理？"

谢梵羽笑了笑："你一个人？"

岳然点头，又望了望周围："总经理，您也是一个人？"

"嗯，来游泳放松下。"

"不用工作吗？"岳然奇怪地看向谢梵羽，总经理不应该这么闲啊。

可能是阳光有些刺眼，海风也把自己吹得有些晕乎乎的。因为岳然突然觉得谢梵羽好像也不是那么不可亲近，甚至微微眯起眼睛的谢梵羽，有一些调皮的狡黠。

"忙里偷闲嘛，我这也是偶尔一次，没想到却被你撞见了。一起游一圈？"

岳然沉浸在谢梵羽的笑容里，不自觉地点了个头，就跟在谢梵羽身后，一个猛子扎进了海水里畅快地游了几个来回。

岳然直到再也划不动水了，这才万分不舍地从海水里出来，在沙滩上坐着，看着谢梵羽的泳姿。说实话，很赏心悦目。

岳然正陶醉地欣赏着，就见谢梵羽走了上来，岳然站了起来："怎么不继续游了？游得很好啊！"

赞美的话一出，岳然才知道这句话说得有些冒失，白净的小脸也染上了两团红晕。

谢梵羽笑得低沉："我只给自己两个小时的放松时间，现在时间到了，该回去了。需要我送你一下吗？"

岳然摇了摇头："好不容易有个休息日，我想再多享受一会儿。"

"好。那我就先走了。"谢梵羽走到一旁拿起一个运动包跟岳然告别。

岳然有些恍惚，忙回答道："总经理，再见。"

谢梵羽低笑一声："好好工作，你很有能力。"

直到谢梵羽的背影消失了许久，岳然突然露出了一个大大的笑容："我刚才是被总经理认可了吧，是吧？"

岳然一脸兴奋地走回沙滩椅，惬意地躺了上去，美滋滋地回味着。

从海边回到酒店后，岳然更加认真用心地投入工作，一切都在向着好的方向发展，工作也有条不紊地进行着，岳然觉得很开心，尤其是跟谢梵羽一起游泳的一幕，总是让岳然时不时地拿出来回味一番。

在这段时间，每个人的生活都悄然发生了变化，宁佳佳和一个追求她的香港男人坠入了爱河，苏珊和陆昊之间的矛盾越来越多，两个人在同一个酒店工作，交流的时间甚至还不如同事之间交流的多，段剑看起来日益消沉，却依然强撑着打起精神工作。

岳然看着身边的这些人，忍不住想起彭阳，分开已经快半年了，谈不上有多难过，可要让她彻底忘记这个人，岳然还做不到。岳然不相信迷信的说法，她坚信人的命运是掌握在自己手中的，可是有些时候，有的事情除了用命运这两个字来解释，她找不到其他说法，她觉得自己不断挣扎，也依然站在命运的长河里，有些事情不是努力就可以做好的。

晚上回到房间，苏珊背对着她，面向窗户坐在床边，岳然进门时苏珊都没有发觉。岳然觉得很奇怪，她轻手轻脚地走到苏珊身边，清了清嗓子，刻意发出一些声音。怕正在出神的苏珊被吓到，她拍了拍苏珊的肩膀："怎么这么早就回来了？也没等……"

岳然转过苏珊的身子，看见面无表情、满面泪痕的苏珊，不禁有些慌乱起来："苏珊，你这是怎么了？"

苏珊抬头看了看岳然，皱了皱眉，还是没有说话。

岳然着急了起来，她从没见过一向乐观开朗的苏珊情绪这样低落过，脆弱得好像一个纸娃娃，岳然颤抖着声音说道："苏珊，你说话，别吓我，有什么事情和我说，我陪着你呢，没什么大不了的。"

苏珊皱紧眉头，艰难地说道："岳然，我好辛苦，我已经没办法……没办法再这样和陆昊支撑下去了……"苏珊说完，扑在岳然身上，号啕大哭起来。

岳然看着苏珊崩溃的样子，心疼地抱紧了苏珊。生活确实是在不停向前走，也从来没有等过任何人，苏珊和陆昊如今出现这样的情况，也是意料之中的，可是还是令人有些难以接受。就如同当时彭阳离开自己，可以理解但是无法接受。好在苏珊和陆昊就算有矛盾，现在还能在一起，也总算好事，不是吗？

09　说散就散了

培训在慢慢接近尾声，很快就会下来人事令，他们这些人是去是留，很快就要见分晓了。他们当中只有一部分人可以前往马尔代夫的酒店正式开始工作，而不能去的那些人，会被分配到其他国家和地区的BYT酒店进行工作。

相比之前在曼谷的那段日子，岳然此时更加有信心，她相信自己一定可以通过考核。其他都没有考虑太多，只想一直向前走，只想向着更远的目标迈进。

最终的人事令终于下来了，岳然顺利通过了培训期，进入即将开业的马尔代夫的度假酒店，和她一起的有苏珊等人。岳然和薛凝被分到了销售部，成为销售助理，苏珊和宁佳佳成为贴身管家，罗菲在儿童乐园，段剑被分配到了前台，还有在客房部和餐饮部的，出人意料的是一直对自己工作状态不满意的陆昊竟然得到了大堂经理这个管理岗位。大家听到这个消息后，都觉得很诧异，他们之中还没有一个人可以这么快就进入管理岗位，几个人诧异的同时也没有忘记向陆昊道贺。

苏珊看到陆昊有这样的成绩，比谁都要开心，终于一扫之前的阴霾，和岳然计划着要怎么和大家一起庆祝一下，思来想去，苏珊觉得还是给陆昊办个庆功派对。为了这个派对，苏珊利用休息的时间忙前忙后，岳然看着苏珊都觉得她十分辛苦。不过看着苏珊生龙活虎的模样，岳然什么都没说，只希望借这次的派对，这两个人可以消除隔阂。

终于等到开派对的那一天，苏珊接到了陆昊的电话。

"陆昊，你到哪了？"

岳然看着苏珊兴奋的表情突然变了，她隐隐感到不安。

通话的时间很短，苏珊接起电话到放下也只有一分钟的时间，苏珊的表情快速变化，仿佛从天堂直接坠落下来。

"苏珊，我们分手吧，我们不适合。"

后来苏珊跟岳然讲述的时候，只是重复了一遍陆昊说的这句话，之后什么都没有说过。当时的苏珊只是沉默着，不知道该说什么，不知道还应该再付出些什么把这个决定要离开自己的男人留在身边，苏珊只是轻轻地"嗯"了一声，然后默默地把电话挂断。

电话挂断后，苏珊才反应过来发生了什么。"苏珊，我们分手吧，我们不适合。"这句话在脑海中循环着。

苏珊不敢相信她竟然会这么脆弱不堪。苏珊感觉自己的身体就像被掏空了一样。陆昊突然离去，苏珊好像突然失去了精神支柱。苏珊怎么都想不明白，为什么陆昊会变成今天这样？为什么他能不顾他们这些年的情谊，轻易地就说出了分手两个字。他知道一句分手落在她的心头上有多么沉重吗？她不甘心，她也不愿意就这么放手。

苏珊冲出房间，找到了陆昊。

岳然不知道苏珊突然冲出去要做什么，只能起身紧跟在她的身后，看她要做什么。只见她找到陆昊，失去理智一般把陆昊拉到一个角落。岳然躲在一旁，看着苏珊，有些紧张。

苏珊看着眼前的陆昊，尽量使自己的情绪平复下来，不想泄露出自己的脆弱，更不想让陆昊发现自己有多么舍不得跟他分手。可是苏珊控制了情绪，却控制不了颤抖的声音："陆昊，你告诉我，为什么要分手？给我个理由。"

陆昊有些不敢看苏珊，把头微微偏了过去："苏珊，别问了，没有意义。"

苏珊过了好一会儿，才声音沙哑地问道："我们在一起这么久，就换来了一句没有意义。陆昊，你还是我的陆昊吗？"

陆昊的眼眶也有些泛红，对上了苏珊的视线，一副为难的样子："苏珊，自从我们来到泰国之后，争吵就是家常便饭，每个人都有各自的观点，谁也不理解谁，我们的确一起走过了很多路，可是不代表我们真的合适，不过是现在才发现而已。既然两个人都痛苦，我们又何必强行绑在一起。放手才是对我们的解脱。苏珊，我们分手，我也不好受，但是我们都成熟点，好不好？"

苏珊颤抖着身体无声地哭泣着："好，一句不合适，曾经你说过的那些话，在这一刻，也都不记得了吗？我是不是还应该感谢你的放手，才能让彼此解脱？"

陆昊抓着苏珊的胳膊："苏珊，我们都放对方一条生路吧，好不好？"

苏珊看着陆昊，脸上是伤心欲绝的表情，她看到陆昊脸上决绝的表情，便知道一切都无法挽回了，她挣开陆昊抓着她手臂的手，抬头看着陆昊："你大可不必这样，陆昊，难道你以为我会缠着你？我还不至于卑微到这种程度，你放手，我成全你。"

在那一刻，苏珊居然在陆昊的眼里看到了轻松和解脱，苏珊在那一刻彻底死心了，她转过身，行尸走肉一般向宿舍的方向走去。

岳然不敢走上前去，只是默默地跟在苏珊的身后，苏珊走进房间，没有关门，岳然走进房间，把门关上。苏珊坐在床上，听到岳然关门的声音又站起来，满怀期盼的眼睛在那一刻充满了失望。岳然走到苏珊身边，苏珊浑身颤抖着无声地哭起来，最后在岳然的怀里昏过去。

"苏珊！苏珊！"岳然赶紧把苏珊送到医院。

第二天，岳然把苏珊从医院带回家里，苏珊的情绪也稳定了下来。苏珊回到酒店后，同事们都相继来看望苏珊，只有陆昊没来，仿佛苏珊和他一点关系也没有，而陆昊不过是苏珊之前的一个梦境中的人物。

再过5天，岳然她们几个人就要准备前往马尔代夫了，在普吉岛的工作暂时也告一段落，岳然细心地照顾着苏珊，帮苏珊把去马尔代夫的一切都准备好了。

苏珊终于在3天后肯出去走走，用岳然的话说，就是你哪怕见见阳光也好啊，再这样下去整个人都会腐烂的。

人在不走运的时候，打击总会一个接着一个地到来，上天好像从来没有想过当人遇到这样的情况时，是否能够承受得住。岳然和苏珊刚走出酒店门口，迎面走来的是陆昊和另一个女生。陆昊瞄了一眼苏珊，仿佛从来不认识她一样，两个人有说有笑地从苏珊身边走过。

岳然在那一刻已经忘了要去责备陆昊，而是紧张地看着苏珊的反应，准备在苏珊再次倒下时能接住她，以免她再受到身体上的伤害。苏珊呆住了几秒，突然笑出声来，笑得眼泪都流了下来，岳然被苏珊这样的反应吓到了，她害怕得快哭了出来。

"唔……苏珊，你这是干吗？"

10 伤口总被掩饰

苏珊看着岳然，慢慢止住了笑声，她挽着岳然，好像突然有了精神："岳然，你知道吗？刚刚和陆昊一起走过去的，是北京区 BYT 酒店郭总的女儿，她在这里学习有一段时间了，听说年底会回国。前一段时间就有人跟我说，陆昊和这个女孩走近，我以为是工作关系，没放在心上，也从来没问过陆昊。刚和陆昊分手的时候，有个同事告诉我说，陆昊一直在追求郭副总的女儿，我以为她是为了安慰我，不想让我因为分手太难受。今天我看到了他们，才知道原来她们说的都是真的。"

岳然不知道该说什么好。

"原来，人可以复杂到不论你认识他多久，都认不清他的真面目的程度。"苏珊冷笑着说道。

"苏珊……你别想那么多了……"

"你放心，我现在很好，没有任何一刻比现在更好，他这样一个人，凭什么值得我爱！凭什么值得我为他放弃努力了这么久才得来的机会！"

"你能想开就好，走吧，我们去吃饭，大吃一顿，什么都不要记得了。"

那天晚上，岳然和苏珊很晚才回到房间，两个人在当地最出名的一条小吃街吃了来泰国以来最奢侈的一顿海鲜大餐。苏珊喝得烂醉，岳然知道自己对香槟过敏后，连酒都很少喝了，但是为了陪苏珊消愁，还是喝了几扎啤酒。打着酒嗝，搀扶着烂醉如泥的苏珊回到房间。

苏珊一回来就趴到马桶前吐个不停，岳然在苏珊的呕吐声中昏昏沉沉地睡着了，昏睡过去的那一刻，她在心里想着，此生都不想再经历爱情，再也不想。

那晚之后，苏珊整个人都变了，岳然看她一点点好转起来的样子，无比欣慰，但又很是担心，苏珊会因为不想再见陆昊，而选择离开。她知道如果苏珊想走，她没有理由拦下，可岳然真的害怕没有了闺蜜，独自留在陌生的国度工作。

然而，苏珊没有出状况，倒是在临出发的前两天，宁佳佳突然跑过来说她不想去马尔代夫了。

岳然坐在沙发上，上上下下地打量着宁佳佳："我说，你们都怎么了，当初哭着喊着要去马尔代夫的是你，现在说不去的也是你，发生什么事了？你就不想去了？"

宁佳佳有些不好意思地说："哎呀，不就是陈征吗，他希望我和他一起回香港。"

岳然皱紧了眉头，她还记得来普吉岛之前，宁佳佳和她说的话，可当初的豪言壮语在她遇上了一个男人之后，一切都仿佛不存在了。

"那你想好了吗？确定要因为那个香港男人，放弃你努力了这么久才得到的机会？那只是一棵挺普通的树，你就忍心放弃整片森林？而且，我跟你说，那么多人都虎视眈眈地看着你这个位置，你只要不去，立刻就会有其他人顶替上来。"苏珊快人快语，没有岳然那么多的顾虑，反而达到了她想要的效果。

宁佳佳的脸一红，一时语塞："其实……其实我也没想好，总觉得有点可惜……"

苏珊不紧不慢地说："首先有个很现实的问题，你如果跟他去了香港，你的工作怎么办？你的经济来源又是什么？一直用着陈征的钱，你确信陈征会愿意这样一直养着你吗？那你作为一个独立的，又有能力的一个职业女性的尊严在哪里？难道你甘心情愿地去给一个男人当黄脸婆？如果你愿意，我什么都不说。"

宁佳佳被苏珊说得哑口无言，什么话都说不出来。

苏珊继续说道："还有就是，你和这个人认识多长时间？你又对他了解多少？你这样奋不顾身地跟他一起去香港，会发生什么事情，谁都不知道，你可想好了，别被什么美好、虚假的幻想给骗了。"

岳然吃惊地看着苏珊，自从苏珊真正放下陆昊的那一天，苏珊整个人都不一样了，变得独立、沉稳，更加有思想，好的爱情可以让人成长，同样，坏的爱情也可以让人成长很多。有时候感情其实无关对错，只要你从一段感情中汲取到经验，获得了成长，那这份感情就是值得的。

宁佳佳有些纠结起来："得了，我知道啦，可是我相信陈征不会是那样的人，哎呀……算了……我再好好考虑考虑吧。"

等宁佳佳走出房门，苏珊看着她离开的背影，自言自语地说着："不知道这个貌似精明，实则愚蠢的女人，什么时候才能聪明一点？"

宁佳佳上飞机的那天闷闷不乐，因为她和她的香港男友吵架了，也是因为这个，宁佳佳才登上了去马尔代夫的飞机，看着宁佳佳的样子，岳然不免觉得有些可笑，女人为什么一旦陷入爱情，头脑就会变得简单，好像再聪明的女人都逃不过这一点，岳然想起自己被分手的那段时间，不是也一样吗，为了一个人喝得烂醉，差点被小混混伤害，还好谢梵羽救了她……谢梵羽？岳然突然想起这个名字，不知道这一次会不会见到谢梵羽呢？

这时，苏珊碰了碰岳然的手肘，让她把安全带系上，岳然才意识到自己想谢梵羽想得失神，不禁满脸通红。

苏珊看着岳然的样子，不禁摇摇头，把头转向一边，却迎上坐在前排过道位置处的陆昊的目光。对视的那一瞬间，她似乎看到了歉意，那一刻她有些无法说服自己就那样放弃……

系好安全带的岳然，抬头看见苏珊一脸的伤心，再顺着她的目光看过去，正是陆昊的背影。其实岳然早就知道，苏珊说是放下了，但心里还是会痛很久，也许终生不能忘记。

隔着过道的宁佳佳突然长叹一声："今天起床的姿势不对，怎么心口这么疼呢？我得用口红颜色来调剂一下，等着，我的 DIOR 999 呢？"说完，她就开始猛翻手包，突然嘴一扁，看着岳然好奇的目光，郁闷地回答道："我放在托运的行李里了。"

岳然没忍住笑出声来，紧张的气氛暂时得到了缓解。岳然靠在座椅上，她闭上眼睛，唇边的笑容还没有消失——要是大家能一直这样该有多好。

下了飞机，又换了水上飞机，最终落在了以 BYT 命名的小岛上，又乘坐酒店的电瓶车到达了度假酒店。

一进门，几个人就惊呆了，即使是见过了很多豪华酒店的苏珊，一时间也被震惊得睁大了双眼，BYT 果然在马尔代夫的度假酒店上下了功夫，或许也是因为有其他集团的加盟，马尔代夫的度假酒店，包括娱乐设施区域，足有一个小镇那么大。

岳然和其他同学一路上目不转睛地看着酒店内的设施，直到回到酒店给安排的员工住处之后，她才缓过神来。

"这手笔，My dish!"苏珊打量着房间里的一切，岳然也跟着苏珊看看这个，看看那个，岳然觉得，之前在泰国住的房间已经够漂亮了，完全不像是员工宿舍。马尔代夫的员工宿舍，简直就可以用奢华来形容。其实，房内的设施很简约，但都非常精美，常用的生活设施一样不缺，岳然的表情已经不能用惊叹来形容了。

苏珊看了看岳然，用手在她眼前挥了挥："喂，你这是干吗呢？傻眼了啊？"

岳然点点头："我完全没想到咱们能住这么好的宿舍，这明明就是小型别墅嘛。不过我还是比较喜欢素净一点的装饰。"

苏珊瞪大了眼睛，一脸不可置信的表情："真是身在福中不知福。"

岳然想了想："房子是真好，但是家嘛，要那么奢华干什么，还是要温馨一点才好。"

苏珊摇了摇岳然的手臂："好了，别想那么多了，有这么好的地方住还不知足？咱们快点收拾一下，然后出去吃饭。以后啊，这里就是咱们的家了，长期根据地懂不懂，你要是喜欢温馨点呢，等有时间，我们一起去买一些你喜欢的小摆件什么的，到时候一放，我保证温馨死你。现在给我打起精神来，把东西收拾好，我们去饱餐一顿！"

岳然笑着点了点头："好啊，那我负责房间，你负责洗手间。"

苏珊打了个响指："No problem!"

看着浑身充满活力的苏珊，岳然也被感染了。开始迅速地归整好自己的东西，将地板扫了一遍，又拖了一遍。然后又钻进洗手间帮苏珊一起刷了马桶。

等两个人彻底收拾完房间时，已经是晚上 8 点了。

坐在阳台上，吃着泡面，看着海面上的月光，岳然不由得期待起明天的到来……

第五章
明黄进取

这世界有太多人，不是每个人都能成功，

反正还有很多梦想，为什么没有笑容，

我相信明天会有收获，就算失败也不退缩，

让自己加油，越挫越勇，才会坚持到明天！

01 打开新世界的大门

作为度假酒店的第一批员工，这就意味着元老级别，众人都是兴奋不已的。在度假村开业筹备期间，岳然等人被分在了不同的部门。原本是大堂经理的陆昊却被分去了前台，这个变化的原因，也许都是因为还未开业吧。

其他部门因为没有正式营业，现在只是进行培训和准备的工作，但销售部不一样，必须要给开业盛典交上一份满意的答卷。销售部明确规定，就算不能满房，也要达到80%的出租率。

80%的出租率！岳然不知道薛凝听了是什么反应，反正她听完后就抓狂了。首先她对销售部的工作不太了解，第二没有任何客户资源的她，要销售给谁？这些都令她焦躁，甚至一度以为自己听错了分配安排，跑去人力资源部又确认了一遍，可现实总是很打脸，千真万确、不能更改。

工作结束后，岳然拖着一具似乎没有灵魂的躯壳回到了宿舍。刚刚脱下Bra的苏珊一回头："哟，回来啦，第一天上班，感觉怎么样？"

岳然郁闷地瞥了一眼苏珊："别提了，真是越换部门我越蒙，我现在脑子里一定都是糨糊。"

苏珊"啧"了一声："真恶心，让我一下联想到《我是僵尸》女主人公吃大脑的画面了。"苏珊走到岳然的旁边坐下，一副知心大姐姐的模样："怎么？工作不顺利？薛凝给你使绊子了？她要是敢欺负你，你一定跟我说，我一定旧账新仇一块跟她算个清楚。"苏珊越说越激动，一副要把敌人干掉的模样。

岳然一下子把《我是僵尸》的女主换成了苏珊，那个场面……岳然真是越想越觉得美，不禁打了个寒战。岳然把苏珊举起的拳头按了回去："这都哪跟哪啊，这回跟人家薛凝一点关系都没有。是我自己对销售部的工作很茫然，看到别人都忙碌着，自己却不知道该从哪里下手。这种无能为力的感觉，我实在是很不喜欢，让我觉得很不踏实，也觉得自己太没用。"岳然说完就一脸沮丧的表情。

苏珊拉过岳然的手轻轻握着："你啊，就是太好强了，第一天上班都是这样，谁都是从什么都不会的时候一点点走过来的，这次我就是没被换部门，要不然估计我也是虾爬子。"

岳然抬头，疑惑地看向苏珊："虾爬子？"

"是啊，猛抓瞎呗。"苏珊说完就自己笑了起来。

岳然也跟着笑了起来："真有你的，以后我给你写个《苏珊语录》吧，省得浪费了你这些文采。"

苏珊眼睛一亮："行啊，正好当传家宝了，这样就算我百年归老，也能让我的子孙后代知道，他们的曾曾曾曾曾祖母是一个多么有文采和内涵的人啊……"

"行行行，就你厉害。"

岳然的心情好了起来，不过第二天到了工作岗位，就发现薛凝拿着分给自己的中国大区，有条不紊地和各大旅行社聊着，显然对工作已经上手了的模样。

岳然咬紧嘴唇，第一次暗恨自己为何如此没用，又佩服薛凝的学习速度如此之快。虽然给自己分的也是中国大区，可薛凝已经和各大旅行社联系了，她要是再去联系，明显就有了抢单之嫌，顿时就郁闷得不行了。

这天，岳然依旧顶着一张苦瓜脸推开了宿舍的大门，一进去，就见宁佳佳、苏珊、罗菲还有钱钱围在电磁炉旁边涮着火锅。见到岳然回来，苏珊连忙招呼着："赶快洗手去，然后过来吃饭。"

岳然走进洗手间，洗完手也加入了火锅小分队。

宁佳佳仔细打量了一下岳然，然后摇了摇头，又转头看向苏珊："你跟我说岳然的情况不好时，我还以为你夸张了，没想到你竟然用的是陈述句！"

罗菲从锅里捞了一片肥牛放到一直端着碗愣神的岳然碗里，说："干吗这么沮丧啊？这可不像你！好好加油，我们相信你的。"

宁佳佳舔了舔嘴唇上残留的火锅调料，轻轻说道："你们看她现在那个模样，温情攻势有用吗？要是有用的话，苏珊早就拯救她了，还用得着找我们来吗？"宁佳佳从包里掏出一块化妆镜举到岳然面前，然后伸出左手挑着岳然的下巴，让岳然正视自己："岳然，你告诉我，镜子里这一张活像死了丈夫的寡妇脸，是谁啊？"

岳然从镜子里看着自己无比幽怨的脸，愣了一下，随即就扭过了头，打开了宁佳佳的手，拿着筷子慢悠悠地挑着碗里的牛肉："有你这么安慰人的吗？"

苏珊给岳然打开一罐啤酒："来吧，一口闷！包你解千愁。"

岳然接过啤酒，仰着头咕噜咕噜地喝了起来，喝完直接把空的啤酒罐倒扣下来，示意已经喝完。

"爽快！"宁佳佳笑着大叫，又朝岳然靠近，"现在说说吧，我们4个臭皮匠给你解解惑。"

岳然看着几双眼睛直勾勾地看着自己，满是担心，突然就觉得这几天的自己真是太矫情了，简单地交代了一下自己的工作不顺利，还说了薛凝的工作能力很强，很适合销售部的工作。

"岳然，你真的很优秀，这点你不用怀疑，你就是对自己的要求太高了而已。你总是想把事情做到最好，可是有时候给自己太大的压力，反而适得其反。"宁佳佳说。

苏珊在旁边点头道："是啊，每个人都有擅长的领域和不擅长的地方，你刚接触这块，有些不顺利，都是正常的。慢慢来不就好了。况且就咱家小然然这么棒，用不了几天，就能找到感觉的。"

岳然笑了起来，钱钱作势搂过岳然的肩膀："岳然，你在我心中一直都是NO.1，所以不要怕，撸起袖子加油干就是了！"

罗菲却语重心长地说："岳然，其实我是觉得你可能在心里并不想去销售部，所以才有些抵触，这也一周了，没有融入进去的原因还是在你自己，你根本没想去做。"

罗菲说完，气氛一下冷了，岳然皱紧眉头，仔细想想，其实罗菲说的才是症结所在。想明白了这点，她举起啤酒罐，女孩们也纷纷拿起手中的啤酒凑了上去。

苏珊说道："罗菲真是一语中的了，其实然然，我挺羡慕你的，总能分到意想不到的部门锻炼，简直就是不停地打开新世界的大门呢。"

岳然点了点头，干了半罐啤酒后，突然感到了前所未有的动力。

火锅宴结束后，岳然像打了鸡血一样，开始工作起来。她发现还有很多旅游网站，她可以洽谈。于是她开始和游趣、游游、驴悦和旅程这4家比较火爆的旅游网站联系。

因为酒店开业酬宾，价格非常诱人。而这些旅行网站也看中度假村的营业时间是12月，很有联合做活动的想法，但是都提出想要独家合作。

岳然当然明白这是商家想要独占权，但这让她也有些担心，因为这种情况下，她完全不知道该和哪个旅游网站合作。

一直在为这件事奔忙的薛凝也发现岳然已经开始上手了，立刻有了竞争意识，于是暗自努力。等薛凝已经拿到第一个自由行订单的时候，岳然还在选择和哪个旅游网站合作。

午餐的时间到了，销售总监齐森突然走到岳然的工位前，敲了敲桌子："一起吃个工作餐？"

"啊？"岳然有些被吓到了，难道是因为自己至今没有订单，要被……

02 不是只有熊猫照不出彩照

销售总监齐森是个中泰混血儿，他是谢梵羽一手提拔上来的，身材高大，外表帅气，跟在他的身后，岳然因为没有底气，显得像个受气包。

在员工餐厅，岳然坐在座位上，看着坐在自己对面的销售总监，显得有些局促不安。

齐森发现岳然遇到了困扰，在缠住岳然的麻团中，抽出了一根线，递了过去："你知道吗？其实不是只有熊猫照不出彩照，你好好想想，还有哪些动物？"

岳然连忙仔细地想，掰着手指说道："应该还有北极熊、海豚、鲨鱼、企鹅，还有好多鱼……"

说完这些，岳然忽然明白了齐森邀请她共进午餐的用意，眼睛一亮。

齐森笑了："那就说说你遇到的困扰吧。"

于是，岳然把自己最近遇到的困扰都告诉了他。

齐森听完后，给了岳然一个建议："你告诉他们，想要独占权没有问题，但是必须先打定金，否则就是按活动价来做。"

岳然觉得齐森这个决定很对，便点头同意，但是又有些犹豫："他们会同意先打来定金吗？"

"如果他们真的有意愿与我们合作的话，当然会同意，毕竟大家都是受益方，我们提出的要求也并不是不合理的。如果他们一听到打定金就立刻退缩的话，那就说明他们没有真正想要独占权的霸气和能力。"

岳然一笑："我明白了，谢谢总监。"

由于天生的血统优势，齐森的眼窝显得更加深邃，看过来的目光也格外深沉。这让岳然有一种被看穿的感觉，不自在地低下了头。

齐森愕然于岳然的害羞，没想到外表看上去冷静的岳然，脸皮会这么薄，想到这里，他泛起了一个友善的笑容："我邀请你吃午饭，是见你钻了牛角尖，明明走不通的事，还走不出来，让人在一旁看得干着急。不过，你也很聪明，只是需要有人时不时地提点一下而已。你知道你的问题出在哪里吗？"

岳然摇了摇头，突然不确定地说："不转弯？"

齐森笑了出来："嗯……这话也不全对，要说是不转弯吧，可是你对事情的反应和决策又是意外的灵活，比如说这次你能想到跟旅游网站的合作。说句实话，你能想到这点，证明你很优秀，也非常有潜力。"

岳然羞涩地低下头，齐森又说："不过，你做事有时太过死板，虽然工作很努力，但是缺乏变通。我很想知道，在你陷入困顿时，你为什么不寻求帮助呢？觉得丢人？"

岳然想了许久，才缓缓开口："我并不是觉得丢人，只是想凭自己的能力解决事情而已。再说了，一遇到事情就找人帮助，下次遇到同样的事，我还是不会啊！"

齐森点头："你有这种想法很好，可是你也要明白，你进入销售部不过短短数日，作为一个新人来说，缺乏的就是经验。如果你一直固执己见，我想问，那你什么时候才能得到进步？靠自己一个人苦思冥想吗？这倒也是能有效果，不过等你想明白了以后，跟你同在一个部门的同事早就进步了一大截。你应该学会向别人求助，这样你才能在最短的时间里取得最大的进步。岳然，向别人寻求帮助，并不意味着你没有能力。而且这个帮助，并不是让别人帮你做事，而是让人给你点拨思路。"

岳然彻底明白了，感激地说："我知道了，总监，我会做出改变的。谢谢您今天对我的提点。"

"你看，我就说你很聪明吧。慢慢来，先从这次的合作开始吧。"

岳然点点头。跟齐森吃完午餐，岳然就回到销售部开始联系这四家旅行网站，开始谈判。直到岳然说得嗓子都有些哑了，其中驴悦旅行网表示他们可以先打定金，不过他们表示要来实地考察后，再做决定。

岳然欣然同意，但是也没有就此放弃其他三家旅行网站，岳然最终决定邀请其他三家也一同过来考察，他们也可以在考察后再做决定。另外三家旅行网站也同意了前来考察。

跟旅行网站敲定下来行程后，岳然先把自己的安排汇报给了总监，得到齐森允许后，岳然开始准备接待工作。

为了让前来考察的旅行网站满意，岳然一切都想要高规格。当齐森总监发现岳然这个想法后，找到了岳然："你想给他们最高体验的这个想法，并没有错。但是当你做的时候应该循序渐进，更应该找到亮点。像这次的考察，你应该让前来考察的人员看到最常见、最普通的却又是 BYT 度假酒店与别的度假酒店不同的东西，然后在最后一晚，再升级给他们感受一下，也就是你想做的高规格。在销售这个领域里，我们不能一味地去推销，更要学会在推销过程中，运用一些技巧，去俘虏客户的心。"

岳然这才体会到销售的技巧和乐趣。于是她很快就找到了每个酒店都有，但 BYT 做得更好的地方。比如 BYT 的水屋，比起其他酒店，BYT 的水屋更具有私密性。还有独特的、可开启的屋顶，还有水底隧道餐厅……

如果不是齐森的提醒，岳然根本就没有注意到 BYT 的这些细节之处，这种发现，让她像偷吃了糖果的孩子一样开心，也让她对销售产生了极大兴趣。

当岳然找到这些地方后，想好了每个地方的说明介绍，就开始制定接待这四家旅行网站的计划。当然，她把四家前来参观的时间都分了开来，保证不会出现撞车事件。

制定好了时间的流程表，岳然一一打电话，去跟旅行社敲定时间，然后做出了最后的调整。

驴悦网线路开发经理来的那天，岳然早到了机场一个小时，反复地想着接待流程和 BYT 的优势。

岳然手里拿着名字牌，找到了一个明显易见的位置，做好了接机准备。航班正点抵达，岳然瞪大了眼睛，全神贯注地盯着每一位从出站口出来的人。

却看到谢梵羽拉着行李箱率先走了出来，岳然一愣，总经理怎么来了？视察工作？

还没等岳然想明白，就见谢梵羽身后的不远处，走出了一个 40 多岁的光头男人，这位正是岳然今天要接的人——驴悦网的线路开发部经理——李思维。

可是这个时候，谢梵羽已经走到岳然面前，岳然不作他想，一个大步就迎了上去。

03 销售总是充满变数

"总经理好。"

谢梵羽看见岳然倒有些意外，因为这次前来视察，他还没有打过任何招呼，岳然是不可能知道的，更别来说接机。他一下子就猜到岳然此次是前来接待某个客户的，两人遇见也是巧合了，但不管怎样，还是对这样的巧合有种简直是天意的感慨。

被谢梵羽打量着的岳然，正紧盯着李思维的身影，见他就要走出来，连忙向谢梵羽解释："总经理，我是来接待一个旅游网站的客户来参观 BYT 的，先失陪了。"

岳然朝谢梵羽行了个礼，就朝李思维走去："您好，我是 BYT 的岳然，之前我们一直通过电话联系。"

李思维回握并感慨道："您好，岳小姐。听你的声音可是觉得你挺成熟的，一见人竟是这么年轻啊！"

谢梵羽这时走上前来，岳然连忙介绍道："这是我们 BYT 的总经理——

谢总。"

谢梵羽伸出手来："您好，我是谢梵羽，很高兴您能选择我们BYT。"

李思维回握："您好，我是驴悦网负责开发线路的李思维。"

岳然知道谢梵羽是要跟着他们一同回BYT的，其实这也并没有什么，可是不知为何，她还是突然紧张了起来。

"这边请。"岳然笑道。谢梵羽跟李思维客套了一番，李思维率先朝前走去，岳然紧走几步，略领先半个身位。

车子直接向水上飞机停机的港口驶去，一路上有谢梵羽跟李思维交谈，让岳然省了不少事。到达地点后，岳然率先下车，为两人开了车门，笑语嫣然："为了能让李经理更好地领域BYT岛的风光，我们特意为您安排了水上飞机，希望您能愉快。"

李思维笑着跟上前："这边需要水上飞机上岛的酒店有很多，希望你们给我不一样的体验。"

岳然侧开一步，请李思维先行上机，等谢梵羽也进入飞机后，岳然才跟着上去。

坐上了水上飞机，驾驶员笑着点头，算是与谢梵羽和李思维打了声招呼。

水上飞机启动后，机身擦过水面飞速前行，透过防护玻璃罩，湛蓝色的海水清澈见底，一层层回荡的碧波，海里的飞鱼争先恐后地跃出海面。

一路的飞行，让岳然暗叹大自然才是巧夺天工的工匠，而时间和天气就是点睛的画笔，每时每刻都呈现出不一样的神采。

这个海岛，谢梵羽考察过很多次，并不陌生，当初为了抢下这个岛，和MN集团的N轮谈判进行得再艰难，他也勉力支撑，就是觉得值得。尤其此刻看着BYT岛的落成，备感欣慰和骄傲。想到这里，他不由得泛起一抹浅笑，把视线从舷窗收回，却与同时转头的岳然对视了一眼，谢梵羽淡淡一笑，低头看向手里的文件，虽然抢到了好牌，但怎么打好才是关键。

岳然连忙低了头，觉得谢梵羽像鹰一样锐利的眼睛柔和了许多，不由得嘴角上扬。

欣赏着海上的风景，水上飞机已经停在了BYT岛的港口。

李思维迈上了像碎银铺满的沙滩，还在震惊于BYT岛的美丽，他不舍地回头遥望无垠的大海："真是犹如仙境，怪不得每年马尔代夫都被评选为最佳旅游胜地，这里的玻璃海尤其让人记忆深刻。想必在这工作的你们，每日的心情也是大不一样吧。"

谢梵羽点头："马尔代夫被称为人间天堂，看着如此美景，就是有再大的烦心事，也会被洗涤一空。我想这也是大家都愿意来这里休闲度假的原因。"

岳然不置可否地看着李思维脸上惊艳的表情，心里也明白了这第一道开胃菜算是成功了："而且，这里的风景还会有很多变化呢，绝对不会审美疲劳。李经理，这边请。"

李思维打量着风景，随着岳然朝度假酒店走。行走时，她为李思维介绍了BYT的度假酒店的设计理念，也简单地介绍了BYT与MN的背景。谢梵羽在一旁听着，发现岳然为此的确下了不少功夫。

一进入BYT度假酒店，谢梵羽就跟李思维抱歉地道别，然后岳然就带着李思维去参观了她预先选定好的酒店房间，她能看出，房间里的一些贴心设计获得了李思维的好感。

李思维忍不住点头："不错，不愧是排名前列的酒店集团，竟然连在这些细节上都这么用心，真是实至名归啊。"

岳然谦虚地一笑："因为入住的客人，不仅有成人还有儿童，为了能让顾客们有宾至如归的感受，我们会尽全力避免一切意外发生的可能。除了安全性，这些设计也是为了入住酒店的客人们可以感受到家的舒适。这样也方便你们在寒暑假时主打亲子游。"

岳然带着李思维又参观了几间有代表性的房间，全部参观一遍后，也到了午饭时间。于是，岳然又领着李思维来到了BYT的餐厅，开始为其介绍："在餐厅的装饰上，为了能让顾客们更好地感受到异国风情，我们也延续了东南亚的风格。我们提供的早餐是国际式的自助餐，还有当地的热带水果。当然如果顾客有其他需要，我们也会一一满足。中午和晚上的菜色就丰富了，不仅有西餐、泰餐、印度菜等各国美食，也有港式中餐，当然，海鲜大餐是必不可少的。不知道您能不能吃辣，因为马尔代夫的饮食颇像印度菜，虽然并没有印度菜那么辛辣，但风味很特别，值得尝试。"

李思维笑着摆手："既然来到这里，当然是客随主便的，一切听岳小姐安排。"岳然点头："那您先坐一下，我这就为您安排。"

岳然挑选了几道极具马尔代夫风情的佳肴，随后服务人员就端了上来。

岳然回头对着服务生说了一句"谢谢"，又转头对李思维说："不知道符不符合您的口味，如果有不喜欢的话，我再为您调换。"

李思维笑着点头，尝了一口离自己最近的煎鱼，竖起了大拇指："不错。"岳然回笑，一顿饭吃得宾主尽欢。从餐厅出来后，岳然又带李思维去参观了BYT 的水上乐园。

在接待过程中，李思维对 BYT 的好感度直线上升，脸上的笑意就从没有下去过。一眨眼，已然到了晚上，岳然在海边安排了一桌浪漫的海鲜大餐，就送李思维回了房间。

第二天，岳然在酒店大堂里等待着，一见李思维从电梯间出来，连忙上前问好："李经理，早上好。不知道昨晚您睡得怎么样？"

李思维笑了起来："一觉睡到大天亮，要知道我这个岁数的男人睡眠是最不好的了，真没想到竟然会比在家还睡得好。"

岳然浅笑："为了让顾客们在酒店也有良好的睡眠质量，我们在房间里放置了薰衣草味的香薰，枕头也是选择对睡眠最好的安睡枕。知道李经理昨晚睡得不错，那我就放心了。不知道李经理对我们酒店有什么不满意的地方？要是我们有什么做得不好的地方，还请李经理提议，我们会马上做出调整。"

李思维连忙摆手："哪有什么不满意的地方，岳小姐实属自谦了，BYT无论是在环境上还是服务上都是一流的。岳小姐请放心，回去后我会好好跟公司汇报，争取尽快跟 BYT 达成合作。"

岳然伸手，两人相握："那我就等李经理的好消息了。"

岳然送走李思维，就开始马不停蹄地接待其他三家旅游网站，对方也表示非常满意。

但是独占权会花落谁家呢？

显然，这四家网站中，岳然最看好的就是驴悦网，这家网站派来洽谈合作的李思维同样也很用心。可就当岳然把合同都跟李思维核对两遍后，李思维却忽然叫停了……

04 失败并不是那么难以接受

岳然蹙起眉头，很是不解："李经理，我不太明白，是合同哪里有问题吗？或者说网站高层有什么其他想法？"

"合同没什么问题，就是高层突然有了其他决定。我也很遗憾没能跟BYT合作，不好意思。"李思维说完就挂断了电话。

靠进座椅里，岳然还是没有明白究竟是怎么回事，她知道李思维说的那些只不过是客套话而已。可是一切都在按部就班地进行着，对方却在最后要签合同的时候反悔了……

岳然真是越想越觉得有些委屈，可是回忆起细节，又着实找不出纰漏之处。

来销售部也有3个月了，明明离成功仅有一步之遥了，却功亏一篑，这叫她怎么跟领导交代啊？纵然百般不愿，岳然也必须向总监汇报考察结果。

"真对不起，是我搞砸了。"岳然在齐森的办公室里道歉，如果地上能有缝隙，她恨不得钻进去。

"对方突然反悔，这种情况并不是特例，也不能说明你没努力，你也不用太过自责，先去想办法继续联系之前另外三家网站，尽快找到合作的点。"

岳然点了点头，退了出去。

齐森越想越觉得这件事很蹊跷，而且之前也听到一些传言，从来都是无风不起浪，只能说自己当时实在是没有抽出精力来过问此事，想到这里，他拨通了谢梵羽的电话。

心灰意冷的岳然回到了自己的工作间，看着办公桌上的合同，眼眶有些发红。

到底是因为什么呢？

岳然打开合同，从头到尾又翻看了一遍，逐字逐句地浏览着，然后就更加郁闷了。没有问题啊，这是在耍我玩吗？岳然不禁有些气愤起来。

薛凝拿着一叠文件走了进来，看见岳然委屈的模样和桌上的合同一下子就明白了。薛凝站了一会儿，犹豫着走回了自己的位置。等薛凝再次起身准备去倒水的时候，已经过了半个小时了，但是岳然还是呆呆地想着什么。薛凝有些看不下去了，走了过去："你要继续消沉下去到什么时候？"

岳然连头都不抬，闷闷地说："跟你没关系。"

薛凝笑着说："是跟我没关系，我这不是怕你哭鼻子，到时候我还得给你递纸巾嘛。"

岳然的心情本来就不好，听见薛凝的话，语气也冲了起来："那就不劳你大驾了。"说完，她就推开了销售部的大门，走了出去。

独留下薛凝，脸上露出懊恼的神情。

岳然走出销售部后，就跑到了海边，海风吹乱了她的头发，她蹲了下来，看着不知疲倦的海浪，逐渐冷静下来。

她不应该对薛凝发火，岳然叹了口气，难过有什么用，难过能签到合同吗？自己应该好好想想怎么善后才对，想到这里，她站起来往回走。

刚一进大堂，就撞见了昨天又来视察的谢梵羽，岳然有些慌乱。怎么在这儿看见总经理了？她现在心里只有一个想法，那就是不能让谢梵羽知道自己失去了客户，还是这种即将签合同的客户。她不想让他觉得自己很没用。

"遇到什么事了吗？"

"我……没事。总经理，我先回去工作了。"岳然低着头，转身就要逃。

"回来。"听见谢梵羽的命令，岳然只好退了回来，小心翼翼地问道："总经理，您还有什么吩咐吗？"

谢梵羽看着明显有些害怕自己的岳然有些好笑。他从齐森那里已经知道了驴悦网在签合同前突然叫停的事，本来他还想找岳然谈谈，可是因为要赶飞机，只好作罢。没想到还是在这里遇见了，既然如此，那就应该开导她一番的，于是说："是因为客户终止合作而感到挫败吗？"

这样打脸真的好吗？岳然感觉受到了一万点伤害，但还是诚实地点了点头。

谢梵羽看着岳然低下的头，还真有点担心她的颈椎："你很忙？"

岳然下意识地就摇摇头。

谢梵羽点头："我正要回曼谷，既然不忙，就送我去机场吧，我有事要跟你说。"

谢梵羽说完就率先朝酒店大门口走去，岳然反应过来后迅速跟上去。

路上，岳然拘谨地坐在谢梵羽旁边，那副模样，就像学生等着被老师教训一样。

显然，谢梵羽也是这么想的。

谢梵羽轻笑出声，弄得岳然更加紧张。

"驴悦网的事，我已经知道了。"

总经理怎么知道的，到底是谁这么大嘴巴啊？

岳然自责地低下头。

谢梵羽看着岳然的模样，放软了口气："受到打击了？你要知道没有任何事情是一帆风顺的。况且这属实不算什么大事，旅游网站又不是只有他们驴悦网一家，你可以继续和其他三家网站沟通，既然他们之前有意向跟我们合作，现在想来也不会拒绝。当然，你也要查一下驴悦网到底为什么会叫停合作，这对你以后的工作也会有帮助。"

"嗯，我知道了。"

岳然悄悄打量着谢梵羽，这是在鼓励她吗？她还以为自己会被责骂，没想到得到的却是鼓励。

原来失败也不是那么难以接受，笑容不自觉地在岳然的脸上扩大，就连她自己都没发现。

等岳然把谢梵羽送到了机场，回来的路上，岳然一直在整理思路，一到BYT，她先向薛凝道了歉，薛凝耸了耸肩："谁没个想发脾气的时候，我没事，就算扯平了吧。"

岳然有些疑惑地看着她，薛凝笑了笑："我们俩第一次见面的时候啊，就是我在生气，又被你撞得摔倒在地，你说，我的态度能好吗？不过后来也是我小心眼，一直记在心上，所以才被米娅教训。"

岳然恍然大悟后，更加诚恳地道了歉，看来，薛凝并不坏哦。

和薛凝冰释前嫌后，岳然开始和其他三家网站沟通。通过一周的努力，最终，游游网表示有意愿跟BYT合作。

他们说，公司原本就有兴趣跟BYT合作，当初考察过后也很是满意，但是网站也在发展阶段，一下支付大笔的定金是个问题，希望BYT可以协商一下定金问题。

岳然想要抓住这个客户，但是定金问题不是她能做决定的，在跟齐森请示过后，得到允许，她才开始跟游游网进行新一轮的谈判……

争议的焦点在于定金的金额，以及度假村的利润点，这是此消彼长的两个点，因为合作意向真诚，双方都在不断地让步。还在商讨的过程中，岳然却意外地发现了驴悦网毁约的原因，竟然是 HLS 集团的度假村，截走了驴悦网的合作。

05 并不意外的真相

看着手中的调查结果，岳然并没有太多的意外，反而心里有种石头终于落了地的踏实感。虽然输给 BYT 的老对手 HLS，对于还是新员工的她来说并不丢脸，但对于 BYT 却是耻辱啊，这让她情何以堪。

岳然来到了齐森的办公室，张口便说："齐总监，驴悦网的单是被 HLS 抢走的，我们怎么才能抢回来？"

听了这话，齐森不由得哈哈一笑："能被抢走的就不是真爱！而且 HLS 抢走驴悦网，一定是给了更大的利益诱惑，我们为什么要做这种自伤的事？他们爱抢就抢去，这样的戏码多来几次也行。"

岳然一愣，还可以这样操作？但细细一想，就是这个道理，可是感觉不爽啊。

看着表情不断变化的岳然，齐森说："还是多开发其他客户吧，这件事由我来处理。"

岳然点头离开，齐森等她走后，就向谢梵羽汇报了 HLS 截单的事件。

"我们该怎么做？HLS 这次是明晃晃地冲我们来了，恐怕之前截单的事件，也跟他们脱不了关系。"齐森在电话里问道。

过了一会儿，谢梵羽才回答道："这件事我知道了，我会马上着手处理的。你们跟网站的合作，进行得怎么样了？"

齐森轻笑出声，颇有调侃的意味："岳然处理得很好，这次就是岳然发现 HLS 有问题的。BYT 这次可招了一个优秀的员工。难怪谢总对人家另眼相看，有眼光。"

谢梵羽倒没有觉得太出乎意料，毕竟岳然的能力，谢梵羽还是很相信的，要不然他也不会一而再再而三地关注这个女孩。"我们BYT的员工哪个不优秀，你不也是我一直看好的吗？"

齐森被堵得够呛，悻悻地说了声"再见"，就挂断了电话，

放下电话，远在总部的谢梵羽自然意识到问题的严重性，思考了许久，谢梵羽联系了BYT各个度假村的销售总监，让他们统计一下最近被抢单的数据，然后把结果汇报给自己。

从齐森的办公室出来，岳然想出去透透气，漫步走到了酒店无边泳池的时候，发现陆昊和罗菲坐在一旁的椅子上，两人距离不是很近，不知在谈着什么。

岳然并没有多想，慢慢走近两人方向，罗菲看着游泳池方向，看起来有些忧虑。

"所以因为这些，对自己现在的生活非常不满意，你觉得没有一个人能理解你，帮助你？"罗菲和陆昊说，眼睛却没有看向陆昊。

陆昊点点头："对，我不知道自己该怎么做，工作很不顺心，苏珊也和我形同陌路了，我真的很累。"

"或许你应该调整一下心态，不要总是想一些不开心的事情，总有那么一个人，愿意陪你度过你生活里所有的困难。"

岳然听到罗菲的话，皱起了眉头，隐隐感到有些蹊跷，但又说不出是什么问题，罗菲转头，看到了岳然，立刻站起来，和岳然打招呼。

"岳然，你也在这里啊？"

岳然笑了笑，走到罗菲和陆昊旁边："是啊，午休时间散散步，晒晒太阳，你们俩也是？"

罗菲有些不自然："是啊，我出来散散步，刚好看到陆昊，一起聊会儿天，我还有事，就先走了，你们慢慢聊。"

岳然和罗菲告别，陆昊一直没有任何反应，很苦恼的样子。

岳然坐到陆昊旁边，看了看陆昊，好久才开口："我以为你会很快乐呢！怎么？抱上了董事女儿的大腿，还有人给你穿小鞋？"

陆昊皱了皱眉，手也蓦然握紧，却一句话也说不出。

岳然觉得有些可笑："陆昊，咱们4个人从小到大一直在一起，你觉得谁

不了解谁？关于你的事情我也略有耳闻，我是苏珊的朋友，但同时也是你的朋友，你心里有过不去的事情，为什么藏着不和我们说，不说也就罢了，你有你自己的考虑，可是你自己压抑着，折磨自己，折磨爱你的人，值得吗？"

陆昊看了看岳然，有些嘲讽地笑了："岳然，你是来帮苏珊说话的吗？"

岳然冷静地看着陆昊："陆昊，我说过了，苏珊是我的朋友，你也是我的朋友，没有什么为不为谁说话的。看到你现在这种状态，作为朋友担心你很正常，你一个大男人，没必要这么敏感吧？"

陆昊站起来，冷笑道："你们所谓的理解我，不过是站在你们自己的角度去理解我，没有一个人知道我真正需要的是什么。就连苏珊都不知道。"说完，他便神情落寞地走了。

岳然看着陆昊的背影，好像不再认识眼前的这个人，陆昊果然变了，正如苏珊所说的一样，进入了 BYT 之后，陆昊再也不是当年的那个陆昊，当年笑容灿烂的白衣少年，在这一刻慢慢变成了一个模糊的影像，染上了一层灰暗的光晕，岳然转身离开了无边泳池。

在等结果的同时，谢梵羽搜索了一下 HLS，查看了一下相关新闻，想要知道对方最近是否将要有什么大的动作。从调查的结果上看，倒是风平浪静，不过这让他还是感到不安，就像暴风雨来临前的平静。

还好大家做事的效率都很高，谢梵羽的邮箱的提示音响个不停。谢梵羽迅速打开各个度假村发来的汇报，虽说有心理准备但还是避免不了惊讶，BYT 竟然被 HLS 抢走了大约 7% 的订单，尤其是巴厘岛和马来西亚的度假村被抢单的比例最大。

先不说 HLS 的用意到底是什么，BYT 三番两次地被 HLS 抢单，很明显 BYT 处在劣势，也说明运营已经出现了问题。

谢梵羽决定召开高层会议，让各个度假村的总经理前来曼谷商讨对策。

BYT 被 HLS 抢单事件，不胫而走。岳然身为直接跟抢单事件有关的人，再一次成为中心人物，这种感觉非常不好，让她有些无所适从。

06 意外收获

岳然端着餐盘，顶着无数道窥探的目光，强作镇定地取了餐，又挑了一个比较靠角落的位置入座。看着身侧的大理石柱，岳然叹了一口气，一边吃饭，一边拿出手机继续浏览着新闻。

"吃饭的时候要专心。"

岳然一抬头，见是罗菲，立刻松了口气。罗菲见此，笑道："干吗？你以为是谁？"

罗菲说完，放下餐盘，在岳然的对面坐下来。

"没以为是谁啊，这不看见你有些惊讶嘛，在食堂吃了这么久，还是第一次在食堂里遇到你呢。"岳然笑盈盈地收起了手机，看着罗菲餐盘里的菠萝咕老肉眼睛一亮。

罗菲好笑地看着岳然，伸手把菠萝咕老肉夹进了岳然的餐盘："在大学的时候就喜欢吃，你也不嫌腻。"

岳然鼓动着腮帮子，一脸的满足："这可是我的最爱，顿顿吃也不会腻的。"

罗菲轻笑了一声："你倒是长情。说吧，你又是怎么回事。一副草木皆兵、如临大敌的模样。"

岳然叹了口气："不就是最近的那件事嘛，恰巧我之前谈的客户，也被HLS抢了单，所以我就成了我们酒店的围观热点了呗。应该就两天新鲜，过一阵就好了。"

岳然嘴上不在意，心里却在暗自庆幸，多亏大家不知道是我发现HLS抢单的事，要不然一定会被更多的人围观！

罗菲低头喝了一口水果羹："既然知道，那你干吗那么紧张啊？"

岳然别扭起来："也不能说是紧张吧，主要是他们看也不大大方方地看，总是悄悄地打量，我实在是觉得不舒服。哎，别说我了，你最近怎么样？工作还好吗？"

"又没有客人入住，自然就没有小朋友，我哪里说得上好坏？不过越收拾越觉得儿童乐园好玩呢。"罗菲笑道。

"你做事一直很稳重，慢慢来就好了。"岳然说完，忽然想起那天罗菲和陆昊的谈话，于是抬头，看向罗菲："你那天怎么和陆昊碰上了？"

"我去取物料的时候遇到他的，感觉他很不开心的样子，就问了几句。他和苏珊到底怎么了？我和苏珊还没到无话不谈的地步，有些话不适合问。"

"哎呀，苏珊现在跟女强人似的，忙得神龙见首不见尾。我也没什么机会和她聊天，不过我觉得治疗情伤最好的方法就是让自己忙碌起来，就不会像陆昊那样，动不动把落寞展现在人前，做出一副受害者的姿态。"

看着岳然的义愤填膺的表情，罗菲有点儿欲言又止："我看得出他也放不下苏珊。"

"那有什么用？"岳然不快，但在看见苏珊的身影后，立即闭了嘴。

苏珊取了餐也走了过来，她明显消瘦了不少，但精神很好，一坐下就问岳然："看你这样子，工作有进展了？"

岳然匆匆把没剩多少的米饭，三口两口消灭掉，对着苏珊笑得有些羞涩："其实也没什么起色，我现在也还在跟人家洽谈中，只不过我觉得能成的机会挺大。"

"这就行了。"苏珊点了点头，"签下单来必须请我和宁佳佳吃饭哈，我俩可为你接待了好几个线路经理了。"

"必需的。"岳然又从苏珊餐盘里夹了一块菠萝。

苏珊横了一眼岳然，才看向罗菲："我听说客户服务总监要调你去做秘书，但你拒绝了？"

罗菲脸一红："我还没说答不答应呢，主要很担心秘书的工作不好做啊，做砸了怎么办？"

苏珊摇摇头："其实，秘书的工作比你现在的工作更容易些，你应该好好考虑一下的。"

罗菲低了头。

三人用过餐，苏珊站起身，拿起餐盘："走吧，该回去工作了。"

岳然和罗菲端着空餐盘跟上。

下午两点，BYT 总部 18 楼的长桌会议室坐满了人。

谢梵羽站在主位，扫视了一圈："这次的抢单事件，虽然是 HLS 对我们的攻击，但是我们也要自我反省一下，为什么 HLS 能在我们手中抢去这么多单。

特别是我们在巴厘岛和马来西亚的度假村，失去的订单最多。你们想一想，到底是什么环节出现了问题？你们觉得有什么想说的吗？"

谢梵羽一眼望去，被点名的两个大度假村的总经理，低下了头，其他各个度假村的总经理也在保持沉默。

谢梵羽皱起眉头，正要开口，代表马尔代夫度假村出席会议的齐森开了口："谢总，之前在我和自己员工的一次闲聊中，这位员工反映了这么一个问题。她说BYT在泰国境内的酒店，因为结合当地的特色，所以酒店很有特点。但是在国外，像巴厘岛、马来西亚等地的BYT度假村因为也去融合了当地的特色，反而却失去了泰国传统的文化的元素。而中国北京和马尔代夫的BYT因为坚持了泰国传统文化的元素，酒店也因此很有特色。我觉得BYT要做的应该是装修以及管理上都保持一体化，突出泰国传统文化的元素。这一点，HLS做得非常好。我想这也是我们会被HLS抢单的原因之一。"

谢梵羽点头道："光是装修风格上的不统一，应该还不至于被抢这么多单，我们也应从管理、激励员工的角度再细化分析一下，看看是不是有什么需要改进提高的地方。我们必须要迅速扭转劣势，否则不仅面子上不好看，也影响我们BYT参加四年一度的酒店业大赏的投票结果。好，今天的会议先到这里，我希望下周各位给我提交一份书面报告。"

"齐森，麻烦你留一下。"谢梵羽对坐在身边的齐森说道。

齐森挑眉："谢总，还有什么事吗？"

"我就是有点好奇这个员工是谁？毕竟能有这番见解的也是一个人才。"

齐森笑着回答道："就是岳然啊。"

谢梵羽惊讶了一下，随即又有一丝了然，她还真是总能带给别人惊喜，他轻笑一声："好，我知道了。没其他事了，你先去忙吧。"

齐森朝谢梵羽点了个头，走出了会议室。

而远在BYT岛的岳然终于签下了她的第一单，是国内一家大型婚庆公司，将会开展婚纱拍摄以及婚礼的业务。

07 身不由己

在岳然高兴地向齐森汇报了好消息后，就看到齐森笑眯眯地看着自己，却不说话，有点儿诡异，她有点儿结巴地问："齐……总监，还有别……的事？"

齐森哈哈笑着："对啊！"

"什么事？"

齐森一摊手："你谈下一家婚庆公司的单子？不错嘛，这么短的时间就找到了其他的合作方，这说明我调你来销售部是正确的选择。"

"那个……"岳然有点儿不知道怎么接这话，只能腹诽，我很不情愿好吗？

齐森扫了眼有些不自在的岳然，继续说道："昨天去曼谷开会时，谢总对你的见解赞不绝口呢。"

"总经理？"岳然惊讶。

齐森点头："还记得你上次跟我提过，有关 BYT 的泰国传统文化的元素吗？"

岳然想起了上次在食堂跟齐森一起吃工作餐的情景，有些不好意思："齐总监，我就是随便说说。"

"你不用谦虚，你的这个想法，我在昨天会议的时候提了出来，谢总也很是认可。接下来，巴厘岛和马来西亚的度假村，会利用淡季的时间，按照你的提议去改变酒店的装修风格。"

"真的吗？"岳然有些激动，她还真是没有想到，自己随口说出的想法会得到如此大的认可。

"当然是真的。所以，岳然，你要继续努力，保持你的工作状态以及学习的态度。我认为你有更大的发展空间和潜力。"

等岳然从经理办公室离开的时候，还有些飘飘然，没想到自己的建议竟然会被谢梵羽采纳，她一个劲儿地告诉自己千万不能骄傲，骄兵必败，可是这份喜悦，让她还是情不自禁地喜上眉梢，眉眼弯了起来。

这种认可，对于岳然来说显然是一针兴奋剂，明明两个工作日的工作量，硬生生让岳然一个下午加一晚上就完成了。看着新鲜出炉的流程表，岳然心满意足地与周公相会去了。

被要求整改的巴厘岛和马来西亚的两家度假村，虽然上交了企划案，但是短时间内也无法改变酒店的风格。谢梵羽也心知肚明，于是放宽了酒店整改的时间期限。

同样，谢梵羽知道抢单的事也绝不简单，但是 HLS 是出于何种目的，谢梵羽也着实不清楚。无奈之下，他与米总裁约好了时间，准备进行一次深谈。

总裁办公室，米总裁拿出一瓶洋酒，又拿出了两个杯子，把洋酒倒入杯中后，米总裁把一杯递给了坐在沙发上的谢梵羽，另一杯自己喝了起来："其实这件事我本来不想告诉你的，不过恐怕不说不行了。"

谢梵羽端着酒没喝，等着下文。

"上次 MN 的总裁来 BYT 谈合作的时候，发生的那场枪击案，你还记得吧？"

谢梵羽点点头，当然记得那件事，但是又不明白米总裁为什么要在这个时候提起。

米总裁缓缓晃着酒杯，看了谢梵羽一眼："上次的枪击案，其实是我为了达成与 MN 集团在马尔代夫的项目合作，特意找了人来上演的一出戏。"

谢梵羽的表情呆滞了片刻，随即明白过来，皱起了眉："总裁……"

米总裁一摆手："我知道你要说什么，你一定会说我这样太不理智。但是你要知道，如果我不这么做，MN 就会和 HLS 合作。就算再来一次，我依旧会选择这么做，而且，也是因为你的完美表现，才更坚定了 MN 集团和我们合作的信心。"

谢梵羽思忖片刻方说："其他的事我不会多问，我就问一个问题，HLS 是不是因为我们与 MN 合作这件事，所以才一直抢我们的单？"

米总裁点头："MN 原本都要和 HLS 的马尔代夫岛签约了，被我们 BYT 横插了一脚，肯定在心里记恨着我们呢。所以他们抢单，我丝毫不意外。"

"您早就知道是 HLS 干的了？那您……？"谢梵羽突然不想再问下去，他真怕再听到什么劲爆的消息："您希望我怎么处理这件事？"

米总裁把谢梵羽未动过的酒递到了谢梵羽手中。他接过来，意味不明地看着米总裁。

"我希望你能找白玲珑谈谈。"

这个名字在谢梵羽的心中荡起了不小的涟漪，他缓缓放下了酒杯，神色比以往要更加严肃："总裁，我的身份恐怕不方便吧。"

"梵羽，这件事你就别推辞了，要不是实在没有办法，我也不会向你提出这个请求。"

谢梵羽沉默了许久，才缓缓点头："我知道了。"

米总裁拍了拍谢梵羽的肩膀："辛苦了。"

从米总裁那里出来后，谢梵羽的脸色一直阴到了下班时间。忐忑了一下午的秘书立刻踩着高跟鞋逃之夭夭，生怕总经理一个不高兴就殃及其身。

回到自己的公寓后，谢梵羽才终于叹出了一口烦闷之气，他感觉更加烦躁起来。一想到因为这件事，要和分手 5 年之久的白玲珑产生一次交集，就让他头疼不已。

谢梵羽拿出手机，按出早已熟烂于心的一串号码，犹豫了许久，最终没有拨出去。

有人发愁，有人欢喜。

与游游网的合同核对了好几轮，终于到了正式签约的这天，定金的金额减少了两成，但 BYT 的利润增加了两个百分点。

签约仪式就定在 BYT 岛，一大早，岳然就开始带着游游网的高层们在 BYT 体验了各种娱乐项目，一天下来，她鞍前马后，即便是穿着软羊皮的小高跟鞋，还是把她的脚磨得生疼。

晚间的签约仪式和酒会才是重头戏，在短暂的用餐时间里，岳然把磨破的地方贴了创可贴，就又精神抖擞地往签约酒会现场走去。

合作意向书一签，双方交换的刹那，岳然有些百感交集。来销售部的这几个月，让她对 BYT 更加热爱，因为只有凭借满腔热爱，才能说服客户，让他们也爱上 BYT。

香槟塔很快就被斟满，会场气氛也到达了顶点，当香槟杯被侍者端到岳然面前时，她已被现场气氛感染，忘记了自己有香槟过敏的问题，频频举杯，笑靥如花。

很快，岳然裸露在衣服外面的肌肤也染上了不正常的红晕，她只觉得一股热气直冲脑门，脚底就像踩上了一团棉花，软绵无力。

明明身体已经到了极限，岳然还勉强坚持着。

08 相见不如怀念

咖啡厅里，一首低沉舒缓的钢琴曲正在弹奏，明明是那么抚慰人心的旋律，却让谢梵羽伤感不已，5年前，一样的地方，一样的旋律……

谢梵羽一抹苦笑挂在嘴角，白玲珑还真是会选地方。

可惜这个笑容没有维持多久，很快就隐没了下去。谢梵羽坐在咖啡厅选配的米黄色的凳椅上，丝毫没发现自己已经引得周围女士们频频地注视。与其说是谢梵羽刚毅的外表让人着迷，倒不如说是浑然天成的男性魅力让人挪不开视线。

白玲珑赶到的时候，见到谢梵羽不禁一怔。

经过5年的沉淀，谢梵羽看上去就是一个成功有为的绅士，成熟，也更有魄力，让人折服。虽然时常会从业内杂志上看到他的照片，但现在终于看到他本人，却让白玲珑以为早已沉寂的感情又翻起了涟漪。

她立刻发现周围对谢梵羽仰慕的目光，白玲珑的虚荣心立刻得到满足，轻拢了下刚刚从高级沙龙里做完的头发，在大家羡慕的目光下，她身姿款款地走到了谢梵羽面前："梵羽。"

十分亲昵的口气让谢梵羽轻轻皱起了眉，这种厌恶感是自然产生的，谢梵羽惊诧这种情感的转变，不过很快就被他掩饰了下去。

"坐，喝点什么？"

疏离的语气让白玲珑一僵，也是，他们已经不是当年了。

想到这里，白玲珑心中释怀了不少，一双化着精致眼妆的眼睛，温柔似水地望着谢梵羽："都行。"

谢梵羽招来了服务员，点了一杯美式咖啡和一杯加双份奶泡的蓝山咖啡。

"没想到，你还记得我的喜好。"

谢梵羽没有回答，喝了一口服务生刚刚送上来的咖啡。

白玲珑立刻换了一个话题："这几年，你过得还好吗？"

这种虚伪的客套真的让谢梵羽想起身就走，他没想到，一晚上的踌躇，等到真的见了面，之前的一切幻想全如阳光下的冰激凌，瞬间就融化了。

早知道这样，昨晚就应该吃两片安眠药，谢梵羽一边想着一边点头："还好，你呢？"

谢梵羽出于礼貌回问了一句，可是白玲珑的表情明显雀跃了起来，转眼间她似乎又想到什么，突然换上了一副可怜的表情，似留恋、似期待地看了一眼谢梵羽："梵羽，其实我过得不是很好。"

谢梵羽一愣，这个回答他倒是没想到。他突然很想质问她，你为了前途抛弃了我，你怎么还会过得不好？

不过这句话要是问了出来，他就不是谢梵羽了。

谢梵羽抬起头仔细打量了一下对面的白玲珑，大牌傍身，珠宝环绕，一张被彩妆描绘出的精致脸蛋，甚至比十八九岁的小姑娘还要艳丽几分。这样也叫过得不好？谢梵羽在心里嗤笑着。

"他对你不好？"谢梵羽顺着她的希望问出来。

白玲珑深情地望着谢梵羽，眼里的爱恋呼之欲出。他对上她的目光，两个人曾经美好的回忆涌上心头，让谢梵羽感到一阵心痛。

看来，并不是什么感觉都没有。至少这份感情，无论什么时候都能让自己感到窒息。谢梵羽轻轻转过了头。

这个回避的举动，在白玲珑的眼里，认定了谢梵羽根本没有忘记过她，甚至认为，他如今也还是爱她的。

有了这个认知，白玲珑大受鼓舞，只不过表面依旧为自己打造出一副楚楚可怜的模样："我跟他结婚后，其实并不幸福。除了刚结婚的那一个月还算是甜蜜，后来……争吵简直成了家常便饭，吵来吵去也不外乎女人两个字。可是吵到最后，外面的女人该有还是有了。后来，我也吵累了，心也死了，甚至都有了想跟他离婚的想法。婆家可能也看出了我这个想法，于是给了我 HLS 的管理权。也不知道是觉得对不起我，还是为了安抚我。反正，我一直为之努力的东西，就这样到了手，我都不知道这算不算因祸得福了。不过等真正得到了，除了刚开始有些激动，也就是那么回事了。"

谢梵羽一直在倾听，却发现心中的钝痛轻了很多，原来这 5 年的时光还是治愈了他的伤口，尤其是在再见的时候，他竟一眼就识破了她的演技。白玲珑，再也不是当初他爱的那个白玲珑了。

白玲珑低头轻轻抿了一口咖啡，抬头看着谢梵羽，又酝酿了许久，才说道："梵羽，现在我才真的知道，自己想要的东西是什么。"

"我吗？"

白玲珑一愣，表情也变得慌乱起来。

"我说笑的，你别紧张。其实我今天约你见面，是因为公事。"

白玲珑其实很想继续刚才的话题，可是很明显她已经失去了最佳的时机，只好顺着谢梵羽的话题问道："什么公事？"

谢梵羽直奔主题："我希望 BYT 与 HLS 能够在海外市场上互不干涉和互不拆台。毕竟我们都是泰国企业，平白让别人看了笑话。"

白玲珑一口答应下来："我同意你的话，我已经在努力说服我的管理层了，让他们不要再做这样的举动。其实，你今天约我见面，我也想到了是因为最近 HLS 在抢 BYT 单的事，不过，你有没有想过，HLS 为什么能屡屡得手？也许，你的 BYT 里出了内奸，梵羽，我希望你重视起来。"

"我会的，谢谢白女士。"谢梵羽站起身，明显是要离开的意思。

白玲珑心中失望，却只好跟着站了起来。

谢梵羽送白玲珑上了洪家的车，就烦闷地去了酒吧，喝了两杯酒，忽然手机响了，屏幕上闪烁着岳然的名字。

此时此刻看到这个名字，谢梵羽的内心是震惊的，兴奋中夹杂着一些犹豫，但是他还是按下了接听键。

"喂？"岳然含糊不清的声音传来，谢梵羽一愣。

对面的岳然又是一串"喂喂喂"地催促着，他听着对面传来劝酒的对话，皱起了眉头，有些气恼："你在喝酒？你酒精过敏还敢喝酒，不想活了吗？你现在在哪里？"

对面的岳然好像也听出来了是谁的声音，立刻强装镇定地回答着："哦，没喝啊，总经理，我在度假村啊。嗯……我的手机没电了，先不说了啊，拜拜。"

还拜拜？

谢梵羽明显听出岳然喝得舌头都大了，强忍着怒气回拨岳然的电话，提示音却显示已关机。

真是反了天了，喝成那个样子，竟然还想继续喝。是想去医院洗胃吗？

谢梵羽立刻给齐森打了电话，电话一通，谢梵羽立刻质问道："岳然现在在哪里？"

齐森有些发蒙："今天是和游游网的签约仪式，岳然在酒会上陪客户喝酒啊！怎么啦？"

谢梵羽揉了揉发痛的额头，吩咐着："如果她喝了香槟，请你马上联系救护直升机送岳然去马累的医院。"

"啊？岳然喝得挺好的啊，叫医疗救援做什么？谢总，你没事吧？"

谢梵羽真想把齐森拽过来暴打一顿，可惜现在做不到，他对着电话一通怒吼："岳然对香槟过敏，庆功酒会少不了香槟，如果她出现生命危险，你能负责？马上叫医疗救援，还有，立刻将岳然调离销售部。"

齐森彻底蒙了："那调到哪里去啊？"

"管家部！"谢梵羽说完，就把电话一挂，喝了一口酒，这才觉得差点儿被这两个人气死的自己，活了过来。

不过，岳然为什么要给自己打电话呢？他下意识地打开自己的手机通话记录，犹如被闪电击中，自己不知何时给她拨了电话，而岳然这通电话是回过来的……

谢梵羽沉思着，他心里明白，但是又不想去明白，只好烦闷地一杯一杯地猛灌酒。

收到谢梵羽命令的齐森也很郁闷。岳然可是他看好的销售人才，如今却要说送走就送走，齐森怎么想也不情愿。但是总经理都发话了，他又怎么能不听？齐森叹了一口气，转身就去找岳然，结果发现岳然已经陷入了昏迷，周围慌乱成一团。

齐森连忙把已经昏迷的岳然送到医院去。

09 调换岗位

谢梵羽从齐森那里收到岳然住院的消息时已是清晨，好在是周末，他连忙买了前往马累的机票。

等谢梵羽到达医院的时候，正是中午，阳光强烈，齐森收到谢梵羽询问是哪间病房的消息，他连忙下楼去接谢梵羽。

看到谢梵羽汗流浃背地站在医院的大厅里，齐森的心情有点复杂："总经理……"

"我恰巧有视察的安排，不过是提早到了一天而已，她怎么样了？你作为销售总监，对员工的简历看得不仔细啊。"谢梵羽冷着脸，皱眉看向齐森。

齐森低下头，他深知这个时候辩解是不明智的，只好说："我很抱歉，但我也希望总经理能重新考虑岳然的去留，她是个很优秀的销售人才，留在销售部会有更大的发展空间。您看，她来了销售部还不到 3 个月，就签下这么重要的大客户，这次的签约酒会也是 BYT 岛的第一次……"

"有什么比生命更重要的吗？"谢梵羽打断了齐森的话，"这批员工是我从中国招聘过来的，我对他们负有更多的责任，首要的便是安全，你说是不是这个道理？"

齐森抿了抿嘴唇，想想刚才岳然洗胃的经过，叹了口气点点头："是的。您说得对。"

说完这些，谢梵羽跟在齐森后面，来到了岳然的病房门口，进去前，谢梵羽看了一眼齐森不太好的脸色："你先回去休息吧，也辛苦一夜了。"

齐森哪里敢走："我还行，挺得住。"

"行了，没跟你客气。赶紧回去补个觉吧，周末愉快。当然，昨晚不算加班。"

这待遇也太明显了吧，齐森撇嘴道："好吧，我一会儿安排秘书来照顾岳然。"

谢梵羽视线冷冷地一扫："大家都在过周末，对于员工来说，假期比什么都珍贵。而且，我已经来了，何必再麻烦别人？"

齐森耸了耸肩，你是老大你开心就好。

"酒会进行得还顺利吗？客户那里……"

"没事儿，游游网的李总对岳然赞不绝口，说这样有胆量、有担待的小姑娘不多见，一定大有前途。"哟，您老人家现在才想起来这茬啊。齐森在心里吐槽着，但还是认真地回答道，并为挽留岳然在销售部，做着最后的努力。

"连命都豁出去了，也就是她这么傻。"谢梵羽说完，径直走进病房，把齐森关在了门外。

齐森讪讪地摸了摸鼻子，回家休息去了。

单人病房内，只有岳然浅浅的呼吸声。

谢梵羽放轻了脚步走向岳然，岳然原本红润的脸色，现在看起来苍白如纸，这让谢梵羽感到烦躁，也让人心生怜惜。他伸出手拢了拢岳然脸庞的碎发，手指肚不小心碰触了岳然光滑白嫩的脸，顿时觉得指尖发烫。

谢梵羽猛地收回手，却对上了岳然睁开的双眼。

岳然的瞳孔猛然收缩，吓了一跳："总经理？"

我的酒该不会还没醒吧？岳然这样想着就闭上了眼睛，再次睁开，发现谢梵羽还在。她彻底蒙了，只好眨巴着一双明亮的大眼睛，不明所以地看着谢梵羽。

谢梵羽看着岳然的样子，心里觉得十分好笑，不过他可不会因此就忘了算昨天的账："行啊，醉成那样还能撒谎？"

岳然发蒙："什么撒谎啊？"

"没喝酒？在公司？手机没电了？"谢梵羽一条条地数落着岳然的罪行，又拿出岳然明显还有40%电量的手机，在她面前晃了晃。

昨天酒会上的回忆，一下子全部回到了岳然的脑海中，她干笑着："呵呵，总经理，我当时可能有点喝多了，真的不是故意要骗您呢！真的！"说到最后，岳然都激动得要坐起来了！

谢梵羽一个眼刀甩了过去，岳然快要吓哭了，又蔫蔫地躺了回去。刚躺下，又觉得不对，立刻坐了起来，欲哭无泪地看向谢梵羽："总经理，是不是客户不满意投诉我了啊？已经签约了，应该不会毁约吧？"

谢梵羽一愣，随即明白过来，有点被气笑了。可看在岳然眼里，分明就是冷笑，这让她不由得打了个哆嗦，就在她准备询问时，谢梵羽开口了。

"你都舍命陪君子了，客户能不满意吗？"

岳然拍了拍胸口，长出了一口气，随即又有点不明白了："客户没投诉，总经理，你怎么来了？"

谢梵羽想了半天才咬牙切齿地回答了一句："回来替你收尸。"

岳然没想到，向来一板一眼的谢梵羽竟然会这么说话。岳然嘴角勾起了一个明媚的微笑，结果一对上谢梵羽的眼神，立刻垮下了脸。

看着卖乖的岳然，谢梵羽第一次产生了深深的无力感，在心里轻叹一声："好好休息一个周末，周一就去做交接，交接完销售部的工作后，直接到管家部报到。"

岳然坐不住了，"噌"的一下跳下床："为什么啊？总经理，我又没做错什么。"

看着岳然不满的样子，谢梵羽冷哼一声："怎么？想因公殉职？这种精神我倒是很钦佩。"

岳然顿时就哑口无言了，原来是败给了自己的香槟过敏。也是，做销售哪里能不喝酒呢？没办法，只好答应下来："我知道了，总经理。"

谢梵羽看着失落万分的岳然"嗯"了一声。

"那我可以出院吗？"

岳然期待的眼神让谢梵羽没忍心拒绝："我去问问医生，各项指标没有问题的话，应该可以出院。"

"谢谢总经理。"岳然一听立刻露出了笑脸。

还真是好哄。谢梵羽心中轻笑着，转身去找医生。

等岳然做完一系列检查之后，谢梵羽叫了车去水上飞机的码头。

一路上，岳然一想到就要离开销售部，还是有点难过。

刚刚停靠在 BYT 岛的码头，远远地就看见苏珊跑了过来，岳然的心情好了不少，跳下浮桥，与苏珊拥抱在一起。

"你都要吓死我了，下次不许这样了。"苏珊的眼圈红了。

岳然连忙说："没下次了，我被调回管家部了。"

"那就太好了。这是谁的英明决定？"苏珊刚说完，就看到了从浮桥上走来的谢梵羽，"扑哧"一声笑出来，拉着岳然就跑了。

看着两个年轻女孩的背影，谢梵羽淡淡一笑，转头望向大海，正是绝美的夕阳，他的神色不由黯然下来，他与她，就是这样吧，他是夕阳，她是朝阳……

10 还没有做好重逢的准备

晚风徐徐，4 个女孩聚在一个烧烤档前。

苏珊举起大杯的可乐："来，庆祝岳然回到管家部！"

岳然失笑："这有什么可庆祝的，不知道的还以为是升职呢。"

苏珊一把搂住了岳然，理所应当地道："当然得庆祝啊，以后就能天天一起工作了，这么大的好事能不庆祝嘛！"

宁佳佳拿着鸡翅，不满地咬了一口："不带这样明晃晃地秀恩爱啊，能不能考虑一下我跟罗菲两个孤家寡人啊。"

罗菲在一旁喝着啤酒，笑而不语。岳然连忙起身挤在两人中间，一手搂一个："一起一起，不吃醋了吧。"

宁佳佳笑着用胳膊肘轻怼了一下岳然："切，厚脸皮。"

"我可能要去美国了。"

三个正闹个不停的女孩停了下来，看向有些惆怅的苏珊。

"怎么回事？"岳然连忙坐了回去。

苏珊一脸不在意地道："能怎么回事，就是我妈在美国华尔街的投资银行给我安排了一个工作，我觉得也挺好的，也就答应了。"

"少来，你妈又不是第一次跟你提这事。"岳然一下子明白了，"是不是因为陆昊？"

看苏珊沉默了，岳然就知道自己猜对了："苏珊，你要是真的想去倒也罢了，不过你要是因为跟陆昊分手才想离开的话，我绝对不同意。凭什么分手，你就要远走他乡啊？不行，绝对不行！况且，你真的舍得抛下你的梦想，还有我们吗？"

宁佳佳点头："这一次我站岳然。"

罗菲跟着附议："我也是。"

苏珊低头沉默了许久，脸上全是犹豫不决。一抬头，就看见了三张关心的面容。突然间，苏珊不再犹豫了："好，那我留下。"

"噗，你这也决定得太快了吧，我还有一车劝慰的话没说呢！"岳然正说着，面前就被放下一碗粥。

"赶紧喝吧！"苏珊微嗔，其实，自从和陆昊分手的那刻起，她的脑海里就不停地响着两个声音，离开还是留下！

理智让她选择留下，实现自我价值，情感却让她选择离开，因为要把陆昊全然当路人，她真的做不到，可是避而不见，也做不到，毕竟BYT岛与世隔绝，却只有那么大点的地方。每遇见一次，内心就痛一分，但如果真的做到从彼此的世界彻底消失，她也做不来。

昨天，妈妈的一通电话再次动摇了她的心意，而岳然也不在，离开也许是最好的。可今天看到岳然回来，她的心里就踏实了很多，潜意识里早已决定留下，而三个伙伴的意见一致，让她更感受到了重视，那就留下吧，再不动摇。

转眼到了 12 月，马尔代夫的 BYT 开业了，开业当天，高达 95% 的出租率，虽然忙碌，但每个员工由衷地开心。

离圣诞节还有 10 天的时候，销售部接到了一笔大生意，对方是美国一家知名通讯企业，要来 BYT 岛举办公司的年会。

而被调到管家部的岳然，被任命为这个企业 CEO 的贴身管家。她如往常一样，做着各种准备。

通讯企业来的那一天，岳然站在度假村的码头，跟着销售部的人，等待着客人。

以一个年轻的美国男子为首的一批人，浩浩荡荡地走下了水上飞机，岳然带着笑容向前走去，却在看到一个身影时突然停下了脚步。那是她曾经无数次想到的身影，熟悉得不能再熟悉的——彭阳。

彭阳站在那里，阳光打在他的侧脸上，他还是那个样子，笑起来干干净净，无数回忆在这一刻出现在岳然的脑海，他第一次那样对她笑，第一次牵起她的手，第一次为了她不惜和父母对抗，岳然越想就越难过。

她幻想过和彭阳重逢的场景，可没想到会在今天这样的场合遇到，岳然有些站不住，她想转身离开，却在这一刻被人拉了回来。

"岳然，别忘了，你现在是在工作期间。"苏珊轻声对着岳然嘱咐后，就看向不远处的彭阳，神色也沉了下来。

"我……好。"岳然结结巴巴地回答着，眼底的慌乱无处隐藏。

站在欢迎队伍里的谢梵羽，看到了神色显然不对劲的岳然。他快步上前，用英文向为首的中年男子介绍岳然。

"David，这是管家部门的岳然，从今天起她负责您的日常起居，如果有什么需要的话，您可以直接让她为您安排。"

对上谢梵羽暗示的眼神，岳然迅速反应过来，带着职业化的微笑向 David 伸出手："您好，David，我是岳然。"

"你好。"

接着谢梵羽又对着岳然说："这是 David 的助理，叫彭阳。这期间如果有什么工作上的问题，你也可以找他沟通。"

岳然没有像其他人一样用英语和彭阳沟通，而是不自觉地和彭阳说起了中文："你好，彭助理，我是岳然，未来几天的工作还请你多指教。"

彭阳看着岳然，内心五味杂陈："好的，有什么问题你直接找我。"

岳然僵硬地笑了笑，退回原来的位置。接下来，是销售部的人上前跟 David 寒暄。这时，苏珊走到岳然身旁，语气满是担心："没事吧？"

岳然没回答，煞白的脸足以说明岳然的情况。

David 被销售部的人簇拥而去，谢梵羽跟销售部的人打了声招呼，就朝岳然走去。

"身体不舒服？"谢梵羽紧盯着岳然。

岳然摇摇头。

谢梵羽看着岳然没再说话，但是严厉的目光却让岳然喘不过气来。她觉得自己刚才的反应已经很快了，没想到还是被谢梵羽发现了自己的失误。

"对不起，我可能是有点紧张，所以……"岳然编不下去了，她的脑子里现在全是彭阳，根本无法正常运转。

显然，谢梵羽也对岳然这种失误很不满意："这不是你第一次接待客户了，别拿紧张说事。"谢梵羽说完，岳然就自责地低下了头。

谢梵羽并没有因此手下留情，因为工作就是工作，任何不敬业的行为在他的眼里都属于失职："需要我跟你们经理说换别人负责吗？"

岳然惊讶地抬起头，然后猛地摇头："不用，总经理。"

"既然不用，那我希望你不要把私人的情绪带到工作上，我也希望这是最后一次。"

岳然本来就觉得难过，听着谢梵羽毫不留情的批评更是觉得委屈，眼泪被吓了回去，才说："是的，总经理。"

谢梵羽深深地看了岳然一眼，转身离去。

岳然的眼眶有些泛红，忍了忍，朝酒店大堂赶去。

11 刁蛮客户为哪般

进了大堂，就看见宁佳佳在等她，告诉她 GR 公司一行人已经去了销售部，岳然便去了销售部，赶到销售部的时候，David 还在跟销售部的人员商谈。

岳然走到 David 身后的不远处，站直，看着会议桌旁的彭阳，岳然再次模糊了视线。

已经过去了的事情为什么还要让它影响自己呢？岳然偏过了头，直到感到眼里没有泪意才把头转了过来。

这一天岳然的注意力都有些不集中，带 David 回到房间时，竟然介绍了两遍酒店的餐厅。

David 打趣道："岳然小姐很喜欢……吃？"

闹了一个大红脸，不过好在第一天的工作就这样结束了，没有再出什么乱子。

没一会儿，苏珊也回到宿舍后，小心翼翼地观察着岳然的脸色："岳然……你……吃不吃水果？"

岳然无奈地说："我不吃。"

"那……你吃不吃饭，晚上是不是还没吃呢？"

岳然摇头："我不饿！"

苏珊坐下："岳然，我跟你说，重要的是向前看，你看我不都好好地过来了，过去的事就让它过去吧，你可别……"

岳然急忙打断苏珊的话："苏珊，你觉得我会不懂这个道理吗？还是你觉得我会脆弱到这个程度？"

苏珊扁嘴道："我……我这不是担心你吗？"

岳然叹口气："我知道你担心我，可是你要明白我没有那么多时间浪费在他身上，我的确难过，也花了今天一天的时间来调整情绪，可是就像你说的，过去了就过去了，你现在每天都要面对陆昊，你一定比我难过多了，你都能挺过来，我也可以！"

苏珊叹了口气："我明白。"

"所以我们就当这是一件再平常不过的事情就可以了，调整好心态。"

苏珊拉着岳然："总之你没事我就放心了，宁佳佳中午的时候还发短信问我，你还好不……"

岳然说："让你们担心了，对不起！"

苏珊柳眉一竖："对不起什么啊？我们关心你是出自真心。对了，总经理没说你什么吧？"

岳然叹了口气："就是批评我，让我好好工作，不要把工作之外的私人情绪带到工作上。"

苏珊"哦"了一声，点了点头："听说总经理这次从曼谷回来，是为了圣诞节。"看着岳然不解的样子，连忙解释道："今年不是我们酒店开业后过的第一个圣诞节嘛，所以总经理是特意回来跟我们一起庆祝的。没想到总经理看起来冷冰冰的，做起事来还挺温暖的嘛。看来我们总经理是外冷内热型的啊。"

岳然想了想，认可地点点头，突然又抬头看向苏珊问道："彭阳不是去留学的吗？怎么忽然去了 GR 公司呢？"

"应该是勤工俭学吧，彭阳家的情况你也知道，刘婶生病那些年，他们家负债累累。现在他去了美国，全额奖学金足以支撑学业和日常开销，外面再做个兼职，一来挣钱还债，二来为毕业后就业铺路。"

岳然听着点了点头："应该是这样。"

"好了，别想彭阳了，我们赶紧来对下明天的工作流程。"

岳然叹了口气："好在 David 没像迈亚那样，要求 24 小时全程服务。估计不是个多事的人。"

"希望是吧。"苏珊把流程表拿过来，这个团她们管家部有 4 个人都有任务，倒是宁佳佳因为要接待马来西亚的地产大佬，没负责这个团。

第二天一早，岳然来到餐厅，彭阳等一群人正在用早餐，她微笑着走过去，发现 David 的表情有些不对，桌子上的菜也没动几口，她有点担心，走上前去询问情况。

"David，您好，早餐不合口味吗？"

"岳然小姐，我很想知道贵酒店的早餐安排是怎么回事？"

"您有什么不满，尽管提出来，我们一定会加以改进。"

"那好，我明明要求的是中式早餐，为什么只有汤面，而没有粥？这是让我饿着肚子工作吗？"

岳然不明所以，菜单明明是昨天确认过的，竟然会出现临时不满意的状况，这可真是始料不及，但她还是连忙说："非常抱歉，我现在马上请厨师长给您重新准备。"

"还准备什么，时间根本来不及，一会儿我们还要开会，早餐就先这样吧。但是，也请你尽职一些好不好，再这样我是要投诉的。"David满脸怒气地看着岳然。

"是，我记下了，非常抱歉，还有，今日我们自助餐厅的菜单正好有海鲜粥，我现在就去盛一碗过来，您看可以吗？这样耽误不了多长时间的，早餐还是很重要的。"看着这张英俊帅气的脸，岳然却在腹诽，这人怎么能这样呢？随便乱发起床气。要不是不能发脾气，真想把昨天的确认签字单扔过来。

David还想说什么，却看见彭阳拿出胃药，有些担忧地看着他，他冷哼了一声："去端！"

岳然连忙向自助餐厅走去，彭阳也追了上来："海鲜粥里有没有青口贝？David对这个过敏。要是有的话，看看有没有其他的粥。另外，小然，David今早遇到一些不高兴的事，我代他向你道歉了。"

停下了脚步，岳然对彭阳点了点头，尽量平静地说："谢谢你来告诉我！我没事的，这是我的工作，我能调整好自己的情绪，别担心我。"说完，她小跑着前往自助餐厅。

好在自助餐厅的早餐里，不仅有海鲜粥，还有姜丝蟹肉粥，正好可以暖胃，岳然连忙盛了一碗，赶回David用餐的小餐厅。

David看到这碗粥，倒是没再说什么，迅速吃完，就离开了餐厅。

上午是他们的会议时间，岳然只要去打扫房间，再检查一番就是了，等工作都做完，她开始反思早上犯的错误，自我检讨完之后，她又陷入了深深的担忧——从今天David的样子看，如果不是彭阳解围，这一关怕是难过，而之后几天的日子也不会好过。

岳然咬咬牙，不能在彭阳面前做错事，一定要把工作做到完美，让David挑不出任何毛病。

可是天不遂人愿，午餐又出了问题……

12 让人崩溃的并不是问题本身

原来，午餐的牛排又引起了 David 的不满，说是牛排过老，完全失去了牛排的鲜美。

岳然看着 David 盘子里还带着血丝的牛排，完全不知道该说什么，牛排的熟度完全是按照他要求的五分熟来做的，简直不知道是不是故意找碴，但她也只能深吸一口气，说道："对不起，我请厨师长给您重新做。"

"不用了，把食材拿到我的房间，在房间里做。"David 的眉头紧锁，David 带来的寒意比空调都要冷。

来到总厨厨房，看到大厨 Kim 询问的眼神，岳然有些气馁，不忍将 David 挑剔的话语说出来，只好说："David 想展示一下自己的厨艺给他的员工，所以想领取几片牛排以及相应的调料和食材。"

Kim 点头，让助理帮岳然挑选食材。

等岳然忐忑地端着食材来到 David 居住的别墅时，David 便说："把手洗干净，先处理下牛排。"

岳然茫然地看向 David，David 很不耐烦地挑眉："难道要我自己动手？"

"啊？"岳然蒙了，难道要她来做？主厨做的他都瞧不上，她做得更不行了啊。

"我的意思是你来做。"

哪里来的自信？岳然连忙说道："Mr. David，我不认为我有做好牛排的能力。"

David 挑眉："我觉得你可以做好。"

环顾了一下四周，彭阳不在，岳然莫名地松了口气，深知无法拒绝后，反而愿意接受这个挑战，大不了就是被投诉呗！想到这里，她将餐盘放在开放式厨房的餐台上，洗了手，然后看向 David。他正低头看着文件，似乎感受到她的目光，David 抬起头来，冷冷地递过来一个 iPad，说："按照这个步骤来操作！"

说好的"我说你做"呢？岳然腹诽着接过来，打开一看，竟然是一份手写的操作指南图片，看上去是女性娟秀的笔迹。

　　岳然按着图片上的流程，先将牛排表面的水分用纸沾干，然后抹上少许黑胡椒和盐，然后抹上芝麻油，用刀脊轻轻敲打10下牛排，翻过来再轻轻敲打10下，放入冰箱冷冻室冷冻5分钟。然后切了半个洋葱，三瓣蒜，切洋葱时辣得岳然忍不住流下了眼泪，坚持着切完洋葱，连忙用清水洗了洗脸。然后将一小块黄油放入煎锅，把洋葱放进去，炒出香味，把炒好的洋葱倒出来。将牛排从冰箱冷冻室里拿出来，放入葱油中煎一分钟后翻面，再煎一分钟后关掉电磁炉，将牛排放入盘中，用铝箔纸盖住，静置五分钟。

　　静置牛排的时候，岳然倒了一杯产自帕纳河谷的红酒，又切了点儿蔬菜，简单用醋汁凉拌了一下后装盘，然后拿掉牛排上的铝箔纸。

　　将这份煎牛排端到David面前时，岳然的心跳快得厉害，虽然刚才镇定地做了煎牛排，可真的把牛排给客人端上来以后，反而紧张起来。毕竟是第一次煎牛排，那么挑剔的人能满意吗？

　　David拿起刀叉悄无声息地吃着，很快，牛排和蔬菜沙拉被一扫而空，他将刀叉放下，擦了嘴，继续埋头在文件中。

　　岳然连忙将餐具收拾了，从别墅里退出来的时候，还是觉得脚底虚浮，她知道煎牛排一定不是对她考验的结束，以后越来越多，难度也越来越大的事一定会出现的。

　　果然如她所料，3天后，岳然在正午的阳光下努力平复着自己的心情。David不是她遇到的第一个挑剔的客人，可是显然，他已经毫不费力地就上了岳然'难搞客户'名单的第一名。一两件小事还好，可是3天下来，David总是能找到各种各样的事情来刁难岳然。如果真的是自己失误，她愿意接受批评，可是都是一些鸡毛蒜皮的小事，甚至有的事情是已经反复确认过的，这让岳然感到万分委屈。

　　彭阳自从来到这里之后，就一直关注着岳然的反应，尤其是在David开始找她的麻烦之后，彭阳更是多加留心。

　　因为他知道自己老板的个性，David是一个追求完美的人，有时候过于吹毛求疵，在他手底下工作的每个员工心理压力都很大，每天都战战兢兢地工作，生怕犯错误，有很多员工扛不住压力便辞职了，继续留在公司的都是一些心理素质过硬，或者需要定期去看心理医生的人。David令人这样紧张，工作环境对员工来说也过于紧张，可这些人依然坚持留下都有他们各自的理由，一个共同的，也是不得不承认的事实就是 David 真的很优秀。

彭阳看到岳然面色黯然地走出大门，做完了手上的事情，随后他也走出了大门。

彭阳走到门口时，岳然正站在门前一个喷泉旁，低头想着什么。如果不是岳然身上那身得体的职业装，彭阳还以为自己又回到了高中时代。那时候他每天晚上都会到岳然的宿舍楼下等岳然上完晚自习，有时候岳然下来早了，岳然就站在宿舍楼下的石椅旁等他，月光落在岳然身上，那种美令彭阳至今都难以忘怀。

彭阳走到岳然身后，静静地站了一会才开口叫道："然然。"

岳然回头，她还以为刚刚听到的声音是错觉，她好久没听到这个声音这样叫她了，岳然刚想开口，却发现声音哽咽得说不出话来。

彭阳看见岳然这个样子也是百感交集，走上前去刚要试图安慰岳然，就被岳然拦住："你别过来，这样就好，这样就好。"

彭阳无奈地叹了口气："然然，你这是何苦，你要是难受你就说出来，哪怕是哭出来，在我面前你还要这样压抑自己吗？"

岳然极力压抑住马上要哭出来的感觉，摇了摇头："你都已经变得成熟了，难道我还是那个当年想哭就哭、想笑就笑、想发脾气就可以发脾气的女孩吗？我现在是在工作，我不可以有那么多私人情绪。"

彭阳看着岳然这样，十分心疼，此刻他很想去抱抱岳然，抱抱这个曾经是他的女友的然然。可是现在他又以什么身份？朋友？这个说法也未免太过可笑。彭阳抬起的手无力地放下，轻声劝慰着："David 就是这样，并不是针对你，我们在他手下干活的人都是这样的，你不要太放在心上。如果实在做不来，不如就换个人吧，我相信你们经理会理解的。"

岳然愕然地看着彭阳："你让我放弃我的工作？你知道这是不可能的，这么多年来，我什么时候放弃过？"

彭阳想起岳然不服输的性子，淡淡地笑了笑："也是，你从来都是知难而上，从没做过逃兵。"

岳然努力平静下来："你回去吧，一会儿里面可能还需要你，你不应该出来太久，我自己静一静，一会儿就好了。"

彭阳不想离开："然然……"

岳然转身就走："我不会因为工作上的事情影响到自己的心情，我没有那么脆弱，你就不必担心了。我们之间，除了工作之外，就不用有其他了，谢谢。"

彭阳看着岳然离开的背影，伸出的手无力地放下了。

谢梵宇站在暗处，看到了刚刚发生的一切。

岳然回到宴会厅，心情久久难以平复，她不想让自己的情绪被别人看到，影响到工作。岳然快步走到宴会厅光线昏暗的偏僻角落，她抱着自己，努力不让自己继续哭泣，可还是忍不住哭了出来。长时间的工作压力和一直被压抑的情感，在这一瞬间崩溃，哭出来反倒痛快许多。

"想哭就哭出来吧，别压抑着，这里反正也没有别人。"岳然被吓了一跳，一时都忘记了哭泣，看见谢梵羽默默地站在她身后，手里拿着一条手帕递给她。

岳然让自己情绪平复下来："对不起，谢总，工作时间我还一个人跑到这里来，我……我先回去工作了。"

岳然说完转身就要走，谢梵羽看着强忍难过的岳然，微微一笑："BYT从来没有这样压榨过员工，员工就不可以有负面情绪了吗？而且，很多时候，让人崩溃的并不是问题本身。"他的话停顿了一下，"想哭，就痛痛快快地哭出来，哭完了该工作就去工作，该生活就去生活，我在这里呢，没有人会说你。"

谢梵羽的话让岳然的身体终于从紧绷的状态下慢慢舒缓下来，他此刻就是岳然的精神支柱，岳然靠在谢梵羽的身上，泣不成声。

第六章

绿意生机

连绵的阴雨不会带来彩虹，彩虹是在心里的，

幸福不在于富足，而在于满足。

我始终相信，

因为我的存在，才使你的世界变得更好。

01 反击

次日，岳然努力在穿衣镜前做着微笑的表情，虽然不指望自己的微笑能软化 David 的苛刻，但至少让自己的心情好了起来。尤其想到昨晚的谢梵羽，岳然心底升起了一丝暖意，这一点点温暖足够她支撑过眼前的困难，问题好像也变得不是那么严重了。在她的心里，总经理变得和以前不一样了。

等岳然的心理建设终于做好，苏珊也从洗手间里走了出来，看到她的笑容，不由得一暖："我说小然然啊，你怎么笑成这样？桃花朵朵开？"

"才没有！"岳然一摆手，"走吧，又是战斗的一天。"

"嗯嗯，宁佳佳的目标今天也要到了。"苏珊整理了一下身上的职业装。

"宁佳佳的目标？什么？"两人走到了门口。

"就是那个马来西亚地产商啊！"

"那个陈征已经彻底成为过去式了？"岳然惊讶地问道。

"小然然，你这是经历了怎样的摧残，连这些所有人都知道了的八卦你还不知道？"苏珊一本正经地说完，忍不住笑了，"行了，你还不知道她，但凡帅一点儿、有点儿钱的单身男人一出现，就当已经入袋的球，成为私有目标了。"

岳然也跟着笑起来，同时心里感慨，好在还有这些活宝。

径直走向 David 所在的房间，今天的早餐似乎很合他的胃口，岳然一进来就看到他放下空了的牛奶杯，唇角似乎还带着笑意，这让岳然不由得一愣，而David 也转过了头，看向她："今天的早餐尚可。"

这算是肯定吗？岳然在内心里不由得欢呼了一下。

David 的工作团队还有 3 天就要结束在马尔代夫的行程回美国了，负责这次行程的所有部门的员工都暗自松了一口气。可岳然总觉得还不能放松警惕，她总担心 David 在临走之前还会再找什么麻烦，她小心翼翼地为 David 服务，生怕又出什么错。

岳然的小心谨慎被苏珊知道了，苏珊笑她太神经质了，认为她是草木皆兵。可是没想到，她的担心很快就又应验了。

倒数第二天的晚餐时间，David 又因为餐食问题找岳然的麻烦，或许是因为岳然前几次的态度很好，David 便对岳然越来越没有礼貌："岳然小姐，我很想知道你这个贴身管家到底是怎么当的，从我来这里的第一天，你就一直在出错，连餐食这种小小的问题也要反复出错。你看看，我想吃的三文鱼刺身，摆盘成这样是什么鬼？芥末的分量为什么这么少，这样怎么能刺激到味蕾？岳然小姐，我希望你明白，在这种大酒店工作，你不是在丢自己的脸，更是在丢酒店的脸。如果你在我的公司工作，都不知道已经被炒几百回了。真不知道你是凭什么留到现在的，美貌吗，还是身体？"

岳然一愣，随即咬紧嘴唇，这些日子，这样的情景不知道在她面前出现几次了，可是无论这种情况出现几次，岳然发现自己还是无法忍受这种态度。

她定了定神，走到 David 的面前："Mr. David，首先我想您知道，我并不是您的员工，所以您没有权利对我这么说话。其次，恕我直言，我并不认为我做的工作有什么失误，如果是您的要求高，我们酒店会尽量满足您的要求，我个人也会做好我的本职工作，但是您的所作所为让我觉得……您根本没有尊重这里任何一个为了您各种各样的要求而竭尽全力的工作人员，这里是供您在马尔代夫休闲娱乐的场所，不是供您颐指气使的地方。如果您学不会尊重别人，就算您再有才华，这样的老板恐怕也留不住几个精英在您身边，还有，我的私人生活还轮不到您来评判！而且，您凭什么判定我是靠美貌还是身体得到什么的？这不仅是对我的诽谤，也是对 BYT 所有员工的不屑和诽谤。我想您一定有什么误解，只是我不屑给您答疑解惑了。"

David 气结，向来牙尖嘴利的他一时之间竟然什么都说不出来。岳然说完这番话，就后悔自己说得有些过于直白，可是话已经说出口，覆水难收了。岳然深吸一口气，挺直腰板："如果您没有其他事情吩咐的话，我就先去进行其他工作了，芥末会为您上足够分量的，三文鱼刺身也会为您重新摆盘，如果有什么事情的话您再叫我。"

说完，岳然就走了出去，留下一脸错愕的 David 和彭阳。

岳然快步走出了 David 的房间，靠着墙壁大口喘着气，隐隐有些担心，担心自己是不是太鲁莽，说话太过了。可是自己一味的委曲求全、妥协退让也并没有换来她所预期的结果，反倒让 David 觉得她软弱可欺，变本加厉起来。

岳然摇了摇头，事情已经发生了，酒店对她的行为做出的决定她只能全部接受。

苏珊回到宿舍后，看着正吸溜着泡面的岳然，欲言又止，最终无比佩服地竖起了大拇指："岳然，从今天起，你就是我的偶像，我的女神！"

岳然抬起眼皮看了苏珊一眼："你都知道了啊？"

苏珊连忙坐下，从岳然手中抢过桶面才道："能不知道？你的英雄事迹早就传得满天飞了。"

岳然起身又开了一桶泡面，倒满了热水，走回了苏珊旁边："经理说什么了？"

苏珊作势就要抢，被岳然狠狠地打了回去，苏珊讨好地一笑，只好起身自己去找面："被你气得都没话了，你是没见到，那可是我在咱经理脸上见过最精彩的表情了。不过，痛快是痛快了，这事恐怕很难善后吧。"

苏珊见水壶里没了热水，把桶面一扔，找到一块面包，一边吃着，一边看着岳然。

岳然吃完泡面，又看了苏珊一眼，两个人一起叹了一口气。担心又能如何？明天就会知道结果了。

正叹息着，宿舍门就被宁佳佳大力推开了，只见她满面春风地喊道："我终于等到他了！"

"谁啊？"岳然和苏珊异口同声地问道。

"我的男神啊！"宁佳佳把门关上，打开手机相册，"快看看，是不是帅到爆？"

岳然和苏珊探头去看，又点了点头，然后等着宁佳佳的下文。

宁佳佳却话锋一转："小然然，求你帮我个忙！一定要帮啊！"

"啊？"

"我的男神要吃煎牛排，说是舟车劳顿，没胃口，要我给他煎一客牛排，他点了勃艮第产区的红酒。我一想这是小然然的强项啊，那么难搞的 David 都没说什么，所以……"宁佳佳妩媚地对着岳然笑道，"你不是刚得罪了一尊大佛，赶紧帮了我这个忙，让另一尊大佛满意不就得了。"

说完，还顺手抓起箱子里的一桶泡面，就拉着岳然跑了出去。

02 魔力

岳然被宁佳佳抓到张嘉栋住的水上别墅当厨娘，张嘉栋住的这栋别墅在 David 住的别墅旁边，不用经过 David 住的别墅，这让她松了口气。

宁佳佳一边给岳然打下手，一边说："我的男神正在卧室里小憩呢。我们赶紧的吧。"

岳然没有理会宁佳佳的碎碎念，专心致志地做着准备，其实，她是强迫自己冷静下来，专注做一件事，好忘记上午发生的事情。

食材依旧是从西餐厅拿来的，配料也是熟悉的，岳然仔细回忆着当时 David 给的秘方，想了想，觉得烦躁，就搜索了一些别的牛排的制作方法，按着步骤一一操作着，宁佳佳就靠在橱柜边，一边看着她操作，一边吃着泡面，也安静下来。

很快，煎牛排的香味就出来了，宁佳佳由衷地说："谁要娶了我家小然然，这是多大的福气啊，对了，彭阳上次看见，有没有后悔死？"

"不知道，就算是后悔又能怎样？再说，他也不容易，在那个大魔王手下做事，估计也没什么心思和机会去后悔什么。"岳然把牛排摆好盘，用干净的口布擦去多余的酱汁，看着盘子，不由腹诽，还真是被 David 折磨得可以，自己都这么讲究了。

岳然摇了摇头，把装好盘的牛排，转身端给宁佳佳，却看见一个儒雅的男子正坐在客厅的沙发上看着这边，连忙给宁佳佳使眼色。

宁佳佳转过身来，亦是一顿，随即展开笑颜："张先生，我们没有吵到您吧？"

张嘉栋淡淡一笑："有一些！"

"啊？"宁佳佳紧张地轻呼。

"我是被牛排的香味叫醒的。"张嘉栋爽朗地笑起来。

这时，门铃响了，宁佳佳请示张嘉栋是否要开门，张嘉栋点头。

岳然连忙拦住宁佳佳："正好我要走了。"

说着，岳然走到门口，打开了房门，却一下子愣住了。David 正站在门口，看到她来开门也是颇为意外："我的小管家怎么在你这里？"

张嘉栋也起身走了过来："你的小管家？ David，你这爱抢人的病得治。"

David 没理张嘉栋，努力抽了下鼻子，然后盯着岳然："你用我的独家秘方给他煎牛排了？"

岳然从慌乱中强迫自己冷静下来，但还是有点儿紧张地说："没……没完全用。"

"怪不得味道如此好，原来你的小管家已经得到了你的秘方。好了，又不是给外人，是我哦。"张嘉栋看出 David 的不快，连忙打着圆场。

David 深吸了口气："嗯，放了小茴香，画蛇添足。"

岳然真想抬脚就走，David 却拉住她："你还没回答为什么会在这里，我还没走呢！"

"我现在是下班时间，来帮同事一个忙，不可以吗？"岳然怒极反笑。

"那好吧，明早的早餐请尽心准备，我要吃我的秘方牛排。"David 松了手。

岳然头也不回地走了。

这一晚，岳然做了一宿的心理建设，虽然 David 让她做早餐，显然并没有把她换掉，可毕竟她上次做的事很多员工都知道了，不管怎样，作为酒店员工，这种行为是错误的，一定会受到相应的惩罚。所以，她真的没办法那么淡定。

辗转反侧了一夜，在手机叫早的铃声中，岳然不情不愿地起床收拾妥当。

苏珊鼓励着岳然："别太担心了，经理也知道 David 是什么样的性格，再说他也没投诉你。就是当时有其他员工在楼上的房间打扫卫生，所以这件事才传出来的。不过，我们也确实应该小心些，毕竟是在工作，不能由着性子来。"

"总之，该来的会来，我担心也没用。"岳然故作轻松地说着，拉着苏珊去工作了。

岳然先去了厨房取了食材，然后才去了David住的别墅。进门的时候，看彭阳也在，David正说着工作安排，彭阳快速地做着记录。

等岳然把牛排做好端过来的时候，David也和彭阳交代完工作了，看了一眼牛排，然后抬眼看向岳然："你知道你的错误总出在哪里吗？"

岳然心想着又来了，却只能深吸了一口气，摇了摇头。David皱眉道："你总是一味地去做，却没有在做之前询问我一下，或是确认一下。人的情绪是会变化的，就算前一晚定好了要什么，今早起来，我可能会牙疼，也可能会便秘，我需要调整菜谱，有错吗？你没能很好地去了解客户的需求，就简单粗暴地认为他不好伺候，并且产生对抗情绪，我不舒服，你也不舒服。如果你提前问一句，还会出现这样的情况吗？"

没想到David会说出这样的话，而这些话字字扎心，亦是岳然从未想到，却错得离谱的根源。她感到脸上发烫，恭敬地对着David鞠了一躬："谢谢您的点拨，对不起，是我做错了。您今天……是牙疼了吗？早餐想吃点儿什么？"

David微微一笑："没有牙疼，正想吃牛排。"

谢梵羽把岳然叫到办公室，已经是下午两点的时候了。岳然忐忑不安地走进了办公室，和谢梵羽打过招呼后就站在原地。

谢梵羽看了看岳然："站着干什么？坐。"

岳然尴尬地笑了笑，坐在谢梵羽的对面，又开始局促起来。

谢梵羽顿了顿："昨天发生的事情我都知道了，你有什么想说的吗？"

岳然思考了一会，摇了摇头："总经理！我知道错了。"

"认错这么快？"谢梵羽挑眉。

岳然肯定地点了点头，并把早上David的话以及她反省了一上午的想法，一股脑地说了。

谢梵羽的脸上闪过一丝惊讶，随即点头微笑："你能有这样深刻的认识，我就不再多说了。我希望你能把今日的体会写出来，与管家部的所有员工做一下分享，共同进步。"

没有批评和说教，却让岳然觉得更加羞愧。

谢梵羽看着红了脸的岳然，摆了摆手："回去工作吧，David下午4点会离开。

你要做好收尾工作。"

岳然回答道:"好的,总经理,我知道了。"

谢梵羽点头,拿起桌上的文件继续翻看。岳然转身准备要走,想了想,又转过身来:"总经理。"

谢梵羽抬头问道:"怎么了?"

岳然咬了咬嘴唇,有些不好意思地说:"谢谢你,你让我觉得很温暖。"

谢梵羽一时不知道该做出什么反应,岳然已经快步走出了谢梵羽的办公室。

岳然越想越不好意思,于是双手捂着脸就逃走了,坐在外面的 Tony 非常好奇她和总经理说了什么。

另一边的谢梵羽也不好过,岳然的一句话把他的思路全打乱了,眼前浮现的全是她的面容和那句感谢的话。

这么多年过去了,再也没有人打动过他,可岳然一句感谢的话语就轻易地触动了谢梵羽,谢梵羽突然觉得岳然身上,好像有种神奇的魔力,也许那是专门针对他的。

03 蜕变

回到 David 的别墅,彭阳正在帮 David 收拾行李,而 David 本人却不在,彭阳说去找朋友了。岳然想了想,也许是在张嘉栋那里吧。于是岳然也动手帮彭阳一起收拾。

两人默契地收拾着 David 的行囊,当一切都打点好时,彭阳才说:"然然,我……一会儿就走了,也不知道什么时候可以再见……"

"你是打算在美国孤独终老吗?"岳然看向彭阳。

"没有!"

"那就好,有的是机会再见,不管怎样,你还是我邻居。"岳然故作轻松地说着,说完,似乎感觉真的轻松了不少。

彭阳一时不知道该说什么,而这时,David 回来了。分别的时刻终于到了,曾无比期待这个时刻到来的岳然，却有些百感交集，不禁红了眼眶，再次真诚地向 David 道谢与道别，并将 David 送到了码头。

David 临上飞机前却在岳然耳边说："我还会来的，怎么样？欢迎吗？"

"欢迎！当然欢迎。"岳然笑得灿烂。

David 摆了摆手，转身进了机舱。

彭阳也对岳然挥手，却似用尽了力气，当初在机场分别时，都没有这样的不舍，此刻却觉得痛彻心扉。彭阳坐在舷窗边，看着岳然离开的身影，有些不舍……

岳然不知道彭阳在想什么，她现在觉得很开心，也觉得自己真的很幸运。

可是，刚回到酒店大堂，就感受到了一种凝重的气氛。岳然看向前台那边，只见陆昊一脸的沮丧。

岳然愣了一下，还是选择先回办公室，一回去就看见苏珊在沉思，于是问："怎么了？"

苏珊回过神来说："陆昊出事了。"

"什么事？"

"客人委托陆昊发快递的东西被调包了。"苏珊叹了口气，"陆昊怎么这么倒霉？这种事应该和陆昊没什么关系，毕竟这个过程中的环节很多，而最不可能出问题的恰恰是陆昊这里。"

岳然听得有点儿懵，想了一下问道："是哪个客户？"

"就是 David 的通信公司啊。"苏珊很郁闷地说，"是研发经理把样品打包好，交给了陆昊，陆昊只是帮忙叫了物流公司，填了单据而已。"

"David 刚走就出事了？而且，他们不是来度假的吗？度假还要工作，真是变态。"岳然故意扯别的，不希望苏珊太紧张。

苏珊也听出来了，轻轻地摇了摇头："算了，我着急也没用。"

虽然嘴上这么说，其实两人心里都有些为陆昊着急。

隔天的中午，岳然坐在餐厅里吃饭，吃到一半就放下了筷子，今天实在是没有什么胃口。正想着陆昊的事，段剑就过来坐在了岳然的对面。

段剑没有啰唆开场白，直截了当地问岳然："你听没听说陆昊的事？"

岳然看着段剑的样子，有些想笑，她是比较喜欢段剑的性格的，但段剑有时候过于单纯，对他而言也未必是一件好事，她看着段剑严肃的样子，也不好意思打趣他，只好回答道："我听说了，这事情还挺难办的，也不知道陆昊现在情况怎么样了。"

段剑担心地说："是啊，不好办，他已经被调离前台，去客房部了。"

岳然听到这里也不禁愁容满面："还没有任何调查结果，就被调去客房部了？"

段剑点头，岳然站了起来："我知道了，先回去了。"

跑回办公室，就见苏珊也是愁眉不展，岳然知道她也听说了，反而不知道该怎么开口了。

苏珊回头，看见了岳然，便开始和她分析着陆昊现在所处的局面，站在一个很客观的角度分析问题："我觉得丢失样品这件事没那么简单，应该是同行业公司之间竞争的原因，而陆昊受牵连，只能说是有人在针对他。陆昊的个性要强，处处争先，难免会得罪人。我担心的不是事情本身，而是陆昊会不会因此一蹶不振。"

"这个时候，也只有你说说他，也许他才听得进去，要不要去？"岳然小心地试探着。

苏珊皱眉不语，最终还是点了点头。毕竟是曾经以为可以携手到老的人，就算分开了，也不希望他因为一些事情就此消沉下去。

下了班，岳然和苏珊一起去找陆昊，陆昊正在打扫着房间，虽然做得一板一眼，但心中的不满透过指端，都传递给了被单。

苏珊站在客房门口默默地看着陆昊，看到他这个样子，她的心里有点难过，但她还是调整好了自己的情绪。

陆昊在对被单发泄完不满后，转身要离开，看见站在门口的苏珊和岳然，停了脚步，显得有些手足无措。

苏珊笑了笑："这间客房打扫完了吗？"

陆昊点头。

"陆昊，你觉得客房打扫的工作不能让你发挥才能吗？"苏珊非常直接地问道。

陆昊一愣，就有些生气："我以为你是来安慰我的，如果是来说教的，不用了，你没资格。"

苏珊还维持着微笑的表情，岳然却忍不住了："陆昊，作为伙伴，我们担心你，难道不对？还没有资格来说你？那么谁有资格？你又认为谁是你的朋友？还有，工作单位并不是能让人任性的地方，很多时候，我们只从自己的角度去感受和抱怨，却从未意识到，自己也是错的。就像那天 David 批评我的那样，我只拿他当挑剔的客人，却从没想过自己有没有问题，有没有从客人的角度去考虑问题。自以为是地认为只要完成了约定的工作就好，但从来没想过做的事情是不是对方想要的。而你，陆昊！你一直有一种优越感，仿佛一来就应该是经理级别的管理人员一般，把自己放在一个不切实际的高度，眼高手低不说，还总觉得别人做得都不好。你不得罪人谁得罪人？别人不整你整谁？"

岳然一股脑地说完，气哼哼地站在了一旁。

陆昊愣住了。苏珊说："说真的，这么多年来，我还是第一次看到你这么没自信的样子。我现在终于懂得了一句话——过度自信的背后，一定是因为自卑。"

陆昊有些窘迫和气恼地挠着头："你们……"

岳然打断陆昊："我们虽然不是来看你笑话的，但也不准备说好话来安慰你，因为你不需要安慰，你需要知道的是你错在哪里。就像这次的事，说白了，与你没有关系。但你就是受了牵连，你一定觉得委屈和不公平。但你绝不会去想为什么会出现这样的局面。错都是别人的，你从来都没错。"

陆昊低下头，不说话了。

苏珊注视着陆昊，见他没有回应，便说："你继续这样的话，打扫客房的工作恐怕也干不久。"

说完，苏珊拉着岳然转身准备离开，快要走到电梯口时，陆昊突然叫住了她。

"苏珊！"

苏珊转过头，看着陆昊："怎么了？"

陆昊不敢看着苏珊的眼睛，欲言又止："我……我……"

苏珊打断陆昊的犹豫："我知道你想说什么，陆昊，我来劝你，不是让你来感谢我，也不是为了让你愧疚的。我们之间不同于其他分手的情侣，这点你知道，好像岳然说的，有的事情是不能忘记的，该过去的也已经过去了，你我都要向前看。"

陆昊眼眶泛红："谢谢你苏珊。"陆昊随后看向岳然："也谢谢你，岳然。"

岳然笑着摇摇头，苏珊对陆昊笑了笑，转身离开。

岳然看着苏珊，觉得她在这一刻简直帅呆了，如此成熟，有思想、有担当的女人，简直是她的偶像。

而苏珊却真心希望陆昊经此一事，真的能化蛹成蝶。

04 撞见不该看到的事

陆昊的事件最后不了了之，但也没把他调回前台，前台空缺出的岗位，却把苏珊调了过去。

被苏珊和岳然抢白一顿后，陆昊也有所改变，是的，抱怨也没用，能做的，只有改变自己，只能更加努力，从头再来。

看到陆昊这样的转变，苏珊松了口气，岳然虽然也为陆昊高兴，但是和苏珊又不在一个部门工作了，觉得有点郁闷。

这天下了班，岳然坐在办公室的椅子上，看了看手表，已经 6 点多了，苏珊今天是中班，现在回宿舍，也没个聊天的人，她叹了一口气，突然非常想吃甜品，很甜的那种。

于是跑到咖啡厅，买了一块蛋糕和一杯冰咖啡坐在了沙滩边的躺椅上。

傍晚的马尔代夫游客很多，岳然四周有许多成双成对的情侣，让这个静谧的傍晚变得别有一番情调，吃了两大口甜点过后，她的心情也变好起来。岳然托着腮看着周围这些甜蜜的情侣，应该有不少是来度蜜月的新婚夫妻，空气仿佛也被这些情侣们填满了幸福的气息，看着看着岳然不自觉地笑了起来。

谢梵羽从曼谷过来处理事务，只带了一个公文包，这样的短期出差已是常态，几乎每周四都会飞过来，有时是召开 BYT 岛的高层会议，有时则是 BYT 整体的会议，周六一早便会离开。这样的商务出差与以度假为主的 BYT 岛格格不入，但谢梵羽早已熟悉习惯了这种短期出差，甚至还有点期待。

就像现在，刚从码头出来，一眼就看到了坐在沙滩躺椅上的岳然。岳然并不是那种美得让人惊艳的女子，但无论她在哪里，在多少人之中，他总能一下就找到她。

看着岳然的笑容，谢梵羽的心情也变得明朗起来，他不禁在想：她在想什么呢？可以笑得这么开心。

谢梵羽走到岳然旁边时，她还没有察觉到，直到谢梵羽在另一张椅子上坐下来的时候，岳然才回过神来："嗨，总经理。"

谢梵羽看着岳然迷迷糊糊的样子，不禁觉得好笑，这样的她好像一只猫咪，谢梵羽开心地揉了揉岳然的头发。

岳然很吃惊，瞪大了双眼看着谢梵羽，他看到她这个样子更是觉得好笑："你在这儿傻笑什么呢？"

岳然此时已经红了脸，周围甜蜜的气息仿佛也蔓延到了这里，她心跳加快，吞吞吐吐地回答道："也……也没什么，就是看着身边的人都甜甜蜜蜜的，心情也好了不少。"

谢梵羽看了看岳然，不禁皱起了眉头："最近很忙？"

岳然觉得点头不合适，摇头也不合适，索性反问："您呢？"

谢梵羽一愣，随即笑出声来。

岳然的心跳却莫名快了半拍，强装镇定地对谢梵羽笑了笑，说："那个，我先回去了，拜拜！"

"好！"谢梵羽点头，看她离开，刚要迈步走向酒店大堂，就看到岳然扭了一下，只见她迅速回头看向自己，然后飞快地走了，他不由得再次轻笑出声。

岳然觉得自己丢脸死了，本想着在总经理面前优雅一些，结果高跟鞋踩到了小石子，一个趔趄险些摔倒，回头却看见谢梵羽惊讶的表情，没有比这更丢脸的事了。

岳然一路跑回宿舍区，正要上楼，却猛然被斜刺里伸出来的一只手拉住，并带到了绿植后面。

岳然看到宁佳佳的示意，配合着噤了声。

没等多久，她俩就看见客务总监 Lucas 神色匆匆地从宿舍楼里走了出来。岳然一愣，和宁佳佳对视了一眼。

等 Lucas 走远了，宁佳佳拉着岳然就去了海边，一路上，宁佳佳的脸色变了几次，弄得岳然都不敢开口询问。

直到无人的海边，宁佳佳才说："你说罗菲这个家伙到底要干什么？"

"怎么回事？"岳然一脸的茫然。

"我这几天都是张嘉栋的贴身管家，并没有回宿舍，今天想回来拿个东西，结果门从里面锁上了，钥匙打不开，我就觉得不对，在楼下等了会儿，就是刚才你看到的那样！"

"就哪样了？"岳然顿了一下，"你说 Lucas 和罗菲？不可能，不可能的。Lucas 的花心整个 BYT 都知道，罗菲不会的，你想多了吧？"

"但愿吧！算了，爱咋咋地，不过岳然，你也别太天真了，每个人都会变的，罗菲也一样。"

"我不觉得！主要是她图什么啊？而且，没有证据的事，咱们可不能瞎想。"岳然摇摇头，实在是难以相信宁佳佳的假设和联想。

宁佳佳白了岳然一眼，转身就走。岳然还真担心宁佳佳这张快嘴，连忙追上去说："你可真的别往外说啊。"

"一边去，你把我当什么人了。"宁佳佳来了气，把岳然扒拉到了一边，加快脚步走了。

岳然本想追过去，可是肚子忽然绞痛起来，看来是冰咖啡带来了不适，只好往沙滩休息区的洗手间跑去。

宁佳佳越想越生气，回到宿舍，再次用钥匙开门，这回一下子就打开了，罗菲刚从浴室里出来，看了她一眼说："回来啦？"

宁佳佳冷笑了一声："是啊，是不是今天我回来得特别不凑巧啊，影响你的好事了。"

罗菲吹头发的手一顿，无法确定她是否是撞见 Lucas 了还是什么，她也不想解释，于是继续用吹风机吹着头发。

这爱答不理的态度，却激怒宁佳佳了，宁佳佳上前把吹风机的插头拔了下来。

罗菲看向宁佳佳，明显也动了气："宁佳佳，你什么意思？你追男神受挫，就上我这来撒气？"

宁佳佳惊愕地看向罗菲："我什么意思？罗菲，你怎么想的？Lucas在外面是什么名声，你不是不知道，你怎么能跟他在一起呢？！"

罗菲一愣，没想到宁佳佳这么直接，更不想多说下去，于是冷着脸说："这跟你没关系！"说完，就绕过宁佳佳开始收拾沙发上散落的杂志。

宁佳佳挡住了罗菲："只要你是我的朋友一天，这件事就跟我有关系。我不能看着你往火坑里跳！"

罗菲把整理好的杂志，随手往沙发上一甩，嘲弄地看着宁佳佳："怎么，换成我，就是跳火坑了？我看你不是一直在火坑里待得挺好的吗？"

宁佳佳的脸上有些挂不住了，她觉得罗菲说的话伤害了她的自尊，宁佳佳皱着眉头，欲言又止。

罗菲此时心情也非常不好，很没耐心地跟宁佳佳说着："我没时间和你再说了，我先走了。"

说完罗菲拿起茶几上的一摞资料走了出去。

宁佳佳内心的防线一下子崩塌了，她从小到大都没有被人当面这样说过，她立刻叫住了罗菲："罗菲，你站住！"

罗菲不耐烦地转过头看着宁佳佳，宁佳佳慢慢走到罗菲面前，眼神冰冷，宁佳佳拍了拍罗菲的衣领："你说我作贱自己也好，你从来没有瞧得起过我也好，可至少我真实，我想要什么我会说出来，我也会去做，你呢？你不觉得自己太虚伪了吗？"

罗菲有点急了："你在胡说八道什么？你根本就什么都不知道！"

宁佳佳冷笑道："我是什么都不知道，但是我可是什么都听到了。说我胡说八道？你不如问问自己做了什么吧！为了上位不择手段地去勾引Lucas，你真以为别人不知道是吗？我提醒你，是因为念着你和我好歹4年的同学情谊，又在一起工作，可是你丝毫没顾及这些，想骂我什么便骂我什么了，我何必还要顾及？罗菲，你这个德行真让我恶心！"

罗菲的脸白了又红，手中的文件被攥出了褶皱，她想反驳宁佳佳，可是她什么都没说，摔门而去。

05 值不值得

罗菲急匆匆地走出宿舍楼的时候，正好撞见跑回来的岳然，罗菲连招呼也没打，岳然看到她脸上的怒气，心道坏了，肯定是宁佳佳说什么了。

此时罗菲的心很乱，她不想再看到酒店里的任何人，一个人去了BYT岛另一边的礁石滩。

宁佳佳在跟罗菲吵架之后就有些难过，后悔自己说出那样的话。正郁闷着，就听到敲门声，刚打开门就见岳然焦急的脸："你和罗菲吵架了？"

"没什么，行了，你别管了，我还要回别墅去呢。"宁佳佳都没让岳然进门，直接走出来，带上了门，扬长而去。

岳然耸了耸肩，其实这种情况在大学时常出现，宿舍里谁没被宁佳佳气得暴走过。虽然宁佳佳说话毒舌，但她并无恶意，而且总是一针见血，不留情面，可说的都是实情。

但今天这事吧，岳然有点儿吃不准，到底宁佳佳说了什么？她也不敢深想，唯恐把事情想复杂了，只好先回到自己的宿舍。

转眼就到了晚上9点，对门依旧没有动静，岳然再次去敲门，确认罗菲还没回来。她有点儿着急了，打罗菲手机，罗菲的手机还关机了。这时，苏珊回来了，看到岳然犹如热锅上的蚂蚁似的，十分不解："这是怎么了？"

"罗菲和宁佳佳吵架了，罗菲跑出去两个多小时了，还没回来，手机也关机了。"岳然焦急地说。

苏珊不以为然："她俩不是经常吵架？"

"不是，今天这事很蹊跷，还是先找到罗菲再说吧。你赶紧换双平底鞋。"岳然实在坐不住了。

苏珊觉察到岳然的慌乱，压下心头的疑惑，换了双运动鞋就和岳然分头去找罗菲。

岳然去东西海岸线找，苏珊去北边的礁石滩找。

BYT岛说大不大，说小不小，是个三角形的小岛，面积有将近四平方千米。海岸线有3000米长，岳然来来回回找了两遍，没有看到罗菲的身影。而苏珊开着手机的手电，沿着礁石搜索。

海浪的声音很大，苏珊没有呼喊罗菲的名字，走了很久，终于发现远处的一块礁石旁有个人影。定睛看了看，苏珊肯定那就是罗菲。

苏珊着急地跑过去，站在罗菲面前大口大口地喘着气，罗菲只是呆呆地看着前方，一句话也不说。

苏珊平复了一下气息："罗菲，你跑来这里干吗啊？我们有多担心，你知道吗？"

罗菲还是不说话，表情很沉重。

苏珊无奈地坐在罗菲旁边，想着该怎么开口，还没等苏珊说话，罗菲先开了口："苏珊，你说人活这一辈子，到底在追求什么？"

苏珊被罗菲这么一问，满脸的疑惑，一时也不知道该怎么回答，罗菲等不到苏珊的回答，便自顾自地说着："其实我也不知道到底是为了什么，总觉得不同的人生阶段会有不同的追求，我现在想得很简单，就是做好我的工作，如果上天怜悯我，把我心爱的人也还给我吧。"

心爱的人还给她？

这句话让苏珊皱起了眉头，她认识罗菲这么久，可从来没见过罗菲对谁上过心，更何况前面还加了一个心爱的人做前缀。可惜现在不是个发问的好时机，要不然苏珊一定会一问究竟。苏珊害怕罗菲下一秒会做出什么过激的事情来，毕竟独自一人跑到海边已经够吓人的了，便开始安慰罗菲："你别多想了，罗菲，宁佳佳也不是故意气你的，她的脾气就那样，你也不是不知道，别生气了。"

罗菲苦笑着摇摇头："苏珊，如果我说我根本没有生宁佳佳的气，你信不信？"

苏珊连忙点头道："信！你说的我当然信。"

罗菲换了个姿势，眼睛依然看向远处，夜晚的海面给人一种别样的感觉，远处尽是黑色，近看海面依旧是波光粼粼，马尔代夫湛蓝色的海水和银白色的沙滩并不会让人感到凄凉，可却让人感觉很孤独，一副盛世美景都已落幕的样子。

苏珊看着罗菲的动作，身体也跟着挪动了一下，罗菲仿佛做了什么决定一样，缓缓开口。

"其实宁佳佳会对我说那些话，是因为我一开始对她的态度很不好，说的话也非常难听，其实她也是担心我，怕我吃亏，可是我心里很烦，精神状态也很不好，只想尽快把陆昊的事情处理好。"

苏珊觉得有些不对："陆昊的事？"

罗菲终于看了苏珊一眼，笑容有些凄凉又有些坦荡："是啊，陆昊的事，我喜欢陆昊已经很久了，从刚入学的那天开始，我就开始喜欢他了。"

苏珊难掩震惊的表情："你……"

罗菲突然觉得轻松不少，但是那份单恋的苦涩却丝毫不减，罗菲的眼眶有些泛红，抬头看了看，直到泪意全部退去，才继续往下说："我跟你说这些，你不用觉得有什么，因为连陆昊也不知道我喜欢他。从我最初见到陆昊的时候，你就在他身边，我从没有过任何非分之想，他幸福，我看着你们幸福就好了。我也想过，大学四年里，或许我还会喜欢别人，还有很多好男孩，可是我并没有喜欢上别人。"罗菲停下来，看着苏珊的眼睛，仿佛要把苏珊的灵魂都看穿一样："人这一辈子原来只能爱一个人，除了他，我谁也不想要，没有他，我宁愿孤独终老。"

苏菲有些无措起来，没想到罗菲对陆昊的感情竟然已经这么深了，再想到自己与陆昊如今的情况，苦笑一声："你这又是何苦，喜欢他不如就去告诉他，你默默地承受这些，谁又会知道？"

罗菲轻轻笑了起来，有些嘲讽地说道："你以为我没有想过吗？但是你叫我怎么去说呢，他有你的时候我去说？还是他现在身边有副总女儿的时候我去说？我一开始顾忌他身边有你，可是后来，我发现这些顾忌都没用的，因为陆昊眼里，从来就没有过我，哪怕他在最需要安慰的时候，在你出言奚落他的时候我去安慰他，他的眼里依然从来没有我。"

罗菲眼里噙满泪水，声音也开始颤抖起来："我知道 Lucas 喜欢我，我这么做只是想帮陆昊。"

"你……"苏珊震惊得不知道该说什么。

"我只想用我自己去换陆昊能获得一个公平的机会，虽然我也不知道这样做到底有没有意义，可是我还是想尽我最大的努力去帮助他。"罗菲说完，闭上了眼睛，泪水浸湿了脸颊，这种心痛的感觉让她无法继续说下去。

罗菲不敢想象罗菲究竟独自忍受了多少煎熬，更心疼罗菲竟然默默地为了陆昊付出了这么多："我没见过比你更傻的人了。"

"是啊，我也觉得我自己很傻，不过傻就傻吧，就好像飞蛾，明知道会受伤还是会扑到火上，如果这辈子我都没办法和陆昊在一起，我也不会再期盼爱情了。"罗菲说完，又哭了起来。

苏珊怔住了。

罗菲抬手擦干了眼泪，看了看正在发呆的苏珊："我想回去了，跟我一起回去吧。"

苏珊有些心不在焉地点头："好。"

一路上，苏珊的脑海里浮现的全都是罗菲的话。

苏珊没想到现在还会有罗菲这样的女孩，罗菲为陆昊所做的事情，苏珊问自己，她发现自己无法做到，她不禁开始怀疑自己究竟有没有爱过陆昊，是不是因为这样她从来没有真正考虑过陆昊的感受？除了陆昊想要去追求副总的女儿这个原因之外，自己一直要求陆昊优秀也是一个原因？

苏珊不敢继续再想了，她或许习惯了他在自己的生命中，而失去了相互扶持的信任感与耐心。苏珊的耳边似乎响起了陈奕迅的《十年》，想起罗菲的眼泪，她也流下了眼泪，只是她不知道眼泪到底为谁而流。

06 危急时刻

苏珊和罗菲回到宿舍的时候，岳然就在楼下等着她们，见她们回来，连忙迎上去，只是抱了抱罗菲，什么也没问。

罗菲在这个温暖的怀抱里有一丝退缩，也有一丝感动。

一起上楼回到宿舍，罗菲在门口转身看向苏珊："谢谢你！苏珊，对不起，让你听到我的疯话，你完全不必介意，我没事的。"

苏珊并没有转身，只是点了点头，就进了自己的房间。

岳然进房间后，虽然十分好奇，看到苏珊的脸色很苍白，又不敢开口去问。苏珊什么也不想说，她很感激岳然什么也没问，于是，伸开手臂和岳然拥抱了一下。

岳然躺在床上给宁佳佳发了微信，告诉她今晚发生的事，让她给罗菲认个错。宁佳佳回消息说知道了，等她明天陪张嘉栋出海看海豚回来，一定去道歉。

"这个家伙！"岳然有些无语，索性关了手机，不再理宁佳佳。

次日一早，宁佳佳和张嘉栋一起乘坐BYT岛的快艇去海钓，还可以看海豚。岳然在餐厅里吃午饭的时候，遇见了钱钱，虽然同在一个岛上工作，可因为部门不同，竟然很久没有遇见了。

钱钱开心地坐过来，开口就说："你们管家部真幸福！"

"怎么？"岳然有些疑惑。

"还能陪着客人出海看海豚哦，我也好想去呢。"钱钱一脸向往的表情。

"我也想去，等咱们休假的时候，一起去好了，听说有粉色的海豚呢，如果看到了，会幸福哦。"岳然嘴上说着，心里为宁佳佳担心，这么高调，会不会引来羡慕嫉妒恨呢？

下午3点多的时候，天色忽然变了，只见蔚蓝色的大海上，层层灰黑色的云团开始堆积，随即狂风大作。

正在办公室里看报表的岳然，被风声吓到了，她从未见过这样的阵势，连忙走到窗边，只见一排排海浪从天际向岸边扑来，声势浩大，隆隆作响。而此时的海水在黑压压的天空映衬下，呈现出一种奇特的蓝绿色，非常醒目。

不一会儿，豆大的雨点就劈头盖脸地砸下来，海浪更大了。

岳然连忙给宁佳佳打电话，想问问她回到港口了没。可是对方手机不在服务区，没信号。岳然有些着急了，跑去快艇调度室，想问有没有GPS可以定位到宁佳佳和张嘉栋乘坐的那艘快艇。

一到调度室，岳然就被里面凝重的气氛吓到了，谢梵羽也在。

调度室里有广播的声音，播报员说着："马尔代夫附近海域，从昨夜起出现风浪，极速的天气变化让海面波涛汹涌，这是近几年内马尔代夫经历的最强劲的一次热带风暴，已有渔民发现被海浪击毁的船只碎片……"

"宁佳佳和VIP客人张嘉栋还在海上！"岳然听不下去了，心里越发着急起来。

"你先坐下。"谢梵羽说道，"我们正在试着和快艇联系，也在等海事局的电话。而且，就算是去救援，也要等这阵暴风雨过去。"

岳然只好坐了下来，调度室里又安静下来。

大约过了 10 分钟，电话铃声响起，打破了这份安静。

调度经理接了起来，通过话后，脸色稍缓，挂了电话连忙汇报说："是海事局打来的，能够锁定咱们的快艇，在暴风眼边缘，正在奋力驶离。"

岳然松了口气，可是看向别人，大家的脸上都是焦急的表情，有些不解，谢梵羽站起来，倒了一杯水给岳然，然后对调度经理说："暴风眼附近还是很凶险的！看看能不能联系到救援队，在这里等消息还是不稳妥的。况且，张嘉栋是有意和我们合作的重要客户。"

调度经理点了点头，就又去打电话。

几个电话打下来，调度经理的脸上已经出汗了，这时，苏珊和罗菲也过来了，看到岳然和谢梵羽都在，松了口气。

可调度经理的话让她们又惊慌了起来："因为是天气突变，很多运营船只都在海上，海事局的搜救队都派出去了，情况不容乐观，有两艘客船倾覆，还有人员伤亡。另外还有不少在公海上的船只报警，海事局的搜救队已经忙不过来了，就算赶来，恐怕也是远水解不了近渴。"

谢梵羽抿了下嘴唇，让苏珊和罗菲先回到自己的工作岗位去，然后，自己出去打电话。

岳然在调度室里坐不住，就跟着走出调度室。

调度室外是个草棚，虽然已经用塑料围挡遮住了四周，但海风还是将谢梵羽的西装吹得鼓鼓的，发丝也被吹乱。岳然站在他的身后，也能感受到海风的威力。

这种海上的突发状况，是她这个内地姑娘从来没遇到过的。想来，宁佳佳也是如此，在这样的风浪中，她得有多害怕？

是的，正如岳然担心的那样，此时的宁佳佳瑟缩在快艇的一角，死死抓着围栏，可是快艇在风浪里上下颠簸着。宁佳佳已经不哭了，胃里也没有什么可以吐的，她现在只希望快艇能尽快靠岸，她就知足了。

张嘉栋也没比宁佳佳好多少，抓着她旁边的围栏，脸色苍白得像一张纸。

谢梵羽挂了电话转过身，正对上岳然焦急的眼睛，他想出言安慰，可是只能实话实说："海事局的搜救队派不出船只了，我刚才咨询了民间搜救队，可是现在没有肯出海的。因为以现在的状况来看，就算出去，也可能是不仅救不出人，反而搭上搜救人员的性命。"

岳然艰难地点点头，她明白总经理说的都是实话，可宁佳佳该怎么办呢？

谢梵羽叹了口气，这时手机响了，他连忙接起来："Nick？好，好，太好了！钱不是问题，我马上打到你的账号上，嗯，好，等这阵暴风雨过去，我就出发，与你们会合。"

挂了电话，岳然跑过去："有搜救队可以出发，是吗？"

"是。"谢梵羽说完，看向棚子外的天气，依旧是黑云压境……

07 有你同行便觉心安

"您要亲自去吗？"岳然很惊讶。

"是的，BYT 的员工和重要客人深陷危险之中，我既然在这里，怎么能置身事外？"

"您不能把自己置身于危险中，如果一定要有人跟着去，我去！"岳然斩钉截铁地说道，"您对于 BYT 来说更重要。"

谢梵羽摇了摇头："可是 Nick 只认我。"

岳然不说话了，但眼睛直视着谢梵羽："您去也行，带着我。"

谢梵羽几乎没有思考就点了头："回去收拾一下，随时准备出发。"

岳然转身就想往宿舍跑，可忽然一个念头出现在脑海，让她停住了脚步，拿出手机给苏珊打电话："苏珊，帮我拿两套换洗衣服和运动衫来调度室。"

"你要干吗去？"岳然竟然是开着扬声器的。

"我要跟总经理一起去参与救援。你赶紧收拾，天气好转，我们马上就走。要不是我担心自己被甩下，就自己回去收拾了。"岳然说着看向谢梵羽。

谢梵羽不由得笑了，确实，他原本是想甩下她的，没想到这个小丫头竟然会这么多心眼。

可电话那头的苏珊却急了："你跟着去能干什么？"

"就算什么都干不了，我也希望宁佳佳第一眼看到的是她的朋友……"岳然说得很坚决。

对面的苏珊一愣，随即就懂得了岳然的坚持。她没再说什么，而是和前台主管请了半小时的假，跑回宿舍给岳然收拾了一个简单的背包，再送到调度室。

此时的风雨已经小了些。天际线处显出了白色。

苏珊找到岳然，把背包交给她，并说："我要你安全回来。"

"我会的，放心吧。"岳然故作轻松地说，"不是都说不经历风雨就不算长大吗？我去经历一下。"

苏珊的眼眶红了，却只是抱了抱岳然："回来我请你吃大餐。"

岳然的眼睛也有些涩，微笑着点了点头，和苏珊挥手告别。

在一边的谢梵羽不由得在心里感叹，现在的孩子并不像他想象中的那样脆弱，反而是睿智且坚定的，让他动容。

苏珊刚走，调度经理就走了出来，说："水上飞机已经准备好了，现在的天气情况好转了，可以飞行。"

岳然跟着谢梵羽登上水上飞机，水上飞机在风雨中起飞，颇为颠簸，但岳然竟然一点儿也不忐忑，因为她转头就能看见谢梵羽，他就是能这么让人踏实，让人觉得心安。

很快就飞到约定的地点，这里的风浪不大，但海上就是那样，无风三尺浪这句话并不是平白无故来的。

岳然一言不发地跟在谢梵羽的身后，谢梵羽担心她会害怕，伸手来扶她。岳然微微一笑，谢梵羽的心漏跳了一拍，这样的笑容，多年未见。

一上船，岳然环视了一下四周，船上的人果然龙蛇混杂，但是却有另一种中国人所说的江湖儿女的侠气。

迎面走来的是一个精神矍铄、头发花白、身形健壮的男人，身后跟着一群船员，岳然肯定这个领头的就是 Nick，谢梵羽松开了握着岳然的手，走到了 Nick 面前，和他握了握手。

"Kevin，好久不见，你还是老样子。"Nick 笑着打了谢梵羽一拳。

"你好 Nick，这位是 Lenka。"谢梵羽用流利的英语向 Nick 介绍着岳然。

岳然却有些愣神，谢梵羽平时不怎么让人叫他的英文名字，许多客户也尊重谢梵羽对自己中文名字的偏爱，只是叫他 Xie，岳然对于自己的中文名字也像谢梵羽一般，有着某种几近偏执的喜爱，她总觉得当别人叫她的英文名字时她便不是她了，不知道谢梵羽是不是也像她这么想，不过她总算知道了他的英文名字，而自己的英文名字，他竟然也知道。

"老朋友，船舱的空间有限，所以只有一间有两张床的空房可以给你们二位入住，其余的被船员住满了，因为这次出行有些风险，所以带的人就多了一点。"

岳然一直站在谢梵羽的身后，不管谢梵羽和 Nick 之间说了什么，她都没有说话的意思，面对这一船的类似加勒比海盗里的人物，她不知道该说什么。而当 Nick 说出要她和谢梵羽住一个房间的时候，她反倒在心里觉得这样可能更安全一点，她完全没有意识到，此时谢梵羽在她心里已经达到可以这样被她信任的程度了。

谢梵羽看岳然并没有反对的意思，只是像个受惊的小兔子一样站在他身后，不禁觉得好笑，加上船上确实就是这样的住宿环境，于是就答应下来，岳然在这种环境下待在自己身边，谢梵羽还比较放心。

两人到船上的餐厅拿了些吃食，就回到了房间，谢梵羽本以为回到房间，岳然会更加拘谨，却没想到岳然仿佛解脱了一般，脱掉外套就往床上一倒，嘴里不知在说着什么。

谢梵羽把岳然随意堆放的行李摆好，坐在床边看着岳然，紧张的心情缓解了一些。

岳然把头转过来对着谢梵羽："总经理，这不是快艇，这要什么时候才能到宁佳佳她们那里？"

谢梵羽耸耸肩："Nick 是专业的。"

岳然又问："咱们这次出海到底花了多少钱啊？"

谢梵羽起身，开始收拾行李："这个暂时保密，免得你抑郁。反正会从你的工资里扣，也许三五年都还不清。"

岳然没想到谢梵羽还会这么开玩笑，也笑了："好吧！只要她们安全回来，卖身给 BYT 也行。"

谢梵羽想笑，心底却有些异样柔软，这样也可以吗？

两个人收拾好了东西，岳然洗漱过后就躺在床上，整个船舱内的设施还都不错，船上的饮食也可以，岳然选择了靠窗的床位，虽然窗户只是小小的一扇，她也已经很满足了。

海面上正是夜晚，加上恶劣的天气，窗外黑得伸手看不见五指，岳然只觉得那扇窗户好像是她在这个房间里和外界唯一的联系了，此时谢梵羽也洗漱完走了进来，白色的睡衣穿在谢梵羽身上说不出来的好看，岳然对谢梵羽笑了笑，转头又看向窗户。

谢梵羽看着岳然，不知道她在想些什么："你这是在看什么呢？外面一片漆黑，什么都看不到啊。"

"那我也想看看，体会一下伸手不见五指的感觉。"

谢梵羽笑着摇摇头，心想果然还是个小女孩啊。他也像岳然一样躺下，望着那扇什么都看不到的窗户，不久就睡着了。

谢梵羽身上的洗护用品的清香让岳然感到安心，今晚的天气好像也并没有天气预报中说的那么恶劣，船身只是轻微地摇晃着，或许很快海面上就会风平浪静了吧，岳然心想，自己也算是幸运了，想着想着，进入了梦乡。

08　风暴中的情谊

第二天一早，岳然是被剧烈的摇晃惊醒的，谢梵羽看样子也是被惊醒的，两个人一脸迷茫，还没来得及做出反应，门外就响起了剧烈的敲门声，传来一个带有浓重法国口音的男人的声音。

"你们在房间里待着别动，现在海面上又起了风浪，船身很难控制，你们不要随意出来走动！"

谢梵羽在屋子里大声地回应着："好，知道了！"

随后男人就离开了，男人踉踉跄跄的脚步声，加上船身的摇晃程度，让两个人知道了外面的风浪有多大，甲板上响起了此起彼伏的呼喊声，Nick 的声音尤其清楚。

岳然有些紧张，她看着窗外的景象，海水变成了水浪打在了窗户上，模糊一片，岳然什么都看不到。她虽然感到非常害怕，甚至有些不受控制的颤抖，但她一想到在风暴眼附近的宁佳佳，紧张感就让恐惧减少了很多。

谢梵羽心里此时更担心岳然，岳然没经历过这样的风浪，他害怕她承受不住。可看到故作坚强的岳然，他担心的同时又多了一份心疼。

"别怕，咱们这里风浪大，宁佳佳那边不一定的。"谢梵羽安慰着岳然。

岳然点点头，心里就想着，那就让暴风雨来得更猛烈些吧。可没想到，刚想到这里，风浪就真的变大了。船身摇晃的幅度变大了，岳然直接从床上掉下来，谢梵羽连忙把她抱在怀里。

船身晃得厉害，谢梵羽紧紧地抱住发抖的岳然，尽量使她的身体不受到其他物体的撞击。

岳然在谢梵羽的怀抱里，脸红得要命，一半是自责，不该乱想；一半是紧张，在总经理怀里，太不好意思了。

不知道过了多久，海上的风浪终于平息了一些，岳然扭了扭身子，准备起来。谢梵羽察觉到了她的动作，便松手起身去倒了一杯水给她。

岳然接过来，不敢看着谢梵羽，大口大口地喝着水。

从海上起风浪到现在，已经过去了3个多小时，快要中午啦，岳然的肚子饿得咕咕叫，谢梵羽也早就饿了，两人简单地洗漱之后，一起走出房间，准备到餐厅里去吃饭，刚出房门就看到一个接一个的船员向甲板的方向走过去，岳然和谢梵羽也跟着过去，发现甲板上放了一张长长的桌子，足够容纳船上这二十几个人了，Nick兴高采烈地指挥着船员该怎么摆放食物，看到谢梵羽和岳然出来，Nick笑着向两人走过来。

"怎么样，刚才穿过风带的时候，有没有吓哭？"

谢梵羽笑着摇摇头："Lenka可是个女汉子。"

岳然暗暗拧了一下谢梵羽，谢梵羽吃痛，但还是好脾气地对她笑着，Nick把两人的动作看在眼里，觉得两个年轻人很是有趣："哈哈，竟然不害怕，行，要不跟我混吧。"

岳然把头摇得像拨浪鼓一样，惹得大家一阵爆笑。

"今天这海浪这么快就平息了，我还以为风浪会越来越大呢，没想到会这样，好兆头啊，这次出海我们一定会找到人，平安回来的！"Nick豪爽地笑着。

岳然听了也开心起来。谢梵羽看着满桌的食物，只觉得食指大动，又有些不解："Nick，你们平时都是在甲板上吃饭的吗？"

Nick点点头："对啊！天气好的时候就会把桌子搬出来吃饭，在船舱里吃饭多闷得慌啊！我们常年在大海上生存，靠海吃海，餐桌上的绝大多数食物都是我们从海里捕捞上来的，鲜嫩可口，一会一定要和 Lenka 多尝尝！"

岳然连忙点头："好。"

谢梵羽看着不施粉黛的岳然，觉得她好看极了，一笑起来眼睛弯弯的像月亮，白皙透亮的肌肤在这一群被风吹日晒的男人们中间极其不同，此时的她谁也不像，她就是岳然自己。

餐桌上一片欢声笑语，除了岳然，几个年轻的船员唱起了歌，一起向他们讲着这些年在海上所见过的奇闻趣闻，谢梵羽听得津津有味，岳然也渐渐觉得有趣了，但是更吸引她的，是面前一道又一道的美食，菜品大多数是煮和焖的，在船上煎炒很费力气。

岳然最爱吃的就是那道生鱼片了，鱼肉极其鲜美，鱼片薄厚适中。岳然吃饱了，她也是这一桌人里吃得最多的人，几个船员唱着激昂又有些哀伤的歌曲，天边雾蒙蒙的，这样的天气加上这样的歌曲，别有一番滋味。

岳然听他们讲述各自的故事，原来 Nick 队长当年是一个普通的工人，一次工厂事故中他被人陷害背了黑锅，别人诬陷他是故意伤人，判了 20 年，进了监狱没几年，妻子就提出离婚带着他的几个孩子远嫁他国，从此以后 Nick 再也没见过他的妻子和孩子，他对生活绝望的时候，一次偶然的机会结识了目前船上几位船员，一起做起了这种赌命的生意。船上的其他队员也都有各自的故事，还有一个中国船员，来这里就是为了赚钱，当他知道谢梵羽和岳然是中国人的时候，便对两人特别亲近。

他叫宋阳，虽然常年的海上生活让他看起来有些粗犷，但是目光清澈，岳然看着他的眼睛很有好感，两人聊起祖国，有一搭没一搭地聊着天。

岳然好奇地问："那你是为什么选择这份工作呢？"

宋阳的表情一下子就显得有些落寞："为了我的未婚妻。"

"你的未婚妻？"

宋阳点点头："对，我的未婚妻，我是一个卧底，身份暴露后，未婚妻出了车祸……至今仍在医院躺着，昏迷不醒。为了给她治疗，我家和她家都已经花光了家里的积蓄，没有能力再维持下去，可不管怎么样我一定要让她苏醒过来！两年前我偶然认识了 Nick，他把我带到海上来，现在我赚了钱就会寄回家里，听说她的情况在好转。"

岳然看着宋阳，内心五味杂陈。远处依稀可以看见蓝天，岳然看着天空，仿佛能看到很遥远的未来："都会好的，一切都会好的。"

吃过饭后，大家就又进入了紧张的工作状态中，在海上行驶，又遇到这种天气，是一丝一毫也马虎不得的。岳然先回了房间，谢梵羽在 Nick 旁边看着他们工作，偶尔说几句话。

岳然坐在床上，突然很想念爸爸。当时她一心只想着要找宁佳佳，没有考虑过其他的问题，如果自己真的在海上出了什么意外，爸爸是不是会责怪她是个不孝的女儿。岳然想到这里，"呸"了几声，她才不会有什么意外呢，只是自己一冲动，头脑一热就做决定的这个毛病，什么时候能改过来呢？岳然有些头疼。

等谢梵羽一回来，岳然问道："总经理，咱们还有多久才能到达那片海域啊？"

岳然看着远方，好像看不到尽头一样。

"快了，不出意外的话，明天就可以到了，而且，海事局那里收到了他们的信号，他们都很好，没有人受伤。"

"那就好。"

谢梵羽看了看岳然，总觉得岳然的脸色有些不好，并不是刚上船时的白里透红的感觉，而是有些苍白，谢梵羽有点担心："你现在身体有哪里不舒服吗？不舒服的话要赶快吃药。"

岳然摇摇头，有气无力地说："我就是有点头晕，这船晃来晃去的，不晕船的人恐怕都要晕船了。"

谢梵羽刚想起身去给岳然拿东西，一个浪头过来，船身一斜，岳然眼看又要从床上掉下来，谢梵羽飞身扑了上去。

09 见到海中精灵就会有好运

岳然本来都准备摔在地上了，结果身上一沉，再一睁眼，就见谢梵羽放大的脸，"扑哧"一声笑了出来。

谢梵羽本来有些尴尬，见到她笑了出来，他也忍不住笑了。

可是尴尬刚解除，舱房门便被推开，宋阳拿了一兜橘子进来，一见此景，连忙说着对不起就退了出去。

这下是真的尴尬了，谢梵羽连忙坐起来，岳然脸红得像苹果一样。

谢梵羽咳了几声，轻声问道："要吃橘子吗？"

岳然点了点头，谢梵羽连忙追出舱门，宋阳倒也没走远，被谢梵羽喊住，他笑了笑，把一兜橘子扔了过来："你们继续。"

谢梵羽爽朗地一笑："不是你想的那样！"

看着他坦荡的眼神，宋阳摆了摆手，走上了甲板。

岳然感到心跳加快，她有种奇怪的感觉，她觉得自己可能是真的喜欢上谢梵羽了。

对谢梵羽这样的心动的感觉是岳然从来没有过的，他慢慢地走进她的生活，也慢慢地走进她的心里。岳然记得《大话西游》里菩提老祖对至尊宝说："当你喜欢上一个你讨厌的人，那这段感情才是最要命的。"岳然不知道她对谢梵羽的感情会不会要命，但她知道至少现在，她好像已经忘记了她和苏珊两个人喝得酩酊大醉那一天，她自己曾有过的，此生再也不想触碰爱情的想法。

谢梵羽拎着橘子进来的时候，就看见岳然正红着脸傻笑，不由得暗自叹息。他一时竟有些茫然，这种茫然自从他见到岳然的那一刻开始，就一直困扰着他，直到今天。

他不得不承认，越接触岳然，他的眼睛就越不由自主地在人海里搜寻她的身影，而且越来越发现她与玲珑的不同，每发现一个不同他都欣喜若狂。这会是喜欢或是爱吗？他不敢确定，但此刻的他却暗下决心，想要弄清楚对岳然到底是什么感情。

想到这里，谢梵羽释然了，他从袋子里拿出一个橘子递给岳然："把橘子吃了吧，你中午吃了不少东西，晕船的可能性会增加，吃个橘子会缓解一些。"

岳然看着谢梵羽，乖乖地把橘子接过来，剥开来，先递了一半给他。谢梵羽接了过来，跟岳然一起吃着橘子。

吃了橘子后，岳然觉得舒服了一些，两人去在甲板上吹了一会风，又有要下雨的样子。

Nick说恐怕又要来一场大风暴了，谢梵羽听到之后，立刻把岳然带回了船舱里。果然不出Nick所料，晚上8点多，海面刮起了狂风，船舱里能感觉到剧烈的颠簸。原本安心看书的岳然此时已经把书丢在了一边，不过却没有像今早那样害怕，毕竟经历过一次风暴了，而且谢梵羽还在身边，可是她没想到海面上的风浪越来越大，船舱内的瓶瓶罐罐也都掉下来被砸碎，甲板上船员的声音一浪高过一浪，持续到晚上10点多也没有消停。

岳然和谢梵羽正想到底是怎么回事，宋阳就过来敲门，声嘶力竭地喊着："外面的风浪非常大，可能要做最坏的打算，你们两个把之前给你们预备好的救生衣穿上！"

谢梵羽在屋子里大声回应着："好！我们知道了！你们注意安全！"

"好！"外面又只剩下风浪的声音。

岳然和谢梵羽两人迅速把救生衣找出来穿上了，风浪又大了不少，两人已经站不起来了，只能坐在地上紧靠着床，抓着床腿。岳然的力气渐渐不够，谢梵羽索性抱住岳然，自己的脚抵着对面的床腿，两人的身体随着海浪忽高忽低，还经常被颠起来。有一次，岳然失去了平衡，后脑勺磕上了谢梵羽的额头，原本两人都被晃得想吐出来，这一下突来的疼痛，反而让状况得到了缓解。

在谢梵羽的怀里，岳然只盼望这场风暴快点过去，后来也不知道是被晃晕了，还是什么，两个人倒在地上迷迷糊糊地睡去，慢慢地，没有刚开始那么颠簸了，天色渐亮的时候，宋阳过来告诉他们可以放心了。

海面上的风浪已经渐渐平缓下来了，岳然感叹道活着真好，然后就发现自己还枕在谢梵羽的手臂上，连忙转头看向一旁的他："总经理，你还好吗？"

谢梵羽温柔地看着岳然："我很好。"

岳然看谢梵羽看着她的眼神一愣，不由得赶紧移开了双眼，心脏又狂跳起来。

两人把身上的救生衣脱掉，简单收拾了一下，就走出了船舱。岳然看到Nick和宋阳等一众船员的时候，每个人都被风浪弄得狼狈不堪，Nick一直在不停地吸着烟，满眼都是血丝，宋阳则是一脸凝重的表情，岳然走上前："Nick，你们还好吧？"

Nick对着岳然笑了笑，眼神复杂："我还以为我们昨晚就要葬在这片海域了呢。"

宋阳仍然有些后怕："不过还好，我们熬过来了。"

船上的气氛一时有点凝重，谢梵羽不想让这种情绪蔓延开来，连忙转移了话题："不管怎么样，风暴过去了就好了，等平安回去，我们一起喝一杯，我可是有私藏的好酒呢。"

Nick 爽快地挥了挥手："好啊！到时候一醉方休！今天上午就能到达定位的地点了。"

岳然跳了起来："真的吗？太好了。"

这样还不够表达自己的快乐，岳然抱紧了谢梵羽："真是太好了！"

其他人却只是看着兴奋的岳然，昨晚的风暴是怎样的强烈，要救援的人和船都还会在吗？这点谁也说不好，但没有到达那片区域，就不能放弃希望。

谢梵羽的心里也闪过一丝担忧，但是看到岳然如此开心，就觉得还没有到绝望的时候。

火红的太阳一下就跃出了海平面，不远处游来了一群海豚，它们跃出了海面，翻滚嬉戏着。

甲板上的人都看向海豚，岳然开心地喊着："粉红色的海豚，看到了没有，有好运啊！佳佳她们一定会没事的。"

水手们看见海豚也都兴奋起来，海中的精灵就是好运的象征……

10 谁欠谁

岳然和总经理出海已经两天了，什么消息都没有传回来，BYT 岛上的人都很担心，苏珊尤其担心，一下班就去码头上观望。

岳然出发的那天，风雨交加，大雨下了一天一夜，岛上都有不少凉棚、树木被损毁，可想而知海上得有多凶险了。苏珊紧张得两夜没合眼，眼底的青黑极为明显。

陆昊从酒店大堂出来，正看见苏珊往海边走，他心里是很担心岳然的，既然无法帮岳然什么，那么安慰一下苏珊也是好的，于是他叫住了苏珊。

听到熟悉的声音，苏珊缓缓地转身，却一句话都说不出来。

陆昊以为她是担心岳然，全然不知此时的苏珊，脑子里想的是他与罗菲。

两人各捧了一杯咖啡坐在海边的休闲椅上，陆昊坐在苏珊对面："苏珊，别担心了，岳然一定会没事的，这几天海上的天气有所好转了，而且谢总联系的那个私人海上搜救队的信誉和口碑都是最好的，你就别担心了，一旦有了信号岳然一定会第一时间联系你的。"

苏珊手扶着头："最近怎么这么多事？好累……"

陆昊喝了口咖啡："是啊，好像自从进入 BYT 之后，就没轻松过。"

苏珊叹气："这就是我们的生活啊，接受吧，而且，就算不是在 BYT，只要是进入了职场，还谈什么轻松不轻松。"

陆昊点头："其实，你应该去华尔街投资银行的，那里的提升空间更大。"

"是吗？"苏珊沉默了。他想她来，她来了，他想她走，她不甘也不愿。因为知道了罗菲的想法，她才知道真正的爱情应该给予并且不求回报，否则就是负担。

陆昊也沉默了，他的心理很复杂，脱口而出的话往往不是真心话。

"在客房部还好吗？"苏珊有点儿害怕这样的安静，于是打破了沉默。

"也还不错，静下心来做事，总能发现它的好。"陆昊不想多说。

"我得回去管罗菲要点儿安神茶喝，咖啡喝得我心慌。"苏珊想离开这让她尴尬的地方。

"罗菲？不是去曼谷培训了？今早走的，你一定是太担心岳然了。"陆昊说。

"培训？什么培训？"苏珊一下就想到了 Lucas 也是今早走的，感觉很不好。

陆昊一愣，以为苏珊也想要培训的机会，于是说："BYT 各地酒店的 GO 集中的培训。"

苏珊松了口气："哦，这样啊。"

陆昊奇怪："怎么？她没和你说？你们是不是有什么不愉快？"

苏珊皱了皱眉头，不知道该怎么和陆昊说："没有，只不过前几天发生点事情，罗菲和宁佳佳吵起来了，罗菲一个人跑到了礁石滩那边，我把她找回来了。"

陆昊抿了一口咖啡："什么事值得这么生气，宁佳佳她还不了解，就是心直口快，但没坏心眼的。罗菲也真是，一个人跑到海边多危险。"

苏珊眼睛看向别处："可能她心里攒了太多的事了吧。"

"女孩子的心事真是多啊！"

苏珊看着陆昊，又想起罗菲，她有一种冲动，想把罗菲的事告诉陆昊，于是说："其实那天我去海边找罗菲的时候，她和我说了很多，我，还有我们都不知道的事情。"

陆昊漫不经心地问："什么事情？"

苏珊深吸了一口气："其实罗菲她喜欢你已经很久了。"

陆昊被一口咖啡呛到，惊愕地看着苏珊："你没逗我吧？"

苏珊无奈地道："罗菲很喜欢你，喜欢你很多年了，从上大学刚认识你的时候就开始喜欢你，但是因为我在你身边，这么多年她从来也没说过。"

陆昊只是默默地听着，什么也没说，其实他并不是一无所知，但那又怎样？他心底有一丝怒气，嫌苏珊多事，也觉得苏珊是在推卸责任。

"宁佳佳那天和罗菲吵起来的原因就是罗菲一直在想怎么帮你，心情不好对宁佳佳说话态度不好，然后宁佳佳就把罗菲和 Lucas 约会的事情说出来，你也知道，Lucas 对你是什么态度，罗菲想帮你，她知道 Lucas 喜欢她，就自己去向 Lucas 求情，和 Lucas 约会。"

陆昊表情逐渐变得凝重起来。

"在那天罗菲跟我说了这些话之后，我就想，不管罗菲的性格是怎样的，但她对你是真心的，我自问做不到像她那样爱你。如果我能做到这些的话，就不会在你最迷茫、最需要帮助的时候，没给你依靠，只是觉得你是个男人，一味地希望你坚强，让你去适应，最后把你推到了副总女儿的身边。"

"苏珊，你别这么说………"

"可是事实就是这样，你我都不够爱对方，能在一起这么多年，或许也是因为从小到大，我们早已习惯了彼此，我们有浓厚的亲情、友情，可就是没有爱情。陆昊，说真的，我不怪你。现在我、岳然、宁佳佳和罗菲，几个人走到了现在，每个人都遇到各种问题，彼此的友情开始变化，再也不是大学的时候，即使我们 4 个在相处的过程中有一些小摩擦，但我们还是相互陪伴了 4 年啊。"

除了岳然，我能感觉得到，我们渐行渐远，可不管现在怎么样，我还是很珍惜我们4个人在一起的那段日子。所以，我才会和你说这些，因为如果今天我不说的话，恐怕罗菲一辈子都不会跟你说的。"

陆昊皱起眉头，张了几次嘴，不知道应该要说什么才能表达自己的心情。

"我说出来，也不是想让你为难，只是觉得你应该知道，有一个人那么珍惜你，为你牺牲再多，也觉得值得。"

陆昊低下了头，苏珊不再去看他闪躲的目光，站了起来："我有点累了，先回去了。"说完苏珊转身离开了海边。

海边的风依旧不小，海浪一波一波地涌上来，带来很多大海的馈赠，又带走很多，就像生活给予和夺走的，都不是我们预期的。

陆昊迎着风，思绪万千。

11 劫后余生

在风浪里漂泊了3天的宁佳佳和张嘉栋已经近乎绝望，在海上遇到风浪，再大的船都显得很渺小，何况他们的小快艇。船员中有一个曾落水受了重伤。后来快艇的螺旋桨只能打空转，再后来发动机也进水了，整艘快艇就失去了动力，只能漂在海面听天由命。

他们在快艇里，就像是在洗衣机的转筒里，完全不受控制。张嘉栋有些低烧，胃部很不舒服，但是他没有说出来，他和宁佳佳在快艇狭小的空间里，能活着是此刻最大的心愿。

可是剧烈的摇晃和无休止的颠簸，已经消磨了他们的意志，宁佳佳从低声抽泣到号啕大哭，再到欲哭无泪……

就在已经放弃希望的时候，忽然听到了船长兴奋的呼喊："有人来救我们了！得救了，得救了！！！"

宁佳佳听到了，不知道是激动还是终于松懈下来，竟然直接昏睡了过去。张嘉栋却吐出一口血来。他颤巍巍地站起来，艰难地走到了船尾，看到向自己驶来的救援船，竟然一眼认出了站在甲板上向这边挥手的岳然，他再也忍不住，大口地吐起血来……

快艇和救援船上都是一阵慌乱，宋阳等人把张嘉栋与宁佳佳接上救援船，岳然早已泪流满面。

救援船上的西班牙人卡洛斯是医生，他快速诊断出张嘉栋有内出血，胃出血的可能性最大，而宁佳佳只是因为轻度缺水外加累极而睡着了。

谢梵羽听到张嘉栋内出血的时候，心头一紧，回程至少需要一天半的时间，如果海上再起风浪，那耽搁的时间就更长了。

岳然听不懂西班牙语，却看到谢梵羽凝重的脸色，也跟着紧张起来。

卡洛斯却是大手一挥，指挥着宋阳等人将张嘉栋送去了医疗室。

在医疗室外，岳然才问起谢梵羽："张先生怎样了？很严重吗？"

"不容乐观，卡洛斯初步诊断是内脏出血，极有可能是胃出血。"谢梵羽终于可以有个人分担他的担忧。

岳然的心提到了嗓子眼："这可怎么办？怎么会胃出血？"

"快艇在风浪里就像一个铁桶，在颠簸中撞到哪里，造成伤害很正常。"解答岳然疑惑的是刚从医疗室里出来的宋阳。

"情况怎么样？"谢梵羽连忙问宋阳。

宋阳故作轻松地说："卡洛斯的医术还是很厉害的，不过要看他出了多少血。但也不用太担心，船上这么多人呢，给他输个血也不是大事。"

宋阳越这样说，岳然越紧张，谢梵羽看了岳然一眼，便说："你去照顾宁佳佳吧，这里有我呢。"

岳然点了点头，刚要转身就走，就见卡洛斯的助手特雷走了出来："阳，去招呼一声，AB 型血的过来一下。"

岳然转头看向谢梵羽，谢梵羽的眉头不自觉地皱了起来："AB 型血啊？"

岳然大致猜到需要什么，连忙举手："我是 AB 型血。"

谢梵羽和宋阳都看向她，岳然往前走了一步："真的，我先来。宋大哥，你去看看还有没有别人是 AB 型血。"

特雷不用猜也知道岳然的意思，直接侧身将岳然让了进去。

谢梵羽伸出去的手停在了半空中，他不希望岳然去输血，可这种危急关头，他只能看着她冲上前去。

岳然走进医疗室，好浓重的血腥味，可抬眼一看，卡洛斯和张嘉栋还在隔间里面，她现在所处的位置是准备室，但这里沾血的纱布已经有好几块了。

特雷给岳然做了血型测试，确认她可以为张嘉栋输血，才开始抽血。

岳然稍微放松一点儿，看到医疗室中齐全的医疗设备，心中为张嘉栋祈祷着。

刚刚开始抽血，宋阳就又带着两个水手进来，特雷又忙活着验血、抽血。

宋阳等人对医疗室并不陌生，和特雷聊着，岳然听不懂，就安静地看着自己的血液从软管中缓缓流入袋子里。

很快就抽了 500 毫升血，特雷拔出针头，给岳然止了血。

岳然走出医疗室，谢梵羽连忙迎上来："还好吗？"

"没什么，只是抽了一点儿血而已。"岳然笑了笑，然后转移话题，"总经理能听得懂西班牙语？"

谢梵羽点了点头："还好。"

岳然暗下决心，自己也要多学几门外语才好，然后低了头说："我去看看宁佳佳。"

谢梵羽点头，跟在岳然的身后，让岳然一愣，随即一想，宁佳佳也是BYT 的员工，总经理当然是要去探望的。

来到船舱里，宁佳佳已经醒了，但是目光呆滞地看着天花板。

岳然激动地喊着："佳佳！你可吓死我了。"

宁佳佳呆愣愣地转头看着岳然，直到岳然走近拉住她的胳膊，宁佳佳才反应过来，大叫着："岳然，天啊！你怎么来了，我还以为我要死在海里了！"宁佳佳见到岳然之后，泣不成声，完全不顾及自己的形象。

此时的宁佳佳满身油污，白色裙子上染得到处是血迹，还破了好几块，岳然心疼地看着宁佳佳，也掉下了眼泪。

岳然打量着宁佳佳："快让我看看，你有没有哪里受伤啊？裙子上怎么这么多血啊？"

宁佳佳慢慢从失控的情绪里恢复过来："这不是我的，是张先生的，他怎么样了？我一听到你们来了，一激动就晕了过去，好像看到他吐血了，我是真的吓晕了。"

"张先生胃出血，正在急救。"谢梵羽说道。

宁佳佳这才看到谢梵羽，激动得语无伦次地说："总经理，总经理也来了？"宁佳佳的眼泪再次涌出来："谢谢你们……"

岳然抓着宁佳佳的手："你跟我还用得着这么客气吗？你人没事不就行了！以后再有这种有危险性的户外活动你提前查好天气预报，别想去哪就去哪了！"

"哎呀，我知道了，对不起，让你们担心了。"宁佳佳愧疚地说着。

正说着，舱门传来敲击声，紧接着宋阳探进头来说："那个人的情况不太稳定，Lucas已经叫了救援飞机，我们准备全速返航。好在今天风浪已经停歇了。"

船在大海上全速航行，在与时间赛跑，岳然等人为张嘉栋祈祷着。

5个小时后，救援直升机降落在救援船上，谢梵羽等人护送着张嘉栋上了飞机。在巨大的轰鸣声中，张嘉栋睁开眼，便见到岳然关切的目光，心底感到一阵温暖……

12 风起云涌

几个小时后，直升机降落在医院后方的草坪，作为马累最大的私立医院，这里的医疗设施是最先进和齐全的。医护人员推着宁佳佳和张嘉栋进入医院，岳然和谢梵羽在后面紧紧跟着。

宁佳佳身上有不少擦伤，岳然担心她和张嘉栋一样会有内出血的情况，好在一番检查后，宁佳佳只是受了点外伤，看来张嘉栋把她护得周全。

可张嘉栋的状况就没有那么好了，在短暂的清醒后，又陷入了昏迷，一到医院就进了急救室。

在急救室外等候的时候，岳然给苏珊发了微信，报了平安。微信刚发出去，苏珊就打来了电话："然然！你还好吗？"

"我没事的，亲爱的。"岳然笑着回答。

在一旁的谢梵羽一愣，"亲爱的"？难道……他不由得多看了一眼岳然。

岳然不知道谢梵羽在想什么，继续和苏珊聊着："佳佳也没大事，就是有不少擦伤。别担心了，赶紧睡觉吧，嗯嗯，拜拜，回去请我吃大餐！"

挂断电话，岳然就看见谢梵羽疑惑的表情，连忙解释道："是苏珊，她紧张得好几天都没睡好了。"

谢梵羽暗自松了口气，点了点头："你怎么样？"

"我？挺好的啊。"岳然说着，可是人往往就是这样，紧张的时候就不会察觉到自己的问题，一旦松懈下来，这些问题就会暴露出来。她刚说完没事，就觉得浑身酸痛。

谢梵羽伸手过来，岳然下意识地一躲，他的手还是覆上她的额头，立刻紧张了起来："你发热了？"

岳然也伸手去摸自己的额头，却不想谢梵羽的手还没撤走，冰凉的指尖接触到谢梵羽温暖干燥的手背，心底蓦然一暖："哦，怪不得我觉得有点儿浑身疼。"

谢梵羽起身，抱起岳然便去了内科诊室，检查过后，医生说是劳累过度加上水土不服造成的。

就着谢梵羽递过来的温水吃下药后，岳然在观察室里的床上睡着了，真的是太疲倦了，岳然刚碰着枕头就进入了梦乡。

看到岳然入睡后，谢梵羽才松了口气，但他并不能休息，还有很多事情等着他处理。先是和Tony确认通知过张嘉栋的家人，让其赶紧过来，然后又了解了BYT这几天的状况，Tony发来了营业报表，并汇报说公关部准备了一系列的公关稿件，也同时发了过来。

看着营业报表，整个BYT的出租率比去年增加了1.5个百分点，与HLS不相上下。看来上次与白玲珑的谈话，还是起了一些作用，在海外市场上，HLS没有再出手。

再看公关稿件，是关于此次救援行动的大篇幅通稿，十分写实，并未夸张。一组照片更是极具说服力，上面有岳然忙碌的身影，谢梵羽看到与自己同框的她，指尖划过屏幕，内心纠结了一下，还是同意Tony发出公关稿了。

处理完所有的事情，急救室的门也打开了，医生宣布张嘉栋彻底脱离了危险，因为船上的救治及时又专业，谢梵羽悬着的心终于放下来了。

回到观察室，岳然还在睡着，谢梵羽伸手摸了摸她的额头，微微出了汗，体温降了一点儿。他向护士要了温水浸过的纱布，给她擦了擦额头。

就在这时，临床的宁佳佳醒了，她看到谢梵羽轻柔的动作和温柔的面容，心下一动，有些羡慕岳然，但更多的是为她高兴。

谢梵羽不过才30岁，但酒店工作积累下来的经验，让他显得成熟又睿智，外加他本来就很英俊，高大挺拔的身材堪称完美。能让这样的男人多看两眼已是不易，而岳然却能得到他的欣赏和心疼。宁佳佳闭上了眼睛，越发羡慕起来。

再想想自己，宁佳佳的心情顿时暗淡下来，她追求的到底是什么，现在竟然有些分不清了。原本她清醒地知道自己想要的就是钱，只要有机会抓住有钱人，她一定不遗余力，但她也不是罗菲口中那种不自爱的人，她知道自身的价值，所以绝不会轻易就把自己的身心交出去。可这样下来，在男人眼里她和骗子画等号，女人眼里和贱人画等号，这又是何苦？

见到张嘉栋时，她也只是将其视为猎物，可是接触越多就越觉得他很善良，在狂风暴雨的大海上，是他给了她温暖的怀抱，尽力护她周全。这一次，她的心真的有些融化了，可是茫然和慌张让她不适应，有患得患失的感觉，总觉得自己可能抓不住想要的东西。

但这一场生死之行，让她改变了对人生的态度，她要更好地活下去，活出价值和尊严。

张嘉栋虽然是马来西亚数一数二的富商，但年纪只有32岁，年轻有为而且是单身。他还有个弟弟——张嘉梁，比他小3岁，掌管着马来西亚栋梁集团的一家分公司。两人的父亲是中国人，母亲是马来西亚人，张父很早就在马来西亚创业，和张母结婚后成立了栋梁集团，主要从事建筑行业。两个人在父母的培养下，成长为优秀的企业家，张嘉栋掌管的商业地产集团在东南亚都是赫赫有名的，张嘉梁从事运输业，航空和海运，竟是有上天入海的本事，两人都忙着打理公司至今未婚，不过对两兄弟投怀送抱的女人倒是很多。宁佳佳又有多少的机会呢？

也不知道胡思乱想了多久，宁佳佳再次睁开眼睛的时候，就看到谢梵羽靠着座椅，已经睡着了，她便悄悄地起来去看张嘉栋。

隔着玻璃，宁佳佳看着睡得安详的张嘉栋，美丽的面庞露出温柔的笑意。

当谢梵羽醒来的时候，已经是傍晚时分，张嘉梁刚刚风尘仆仆地赶来。

"这次我哥哥能平安无事，多谢两位了。"张嘉梁看着谢梵羽和依旧在昏睡的岳然，彬彬有礼地说着。

"您客气了，张嘉栋先生在我们酒店下榻，保证客人的人身安全也是我们酒店的职责。"

"谢总果然气度不凡，不过怎么说都是二位的功劳，岳然小姐我就更是佩服了，一个女孩子可以这么不惧艰险，有其他女孩没有的义气啊。"

谢梵羽这次没有客气，笑着点了点头。

接下来又是商人之间的谈话，宁佳佳闭着眼睛躺在自己的病床上。她发现无论什么地点和场合，都能成为商人们的谈判桌，这次出海营救，反倒为BYT带来了一大笔生意，栋梁集团决定给BYT在马来西亚的新建酒店进行投资，她听得暗自惊喜。

张嘉梁离开观察室去了张嘉栋的病房，岳然也醒了，看到她睁开眼睛，谢梵羽伸手又覆上她的额头，已经退热了，他松了口气，递给她一杯水："多喝些水。"

岳然看到杯子里有根吸管，心中一动，冲着谢梵羽展露出笑容："谢谢总经理。"

谢梵羽微微一笑，挪开眼神看向了窗外，天边的晚霞猩红……

第七章
青色烟雨

红尘道场，你我不过是漂泊的浮萍，

在时光中弄丢了自己；

在执着的等待中，错过属于自己的，才能最终明白，

不求水月在手，不求花香满衣，只愿执一杯清茶，

等一场烟雨，只愿岁月从容静好，叹一声不曾错过。

01 被表白

晚些时候，苏珊也从 BYT 岛赶了过来，看到岳然和宁佳佳都没什么大事，总算放了心。

谢梵羽让 Tony 给她们 3 个人在医院旁边的酒店订了房间，等苏珊一到，就让她接岳然和宁佳佳去酒店休息。

岳然她们一到酒店，苏珊就打开行李箱，拿出给她俩带的衣服。宁佳佳一撸袖子，露出胳膊上的伤："不能沾水呢。"

岳然倒是想去洗澡，可刚发过烧，也不敢太大意。苏珊郁闷了："你俩这臭咸鱼味可真是够呛，要不你俩坐在浴缸边上，我帮你们把头发给洗了吧，要不你俩还能睡得着？"

苏珊一说，岳然和宁佳佳吸了一下鼻子，还真是够脏的。宁佳佳身上大大小小的伤太多，只能洗头，苏珊便拉着宁佳佳先进了浴室。

一边给她冲着头发，一边说："你和罗菲就别再闹了，你俩都不容易。"

正低着头冲水的宁佳佳，眼睛一热，是的，大家都不容易，于是说："我知道了，回去我就给她道歉去。"

"这才乖！"苏珊有点儿惊讶，宁佳佳如此听话，但转念一想，刚刚经历了生死，很多事一定都看淡了。

苏珊给宁佳佳洗了头，也帮她小心翼翼地擦了身上，然后把浴缸里放上水，一边放着水一边给她吹头发。

"活着真好，有你们真好。"宁佳佳说着，眼睛又红了。

苏珊笑了笑:"下次小心些,别把命搭上。"

"不会了,再不会多看别人一眼。"宁佳佳斩钉截铁地说着。

"啊?"苏珊有些惊讶,"你这是要定下来了,还是对男人伤心绝望啊?"

"自然是定下来,他为了护着我,都撞得胃出血了,还在硬撑着……"宁佳佳深吸了一口气,"小女子无以为报……"

苏珊绷不住,笑了出来,宁佳佳也说不下去,笑了起来,岳然在外面听见,忍不住推门进来:"怎么了?"

宁佳佳斜睨了岳然一眼:"某人也快定下来了吧?"

"啊?"岳然和苏珊异口同声地叫道。

"别跟我装傻了,咱们总经理对你可是不一般哦。"宁佳佳的头发也吹得差不多了,索性把吹风机关了。

苏珊一脸地惊奇,也恍然大悟道:"怪不得总经理把工作说扔下就扔下,陪着你去找宁佳佳,我还真以为是对员工和客人的大爱呢。"

岳然脸红了:"你俩行了啊,完全没影儿的事,也能被你俩说得天花乱坠了。不过……"

她深吸了一口气,坚定地说:"我喜欢他了怎么着?"

宁佳佳和苏珊连连点头:"这个可以有。"

"去,一边儿待着去,我要泡澡了。"岳然想把她俩轰出去,但没成功。

"说说呗,怎么对上眼的?"宁佳佳不依不饶地问。

"对什么眼?我也是才知道我喜欢他,虽然觉得他也是喜欢我的,可我总觉得这当中缺了些什么,缺了一些我觉得……很重要的东西。所以,我还要再好好想想呢,你俩别烦了,快出去。"

直到整个人泡进热水里,岳然都觉得脸还在发热,谢梵羽表现得真的那么明显吗?可为什么她还是觉得差了点什么呢?她也不知道为什么,总觉得和谢梵羽之间有些纠结,总有些让她感觉到还差了点什么。可是岳然又反问自己,自己又做了什么,她连想和谢梵羽在一起的冲动好像都没有,又能去要求别人什么呢?

洗过澡,躺在了床上,苏珊和宁佳佳一直在不停地说着什么,岳然也很快进入了梦乡。在梦里谢梵羽和她站在一座山上,正是清晨,太阳慢慢升起,岳然迎着阳光看着谢梵羽,他的侧影很美好,她想去看他的眼睛,看他眼睛里到底有什么，可是她什么都看不到，只是无边无际的黑暗……

次日醒来，已是上午 10 点，岳然和苏珊陪着宁佳佳去医院换药，不巧的是在她们之前刚送来一个骑摩托车摔伤的男士在紧急处理外伤，宁佳佳便提议先去探望张嘉栋。

苏珊点点头，对这个张嘉栋一脸的好奇，岳然也觉得应该去看看他，于是就跟着宁佳佳一起去了张嘉栋的观察室。

张嘉栋正靠在床上看书，听到声音才转过头来，见到是她们，便露出笑容。宁佳佳径直走到张嘉栋的床边询问他的身体情况。张嘉栋淡淡地回应着，但也同时询问了宁佳佳的状况，带着客气而疏离的微笑。

岳然和苏珊坐在沙发里，觉得有点儿尴尬，却又不知道要说什么。

正好这时护士过来了，请宁佳佳过去换药，苏珊和岳然都站了起来要陪着宁佳佳过去，张嘉栋却说：“苏小姐，请您先陪宁小姐去换药，我和岳小姐想说几句话。”

3 个人一愣，张嘉栋坐直了身子，郑重地说：“谢谢你，岳然小姐，你不仅赶来救我们，还给我输了血，救命之恩，我定当重谢。”

苏珊和宁佳佳不再疑惑，走了出去。

“不，不，不！”岳然连忙摆手，“为救援付出更多辛劳的大有人在，我只是做了自己该做的而已。”

张嘉栋轻轻一笑，缓缓转身，要去拿床头的水杯，岳然连忙走过去：“我帮您兑点儿热水吧，不能喝凉水的。”

张嘉栋笑着：“谢谢！麻烦你了。”

成熟男人的笑总有种特别的魅力，这种魅力在张嘉栋身上表现得尤其明显，岳然也笑了笑，便倒好水，把杯子递给张嘉栋。

张嘉栋对岳然的态度不同于对宁佳佳，却又说不出来是哪里不同。可能是张嘉栋和宁佳佳说话的时候很少去看她的眼睛，也没有很多耐心去听她说话。可是和岳然说话的时候总是直视着岳然的双眼，对岳然说的每一句话好像都格外珍惜，这让岳然更加不自在。

张嘉栋喝了一口水，对着岳然笑着说：“不得不说 BYT 里面的员工都是业内精英，连倒杯水都想得这么周到。”

岳然谦虚地笑着："张先生哪里的话，我只是做了该做的事。"

张嘉栋直起了身子，靠在枕头上："你做的牛排，我也一直记得。能让David 这种挑剔的人都称赞的人，想必一定是非常优秀。"

岳然笑了出来："这还要多亏 David 宽宏大量，不跟我一个不懂事的小女孩计较。"

张嘉栋笑着摇摇头，眼神坚定地看着岳然："其实你不用跟我这么客气，和你说这么多无非是想告诉你一件事，岳然小姐，我很欣赏你，也很喜欢你，不知道你可不可以给我个机会，让我追求你！"

02 被拒绝

岳然看着张嘉栋的神情，怀疑自己是不是听错了，她惊愕地看着他："张先生，您在开玩笑吧。"

"你看我像是会拿这种事情开玩笑的人吗？"张嘉栋依旧直视着她。

"不是，可是……"岳然挠了挠头，简直要崩溃了，谁能告诉她这是怎么回事？难道是起床的姿势不对？

看着岳然茫然的样子，张嘉栋笑出声来，但腹内的疼痛让他直皱眉。

岳然有点语无伦次了："好了，张先生，您就别再逗我了。您不是要追求宁佳佳吗？"

张嘉栋立刻毫不犹豫地回答："和宁佳佳一起出海游玩是不假，可我什么时候说过要追求宁佳佳？我说要出海，宁佳佳愿意陪我一同前去，一是她是我的贴身管家，二是多个伴而已。如果你觉得在危难的时刻，我保护了她就是喜欢她的话，那这种喜欢也太过于肤浅了，是个男人就不会在危难的时候不去保护身边的女性，这和是否喜欢扯不上关系。"

岳然听了张嘉栋的话有点儿生气："恐怕只有您是这么想的。"

张嘉栋笑得云淡风轻："我管不了别人是怎么想的，但我很清楚自己的想法和决定，我从来都是起手无悔的。"

此时，病房的门被推开，宁佳佳走了进来，羞愤难当、满眼怨恨地看了张嘉栋和岳然一眼，拿起椅子上的手提包："对不起，我还有点事，我先走了，你们慢慢聊。"

岳然想要拦住宁佳佳，可宁佳佳关上门就走了出去，张嘉栋一脸早知如此的样子，岳然无奈地也抓起包包去追宁佳佳。

"等一下，岳然小姐。"

岳然此时态度已经没那么好了："您还有什么事吗？"

"等我养好伤，我会去找你的。"

岳然好想翻个白眼："您现在都病成这样了，还是先想想怎么养伤吧。"说完就跑了出去。

张嘉栋笑而不语，目送着岳然走出了病房。

跑出张嘉栋的病房，岳然就看到苏珊拦住了宁佳佳，她连忙跑过去："佳佳，你千万别误会。"

苏珊也说："佳佳，我觉得你也别急着生气，我觉得这事儿不对。是不是张嘉栋想断了你的念想，才故意这么说的？"

宁佳佳也稍微冷静了些，眼泪在眼眶里打着转，是的，她的单据在包里，所以要回张嘉栋的病房去取，然后就听到了他在向岳然表白。当然，不管他是真心还是故意演戏给自己看，岳然都是没错的。

可是宁佳佳从来没有被这样打过脸，面子上还是下不来，紧咬着嘴唇，面部肌肉都颤抖起来。

岳然上前一步拉住她的手："换药去吧，好不好？"

宁佳佳想把手挣脱出来，但是岳然抓得很紧。岳然也觉得很委屈，这都什么跟什么呀，张嘉栋这人太差劲了，就算不想和宁佳佳有牵扯，也不能拿她当挡箭牌啊。好在没让谢梵羽听到，要不真是说不清了。不对，怎么想到谢梵羽了？她连忙摇头，脸红了。

苏珊也走了过来，拉着宁佳佳的另一只手："好了，先去换药。"

"走吧。"宁佳佳低下头，小声对岳然说了句对不起。

BYT 岛已是雨过天晴，谢梵羽在码头等着水上飞机，他无法等到岳然她们回来，有急事要赶回曼谷，这让他有些莫名地遗憾和不舍。

正想着，便看见陆昊也走了过来，在和他打过招呼后，谢梵羽点了点头：

"最近怎么样？"

陆昊笑着说："还好，虽然没能在最喜欢的前台工作，但在客房部也有不少心得体会。"

谢梵羽拍了拍陆昊的肩头："知道我最开始在哪个岗位吗？"

陆昊摇摇头，谢梵羽说："行李员。不要因为不是自己设想的那个岗位，就懈怠现在的工作，只要做好当下，一切都会有所改变。"

陆昊点头道："我知道的，总经理放心。而且，还有苏珊和岳然的提点呢。"

正说着，水上飞机降落了，谢梵羽走上码头的浮桥，罗菲从水上飞机上下来，见到他，连忙打了招呼。谢梵羽并没有停下脚步，只是笑着点了点头，与她擦肩而过，上了飞机。

在飞离 BYT 岛的时候，谢梵羽看向这座终于归于宁静的岛屿，好像这段距离也没有那么讨厌了。

罗菲走下浮桥，看到陆昊有些意外，但更多的是惊喜。

陆昊走上前，接过罗菲手里的行李："欢迎回来。"

罗菲停下脚步，看着陆昊说："是有什么想和我说吗？"

没想到罗菲如此直接，陆昊停顿了一下："其实我是最近才知道，你为我所做的一切，抱歉让你付出那么多年的感情，没有换来任何回应，我真的很感谢你所为我付出的一切。"

罗菲心底一沉，苏珊终究还是和他说了："然后呢，你想和我说什么？"

陆昊下定决心道："如果你还愿意的话，不知道你还愿不愿和我在一起，让我用接下来的时间尽力去弥补这么多年对你的亏欠。"

罗菲听到陆昊这样说，开心地笑了起来，笑着笑着，她就哽咽了："我真的没想到，我幻想了那么多年的美梦，在今天就要成真了。"

陆昊看着罗菲："罗菲，告诉我，你答应吗？"

罗菲收起了笑容，认真地说："陆昊，你告诉我，你爱我吗？"

陆昊一时语塞，这个问题，他从来没有想过。

罗菲叹息着看向海面，不紧不慢地说道："其实你的答案是并不爱我，甚至连喜欢都没有，你今天肯和我说这些，不过是不想亏欠或是感动。可是感动叫爱情吗？任何人做了令你感动的事都可以让你有所回报，如果都需要弥补亏欠的话，你不累吗？如果我现在答应你因为感动和愧疚才对我进行的告白，那么我就是对不起我这么多年付出的感情，也是对不起你。所以，我拒绝。"

"罗菲……"

"其实我早就已经放下了，陆昊，你要问我现在还喜不喜欢你，我的回答是喜欢，我甚至还爱你。可是我知道我们没办法在一起，你不用因为我对你的感情而有所困扰，毕竟喜欢你是我一个人的事。我不知道别人怎么看待爱情的，可我觉得我的一生中，只能去爱一个人，如果以后再遇到什么人，也不会是我最爱的那一个。陆昊，不用再纠结这个问题了，想开点，过好你的人生，对我来说就是最好的了。"罗菲说完，不等陆昊回答，便拿过行李箱，向宿舍走去。

罗菲回想起身边的人，抑或是她所听到的别人的故事，她现在才明白，什么叫求而不得。原来这个世界上，真的有再怎么付出努力，也争取不到的东西。

03 喜悦与悲伤

宁佳佳换了药便回酒店退了房，与苏珊和岳然一起回到 BYT 岛。一路上宁佳佳好像完全忘记了刚才发生了什么的样子，说着那天出海的见闻以及风暴的恐怖。

苏珊和岳然都耐心地听着，心下却都有些同情宁佳佳。

大学 4 年中，宁佳佳谈过好几次恋爱，有的是她甩了别人，有的是被甩，每一段感情都被宁佳佳演绎得轰轰烈烈，看似都用了真情，但从旁观者的角度，总觉得宁佳佳是个导演或是编剧，并非身临其境的演员。但这次不同，虽然张嘉栋入住的时间不长，但宁佳佳的变化和情感付出是不一样的。

苏珊在宁佳佳去洗手间的时候，和岳然说："其实，我们每个人的心里都有一个框框或是择偶标准。完全不符合的自然拒之门外，条件差不多的可以凑合试试，就怕是那种完全符合标准的，一定会让人奋不顾身，不计后果。宁佳佳这次就遇到了会让她不计后果的人，别看表面看起来满不在乎，其实心里每个角落都写着深情。"

岳然也很认同这句话，她又想起了谢梵羽，其实要说自己心里的择偶标准，谢梵羽绝对能符合十之八九，可差了的一点到底是什么呢？应该是让她不敢奋不顾身投入的那部分吧。

很快就到了 BYT 岛，这次登岛的感觉与每次都不一样。罗菲亦站在码头，翘首以盼。

宁佳佳故作欢快地跑向罗菲，一把抱住罗菲，良久才说出："对不起！"然后泪流满面。

罗菲亦抱着宁佳佳："不不不，都是我的错，感谢你平安回来。"

这一幕让旁人看得动容，岳然和苏珊的心却越发沉重，尤其是苏珊，看到了不远处站着的陆昊，一个眼神，便让她知道了，陆昊和罗菲之间一定发生过什么，只是她不想知道，也不想去深究。

管家部的经理海伦也来了，热情洋溢地拥抱了岳然和宁佳佳，并宣布了好消息——岳然成为管家部的主管。

这个消息让岳然得到了在场所有人的祝贺，虽然无法确定每份祝福是否出自真心，但是，这个消息让她激动不已。

来到 BYT 不过大半年的时间，从曼谷到普吉岛再到马尔代夫，12 个同行的人中，岳然竟然成为第一个升职的人。这是在此之前，从来没有敢想过的。岳然握着苏珊的手有些颤抖。苏珊用力地回握了一下。

真心为岳然高兴的同时，苏珊也有些担忧，毕竟她们的资历尚浅，基本工作尚在完善摸索中，就成了基层管理者，先不说别人服不服，身份的转换也很难适应。

但岳然显然还没有想到这一层，在众人的祝贺声中，回到了宿舍，一身的疲惫都感觉不到了。岳然先对着镜子掐了掐自己的脸，很疼。

苏珊翻了个白眼，冷静地说道："好了，小然然。虽然我也很为你开心，但更多的是担心。你真的准备好做主管了吗？"

岳然被这一盆凉水浇得愣在那里，良久才心怀感激地看向苏珊："珊珊，谢谢！只有你才这么提醒我，要不明天，我一定会闹大笑话的。"

苏珊松了口气："这下，该你请客了，我省钱了。"

两人对视着，大笑起来。

一月的曼谷，天气十分炎热，尤其是午后。而室内的冷气十足，即使满身大汗地走进来，也能瞬间感到凉爽。白玲珑优雅地走进她的王国——HLS位于曼谷暹罗商圈的中心酒店，一众员工双手合十问候着，她则是女王范儿十足地一一点头回应。

终于来到位于87楼的总经理办公室，白玲珑接过秘书递来的一摞报表和文件，进了门，便将手袋往沙发上一扔，卸下伪装的笑容，只剩大口喘气的力量。

上午的董事会，让白玲珑一口怨气淤积于胸，难以释怀，她并不赞成现在的盲目扩张，她始终认同谢梵羽的观点——一个酒店管理集团的成功是在于对规律的探索与追求，是在于开发员工的最大潜能，绝不是现在这种侵略式的占山为王。

可是HLS集团从上到下都认为，现在是击败老对手BYT最好的时机，因为BYT在印尼以及菲律宾的酒店项目上一直被HLS集团压制，导致资金链随时有断裂的危险。不在这个时候出手，HLS集团之前所做的努力就毫无意义。

白玲珑现在虽然是HLS的总经理，但在投资决策上却没有话语权，毕竟刚接手不久，而且是一个外人。外人……

白玲珑叹了口气，起身站在落地窗前。嫁到洪家5年了，她始终是个外人。因为没有人会知道，洪家的长子极其讨厌麻烦的女人，婚姻不过是他的挡箭牌。

5年前，放弃最爱的人，去接受这么一桩不堪的婚姻，当时并没有怨言，反而充满了期待。因为她的野心，也因为她的不甘人后。在BYT，她是谢梵羽最得力的助手，却也只能是总经理助理，连个副总都得不到。而为期7年的一纸婚约却能让她得到总经理的职位，而且是比BYT还要强大的酒店集团的总经理。

只是，这5年来，多少次午夜梦回，才觉得孤独是最可怕的敌人。7年的期限，还有两年不到了，他的身边却第一次出现了别人。

白玲珑走回自己的办公桌前，展开报纸，整版都是谢梵羽勇救张嘉栋的报道。她立即看了起来，却在看到照片时一室，她只看得到谢梵羽，还有他身边站着的那个女孩。

第一眼看过去时，竟有种时光倒流的错觉，这是几年前，她站在他的身边的照片。但理智告诉她，不是！那个女孩虽然和自己颇为相像，但比她阳光、年轻、单纯，且没有太大的野心。

从看到照片的那一刻起，白玲珑开始患得患失起来，谢梵羽的身边一直没有其他女人出现，这一次有了，还是和自己很像的女孩，她该高兴、庆幸还是难过？没人能给她答案，她也不敢深究。只有一个声音在心底无限扩大，他是她的，没有人配站在他的身边，也没有人可以抢走他。

04 不悲不喜

傍晚，岳然的宿舍里挤进来十多个人，大家都为岳然的升职而感到高兴，与有荣焉。岳然本想请大家吃个饭，但今天特别热，众人都没什么胃口，而且宁佳佳和钱钱都带了不少水果来，大家索性吃起了水果大餐。

钱钱感慨道："看来BYT很公平啊，论功行赏，不论资排辈，让人有干劲和动力。"

苏珊很是认同，确实，每个人都在努力完成着自己的工作，不断提高自己，而BYT就是这样一个公平的地方，每个员工的辛苦努力都会得到回报。

宁佳佳则说："我家小然然为了去救我，也是受了不少苦的，不给她升职，我也得去找总监说说的。"说完又用胳膊碰了下岳然，小声说："其实这是某人的意思吧？"

岳然一愣，光顾着高兴了，也没多想，但仔细想想，也不是没有可能，可这样就尴尬了吧？

苏珊一拍宁佳佳："去，切芒果去。"然后转头对岳然说："别听她的，这些都是你努力的结果，从销售部开始，再到管家部，你接触的还都是比较不好搞定的客人。再说了，管家部原来的Ada主管正好调去做大堂经理了，总监选你接任，没什么不对。"

岳然松了一口气，她只想凭借自己的努力和实力来升职，并不想因为别的因素，否则就太尴尬了。

陆昊吃着水果，有点儿心不在焉，从首都机场出发的时候，他就发誓，自己一定做这一群人里第一个升职的人。可是来了之后，理想与现实的差距很大，不仅没有升职，连升职机会最多的前台都待不下去，现在只能在客服部做着清洁打扫的工作，连客人的面都很少碰到，却极有可能因为一根头发丝，而遭到投诉，这叫什么事儿。

正想着，无意间抬头，就对上了罗菲的目光，陆昊心下更是一紧，其实那天的表白，他是故意的，因为他明知道罗菲也是要面子的人，绝不会接受施舍的。退一步，就算罗菲接受了，也不会有好的结果，毕竟这种爱有负担。就像现在，他的落寞与她的深情，无法匹配。

正郁闷着，陆昊的手机响了，连忙接起，简单对话后挂掉，他面露喜色："是管家部总监雅哈的电话，他让我明天去管家部报到！岳然！岳主管，请多关照啦。"

陆昊的快乐发自内心，管家部接触的客人更高端，机会就更多，而且，雅哈和客务总监 Lucas 并不对付，这才是最值得庆幸的。

苏珊看到这一幕，竟有些麻木的感觉，转身去帮宁佳佳切芒果。

罗菲低下头，凭着自己的一厢情愿也没帮上什么忙，还和宁佳佳差点儿撕破脸，真心不值。

当众人散去，苏珊和岳然收拾着垃圾，将果皮扔到楼下的垃圾桶后，回到宿舍，浓郁的水果香气让人身心愉悦。

苏珊说："佳佳和陆昊都在管家部了，我也放心些了。管家部总共就12个人，一个总监，一个经理，两个主管，露茜不是个多事的人，但她手下的库塔是杆枪，而宁佳佳和陆昊都是你这一组的，别触了库塔的霉头，应该就没事。"

听着苏珊中肯的分析，岳然感到了一丝怅然，有时真的觉得做员工也没有什么不好，至少简单。但升职又是大家都向往的，既然这是职位不同所带来的新的挑战，那就迎接它，无所顾忌。

位于曼谷的 BYT 酒店，总经理办公室中，谢梵羽正和米总裁喝着茶，泰国人与中国人喝茶的习惯大不相同，但谢梵羽的父亲和米总裁都是第二代移民，还保留着不少华人的习惯。谢梵羽就更像泰国本地人的生活习惯了，喝工夫茶不太习惯。

米总裁喝着铁观音，小小的一杯，也品得极慢，良久才放下空了的茶杯说："HLS 内部有消息说想趁我们扩张的时机，一口吞下 BYT。梵羽，你怎么想？"

"我想，HLS 能看中这个时机，应该是他们在迅速扩张的时候面临过资金链断裂的危机，所以就想当然地认为我们现在也会面临同样的危机，那么这个时候出手，自然是致命的。不过，我们一直都是稳扎稳打，并没有冒进，而且每一个项目都有合作方，资金压力并不大。"

"不错，我也是这么想的，不过，他们这个想法是由来已久的，我们不得不防。"米总裁点着头，"你这次出海营救张嘉栋做得很不错，不仅为 BYT 树立了正面形象，也让他主动提出合作项目，真是难得了。"

米总裁满意地笑着，谢梵羽却想起上一次因为枪击事件才搞定的马尔代夫的合作项目，而且不管米总裁当初的手段是否高明，但结果还算不错。其实大企业的钱永远赚不够，也永远不够花。他这个位置的管理者不过是一颗棋子，但他还算好的，毕竟 BYT 曾经是谢家的，只是父亲想走仕途，弃商从政了。BYT 留有他儿时的记忆，也是他所热爱的。就算米总裁开始对他有防范之心，但后来也是被他的这份热爱所打动，便交了实权给他。

电话铃声打断了办公室里的沉默，谢梵羽走到办公桌前接起电话，Tony 说："总经理，HLS 的白总打来了电话，要接吗？"

谢梵羽的眉头微微一皱："你告诉她我在开会，一会儿回给她。"

挂了电话，心中一动，米总裁也从沙发上站了起来："好了，梵羽，你忙吧，我先回去了。对了，还有一件事，周五是米娅的 25 岁生日，会有个生日会，你就别去马尔代夫了。"

谢梵羽点头称是，心里却是有些不情愿，这周不能去马尔代夫了，也就不能看见岳然了。

送米总裁回来后，谢梵羽给白玲珑回了一个电话，依旧是疏离的口气："白总，我的助理说您找过我？"

白玲珑没想到谢梵羽这么称呼她，白总？但她很快就笑着说道："周五是米娅的生日，她邀请了我，我就想问问，你知不知道她喜欢什么？"

"她一向和你走得近，怎么反过来问我？"谢梵羽淡淡地回答着。

"梵羽，我想今晚请你吃个饭。"白玲珑忽然转变了话题，"知道你出海去救人，那一刻我好害怕，我想见见你。"

谢梵羽的眉头皱了起来，拒绝的话脱口而出："抱歉，白总，我今天很忙，抽不出时间赴约，而且您也不必为我担心什么，我很好。"

"好的，我知道了。"不知道白玲珑是什么心情挂的电话，但这句我知道了，在谢梵羽听来就是百转千回的意味，可是还有什么用呢？

05 进阶吧，小主管

有了苏珊的提醒，以及陆昊和宁佳佳的协助，岳然并没有觉得主管这个职位有什么不同，和往常一样做着本职工作，再加上一些检查督促的任务而已。

转眼就要到春节了，对于岳然她们来说，这是第一个不能回家和家人团聚的春节，多少还是有点儿想家的。

宁佳佳却非常喜欢这样过节，不必面对一家人的鸡飞狗跳，而让她更高兴的是接待名单里再次出现张嘉栋的名字，抵达时间是腊月二十九，还是 2 月14 日情人节。

看到名单的那一刻，宁佳佳难掩心中的喜悦，虽然上次张嘉栋那么明显、刻意地将她排除，但动了心就是动了心，完全不受控制。

宁佳佳主动找到岳然请缨："小然然，安排我给张嘉栋做贴身管家吧。"

在有其他同事在的场合下，岳然只好说："我会考虑的。"

"考虑什么啊？直接写上就好了。"宁佳佳耸了耸肩，反正同组的管家，除了陆昊，应该都听不懂中文。

岳然觉得在别人前不能驳了宁佳佳的面子，便在接待单上写了宁佳佳的名字。没想到的是宁佳佳刚出去查房，同组的泰国女孩 Aff 就过来和岳然说："能把我安排给张嘉栋做管家吗？"

其实，Aff 是看到了接待单上宁佳佳的名字的，但依旧鼓足勇气来和岳然说："我知道上次接待张先生的是宁，但因为出海的事，也许张先生并不想让宁继续做他的管家呢？"

岳然自然知道不能直接拒绝 Aff，于是说："这个我会请张先生选择，你看可以吗？"

Aff 叹了口气，柔柔地说道："好吧，不过，岳，我提醒你一句，有不少人说你太照顾宁了。作为主管，你该对我们大家一视同仁才对。"

一下子被扣了一顶这样大的帽子，岳然有些不快，但微笑着点头说道："我和她是同学不错，但是在工作上，我从没有给过她照顾，她和你们做得一直都一样。因为她也把我当朋友，所以绝不会给我添这种麻烦，平白让别人说。这点你应该知道的。"

Aff一愣，笑着摇头说："我不是这个意思，而是说你在客人的分配上，总是分给她更好维护的，而我们却很容易被分到挑剔的客人。"

岳然正要反驳，宁佳佳回来了，正好听到。她挡在岳然前面，面对Aff："给你分的客人挑剔？岳然是分到过David的，还有谁比David更挑剔？但岳然接待好了，便为升职打下了坚实的基础。我劝你一句，能分到挑剔的客人，是你的幸运，你不应该一味地去抱怨，而是应该好好接待，没准儿下一个升职的就是你了。"

Aff也无言反驳，悻悻地走了，宁佳佳一撇嘴："真气人，表面上看起来柔弱无害，你可得好好防着。"

岳然"哦"了一声，心里很感激宁佳佳的牙尖嘴利，但又有些担心这样彻底得罪了Aff。但转念一想，她为什么要这样前怕狼后怕虎的，这是因为她的职位不同，思考得多了，还是因为她有了主管的担子，反而希望得到所有人的认同？如果是后者，这个就需要好好反思了。

正想着，桌上的电话响了，岳然接起来，是经理海伦："这个周五，总经理会过来，说是要听取所有基层管理者的意见和建议，所以你准备一下。"

"好的。"岳然挂了电话，调整了一下自己的情绪，看向宁佳佳，"你真的做好接待张嘉栋的准备了吗？"

"什么意思？"宁佳佳挑眉反问道。

"你对他的心意，收回了吗？"岳然问得很直接，"工作时最好不要夹带其他私人感情，否则我担心你遭投诉。"

宁佳佳心里不快，一想到张嘉栋曾对岳然表白，这句话从岳然的嘴里说出来，听到自己的耳朵里就变了味道，于是不经思考就脱口而出："当然不会收回，我还要继续积极争取呢。"

岳然也生气了："那你就不能做他的管家。"

"哈，果然官大一级压死人。你换一个试试。"宁佳佳冷笑一声，转身就走。

看着宁佳佳的背影，岳然气得有些发抖，将填好的接待单揉了扔进垃圾桶，又拿出一张，在填写名字的时候犹豫了一下，便写下了陆昊的名字。凭什么她要被别人左右？就算只是主管，但分配工作就是由她来做的。

接待单交到海伦那里之后，岳然又有些担心宁佳佳真的会闹起来，真是心累啊。晚上回了宿舍，也是唉声叹气的。

马上要去上夜班的苏珊看到岳然在叹气，问她怎么了。岳然把今天发生的事说了一遍，苏珊听了点了点头说："你做得很对，但你还是要私下里和宁佳佳打个招呼的。我也担心她会闹起来。"

岳然有些纠结："可是，作为我的朋友，她这样给我添乱对吗？"

"你不能拿你的标准去衡量别人，而且宁佳佳是个为了爱情不顾一切的主儿，为了张嘉栋，她未必不会做出什么出格的事来。"

"这可怎么办是好？真是烦啊。"岳然瘫倒在床上。

苏珊敲了敲她的脑门："这也是你这个小主管的必修课哦。加油，我去上班了，你最好今天就和她聊开哦，别等着她来找你。"

"好吧，你去上班吧，我好好准备一下。"岳然有些敷衍地说道。

苏珊看着岳然，想了想才说："其实，你安排陆昊去接待张嘉栋是不合适的，你应该好好想想，别赌气。"

岳然坐了起来："怎么会连陆昊都不合适？"

"你应该明白我的意思，两个女人都在争，你表面不偏不倚，却把陆昊弄得很尴尬。难道你没有推卸责任的嫌疑？"苏珊问。

"哎呀，一涉及陆昊，你的想法就多了，我只是觉得陆昊能扛事，最适合……"说到这里，岳然也心虚了，她安排给陆昊，就是在推卸责任呀。

苏珊也不逼她，只是看着她。

岳然一拍脑袋："我这就把单子先收回来。"

说着，她就跑出了宿舍，一边跑一边想着对策，索性明天来个内部大比拼，谁赢了谁去。

到了海伦的办公室，岳然收回了接待单，并把自己的想法和海伦沟通了一下，海伦笑了："你的想法是不是太幼稚了？"

"啊？"岳然愣在那里。

06 突如其来

海伦对岳然说："你不要被员工牵着鼻子走，还拿出这种貌似很公平的竞争来敷衍。BYT 没有这样的传统。岳然，张先生有说宁佳佳上次做得不好吗？张先生有主动要求换人吗？都没有吧，你凭什么换成陆昊，然后还来和我说 Aff 也想做张先生的管家。这个局面难道不是你自己造成的？再者，我们凭什么让老客户去适应我们的人员变动，尤其是在宁佳佳并没有其他任务，也没有离职的情况下？"

岳然无言以对，她不能和海伦说宁佳佳对张嘉栋的那份心思，而刚才说了 Aff 想争取，就等于背后打了 Aff 的小报告，最后还拉上陆昊当垫背，越想岳然就越惊慌和羞愧。

海伦看着涨红了脸的岳然，心里却是在想：岳然为什么能在加入 BYT 不到一年，便升到主管职位？应该不只是接待了挑剔的 David 和营救了张嘉栋，也许还有其他自己并不知道的原因，比如背景。身在职场，并不能因为官大一级就毫无顾忌地去批评下属。

岳然已经快要哭出来了，唯唯诺诺地说道："我知道了，我回去改成宁佳佳的名字。"

海伦淡淡一笑："我希望你是真的明白自己错在哪里了。这并不是填上谁的名字的问题。其实，我理解你，我也是从普通员工一步步做起来的。职位的升迁代表着身份的转换，你不能再用员工的心态去思考问题，也不能和她们再亲密无间，更不能还站在她们的高度去处理事情。你要记住，你是管理她们的人，理应站在更高的位置，不求别人全夸你好，但求把工作做对不出错。那么你就该好好想想，怎样才能不出错？我一直认为，把合适的员工放到合适的岗位，也是让你的工作不出错的一个基础。就比如你，比如 Ada。你也不用太难过，这是你必要经历的成长，回去好好想想吧。"

岳然先回到办公室重新在接待单上填了宁佳佳的名字，但觉得还是应该和她谈一谈。于是，交了接待单，回到宿舍楼，先敲了宁佳佳的房门。

罗菲开的门，一看到岳然便小声说："还在里面赌气呢，快来。"

岳然连忙进了屋，递过去一盒在咖啡厅买的蛋糕："还生我的气吗？其实，我只是不想你因为别的耽误工作，或是因为什么，被别人笑话，毕竟惦记张先生的人不少。"

"是那个 Aff？她也配？"宁佳佳嗤笑着接过蛋糕盒："其实，然然，我知道你的意思，但我还不会蠢到把工作和感情混在一起的地步，他来，就是客人，我在，只是贴身管家，这个分寸，我是懂的。而且，上次他那么急着表白，不就是怕我黏上他吗？我也想明白了，我退一步没什么不好，这样也许他就看到我的好了呢？你说是不是？"

岳然愣在那里，说不出反驳的话，宁佳佳来 BYT 的目的就是嫁个有钱人，不管是在曼谷、普吉岛还是这里，她的心意一直没动摇过。一年不到，算是有过两段情感了，也没见她因此耽误了工作，遭到投诉，反倒是多了两个香奈儿的包，N 瓶香水。算了，这些属于别人的隐私，她真的管不了，作为朋友，她提醒过了，作为上司，她盯紧些便是了。

吉隆坡的夜晚，光怪陆离，亚太酒店业的盛会——年度颁奖正在进行，白玲珑一袭剪裁得体的白色洋装，将她的高挑的身材完美地勾勒出来，在一众小黑裙中尤为显眼。

谢梵羽和 Tony 走进来的时候，白玲珑刚从侍者的托盘里取了一杯香槟，看到他们进来，便又端起一杯红酒，径直走到谢梵羽身前："梵羽，好久不见。"

谢梵羽淡淡一笑，接过红酒杯："上次米娅的生日会你没来，她确实挺难过。"说完，眼神扫到白玲珑手中的香槟，目光一闪，莫名就想起了岳然喝香槟过敏的样子，有些紧张，也有些好笑。

白玲珑一直注视着谢梵羽的双眼，聪明如她，她早已发现他的眼里没有她，竟是越过了自己在想别人，没有比这个更让她难过的了。但表面上，她依旧维持着笑意："颁奖过后，我想和你喝几杯，谈谈斐济的项目如何？在那里，我们 HLS 一口吃不下，你们 BYT 也是。"

谢梵羽抱歉地说："我定了晚上 11 点飞马累的机票，我们可以下周在曼谷谈。"

"你几乎每个月都要飞过去，BYT 岛的项目让你这么不放心吗？还是……"

"新开业的项目自然过去的勤些，等那里一切都步入正轨，便可以专心开始新的项目了。"谢梵羽潜意识里有些不想和白玲珑谈公事，毕竟她在 BYT

工作5年，对BYT十分了解，甚至时至今日，公司里仍有她的人，不可不防。

"那你去忙吧，我们曼谷约。"白玲珑转身离开。

颁奖晚宴上，BYT是今年的赢家，拿到了金钥匙奖，马尔代夫的BYT岛更是得到了设计大奖，谢梵羽本人也得到了最佳经理人奖。

将奖状和奖杯交给Tony，谢梵羽准备离开会场，这时，亚太旅游协会的会长戴森和白玲珑再次走到他的面前，白玲珑依旧给他端了杯红酒。谢梵羽无法推脱，接过红酒和戴森碰杯，聊了几句，将杯中酒一饮而尽，就想离开。

可偏偏前来恭喜的人很多，一时脱不开身，又喝了几杯酒，谢梵羽就觉得有些不对了，腹中一阵阵的绞痛袭来，他努力坚持着，在人群中找到Tony："快带我离开，我很不舒服。"

Tony吓了一跳，连忙扶住谢梵羽往外走。

白玲珑看到了，快步走过来问："梵羽怎么了？脸色白得像纸。"

"总经理有些不舒服，我们先走了。"Tony有些吃力地说着，这时的谢梵羽整个人的重量都压在了他的身上。

"我叫人帮你吧。"白玲珑说着，向自己的助理招了招手……

谢梵羽醒来的时候，便看见一个毛茸茸的头顶在他的被子上趴着，他露出淡淡的笑意，伸手过去："岳然？怎么是你？"

白玲珑抬起头来，掩饰着心中的不快，激动地说："梵羽，你终于醒了，你竟然被人下毒了。"

07 不是冤家不聚首

谢梵羽的笑容瞬间消失了，略带尴尬地看着白玲珑，他潜意识里真的希望醒来的第一眼能看到的是岳然，可现在是白玲珑。作为一个成年人，他不是不知道该以什么样的心态来面对岳然和白玲珑之间的事，虽然相似，但他可以感觉到她们是两个完全不同的人，又不由自主地把对白玲珑的感觉代入到岳然的身上，他是喜欢岳然的。可是到底他是喜欢白玲珑，还是喜欢岳然？他不知道，或许现在的他也不想知道，他不想否认喜欢过白玲珑，更不想否认现在喜欢岳然。

"梵羽！接下来你要怎么做？至少要把事情调查清楚吧？"白玲珑的话把谢梵羽拉回现实。

但谢梵羽还无法马上接受这个突如其来的消息——他被人下毒了？

在吉隆坡这个他并不常来的地方，还能有这样的事情发生？有什么东西在脑中一闪而过，他没来得及抓住。

白玲珑泪眼蒙眬地说："你好好想想，得罪过什么人吗？"

"不行，玲珑，这件事不能张扬，更不能大张旗鼓地去查，对我不利，对BYT不利，对你也不利。谢谢你照顾我一晚上，回去休息吧，你这样做，很快我就真的要得罪谁了。"

听到谢梵羽故意说的笑话，白玲珑只好勉强配合地笑了下："洪家才不会在意我，你不用为我担心。还是赶紧处理你的事情吧。"

"我能得罪谁？"谢梵羽淡淡地笑了，"我才获个奖而已，就被下了毒，显然这是冲着BYT来的，所以这件事也不必张扬，反正给我下毒的人近期也查不出来。玲珑，拜托了，我自己回去查，我会小心的！另外，Tony还在吗？麻烦帮我叫他进来。"

白玲珑看着他淡淡的笑容，心如刀绞，他的疏离和冷漠都让她感到难过。她缓缓地站了起来，轻轻地说："你多保重。"说完便走了出去。

Tony很快就进来了，谢梵羽说："昨晚的事，一定要压下来，就说我劳累过度即可。另外，把去BYT岛的计划往后挪一周，我下周再过去。"

"总经理，这件事我觉得很蹊跷。"Tony有些郁闷。

"是的，我也觉得蹊跷。"谢梵羽叹了口气，继续说道，"但又能怎样？我们还是按以前的规矩来吧，但凡有白玲珑出席的场合，我都回避。"

"您是说她……"Tony颇为惊讶。

谢梵羽打断了他的想象："八字不合吧，碰到她就会倒霉。"

原来是这个解释，Tony松了口气。先把机票改签，然后通知了各个酒店的负责人。

中午时分，谢梵羽便登上了回曼谷的航班。

岳然还在反复修改着自己的发言稿，作为基层管理者，她其实还有很多不明白的地方。当新员工的时候，都有老员工像师傅一样的带领，而做了主管，便没人带了，全靠自己体会和领悟。要不是经历了让谁接待张嘉栋的事件，她也没觉得主管和员工有什么不同。经历了之后才有了体会，岳然休息的时候开始阅读酒店管理方面的书籍。虽然在学校里学的就是酒店管理专业，但理论和实际操作，差距不是一星半点，抑或是在学的时候只当是考试科目，光顾着死记硬背了，有些内容根本没理解，而且考完试之后就忘了。现在再重新读专业书籍，领悟自是不同的。

这时海伦走了进来："会议推迟一周，你还有时间做准备。"

"哦。"岳然还很高兴，能再好好梳理一周，但想了想又觉得奇怪，"怎么推迟了一周？总经理这周不过来了吗？"

"是的，总助说，总经理昨晚参加了亚太酒店的年度表彰大会后就身体不适，应该是劳累过度吧。"海伦叹了口气，"整个BYT，最累的就是总经理。9家BYT旗下的度假酒店都要他一力承担，全年无休，铁打的人也受不了。所以，有时想，做个小经理也没有什么不好。"

说完，海伦就出去了，而岳然则是被谢梵羽病倒了的消息吓到了，上次从海上救援张嘉栋回来后，她就没见到过谢梵羽。原以为很快就能见到他了，没想到他竟然病了，病得一定是挺严重的，才会放下工作吧。

越想就越担心，岳然拿起手机，又放下了，她打电话过去好像不合适，可是不问候一句，又不能心安，算了，还是发个短信问候一下吧。

把信息发送出去后，岳然又有些后悔了，作为一个小员工，这样问候总经理合适吗？

正郁闷短信不能像微信那样撤回时，谢梵羽的回复就收到了："已无事，勿担心，谢谢。你还好吗？"

岳然真没想到谢梵羽会这么快回信息，看着短短几个字，已经让她放心了，可是他问她还好吗？要不要回？

想了想，岳然觉得不回没有礼貌，于是回复："还好！期待您下周过来。"

发送完，这回是真的后悔了，期待啥啊？这么说话太奇怪了。岳然觉得脸有些发烫。

"好，下周见。"谢梵羽依旧很快就回复了。

岳然的心跳得不太正常，好吧，就这样吧。

将手机放回衣兜里，岳然又开始了一天的忙碌。她先去检查了今天要接待到店 VIP 客人的准备情况，核实各项对接情况，路过大堂的时候，却看见一个客人竟然伸手打了前台员工一巴掌，再仔细一看，挨打的员工竟然是苏珊，岳然连忙走了过去。

只见这位打人的女士依旧趾高气扬地指责着："别以为我不知道你们的那点儿小心思，我根本就没在房间里吸烟，怎么可能把沙发烫出破洞？是上一个客人你们没抓住，现在就想讹我，门儿都没有。"

听到她说话的声音，岳然莫名觉得耳熟，再走近一看，倒吸了一口冷气，竟然是上次谎称钻戒丢失的 Thai 小姐，她不是已经成了 BYT 拒绝接待的黑名单上的客人了吗？怎么又会出现在这里？

08 是可忍孰不可忍

正值中午，是退房的高峰期，大堂里有不少客人。

苏珊明显被打蒙了，愣在那里，直到脸上火辣辣的痛感传过来，才下意识地捂住了脸。

岳然看到苏珊脸上的巴掌印一阵心疼，她快步走过去："Thai 小姐，先不论是不是您弄坏了客房中的沙发，苏小姐只是和您核对一下情况，是与不是，您解释清楚就好，动手打人就不对了，我请您向苏小姐道歉！"

Thai 小姐冷笑道："哎哟，你们还都过来了啊？那又怎样？还让我道歉，门儿都没有。我告诉你，BYT 算什么？敢拒绝我预订入住？别以为我非住你们 BYT 酒店不可，是你们先让我丢了面子，那你们就别想好过。"

岳然虽然很生气，但脑子里也飞快地梳理了一下，看来 Thai 小姐在"曼谷事件"之后又订过房，但被拒绝了，或者是带着朋友去前台直接入住被拒绝过，所以很生气，这次就是来故意找碴的。可是 BYT 的电脑系统里应该是把她列入黑名单的，她是怎么住进来的？很有可能是以别人的名义。

想到这里，岳然看向柜台里的苏珊："查一下这间房是用谁的名字登记入住的？"

Thai 小姐脸色变了："你什么意思？"

您是我们 BYT 不受欢迎的人，岳然腹诽着，但还是冷笑了一下说："请您跟我到旁边的茶室如何？否则最后可能难堪的不是我们。"

"你……威胁我？"Thai 小姐已经气得浑身发抖了。

苏珊说："登记的是另一位 Thai 小姐，应该是 Thai 小姐的妹妹。"

"您的妹妹来了吗？还是您冒用别人的护照登记入住？"岳然有了些底气。

Thai 小姐一拍前台的大理石台子，正要发飙，忽然大堂里又走进来一拨人，Thai 小姐瞬间犹如惊弓之鸟，一下扯过岳然挡住自己。

这是什么情况？岳然蒙了。那一行人中，为首的是个女人，气场强大，犹如女王驾临，给人的感觉更是杀气腾腾，该不是来抓小三的吧？

岳然感受到身后的女人在发抖，不管怎样，在客人这么多的大堂里闹成什么样都不会好看，她转身就遮掩着把 Thai 小姐往旁边带。

Thai 小姐看向岳然的目光是感激的，岳然并不稀罕这份感激，却从心底有些鄙夷和怜悯这样的人。

可是，她们刚走了几步，那个女人就快步走了上来，一把推开岳然，揪住 Thai 小姐的头发，一个耳光扇过去，岳然被推得摔倒在地，也顾不得疼，连忙站起来，总之不能让她们在人来人往的大堂里闹啊。

可 Thai 小姐站那里怯怯地说："妈！"

岳然差点儿晕倒，这到底是怎么回事？

那个女人的眼神冷冷地扫过来："跟我回去，别在这里惹事丢人。"说完，招呼了下身后的人，就把 Thai 小姐架走了。

而那个女人气势汹汹地走到岳然面前，扫了一眼她胸前的名牌，连冷笑都省了："我的女儿，我来管教，还轮不到你来说教。"说着将一张支票甩到岳然的脸上："我们 Thai 家不能丢这个面子，损坏你们的沙发是不对，但莫名被拉进黑名单可不行，这个是白金会员的费用！我要是再听说 Thai 家的人入住时被拒绝，可就没这么好说话了。"

说完，那个女人扬长而去，真是有什么样的妈就有什么样的闺女，岳然气得直发抖，将飘落在地上的支票捡了起来，就想追过去，却被人一把拉住了胳膊。

岳然扭头，看到的竟是David，这比被羞辱还恐怖好吗？接待单上根本就没出现这尊大佛，他是怎么来的？

"你招惹她先生了？"David显然误会了。

"才没有！"岳然本来就被气得不轻，再遇到这个更强势的母亲，真是够了，懒得和他解释，仍旧想冲过去。

David却拉着岳然不放手："不嫌丢人？"

"丢什么人啊？"岳然愤怒地把刚才的事讲述了一遍，甩开David想去追，可是已经晚了，她们都已经坐上电瓶车去码头了。

窝了满肚子火的岳然，走回前台，苏珊没在，应该是去了办公室，岳然便去了前台的办公室，苏珊正在被前台主管训："她既然是黑名单上的客人，难道你不知道很难缠？说话还那么不注意，你被打这一下会造成别的客人的误解，以为我们BYT很不专业。"

岳然的火有点儿压不住了，今天遇到的都是什么事啊？上前一步打断了前台主管耶娜的话："你是不是应该先查一下是谁给Thai小姐办入住的，拿着别人的护照也能入住？"

"关你什么事？"耶娜对岳然也是毫不客气："有大堂经理在，自然会处理这些问题，你冲上来算什么？简直莫名其妙。请问你解决问题了吗？你们中国人就是这样做事的吗？"

"请你就事论事好吗？扯什么其他的，请问我追究事情的源头有什么不对？如果不是别的员工没有核查证件就把人放了进来，怎么会有刚才的事情发生？"岳然索性收起了平日的温和友善，这明摆着是对他们几个来自中国的员工有意见啊。

耶娜被噎得够呛，苏珊也是受够了委屈，不想再隐忍："办理登记的电脑号就是耶娜你！"

"哈，怪不得这样呢，原来是想推卸责任。"岳然忍不住了。

耶娜冷笑一声，转身就走。办公室里就剩下了苏珊和岳然。

岳然走过去，看着苏珊微肿的脸："我去找些冰块来，先冰敷一下吧。"

苏珊点了点头说："谢谢你！岳然，只是今天你不该做这些，会对你不利。"

"没事儿，别担心我了，就算我有些冲动，但我并没做错什么。"

"谁说你没做错什么？"海伦走了进来，"该由你接待的 VIP 客人——David 都已经来了，你还在这里充当侠女？还说没做？"

岳然一愣，David 来得很突然，她并没有收到接待单，看海伦的意思，接待单是早就下过的，这里一定有什么问题。

但现在想也没有用了，她连忙低下头："我马上出去送 David 去房间。"

海伦倒是比较给面子的，没再继续说下去。

岳然来到大堂，大堂里的人依旧不少，David 倒是挺低调地站在一边，冲她招了招手。调整好情绪，她冲着 David 走过去："你好，David，刚才……"

"对不起，是我误会你了。"David 倒是一改以往的挑剔，还主动认了错。

陆昊这时把房间钥匙送了过来，岳然带着 David 坐上电瓶车前往别墅区。

"要不要我帮你？"David 忽然问。

"帮什么？"

"Thai！"David 提醒着。

岳然摇摇头没说话，David 笑了笑，也没继续往下说。

"彭阳怎么没来？"岳然打破了沉默。

"不是要过春节了？我当然要给他放假。"David 说得理所当然。

岳然满脑子心事，有点儿提不起兴致再找聊天话题，将 David 送到别墅后，先是给 David 放好了洗澡水，在 David 洗澡时，赶紧又检查了一遍房间，还好，没有其他问题。可是接待单又是怎么回事？想不通就只能给宁佳佳和陆昊发了微信，陆昊回得很快：昨天下的接待单，当时你在查房，海伦让 Aff 给你送过去的。

过了一会儿，宁佳佳也回了信："David 也来了？不知道啊！"

岳然放下手机，手却在发抖。

09 明争暗斗

浴室方向传来了 David 的脚步声，看来是他洗完澡了，岳然深呼吸了几次，才把胸中的那口怨气压下去。不管有多大的委屈和郁闷，工作是不容懈怠的。调整好情绪，岳然走了出来。

David 发现她的制服和上次不同了，挑了挑眉说："升职了？"

"是，托您的福，让我领悟了很多，也进步了很多。"岳然笑着说。

David 正在喝水，"噗"的一下把水喷了出来："嗯，好吧，自己得了理，非让别人道歉是我的作风。"

岳然很想翻个白眼，说话不要这么毒舌好不好？但也只能说："那 Mr. David，您遇到这样的情况会如何处理？"

David 摩挲着自己的下巴，认真地看着岳然："真要问我？"

"嗯。"

"那我得好好想想。"David 坐了下来，"我觉得呢，我逼着人道歉没有什么用啊，可你不行，小管家，而且你都发现入住登记的不是她本人了，报警啊，先把她关进去几天再说。"

岳然叹了口气，转身去厨房做冰茶："要是那样，我就不用在 BYT 工作了。"

"不在也没关系，我的公司可以给你个前台的职位，别小看前台，Google 的……"

"可是您说过，我根本待不了 3 天。"岳然真的翻白眼了，好在是背对着他，怎么听 David 的话都感觉他是在幸灾乐祸。

"好吧，不逗你了。"David 收敛了笑容，认真地说，"如果是我，有三个步骤吧，第一，逼她道歉时，言语再激烈些，逼她动手，然后报警，再加上假身份入住，罪加一等。第二，把黑名单等级提升，也就是通报整个亚太酒店协会。第三，将监控录像调出来，给她们 Thai 氏集团的对手即可。"

"不用这样吧？"岳然转身惊讶地看着 David，"这不是把人往死里整？"

"你不击倒她，她的地位比你高很多，她反手就可以置你于死地。"David 的眼中闪过一丝阴冷。

岳然不敢往下接了，毕竟 David 是在血雨腥风的商场上历练的，心狠是自然的。她端着冰茶走过来，递给 David。

David 接过冰茶，挑眉看着岳然："我的提议还是有效的，你要真的在 BYT 待不下去了，来我这里——做前台。"

岳然摇头道："我是不会因为这个就退缩的。"

"嗯，也对！" David 耸了耸肩，打开文件看了起来。

和 David 聊过后，岳然的心情还是好了很多。在接待客人的时候，她知道以诚相待，可是对下属，光以诚相待还是不够的。

岳然向 David 请了一个小时的假，说是要回去说明事情的经过，David 准了。回到办公室，她便看到了告示牌上 David 的接待单，再去看交班日志，也补上了这一条。她完全处于被动，那就不要揭开了，否则只能自讨没趣。

坐下来，摊开纸，岳然将刚才与 Thai 小姐发生争执的经过写了出来，去找海伦。

海伦看到她来了不动声色，看不出态度如何，岳然只好把写好的经过交了上去，海伦看完说："先去好好完成你的工作，接待 David 吧，这件事，前台那边要负主要责任的。你说，你为什么非要强出头？本来和咱们管家部没有半点关系。"

"可！可我们都是 BYT 员工啊，就算当时不是我的朋友苏珊被打，而是别人，我也会去帮忙的。而且，因为当时大堂经理去吃午饭了不在场，其他员工就在旁边看笑话吗？我绝对不会这样，被打的人有多委屈，有多需要有人站在她的身边，让她感受到 BYT 的保护啊，所以，我不可能置之不理。"

"你说得也未免太冠冕堂皇了，你管了又怎样？只会给管家部带来麻烦，也对事情的解决没有任何帮助。而且，你凭什么觉得前台的员工处理不了，你哪儿来的自信，只有你才行？你不觉得自己有些太飘飘然了吗？"海伦也忍不住发了脾气，她管理的是管家部，当然就希望管家部妥当。

岳然一时找不到更好的反驳之词。这时客务总监 Lucas 敲门走了进来，拍了拍岳然的肩膀："你做得很好，苏珊也做得很好，耶娜应该承担此事的全部责任。"

虽然 Lucas 的风评不太好，但这件事处理得很公平，耶娜被降了职，去了商务中心，苏珊成为前台主管，海伦当然没有再找岳然的麻烦。但岳然和苏珊都有点儿担心，是不是罗菲又去找的 Lucas，可是又问不出口。

还在纠结的时候，张嘉栋已经又来了，宁佳佳高兴地去码头迎接他，一如既往的热情、细致。

张嘉栋从电瓶车上下来的时候，看到 David 和岳然在海边散步，于是走过去打招呼："David？你不是说不来了吗？怎么比我到得还早？"

"又想来了，而且，听说你要追我的小管家，我自然不能袖手旁观。"David 笑得不怀好意。

岳然听到了，郁闷地扫了一眼这两个老大不小的男人，拿她开玩笑也太过分了些。宁佳佳听了，心里不免难过，但这又怎样？她会努力的，所以她的脸上依旧保持着笑意，只是岳然看得出来她心中的苦涩。

回到别墅，David 说："明天我和张嘉栋出海，你要随行吗？"

"不好意思，Mr. David，我们管理层明天有会议，要总结经验，交流学习，所以我不能去。而且，张先生还要出海？"岳然有些惊讶。

"大男人怎么会被风浪击倒？"David 说着，"你不去也好，万一出点事，谁来救我啊？"

岳然无语，等 David 去健身的时候，她打开自己的发言稿，想了想，还是把"部门之间应该更团结合作，而不是自扫门前雪"这句话给删了。以她的身份在会议上提出来，只会招来更多的非议吧？

越想越心烦，岳然去了海边，今天的海风很轻柔，海浪也很平缓。晴天下，大海如琉璃般透彻的蓝，一眼可以望到底。

其实如果能够出海，也是件好事，来了这么久，除了救援那次，她都没出过海呢。而救援那次的风浪，真是没有留下一点儿好的回忆。嗯，也不能这么说，好的回忆还是有的，比如——谢梵羽。

正想着，一架水上飞机就降落在了码头，谢梵羽走了出来。

10　好大的误会

岳然看到谢梵羽的刹那，不自觉地笑了，仔细一看，他果然清瘦了些，但随即想到自己发的问候短信，岳然的脸就红了。

就在她纠结的时候，谢梵羽已经走了过来："要亲自确认我没事吗？"

天啊！他不要这么自我感觉良好，岳然看了一眼谢梵羽，挠了挠头："没有啊，就是有些心烦，来吹吹海风。"

谢梵羽笑了，他只是想逗逗她，没想到她这么打击他。不过也好，要是她说是，他还真不知道该怎么接这个话了，毕竟不谈恋爱已经好几年，恋爱功能已经退化了。

"升职了吗？"谢梵羽刚看到她的时候就发现她的制服换了，"那是不是在烦恼因为职位变化而发生的事情？"

"对啊！"岳然点头。

"说来听听！"

"不行，那岂不是成了打小报告？"岳然摇头。

"你已经工作快一年了，还有这种学生思维吗？难怪你会有很多困惑。"谢梵羽严肃起来。

岳然细想谢梵羽的话，确实在理，是她自己没有调整好。之前苏珊也提醒过她的，她却没在意，没有提前做好准备，就会出现这样的情况。

看到岳然紧绷的小脸和认真思考的样子，和当年的白玲珑如出一辙。有了这个认知，谢梵羽莫名烦躁起来，她也会变成白玲珑那样的人吗？他的手下意识地握紧了。但他很快否定了自己这个答案，岳然和白玲珑是不一样的，她没有白玲珑的心机，也没有白玲珑的野心。可是现在没有，以后呢？他忽然有种被打击到的感觉。

原本，谢梵羽这次来，都想和岳然交往一下试试看了，毕竟他也30岁了，到了应该结婚的年纪，而且，曾经他以为已经沉睡了的心，在接触岳然后，又变得蠢蠢欲动起来，他想再次给自己一个机会，可是此刻他又退缩了。这个退缩的感觉让他很难过，甚至有些窒息，他捂住胸口转身便走。

"总经理，你不舒服了吗？"岳然很担心，走过去扶住他。

谢梵羽本想抽出胳膊，却感觉很无力，抑或是贪恋。他有些心不在焉，也有些无力抵抗，又不想让别人看到自己脆弱的样子，停住了脚步，淡淡地说："我还好，你先回去工作吧，我一个人静静。"

岳然点了点头，松开谢梵羽的胳膊，慢慢走开。一路上都在想，总经理不是得了不治之症吧？怎么清瘦了不说，还一副很痛苦的样子？

想想还是不放心，岳然又走了回来，站在谢梵羽面前："张嘉栋张先生也来了，还预订了明天要出海，他说没有什么风浪能将男人击倒，总经理，你觉得他说的对吗？"

谢梵羽凝视着明明很担心，却在努力说着鼓励话语的岳然，豁然开朗，他点了点头："他说得对。"

正在和David谈公事的张嘉栋打了个喷嚏，正在厨房切水果的宁佳佳听到了，连忙煮了姜丝红糖水过来："您旅途劳累，空调又比较强劲，可能是着凉了，请用些姜茶。"

张嘉栋接了过来："谢谢。"

David也接过来宁佳佳递过来的冰茶，道了谢便对张嘉栋说："你的小管家也不错，别惦记我的了。"

张嘉栋脸色一变，David耸了耸肩，宁佳佳倒是落落大方地说："Mr. David，不要总拿我们管家来取笑，为顾客提供最贴心的服务是应该的，没想着要其他方面的回报。毕竟，身份问题摆在那里。虽然一开始，我也会憧憬，尤其是上次和张先生一起出海，他护我周全，自己却受了内伤。我恨不得以身相许，却被张先生点醒了，所以再不会有什么非分之想，所以也请您别再拿我们开玩笑。"

"还真是牙尖嘴利啊。"David有点不高兴，但也不屑和宁佳佳争吵，索性站起身来，"好吧，我不再说就是了，我要去找我的小管家了，今晚的牛排很值得期待，你——不许来。"

对着张嘉栋警告过后，David扬长而去，宁佳佳把空杯子拿去厨房清洗。

张嘉栋也跟了进来："佳佳，拒绝你并非是什么门第观念，而是我更喜欢安静温婉的女人，你漂亮得太有侵略性。"

宁佳佳貌似平静地刷着杯子，然后再拿出干净的口布一边擦干水迹，一边说："漂亮是我的错喽！"说着爽朗地笑了，"没事啦，张先生，我就是个暴脾气，事后想了想，也是我自作多情。但是您知道，哪个女人都会对救命恩人动心的，但也不能因此就纠缠不清啊！"

张嘉栋听罢笑了，这样爽朗又漂亮的女孩子确实难得，只是可惜不是自己的菜。让他张嘉栋左拥右抱，不拒绝每个扑上来的女人，他还做不到，他有洁癖，精神洁癖。

宁佳佳看到他笑了，于是接着说："不过也想麻烦您一件事，就是别再拿岳然做挡箭牌。她有爱的人，这样很容易让别人误会她的。她可是我的好朋友。"

"是吗？"张嘉栋的笑容有些收敛，淡淡地说，"年轻真好。"

宁佳佳继续擦着杯子，微笑也一直挂在脸上，心里有种说不清的情绪，她安慰着自己，这个不叫递小话，岳然和总经理就是挺好的，就算不和总经理好，岳然也绝对不适合张嘉栋这种豪门，她的心机根本不够。

偷眼去看已经回到客厅的张嘉栋，他已经打开电脑，开始处理公事了，也没见有多伤感，看来还真就是做戏给自己看呢。宁佳佳松了口气，以她对男人的了解，你越拒绝，他就越上心，摆明了有爱的人，他就越想参与竞争。但看张嘉栋，完全没有什么感觉，和David也只是调侃而已。

还是有机会的，加油！宁佳佳这样鼓励着自己，只是她并不知道，张嘉栋打开的电脑资料是岳然的档案！

11 再表白

次日清晨，因为第一次参加基层管理者的会议，岳然有些激动，很早就醒来了。

一看表不还不到5点，既然睡不着，岳然索性起床，开始准备David的出海装备。

有过上次的接待经验，岳然再不会提前按照昨日约定好的餐食做准备了。虽然不排除David太善变的因素，但每天都是新的一天，想法和状态都是会有变化的这一点，她还是认同的。

其实昨晚都整理过一次了，但餐食还是当天早上准备比较好。

岳然愉快地从冰箱里拿出食材，做好几个三明治、沙拉和寿司卷等放入手提冰箱中。

别墅厨房的窗子是面向大海的，当岳然做好准备时，正是太阳跃出海平面之时。

BYT 岛的日出是格外壮观的，岳然在刚登上小岛的时候就知道了，但今天看来，更觉得壮美。因为云层的层次非常丰富，在霞光的映衬下美得无法形容。可岳然有些担忧，云层这么厚，不会又有风暴吧？

其实马尔代夫的气候分为旱季和雨季，雨季是在 5 月份之后，但去年圣诞节后的那一场风暴也算是一个提醒，并不是旱季就没有暴风雨。

正想着，David 也来到了厨房，正要发通起床气就看到了窗外美丽的日出，心情顿时好了很多，只是咳嗽了一声，表示自己来了。

岳然转头，一脸的担忧："云层有些厚呢，要不要再看看天气预报？"

"你以为张嘉栋是风神啊？每次出海都引起风暴？"David 不置可否，但心里还是觉得莫名欢喜，至少有人在关心着他。

"您早餐想吃什么？"岳然懒得和他纠结，David 这次来，似乎心情不错，比上次好说话很多，但这可能是假象，岳然可不敢轻敌。

David 说："阳春面好了，一会儿要出海。这不是你昨天建议的？"

就知道不能掉以轻心，岳然呵呵一笑："再确认一下总是好的。"说完就开始忙碌了起来。

David 耸了耸肩，逗小管家还真是越来越有趣了，小管家的段位也有所提升，但愿她能一直如此。

隔壁别墅的宁佳佳也站在窗前一边看着日出，一边热着牛奶，准备一会儿泡上坚果麦片给张嘉栋。

因为云层较厚，宁佳佳也有着岳然的担忧，毕竟上次的经历再不想来第二次。于是打了电话给调度室询问天气预报，并咨询了有经验的船老大，船老大说无事，她也就放心了不少。

不一会儿，张嘉栋也起床了，宁佳佳先端了一杯温水过来，和他说了自己的担心以及船老大肯定的回复。

张嘉栋点了点头："谢谢！今天真的不跟我们一起出海吗？"

宁佳佳连忙摆手："我可和您没法比，我现在都不敢往海边站呢。"

看到美人变了脸色，张嘉栋爽朗地笑起来："也是，其实我也不是没有心理阴影的，但总要克服的不是吗？否则就成了软肋和弱点。"

"我还是再等等吧。一听到稍微大些的海浪声，我还腿软呢。"宁佳佳露出娇憨的笑容，转身去端早餐。

张嘉栋喝了一杯温水，看向初升的太阳，不管后果如何，他都从不后悔亦不回头。

岳然送走了 David 和张嘉栋，便拿上自己的发言稿先去找苏珊。

基层管理者的会议是在大会议室开的，整个 BYT 岛的员工有 400 人左右，基层管理者占了 1/7。

因为 BYT 岛是 BYT 的新项目，大多数员工是新招聘的，只有高级管理层是其他项目派来的经理，不少主管级的都是工作了一段时间新提拔的，所以这个交流会就显得格外重要。

在会上，岳然认真地做着笔记，越听越觉收获巨大，她也终于有些明白基层管理者是需要做好准备和具备更高职业素养的。

上午会议结束后和苏珊一起吃午饭的时候，岳然都在滔滔不绝地说："我觉得客房部的 Aya 说得特别好，解开了我这些日子以来的疑惑。"

"嗯，Aya 说得是不错，但我觉得沟通能力还只是最基本的要求，如果做不好沟通，根本就不会得到下属的认同呢。"苏珊继续说，"给我启发更大的是采购部经理的话，他说的培训能力是我之前没想到的，否则什么都亲力亲为，那可真是太累了，而且团队也不会进步。"

"好吧，我还是挺有差距的。"岳然并不觉得认清自己的劣势会有挫败感，反而充满了斗志。

下午又继续开会，岳然也发了言，回到别墅的时候，已经是下午 6 点了。按出海计划，David 和张嘉栋该回来了，她放下笔记本便去了码头接他们。

刚到码头，岳然就看见他们的快艇靠岸了，接着竟看见两人抬着一条大鱼走上了浮桥，那条鱼应该有一米多长，大大的头，感觉很沉的样子，而这俩人抬着大鱼的动作，令她不由得笑出声来。

码头的工作人员上前想要帮助，结果这两个男人还拒绝了，亲自将大鱼抬上了岸，扔在岳然面前的沙滩上，岳然觉得这条鱼有点儿丑，撇了撇嘴。

David 不满地说："它很好吃的，你知道它叫什么吗？"

"鱼！"岳然对海洋中的鱼类了解不多，实在没办法很专业地回答这个问题。

"拍照然后上网查啊！我也不知道，但船老大说这条鱼很好吃哦。"

好吧，总算也有David不知道的东西了，岳然听话地拍了照，用百度搜索了一下："应该是海鸡母笛鲷哦，这名字真是够怪的。"

张嘉栋笑着说："我更关心它怎么吃。"

"我再查一下。"岳然认真地查起来。

大鱼被送去了餐厅，后厨分割开来，再拿回别墅的时候，已经都切好了段。岳然查到可以香煎或是烧烤，又想起曾经最喜欢吃的妈妈做的熏鱼，于是和宁佳佳做了分工，她做熏鱼，宁佳佳做香煎。

两人兴致勃勃地施展着厨艺，David和张嘉栋冲过凉后就在别墅的吊椅上坐着欣赏夕阳下的海景。

当鲷鱼大餐端上来的时候，David和张嘉栋早就饿了，迫不及待地开始享用晚餐。他俩都很喜欢吃熏鱼，各种赞美溢于言表，宁佳佳脸上的笑容有些挂不住了，岳然也有些受不住，于是说："不就是熏鱼吗？你们俩吃过那么多山珍海味，太夸张了。"

"能拴住男人的胃就能拴住男人的心，这话应该是得到验证的，所以……"张嘉栋抢过最后一块熏鱼，特别郑重其事地说，"岳然，我要追求你！希望能得到你的同意。"

12 魔高一尺道高一丈

岳然无奈地摇摇头："张先生，您这是撑着了吧？"

David "噗"的一口喷了出来，笑得前仰后合。张嘉栋倒是不以为意："我是认真的！"

岳然无语了，转身进了别墅，宁佳佳有些暗自惊讶岳然对待张嘉栋的态度，更吃惊的是张嘉栋被怼了还很开心。难道这就是所谓的恶人自有恶人磨？一味地装乖讨好，表现完美，却抵不过这样的不在意，看来自己的策略错得离谱啊！！！

David催着张嘉栋："行了啊，你赶紧回你的房间去，别再招惹我的人。"

张嘉栋和宁佳佳离开了，David 继续坐着，仰望星空，眼神却变得冰冷。

终于把厨房收拾好的岳然只是觉得被人开玩笑有些不开心，却也并没有把张嘉栋的话放在心上。

David 睡下后，岳然收到了微信，说是大年三十，总经理让餐厅专门给中国来的员工准备了饺子。

微信群里一下就沸腾了，大家纷纷感谢着总经理，岳然也很开心，要不还真有点儿小失落了呢。

岳然和宁佳佳来到餐厅的时候，别人都到齐了，桌子上摆着 6 盘热气腾腾的饺子，显然是在等着她俩。苏珊招呼着她们去她旁边的空座，岳然快步走了过去，却被宁佳佳抢先坐在了苏珊旁边，岳然只好挨着段剑坐了，坐下来才发现，正对着的就是谢梵羽。她冲谢梵羽笑了笑，谢梵羽对她点了点头，便举起身前装满果汁的杯子："祝大家春节快乐，我知道这是你们最注重的阖家团圆的日子，但你们远离祖国，远离亲人，希望我能成为你们的亲人。干杯！"

宁佳佳举杯的同时，抬起胳膊怼了下岳然，挤眉弄眼地看着岳然，岳然瞪了她一眼，举起杯喝了一大口。

"今夜怎么能没有酒呢？"宁佳佳不满地道，"总经理，怎么也得一人一杯，意思意思吧。"

谢梵羽坚持原则地摇摇头："你们中有些人还在岗位上呢，下次吧。"

宁佳佳无言反驳，只好叹息了一声。

第二杯果汁倒满，谢梵羽又举起了杯："春节有个讲究，过完春节就又长大了一岁，而你们这大半年来，在 BYT 的成长也很快，看来这一岁没有白长，干杯！"

今晚的饺子很好吃，也许是因为添加了思念这味调料，也许因为体会了人间五味，让她们都记住了在 BYT 岛上度过的第一个春节。

岳然没想到的是第二天一早，David 便要结账离开。到码头送 David 离开时，一路上他都板着脸，恢复了上次来时谁都欠他的那般模样，弄得岳然也不敢多说话，只是礼貌地告别并说期待他下次光临。David 头也不回地走了，弄得她有些莫名其妙。

另一边的张嘉栋，则把谢梵羽请到了别墅，跟谢梵羽一边喝着咖啡，一边聊着合作的规划。

"谢总，之前我们签订了在马来西亚投资 BYT 度假村的项目，我回去也做了选址的工作，你说过，想在亚庇或是仙本那。在亚庇呢，我有个私人岛屿还没开发，那个岛屿与这里的环境不相上下，仙本那的情况也差不多，我想邀请谢总和岳然小姐一起过去考察一下。"

听到邀请岳然，谢梵羽貌似不经意地看向张嘉栋，而在厨房插花的宁佳佳被玫瑰花的刺扎到了手。

"岳小姐不是我的救命恩人吗？就想着邀请她也过去看看。"张嘉栋笑得云淡风轻。

可是谢梵羽的心里却是一紧，他在对方的眼里看到了热情，这份热情令他有些烦躁。

又谈了些细节，谢梵羽还要赶飞机，便告辞了。

张嘉栋忽然打电话给助理，订了下午回马来西亚的机票，宁佳佳有些说不出的失落。

送走了张嘉栋，宁佳佳在海边缓缓而行。其实就算经历了海上风暴，她也并未对大海产生过多的畏惧，亦不是她和张嘉栋所说那样，听到海浪声就会腿软。那些不过是博同情，卖萌撒娇而已，但对张嘉栋是没有作用的。那个男人的眼里没有她！

宁佳佳此时在思考，自己是真的对张嘉栋动了心，还是因为想要却得不到的心理在作祟，最后确定是真的动了心。

她拿出手机，发了个朋友圈，屏蔽了酒店员工的分组，想了想后，却特别@ 了谢梵羽，说真是羡慕嫉妒恨某人被富商告白两次，配图则是岳然在夕阳中的剪影照片。

没一会儿，岳然就发来微信："你这是干吗啊？快删了啊，你看看评论区，都快被同学们问炸了。"

宁佳佳笑着把手机关了机，便去游泳了。

岳然看半天没有回复，而且朋友圈依旧存在，有点儿不太开心。

好不容易等到宁佳佳回来，岳然便说："你快删了吧，我都要被烦死了。还有，你有没有屏蔽咱们酒店的人？"

"当然屏蔽了，这个哪能让她们看到，我是特意屏蔽了的。"宁佳佳忽然拍了下脑袋，"天啊，总经理没列在这个组里，天啊，天啊，我马上删了。"

说着就拿出手机开机，岳然已经郁闷到了极点："你干吗非要发这种东西啊？"

"我羡慕啊！"宁佳佳还是那副德行，手机开机后，删了那条朋友圈。

"你羡慕什么啊？那种拿咱们调侃的话也值得羡慕？我都讨厌死了。"岳然有些生气了。

"岳然，你到底是什么意思？"

岳然有些发蒙的样子，让宁佳佳看得很恼火："你明明很得意，享受得不得了，还在我这里装，你真恶心。"

"你又犯病了吧？"岳然本来就很烦躁，还被宁佳佳一顿抢白，有些忍不住了。

"对！我就是犯病了。张嘉栋可是邀请你和总经理到马来西亚考察去呢，你要真的对总经理有意思，你可得好好想想该怎么做了。"宁佳佳收起笑脸。

岳然皱起眉："你告诉我就是了，没事发朋友圈就有用了？"

"我不是已经删了吗？"宁佳佳也不耐烦了，"我也实话告诉你，我不仅没屏蔽总经理，还故意@了他，我也想看看他对你上不上心。"

"你疯了吧？"

苏珊正好回到宿舍："你俩干吗呢？吵得整栋楼都听得到！"

岳然已经急得快哭了，她不想让谢梵羽知道，真的不想。这时，手机屏幕亮了，是酒店内部号码，她连忙接听。

"集团安排了四名员工到英国学习几个月，总部那边指定了你。"人力资源部专员打电话过来通知着。如此美妙的声音在岳然耳中回响，这是谢梵羽安排的吧？

言情女王携爱再漂流
最新力作

酒店
实习生

（下）

台海出版社

第八章
蔚蓝清晓

蓝色是一片天，明媚清澈，也有阴云满布；

蓝色是一片海，温柔细腻，也有大风大浪；

蓝色是一朵花，娇嫩芬芳，也有花开花落。

01 左右为难

岳然挂电话的时候，还有些难以置信的感觉，宁佳佳邀功地说道："你看，这都是我的功劳。否则到时候，你真的去了马来西亚，才是左右为难。"

岳然有些说不清此时的心情。生气！是因为不想让谢梵羽知道张嘉栋对自己亦真亦假的告白，还被宁佳佳那么随便地说出去。惊喜！是因为恰好被派到英国学习，躲过一劫。彷徨！不敢确定是不是谢梵羽安排的。纠结！如果是的话，她要怎么感谢谢梵羽？是否接受这份对她来说还没有全部准备好，只是有些懵懵懂懂的爱情？

苏珊听到，有些不高兴了，数落着宁佳佳："宁佳佳，你的小心思不要用在这里好不好？也别说得那么好听，你帮岳然试探什么啊？明明就是为了你自己！"

宁佳佳冷笑一声："对，你说得没错，我就是为了我自己，我就是对张嘉栋没死心，我就是忌妒他喜欢岳然，怎么了？错了吗？"

原本还满心纠结的岳然，一看这两人又要吵起来，连忙过来："算了算了，我们走。"

说完拉着苏珊就离开了宁佳佳的宿舍，回到了她俩的宿舍。苏珊还是有些生气，对岳然说："你也长点儿心！别什么都放明面上。你看吧，指不定这次得到培训机会，又会被传成什么样呢！"

"不会吧？"岳然被说得也开始担忧起来。

"怎么不会？占了太多好处，怎么不让人多想？如果这个时候，宁佳佳再给你说出去点儿什么，有你受的了。"

"她不会那么不知道轻重吧？"

"爱情面前，哪有什么理智可言。你还没怎么着呢，都已经被算计了，谁知道还会有什么？要我说，你还是趁早和那个张嘉栋说清楚，也和宁佳佳说清楚。不过，你这个时候出去培训倒是最好不过的。"苏珊真心为岳然着急，"你说你，在学校的时候又不是没吃过亏，上次那个德语系的谁喜欢你，就让她不爽了，不就说你在外面和彭阳租房同居来着？弄得多不好啊！你还不长记性。"

"那次是我让她帮着编瞎话拒绝人家的，没想到她说成那样。"

"你还为她狡辩？"苏珊懒得理岳然了，"你没药可救了。但要记住，以后离她远一点儿，保持距离，尤其是离她盯上的男人远一点儿。"

"哦，你别生气了，苏珊。快帮我想想和总经理的事吧。"岳然是真的慌乱和纠结的，其他的能算什么，这个才重要啊。

"嗯，也是，你和总经理这事才麻烦。"苏珊叹了口气，"你倒是怎么想的啊？"

"我……我挺开心的，又有些难过，还有点舍不得走。"岳然掰着手指头说着。

苏珊看着她的傻样，忍不住笑出来："你可真是的。说你什么好？你开心，就是喜欢呗。其实，总经理办的这事挺漂亮的。只是他对你还没什么表示，你也不能回应啊。再说了，这事必须总经理主动才行，你再欢喜也得憋着。"

另一边，谢梵羽匆匆走出索万那普机场，在外面等了半个多小时的 Tony 毫无怨言地接过他的行李，放进了商务车中。

坐在车上，谢梵羽的唇角一直在往上扬，甚至笑出了声。是的，他也觉得自己有些可笑。飞机一落地，打开手机，就看到自己被 @，看到那条朋友圈，竟一时有返回 BYT 岛的冲动，但随即便开始联系自己毕业的英国萨里大学酒店管理系的教授，得知恰巧 3 月份将有为期半年的短训课程，立即要了简章过来，并转给人力资源总监 Colin，让他提交员工学习申请计划，并指定安排了岳然。

一切安排妥当，谢梵羽才走出机场，此时想想，为自己还有这种年少轻狂的行为感到汗颜，这就是喜欢吧。不希望她被别的男人惦记，也不希望她陷入难堪的境地，而最重要的是他有些害怕她选择了别人。多年的情感都可以被白玲珑轻易地割舍，何况认识不久，且未坦白心事的岳然呢，他没有那个自信去赌。

Tony 有些担忧，不时地从后视镜看谢梵羽，开始还是傻笑，这会儿怎么就一脸悲伤了？只有在 5 年前，白玲珑辞职嫁人时，总经理才这样失常过。这次又是为了谁？难道是岳然？能让他想到的也就是她了。之前去 BYT 岛，谢梵羽还带他去了两次，自从那次得知岳然香槟过敏还喝了香槟，怒调其去了管家部后，就以周末他需要休息为由，给他放了假。他其实是很担心的，毕竟岳然和白玲珑的相似之处太多。

"总经理！"Tony 有点儿怯怯地说，"您还好吧？"

谢梵羽没说话，这时手机振动了下，是岳然发来的短信："谢谢总经理！"

看到短信，谢梵羽心情豁然开朗起来。

"很好！"刚刚无比确定了自己心意的谢梵羽露出完美的笑容。Tony 长出了一口气："那就好。"

谢梵羽挑眉："怎么？你担心什么？"

"没有没有！"Tony 连忙摇头，"刚才您难过的样子，我以为……您失恋了！"

"失恋？"谢梵羽连忙摇头，"怎么会？"

"那是怎么了？"Tony 的八卦之火燃了起来。

"你想知道什么？"谢梵羽笑眯眯地问道。

Tony 为了缓解尴尬，开始汇报工作："没有没有，总经理，财务总监提醒您，下周的董事会，一定要提醒总裁，被挪用的资金归还事宜。"

"嗯，我知道了。"谢梵羽敲了敲酸胀的额头，自从 BYT 岛的合作资金入账开始，米总裁就开始拆借，每次的金额说大不大，说小不小，虽然每次都按时连本带利归还了，但他还是担心这种投机式的投资引发麻烦，于是在上次米总裁再次提出拆借的时候，没有签字同意，结果，该按期还的一笔款项就还没有到账。

事情就是这样，一旦开了口子，很多时候就会不受控了，就像他的情绪，总被岳然牵制。

02 幸福来得太突然

接下来的几天，岳然都在纠结要怎么感谢总经理，而人力资源部也下达了通知到管家部。

海伦拿到通知的时候，有些庆幸，就知道岳然不简单，她这次学习回来就是又要升职的节奏了，应该就会调去别的部门了，管家部少了她，就可以恢复平静了。只不过平心而论，岳然的工作能力还是值得肯定的，管理能力还稍显稚嫩，但假以时日，应该是可以从副总监到总监这样一路平步青云上去的。而自己都30多岁了，也不过才是个部门经理而已，缺少的未必是能力，而是让人说不清楚的那些东西。

感慨完，海伦便给岳然打了电话，让她准备交接，这次她选择了Aff做岳然的继任者。

交接完工作，岳然得知自己从这个周五起将会有5天的假期，思前想后，她决定回家去看看，还能赶上在家过个正月十五。

当岳然把这个决定和苏珊说的时候，苏珊很是赞同："订机票了没有？正是旅游旺季呢，订机票可不容易。"

"哎呀，我都忘了还有这事。"岳然在苏珊的白眼下，傻呵呵地笑着，打开手机，开始查机票，越查越郁闷："好贵啊，天哪，太贵了，回不起家了怎么办？怎么办？"

听着岳然的鬼叫，苏珊连忙问："你还没和叔叔说呢吧？"

"还没，想给他一个惊喜来着。"岳然郁闷了。

"你也别光顾着看直飞的，看看曼谷往返的，反正你们去英国也是从曼谷飞过去。"

"都可贵了，感觉回去一趟，大半年攒下来的钱就没了。"岳然感到沮丧起来。

苏珊也为她感到难过："要不我借你点儿吧。"

"不用了。大不了不回去了，这几天玩玩也不错。"岳然摆了摆手。

"嗯，去玩玩也好，咱们都来了这么久，还哪儿都没去呢，正好我周日和周一休息，咱们好好规划一下。"

岳然点了点头，又看起手机来规划旅游行程，但心气明显没那么高涨。忽然微信提示了收到新信息，她滑下来点开，竟然是总经理的。

谢梵羽问她，培训前的5天假期怎么安排？是否愿意随跟他去视察一下北京的BYT酒店。

"啊啊啊！我爱你！"岳然兴奋地嚷出来。苏珊吓了一跳："要死啊？"

"真的要高兴死了，要不要这么贴心！"岳然把手机伸到了苏珊面前。

苏珊看完也为岳然高兴："总经理太赞了啊！你完了，岳然！我觉得你应该跳不出他的手掌心了。"

"啊？"岳然正因为幸福来得太突然而激动呢，苏珊说的她一时不能理解。

"总之你完蛋了。"苏珊笑着进了洗手间洗漱，她为岳然开心的同时，也希望自己能遇到这样呵护周全的人。

周四下午，完成了工作，岳然就登上了飞往曼谷的航班。被安排回北京的事，在苏珊的警告下，她没有和别人说起，也因此，此行就披上了神秘色彩。

在飞行的过程中，岳然的心里依旧是纠结的，期待和彷徨交织着。但一想到马上就可以回家，看到老爸，其他就都不是事了，就算要来，那就来吧，反正她也不想拒绝。

前来接机的是Tony，这就更加印证了岳然的想法，也因此更多了一份期盼。

Tony倒是冷静地接过岳然的行李，微微一笑："岳小姐有没有很想家？"

"当然喽！"岳然开心地回答着。

此时的曼谷已经是午夜时分，车子在公路上疾驰，岳然迟疑了一下问道："总经理……"

"他还在酒店加班，你一会儿应该可以见到他。"

"哦！不过为什么要加班到这么晚？"

Tony从后视镜里扫了一眼岳然，岳然立即觉得自己问了跟白痴一样的问题，笑了笑，便看向窗外的天空，快十五了，月亮很亮。

岳然给苏珊报了平安，很快就要到BYT了。

Tony直接把车开到了宿舍区，谢梵羽正好走过来，接过岳然的行李，极其自然地问着："饿不饿？要不要吃夜宵？"

岳然有些脸红地看着他，一时紧张得忘记了要说什么。

谢梵羽笑了："不满意这趟出差？"

"没有没有！"岳然把头摇得像拨浪鼓一样，"满意得不得了。"

"那就好。"谢梵羽转头对 Tony 说，"我从餐厅那里订了份餐，一会儿帮我拿过来吧？这么晚了，就不让小丫头出去了。"

"总经理最好了。"岳然由衷地拍着马屁。

谢梵羽弹了下她的脑门："言不由衷吧？"

岳然一愣，谢梵羽也是一愣，Tony 连忙走开。

月光就这样照下来，映照着岳然晶亮的双眼。

谢梵羽咳嗽了一声，掩饰着内心的慌乱："BYT 在东南亚地区成立的酒店越来越多，人员却远不够所需求的，加上 BYT 又要求精英化的酒店员工，能符合标准的很少，现在选拔人才的标准也变得越来越严苛，所以要珍惜这次的学习机会。"

"您是在做报告吗？"岳然笑了，"难道不是要和我说些什么？"

"现在的女孩子都这么直接吗？"谢梵羽的紧张感渐渐消失了。

"哦。"岳然看他还不肯说，开始担心是自己想多了，便不再说话，转身往楼上走。

谢梵羽看着她的背影，露出笑容，突然发现自己好像是第一次对一个女孩这样有耐心，对白玲珑甚至都不曾有过，可能当时年轻，考虑自己的感受更多。而此刻，岳然的背影与白玲珑截然不同，她就是她。她已经让自己完全走出了过去的阴影，让他感受到了冲动和温暖，自己不再是一个冷冰冰的，只会工作的机器，岳然就是岳然，她再也不是什么白玲珑的影子，他觉得所有的纠结和彷徨好像在这一刻都结束了。

岳然半天没听到脚步声，回头，看到谢梵羽看着自己的眼神，只觉得心跳加快。

Tony 已经取了餐回来，看到这两人还在宿舍门口："吃了夜宵，就赶紧休息吧，明早的飞机呢。"

"好。谢谢！"谢梵羽接过餐盒，又和 Tony 确定了明天送机的时间，便拎起行李上了楼。

放下行李，谢梵羽并没有进屋，岳然紧张，谢梵羽也紧张。

"来 BYT 这段时间，你成长了很多，和我第一次见到你的时候判若两人，只是有的时候还是会有以前小女孩的样子，也很可爱。"

岳然第一次听到谢梵羽这样夸奖她，不由得脸红起来："成长是有的，可是确实觉得很累，或许是从前没这样辛苦过，有时候，醒来的时候都想不起来自己在哪里。但还是觉得很充实，很快乐的。"

谢梵羽不由得回想起两个人一起在船上经历的种种，只觉得美好，虽然在船上的每一天都提心吊胆，可是再也没有什么记忆可以取代他和岳然共同经历的这些，只觉得美好："是啊，我进 BYT 已经快要 8 年了，这 8 年里，每天过的日子好像都是一个样子，但又都是不同的。以后也更值得期待。"

"BYT 已经很棒了，要再壮大下去，总经理岂不是会忙上天，那就太辛苦了。"

虽然是简简单单的一句话，却温暖了谢梵羽冰封已久的内心，或许岳然对他而言就是这样一个神奇的存在，多年来过着理智、冷静，甚至有些冰冷无情的生活的谢梵羽，在遇到岳然的那一刻心就开始一点一点地融化，他开始有了正常的感情，心脏也有了温度："有时候我真的很感谢生活，让我可以遇到你，因为你，我觉得整个世界又有了温度。"

岳然脸红心跳地听着谢梵羽说话，今晚的月亮好像特别明亮，岳然看着月光下谢梵羽的侧脸，觉得静谧而美好，或许上天赐给了她最后一次勇气，叫她去学会该怎么真正去爱一个人。

03 这就是喜欢吧

离家久了，回家的急切感就异常迫切，外加一场和想象中完全不一样的告白，让岳然躺在床上，却翻来覆去睡不着，索性坐起来，在熟悉的宿舍里溜达。其实离开这间宿舍也有快半年了，所以对这张床不太适应了吧，岳然这样和自己说着。

因为曼谷的交通状况，所以，每次去机场都至少要提前三个半小时，上午 10 点的飞机，却要 6 点半就出发，岳然一夜未眠，却精神抖擞。

Tony 来接她的时候，就觉得岳然与以往不同，他想的是，应该与总经理有关。于是有了些亲近，接过行李的时候说："回家的感觉很好吧？"

"当然了，归心似箭。"岳然高兴地说着。

坐上商务车的时候，岳然看到了谢梵羽，高兴地打着招呼："早，总经理。"

谢梵羽挑了挑眉，突然有些觉得这样的称呼不太顺耳，但也只是一闪而过，他从一旁拿出一个牛皮纸袋，问岳然："还没吃早餐吧？给你带了份早餐。"

岳然开心地接过来："谢谢总经理。"

这回连刚坐进驾驶座的Tony都觉得不顺耳了，忍不住看过来，心里嘀咕着，这是怎么回事？总经理被拒绝了？被叫得这么疏离。

岳然被Tony看得有点儿毛，不自觉地看向谢梵羽，谢梵羽倒是神态自若："这里还有牛奶，我让她们加热了，快喝吧。"

说完就示意Tony开车。

其实岳然起得太早不太想吃东西，但袋子散发的香味让她又有了食欲，几口就解决了吉士汉堡，然后开始小口小口地抿着牛奶。

谢梵羽一直在看文件，在车停到了路口时，看了岳然一眼，发现她蹙着眉头。他伸手把放在岳然膝盖上的牛皮纸袋扔到了后排，又把车窗打开："好点了吗？"

岳然不自在地点头，谢梵羽又伸手试了试牛奶盒的温度，不小心碰到了岳然的指尖，岳然吓了一跳，下意识手就松了劲。多亏谢梵羽接得及时，否则她就要来个牛奶浴了。

谢梵羽失笑："以后牛奶凉了就不要喝了，会拉肚子的。"

岳然"哦"了一声，脸红了，磨叽了半天才说："谢谢你哦。"说完，连忙就把头扭了过去，看路边的风景。

谢梵羽露出愉快的笑容，她还不适应吧？Tony似乎也明白了他俩的状态，不再担心，专心地开起车来。

今天的路况很不错，一个小时就到了索万那普机场。

办完登记手续，也托运了行李，还有两个小时的时间，总不能就傻傻地干坐着吧？一边往登机口走一边看着旁边的各种商铺。

"去买些泰国的特产吧，我先过去看文件。"谢梵羽看出岳然的心思。

"好！"岳然的话音未落，人已经到了货架前，看得谢梵羽不禁笑出声来。

来到咖啡厅，谢梵羽打开电脑，却有些看不进去，想了想，打开微信，给岳然发了一份必买清单过去，才又将视线挪回文件。

岳然正在货架前挑得心烦气躁，犹豫不决，就收到了谢梵羽发来的购物清单，还有图片对比，真是贴心啊。岳然心中一暖，他真的很周全。回了个微笑的表情，便按照清单上的东西挑选起来。很快，吃的用的就买齐全了。

找到谢梵羽的时候，也快到登机的时间了。

机票订的并不是公务舱，但也是高端经济舱，岳然更加确定自己是沾了谢梵羽的光。刚坐下不久，困意袭来，飞机尚未起飞，岳然就已经睡着了。

谢梵羽不由得感慨，年轻真是好，心里不搁事，故而可以这样能吃能睡。可他就没这么轻松了，北京 BYT 的酒店，经营得并不好，去年从 HLS 手里接过这个酒店时，BYT 还是很有野心的。可是经营起来才知道，由于位置在郊区，又只有温泉一个特点，加上北京的季节性特点，出租率一直不高，且运营成本居高不下。与 BYT 在三亚的项目相比，简直是不值一提，也是整个 BYT 体系中，营业额最差的一个，当年 HLS 割舍也不是没有道理的。

其实，当初，他并不打算收购这家酒店，但很多时候，人生就是这么微妙，不收购这家酒店，他就不会去北京，也就遇不见岳然。而遇不见，那一晚，她又会怎样？想到这里，他不由得皱眉，这个小丫头还是需要严加管教的。

飞机落地的时候，已经是下午三点多了。岳然这一觉睡得极好，要不是落地时的震颤，恐怕是要等到被谢梵羽叫醒。岳然眨巴着晶亮的双眼，冲着谢梵羽一笑："终于把昨晚缺的觉补过来了。"

"下了飞机，你直接回家吧，我要去 BYT 酒店开会，等回去的时候一起便是了。"谢梵羽为经营感到头疼。

岳然有些不好意思地说："这样可以吗？我岂不是成了专程回家的了？"

谢梵羽笑了笑："我说可以就可以。"

"万岁！"说完，岳然又有些不好意思，"这样是不是不太好？"

"你是说哪个？"谢梵羽觉得有趣。

"没什么，开舱门了。"岳然站了起来。

终于就要到家了，岳然有了这份真实感，脚步也轻快起来。出关取了行李，谢梵羽便督促她叫车回家，很快车就到了，谢梵羽把她送到车旁。

岳然把行李交给了司机，想了想，飞快地在谢梵羽的脸上轻啄了一下："谢谢！"

谢梵羽感到心脏漏跳了一拍，脸上热热的，即便北京还是寒冷的冬季，他不过是一身西装，依旧觉得温暖。

岳然坐在车里，一直回头看着谢梵羽，有些恋恋不舍，这种感觉不曾有过。直到车拐了弯，再也看不到谢梵羽了，岳然才坐正了身子，看着车窗外，虽然光秃秃的，但天很蓝。

一到家楼下，岳然就开心地想往楼道里跑，司机师傅大喊着行李，她才又跑回来，连声说着谢谢，上了楼。

一进家门，就发现老爸和王姨给自己准备了一桌子饭菜，岳然有些惊讶："你们怎么不惊喜呢？"

"苏珊打电话过来说你要回来，我和你王姨忙乎了一天，哪能让你回来，只吃点儿元宵。快洗手去！"老爸这时才显露出激动的样子。

岳然扑到老爸怀里："老爸，我想死你了。"

岳然的父亲拍了拍她的后背，红了眼眶："我也是啊。"

王姨则是劝着："好了，好了，大过节的，可别哭了，小然，快去洗手，这都是你爱吃的。"

岳然点了点头，站直身子，看着爸爸，有些感慨，不过大半年时间，爸爸好像有些变老了。

洗过手，上了饭桌，岳然和老爸聊着工作上的事情，聊着聊着岳然有点难过。她发觉自己之前一点都不了解爸爸，竟不知道老爸是这么关心她，这么爱她的，虽然不经常联系，可是老爸对岳然的关心并没有减少。岳然觉得很满足，也是从那一刻岳然才知道，不论什么时候，她的身后永远有一个最坚强的支柱让她依靠。

吃完了饭，王姨去洗碗了，老爸继续和岳然聊着天："小然，你给你小阳妈妈买礼物了没有？"

"当然！"

"那就好。小然啊！"老爸有些犹豫，但最后，还是压低了声音说，"你别埋怨你王姨，当时她和小阳妈妈说了些不太好听的话。没想到小阳选择了去美国继续读书，你王姨挺后悔的，也不敢和你说。你和小阳现在……"

岳然觉得耳朵嗡嗡地响着，脑中一片空白，心有些空……

04 乐极生悲

不知道该说什么，岳然有些生气，但又不想让老爸为难，便说这就把礼物给小阳妈妈送过去，却除了手机什么都没拿就出了家门。

直接拨给苏珊，控诉了一顿，岳然才觉得能喘上一口气了。

苏珊听完却是极为冷静地问："你想怎么办？"

岳然卡壳，苏珊继续说道："你和总经理又如何了？你这直接回家，可是受人恩惠，别老想着过去了。你郁闷和纠结的不过是当初彭阳没和你说实话，因此会觉得歉疚。可是要说你有多喜欢彭阳，其实我也没看出来。我们从小一起长大，就是一种习惯，分开会疼，但习惯和爱情并不一样，你想想你对总经理是什么感觉吧？"

"哦。"岳然没什么好反驳的，苏珊就是她肚子里的蛔虫，她想什么都逃不过苏珊的法眼。紧接着，苏珊又叹了口气："岳然，宁佳佳快疯了。"

"为什么？"话锋突转，让岳然一时没转过来。

"你昨天刚走，张嘉栋订了一车鲜花就过来了，玫瑰哦，粉白粉白的，极为壮观。"苏珊尽量保持着镇定，"还附赠了一张卡片，上面写着'我的然'署名 D。然后，宁佳佳就把卡片撕了。"

"怎么这么恶心？"岳然打了个冷战。

"你是说宁佳佳还是张嘉栋？"

"当然是张嘉栋了，简直莫名其妙啊。"

"确实很恶心，而且，这还不算完，今天又来了一车，卡片上写得更恐怖了，'我的小天使'，宁佳佳现在还在海边吹风，我和罗菲都不知道该怎么劝她。"

岳然觉得这是自己人生中遇到的最奇葩的事情了，没有之一："他这是犯病了吗？怎么突然这样？"

"不知道啊。反正宁佳佳快病了是真的。"苏珊的语气还算轻松，应该也是觉得可笑，"我以为只是昨天，所以就没和你说，但今天又送，保不齐明天还有。小然然哦，你要好好想想，怎么和总经理解释了。"

岳然一听就蔫了："我又没干什么，怎么解释啊，为什么解释啊？"

"不和你说了，宁佳佳往回来了，挂了哈。"说完，苏珊就挂了电话。

岳然越想越郁闷，想了想还是给谢梵羽发了个微信："听说张嘉栋承包了BYT 岛的鲜花业务。"

发出去又觉得后悔，就赶紧撤回了。

只是刚撤回，手机就响了，谢梵羽打过来了。岳然尴尬地接起来："那个，总经理……"

话筒里传来笑声："你撤回晚了，我看到了。"

"啊！"

"没关系，我来处理。"谢梵羽沉稳的声音让岳然感到心安。

"您到酒店了吗？"岳然问着。

"到了。"

"会很忙吗？吃饭了吗？"岳然没话找着话，说着说着就顺畅了，"我回来没给成我爸惊喜，苏珊告诉他们了，他们给我准备了一桌子菜，很好吃。"

"那就多吃些。"谢梵羽将营业报表往外推了推，心情好了不少，"都有什么？"

"啊？"岳然没想到他会问这个，扑哧笑了，"说馋了你怎么办？还是不说了。"

"你说吧，我可以让厨师长去做。"

岳然把今天吃的东西说了一遍，谢梵羽还真就觉得饿了，尤其是听到牙签肉，因为没吃过，多问了两句，就喜欢上了。

挂了电话，他真的让厨师给准备牙签肉去了，并给 BYT 岛的总经理 Line 打了电话。其实鲜花的事，昨晚他就知道了，但他看出来岳然并不知情，于是便没提。今天鲜花上岛的时候，他们正好刚到北京，收到短信，一路上都在想张嘉栋的意图。

人到了这个年纪，很多时候都会计较得失，衡量值不值得，但与岳然有关的事情，谢梵羽就不会去想这些，这才是爱情最本质的东西，一旦有了计较便不是真爱。这也是在和白玲珑分开的这5年中，逐渐明白的道理。

岳然回了家，把给彭阳父母的礼物找出来，送了过去。刘婶还是病恹恹的，但看到岳然很高兴，嘘寒问暖的，岳然似乎一下就回到了小时候，回到了妈妈刚刚去世时，她被刘婶搂着哄着才睡去，刘婶生病的时候，她跪在那里哭，求刘婶好起来，别像妈妈那样丢下她……

想着想着，岳然的眼眶就红了，刘婶拍了拍她的后背："然然，做不了我儿媳妇，就给我做闺女，没什么大不了的，别和你王姨较劲，你爸也不容易，天下父母都一样，都希望自己孩子过得简单、舒适，别受苦。要你是我亲闺女，我也会这样做，所以别生你王姨的气，记住了没有？"

岳然点了点头。刘婶又招呼彭叔叔拿出一袋子排叉："这是你最爱吃的，小阳回来，我都没让他多吃，我就知道你得回来。小阳说，你在特别美的海岛上工作，就是有时会碰到刁蛮的客人。其实也没什么，大不了，咱就回来。对了，在那么美的地方工作，是不是能碰到很多帅小伙啊，合适的就带回来，也让刘婶看看。"

"嗯嗯。"岳然依偎在刘婶怀里，"是有不少帅哥呢……"

从刘婶那里出来回到自己家，老爸和王姨在客厅里显得有些紧张，岳然笑了笑："老爸，你们早点儿休息吧，我今天有些累了，先睡了。"

虽然没法儿做到完全释然，但岳然一想到谢梵羽，就觉得这也许是天意吧。

北京之行很快就要结束了，谢梵羽一直在BYT酒店忙碌，岳然就待在家里养膘，好久没这么舒服了，真心不想出门，尤其是北京的三月，春寒料峭，飞沙走石的。

谢梵羽挤出最后一个整天的时间来，邀请岳然一起去爬长城。岳然有些不情愿，但还是答应了，毕竟不到长城非好汉，应该满足好汉的愿望。

早上出门的时候，天阴沉得厉害，像是要下雪的样子。到了长城脚下，雪花就飘了下来，岳然兴奋了，谢梵羽也很开心，在泰国是看不见雪的，在英国念书的时候，见过不少场雪，但那时身边没有岳然。此时，她的左手就在自己身边，他伸出右手，小心翼翼地握住了她微凉的手，由衷地笑起来。

而这时，岳然的手机响了起来，是泰国的区号，她接了起来，原本笑着的表情忽然变得凝重起来，等挂了电话，整张脸就垮了下来："我被拒签了！"

05 急转直下

谢梵羽听到也是一愣，随即伸出手揉了揉她的额头，安慰道："我问下，你先别着急。而且，就算被拒签，下次也还有机会。"

岳然心里却很难受，并不是一两句话就能安慰的。

谢梵羽拉着她的手并没有松开，给 Colin 打了电话过去，询问签证的事。Colin 在电话里说："其他几个人的签证都下来了，岳然小姐的签证资料里，银行流水金额不够，也不是拒签，我们这里做了补充说明，再提交一次即可，您不用为此事费心的。"

"好，只是萨里大学那边的开学时间就要到了，补齐资料再签还要几个工作日？"谢梵羽问道。

"至少 5 个工作日，我们会尽快的。"Colin 很沉稳地回答着。

"嗯，你安排好就好。"谢梵羽挂了电话对岳然说，"你比他们多一份材料，所以是暂时被打回来，并不是拒签，补齐就好。"

"真的吗？"岳然重燃希望。

谢梵羽点头："真舍得走？"

岳然想了想，一走就要半年呢，要说起来，还真有些舍不得的，可是，这样的培训机会是很难得的，海伦让她做工作交接的时候，是极其羡慕的。不过，也因为这个培训，她的劳动合同又延长了三年呢。

而且，她和谢梵羽不过是刚刚确定关系，还没有到如胶似漆分不开的地步，但这话说出来，有点儿伤人，岳然就只好笑而不答，拉起谢梵羽往台阶上走。

谢梵羽还是从岳然的眼中看到了不舍的，心中的喜悦并不比亲耳听到的少，所以，愉快地任她拉着自己上山。雪越来越大，瞬间白头，他握紧了她的手，仿佛真的就这样一直到白首了。

从冰天雪地的北京再回到炎热的曼谷，已经是晚上了，岳然给苏珊打了电话报平安。苏珊听说她的签证出了点儿问题，安慰了一番，然后情绪激动地说起 BYT 岛的鲜花泛滥了，张嘉栋每天一车鲜花，坚持了 5 天后，突然终止，大家都很不过瘾。

岳然听了真是觉得崩溃，但也很好奇，谢梵羽到底是用了什么法子，让张嘉栋停止了那么幼稚的行为。

正想着，手机忽然响了，而屏幕上亮起的名字吓了岳然一跳，竟是张嘉栋，犹豫着要不要接，铃声就执着地响着。

岳然只好按了接听键，张嘉栋的声音倒是沉稳："我打算数到 12 就挂断呢，你在第九下就接了，算不算是个良好的预示？"

"什么？"岳然有点儿摸不准。

"天长地久啊？"张嘉栋笑了起来。

岳然翻了个白眼："张先生的中文挺不错的。"

张嘉栋倒是没生气："你在曼谷？"

"是的。"

"真可惜，我送你的花都没有看到。"

虽然很想说眼不见心不烦，但岳然忍住了。

"我也在曼谷，准备和你们 BYT 合作的项目签约。后天的签约仪式可以见到你吗？"

"我这种小人物当然去不了那么重要的场合。"岳然连忙说。

"可我预感你会来，到时见。"张嘉栋笃定地说完，道了晚安。

岳然扔下手机，郁闷了半晌，对这样的纠缠，她真的有些不知所措，也觉得莫名其妙，怎么都觉得张嘉栋的动机不纯。

手机再次响起，是谢梵羽，岳然趴在床上，抓起手机说了声喂。

谢梵羽叹了口气："怎么办呢？很喜欢北京的雪。"

岳然听着他的撒娇，"扑哧"一声笑了出来："那我们回去工作好了。"

谢梵羽也笑了："这是个好主意。"

"刚到家吗？"岳然很自然地问道。

"是的，因为回了下办公室，有些事情需要处理。"

"哦。"岳然不想提张嘉栋的事，也不希望谢梵羽提起，内心默默祈祷着。

"明天有什么安排？"谢梵羽问道。

"没有。"

"那就好好休息一天。对了，还记得 Anna 吗？"

"当然记得！"岳然一下就想起了自己刚到 BYT，做 PA 时遇到的 Anna，以及她那段刻骨铭心的爱情故事："怎么忽然提到她？她来曼谷了？"

"是的，她是栋梁集团的签约代表，陪同张嘉栋一起来的。"

岳然不知道该怎么接这个话，Anna 来，她很高兴，可是她竟然是张嘉栋的员工，这就不美好了。

谢梵羽自然知道她的沉默是为了什么，笑了一声继续说："签约仪式，你不想来也没关系，只是有些事，当面说清楚会比较好，而且，有我呢。"

大 BOSS 都开口这么说了，岳然还有什么好担心的，于是说："你不怕他毁约？"

谢梵羽没说话，岳然立刻反应过来，自己太自以为是了，她哪里是能左右签约的筹码，于是连忙说："我说着玩的，我……"

她的话被谢梵羽打断了："如果他同我一样珍视你的话，他就绝不会拿你做筹码，所以不用担心。"

这样霸气又温暖的话让岳然觉得脸红心跳，挂了电话好久，还在呵呵傻笑。

而手机另一端的谢梵羽则是给自己倒了一杯威士忌，其实他倒是真的希望这次签约签不成，因为不知道为什么，他总对此事有太多不好的预感，但米总裁却是一力促成此事。作为酒店集团管理者，谢梵羽认为布局占地盘没什么不对，但急功近利并不稳妥。以 BYT 现有的资金结构、管理结构都不足以支撑扩张的速度。也许，让他隐隐不安的并不是张嘉栋的出现，而是整个 BYT 的隐患。

第二天睡到自然醒，岳然敷了个面膜保养一下肌肤，刚糊好绿泥，就传来了敲门声，不情愿地问了声："谁啊。"

"是我。"一个温柔的女声响起，有点儿耳熟。

"米娅！"

啊？岳然连忙走过去，打开了门："不好意思，米副总，我……正在做面膜。"

一身职业装的米娅站在门口，对一脸绿泥的岳然，并不意外，她走了进来，环视了下布置简单的宿舍，便坐在了书桌前的椅子上。

岳然有点儿不明所以，但也只能从冰箱里拿了一瓶矿泉水递给米娅，然后去洗手间把脸洗干净。

再次站在米娅面前时，竟然发现米娅在哭。

"怎么了？米副总？"岳然有些慌乱。

米娅抬起泪眼，满是悲悯："你和她太像了……"

06 替代品

除了职业套装、精致妆容的米娅，岳然从来没见过她这个模样，一时不知所措："像谁？"

米娅苦笑着："你不知道 HLS 的白玲珑？"

HLS 自然知道，白玲珑是总经理她也知道，但又怎么了？

看着一脸疑惑的岳然，米娅有过一丝退缩，真相到底该不该由她来说。

岳然被米娅看得越发紧张，微微皱了下眉。这个样子与白玲珑如出一辙，米娅哀叹，她守在谢梵羽身边 8 年了，之前的 3 年，他身边有白玲珑，她争不得抢不得，只能在旁边装作小妹妹。之后的 5 年，陪着谢梵羽没日没夜地工作，把 BYT 壮大到可以和 HLS 抗衡。大半年前，去 E 大招生，第一次见到岳然，就让她心惊。但一开始，谢梵羽也没怎样，这还让她庆幸了很久，他放下了。可没想到昨日，她去机场接重要客人——张嘉栋，却意外看到两人手拉着手走出来的样子，仿若宿命轮回一般，她阻挡不了。

一夜无眠，她不甘心，在他身边这么多年，竟然抵不上和白玲珑有着相似的一张脸、相处不过半年多的岳然！

米娅掏出手机，放在岳然面前："你很像她，她曾是 BYT 的总经理助理，谢梵羽的爱人。"

岳然看着手机上的照片，震惊的不是上面的女人和自己有多像，而是米娅那句她曾是 BYT 的总经理助理，谢梵羽的爱人。

米娅看到岳然表情的变化，很满意，她就要岳然有这样的反应，常年来对谢梵羽爱而不得，加之谢梵羽对她的态度，已经让她变得疯狂，既然她得不到谢梵羽，谁也别想得到。

米娅脸上的表情因为极度的兴奋和悲伤交织在一起而变得狰狞："怎么？谢梵羽没和你提起过白玲珑？"

岳然此时已经失去了思考能力，她知道米娅拿出这张照片的目的是什么了，无论如何她也不能让米娅来看她的笑话，谁也别想触碰她脆弱的一面："我不管她叫什么，是谁，和我一点关系也没有。我不认为我有必要去纠结总经理的过去。"

米娅站起来，拽住岳然的胳膊："难道你不认为谢梵羽选择你，是因为你长得和他最爱的白玲珑如出一辙！难道你还傻傻地以为自己得到了谢梵羽的心，很值得骄傲啊？其实你不过是一个替代品而已！"

岳然一阵晕眩，米娅还是把她最不想听到的话说了出来，她脑海里闪过无数和谢梵羽之间的点点滴滴，她绝对不相信，谢梵羽喜欢自己原来只是爱着存在他过去生活里的一个影子。

她控制着自己，将米娅带给她的负面情绪全部消化："替代品又怎么了？你呢？什么都得不到，反倒跑过来向我摊牌，你有什么资格？"

岳然说完，米娅忍不住，一巴掌就向她打了过去，宿舍的门也在这个时候被推开了，谢梵羽就站在那里，满眼的焦急、慌张和痛心，头发也有一缕搭在了额头上，汗水顺着滴下来，显然是跑过来的。

米娅惊讶地看着自己的手，她怎么会变成现在这样，尤其是看到了谢梵羽后，她崩溃得飞快地跑了出去。

岳然站在那里，泪水在眼眶里打转，岳然觉得此刻浑身的力气都被抽光，被欺骗，被排挤，被打耳光，都不及米娅说的一句你就是一个替代品来得更让人心痛，她突然恨自己为什么长了这样一张脸，米娅的话不断在岳然脑海里回旋着。

可是，在她顺着米娅逃走的身影，看到了谢梵羽的时候，她苦笑出来："你为什么来？我又是来干什么的？"

谢梵羽走进来，把宿舍的门关上："我因为你而来！我希望你为了我而来，但如果你想为了自己也是可以的。"

听着谢梵羽绕口令一样的话，岳然却懂了："我想我可能还……我连工作都还没做好……"

还有比这更短命的爱情吗？谢梵羽也不由得苦笑，也许真的是时候还不到，他看着故作坚强的岳然，只能点头："好，那就先去英国好好学习一段时间吧。"

"嗯。"

"那我先走了。"谢梵羽转身，手放在门把手上，郑重地说，"岳然！你不是谁的替代品，我也不需要替代品，米娅和白玲珑还有些像呢，这并不是长相问题，而是灵魂间的契合度。"

说完，谢梵羽缓缓地打开门，再缓缓地走出去，一切都僵硬得像机器人，他真的很想，岳然追上来，抱紧他，挽留他，可是没有，他一步一步地走着，和飞跑而来的样子截然不同，他不敢转身，生怕只留一扇紧闭的门。

心越走越疼，感觉就要窒息了，谢梵羽只好停了脚步，后背就被撞了一下，他猛地转过身，是穿着睡衣和拖鞋的岳然。那一刻他心中所有累积起来的堤坝完全崩塌，好吧，就这样吧。他抱紧了她。

岳然揉着磕疼的鼻子，闷闷地说："我会去好好学习的，想我为你而来，就给我些时间，让我武装好自己。"

米娅失魂落魄地走回酒店大堂，正碰到要出去的张嘉栋，可她完全没有看到任何人，愣愣地往里走着。

张嘉栋示意身边的 Anna 过去和米娅交流，Anna 便走了过去："米副总！明天签约仪式的流程是否可以再和我核对一下？"

米娅有些茫然地转过头，当眼神聚焦后，才露出歉意的神情："Ms. Anna，过 20 分钟是否可以？我需要调整一下。"

Anna 点头，走回张嘉栋的身边："20 分钟过后，我去和米副总确认流程，现在先送您上车。"

张嘉栋心情愉快地走到门口，却在上车前，看到谢梵羽走了过来，他白净的脸上带着光芒，一种自带热情和甜蜜的光芒，这让他很不舒服。

张嘉栋和谢梵羽打着招呼："谢总经理！"

"早上好，张先生。"谢梵羽走过来，和张嘉栋握了手，"明天的流程已经确定好了，一会儿会与 Anna 小姐核对。"

Anna 点头："米副总刚才和我说过了。"

谢梵羽挑了下眉："嗯，也好，对了，岳然小姐拜托我，把这个送给你，她一会儿要回 BYT 岛处理些紧急事务，不能和 Anna 小姐共进晚餐了，她非常遗憾，不过来日方长。"说着，谢梵羽递过来一个小礼盒，这是他和岳然在长城脚下买的纪念品。

Anna 笑着接过来并道谢，打开礼盒，一个长城的冰箱贴让她很开心。一旁的张嘉栋心情有些复杂，尤其是对上谢梵羽的鹰眸之后……

07 我要成为他的骄傲

即使是连续的飞行，岳然也没感觉到一丝疲惫，此时，她在努力学习着放空。正如谢梵羽说的那样，相信自己的心，心会告诉你正确的判断。她的判断告诉她，她是喜欢谢梵羽的。也许之前还有很多迟疑和彷徨，但现在反而坚定无比了。

所以，什么替代品就去见鬼吧，白玲珑已经是过去式了，已经是有夫之妇了，她欠缺的，抑或是她之前自我怀疑的，只是自己还不够强大，站在谢梵羽身旁，令其掉了价，在他为难的时候自己帮不上忙。她更不希望，自己的努力工作、升职被说成是沾了谢梵羽的光，或是被其照顾。想要上进的心从来没有这么强烈过。

有了这个决定后，岳然把视线转移到窗外，看着阴晴分明的天际线和缭绕的云雾，双手握得很紧，她会在英国好好学习的，她也会让自己成为谢梵羽的骄傲的。

下了水上飞机，岳然站在漂浮在海中的栈桥上，看着明媚的 BYT 岛，张开双臂，冲向前来接她的苏珊和宁佳佳。

"哟，北京之行很开心呗？"宁佳佳阴阳怪气地说着。

"行啦！"苏珊拍了下宁佳佳，就看向岳然，"签证怎么样了？"

"已经把说明材料又交上去了，还不知道结果，别人会按时过去，我应该会晚几天。"岳然其实有很多话想和苏珊说，但宁佳佳在，她只好说："宁佳佳，以前和以后，我和张嘉栋都没有任何关系，所以，他做了什么，你别把邪火撒我身上。而且，我已经决定要努力成长，要与总经理足以相配，你就别给我扯别的了。"

"啊！"宁佳佳原本酸爽的心情一下好了很多，"那就好！走吧，既然是回来帮忙的，你就给我多干点儿活儿，不许偷懒！"

看着宁佳佳明媚的笑容，岳然更加相信自己做的决定再正确不过了。

苏珊接过她的行李箱："对了，我和 Aff 对调了岗位。"

"怎么会这样？"岳然有些惊讶。

宁佳佳得意地说道："上次 David 的接待单的事呗，是 Aff 干的，结果被她好姐妹看到了，这次升职后，Aff 没给她安排她想要的客人，就被她捅出来了。Aff 觉得很丢脸，就主动要求调岗了。不过，岳然！出了这事，你怎么都不说呢，就吃这种哑巴亏？"

"当时说了也没用的。"岳然摇了摇头。

"算了，不过海伦和我们说了，你是最有职业经理人潜质的，让我们好好向你学习呢。"苏珊说。

"什么潜质？"被人夸奖总是让人愉快的。

"就是遇到事情不慌张也不纠缠，先想解决办法，积极面对。"宁佳佳接过话题，"以后可要罩着我哈。"

"行了吧！"苏珊白了宁佳佳一眼："还是说咱们的工作吧，这个周末的婚礼是重头戏。"

3 个人说笑着往管家部走，期间，苏珊把工作给岳然介绍了下，原来，周末的婚礼是国内一线明星杨晟的婚礼，他是听了刘阳成的推荐选择的 BYT，原本婚期是定的 5 月份，但因为档期和新娘怀孕了等问题，婚期就提前到了 3 月份。宾客也比之前预订的来得多，整个 BYT 岛都忙碌起来了。

回到办公室，岳然等人便开始核对流程和查实准备工作，一下就进入了工作状态。

离婚礼举行还有 4 天的时间，婚礼策划师和所有物料都已经到位，宾客们将在明天陆续入住。对于管家部来说就是把贵宾接待好，配合好现场调度即可。所以，不一会儿，核对以及准备的工作就做好了。

岳然和苏珊就来到了海边，岳然把几天来发生的事情一股脑地和苏珊说了，有王姨令彭阳难堪，也有自己与谢梵羽的种种。苏珊在听完她的碎碎念后，拍了拍岳然的肩膀："你做得很对，我本来还担心你会消沉呢，看来，你对总经理还是不一样的，也许你成熟了很多吧。不过，竟然是白玲珑啊？她也算得上是酒店业的传奇了。"

"就是说啊，所以我不想输太多。"岳然看着大海，无意识地扔着沙滩上的贝壳。

"那就加油吧，海伦不是也说了，你最有潜质。"苏珊笑得有些无奈，她不是忌妒，而是想到了曾经被老师说最有潜质的陆昊。

周五的时候，酒店花园的绿地已经被鲜花铺满，场地中间和两侧也架起了巨大的 LED 屏幕，为婚礼准备的白鸽也在绿地和鲜花中闲逛，一些工人在忙碌地准备着婚礼的各种设备。

"以后，我的婚礼不想弄这些花啊、鸟啊什么的，虽然说还是有些浪漫的，但仔细想想其实没什么意思。"苏珊搂着岳然的手臂一边想象一边说着自己的想法。

宁佳佳撇嘴："什么有意思啊？其实说起婚礼，只要钱花到位了，什么都是好的，精致的，就说这新郎吧，娶的可是马来西亚富商之女哦。"

岳然嫌弃地看了宁佳佳一眼："我只想知道你嫁人的时候会是怎样的嘚瑟！"

"切！"宁佳佳不屑地说，"要是我，就驾快艇重回当年风暴中求生的地方。是那里让我重活了一次，也让我真正爱上一个人。不管最后是不是能嫁给他，那里都是我的圣地。"

听了宁佳佳的话，岳然有点儿肃然起敬之感，好吧，宁佳佳也不总是那么不靠谱。

"行了行了，婚礼不婚礼的我觉得没那么重要，我们啊，还是先找到一个愿意和我们结婚的人再说吧！"苏珊打断大家的遐想，"快去干活！"

"是！"岳然和宁佳佳应着，就去查看各项准备工作了。

岳然在一边确认着各个部门的交叉环节工作，又走到设备处调试各个设备，音响师给她演示时，一不小心，按错了一个按钮，巨大的声音忽然发出，吓了岳然一跳，音响师连忙致歉，而岳然被惊吓的同时，不经意间触碰到了手中泡泡机的遥控器。

由于没有到指定的时间触发泡泡机，泡泡机中的液体也没有被完全融合，泡泡机像水枪一样一下子将那黏糊糊的液体喷了出来，而此时，正有一位客人从那边路过，被液体打了个正着，整个人像是洗了个凉水澡，瞬间被打湿。

08 黄雀在后

回过神来的岳然看到眼前的场景，懊恼万分，连忙关了泡泡机的按键，小跑过去向对方道歉。

"Serena 的欢迎仪式还真是特别啊？"被喷湿了的客人提起的却是新娘的名字。显然是一位贵宾。

果然，正如岳然判断的那样，Serena 从远处招着手快步走来，面前的这位小姐大声喊着："你慢点儿走，都是当妈的人了，还这么不注意。"

但 Serena 还是很快走到了她面前，很惊讶："Emma，你怎么弄成了这个样子？"

"这不正是你给我的欢迎仪式？" Emma 笑着说，"好了好了，我先去换身衣服，一会儿就去你的房间哈。"

Emma 正是岳然负责的客人，于是连忙带着她往水屋走去，路上还满怀歉意地说："实在对不起，让您搞成这个样子。"

Emma 没有太在意，笑笑说："哎呀，不必这么自责，天这么热，我正好洗个澡凉快凉快，对了，我叫 Emma，是服装设计师。"

岳然握住 Emma 递来的手，有些感激："我叫岳然，是这次婚礼的负责人，也是您的管家。"

Emma 听到岳然的话先是一愣，随即不自觉地把手缩了回去："岳然？"

岳然也愣了愣神："是的，怎么？您听说过我？"

Emma 干笑了两声，眼神中透出一丝狡黠："哦，是啊，早就听说过岳小姐了，您不正是张先生的救命恩人，我自然是知道的。"

"张先生？张嘉栋先生？"岳然只觉得世界真小，而且完全不知道 Emma 想说什么。

"怎么说得这么见外呢？你快别装了，我和白总还是有些私交的，她可是和我说，张总是要和你里应外合，把 BYT 如何如何的，让我不要太介意。"Emma 说完，冷冷地瞟了瞟岳然，和之前活泼的样子截然不同。

岳然听到 Emma 这句话后，脑子开始飞快地运转起来："您真是说笑了，我和张先生没什么的。而且，也不知道您说的白总是谁。"

"哦？那好吧，你不爱说，我就不多问了，你回去吧，我换好衣服自己过去就可以了。""砰"的一声，Emma 用力地关上了门，留下岳然一人在门外。

岳然一边往回走，一边思索着 Emma 的话，其实，Emma 口中的白总也不难猜，应该就是白玲珑吧。越想越觉得这里有什么阴谋，既然已经有人告诉了自己，那无论是否真实总要有所防备，岳然想着便掏出手机，将张嘉栋拉入了黑名单当中。

刚回到彩排现场，岳然便开始重新准备彩排，还好，这次岳然调动了全部的注意力，几次彩排后都没再出现什么问题，岳然和杨晟夫妇确认了一些细节后，便准备回去休息。

正好苏珊也忙完了工作，两人一起回宿舍，苏珊担忧地问："然然，那个 Emma 没为难你吧？"

岳然摇了摇头："没有啊，怎么感觉今天所有的问题都怪怪的？"

"确实是怪，那个 Emma 竟然没有为难你。"

"到底怎么回事儿啊，快点说清楚。"岳然显得有些茫然，皱着眉头看着苏珊。

"刚才 Emma 去找 Serena 的时候，宁佳佳正好在，结果被泼了一杯水。"

"什么？为什么？"

"这个 Emma 一直在追求张嘉栋，知道宁佳佳陪着出海还差点儿出了海难，自然对她很不客气，如果让她知道张嘉栋这么死乞白赖地缠着你，她肯定会找你的麻烦，你一定要小心，小心，再小心。"

"哦，她已经知道了吧，而且刚才还和我说了些奇奇怪怪的话，还说到了白玲珑，弄得我莫名其妙的。"岳然把 Emma 刚才说的话重复了一遍，苏珊也猜不出头绪。

"呼，不管了，反正我已经把张嘉栋拉黑了。"岳然长出了一口气，靠在了床上。

"哈哈哈，我就知道，你不是这样的人，我原谅你啦。"宁佳佳突然开了门出现在房间里，这让岳然和苏珊都吓了一跳。

两个人无奈地摇了摇头，对视了一眼，又看了看宁佳佳，岳然无奈地说道："不管怎样，你开心就好，被 Emma 泼了杯水，还好吧？"

"非常好啊！"宁佳佳毫不在意地说着，"其实，岳然，对不起。Emma 让我知道了，我吃醋时的样子有多丑、多可笑。而且，也让我知道了，惦记着他的人真是太多了，真是螳螂捕蝉黄雀在后。"

岳然一愣："啊？好了，好了，我要出去吹吹风了，你俩歇着吧。"

走在海边，吹着清爽的海风，可是 Emma 对岳然说的话却仍旧让她很困扰，如果真的是这样，不管张嘉栋接近谁对 BYT 来说都是一种危险，于是岳然在犹豫之中还是拨通了谢梵羽的电话，一边满心期待地听见谢梵羽的声音，一边又不停地安慰自己要以工作大局为重。

谢梵羽掏出手机看到岳然的来电，满心兴奋，于是连忙接起电话。

"然然，怎么样，工作都还顺利吗？"

岳然听着谢梵羽那些激动的声音，心里也有了一丝慰藉："还好，没什么大事，只是今天听人说起一点事，想来想去还是要和你说。"

"你说。"谢梵羽等待着岳然的回答。

"今天听别人说起白玲珑和张嘉栋是关系比较不错的朋友，不知道为什么感觉不好，自己又想不通，还是告诉你吧。"岳然说完白玲珑的名字后又咬了咬牙。

谢梵羽挑了挑眉："没事，不要在意那些，只要你好好工作，开开心心的就可以，然然，那天的事真的抱歉，无论如何，你都是独一无二的……"

岳然打断了谢梵羽的话："我知道，一切都等我学习回来再说吧，我会加油的。"

"嘟嘟嘟……"谢梵羽听着手机中传来的忙音，不禁一阵失落，但他又回忆起岳然传递的信息，手不自觉地托住了下巴，看来自己安排的事情，还是很有必要的。

岳然仍旧在海边散步，不自觉地想着谢梵羽，恼人的电话铃声便响起来了，她接起罗菲的电话，听见电话那头传来焦急的声音。

"不好了，陆昊和 Lucas 吵起来了，看样子好像要出事，你快过来吧。苏珊你也叫下。"

挂了电话，岳然拔腿就跑……

09 没有不散的宴席

当岳然赶到现场的时候一切似乎已经恢复了平静，只有满地的碎玻璃渣能证明不久前这里发生了什么，罗菲和苏珊围坐在陆昊身边，3 个人都一言不发，气氛显得格外的沉重。

岳然调整了一下自己的呼吸，并没有直接向 3 人走去，而是叫来了保洁，"Souma，麻烦您把这里清理一下，另外，如果以后遇到这种状况，还是应该及时处理的，否则很容易出危险。"岳然礼貌地说着。

Souma 自然接受了，快速地恢复了这里的一切，对岳然说了几声抱歉，便离开了。

坐在一旁的 3 个人看着岳然的做法不禁有些脸红，陆昊更是不停地搓着掌心，把头埋得更低了。

"说说吧，到底怎么回事儿？"岳然叹了口气向 3 人走来。

一时间，3 个人全部陷入了沉默，罗菲看了看陆昊，又看了看岳然，欲言又止，苏珊无奈地摇了摇头打破了沉默："说说吧，到底是怎么回事儿，我到这之后，你们俩就一句话也不说，到底是怎么了，陆昊你都这么大人了，还要我们这么担心吗？"

可无论苏珊说什么，陆昊依旧低头沉默着，苏珊见陆昊越是这样，心中便越是着急，她咬了咬自己的嘴唇，拉起罗菲的手。

"罗菲，当时你在现场，你就说说吧，到底为什么啊？发生了什么事儿啊？"

罗菲又用眼睛瞟了一眼陆昊，见陆昊还是没有反应，便开了口："一开始因为什么吵起来我也不知道，我只是听到走廊这边有声音，我就过来看了，结果就发现陆昊和Lucas在那里吵起来了，吵得还特凶，我没办法就给你俩打了电话。"

虽说罗菲开了口，却依然没有说明事情发生的原因，岳然的眉头紧皱着，她看着陆昊那微微颤抖的嘴唇，有些压不住心中的火。

"你不说那就我说，陆昊，我真不知道你是怎么想的，都这么大人了，还能这么冲动，你以为现在是在学校里吗？打架之后吃吃饭就没事了？你有没有想过你这么做之后是什么后果啊？抛开对酒店的影响不说，你想过你自己吗，你替苏珊考虑过吗？"

罗菲听到这抿了抿嘴唇："然然，可能陆昊他真的有什么苦衷吧。"

"苦衷？就算真的有，他也不肯说，倔得像块石头，你别替他在这儿打圆场了。"苏珊的情绪也被岳然的话带动，心中既难过又无奈。

"好了，你们都别吵了，我没动手，门厅那儿的雕塑是我碰倒的。"终于，陆昊开口了。

岳然见陆昊开了嘴，自己也坐下来，稍微调整了一下自己的情绪继续对陆昊问道："那请问到底是为什么，你和Lucas会吵起来，而且还吵得那么凶。"

陆昊咽了咽口水开始讲述起事情的原委："今天是我妈的生日，我原本想打个电话，却被Lucas撞见了，结果他没等我解释，当着好多人的面劈头盖脸地骂了我一顿，主要是那头我妈的电话还没有挂，本来是想让她开心，结果却成了这样，我没控制住自己的情绪，就这样了。"

"就这样了？"岳然等人似乎对陆昊的回答并不满意，因为在她们的印象里，陆昊并不是像他自己所描述的容易情绪失控的人。之前也和Lucas不愉快，但至少还知道忍让。而Lucas作为客务总监，也不会在大庭广众的情况下破口大骂的，岳然有些想不通，但此时陆昊的状态她也无法再继续追问，便只能暂时选择相信。

"那Lucas那边怎么说？"苏珊眼神中充满焦急。

罗菲长长地叹了一口气："Lucas 当时说一定会按照酒店的制度处理，而且看起来，他特别生气。"

"如果像 Lucas 说的那样，陆昊一定会被开除的，然然，能不能帮忙想想办法？"苏珊哽咽着看向岳然。

岳然咬了咬牙："我能有什么办法？"

罗菲快哭了："要不，我去求求 Lucas？"

"求什么求，罗菲！我不用你帮我，大不了我不干了，我不用他们开除我。"陆昊额头上青筋鼓起，甩下一句话，便离开了。

苏珊生怕陆昊再做出什么出格的事儿，便连忙追了出去。

罗菲站在那里有些摇摇欲坠，岳然有些无可奈何，但却始终觉着有些不对，一时间也想不出所以然。

找 Lucas 显然是不合适的，因为原因都不知道，贸然去认错、道歉都是不好的。尤其是不能让罗菲再羊入虎口，于是岳然说："罗菲，我们先回宿舍吧。你千万别去求 Lucas，那样，只会让陆昊更难堪，对你也没有任何好处的。"

说着，拉起罗菲的胳膊，往回走。

罗菲叹了口气，岳然说得有道理，她无力反驳。

岳然心里十分明白，陆昊的事情只能靠他自己解决。回到宿舍，没一会儿，苏珊也回来了。

"然然，陆昊要辞职了。"苏珊压制着自己的情绪说道。

"闹成这样，我们都帮不了他的。"岳然安慰着苏珊。

苏珊点头："如果他离开了 BYT，我……"

"你们已经分手了！苏珊。"岳然打断她。

"可是，我……"苏珊停顿了良久方说，"你说得对，谁也不是谁的救世主，况且，每个人的路都是自己走出来的。"

岳然拍了拍苏珊的胳膊："其实，陆昊在这里并不快乐，离开未必不是好事。以他的能力，回国也好，回去泰国也好，都能找到很好的工作，只要他没有忘记想成为酒店职业经理人的梦想。"

杨晟的婚礼顺利举行，每个环节都很精彩，也让人难忘，可是关于陆昊的事也尘埃落定了——人力资源部还是做了辞退陆昊的通报。

夜晚的海边，海浪声声。

"哎呀，干吗都丧着个脸，以后又不是不见了，我没什么的，BYT不留我，自然有留我的地方，这不，我这边刚被辞退，曼谷HLS的HR就来找我了，大家好不容易抽出时间吃个饭，能不能高兴点儿啊。"陆昊脸上挤出有些难看的笑容，举起一听酒，一口喝干了。

"谁会担心你，一点儿都不安分，我是担心然然，她去英国的签证下来了，没几天就要走了，酒店工作这么忙，这顿饭可能是她走前的最后一次聚餐了。"苏珊白了一眼，又不舍地看着岳然。

"陆昊说得对，这才多大点儿事儿啊，弄得跟生离死别一样，能不能都别垂头丧气的了，这件事儿只是咱们灿烂光辉的人生中小小的一笔，没什么大不了的。"岳然也举起酒杯。

"后悔的只是让你们担心我，但是既然事情已经结束了，那就不要纠结过去了，也是因为这件事儿，咱们之间的情谊更深了不是吗，反正不管在哪，我们始终是好朋友，最好的朋友，那句古话怎么说来着？"陆昊站起身拿着酒杯想着已经到嘴边的那句话。

"天涯若比邻。"罗菲顺着陆昊的话脱口而出。

"哈哈哈，对，天涯若比邻。"

"天下没有不散的宴席，只是早晚的事，不在同一个酒店也无所谓啊，指不定哪天就又在一起了。"宁佳佳望着大海，喃喃地说道。

离别的酒往往更醉人，愁绪随着一杯又一杯的酒也浓烈起来，几个人回忆着在BYT的种种，一会儿哭一会儿笑，直到太阳初升。

10 浪漫的分别

终于，岳然也迎来了前往英国学习的日子，她对这个机会也格外的珍惜，因为谢梵羽曾告诉过她，一定要珍惜每一个在工作时期的学习机会，这种学习机会的收获往往比学校里要来得实际更多。

到了离开的日子，苏珊、罗菲、宁佳佳来为岳然送行，这次的离别没有眼泪，只有朋友玩笑间表露出的关怀和不舍。

回到曼谷，是 Tony 来接她，并说总经理去了吉隆坡与张嘉栋就马来西亚的项目进行考察。

这种不用说再见的离开也蛮好的，要不，岳然不知道自己会不会哭，虽然和谢梵羽正式交往没几天，还遇到了这么多的事，但每天晚上，收到他道晚安的消息时，还是很温暖和心安的。

听到机场的广播，她便踏上了通往新世界的道路，义无反顾。

飞机上，岳然原打算睡觉的，可是昨晚休息得太好，索性打开 Tony 转交的笔记本，上面都是谢梵羽给她留的作业。这样被鼓励和督促的感觉还是挺好的，岳然不自觉地弯了唇角。

飞行还是漫长的，不知何时睡去的，只是一觉醒来，仿佛已经嗅到了伦敦那有些潮湿的空气。

下了飞机，走出海关，提取了行李，有点茫然地看着这个陌生的地方，找着大巴车站所在，忽然感觉肩膀传来一阵温暖，便回头朝着那温暖的方向望去。

惊愕、惊讶、惊喜，好几种情绪一股脑地涌上心来，岳然看着站在自己身后的谢梵羽，眼眶便不自觉地湿润了，这比电视剧的桥段还让人意想不到。

谢梵羽脸上挂着温暖的笑容："忙完了吉隆坡的事情，放心不下你，所以就赶来了，时间刚刚好。"

岳然似乎被施了魔法一般，傻傻地望着谢梵羽，眼眶有些酸胀，一下抱住他的腰，把脸贴在他的胸口，听着他的心跳，终于知道这是真实的。

她良久才抬起脸："你真的过来了？"

"是的，因为想你！"谢梵羽点着头说，让岳然的心又不规律地跳动起来。

伦敦的天气雾蒙蒙的，谢梵羽预定了接机的车辆，很快就等到了，来接他们的竟然是辆红色的捷豹，在烟雨朦胧中却显得那么与众不同，就连空气中也充满了浪漫的味道。

岳然紧张得说不出话，只能把脸看向窗外，透过风挡玻璃上的水气，可以模糊地看着谢梵羽。

"我今晚还要回去，一会儿会去拜访我的老师，我的时间不多，我长话短说。"

岳然转过头来，仔细地听着谢梵羽官方的说辞，有些不知所措。

"岳然，我只想告诉你，我的态度，我会一直像我所说的一样，你始终是独一无二的你，而我，终究也不会轻易放弃。在英国的这段时间，我希望你能努力，我会不定期地来关注你的状况，你一定要努力学习，而且，你的身边也都是我的人，千万别做什么让我伤心的事儿，不然我一定会像今天这样突然出现的，一定会的。"

岳然突然被谢梵羽说的话逗笑了，她没想到，一向沉稳干练的总经理竟然也会有这样可爱的时候。同样的，岳然的幸福感和满足感也全部充盈起来，她调皮地看着谢梵羽："也就是说，我只要做错事儿你就会出现喽？那我可得多错一点儿，就能经常看见你了。"

"那可不行。错多了可是丢我的脸。"谢梵羽脸上的表情依旧认真严肃，"我是很认真的，你一定要记住我的话。"说着谢梵羽又看了看手表。

"记住，一定要努力啊。"

从机场到萨里大学并不远，抑或是相聚的时间总让人觉得短暂，没一会儿，就到了岳然即将学习的地方。

谢梵羽帮她办好了入学手续，又亲自带着她见了自己的导师，才将她送去早已安排好的宿舍。接下来的半年，她都将在这里学习和工作。

分别即将到来，岳然看着谢梵羽，郑重地说："我会好好努力的，你放心吧。"说完，她轻轻凑到谢梵羽的唇边，留下印记后便欢快地回到宿舍楼里。

记得上大学那会儿，因为老爸出差，彭阳也要去自己的学校，结果就是她自己去的学校报到。而这次，竟然是他千里迢迢追来，没有比他亲自来送自己上学更有动力的了。

经过几天的熟悉后，岳然很快就适应了在这里的学习和生活，她的心安不单单来自于谢梵羽，在她到英国的这几天里，也接连听到了几个好消息。虽然苏珊因为放心不下陆昊回到了曼谷的 BYT，但回到曼谷的苏珊很快抓到了机会，升了职，做到了大堂经理的位置，而且听苏珊说陆昊在 HLS 中也顺利地成为前台接待，好朋友们相继传来好消息，这让身处异国他乡的岳然也充满了干劲儿。

一切似乎都在往好的方向发展，每周的四天实践工作让岳然在课程上的内容能够更好地消化，学校的老师、实习酒店的同事，都非常 nice。正是这些，让岳然在这段时间里忘我地学习，并且在超五星酒店的实习中，也仔细观察，通过实践了解着更多优秀的管理方案。

固然学习与工作加在一起的压力会很大，但岳然始终觉得，自己在这股压力之中会有很大的提升，从一开始的局促不安，现在也变得从容自信了，等她回去的时候，一定会让他满意的。

一周两天的课程结束了，接下来便又是在酒店中的实践，岳然和同样来自BYT 的同事印尼人尤兰达，一起分在了管家部。本就有着一定工作经验的她做起来很得心应手，时不时地也帮助尤兰达解答一些工作上的问题，通过工作上的沟通和私下的交往，岳然和尤兰达之间变得默契起来，友情也随之变得深厚。

这天下了中班，已接近午夜，岳然和尤兰达穿过酒店的花园温泉往更衣室走，岳然突然感觉自己被掐了一把，立刻皱着眉头看向尤兰达。

可尤兰达一下子捂住了岳然的嘴，用手指了指花园后山的影子，岳然的视线顺着尤兰达指的方向看去，一对人影正紧抱在一起，你侬我侬。

可能是那两个人听到了岳然和尤兰达的脚步声，便急匆匆地从后山中走出，正好与刚要离开的岳然和尤兰达撞了个照面。

岳然和尤兰达低着头表示歉意，可对方没有回应，只是急匆匆地消失在了夜色里。

11 现实远比小说精彩

岳然和尤兰达望着远去的背影有些错愕，尤兰达小声嘀咕道："这人好像是今天刚刚入住的，只不过刚刚那个男的的体型好像不是她的丈夫啊。"

岳然也同意尤兰达的观点："只不过他们走来的方向逆光，没太看清楚那个男人的脸。"

"也就是说他们俩看咱们一定是清清楚楚的，Lenka！我怎么有种不祥的预感，我们会不会被投诉啊？"

岳然叹了口气："咱俩都下班了还在这儿瞎溜达，碰上这种事儿可能真的没什么办法，祈祷吧，希望不要被投诉，那样的话咱们 BYT 的面子就太难看了。"

带着满心的不安，两个人还是回到了住所，尤兰达对今晚遇到的事仍然感到不安："Lenka，你说咱们今天碰到的那两个人不会真的是有什么猫腻吧。如果咱们遭到投诉，一定得拿出真相来自保。"

"我倒希望是她有问题，这样的话，或许咱们就不一定会被投诉了。"岳然无奈地叹了口气。

"嗯，你说得也有道理，算了算了还是睡吧，明天又是充满希望的一天。"

"对啊，明天一定是充满希望的一天。"岳然随手关了灯，伴着窗外偶尔传来的汽笛声，两人便进入了梦乡。

第二天一早，两个人早早来到酒店，准备当天的工作。或许是因为巧合，岳然在看了自己负责的宾客名单后竟发现了昨天撞到的那个女子。

尤兰达看着岳然微皱了眉，便凑到岳然跟前："Lenka！怎么了，怎么一大早就愁眉苦脸的？"

岳然将宾客名单放在尤兰达手里："我相信，你看了之后表情一定会比我更难看。"

听了岳然的话尤兰达心里一阵莫名的紧张，当尤兰达合上宾客名单时，脸上的表情果然更加难以捉摸。

"怎么办，一会儿还要一对一地回访？"尤兰达的语调中带着一丝绝望。

"呼，硬着头皮也要上，撞见她又不是我们的本意，更何况就算是被投诉，我们也应该维护好自己的客人。"

"好吧，那就一起加油。"

两个人怀着忐忑走访了一个个自己负责的客人，终于到了去回访查利夫妇的时刻，两个人提心吊胆地敲了敲二人所在房间的门，毕恭毕敬地站在门口等待着屋子里的回应，可过了许久也没有一点儿动静，随即两人便再次敲门，隔了很久终于听见从门里传来的声音。

"谁？"

"查利先生您好，我们是管家部的员工，负责您二位的一切问题，今天来是想给您做个回访，看看有没有什么需要调整的服务。"尤兰达在房间门外客气地说道。

突然，房门一下子被打开了一个小缝，岳然透过缝隙看到了查利先生，刚对上眼，岳然便被吓了一跳，但她又连忙调整好自己的状态："查利先生您好，我是 Lenka，请问您有什么觉得不适应的地方吗？"

查利像是被问得一愣，本就布满红血丝的眼睛散出些许慌张："没，没，都挺好的，我太太还在休息。"

话音刚落，房门便死死地被关上了，岳然和尤兰达交换眼神后便在门外客气地道谢并离开了。

接连 3 天，两人没有得到被投诉的消息，但同样没有消息的还有住店的查利夫人，岳然和尤兰达越想越觉得不对，一种不祥的预感在心中出现。

"尤兰达，我觉得，我们有必要和经理说明一下情况，我现在一想起那天查利先生的眼神都觉得有些可怕。"

尤兰达连忙点头："我们现在就去。"

很快，尤兰达和岳然将第一晚撞见查利夫人以及接下来几天的情况，向值班经理玛莎做了汇报，原本以为会受到处罚的两个人，非但没有被玛莎批评，反而被她的话说得暖心。

"咱们做酒店的，服务很关键，但细心和细节同样重要，这样，你们俩跟我来，去找安保部和客房部的负责人再说明一下情况，看看查利夫人是不是真的出了什么问题。"

岳然尤兰达二人反映的问题很快得到了重视，酒店安保部和客房部联合调查，在通过对客房服务人员以及酒店监控调查后发现，查利夫人最后出现的时间就是当晚岳然和尤兰达撞见她的时间。除此之外，再也没发现查利夫人出入过酒店，同样值得注意的是，查利每天出入的时间也比较晚，而且每次出门都行色匆匆，也许真的有什么不好的事情发生了。

酒店为此火速召开会议并成立行动小组，由客房部、安保部和管家部中的岳然与尤兰达联合调查查利夫人失踪一事。

会上，岳然大胆地说出了自己的猜测："或许是因为查利先生得知夫人偷情，一怒之下将其杀害了，我觉得以我们那天的观察，这种事真的有可能发生。"

"我同意 Lenka 的观点，经过我们安保部的排查，查利先生行踪确实可疑，我建议客房部配合，看看那个房间背后到底是不是藏着秘密。"安保部负责人老亨利的支持让岳然感到暖心，虽说只是在这里学习，但酒店中所有的人心好像都是朝着一个方向，这种向心力深深地感染着岳然。

很快，行动在会议结束后便开始了，客房部经理莫瑞萨带着安保部的工作人员以及岳然和尤兰达来到了查利先生的房间，刚打开房门，便迎面扑来一阵刺鼻的腐臭，众人顺着气味寻去，发现浴室中布满血迹。

随即安保部又传来消息，部门中一名保安——乔治也在查利夫人失踪的这几天失联了，可能与此事有着重大的关联。

此事的发生，引起了酒店各个部门的重视，酒店负责人商讨着应对方案，大家凑在一起没日没夜地调查着所有的蛛丝马迹，整个酒店团队都很紧张，终于，在两天的调查后传来了一些好消息，酒店后厨的一个清洁工——辛普森竟与失踪的乔治有着不正当的关系。

在反复确认了消息的真伪后，酒店前台部的一名员工——麦克自告奋勇，主动申请接近那名清洁工，由于麦克千方百计的明示暗示，终于撬开了那名清洁工的嘴。

"呼，实在是太险了，我马上就要节操不保了，还好你们来得及时。"麦克神色不宁地喘着粗气。

"辛普森已经全都交代了，我说他喜欢安保部的乔治时他就已经绷不住了，他满脸扭曲地说乔治已经不在了，只会爱惜我，我的天，我心都要跳到嗓子眼儿了，还好没事儿，我去工作了，你们要加油。"

终于，在所有人的努力之下，辛普森被绳之以法，酒店通过自查后将辛普森移交给警局，辛普森对杀害查利夫人以及乔治的事供认不讳。原来，辛普森出于对乔治的喜爱，在得知乔治的背叛后便起了杀心，而关于查利先生，却因其知道查利夫人偷情，且发生过争吵和推搡，在其回来后，就发现查利夫人死了，他以为是自己失手，所以将其碎了尸……

岳然听着案子的结论吓出了一身鸡皮疙瘩，下班后，她便迫不及待地给谢梵羽拨了电话，寻求慰藉。

12 总有种被设计的感觉

"总经理，鬼知道我这几天经历了什么，这是我在酒店中见所未见，闻所未闻的情况，不对不是在酒店中，是在我所有人生经历中！"

电话另一端的谢梵羽听着岳然激动的声音，关切地问道："怎么了？然然，发生什么事儿了？你慢慢说，别怕，别着急，我在。"

谢梵羽的安慰让岳然紧张的情绪有所缓解，岳然便一点一点地将整件事情的来龙去脉对谢梵羽述说了一遍，令岳然没有想到的是，谢梵羽的回答竟有些出乎自己的意料。

"然然，不要害怕，这次的事情，你处理得已经很好了，更何况，丑陋的人性本来就存在于万事之间，不仅仅是酒店，我想对于酒店来说，这只是一个个例，也许今后你都不会再遇到这样的事。但是我想说的是，在这件事情的处理上，酒店可以说是非常到位了，他们那里的氛围想必你一定感受到了，那种齐心协力，为了一个目标而努力的精神，也许就是我们现在所欠缺的，并且，通过自查揪出凶手与警方介入揪出凶手的结果是截然不同的，前者能够更好地向外界展示酒店的能力，而后者酒店不知道要花费多少公关、多少时间才能磨平顾客对酒店的疑虑，然然，这些我们都还需要学习。"

岳然觉得谢梵羽说得有道理，对着电话频频点头，似乎事情过后，惊吓之余被谢梵羽这么一说，自己对酒店的理解更通透了。

"就算你说的对吧，但是我还是有点儿怕。"岳然缓解了情绪，向谢梵羽撒起娇来。

谢梵羽也换了轻松的语气："对了，我上次忘了告诉你，如果你表现得好，也会有奖励，8 月份时，我会去给你们上一次课，这段时间你最好好好表现。"

这个消息无疑让岳然整个人再次兴奋起来，但面对谢梵羽不能太主动这条定律被自己死死地记在心里，于是岳然强忍着兴奋有些嫌弃地说："那岂不是要叫你老师了？好烦啊，不是总经理，就是老师的。"

"是啊，都这个时候了，你还总是叫我总经理，这是不对的。"

"啊？那叫什么？"

"你说呢？"

"啊呀！"岳然忽然一声惨叫。

吓了谢梵羽一跳："怎么了？然然？"

"那个！我不知道该怎么称呼你啊，不管是中文名字，还是英文名字，都觉得有些叫不出口，反而是总经理好顺口哦。"岳然笑了，"你看过《情定大饭店》没有？宋慧乔每次叫总经理的时候，我都觉得心快融化了。"

"借口！不过这个借口找得不错。"两个人愉快地结束了对话，彼此便都投入手头的工作当中。

努力的日子过得很快，转眼间已经到了 5 月下旬，这让每天数着日子等待谢梵羽的岳然更加兴奋起来，每天尽自己所能地努力学习，希望让所有的时间都充实起来，这样日子过得也会很快，岳然拿出自己十二分的精神状态面对每一个自己经手的客人，她所在实习酒店的经理也对岳然赞赏有加，可未承想，忙碌而平静的日子再一次被打断。

这天岳然依旧活跃在人员最密集的前台与客房之间，忽然两个熟悉的面孔好像正在远处对自己打着招呼，岳然不自觉地走近两人，仔细一看，竟然是 David 与彭阳，岳然脸上有些错愕，一时间愣了神。

David 却主动走上前来："好久不见啊，Lenka，没想到咱们这么有缘，在英国都能碰上。"

岳然连忙晃了晃脑袋，缓过神来："是啊，没想到能与您在这儿相遇，想必真的是有缘吧。"岳然说这话时，眼睛有意无意地朝着 David 身后的彭阳瞟去。

David 微笑着点点头："那这段时间还请 Lenka 多多照顾了。"

岳然也客气地回应："哪里的话，David 先生，我们一定送上最好的服务。"说着岳然便帮 David 和彭阳办好了入住手续。

在去往客房的路上 David 轻松地与岳然聊着天，看起来很开心的样子，而彭阳跟在 David 的身后，一言不发。

很快岳然便将 David 送到了客房门口，准备道别，可 David 脸上却显露出一丝遗憾，他用指尖轻轻地碰了碰鼻梁："在这异国他乡还能遇到故友，只是短暂的路程不能让我聊得尽兴，不知道岳小姐一会儿是否能赏光一起喝点儿东西，叙叙旧？"

岳然礼貌地看着 David 的眉梢："盛情难却，那一会儿等您休息过后，有时间可以过来找我。"

"好，等我。"David 说完便依旧带着那一脸的微笑进到了房间。

岳然回去的路上表情显得沉重得多："不知道这次见到 David 又会发生什么。"

当岳然刚刚回到岗位上时，David 便寻来了，二人走到了酒店对面的咖啡馆中，David 找了个靠角落的位置坐了下来。

岳然虽然不情愿，但出于工作原因还是保持着礼貌的微笑，随着 David 坐到了那个角落中。

"不知道岳小姐是什么时候来到这儿的，是跳槽了吗？"David 晃了晃手中的咖啡，装作一本正经的样子。

"不是的，这次来这边，是 BYT 给提供的学习机会，有幸来到这里学习半年，在这里我确实收获不少。"岳然没理会 David 的假正经，认认真真地回答了他的问题。

"想必 David 先生这次来英国又是有什么重要的生意要谈吧。"岳然礼貌地与 David 保持着对话。

"我发现有的时候，你还真是可爱，一本正经的工作确实适合你，谁看了都会很有好感的。"David 依旧按照自己的习惯对岳然打趣。

岳然听了 David 这话，脸上有些发热，可表情始终没变，依旧是培训时那标准的官方微笑。

"其实，这次来英国是受人所托，受萨里大学的邀请，来给空间技术与行星探索系讲课的，为期一周。"David 用搅拌棒轻轻敲击着咖啡杯。

"啊？那么深奥？您不是做通讯的吗？啊，不是……"岳然有些惊讶，但赶紧管住自己想要脱口而出的话，"想必您一定会很辛苦，我这边还有些事要处理，暂时就不能陪您了。"说着岳然借着手机信息的理由便溜走了。

David 看着岳然的背影，嘴角上露出一丝微笑，她不知道的还有很多。

转天，岳然依旧在自己的岗位上忙碌，只不过还是会担心 David 的挑剔，工作的时候格外小心，好不容易熬到了午休，突然接到了经理的电话，岳然便应着经理的要求，向经理的办公室走去，在去往办公室的路上，岳然开始回忆自己这段工作上是否存在问题，在反复确认之后，岳然便自信地敲开了经理办公室的门。

"经理，您找我？"

经理点了点头，直接切入正题："是这样的，David 先生想请你做向导，陪同游览一番，因为 David 先生说，你与他是故交，考虑到我们酒店的服务质量，我们便答应了 David 先生，这几天由你来负责他的行程安排。"

就知道 David 来了不会有好事，岳然郁闷得很，但经理的话，她无法拒绝，只好勉强答应了下来。

第九章
黑雾迷离

"金品上则黄，中则赤，下则黑。

黑金是铁，赤金是铜，黄金是金。"

人品上则明，中则混沌，下则卑劣。

明是人，混沌是人，卑劣亦是人。

商海浮沉，胜者则为正道。

01 距离一点儿也不美

David 这次并不是自己负责的客人，但不管怎样，客人的一些合理要求都是他们酒店要满足的，再不愿意也没有办法。

回到宿舍，岳然还是忍不住和谢梵羽吐吐槽。

铃声响了半天谢梵羽才接起电话："怎么了？然然，出什么事儿了？"

岳然听着电话那头谢梵羽传来紧张却疲惫的声音有些紧张："我，我没事儿啊，总经理，你怎么了？声音怎么这样？"

谢梵羽叹了一口气："小姐姐，请您看一下现在的时间好吗？"

岳然一脸无辜，抬起头看了看："还早啊，差一刻到 8 点，你居然能这么早就睡了？不会吧？"

谢梵羽听过岳然的话后，感觉头部像被什么东西扎了一样："我正式地再告诉你一遍，请你记牢，此时此刻的我，在泰国，而你在英国，我们之间差了 7 个小时，你懂吗？"

岳然掰着手指数了半天："7 个小时的话，梵羽你在睡午觉啊。"

谢梵羽的所有困意被岳然的话逗得一扫而光："哈哈哈，真的，然然，我开始为孩子的智商担忧了，曼谷比英国快 7 个小时好吗？"

岳然一听，耳朵一红："去去去，谁要跟你生孩子。"说完又立刻转了语气，"对不起，梵羽，我真的忘了时差的问题了。"

"没事儿，反正我现在也不困了，你有什么事儿就说吧。哦，对了，刚才你叫我什么？"

"啊？总经理啊！还能是什么？"岳然呵呵一笑，开始抱怨道，"就是这样喽，原本以为经理真的好心给我放假，没想到让我去给 David 当导游，我本来就不想和他接触，梵羽！怎么办，怎么办，怎么办？"

谢梵羽的回应似乎没有那么令岳然满意："然然，其实，我觉得你大可不必因为这件事烦心，虽然说 David 这个人我也不是很喜欢，但是抛开这个人不看，这件事可以说是正常的工作，所以，工作的话就要用工作的心态来对待，如果你能够拿出你平时工作时的状态，应对这三天应该没有问题，实在不行，你就当他是个陌生的客人，这样对你以后也会有帮助的，然然，真的不要被情绪左右太多。"

为什么，他就一点儿都不担心 David 会把我拐走呢？岳然自然知道谢梵羽说的话确实是有道理的，但是此时的岳然想听的并不是什么会议总结、工作安排之类的说辞，而是希望谢梵羽能真的哄哄自己，只是安慰一下自己的情绪，可这些，她没有办法说。

"好吧，我的总经理，我一定会认认真真地对待的，你快休息吧，晚安。"岳然有些失落，面对这样一个大直男还真是有些没有办法，而且，离得这么远，都没有安全感了。

电话刚刚挂断，便又聒噪地在耳边响起，岳然心中一喜，以为是谢梵羽认识到了错误又拨了回来，可电话接通后听到的却是苏珊的声音。

"然然，怎么样啊？伦敦是不是很浪漫？"苏珊因为升职，虽然变得忙碌起来，但心情一直都是不错的。

"唉！就我一个人浪漫什么啊，我都快被气死了。"岳然沮丧的声音很快传到了苏珊的耳朵里。

"我说然然，每次给你打电话怎么就听不到一点儿好消息呢，说吧，谁又怎么你了？"

岳然对苏珊说着今天发生的事以及谢梵羽的回应，一边说着一边咬着牙。

"对了，苏珊，这事儿你可千万得保密，这要是让宁佳佳知道了，我估计她又没完没了。"

苏珊摇着头："放心放心，我肯定不会告诉她，不过讲真的，我没觉得 David 对你有什么企图，你是不是担心那个张嘉栋也跟来啊？"

"是的啊！"还是苏珊了解自己，岳然连连点头，虽然苏珊看不到。

"毕竟也是三天假期，平时又没空逛，那可是伦敦啊，不管身边是谁，都好好看看吧，而且，我想，总经理应该是心里有谱的，因为这里的接待名单上，张嘉栋后天到哦，你放心吧。"

"啊，太好了。"岳然终于感到活过来了。

"好了，我可要休息了，都快3点了。"苏珊挂断了电话，岳然独自在房间中凌乱。

"咚咚咚。"一阵敲门声传入岳然的耳中，她急忙披了件外套，走到门前。

"来了，来了。"

门一开，岳然一下子傻眼了："David先生，您怎么到这儿来了？"

站在门口的David一改往日的西装笔挺，身上穿着休闲polo衫，让他看起来格外亲近，他对着岳然微微笑道："这还不是拜岳小姐所赐，我可是问了好几个人才找到这儿的。"

"啊？"岳然听着David的话更是发蒙。

David看着自己面前发愣的岳然，眼神中更是多了几丝温存："哦，可能是我的手机坏了，给岳小姐发消息，总是发不过去，这不是酒店安排你做我的导游吗，我想着跟你确定一下行程。"

岳然这才缓过神来，但却更加尴尬了："啊，是这样啊，不好意思，张先生，之前有几个小朋友缠着我一直要玩我的手机，好几个朋友都被误删了，我这就把您加回来，实在不好意思啊。"

David微微一笑："小朋友不听话可是要打屁股的啊，好了，打扰你休息了，那我就回去静候佳音了，期待接下来的几天，晚安。"

见David消失在了自己的视野中，岳然"砰"的一声关上了门，整个人几乎处在了崩溃的边缘，在面壁了10分钟后，不情愿地拿出了手机，从黑名单的列表中将David拉了回来，随后，又开始上网翻查伦敦的旅游攻略。

虽然是放假，但是岳然仍然很早就起了床，看着放在床边整理出的旅游攻略，还是满意地笑了笑。

"您好，有时间吗？"岳然吃过早饭就立刻联系David，准备汇报这几天的行程。

"当然了，只要是你打电话，什么时候我都有空。"

岳然对 David 这样的话有了抵抗力，不卑不亢地回答道："是这样的，Mr. David，我现在大致和您说一下这几天的安排，然后我会发到您的助理那里。"

"要去的地方大都是伦敦一些比较著名的景点，先后的顺序是这样的，大英博物馆、牛津街、白金汉宫、圣詹姆斯公园、唐宁街 10 号、议会大厦、格林威治天文台、格林威治公园、泰晤士河、考文特花园、圣保罗大教堂、圣保罗教堂。"岳然一口气说出了这些地方，等待着 David 的回应。

"很好，都是很有标志性的地方，其实岳小姐怎么安排都是合理的，我没什么意见，对了，这个行程不必发给彭阳，这次只有我们两个人。"

啊？彭阳还真是惨啊。岳然想了想，只好答应道："那好，那 9 点的时候我在大堂等您。"

"好的，不见不散。"

02 每个人都是多面的

从萨里大学到伦敦，不过是半个小时的车程。三月的伦敦还是有些寒冷的，但今天的天气还是不错的，晴空万里，和人们对伦敦是个雾都的印象截然不同。

岳然的心情也因此变得晴朗，两个人按照安排的路线，第一站来到了大英博物馆。

排队进入的时候，岳然的期待之情溢于言表，因为这里有很多珍贵的文物。

David 看到觉得可笑，便说："这么期待干吗？都是被掠夺来的东西而已。"

"啊？"岳然皱眉，原本挺激动的心情，仿佛被浇了一盆凉水一般，也是，那些原本属于自己国家的文物，却只能在千里迢迢之外看到，任谁也不可能是没有痛心感的。

岳然只好岔开话题："David，你的中文说得这么好，和中国有什么渊源吗？"

"没有！"David 毫不犹豫地否定，让岳然似乎有种他很反感中国的错觉。他似乎也察觉到了，连忙说："但我喜欢中国的历史，也喜欢中国人的勤奋和钻营的心机。"

"什么？"岳然觉得怪怪的，怎么听都不像是夸赞，要不是就是太直接了，说得让人汗颜。

气氛变得尴尬起来，终于走进了大英博物馆，万千展品一下就吸引了岳然的目光，为了给David做好向导，她是做了功课的，每一个重点藏品都是了解的，给David介绍的时候，埃及部，古希腊部，古罗马部介绍得都是极为详尽的。

"你的记忆力这么好？"David也不禁惊讶。

"旁边不是还有介绍吗？"岳然笑了笑。

来到东方艺术部后，岳然的介绍就明显少了，她看着这些稀世珍品，惊叹于古人的聪明才智、制作工艺、绘画技巧之外，更多的就是遗憾。

David轻笑道："你看，我就说吧，看这些就会郁闷。因为许多藏品都是大英帝国时期从全世界各地以不光彩的方式获得的，抢夺你们中国的文物就不在少数。"

"我是会不舒服，但也觉得这是一种提醒方式，我们羸弱过。"岳然对David的语气有些不满，于是反驳着，"弱小和失败都不可怕，可怕的是不肯承认，或是始终将希望寄托在他人身上。"

"你说得对。"没想到David认同得挺快。

继续往前走，岳然由衷感叹："这里真的是世界级的博物馆。"

"是的，因为它有野心和实力抢来了这么多的文物。而故宫和中国的博物馆就永远成不了世界级的博物馆，也是这个原因。"

岳然扫了一眼David，今天的他有点儿奇怪："我们不需要这样的炫耀。"

"呵呵，虚伪！"David并没有看着岳然，而是对着一个商代的玉璧："明明想得到，却不肯说出来，背地里使手段，确实不好炫耀。"

"你在说什么？"冷嘲热讽的语气，让岳然很不舒服。

"我只是有感而发，不是对你，对不起。"David竟然道歉了，可岳然还是有些不快，但好在博物馆就快参观完了。

整个博物馆看下来，用了将近一天的时间，虽然David说了很多莫名其妙、让人有些生气的话，但岳然还是觉得这一趟没白来。

回去的路上，岳然才觉得小腿肚子和脚都有些疼，明明知道今天的目的地是博物馆，但为了职业一些，岳然还是穿了尖头的软羊皮鞋，原以为还算舒服的，但这一天下来，脚还是受不住挤压了。

一回到自己的住处，岳然就放了热水，好好泡了泡脚。

尤兰达回来的时候，岳然刚从洗手间出来，尤兰达便说："怎么样？大英博物馆很棒吧？"

"嗯，是很棒，还有不少泰国的展品呢。"

"真的吗？那太了不起了。"尤兰达开心地回答。

人与人之间的差距可真大，岳然不由得感慨，要是和尤兰达一起去大英博物馆，一定会很开心的，和谢梵羽去应该也是不一样的感觉。

想到这里，岳然给谢梵羽发了些图片和感想，没想到谢梵羽很快就回了信息："大仲马说过，历史是墙上的一枚钉子，用来悬挂我的小说。那么岳然小姐想要悬挂什么呢？"

"勇气和宽容！"岳然回着。

"哦？"

岳然把今天 David 的话复述了一些，然后说："所以，我要悬挂勇气和宽容，来面对曾经和未来。"

"很棒！果然每个人都是有很多面的，之前我都不知道你还能这样教训客人，不过，我想，David 也是有很多面的，也许，今天所展现的是他以前一直隐藏的一面。"谢梵羽发来一个岳然经常用的表情，把岳然逗乐了，此时，他不再是一本正经的总经理了。

一夜无梦，第二天早上岳然依旧起得很早，并且按照约定的时间准时到大堂等待着 David。

"早啊。"岳然脸上依旧保持微笑。

David 对着岳然招了招手，从身后拿出了一个袋子递给了岳然。

"不知道合不合脚，因为时间有点急，样子也不知道你喜不喜欢，试试吧。"

岳然有些惊讶，她接过 David 递来的盒子，打开一看，竟是一双运动鞋。

"您这是？"

"昨天走了那么多路，我看你的脚好像都磨破了，吃饭的时候就顺便买了一双，快试试吧。"

岳然捧着那双鞋，心中闪过一丝感动，她没想到 David 居然会这么细心，自己都没注意到的事，他堂堂一个总裁也能观察得如此细微，但感动之余岳然还是有些抗拒。

"这不好吧，我回去换一双就可以了，真的谢谢您。"

"哎，你为什么总跟我客气，就一双鞋，你不要就得扔了，而且回去换的话也浪费时间，快穿上看看吧。"

无奈，岳然只好穿上了鞋，更让她意想不到的是，鞋的大小刚刚好，很舒服，也很合脚。"真是麻烦您了，那我们现在出发？"

David 露出满意的笑容："请吧，岳小姐。"

一开始，两个人按计划去了议会大厦和格林威治天文台，可逛着逛着David 突然改了主意。

"不如，我们直接去泰晤士河吧，这些地方也看得腻了，去船上吹吹风，也是很好的。"David 看了看时间，转过头对跟在身后的岳然说。

"随您安排。"岳然说完后，便通知司机改变行程，两人直奔泰晤士河。

下车后，岳然随着 David 来到了 St.Katharine 码头。

David 脸上似乎带着一些歉意："其实事先没有征求你的意见，就让你来当我的向导还是挺不好意思的，这几天你忙前忙后也受累了，这艘船上的主厨是我的朋友，今天无论如何都要一起吃个饭，就当是我聊表谢意。"

岳然还是第一次见 David 这么真诚，便没有拒绝他的好意："那就恭敬不如从命了。"

坐上观光船时，已是夜色朦胧，泰晤士河另一端的伦敦眼也亮起了迷人的霓虹，岳然吹着风，看着眼前的景致有一丝沉醉和久违了的轻松感，她发现，这个平日里看起来时而冷漠俊朗、时而八面玲珑的 David，此时是目光深远的。

03 青春就像骑单车

岳然正想着，从船舱下飘来一缕菜香。

"这个味道？"那味道令岳然有些着迷。

"都说了，主厨是我的朋友，而且我是真的吃不惯英国菜。"

岳然被 David 的话引得一笑："是啊，这里什么都还好，只是有些料理太黑暗了，也不知道是怎么被发明出来的，更恐怖的是还有人喜欢。"

"没办法，萝卜白菜各有所爱。"David 也笑了，对于食物，他向来挑剔，其实对于人，他也向来挑剔，因为不想受伤。

两人正说话间，一盘盘色香味俱全的菜肴端了上来。

岳然不知道 David 是从哪里得来自己的喜好，看着满桌子都是自己爱吃的中国菜，岳然对 David 的看法再一次有了改观。

"快尝尝吧，这些菜是很合我胃口的，希望你也能喜欢。"David 把盘子往岳然面前推了推，却没有帮岳然夹菜，这让原本局促的岳然完全放松了下来，开始享受起面前的美食。

伴着美食、美酒、美景的三重诱惑，岳然疲惫的身体像是得到了释放，竟随着船上的音乐不知不觉地睡了。

David 小心翼翼地坐到岳然身旁，为她披上了衣裳。

恍惚之间，岳然仿佛听到了熟悉的名字，她睁开双眼看见 David 在一旁拿着手机打电话，并且隐隐约约听到 David 说出了张嘉栋的名字。

David 打过电话后朝着岳然走过来，岳然很自然地伸了伸胳膊。

"不好意思，刚刚睡着了。"

"我还以为是我吵醒你了，那我们现在回去？"

"好，我来安排。"说着岳然便联系上了司机，先送 David 回酒店。

回到住处，岳然躺在床上，不像昨天那样疲惫，看来心情这个东西真的能决定人的疲惫感，此时的岳然自己并没有察觉，David 在她的心中已经有了一些难以表达的感觉，不过岳然想着想着便发现了问题，David 给张嘉栋打电话干吗？

在岳然绞尽脑汁试图寻找答案的时候，David 的信息发到了她的手机里。

"明天不用早起了，我要准备讲课的课件了。"

岳然摇了摇头，鬼才信他真的是要准备课件，但也只是回复了一个 OK 的表情，便结束了和他的对话。

算了下时间，曼谷应该还是凌晨，岳然便把今天的照片整理了一番，挑了几张风景和一张自己的照片发了朋友圈，没想到苏珊第一时间点了赞，两人便在微信里聊了起来。

苏珊今晚夜班，她告诉岳然，最近 BYT 有些不太好的传言，而且，听说北京的 BYT 要转手了。

岳然叹气，这种经营层面的事她们还接触不到，只能把眼下的工作和学习做好。忽然又想起了陆昊，于是问了一下陆昊的情况，苏珊说陆昊在 HLS 做得还不错，毕竟两家酒店的管理模式极为接近，适应起来不成问题。

看来苏珊和陆昊还真是适应了分手之后依旧是朋友的感觉！正感慨着，岳然就收到了彭阳的信息："我现在要去机场了，送送我？"

啊？岳然一愣，他是 David 的助理，怎么也应该是授课完毕再回吧？怎么这么快就要走？既然有疑问，那就当面问清，于是岳然连忙回了信息说好。

衣服也没换，岳然就跑下楼，来到酒店大堂的时候，彭阳已经拉着行李箱在等她了。

在知道王姨和彭阳说过很过分的话之后，岳然其实对彭阳是有些愧疚的，因为当时的怨憎，也因为现在她和谢梵羽的新恋情，总之有很多说不清的东西，让她再面对彭阳的时候，就会觉得没那么理直气壮了。

彭阳看到穿着休闲装跑进来的岳然，仿佛又看到了学生时代的她，于是展露出一抹温暖的笑意："时间还早，别跑了，再摔到。"

这是以前经常的对话之一，岳然挠了挠头，笑了："订好车了吗？"

彭阳点头："已经到了。"

于是岳然和彭阳坐上了车，可一时却又不知道说些什么。

"David 让我回去处理一些事情，所以，这次来去有些匆忙，也没能和你吃个饭。"彭阳先开口了。

"David 到底是做什么的？竟然能来给听上去就很神秘的系讲课？"岳然好奇地问道。

"他有自己的通信公司，但主业是投资。"彭阳回答道，"David 是个很厉害的人物，但并不好接近，没想到他对你还好，不过，不知道为什么，我却觉得他有别的目的。"

嗯？岳然有点儿不知道该怎么接，只好岔开话题："你做助理都干什么呢？"

这下轮到彭阳卡壳了，他停顿了下说："出差的时候，应该是生活助理吧，David 有斜坡恐惧症、密闭空间恐惧症、孤独恐惧症、密集恐惧症，还有嘈杂焦虑症等等，挺多问题的。"

"扑哧！"岳然没忍住笑了出来，"让你做看护吗？"

"这么说也差不多。"彭阳也笑了，"不过在公司的时候，不是，他就是一个工作狂，能达到忘我的状态，就不需要我的陪伴了。我在公司里是做软件工程师的工作，今天必须回去，也是因为我写的程序要被应用了。"

"好吧。"David 的形象再次在岳然这里被刷新，她随即又有些担心，"可是你今天回去了，他怎么办？"

彭阳笑了："他要把课件重新写一个，只要一有工作，他就没事了。"

岳然张了张嘴，最终也没能说出什么。

很快机场就到了，岳然下车要送彭阳进去。彭阳拦住她说："跟车回去吧，我订车时订的是往返。"

"你……"岳然叹了口气，"对不起，彭阳，我才知道王姨……"

"都过去了，然然，没事的。"彭阳依旧笑得温暖，"当时我很难过，但是王姨说得对，你应该有更好的生活。而且，不用因此难过，甚至回头。不是说青春就像骑单车，想保持平衡就得一直向前吗？所以，我们都要努力。"

"好！"岳然的眼眶忽然酸涩，抱了一下彭阳，随便把眼泪蹭在他的外套上，然后低了头钻进车里，摇下车窗，冲着彭阳喊："再见！加油！"

回到宿舍，尤兰达已经睡了，岳然也没开灯，摸索着上了床，彭阳的话，让她释然了，是的，勇往直前才是对的！想着想着就进入了梦乡。

而在曼谷，已是清晨，谢梵羽正坐在餐桌旁，端着咖啡，看着手机微信上，岳然发来的照片，一切静好。关了微信，再打开商业版的新闻，酒店业商业投资峰会过几天就要在伦敦召开了，这些还是要关注一下的。

然而，一篇 David 的报道让谢梵羽有些意外，他怎么会关注酒店业投资峰会？再往下看，谢梵羽更是倒抽一口冷气，David 说伦敦给他留下了深刻的记忆、非常愉悦的记忆，配图是岳然一脸轻松地靠在 David 的肩头熟睡的照片…

04 脆弱的 David

谢梵羽拿起咖啡杯，喝了几口，苦涩中带着微酸，还有难以掩饰的心中的情绪。他知道，现在自己吃醋了，自己的心情也真的会被岳然所左右了，谢梵羽无奈地摇了摇头，可是看了看表，这个时候的岳然应该还在睡梦中吧。

早上的例会结束，又是一堆的文件和各种汇报，坐在餐厅里吃饭的时候，已经是下午两点了，估摸着岳然也该起床了，于是谢梵羽拨通了岳然的电话。

"耶？总经理大人，怎么有空给我打电话？今天很闲？"岳然的电话接得很快，语气中带着开心和撒娇的口气，这便让谢梵羽安心了一半。

"一点儿也不闲，忙到现在才吃午饭，我……想你了。"谢梵羽拿起水杯，轻轻地喝了一口水。

"怎么这么晚才吃呢？Tony 都不提醒你的？我……也想你了。"岳然学着谢梵羽的语气说着，引来谢梵羽的笑意。

"昨天过得好吗？"谢梵羽岔开话题。

"昨天还好，David 临时改了行程，晚上去了泰晤士河，还吃了中国厨师做的菜，很不错，就是后来我困得睡着了。这算是工作失误吗？"岳然想让谢梵羽开心，所以故意说着自己的糗事。

听到岳然说了这些，谢梵羽便更是心安："当然不算。"

"对了，还有就是我昨天送彭阳去机场，彭阳说 David 有一大堆恐惧症和焦躁症，感觉和 David 的气场不符，很搞笑，可又觉得正如你所说的那样，每个人都有另一面。"

"哦？那你要及时和同事沟通，免得出现问题。"谢梵羽的职业病又犯了。

"好啦，我的谢总经理，我知道了，你放心吧，我会和同事沟通的。"岳然听了谢梵羽的叮嘱还是很暖心，因为她知道这就是谢梵羽关心自己的方式。

"嗯，那就好，早安。"

"这个不该一上来就说吗？好吧，总经理，午安。"岳然笑着，挂了电话。

挂断电话后，谢梵羽没了之前的困扰，他可以确定，岳然一定不是有意与 David 同框，只是对于这个 David，谢梵羽的心中多了几分顾虑，这个人多半来者不善，毕竟，最近 BYT 的风波不断，也让他感受到了前所未有的压力和彷徨。

私下里也听到一些传言，有大股东在收购小股东的股份，这预示着，BYT要变天了吧。

最后一天的假期一晃而过，岳然和尤兰达又来到萨里大学上课，因为起晚了，两人一路小跑着，好在萨里大学并不大，两人跑到大教室的时候，还差两分钟才上课。

可是一进教室，就觉得不太对劲了，周围的同学并不熟悉，而且原本比较空旷的教室，今天竟然座无虚席，就连过道上都是学生。

可在这个教室都上了好几次课了，应该不会走错教室，可是尤兰达昨天和一朋友去了酒吧，喝到两点多才回来，现在还没太醒。岳然也不敢太自信了，于是站起来走到门口去，看了门牌，确实没错，这时远远地就看见了David走了过来。

岳然惊讶得不知道说什么好，David走过来，看到岳然也是有些意外："你也来听我的课？"

"不是啊，我的教室似乎换了。"岳然也是一头雾水。

"是我要求的，那个小礼堂我不喜欢。"David理所当然地回答着。

"哦。"岳然转身就跑进去，把尤兰达拎出来就往小礼堂跑。

那个小礼堂就是开学典礼时去过的，是斜坡设计的，岳然想起了彭阳提过的David有什么斜坡恐惧症，真是"活久见"了。算了，来不及想这些，还是赶去上课要紧。

紧赶慢赶，还是迟了两分钟，因为进修的学生本来就不多，迟到就尤为明显。岳然很真诚地和教授道了歉，赶紧坐了下来。今天的课程还是蛮重要的，是关于突发事务处理的，岳然深吸几口气，平静下来，便开始认真做着笔记。

上午半天的课程很快就结束了，岳然和尤兰达来到操场旁的树荫下，吃着三明治。春天到了，很多花都开了，空气里都是甜蜜的味道。

尤兰达说："Lenka，我可能不回去了。"

"啊？"岳然有些意外。

"昨天，麦克向我求婚了，我打算留在英国了。"尤兰达开心又羞涩地说着。

麦克这个名字在岳然的脑子里过了一遍，才猛然想起竟然是酒店的前台。

"真的吗？"岳然很意外，但也衷心地为尤兰达高兴，只是不知道谢梵羽知道后会是什么感受。尤兰达来之前是普吉岛 BYT 的培训经理，回去应该是升职为培训总监的吧……

"我也觉得不可思议，但是缘分就是这样，一眼万年也就是这样吧。上次他勇敢地去接近辛普森的时候，我就觉得他很了不起，没想到他对我的印象也很深刻。"陷入爱情里的人，万事都命中注定一般，尤兰达激动地说着。

岳然笑眯眯地听着，也觉得开心无比。

这时，手机震动起来，岳然连忙掏出来看，是 David 的号码："Mr. David？"

"救我！"David 虚弱地说着。

"什么？"岳然跳了起来。

"我……困……在……电梯……里了。"David 哆嗦着说着。

岳然拔腿就跑，尤兰达目瞪口呆，半晌才想着要追上，可是岳然已经跑没影了。

冲进教学楼，通往方才的大教室只有一部电梯，她一边跑着，一边通知着校方，找维修人员。跑到电梯边，就开始喊："David，你听到我的声音了吗？"

传来两声金属的敲击声，让岳然松了口气，没找错。

"你在几层？"岳然说完，习惯性地看向电梯面板，上面显示着 4。岳然一愣，试着按了一下向下的按钮，就听到一声沉闷的惨叫，面板上的数字很规律地往下来了。

这是什么鬼？岳然无语了，很快，电梯门就在她的面前打开了，只见David 蜷缩着蹲在一角。

岳然连忙进去，伸手去触碰他。David 猛地站起来，一把抱住她，浑身都在颤抖。这时，校方的人也赶了过来。

岳然只感到脸上发烫，可是想推也推不开 David。过了好一会儿，他才缓过来，岳然连忙带他走了出来。

"对不起，他有幽闭恐惧症，电梯没有毛病，只是他一进去就紧张了，给我打电话说是困住了。所以，对不起，对不起。"

维修工以及赶来的老师，拍了拍 David 的肩膀，关切地问道："还好吗？"

David 点了点头，拉着岳然就走了出去，越走越急，甚至跑了起来。

岳然关切地拉住他："你真的还好吗？是不是太紧张了？需要我陪着你吗？"

良久，David 才说："谢谢。晚些时候，我另一个助理会过来。你……陪我到他来好吗？"

05 浓情蜜意

岳然点了点头，带 David 穿过操场。

看着校园中洋溢着青春气息的一张张笑脸，岳然好像也被带回了学生时代，整个人也被校园的气氛带动得更有朝气。

David 看着岳然那嘴角间隐约的笑意："想必你在学生时代里，一定让很多男生疯狂吧。"

岳然被 David 问得尴尬，心说还好你不知道我学生时代的男朋友是你的助理。

"哪有，在学生时代的时候就只是知道每天怎么过得开心，不知道未来的工作什么的，但是想想还真是羡慕那个时候的自己呢。"

David 微微撇了撇嘴。

到了树荫下，尤兰达还在这里坐着，看到他们走过来，眨了眨眼，显然有些误会了。

"尤兰达！这是 GT 通讯的 David，咱们 BYT 的重要客人。"岳然连忙说，然后看向 David，"没吃午饭吧？我们带了三明治和牛奶、果汁，你要不要来点儿？"

David 点了点头，岳然给他递过去一份，然后瞪了一眼面部表情丰富的尤兰达，尤兰达领悟了，就不再猜想了。

吃过简餐，David 总算缓过来些，脸色也不再惨白。这时有些学生也围了过来，和 David 探讨起方才课上的内容，这些专业的词汇外加从未涉足的领域，岳然和尤兰达就做了听众。

被学生簇拥着的 David，与平日里的他又是不一样的，儒雅、博学，还有些风趣。岳然还从他的眼睛里看到了真诚，对，就是真诚，从未在他眼里看过的东西。

而这一抹真诚，在透过树荫洒下的点点阳光下，变得闪耀起来。透过这份闪耀，岳然似乎看到了谢梵羽，她连忙揉了揉眼睛，笑了出来，原来热恋的人真的是看什么都是美好的。

岳然的笑容让 David 刺了眼，莫名就没了情绪，好在下午上课的时间就要到了。

David 让岳然下课等着自己，说完这些就在同学们的簇拥下，去了教室。

岳然和尤兰达收拾了一下餐具，就往小礼堂走去。

下午的课，不知怎么回事，岳然总有些走神，总是在想着站在那里的人是谢梵羽会是怎样的。她被自己这个念头打败了，索性给谢梵羽发了微信。

"怎么办？相思成病，台上的老师都变成了你的样子。"

谢梵羽并没有很及时地回，岳然算了算泰国的时间，应该是早上 6 点多了吧，可能还没看手机吧。

岳然努力集中了精神，继续听下去。

在课就要上完的时候，谢梵羽的回信到了，竟然是他站在发言台前的一张照片，后面还说："聊以解相思。"

岳然差点儿笑出猪叫声，尤兰达连忙捅她，岳然憋了个满脸通红。

终于到了下课的时候，岳然和尤兰达告了别，在树荫下等 David，先给谢梵羽打了电话，两人甜蜜地聊着，直到一片阴影遮住了光亮，岳然抬头，正是一脸严肃的 David，匆忙收了线。

跟着 David 一路穿过校园，来到旁边的酒店，他始终沉默着，岳然也不想打破这样的沉静。

回到酒店的时候，天色渐晚，David 看了下表，说助理会在晚上 8 点多到。

岳然也看了下表，那就是说，至少还要有 3 个小时的陪伴，于是她仰起头："我们先吃个晚饭如何？"

David 点头，率先向餐厅走去。

　　不知道是不是一种错觉，岳然感到 David 又恢复到了一开始见面时，那种难搞的状态。

　　在侍者的引位下，两人在靠窗的位置坐了下来。

　　喝着柠檬水，岳然感到手机的振动，拿出来看到谢梵羽的短信："还有工作？"

　　"是。"岳然回了过去，"在陪 David 等助理过来，今天真的见识到了幽闭恐惧症的状态。"

　　"好吧，等你回住处给我留言，万事小心。"谢梵羽回道。

　　这是把 David 当大灰狼了，还是把她当小红帽了，岳然忍不住泛起笑意。

　　坐在对面的 David 轻咳了一声，喝了口水方说："今天真的很感谢你。"

　　"David 先生，您客气了，这些都是我该做的。"岳然的好情绪，让她显得有一丝温柔。

　　David 一愣，随即说："是这样的，我还有一件事儿，想麻烦岳小姐一下。"

　　"您请但说无妨。"

　　"这周末，我在这边的课程就结束了，但会在蒙卡尔姆皇家伦敦之家酒店，有一个商务聚会，我希望你能做我的女伴，陪我一起参加。"

　　"女伴？"岳然被 David 的话吓了一跳，"可是 David 先生，那样的场合真的不适合我，而且我去的话，万一做了什么错事，也会给您添麻烦啊。"

　　"就当帮我个忙吧，而且，你如果不去才真是让我难堪，毕竟我也没有什么女性朋友，更何况这是在伦敦。"David 的话似乎在暗示着什么。

　　岳然想了想，做了个决定，去就去，正好我也见识见识卡尔姆皇家伦敦之家酒店的样子。

　　"那好吧，那是什么样的商务聚会，我要做什么准备？"

　　"一切有我。相信我。"David 说完，招来侍者开始点餐。

　　岳然看向窗外。

　　说不紧张是不可能的，毕竟这样的场合从没去过，不知道会是什么样子的。但也因此，有了一分好奇和期待。

　　很快，周五就到了，岳然是早班，闹钟是 6 点响的，按掉了闹铃，还有声音，岳然醒了醒神，才辨别出是敲门声，连忙过去开门，竟是David让人送来的礼服。

岳然带着困意揉了揉眼睛，打开了那包装精致的盒子，随即那条银白色丝绸面料的礼服便从盒子中滑落出来，岳然看着眼前这条裙子，也不由为之赞叹。

"真是太漂亮了。"

原本还有些担心，不知道自己为了毕业晚会准备的裙子够不够档次，这下就不用担心了。岳然把那礼服挂在了衣柜里。

收拾了一番，便去上班了。

到了管家部，夜班的尤兰达就跑过来："亲爱的，我晚上不回来了，你锁好门哈。"

"哦。"岳然嘟着嘴，坏坏地说道，"你要万事小心哦。"

"哈，好了，我今天去见麦克的父母，为我祝福吧。"

"好的，我会念叨一整天，回去赶紧先做个面膜吧。"

送走了尤兰达，岳然也开始了一天的工作。

在临近下班的时候，岳然接到了David的电话："30分钟后，你带上礼服，有人接你去化妆。"

去了造型工作室，将近两个小时才将造型做好。镜子里的自己，岳然都觉得陌生，但是，当得起漂亮二字。岳然对着镜子拍了照，给谢梵羽发了过去。

这时，就听见张嘉栋饱含笑意的声音从身后传来……

06 说不上爱就别演戏

"你今天很漂亮。"

岳然转身，很是吃惊，脑子里飞快地转着，张嘉栋来参加商务酒会无可厚非，但是David这样做就有些过分了，说好是给他客串一下女伴的，现在又是要干吗？想到这里，岳然就有些生气了，但还是朝着张嘉栋礼貌地点头："谢谢。"

张嘉栋眼中闪过惊艳，虽然说平时的岳然也靓丽可人，但是今日的她，简直让人无法移开目光。

岳然被张嘉栋炙热的目光看得很窘迫，身体都僵硬了起来。

张嘉栋看着害羞的岳然，轻笑出声，随后又从西装裤兜里掏出一个小礼盒，明显就是首饰。

岳然连忙摆手拒绝："谢谢张先生，我不需要。"

"说谎可是不对的，David特意让我买了送来！他还在谈事情，抽不出身来接你，所以拜托我来的。"张嘉栋笑着解释，眼中却是势在必得。

说着话，张嘉栋从首饰盒里取出一条钻石项链，完美的切割使得每颗钻石都闪耀着光芒，岳然眯了眼睛，这是她不习惯更不喜欢的画面。

张嘉栋见岳然愣在那里，便将项链环过了岳然纤细的脖颈，要为其戴上。岳然很不自在，抗拒地扭动了身子，张嘉栋皱起眉："别动。"

张嘉栋动作很快，看着自己亲自挑选的项链戴在了岳然的脖子上，很满意："很配你。"

岳然刚刚看的那一眼，已经能分辨出，这条项链价格不菲，这要是出现什么问题，她可赔不起。她抬手就想把项链摘下来，还给张嘉栋。结果手刚抬起，就被张嘉栋按了回去："你敢摘了，我就敢扔。"

岳然瞪大了眼睛，慢慢收回了手，幽幽地调侃了一句："你是不是从二手批发市场买来的，说扔就扔，都不带心疼的。"

张嘉栋一愣，随即笑得很开心："你怎么能这么可爱呢？"

岳然一愣，她明明说的是反话，好不好！气得岳然只能还张嘉栋一个白眼。

但张嘉栋却不依不饶，轻轻地伏在岳然的耳边："还有啊，我这么喜欢你，你却把我拉黑了，可就算这样，咱们依然能遇见，你说这种缘分，你还不珍惜吗？"

张嘉栋的动作有些过于亲密，岳然着实被他吓了一跳："张先生，我拉黑您自然有我的原因，我真的请您别这么不依不饶，就当念在之前我救过您的份上，如果您能保持一点距离，我们还是朋友。"

因为情绪上有些激动，说话的声音难免大了一些。

张嘉栋的脸色也露出一丝尴尬的神情，不过这表情转瞬即逝，他又拿出一副无所谓的姿态对岳然说："你说像你这么可爱，但却有个性的人，我还能上哪去找。"

面对张嘉栋的不依不饶，岳然实在是不想隐忍下去了，正色道："张先生，我不知道您的爱情观是怎样的，反正我很珍惜人世间这份最美好的感情，而我可以确定的是，您对我并不是真的出于什么喜欢，更谈不上爱。您的眼睛里没有这份情感，所以，不爱就别演戏，更不要说谎。"

"哦？岳小姐能分辨得出来？"张嘉栋恢复了正经模样，"你有爱的人了？"

"对！"岳然毫不犹豫地回答。

张嘉栋自嘲地一笑："岳小姐虽然是个聪明人，但也别聪明反被聪明误，每个人表达自己的情感方式并不一样。"

岳然一噎，想要再说什么，手机却不合时宜地响了，David来电话问到哪里了。

挂了电话，岳然跟着张嘉栋走出了造型工作室。

门口停着一辆时尚的两座跑车，岳然无奈地坐上去，疏解着内心的不快，张嘉栋不计前嫌地给她系上了安全带，弄得岳然脸一红。

一路无话，两人都默契地选择了沉默。

很快就到了卡尔姆皇家伦敦之家酒店，侍者接过张嘉栋的车钥匙，将车开走，张嘉栋让岳然扶着自己的臂弯一起走进去，岳然皱眉。

张嘉栋一笑："那我揽着你的腰？"

没办法，岳然伸手挎住他的臂弯，走上了红毯。

一进到宴会厅，岳然有点儿惊讶，因为看到了几位只在《酒店人》杂志上才会看到的人物。还没来得及答疑解惑，宴会的主持人便登台了。

"很荣幸能担任今晚晚宴的主持人，与酒店管理精英们在这里交流、学习……"

听着这些，岳然已经不是惊讶一点点了，她下意识地看向张嘉栋，张嘉栋毕竟是商业地产商，与BYT也有合作，来出席这样的酒会，无可厚非。可是David为什么会出现呢？

而且，此时，随着众人掌声的簇拥，David走上台，接过主持人的麦克风，对着台下轻轻地点了点头。

只是几个简单的动作，就成功引得台下不少女士瞩目，当听到 David 发言说将会进军酒店业时，岳然已经说不出自己的内心是什么感受了。

随着一阵掌声，David 已经走下台，并且径直走到了岳然身边。

"看来，我的眼睛还是差了点，礼服是不是有点儿小？" David 挑了挑眉，眼神不自觉地瞟了瞟岳然的上半身。

岳然紧张地咽了咽口水，脸热得发烫，下意识地用手挡了挡胸口。

David 难得爽朗地一笑："不过今晚的你，确实格外的美。"

David 的变化让岳然难以招架，只能害羞地微笑着，果然人与人的杀伤力是不一样的，如果刚刚是张嘉栋说出那话，自己只会觉得无礼，但这句话从 David 的口中说出，却是另外一种奇怪的感觉，不过自己好像更希望听到谢梵羽对自己说出这些话吧。

David 注意到岳然脸上闪过一丝失落，便拿起一杯香槟递了过去："今天这里有不少酒店业的精英人物，我一会儿带你过去打个招呼。"

岳然以为 David 只是在为自己的尴尬找话题开脱，便接过香槟杯，脸上换上笑容："David 先生才华出众，也要进军酒店业了吗？不过，想必您做什么都会成功吧。"

David 却一改往日的轻松，很认真地看着岳然："我说的是真的，只不过我现在还缺一个你这样的帮手，既精通酒店管理，又善于与人沟通，不知道岳小姐是否愿意与我合作啊。"

岳然听了也认真起来："看来 David 先生是真的要进军酒店业了，只不过，您实在是太高看我了，我还是有自知之明的，我在酒店里工作，满打满算还不到一年，就是菜鸟一只，根本谈不上精通管理，自然也没有您想象的那么有能力，不过被您看中也还是很开心，谢谢。"

岳然的话说得不卑不亢，既表达了自己的意思又没有直接驳了 David 的面子。

David 一笑，拿起酒杯轻轻地碰在了岳然的酒杯上。

07 再也撑不下去了

张嘉栋却把岳然手中的香槟杯拿走，换了一杯红酒："你不是对这个过敏吗？"

岳然对张嘉栋点头道谢，本来都觉得要气炸了，忽然又来这么一个暖心的行为，真的是对这人气不起来。

张嘉栋淡淡一笑，也和岳然碰了下酒杯，David在一旁，孩子气地撇了撇嘴。

酒会结束后，岳然坐上David的车，先送他回酒店，然后独自一人往住处走。

已经是4月了，空气中有很多植物的清香，喝了些酒，在这样的夜晚走一走也是很好的。记得当时谢梵羽送她过来，还说过这里属于富人区，治安很好，很适合晚上散步的地方，要比曼谷或是BYT岛舒适得多。

确实，曼谷大多数时间都是炎热的，即便是夜晚，也是粘腻的，外加工作时三班倒，真的没有这样闲适过。

从校园出来，直接成为忙碌的酒店人，这个过程几乎没有缓冲，但也没给什么机会让岳然她们停下脚步，因为竞争、因为压力，也因为要学的东西还很多，让她们只能勇往直前。这个短暂的学习机会，确实极为难得，让岳然能够有时间慢下脚步，去总结之前工作中的不足以及审视未来的方向。

每次回想工作以来的点滴，总能闪过谢梵羽的身影，岳然不由得笑了，拿出手机，给谢梵羽发了微信，这个时候，应该还是曼谷的深夜吧。

说完了想念，便把David也要进军酒店业的消息分享给了谢梵羽，并说好希望下一次的酒店业峰会能有BYT的身影。

终于走回了住处，因为尤兰达不在，显得空荡荡的，但又因为岳然和尤兰达都在各自恋爱，整个房间里还是有着不一样的氛围的。岳然摆弄了一会儿花草，也就睡了。

然而地球的另一边，并不是岳然想象的那样安逸，而是彗星撞地球一般的惨烈。

谢梵羽工作了一天，走出BYT的时候，已经是晚上10点了，曼谷的交通即使是在这个时间，依旧拥堵，将车开进停车库的时候，马上就要11点了。

总算是可以休息了，谢梵羽长出了口气，搭上电梯。最近一段时间，BYT

的情况有些复杂，有几个新布局的酒店并未达到预期效果，过几天就是董事会了，他要对各个董事们汇报结果。

36楼到了，电梯门打开，谢梵羽走出来，楼道里的感应灯便亮了，然而，家门口的那个蜷缩的身影，吓了他一跳。

虽然可以一眼分辨出那是白玲珑，但这个认知更不能让他轻松，反而让他驻足不前。

白玲珑将头缓缓抬起，看向他，确定是谢梵羽后，连忙站了起来。不知道是因为蹲得久了还是什么原因，她踉跄着要跌倒。

谢梵羽皱着眉，内心抗争了一下，还是觉得不扶一下，会不绅士，于是走过去。

白玲珑却早已从他的眼中看到挣扎和抗拒，自己硬撑着站稳了："梵羽！帮帮我！"

谢梵羽看着她脸色苍白又很颓废的样子，遮住脸的发丝也难掩脸上红肿的痕迹，他伸出手搀住了她的胳膊："发生了什么事？"

"请我喝两杯吧，去酒吧，我知道我并没有资格进你家。"白玲珑靠在雪白的墙壁上，要不是乌黑的发，整个人几乎和墙壁融为一体。

谢梵羽无法拒绝，带着白玲珑，走回电梯。不一会儿就取了车，重新融入曼谷拥挤的车流。

酒吧里，正是一天最热闹的时刻，谢梵羽走在前面，白玲珑紧跟其后。里面根本找不到位置，谢梵羽点了酒，便和白玲珑来到了露台上。

不一会儿，侍者把酒送了过来，谢梵羽取过酒杯，递给白玲珑。他点的是轻柔的酒，并不烈。

白玲珑一口就将一杯都喝光，她始终低着头，谢梵羽捏着酒杯，看向楼下的万丈红尘。

良久，白玲珑才悲伤地说："梵羽，求你带我走！"

谢梵羽倒是冷静，转过头淡淡地问："怎么？"

"梵羽，你知道当初我为什么离开你吗？"

白玲珑抬起头，直视着谢梵羽，谢梵羽不想回答这个问题，只因已经不必知道了。

看出他眼中的不在乎、不介意，白玲珑瑟缩了一下，叹了口气，也许真是时间可以治愈一切吧。

白玲珑亦转了头看向夜色："我说出来，你一定不信。但我对天发誓，我的话绝无虚言。我并不叫什么白玲珑，这是10岁时，家破人亡后，教会孤儿院里的嬷嬷给我起的姓名。"

谢梵羽眉头一挑，白玲珑在孤儿院里长大，在她的简历里写得一清二楚，可她从来没有提及过，而他也曾经那么心疼她的这个经历。

"我之前的名字叫兰㛅·卡纳苏塔。"白玲珑一字一顿地说着。

谢梵羽握着酒杯的手蓦然一紧。卡纳苏塔家族曾是泰国酒店业的龙头，20年前破产拆分，洪氏家族接手的HLS就是卡纳苏塔酒店集团中的高端酒店部分。

"你……"谢梵羽有些不知道该怎么问。

"没错，就是你想的那样，HLS集团本就是我家的。"白玲珑说完，又低了头："其实，我一直都知道的，毕竟那时我已经10岁了，什么都记得，也什么都明白。但我也知道，我没有任何能力去夺回属于我的一起，所以，我没做过那样的梦，只是努力过着自己的人生。来到BYT也是如此！我喜欢酒店，亦如儿时的我一样，总喜欢在酒店里奔跑玩耍，这里富丽堂皇，人人彬彬有礼。能在众多员工中脱颖而出，成为你的助理，我也很开心，也一直努力做到最好。"

回忆起往事，白玲珑的目光变得平和，谢梵羽的内心在翻腾着。

"你说你爱我的时候，我是欣喜若狂的，我以为一生都可以这样度过了。只是没想到，东南亚的酒店评选晚宴上，让我遇到了洪敏业。他竟然说让我嫁到洪家，成为洪家长子的妻子。"

说到了这里，白玲珑笑了，谢梵羽愣愣地看着她，看着她笑着笑着哭了。

"对不起，梵羽！那是我第一次和敌人靠得如此之近，我抑制不了内心对家人的思念，更抑制不了内心的仇恨。而且，洪家的长子是个GAY，洪敏业说这只是个契约婚姻，且允诺我可以执掌HLS。我无法拒绝这样的条件，但我也无法把真相告诉你，我没有资格拴着你。"

再次看向楼下的街景，谢梵羽只觉得头晕，将手中的酒杯放在石台上："我……我去抽支烟。"

不等白玲珑回应，谢梵羽就匆匆走向吸烟区，他的脑子很乱，酒吧里传来的重金属音乐也让人烦躁。谢梵羽反复思索着白玲珑的话，当年席卷整个亚洲的金融危机，以及卡纳苏塔家族破产的事，他也是有所耳闻的，而且，也是那个时期，父亲把BYT转手的，就是担心那样的事也发生吧！

连吸了两支烟，谢梵羽才走回白玲珑的身旁："今天是因为什么挨打？你想让我做什么？"

白玲珑听罢猛然抬头："我只想你带我走！因为，因为……"

似乎是很难启齿的话，让白玲珑说不下去。

"玲珑！你知道的，我从不骗人，更不去做能力不及的事。"

白玲珑叹息："我知道，只是所有的一切压在心里，我要撑不下去了。你知道他们对我做了什么？他们打算给我人工授精，让我怀上他家的孩子，等7年之约一到，我就可以被一脚踢开。"

谢梵羽从没想过白玲珑过得如此狼狈。

"梵羽，就算你没有带我走的能力，也请你有这个勇气，至少我有能力让HLS姓回卡纳苏塔了！"

谢梵羽拿起石台上的酒杯，一口将杯中酒喝干，不知道说什么是好。

良久方说："对不起，玲珑，我……"

话未说完，谢梵羽就支撑不住自己，向白玲珑倒去……

08 今日酒醒何处

清晨如约而至，岳然醒来，第一件事就是打开手机看谢梵羽有没有回复，可是没有，她只好关掉和谢梵羽的对话框，结果就看到苏珊等人发来的微信。

"怎么回事啊？然然，你和David怎么又牵扯不清的？"苏珊的对话后面又发了一个报道链接以及一张照片，正是财经新闻里对David的报道，配图就是那张岳然靠在他的肩上熟睡的照片。

岳然目瞪口呆了半天，也一一看了罗菲等人发来的微信，才给苏珊回话说：

"这照片我完全不知道啊！"

苏珊刚下早班，看到了岳然的回复，立即说："你是猪吗？这要是总经理看到了会怎么想你？一个张嘉栋就够麻烦的了，又来一个，你可真行啊！"

岳然欲哭无泪："这俩根本就是另有企图好嘛，可是为什么要接近我呢？"

苏珊觉得敲字麻烦，直接视频了："你说这话是什么意思？"

"David 也要进军酒店业了，而张嘉栋应该是和他有什么合作的，两人原本就是很熟悉的朋友。"

这回轮到苏珊卡壳了。

"珊珊，我总有种感觉，他们是冲着 BYT 来的。而找上我，应该是知道我和总经理……可是不对啊，之前我们还没确立关系的时候，张嘉栋就贴上来了。"

"总之吧，岳然，很多事情是咱们这个年纪和阅历根本处理不了的事情，你能躲就躲吧。"苏珊听了也很惊讶。

"珊珊，你说会不会是因为 HLS 的白玲珑？"

"关她什么事？"苏珊不解。

"我在曼谷的时候，米娅找过我，说总经理之所以和我在一起，是因为我长得像他的前女友——白玲珑。"

"这么大的事，你怎么都没和我说呢？"

"我不知道该怎么说，当时也很震惊，还特意去看了白玲珑的照片，可能还真是有些像的。但是总经理说了，他一开始因为我长得有些像，还有些讨厌我呢，后来吧，哎呀，总之，我没有因为这个误会总经理。我刚才说到白玲珑，是因为这事可能很多人都知道，而且，总经理对我还是不一样的，所以靠近我的目的就是奔着总经理，或是 BYT 来的。"岳然说着。

"然然，我琢磨琢磨再回给你吧，现在脑子一团乱，信息量也太大了。你是不是还有什么瞒着我？哦，对了，今天总经理没来，不会是看了你这照片气的吧？"

"啊？"岳然再不能淡定了。和苏珊草草结束了视频，就给谢梵羽打了个电话，谢梵羽竟然关机了。岳然郁闷了，开始看苏珊发过来的报道和照片，报道的时间是一周前的，照片是和 David 在游泰晤士河的船上照的，这些是不是谢梵羽早就看到了呢？仔细回忆起那几天和谢梵羽的通话，她的心里就更明白，他早就看到了，而对于谢梵羽给自己的这份信任，岳然很受用，同时，她在心中更是记起谢梵羽的话："凡事，真的要处处小心。"

过了一会儿，苏珊又发起了视频请求，岳然通过，苏珊就说："刚才罗菲和我说，宁佳佳说了一些不太好听的话，如果她找你麻烦，你别搭理她就是了。"

"嗯，我知道了，估计她也不会说什么好的。"

"岳然，我还是觉得这些事有点儿复杂了，你万事小心吧。"

和苏珊结束通话，岳然开始洗漱，还有工作要做，宁佳佳那里也不是她可以控制的，索性就算了。

而远在马尔代夫的宁佳佳，此时刚和罗菲吃过午餐，一个人走到了海边，她心里的岳然早已不是那个活泼单纯的女孩了，而是变成了为了往上爬各种魅惑男人的心机女。也许是因为之前自己是这个设定，而岳然也变成这个设定时，她心里真的很不舒服，但也觉得刚才和罗菲说的话有些过分了。

刚才的午餐，是罗菲主动来约的，因为她申请调至巴厘岛 BYT 度假村的申请已经获批，晚上即将启程。宁佳佳没想到会这么快，罗菲却是巴不得赶紧离开的样子。

宁佳佳的不开心挂了满脸："我的天，不是吧罗菲，连你也要走，我刚刚还在想呢，原本这个饭桌上除了岳然以外还应该有苏珊，陆昊，然后现在就剩下咱们俩了，结果你又要走，你们是要让我寂寞死吗？"

罗菲轻轻地拍了拍宁佳佳的背："佳佳，我真的想离开这里。"

宁佳佳郁闷地喝了一口果汁。

"哎，佳佳，你刚刚说除了岳然是什么意思呢，然然你俩又吵架了？"罗菲问道。

"她？你可别跟我提她。"

罗菲听了这话更是不知所以了："到底怎么了啊？"

"原本我以为，岳然她真像自己所说的，珍惜自己身边的人，可现在看来啊，全都是鬼话，还没我好呢，起码我知道并且敢承认自己要的是什么。"

"来来来，你看看，一个总经理还不够，现在都躺 David 怀里睡了，这速度，唉！真替总经理感到悲哀啊，不知道他看到这照片以后是什么心情。"宁佳佳叹着气一脸不屑地将手机递到了罗菲面前。

罗菲看到那照片后起初也是吓了一跳："这，不对，我感觉这其中肯定是有什么误会，一直没听然然说过她和 David 有什么的啊，然然不是这样的人，你我也都了解啊。"

"听说？这种事儿谁会好意思说啊，况且要怎么说？哦，嫌弃总经理没有 David 有钱？还是弃暗投明啊？你觉得怎么说好点儿啊？再说了，什么了解啊，我看啊，根本就是不了解，事实都摆在这儿了，还能有假？我真的后悔我认识了她。"

"如果不是然然亲口说的，我还是选择相信她。"

"好吧，好吧，每次都是这样，我说什么都是错的，岳然做什么都对，走吧，走吧，都走吧，我自己也清净。"宁佳佳又喝了一口果汁，饭也没吃一口便推开椅子离开了，只是到了海边，又开始后悔。

"张先生，不好意思，我现在还有工作。"刚到办公室，岳然就接到了张嘉栋的来电。

"岳小姐，昨天我认真思考了你的话，我觉得我有必要说明一点，我对你是知恩图报的。因为，在我小的时候，大师给我算过命，说我的命定之人一定是救过我的人。"

岳然简直被张嘉栋说得头大："那你可要小心了，张先生，我希望你最近没有什么血光之灾。"说着岳然便挂断了电话。

要解决问题，就从源头下手，正好 David 今天要结账去机场，岳然申请自己去送机，礼宾部经理同意了。

11 点的时候，David 看到岳然来送他，很高兴："这么希望我离开？"

岳然摊了摊手："对，不仅如此，我还对你的 Facebook 感兴趣。"

David 没想到，岳然会如此直接不避讳地说出照片一事，但 David 还是微微笑道："抱歉，照照片的时候你在睡觉，传照片的时候又找不到你，所以我就只好自作主张了。"

"那个 David，那能不能帮我把那照片删掉，我怕您的朋友会误会，给您造成不便。"

刚刚还直来直去的岳然下一秒又变得委婉起来，David 笑了笑："语言的艺术？这么美的照片，那我只好自己留着欣赏了。"说着David便删去了照片。

坐上了去机场的车，岳然忍不住心中的疑问再次将一个犀利的问题抛向了David。

"David先生，我想昨天您说要进军酒店业，不是要收购BYT吧？"

David一愣："怎么会，我虽然说想要进军酒店业，但只是计划，不过我本来想的是收购HLS，但被你这一说，BYT好像是更好的选择。"

"为什么啊？"岳然的眼里透着强烈的不安和疑惑。

David呵呵一笑："因为有前途啊，商人不就是这样重利的吗？"

他这么坦白，岳然反而放心了。

而此时的谢梵羽渐渐醒转，一睁开眼，便感觉头痛欲裂，他伸出手在身边摸索着，不料，发现手中一软，他定睛一看竟是白玲珑躺在自己身边，和自己一样都是一丝不挂，冲天的怒火让谢梵羽忘却了剧烈的头痛，他连忙找了衣服穿上后，猛地叫了一声白玲珑的名字。

白玲珑被惊醒，惊慌地看向他，眼泪瞬间就流了出来……

09 只要是局必有破绽

谢梵羽对上白玲珑的眼神，阴谋，绝对的阴谋。

"白玲珑，你这个疯子！"

"梵羽，我……"白玲珑泪眼蒙眬地看着谢梵羽，"我只是……"

"5年！你竟变成了这样……如此恶劣、如此卑鄙！你这么做是为什么？"

白玲珑看着怒不可遏的谢梵羽，绝望地大笑起来："梵羽，不是我卑鄙，是我真的放不下你，我只是想让你了解我的痛苦，他们洪家就是用这种手段对我的！我们！昨天，什么都没有发生，我只是想让你感同身受，我只是想让你知道……"

谢梵羽什么都不想再说，踉跄着要走。

"梵羽……"白玲珑裹着被单就跳下床，"对不起，我真的没有其他办法了，我只想你帮我，也只有你能帮我。"

"抱歉，白女士！洪夫人！我……没有能力帮你，也不想帮你！"谢梵羽说完，快速往房门走。

白玲珑扑过来，抱住他的腰，整个身子紧贴住他的后背，号啕大哭起来："梵羽，你都不肯帮我了，我该怎么办？我要怎么才能拿回属于我的东西？"

"关我何事？"谢梵羽掰开白玲珑的手指，"白玲珑，今天的事，我以后不想再提起，包括你，我也再不想见到。"

白玲珑再次拽住他的胳膊："不，求你，梵羽，帮我拿下 HLS 好不好？"

谢梵羽的身子微微颤了颤，停顿了几秒后还是将白玲珑用力地甩开，夺门而出，门上的锁划伤了他的手，他却觉不出疼痛。

从酒店的大堂走出来，谢梵羽茫然地融入太阳炙烤的大街上，满脑子都是对白玲珑的怨恨和对岳然的歉意，前几天自己还刚刚因为岳然的合照泛了醋意，如果岳然知道了这件事，又会怎样呢？想到这，谢梵羽不知道是否应该诚实坦白，虽然他是被算计的，但就算说了又有谁会相信呢？

这时，谢梵羽突然想起了自己昨晚在一进酒吧就按下了手机的录音键，于是连忙把手机拿了出来，可打开手机后却发现那段录音早已不在，瞬间万念俱灰，无奈他拨通了 Tony 的电话。

Tony 闻讯赶来，看到狼狈不堪的谢梵羽："总经理！"

谢梵羽摇了摇头，Tony 不再多说，立刻将他送到了医院，处理手上的伤口。

"我帮你请过假，一会儿回去休息休息吧，到底怎么了？"从医院出来，Tony 试探性地打量着谢梵羽。

谢梵羽只是摇了摇头，并没有说话。

Tony 也只好作罢，提速将车子开回了家。

"总经理，您别把自己憋坏了。"Tony 看着呆呆地坐在沙发上的谢梵羽，忍不住还是开口问了。

换作以前也许谢梵羽不会说什么，可经历的这件事儿实在让他太过压抑，在沉默了半响后，将昨天发生的一切，原封不动地讲给了 Tony。

Tony 震惊地张大嘴巴，半天发不出声音，但第一反应竟是联想到了那次吉隆坡中毒的事："老大，上次吉隆坡……"

Tony 这一提，让谢梵羽也想了起来，对啊，上次的中毒事件，又是为了什么？

看到脸色更加苍白的谢梵羽，Tony 极为担心。

"老大，你现在的心情我能理解，但白玲珑既然能做出这样的事，可能还有后招，我们还是要做好准备和处理的。"

"处理？怎么处理？还不知道她要怎么出牌，又能做什么应对？"谢梵羽茫然了。

Tony 给谢梵羽倒了杯水："老大，您以前常和我说，越是遇到大事越不能慌，自乱阵脚更麻烦，而且您也经常说，只要是做局的人，一定会有破绽。所以，这件事，我们无论如何也要掌握主动权，不管用什么手段都要先拿到证据。"

谢梵羽看了看 Tony 递到自己面前的水："她应该就是在我的酒里下了药，我昨天在那只喝了酒而已，之前我自己拿着的时候，什么事也没有，吸烟回来再喝就晕倒了。"

"哪家酒吧？"

谢梵羽说出名字，就和 Tony 一起向门外走去，他已经恢复了思考的能力，迅速梳理出解决方案。

二人来到酒吧，Tony 走到前台对着经理使了使眼色，顺手将一个鼓鼓的纸袋塞了过去，20 分钟后，经理又将一个 U 盘放在了 Tony 手中，Tony 对谢梵羽笑了笑。

回到车里，Tony 看着谢梵羽："老大，这样一来，就好办多了，监控里录得还是挺清楚的，那个白玲珑确实对您的酒动了手脚。"

谢梵羽叹了叹气："可惜，我手机里的录音也被她删了，不然就有十足的把握了。"

"别急，老大，一会儿给我看看，没准可以恢复，接下来就去昨天你住的酒店。"

"好。"谢梵羽望着 Tony 的眼神中充满了感谢，自己已经很久没有经受这么大的刺激了，如果不是有 Tony 在，他根本不知道等自己将顺后再去寻找线索要用多长时间，这也是令谢梵羽感到欣慰的。Tony 是刚进 BYT 时，就被自己调来接替白玲珑做自己助理的，这么多年来，他也从未因别人的诱惑出卖过自己，并且常年公事公办，二人的信任与合拍早已默契十足。谢梵羽心里清楚，在职场当中，能够有幸交下一个真心的朋友是件多么困难的事，因此，他对自己和 Tony 的这份友情也格外的珍惜。

就在谢梵羽感慨之际，Tony 也从酒店走了出来，拿到了酒店的监控录像。

回到家后，Tony 和谢梵羽反复观看，找出了白玲珑让礼宾部人员帮忙背着谢梵羽走进酒店以及房间的画面。

"老大，手机给我一下。"

Tony 接过谢梵羽的手机，鼓捣了一会儿："是这个吗？"

谢梵羽一脸不解："我找的时候明明不在，怎么你这么轻易就把它恢复了？"

Tony 笑了笑："我说老大，我建议你还是多接触一下这些电子设备，况且，你有这个云盘你自己都不知道吗？所有的东西都会自动备份到这里的。"

谢梵羽听着 Tony 的话有些发蒙，对他来说，手机这东西的功能无非是打打电话，发发消息，最多他还知道怎么拍照，怎么录音，其余的功能谢梵羽从来没有尝试过，因为没有时间。

"喏，就是这个，这里还有不少照片呢。"

谢梵羽顺着 Tony 的手看了过去，原来手机里的这个云盘是当时岳然给自己下载的，谢梵羽看到云盘中存储的自己和岳然的合照，心中的愧疚感不禁又泛起波澜。

"多亏了然然。"

"老大，我觉得白玲珑一定会查到您和岳小姐……所以，岳小姐很可能也会知道这件事，白玲珑如此恶毒，怎么可能不抓住这个机会拆散你们？所以要我说，你还是找个恰当的时机，先好好地和她解释一下。"

"说得容易，可……"难言的苦楚让谢梵羽不知如何是好，无论是面对岳然或是面对自己，此时的他都已没了自信，他盯着照片中自己和岳然那甜蜜的笑，只觉得内心剧痛……

10 蝴蝶效应

"喂！你好！"

"啊，好的，好的，我这就通知。"

Tony 挂断电话，走到愁容满面的谢梵羽前："老大，还有工作要忙，Henry 说有事要找你当面说，你看……"

谢梵羽缓缓地把手机放下，抬头看了 Tony 一眼，Henry 是财务总监，一向沉着老练，不是大事不会找过来，便点了点头，站起来朝着房间的大门走去。

在车上，二人无话，谢梵羽看着眼前的风景，想让自己暂时从巨大的挫败感和无力感中抽离出来，Tony 看着状况之外的谢梵羽，不由得有些担心，毕竟自己跟了谢梵羽这么久，还从来没有见过他像现在这样的茫然无措。

Tony 的车速不慢，今日的路况也算好，很快便回到了 BYT 中心酒店，谢梵羽在吩咐了 Tony 一些日常项目之后，便向财务总监的办公室走去。

"您可来了，总经理。"Henry 见谢梵羽来了，放下手中的报表，站起身来，很客气地打了招呼。

谢梵羽对 Henry 点点头："怎么？"

刚刚还面带和善的 Henry 脸上的表情一下子凝重了起来："总经理，咱们这个月的账务结算出来了，但是账面上少了 800 多万美金。"

谢梵羽挑眉看向 Henry，Henry 的表情越发尴尬："嗯……总经理，是这样的，酒店这个月从账面上看还是盈利的，而且跟上个月比还高出了两个点。"

"那这 800 万是怎么回事儿？"

"有 300 万是两个月前米总裁从财务划走的，剩下那 500 万是上个月划走的，这个月的报表马上就要出来了，您看您是不是和米总裁通报一声？毕竟，过两天的股东大会……"说完 Henry 微微低了头，小心翼翼地观察着谢梵羽脸上表情细微的变化。

谢梵羽听了 Henry 的话后脸上的不悦取代了疑惑："上次不是已经说过，没有还清就不能再批？"

Henry 无辜地点点头："可是，我们又怎么可能不批，况且，当时米总说已经和您交代过了，提款的手续到时候您会送过来……"

谢梵羽听了 Henry 的解释后没多停留："希望你以后注意，手续不全就划款的事不要再发生。"留下这句话后便从 Henry 的办公室中离开了。

Tony 手里端着刚刚泡好的咖啡，靠在办公椅上看着整理好的各个部门的日报。"砰"的一声门响险些将手中的咖啡弄洒，Tony 看着表情更加凝重的谢梵羽有些担忧。

"财务那边出状况了？"

谢梵羽将 Tony 递到自己面前的咖啡往后推了推："担心的事儿还是发生了。"

"怎么了，老大？"Tony 的表情随着谢梵羽的语气变得凝重起来。

"米总裁划走的钱，开始还不上了，而上个月，他又从财务划走了 500 万。"

"不对啊！老大，上个月米总裁让您签字的时候我在啊，您不是没签吗，怎么会这样呢？"

"问题就出在这，很多事情一旦开了口子就不会那么轻易地停下来，有时候不是不想停，而是根本停不住，特别是关于钱。米总裁之前虽然每个月都从账面上划走一些钱，但是到了期限，钱就会还上。但这几个月不同，想必是他那边出了什么状况。"谢梵羽皱着眉头，感受到了一丝危机。

"米总裁在投资新能源的事，咱们还是有所耳闻的，但新能源的股票从三四个月前就开始下跌……现在是 800 万，米总裁应该还不会有问题，毕竟，他哪里稍微拆借一些就可以的，您和他还是好好说说吧。"Tony 安慰道。

谢梵羽望着窗外一丝不动的树叶，可是那股暗流汹涌的感觉已经直逼心上，这绝对不是单纯个案，资本运作的世界，从来都是蝴蝶效应。他叹了口气："愿望总是好的，但一切还是要防患于未然，我会和米总裁尽快会面，你继续跟进与栋梁集团的合作吧。"

Tony 不再多说，退了出去。

谢梵羽将咖啡一饮而尽，走回办公桌前，一天没过来，桌子上需要处理的文件还不多，说明整个 BYT 的运转还是正常的。为了不再陷入与白玲珑有关的情绪中，他立即埋头于工作，只有工作才会让他忘记烦恼。

一切似乎又回到了正轨，每天的忙碌让谢梵羽暂时忘却了白玲珑带给自己的伤害，他一边工作着，一边急切地盼望着去英国与岳然相见的日子。

这天，伴着外面的阴雨，谢梵羽主持过早会后像平常一样，继续坐在会议室的椅子上整理会议内容，写着写着，谢梵羽感觉光线似乎变得暗了许多，于是他便抬起头，发现 Henry 正站在自己的面前，谢梵羽放下手中的笔，心中一丝了然。

Henry 的表情有些紧张，他弯下腰趴在谢梵羽的耳边轻声说道："总经理，借一步说话。"

谢梵羽看了看四周，又看了看有些慌张的 Henry，就从椅子上起来，Henry 跟在谢梵羽的身后，两个人来到了谢梵羽的办公室。

"坐吧，是米总裁的事？"

Henry 始终没有靠近谢梵羽拉出的椅子，站在一边的他显得有些局促。

谢梵羽自然注意到了 Henry 的异常，自己的神经也跟着绷紧了。

"怎么，米总裁调用的资金还没还上？上周我和他说的时候，他承诺会在开董事会前还上的。"

Henry 迟疑了一会儿，还是坐在了椅子上，艰难地开了口："总经理，米总裁的 800 万是还上了，但是，咱们在新加坡的工程……"

"工程已经完成，能出什么问题？"谢梵羽打断了 Henry 的话，因为他已经从 Henry 的话中听出，可能发生了极其不好的事情。

"是这样的，我们这期的款应该是上个月就打过去的，施工方那边已经催了几次款了。"

"催款？工程款项不是早就调拨了吗？就算是现在结清尾款都是可以的，怎么会这期款打不过去？到底怎么回事儿，Henry 你直接说重点。"

"其实，这笔工程款在几个月前就被米总裁划走了，现在施工方不停地给我打电话，我试着联系米总裁，但是米总裁那边一直都没给我回音，实在没有办法，只有过来找您了，我承认这是我的失职，等问题解决以后，我一定会给您一个交代的。"终于在谢梵羽的再三追问下 Henry 把事情的关键说了出来。

虽说谢梵羽之前已经有心理建设，但目前涉及工程款一事，这是谢梵羽远远没有想到的，米总裁竟然还动用了工程款，这件事来得属实让他措手不及，谢梵羽心中有气，可是事情已经发生了，发火又有什么用？追究责任也不是现在的事，当下，解决问题才是重中之重！

11 树欲静而风不止

此时谢梵羽已经完全无心责备财务总监 Henry，因为目前的问题导致的后果即将发生，自己需要做好两手准备。

"Henry，我请你如实告诉我，现在酒店的财务状况。"

"现在我们账面上的流动资金只能勉强维持酒店的运营，如果这个时候出现其他意外，都会是很糟糕的结果。"

"好的，我知道了，我会想办法解决的，你先回去吧，但是 Henry 你记住，从现在开始，每一笔财务支出的申请都要提前和我报备，记住，是每一笔，而且务必不要将此事宣扬。"

"好的总经理，我知道了。"Henry 走出办公室时心情似乎变得轻松，或许是因为对谢梵羽的信任，或许是因为卸下了包袱。

Henry 前脚刚刚从办公室中离开，后脚谢梵羽便连忙联系了新加坡方面的施工方。

远在英国的岳然，有两天没有收到谢梵羽的回信了，很担心他真的生自己气了，发了几张自己认真学习和工作的照片，并将与 David 合照的事解释了一下。

谢梵羽刚和施工方通完电话，就看到了岳然的微信，内心温暖却又愧疚，但立即回信说："照片早就看到了，虽然有些醋意，但我信任你，所以根本没有想过兴师问罪。相爱的人之间，没有比信任彼此更为重要的，也真的希望，你能给我同样的信任。"

岳然看到，开心地发过去一个比心的表情，收起电话，走向酒店的大堂，竟然看到一个很熟悉的身影："陆昊？真的是你！"

刚到酒店的陆昊笑着点了点头："我也来培训了，不过只有两周的时间。"

"看来你在 HLS 很好啊！"岳然由衷地为他高兴，"你原本就是很优秀的，本该赢得这样的机会。"

"你也学会打官腔了？"陆昊笑得灿烂，让岳然一瞬间以为她看到了高中时候的陆昊。

"我们都不是原来的样子了。"岳然不由得感慨。

"也许是都意识到了现实吧。"陆昊停顿了一下，"苏珊最近好吗？我回了曼谷，就一直没有联系她。"

"她也回曼谷了，你不知道？"岳然一愣，但想想也是，便不再说话。

此时，酒店的背景音乐正是杨千嬅的歌，陆昊奇怪酒店怎么会放粤语歌曲，岳然笑了，因为今天有一个从香港来的旅游团队吧。

"红玫瑰一双眼，牺牲自己陪你想当年。"

陆昊听到歌词有些感慨："苏珊对我失望，我知道的，我承认我有做错的地方，就是我不该以除了情感以外的目的去接近 Elena，这是我做得最错的一件事。但我真的是因为向现实低头了，当初被打压得那么悲催时，只有这样才能……"

岳然一时有些思绪万千："这段时间我也想了很多，我发现有些事情确实不像我们当初想的那个样子，你变得现实，不是你的错，可就像你说的，你也知道自己错在了哪里，其实你跟我或者是跟苏珊，都没什么必要去说抱歉的，因为不管什么时候，你都会是我们生命中最重要的朋友，谁也取代不了。"

陆昊在那一瞬间只觉得心都暖化了，他这一段时间以来的愤懑和难过在这一瞬间烟消云散了。

放下手机，谢梵羽将 Tony 叫进来，商量资金的事，正当二人为眼前的危机困扰时，谢梵羽的手机嗡嗡地震动了两下。

"今晚，8 点，办公室见。"

米总裁终于出现了，这条信息让谢梵羽焦躁的心有了一丝丝的安慰，希望今晚的见面能让事情有所进展。

在一天的等待后，终于到了晚上 8 点，谢梵羽如约来到总裁的办公室，推开门时，发现米总裁已经在办公室当中，只不过办公室烟雾蒙蒙，那弥漫在空气中的雪茄味，着实有些呛人。

谢梵羽干咳了两声，走到米总裁的办公桌前。

"梵羽，事到如今，我已无意隐瞒，财务方面是我的问题，你不必责怪 Henry，他也很为难。"谢梵羽没等开口，米总裁便开始准备摊牌。

"可是米总裁，现在我们的现金流马上就要断了，我不知道您把这些款项用在了哪里，我只希望您能尽快把这款项补回去，不然我们 BYT 可能就会出现问题了。"

"梵羽，我知道你的心里是有 BYT 的，其实我原本也是为了 BYT 好，想着那新能源开发的项目能给我们带来一些便利，而且，一开始的时候也一直是在盈利，可，可现在出了变故，股价不知为何一下子猛跌，我投资那一亿多全都被套牢了。"米总裁也没有了昔日的威严，说出口的话像是充满了忏悔。

"可米总裁，您之前从财务上划走的那大笔的款子除了我和 Henry 之外还有别人知道吗，各个股东都知情吗？"谢梵羽继续追问道。

米总裁犹像了半晌，一直没有说话，眼神里多了一丝闪躲。

"梵羽，资金的问题，我会解决，但梵羽，我希望你能控制住这个消息，我真的不想 BYT 因为我出现什么差池。"

"这您不必说，我自然清楚，但我在 BYT 中的能力，或是说能做的也只是暂且将事情压下去，但如果事情迟得不到解决，我这个仅有 1.17% 股份的小股东可真就无能为力了，而且现在时间紧迫，银行贷款要还，施工方在催款。米总裁，我希望您能尽快解决眼前的危机，我真的不想看到 BYT 因为这样的事，承受打击。"谢梵羽话说得很实际，毕竟一旦原本平稳的资金流断掉，必然就会出现流动资金的短缺，从而引发一系列不可估量的问题。

米总裁看了看谢梵羽，又猛吸了一口手中的雪茄："梵羽，谢谢你。"米总裁说完站起身，对着谢梵羽轻轻地点了点头，眼神中充满了感激。

谢梵羽看着米总裁离开的背影，虽然没有了前些年的挺拔，但每一步迈得依旧坚决，在谢梵羽的心里，米总裁始终是支撑着 BYT 的大梁，倘若有一天这大梁真的倒了，BYT 必定也会摇摇欲坠。

谢梵羽摇了摇头，否定了自己心中那不好的念头，BYT 现在虽然说未必就是处于危机存亡的时刻，但这个时候若有人落井下石就再糟糕不过了。毕竟身在商界，这种事见得太多了，不未雨绸缪，根本不行。而且，还有白玲珑的设计在先，他也一直未想透这中间的关联。

现在的谢梵羽，只能依靠着自己那颗坚定的心，来支撑着自己走过面前这段曲折又荆棘密布的路。

12 云蔽日

回到住处的岳然算了下时间，苏珊应该还没睡，于是给她拨了语音通话，苏珊很快接起："然然！白玲珑找你麻烦了？"

"那倒没有，是我今天看到陆昊了。"

"他也去培训了吗？ HLS 还真是处处和 BYT 比呢。"

"他已经知道自己做错了，会更加努力的。"

"那就好。"苏珊淡淡地说着，似乎真的和陆昊已经毫无瓜葛了一般。

这让岳然不好再说陆昊，于是问："你最近怎么样？"

"还好，现在是曼谷的淡季，出租率不到七成，等暑假时基本就满了。"苏珊乐观地说着。

"我看到曼谷的天气预报了，这几天可真热啊。对了，最近新闻上总说又有些金融危机的端倪闪现。1997 年的时候，咱们还小，没什么体会，也不知道这次会如何？"岳然问道。

"然然，几天不见，你都忧国忧民了，这事你也操心。"苏珊调侃着。

"毕竟咱们是旅游业，还是经济繁荣些比较好，旅客才多啊。"

"果然是学有所成，下次我也一定要争取到培训机会。"苏珊说着打了哈欠。

"不早了，晚安吧！"岳然连忙收了线。

然后，岳然又把自己的担忧发给了谢梵羽，谢梵羽很快回了："不错，果然有了战略眼光，继续努力学习。但即便是乌云蔽日，也别担心，阳光总在风雨后。"

岳然松了口气，拿出冰箱里的矿泉水喝了几口。

其实，BYT 的情况并不容乐观，此刻已是曼谷夜里 11 点半，谢梵羽还在办公室看着财报。由于对消息封锁得及时，此时 BYT 仍旧处于一切正常的状况。

"老大，米总裁那边有消息吗？"Tony 急匆匆地从门外走进来。

"还没有，只不过米总裁说一定会在约定日期前筹到资金，又出什么状况了？"

"老大，刚刚 Henry 告诉我，最近银行方面好像会有动作，我们合作的一家银行对我们申请延期的事情好像很不放心，最近可能会过来了解情况。"

谢梵羽皱着眉叹气："银行的日子也不好过。"

Tony 也是一脸惆怅："老大，我这几天了解了一下国内外关于新能源方面的股市变化，基本呈平稳且上升的趋势，如果米总裁真的是将投资放在这里，那会不会？"

谢梵羽顿了一下："你是说，有人操控股市？"

"我也只是推断，而且如果真的有人有这个能力的话，他一定是对米总裁或是 BYT 有什么别的想法。"

"我也曾怀疑过，米总裁在商界多年，多多少少地会和别人有一些摩擦，这次的事绝非偶然，但以我们目前的精力和能力，想要了解事实还远远不够。我们能做的就只有维护好现在酒店的秩序，别让事情继续发酵。"

Tony 点了点头："嗯，我知道了，老大，想必米总裁这几天没有出现，也是在为筹钱的事儿奔波，希望一切都会恢复平静。"

"一定会的。"谢梵羽的眼神中透着坚定。

另一边，米总裁确实在为资金的筹集而奔波，他心里也清楚，这次出了这么大的事，自己如果处理不好的话那就真的晚节难保了。

其实上亿的资金对米总裁来说还是可以解决的，只不过现在他的手里有的只是一些没有收盘的项目，而且因为这些项目自己也背了不少债，如果想集资，就必须割肉，但问题的关键是，米总裁不愿让熟人知道自己的处境，一时间也因找不到合适的合作人选而发愁。

可有些时候，嗅觉敏锐的人总会顺着味道找到源头，这晚，米总裁正在为找不到合适的人选发愁时，自己的手机便收到了一个陌生号码的短信。

"米总裁，对于您的处境，你我都很清楚，我想，我们有必要坐在一起喝杯茶，聊聊天。"

米总裁看着手机里的消息有些怀疑，这几天所有的事都是自己亲自去谈，短信中的内容虽短，但直击要害，这风声为何走漏得这般蹊跷。

米总裁思前想后还是回复了那条陌生的信息。

转天，米总裁按照约定的时间来到茶楼中的包间，但包间中空空荡荡，除了自己便再无别人，这让米总裁觉得面子上很挂不住，正当米总裁拔腿要走时，忽然注意到，桌子的中间，整齐地摆放着一沓文件。

米总裁这才停住了脚步，来到桌子前，拿起那份协议，"股权转让书"几个字映入了米总裁的眼帘，他缓缓坐了下来，翻阅着合同中的内容，可当他看完之后，脸上却又恢复了刚刚的怒意。

米总裁起身，将那份协议狠狠地摔在地上，环顾了四周后，愤然离场。

可当米总裁走出去没多久，他的手机上便又立即传来一条消息："米总裁息怒，眼下生意不好做，如果米总裁觉得有什么不妥的地方还是可以商量的，毕竟给您留下的时间也应该不多了吧。"

米总裁看着手机上显示的信息心中有些慌张，明显那神秘人是有备而来，而且也一定对自己目前的情况有所了解，于是，米总裁回到车上给那陌生的号码回复了信息。

"既然想合作，就请拿出诚意。"

很快手机屏幕再次闪烁："米总裁，您果然大人有大量，今晚8点还是这个茶楼，一些细节我们到时详谈。"

夜色降临，茶馆里的人渐渐散了，只有大厅中零散地坐着两桌闲谈的老者，在最顶层的上房中，只见一人穿着一身唐装，双腿盘坐在茶桌前，举手投足散发着儒雅的气息。

"米总裁，您很守时啊。"米总裁的身影再次出现在茶楼当中，那名儒雅的男子站起身，客气地对米总裁打着招呼。

米总裁上下打量着面前这个人，虽身着唐装，但此人却年轻得很，米总裁收回眼神，嘴角微微上扬："看来，还真是后生可畏啊。"

"米总您过奖了，请快快入座。"男子将米总裁让到座位上，亲自为米总裁斟上了一杯香茶，随后又从身后拿出了一份合同，双手递到米总裁的面前。

"米总，请您过目。"

米总裁放下茶杯，从那人手中接过合同翻阅起来，合同的内容与早上相比明显股价有所提升，而且合同中开出的价格基本与市场价格持平，达到了每股31美元，看到这米总裁的神情有一丝波动，可当米总裁继续往下看的时候，脸上的愤怒越来越明显。

"你到底是谁，想要把我在BYT36%的股份全收走？年轻人你吞得下吗？"

那男子见到米总裁的反应后非但没有吃惊，脸上竟出现了一丝笑意。

"米总裁，您先息怒，我是谁不重要，这合同的内容都是按照我家先生的意思安排的，而且我们既然能开出这样的条件，就不存在吃不吃得下的问题，更何况，以您在各领域的投资占比，这区区 BYT36% 的股权对您来说不还是九牛一毛吗？或者您可以和我说说您的想法。"

米总裁再次将注意力集中到面前的人身上，此人看起来虽然儒雅，但眉宇之间总像是存在着一丝杀气，米总裁想了半天："无论如何，这 BYT 的股权我都不会全抛，况且按你的话说，你家先生看来似乎很看重 BYT，你们是不是应该拿出诚意，让你家先生亲自和我谈。"

那男子又是微微一笑，再次沏好了一杯茶放到米总裁面前："米总裁，真的不是我们家先生不出现，只是他现在不在泰国，便将此事全权交由我来处理，所以说，您有什么想法尽可与我谈。"

米总裁听了这男子的话后心中便有了打算："既然是这样，我便和你交个实底，BYT 的股份，我最多能让出 18%，如果不行，那我就先行告辞了。"

第十章
灰色地带

黑与白之间尚有十几层深浅不一的灰色，

有时候黑的能转成白的，白的能转成黑的。

有的黑未必比白阴险，有的白可能罪孽更深。

真正的难过是泪水没法表达的无奈和困惑，能哭出来的，

都不是最深的痛。以乐观回报生活，它是残忍，

但也通过某些方式，磨砺着心智，让柔弱结成坚强的茧。

01 看不见的对手才可怕

那唐装男子见米总裁要走，连忙叫住了他。

"米总裁，还请您留步，这份则是 18% 股权的转让协议，您请过目。"唐装男子镇定自若地将另一份合同递到米总裁面前。

米总裁暗道："看来对方早有准备，今天遇见的绝非善类。"米总裁边思索边接过了合同，合同中的基本内容与上一份合同大抵相同，只是股权的比重和每股的价格发生了变化。

米总裁看完合同后，冷冷地对面前的唐装男子说道："聊了这么久，还未请教这位老弟尊姓大名啊。"

唐装男子眼神闪出一丝狡黠，继续保持着脸上的微笑："我这也是为我家先生办事，是个不值一提的小角色，既然米总裁抬举，就不妨叫我小张吧。"

米总裁在脑海里搜索着圈中所有张姓的人，但没有一张脸能与之对应，便转而又说道："看来还真是真人不露相啊，你的这两份合同就是让我离开酒店业，且血本无归，这就是你所说的诚意吗？"

米总裁的茶杯狠狠地摔在桌面上，安静的茶馆中回响着茶杯与茶几碰撞后发出的清脆响声。

"米总裁，此言差矣啊，我这合同的条款都是按照先生的吩咐列出的，况且据我了解，如果短期之内您还没筹到钱，恐怕您手中的股权远不值合同中的价格吧？"唐装男子说话的表情依旧温和，但内容却咄咄逼人。

米总裁的底牌已经被对手看透，但这赌场老手又怎能在声势上输给对方：

"既然你我达不成共识，那就没有谈下去的必要了，不知你又是听信了哪些风言风语，竟敢拿出如此卑鄙的条约。"

"哦？看来米总裁对内容还是不满意？"唐装男子有恃无恐的样子一点一点地攻破了米总裁的心理防线。

米总裁心中的不安开始泛滥，自己面前的究竟是何许人也，竟然能如此平静。

"米总裁，既然这样，不如我们各退一步如何？"当唐装男子拿出第三份协议时，米总裁也有些吃惊了。

他再次接过合同，内容又发生了变化，转让27%的股权，股价略高于市场价0.05%，米总裁不自觉地拿起茶杯喝了两口，试图缓解心中的焦虑，此时在他面前的这份合同跟上两份相比之下，已经远远地优于前者，只是股权的转让比例有些太大，这一点让他有些拿不定主意。

正在米总裁为这份合同困扰之时，唐装男子又开了口："米总裁，关于股权转让一事事关重大，我先行告辞，期待着您的答复。"

那男子竟然走了，米总裁彻底被惊到了，三次合同的变动，对自己的了解，还有那份有恃无恐的态度，这男子的每一个举动都让米总裁措手不及，并且在这次谈判中，自己始终没能得到主动。如果那男子对自己是这么了解，那么这份合同不签，想必日后更会后患无穷。

米总裁的神情有些疲惫，他拿着那份合同回到了车里，回忆着那唐装男子的面容，眉眼之间好像有那么一点儿熟悉，但那股从内散发出的气场，又显得那么的陌生。

此时的谢梵羽同样踏着夜色进了家门，一天的劳累让他深感疲惫，谢梵羽刚刚放下手中的钥匙，摸索着灯的开关，瞬间，整个屋子被照亮，在屋子被照亮的同时，谢梵羽眼前所见却让他神经紧张，一下子忘了身上的疲惫。

"你怎么进来的？"谢梵羽有些惊魂未定，他指着坐在沙发上的女子大声质问。

"那晚你的钥匙落在我这儿，我想给你送来，你却不在，我就进来等你了。"白玲珑看着被自己吓着的谢梵羽，心生怯意，脸色也一下苍白起来。

谢梵羽被白玲珑气得说不出话，不禁又回想起那晚的情景："我请你把钥匙放下，然后出去。"

白玲珑面对着谢梵羽的冷淡，肩膀忍不住抖动了两下，她缓缓地站起身来，一步步靠近着谢梵羽。

原本气势强硬的谢梵羽却开始不知如何是好，只能被柔弱的白玲珑硬生生地逼到角落里。

白玲珑脸上依旧是绝望的表情，她伸出手，轻轻地放在谢梵羽的腰上，并且不断地往下摸索着。

谢梵羽刚要挣脱，只听"哗啦"一声清脆的金属音，钥匙从白玲珑的手中滑落，不偏不倚地落入了谢梵羽的裤兜中，谢梵羽极力控制着自己急促的呼吸，许久没有说话。

白玲珑的脸从谢梵羽的脸旁轻轻掠过，他感觉几缕发丝在自己脸上划过，白玲珑看着他紧张的样子忍不住露出一抹凄惨的笑意。

"我还能伤害你吗？如果能，那就是我的生机。"

谢梵羽脸憋得通红，只有眼神还保持着坚定："我请你离开。"

白玲珑挑了挑眉："那好吧，本想和你谈谈关于你们米总裁最近的事儿，我还是先走吧。"

她前脚刚踏出门外就被谢梵羽叫住了，随即将迈出门外的脚挪了回来："梵羽，我可以帮你，把整个 BYT 都送给你。就当我的致歉礼。"

"我并不需要，我想说的是，你与洪家的事，我原本还有份同情和痛心，只是，你给我下过药之后，就没有了。你我从今往后，再无瓜葛，BYT 对我来说不过是一份工作，你拿它要挟不了我什么。虽然它曾经也是我父亲的产业，但是他主动弃商从政的，所以，我不会像你那样，非得到什么不可。人没有欲望就不会堕落。"

"梵羽！"白玲珑悠悠喊出这一句，再也说不出什么反驳的话，能做的，不过是转身离开。

白玲珑一走，谢梵羽立即从裤兜里把钥匙拿出来扔进垃圾桶，并给物业打了电话，预约了次日换锁。

他刚才说的都是真心话，原本的同情灰飞烟灭，除了厌恶甚至有了痛恨，但更多的却是恐惧，不知她又会出什么牌，惹出什么祸端来。

就在今天午后，吉隆坡那边的监控也传了过来，谢梵羽从白玲珑手中接过酒杯的画面定格在那里，虽然没有证据，但其他的酒都是他自己从侍者托盘里取的，毫无问题，只有这一杯，是白玲珑递给他的，当晚，他就中毒住院了。

正思索着，手机忽然响了，是米总裁打来的，连忙接起。

"梵羽，来我的老宅子坐坐吧。"米总裁似乎喝了酒，语气意兴阑珊。

"好，我马上出发。"谢梵羽拿起车钥匙，快步走了出去。不管怎样，这个老人是他敬重的商业奇才。

02 因为有利可图

一路上，谢梵羽都在想米总裁这么晚找自己所为何事，毕竟有了刚才白玲珑状似不经意的一句话，还是让他有了些担忧的。

终于，到了米总裁的府邸，这是一座充满泰式风情的老宅。与大皇宫和随处可见的寺庙的金碧辉煌不同，这里内敛典雅且实用。

将车停好，谢梵羽走进院子里，穿过幽静的小水池，典雅的红色屋顶和葱绿的热带花园相得益彰，即便是夜晚，在香薰烛火的映照下，依旧能让人感到自然和带点儿原始的风味。来到正屋，坚固的圆柱将整幢房子撑起，陡峭宽阔的屋檐，通风的中央平台，两端向上卷起的挡风板，镶嵌的墙壁，加高的门槛，无一不透露着主人的别具匠心和精妙实用的风范。

整个房子全是木质结构，窗外就是河，偶尔会有机动船从院墙外的河道上经过，但瞬间又回复到丛林般的寂静状态，和一路之隔的都市喧闹形成强烈对比，这里有大隐隐于市的世外桃源之感。

米总裁见谢梵羽进来，站了起来，招呼他过来坐。

6月的曼谷闷热得很，但河边却有着徐徐凉意。谢梵羽坐了下来，并未主动开口，米总裁慢慢斟了茶，将茶杯递过来的时候方开口："梵羽，对不起，由于我的缘故让BYT的日子有点儿难过。"

谢梵羽接过茶杯："只要还没有到最糟糕的时候，您就不要放弃。如果放弃，才会让 BYT 很难过。"

米总裁的目光扫过来："怎么？听到了什么？"

"有人说，你在抛售 BYT 的股份。"

"不错，在今天之前，我确实有这个打算，但今天我感受到了陷阱的味道，我决定改变策略。"

谢梵羽放下茶杯，坐正了身子。

"我绝不会抛售我在 BYT 的股份，欠的钱，我会尽快还上。"米总裁掷地有声地说道。

谢梵羽松了口气："我就知道您不会放弃 BYT 的。"

米总裁淡淡一笑："还远远没到那个时候，有时候，越是看着凶险，反而越是最吸引人的地方。BYT 现在就是这个时候，被一群狼盯上，未必是它弱，而是因为有利可图。只是，过了这个坎，你要好好查查，BYT 里有内鬼。"

"我知道了。"谢梵羽郑重地点头，心里极为赞同。

又喝了两杯茶，谢梵羽告辞，回到家已是凌晨，把手机充上电，点开微信，岳然果然已经发了信息过来。看到她的学习和工作情况，他的心忽然就平静了下来，再有一个月，她就该回来了。只是不知那时，BYT 会是怎样的。

次日一早，谢梵羽一进 BYT 中心酒店的大堂，Tony 就迎了过来说："总经理，银行那边回信了，说是已经考察完毕，同意了 BYT 的延迟还款申请。"

谢梵羽挑眉："怎么会这么快？"

"他们是以住客的身份来 BYT 考察的。"Tony 回答着，"不过，我听说，有几个大股东今天要过来。"

谢梵羽一愣，猛然想到昨日米总裁的约见，看来米总裁已经得到了通知，那就没有什么可担心的了。

Tony 却还是眉头紧锁，谢梵羽笑着拍了拍他的后背："员工们都看着呢，别老皱着眉头。"

"是，总经理。"Tony 连忙挤出一个笑脸，"还有，就是薛董事从乌隆赶了过来。"

"这条老狐狸。"谢梵羽依旧是淡淡的，"什么都少不了他。薛凝那边又如何？"

"啊？哦，还在马尔代夫。"Tony 有点儿没跟上谢梵羽的思路，"问她干什么？"

"以防万一。"谢梵羽继续说着，"也好几个月没去了，这周末帮我订下机票。"

"好的。还有，萨里学院发来课程确认函，您确定过去授课吗？"

"是的，课件我已经准备好了。"总算还有好消息，谢梵羽的脸上露出笑容。

这时，前台方向传来了男人不快的吼声。

"怎么回事儿啊，你们的服务就是这样吗？"一位客人在前台，对着前台接待员不满地说道。

"不好意思，您稍等一会儿，酒店的电脑系统出了点问题。"那名前台的接待不紧不慢地说道。

谢梵羽看了一眼 Tony，Tony 连忙走过去，向那名客人道歉。

"不好意思先生，我是酒店的总经理助理，您遇到了什么问题，我可以帮您解决。"

那客人见 Tony 的态度谦卑，便也收起了不快的样子："我在这儿等了快20分钟了，居然还没登记好，我是坐夜航过来的，很累的。"

这让站在不远处的谢梵羽一下想到了当初那个被杀手冒名入住了酒店的客人，以及当时在办理入住的岳然，笑意更深了。

Tony 瞟了前台接待员一眼，偌大的台子里，只有两个人在忙碌，他正要走进去帮忙，大堂经理苏珊赶了过来："Tony？我来解决吧。"

Tony 点了点头，却并没有走。

苏珊来到里面，询问了状况，果然是电脑系统崩溃，她果断地拿出昨天夜班打印出的报表，查到空房，亲自上去检查了一番，然后下来带着客人去了房间。

Tony 在客人上去后，问接待员："Lily 是吧？怎么回事儿？"

Lily 看着 Tony，眼神中带着畏惧和歉意："Tony，登记系统突然出故障了，而且我打过电话了，他们正在处理，我也是没办法啊。"

Tony 又看了看里面："就你们两个人，其他人在哪儿？"

Lily 叹了口气："不知道，交接班的时候，连早班主管都没到。"

"好吧，打起精神来。"Tony 说完便联系了电脑房负责人，负责人表示正在解决，预计半个小时内解决。又给前台经理打了电话，才知道前台这两天有 5 个人提出了辞职，人力资源部还没有及时调拨过来新人。

看来，员工之间也是有什么传闻，造成了人心浮动。

Tony 回到办公室，和谢梵羽汇报着，谢梵羽点头："米总裁也说要彻查内鬼，等我先去接待了那几个董事回来，你先替我去开晨会，并让各个部门总监和经理关注一下流言问题。"

这种卑劣的手段，谢梵羽并不放在眼里，只要米总裁能摆平那些躁动的股东，他就一定能控制好 BYT。

"喂，亲爱的，最近如何啊？"刚刚下课的岳然拨通了苏珊的电话，最近几日都没能和谢梵羽通上电话，因为他很忙碌，所以岳然想问问苏珊到底什么情况。

"呼，然然，你可别提了，最近我何止是大堂经理，PA 的工作我都要包揽了。"苏珊听着岳然兴奋的声音打不起一丝精神。

"啊？怎么会，发生了什么事儿吗？"

"我也不清楚啊，最近大家工作的积极性都不高，而且还有不少员工都离职了，总之这阵子酒店的气氛怪怪的，对了，我还想问问你呢，总经理没跟你透露什么风声吗？"

"没有啊，我这几天都没和他通话，他很忙，不过我相信他一定会解决好的。"

苏珊叹了叹气："他不接电话也正常，最近总经理可能真的要忙坏了，每天各种事儿等着他，看来真的是受金融危机的影响。好了，别说这些不开心的了，你怎么样了，是不是快要学成归来了啊？"

"嗯，还有一个月就可以回去了。"

"好了好了，我这边有事了，对了到时候记得带礼物啊。"苏珊匆匆地挂断了电话，岳然对苏珊说的话有些担心，但又无力改变，只能在一旁默默祈祷一切都好。

03 变化无常才是考验能力的时候

虽说对曼谷方面担心，但岳然还是没有忽略自己手头上的工作，刚刚轮岗到宴会预订部实习的岳然对餐饮销售并不熟悉，毕竟之前的工作是没有接触过的。于是在办公室里看着宴会预订流程和守则。

这时，宴会预订的经理 Adele 走了进来，岳然连忙站了起来，和她打招呼，Adele 虽然怀着孕，依旧是雷厉风行的样子，扫了眼办公室，只有岳然一人，于是说："ok，你跟我来。"

原来，英国本土的劳埃德 TSB 集团要在酒店预订下周三的一场豪华午餐宴会，Adele 让岳然跟着自己，记录下客户的所有要求。

对于这家公司，岳然是了解的，他们也是 BYT 的客户，这家银行和金融服务集团在全球有 2400 多家分支机构，这场午餐宴会想必是用来招待重要客户的。对此，岳然不敢掉以轻心，逐一和 TSB 集团负责此次宴会的 Tyler 确定了预定时间、到场人数，又按着 Adele 和 Tyler 确定好的用餐标准来准备菜品和酒水的菜单。

半小时后，"Mr. Tyler，这是午餐宴会的菜品和酒水，您看看还有什么需要改动的，我帮您调配。"岳然客气地将手中的宴会计划书送到了 Tyler 手上。

Tyler 接过岳然递来的计划书，仔细地核对过后，对着岳然轻轻点了点头："Miss Lenka，您的计划很周详，一切的标准都是按照计划书中来搭配的，很好。这次参加宴会的人数比较多，这 100 多人都是我们公司重要的客户，所以还请贵酒店能够多多费心。"

"请您放心，Tyler 先生，我们酒店在承办这样的宴会方面很有经验，主厨都是最富经验，且广受好评的，服务人员更是专业且亲切的，一切都会顺利的。"岳然对 Tyler 微笑着，站起身，轻轻弯腰并向 Tyler 伸出了手。

"那合作愉快，这是宴会的费用，按照贵酒店的要求，一次付清。"Tyler 握了握岳然的手，随后从公文袋的支票夹里取出一张支票。

"请您随我来。"

岳然带着 Tyler 办理完预订手续，并将支票交到财务部，开具了凭证。

"合作愉快。"岳然将 Tyler 送出了酒店，心中难免有些成就感，毕竟刚刚调来这个部门实习，就有幸接触到这样的午餐宴会。

送走了 Tyler，岳然去了主厨办公室，和主厨再次确认了菜品和酒水的要求，便开始了忙碌的准备工作。

在炎热的曼谷，BYT 的气氛却低到了冰点，总裁办公室里，前来的几个大股东，每个人表面上都客客气气，可米总裁一到，局面便开始对峙。

"米总裁面子就是大啊，都这个时候了，还是最后一个到场。"薛董事看了看表，满含讥讽地说道。

米总裁淡淡一笑，Tony 将咖啡和茶送了进来，按照每个人的喜好放置在他们面前，然后走了出去。

米总裁先开了口："下周就要开董事会了，今天，你们来，是要说什么呢？应该不是什么通气会吧？"

"米总裁，我们都担心自己的投资血本无归，都这个时候了，您还有心情开玩笑？"李董事皱着眉，喝了一口咖啡。

"有这么严重？我怎么不知道？太危言耸听了吧？"米总裁淡淡地回应着，"不过是些员工离职而已。"

薛董事冷冷一笑："您老说得可真是云淡风轻，我们可是听说 BYT 申请了延迟还贷，虽然银行批了，但这多出来的利息，以及 BYT 的资金到底出现了什么样的问题，还是请米总裁给我们交个底。"

米总裁："交什么底？BYT 一切正常，员工工资照发，业务正常，资金运转也正常，你们到底是听了什么风言风语就来这里要说法，连在乌隆府的薛总都要不辞辛苦赶过来？你们是对我不放心，还是对梵羽不放心？"

李董事呵呵一笑："流言四起，必有原因，我们毕竟是一条船上的，不敢担保每个人都有同舟共济的决心，但知情权我们是要有的，不能说所有的坏消息，我们都是最后一个知道的。"

"只是因为提出延迟还款的申请吗？"米总裁端起了茶杯。

"最近新能源的股票是大起大落，米总裁的感受应该不一样吧。"薛董事不再兜圈子，直指问题所在。

但米总裁并没有显得紧张，从容不迫地环视众人："那些不过是玩票，又到不了伤筋动骨的程度。"

米总裁话中带刺，但众人又无法反驳，对于米总裁的雄厚实力，他们都是了解的，但那都是米总裁的，和他们又没有什么关系。今天来的都是 BYT 的大股东，基本都是身家性命全在 BYT 的股票中的，BYT 受损，他们自然受损。

一时间，办公室里陷入了安静。最终，几个股东也没得到什么有效的信息，众人不欢而散，只能等待下周三召开的股东大会了。

岳然这边，一切都按部就班地进行着，然而有些变故发生得有些突然，就在周末的时候，岳然忽然接到 Tyler 的电话："Miss Lenka，非常感谢你们的精心准备，但是，很抱歉，现在有突发情况出现，我不得不和你沟通。"

岳然听了 Tyler 的话有些紧张，但还是很客气地回应："有什么要求，您都可以提。"

"是这样的，我想说的是关于宴会的问题。宴会是否可以取消？我们这边的安排有变，客人时间不方便，所以……"

Tyler 的话如同晴天霹雳，整个餐饮部都在为周三即将开始的宴会忙碌着，可此时，却听到要取消的消息，听了 Tyler 的话后，岳然整个人都不好了。

岳然的大脑飞快地转着，忽然就想到谢梵羽说过的话："变化无常的时候，才是考验应对能力的时候。"

那么，首先要确定问题的实质是不是在酒店，于是岳然问道："Tyler 先生，是不是您对我们这边有什么不满意的地方？我们可以继续沟通的，取消宴会的决定是不是要再考虑一下？"

"岳小姐，真的不是你们的问题，而且如果我对你们不信任又怎么会付清全部费用呢？现在的问题真的如我所说，公司安排有变，所以宴会真的不能如期举行了。"Tyler 的话带着歉意："现在，公司这边想与你们沟通一下，关于退款的问题。"

"如果是这样，Tyler 先生，我需要和经理报备一下，看看应该怎么处理，请您稍等，我很快给您回复。"

岳然挂断电话后，便急匆匆地去找 Adele。

04 人没有贵贱之分

"Lenka，他们的宴会临时取消，我深表遗憾，但是，钱是不能退的。因为之前预订酒店的时候，他们是了解情况的。接受他们的预订之后，我们为其采购了食材，并且推掉了当天的其他预订，专门为他们留出来餐厅，所有工作人员都在积极参与工作，虽然他们没来，但我们已经做了工作。所以，请你告诉 Tyler 先生，这个款项，我们没办法退还，而且劳埃德 TSB 集团是大客户，你说的时候，一定要妥当。"

"好的，经理，我知道了。"岳然理解经理说的话，但也同时替劳埃德 TSB 集团的临时变动感到惋惜，再三考虑后，岳然还是拨通了 Tyler 的电话。

"Tyler 先生，我已经和我的经理沟通过了，对于宴会的取消，我们深表遗憾，但是已经支付的费用我们这边无法退还。"

"无法退还？我们只是预订，还没有去，为什么无法退还？这个我有些接受不了。"Tyler 的语气有些着急。

"Tyler 先生，是这样的，这段时间，我们不断地为宴会做着准备，包括菜品材料，酒水的采购我们都是已经完成了的，为了贵公司的宴会，我们酒店更是推掉了其他的预订，而且合同中也有体现，所以真的很抱歉，Tyler 先生。"岳然按照经理的意思将无法退款的事实如实地告知了 Tyler。

隔着电话，岳然能感受到 Tyler 的焦灼，过了一会儿后，电话那头还是传来了 Tyler 的声音："那好吧，Lenka，我们这边再沟通一下，我会在宴会约定的时间前给你答复。"

岳然挂断了电话，此时自己的心情和 Tyler 一样，都有些失落，毕竟准备了这么久，付出了这么多的努力，突然就被取消，一时间自己有些难以接受，于是岳然便攥着电话，时刻期待着 Tyler 的再次来电。

她本想给谢梵羽发微信诉说郁闷，但在写完后，选择了删除，因为有那么一刹那，她觉得成长本就是自己的事情，该经历的一定要经历。于是，还是每日报着平安而已。

终于，在第二天，岳然满怀期待地接到了 Tyler 的来电。

"Tyler 先生，您好。"岳然迅速地接起了电话，并礼貌地问候着。

"Lenka，我们的宴会如期举行。"

岳然听到这里，心中悬着的石头放了下来。

"不过，关于参与宴会的人，我们有一些变化，我们准备把这场豪华的午餐送给穷苦的可怜人，送给那些食不果腹的流浪儿童和流落街头的流浪汉，不知道这个对于你们来说是否符合规范。"

岳然听了 Tyler 的话先是一愣，随后立刻表示道："没有问题，您的客人就是我们的客人，人没有贵贱之分，只要 Tyler 先生信任我们酒店，我们一定会提供高水准的服务。"

Tyler 一愣："这个不需要请示一下你的经理吗？"

"这是我们酒店始终坚持的原则，并非工作上的事啊！"岳然肯定地回答。

对于岳然如此痛快的答应 Tyler 稍感意外，但还是欣慰，虽然不能像原来的计划那样宴请到公司的客户，但作为慈善，让那些穷苦的人感受到来自五星酒店的热情，也是一件极好的事。

"既然 Lenka 如此爽快，我们这边会尽快和慈善机构沟通，到时候还会与你联系的。"

"好的 Tyler 先生，请您放心。"

岳然得知了最新的消息后连忙向酒店报备，听完她的汇报，Adele 一愣："你毫不犹豫地答应下来的理由是什么？"

"首先，我们酒店有这条服务宗旨，这也是所有顾客最认可我们的原因之一；第二，钱是劳埃德公司花的，他们有权利选择自己要邀请的客人；第三，他们要邀请流浪儿童，那些孩子大多是无家可归的，经历着这个年纪不该有的苦难，只能从陌生人的关怀中学会爱和感受到幸福；第四，还因为我看到了前天的报道，发生在曼彻斯特的爆炸案中，两个流浪汉不顾危险，冲进爆炸现场，救出受伤的小女孩。他们只是出于各种原因失去亲人，失去工作，不得不流浪，但他们同样善良，同样勇敢，同样值得拥有幸福和快乐。"

是的，在去汇报之前，岳然做了充分的准备，她毫不犹豫地答应下来，并不是一时冲动，也很确定劳埃德公司并不是赌气，这一切都是大公司与大酒店在承担社会责任中最好的体现。

Adele 颇为感动地拍了拍她的肩："有没有打算就留在这里？"

"这个暂时没有考虑。"岳然开心一笑。

Adele 上报给了值班副总，酒店得知了将要参加宴会的是一批特殊的客人后，更加重视了起来。

正如岳然的回答，酒店的宗旨，就是绝不会把顾客分成三六九等，酒店方面做好了一切准备，希望让这些无家可归的可怜人能感受到一丝温暖，同时，岳然也被劳埃德 TSB 集团的决定深深地打动，对于那些流浪街头的人来讲，在五星酒店用餐是不可能的，劳埃德 TSB 集团能把这样珍贵的机会留给他们，可见劳埃德 TSB 集团也一定有着一颗善良的心。

然而曼谷这边的董事会就没那么乐观了，一旦沾染了利益，人性丑恶的一面就无法掩饰。

在股东大会上，薛董事等人竟然提出了罢免米总裁的提议。

"财务上划走款项，的确是我做的，但我已经补齐了。"米总裁盯着薛总的眼睛一字一句地说道。

"不可能，那么大一笔资金，你怎么可能补齐？"

众人得知自己的利益没有损害，便停止了议论，可薛总仍旧不依不饶地说："大家可不要被他骗了，而且，你凭什么拿着我们的利润去做投资赚钱，却没有给我们分红呢？这明明就是在损害其他股东的利益。再说了，能做出一次就有第二次，到时候他还有多少股份可以卖，到那个时候受损的不还是我们这些股东吗？"

"薛总，你停一停吧，我不知道你这样煽动大家的目的何在，但是，你能给大家带来什么直接的利益吗？还是你想从中获取什么利益？"米总裁一语道破了薛总的用心。

他继续对着众股东说道："我深知有愧于各位，我也为大家准备了补偿，不知道大家知不知道新加坡的赌城。"

"当然知道，那不是您独资的项目吗？而且好像效益很好。"一些 BYT 的老股东搭着米总裁的话。

"是的，新加坡的赌城收益一直稳步地增长，我考虑到由于我年岁已高，所以准备将赌城的股份与在座的各位股东配股，一来聊表我对大家的歉意；二来也希望大家能够更好地经营赌城和 BYT。"米总裁此话一出，台下不少股东眼睛都放光，米总裁的赌城是名副其实的肥肉，如果能入股，那肯定是稳赚不赔的项目。

"而且，我已经制订出了下一步的发展计划，我准备将 BYT 中盈利能力较弱的分部逐渐转让，把资金用在值得发展的地方。"

众人因米总裁开出的条件实在诱人，自然同意了米总裁的方案，同样，罢免米总裁的事宜随即不了了之，一直在董事会上叫嚣着的薛总等人，也因挂不住面子，草草地离开了会议。

谢梵羽得知这些消息后赞叹米总裁的魄力，同样也为被卖掉的股权惋惜。而且，岳然在英国做的事情，她虽然没有和自己说，但是他还是知道了，他的岳然是那样让人感动和骄傲，比这些只盯着利益的人不知要强上多少倍。

05 久别重逢

远在英国的岳然根本不知道曼谷这边发生了什么，她满心期待着一场不一样的宴会。终于，期待的日子到了，这些无家可归的人搭着慈善机构包的车，来到了酒店。

岳然在接待了 Tyler 以及慈善机构的人后，站在门口，扬起温暖的笑脸在酒店门口迎接着这一群人。

走在最前面的是一群孩子，岳然看着他们满脸的好奇，迎上去，和每个孩子拥抱了一下，开心地给他们介绍酒店的情况。孩子们原本有些羞怯的双眼，渐渐恢复了原本该有的纯真和简单。岳然把他们交给餐厅的引位员后，又回到了大厅，还有几辆车在后面会到。

不一会儿，那几辆车就到了，岳然看到他们从车上缓步下来，是些流浪已久的人们，他们脸上刻满了沧桑，脸上的表情显得局促，应该是穿上了他们最整洁的衣服。但也许是因为自卑，也许是因为眼前发生的一切太过梦幻，他们都站在门口迟迟不肯进去。

在他们迟疑的时候，岳然和其他酒店的侍应生热情地走到了他们的面前，主动地迎接着他们，把他们带到了早就准备好的宴会厅。

服务员们给他们介绍着摆在面前的各种美食，他们也聚精会神地听着服务员的讲解。

慈善机构的工作人员和那些无家可归的人围坐在一起，像家人和老朋友一样，一边享受着桌上的美食，一边谈着对未来美好的憧憬。

宴会进行了一半，Tyler 走到了宴会厅的中央。

他环顾四周那温馨的气氛，脸上流露出真诚的笑容："谢谢各位的到来，让我感受到久违了的温暖，也感谢酒店提供这样优质的服务，希望今天和以后，我们所有人都能幸福，也都充满希望。"

"感谢你，帅叔叔，你要多吃一点儿。"一个吃得满脸油渍的孩子站了起来，对着 Tyler 说道。

在场的所有人似乎都被这个孩子的天真打动，现场响起了一阵阵掌声。

这时，酒店的总经理走了进来，他诚挚地代表洲际酒店管理集团向前来用餐的人表示感谢，并表示几个适龄的孩子可以来酒店实习，还有小孩子们以后长大了，只要愿意，也可以来这里实习。

掌声和诚挚的感谢声，让岳然沉浸在这种幸福的气氛中，她看着宴会上每一个人脸上的笑容，看着他们暗淡的眼中再次散发出希望的光芒，岳然被深深地感动了，眼眶几次温热。

Tyler 拿着酒杯走到岳然面前："Lenka，我发现你们的菜品比我们预订单上的还要好。"

岳然举起手中的饮料杯和 Tyler 碰了一下："因为我们总经理知道后，执意要免费升级到最好的，希望能给所有人一份该有的尊重。"

Tyler 的眼中亦是闪过一丝泪光："希望所有的善意都能如今天般温柔，谢谢你，Lenka。"

"不，Tyler，真正要感谢的人是你，还有这些人，我们带给他们的温暖只是一点点，但他们带给我的力量，我会铭记一生。"

宴会顺利进行着，一群人坐在一起，享受着当下的愉快，对未来也有了憧憬，因为这种温暖，让他们重新获得了面对社会和自己的力量。

宴会结束后，媒体报道了劳埃德 TSB 集团和酒店的善举，一时间，引发了很多正面的社会舆论。虽然劳埃德 TSB 集团没能宴请到客户，但由于这一善举，劳埃德 TSB 集团的口碑提高了不少，酒店方面也因此获得了不少褒奖，并且通过这次宴会酒店也计划着，以后每年都要举行一次这样特殊的慈善午宴，让这些挣扎在生活底层的人们感受到关怀，看到希望。

这个报道也传到了曼谷，苏珊看完报道，感动和反思交织在一起，虽然董事会的事，员工们知道得并不多，但发生的事情和耳边听到的蛛丝马迹，还是让她有了一些想法。

苏珊给岳然打电话的时候，岳然正在伦敦买回去时给大家的礼物，还有不到一个月就要结束学习了。

"然然，你有没有想过留在洲际酒店？"苏珊问道。

"没有啊！"岳然感到奇怪。

苏珊一愣，紧接着笑了出来："也是，你还有总经理呢！"

"不是，你怎么了？有什么其他想法了？为什么？"岳然敏感地察觉到苏珊的真实想法。

"还不是最近酒店的氛围不太好，难道总经理就没和你说什么？"苏珊把最近不少员工离职，董事会有波动的事说了一遍，并听说 BYT 北京的酒店又要转手。

岳然不由得愣在那里，本来很想立即给谢梵羽打个电话，但还有几天就可以见到他了，见面再说才是最好的。

其实，谢梵羽并没想过要把这些告诉岳然，他不想让她为此分心，同时在潜意识里还有一些抗拒。当年，他与白玲珑也是一路打拼，相互扶持过来的，但结果呢？她学到了一切，转身离开，如今又杀个回马枪……

"老大，您不累吗？"Tony 摘下眼罩一脸无奈地看着谢梵羽。

"睡你的吧，我还有一些材料要看。"谢梵羽没有抬头，眼睛紧盯着那些材料。

Tony 无奈地撇撇嘴："唉！爱情的力量啊，既伟大又疯狂，哪次给学员讲课也没看你这么紧张。"

刚说完话的 Tony 突然感觉身边传来一丝寒意，于是赶紧闭上嘴，扣上了眼罩，躺在椅子上装死。

漫长的 11 个多小时过后，飞机终于抵达了英国机场，与岳然到达机场时不同的是，伦敦突然收起了近几日的低温和阴雨，久违了的明媚阳光迎接着来自千里之外的谢梵羽等人。

虽然他知道岳然今天有工作脱不开身，但下了飞机的谢梵羽还是情不自禁地环顾了一下四周，没见到岳然身影的他还是有一些失落。

"老大，走吧，怎么还发上呆了？"Tony 显得异常兴奋，拍了拍谢梵羽的肩膀。

"这次真不该带你来。"谢梵羽笑了笑，顺着 Tony 的方向走了过去。

而此时的岳然早就已经兴奋不已，若不是今天有工作，她恨不得昨晚就住到机场去，可她的兴奋中也带着一丝紧张。毕竟谢梵羽这次入住的也是自己实习的酒店，自己的工作态度如果受到私人情感的干扰，谢梵羽看出来后，肯定又会给自己上课了。

终于，在忐忑中一辆黑色捷豹缓缓地停在了酒店的门前，很快从车里下来了两个人，在礼宾部员工的带领下来到了岳然轮岗的前台进行登记。

岳然看着谢梵羽，极力地控制着自己心中的激动，几个月想念的堆积似乎都要在这一刻爆发出来，但却只能用眼神去感受对方的炙热。两个人就这样对视着，岳然似乎也有意无意地放慢手中的动作。

谢梵羽借着递护照的间隙，轻轻地与岳然的手指有了接触，时间仿佛在此刻定格，两个人用眼神交换彼此的想念，也用脸上的笑容传达重逢后的喜悦。

"我说老大，好饭不怕晚，该来的总会来的。"Tony 的话打断了两个人的交流，并对岳然投以坏笑。

这让两个人的脸上都不自觉地漫上了一丝红晕，谢梵羽白了 Tony 一眼，从岳然手中接过登记好的护照和房卡，轻轻地用手指点了点手机，对岳然点了点头，便在侍应生的带领下回了房间。

Tony 一路上感受着谢梵羽对自己的杀意，对谢梵羽一阵求饶。

"老大，看来我这次确实不该来啊，你侬我侬啊，电灯泡啊，我孤独啊。"Tony 嘴上一边嘟囔着，一边快速地跑进了套房的一间卧室，关上了门，在房间中傻笑。

谢梵羽无奈地摇了摇头，再次拿出了准备好的材料翻翻写写，虽然手中的笔没停，但此时自己的心思却早已飞到了岳然那里。

06 原来还是会爱的

虽然表面上一切似乎都归于平静，可米总裁心中的算盘却已打了千万遍，虽说用尽全力让自己在 BYT 中的地位得到了稳固，但不得不说，为之付出的代价同样巨大，为了补全缺口，而且为了稳固军心，拱手将碗中的肥肉分给众人，确如割肉一般心疼。并且，米总裁也深知，割肉也只是权宜之计，并不能长久地解决问题，经过这件事后，想必众股东也会有各自的打算，这看似和谐的大幕下还不知将要发生怎样的黑暗勾当。

"当当当……"米总裁被一阵短促的敲门声打断了思路，但见进来的人是自己的助理，便从思考中抽离出自己。

"事情办得怎么样了？"米总裁掐灭了手中的烟，带着一丝渴望期待着答案。

"米总，关于那家能源集团股价的情况实在是查不到，我试了很多途径，可根本得不到什么有用的消息，这个可能还需要一段时间。"

米总裁虽无奈，但也心知肚明，能控制股价的人想必也不可能这么轻易地查到。

见米总裁露出了一丝不悦的表情，助理紧接着又说道："米总，关于北京 BYT 的事有了着落了，而且对方准备一次性付清所有款项。"

米总裁听到这话，又把头抬了起来："哦？对方是谁？"

"不是做我们这行的，是美国互联网产业的一个人，据说是打算用我们的酒店做什么新型产业尝试，可能是他们计划已经成型了，所以比较急，而且其他买家大多都是酒店业内的，听说是我们北京的产业后，不是分太多批次付款，就是没了下文，但是米总裁，这家互联网企业的开价稍微低了点儿。"

米总裁挑了挑眉。

"两成，比我们的预期低了两成，但是米总，他们虽然低了两成，但我觉得，还是值得考虑的，毕竟现在像这样的买家确实不好找。"

米总裁若有所思地点了点头："好，你先和他们都保持沟通，可以适当地表现出一些好感倾向，我这边儿与梵羽沟通一下，再做决定。"

米总裁拨打谢梵羽手机的时候，谢梵羽刚刚走进酒店房间。他接起电话，听完米总裁的陈述，叹了口气："总裁，我同意把北京 BYT 售出，只是，我觉得这个价格有些太低了，明显在落井下石。"

"我也知道，只是总是亏损就得不偿失了，不如套现。不过，你毕竟是 BYT 的总经理，我还是希望征求你的意见的。"

谢梵羽略一思考："总裁，虽然北京的 BYT 不是烫手山芋，但经营上确实还是有问题的，售出是最好的退路，除了价格有些偏低，其他我也没有什么意见，是我没能管理好，很抱歉。"

米总裁淡淡一笑："我并不是责怪你，但是，我说的要抓内奸一事，你要抓紧。"

"好的，我已经安排了，等从英国回去就落实。"谢梵羽郑重地回答。

"好，等你回来把北京 BYT 的合同也签了，我让律师先把合同审核好。"米总裁说完，疲惫地挂了电话。

谢梵羽叹了口气，扔下公文包，快速地洗了个澡，将一身疲惫洗去，换上休闲装，今天，他不想再处理任何公事。

岳然一下班，飞快地跑回寝室，洗去残妆，重新化了一个更精致也更可爱的妆容，挑来选去，最终还是选择了牛仔裤和 T 恤。

远远地走来，岳然就看到了谢梵羽站在大厅中他最喜欢的位置上，却并没有像在 BYT 时习惯地环视四周，而是只看向她的方向，这一刻，她的心瞬间炽烈。

谢梵羽收起了上一秒的满眼期待，装作很淡定的样子迎上去。

"总经理！你到了很久吗？"岳然满脸的幸福。

谢梵羽淡淡一笑："没有啊，我也刚到没一会儿。"虽然嘴上是这么说，但其实他是在心里数过了 336 下的。

"那好吧，我们要不要出去走走？"岳然见谢梵羽似乎没有很激动的样子，心中有些失望。

可谢梵羽却一下子拉起岳然的手，向酒店外大步走去，也是在这一刻，岳然通过谢梵羽炙热的手感受到了他对自己的想念，她有些恍惚地跟着谢梵羽的步子走出了酒店。

在车里，谢梵羽虽然没有说太多的话，但她的手却始终被谢梵羽紧紧地攥着。

"这是要去哪？"岳然有些羞涩，低着头用眼睛的余光看着谢梵羽的脸。

"就快到了。"谢梵羽眼睛看过来，对上岳然的目光。

"就是这里了。"车子驶进伦敦市区没一会儿，谢梵羽就喊停了司机，拉着岳然下了车，来到了伯灵顿拱廊商场。

岳然抬头看着面前拱门上的字，有些摸不着头脑："怎么到这儿来了啊？"

谢梵羽拉着岳然往前走着："怎么，你来过吗？"

岳然摇了摇头："只是听同事说起过，这里可是那拥有 200 年历史的顶级购物天堂，听说好多明星都喜欢来这儿买买买呢，而且这好像还有自己的私人警察，至今他们仍穿着经典的爱德华时代的双排扣长礼服，头戴高礼帽，还有啊，这些警察的职责不是抓小偷，而是主要负责维持拱廊高雅的购物秩序，之前一直想来，但是一直没有机会。"

谢梵羽揉了揉岳然的头发，一脸宠溺："现在可不是观光旅游，不用给我做景点介绍，因为我来得比较匆忙，没给你带礼物，所以呢，你自己来挑一个。"

"不用吧。"岳然羞涩地笑了笑，"礼物，我还是喜欢直接拆开。"

可谢梵羽却仍面带笑意："好，我记住了，下次一定。那这次我直接带你去挑，我想送你礼物可好？"

谢梵羽不容她反驳，拉着她走进了 N.Peal 的旗舰店。

岳然看着店里挂着的玛丽莲·梦露、奥黛丽·赫本、詹姆斯·邦德的宣传照片，有些惊讶，她凑到谢梵羽的耳边轻轻地说："会不会太贵了？"

谢梵羽攥了攥岳然的手，从身边拿出一款围巾轻轻地戴在岳然的脖子上，上下看了看："我觉得不错。"

岳然感受着那柔软又温暖的围巾，看了看镜子中的自己，心中也很是喜欢，但眼角扫到了价签，有些犹豫。

这时，谢梵羽又拿过来了一条同色系的男款围巾放在自己的脖子上："我觉得蛮搭的啊，你说是不是要两条在一起才好。"

谢梵羽对着镜子看着镜中的自己和岳然，满意地笑了笑："这样看起来就更搭了。"

岳然的脸上泛起一丝绯红，顺着谢梵羽的意思接受了那条围巾。

"反正，要是戴了就要一直戴着，不能摘下来。"

谢梵羽笑了笑："不摘的话会捂出痱子的，这个可以不摘下来。"说着，谢梵羽从手中的袋子中掏出了一个小盒子放到了岳然的手里，岳然看着盒子上印着的烫金字"Bell & Ross"将盒子打开，一块四四方方的手表出现在了岳然的眼中。

谢梵羽又指了指自己的手腕："这个可以春夏秋冬一直都不摘的。"

岳然看着谢梵羽的手腕上的表又看了看盒子中的表，皱了皱眉："总经理，这个怎么看都不像女表啊，好奇怪啊。"

"奇怪，也要戴一辈子。"谢梵羽将那块手表从盒子中拿出来，牢牢地套在岳然的手腕上，那块四四方方的手表和岳然显是那么格格不入，但岳然却也没觉得别扭，因为在她的心里，自己手腕上的早已不是手表那么简单的定义，她看了看谢梵羽的手腕："不摘就不摘，我要是发现你的手表没了，后果你是知道的啊。"岳然故意把眼睛瞪得大大的扭头看着谢梵羽。

谢梵羽看了更觉得可爱，顺着岳然抬起的头便是轻轻一吻："后果我当然知道。"

岳然的身体被谢梵羽突然袭来的温柔定住，只感觉到浑身滚烫起来。

而谢梵羽的内心更是一顿，原来他真的还是会爱的，虽然一度怀疑已经丧失了这个功能。

07　不能忘记初时的心意和勇敢

"难过的时候，吃这样的甜食，可以让人变得开心一点儿。可我现在很开心啊，再吃就会胖了。"岳然看着自己面前精致的马卡龙久久不忍下口，只是不停地喝着手边的黑咖啡。来了英国这边，她足足长胖了 5 斤，这是什么节奏啊，绝对不能忍。

　　"张嘴。"谢梵羽温柔地拿起一块儿马卡龙送到岳然的嘴边，"开心的时候，吃甜食就会让人觉得幸福。"轻松下来的谢梵羽，说得并不刻意，但却让岳然感到了甜蜜。

　　岳然满足地感受着马卡龙的甜蜜在自己的嘴里融化，耳边还传来谢梵羽温柔的声音，简直太幸福了，她装作没听清的样子，调皮地看着谢梵羽："总经理，您确定您 30 岁了吗？"

　　谢梵羽这才反应了过来，连忙拿起一块马卡龙放进嘴里："啊，我说这 Laduree 的马卡龙，确实好吃。"

　　岳然看着谢梵羽难得的羞涩和慌乱，偷偷地用手机记录了下来："不过，总经理，这次的课程，您好像准备了很久，是不是有什么独家秘籍要分享啊？"

　　"也不是很久，只是觉得要讲一些有营养的东西。"谢梵羽连忙喝了口咖啡，压了压嘴中过甜的马卡龙。

　　"反正 Tony 说只要认真听你上课，就肯定能学到不少，我想着先预习一下呢。"

　　"这有什么，我这次主要是想讲讲我自己的经验，关于度假村型连锁式酒店管理模式的课题，不过你还没跟我说你这段时间感觉怎么样，毕竟也经历了挺多的，总会有一些心得。"

　　岳然放下了手中的杯子认真地想了想谢梵羽的问话，半天才给出回答："其实，总经理，这段时间在英国上的这些课，确实学习到了不少跟我们 BYT 不一样的管理方式。但是我觉得这个东西都是大同小异，需要具体问题具体分析，说真的，我觉得还是酒店的实习给我更多的收获。"

　　谢梵羽看着岳然认真的样子便更想听下去。

　　"在课上学到的东西虽然之前没有过直接接触，但无非是一些理论上的概念，这些理论是需要实践来支撑的，毕竟客人和客人是不同的，不能用教科书上的答案来对每一个人，所以，我一直觉得应变是很重要的，但是通过这阵子在酒店的实习，让我的想法有了一些改变，在这里的氛围和在 BYT 时的氛围有些不一样，不知道是因为文化的差异还是什么别的东西，我在这里虽然是实习生，但是要求和其他人是一样的，而且经过之前那宗谋杀案我更感受到了在 BYT 感受很少的团结和凝聚力，这个东西在现在的职场上特别的珍贵，我没想到会在我实习的时候真切地感受了它的存在。"

谢梵羽点了点头:"确实,现在 BYT 的情况复杂,有一些人为了利益做出了各种破坏团结的事,前阵子的人心惶惶好不容易才安定下来,但以后不知道还会不会发生这样的事情。"

"是啊,如果我们所有人,都能管好自己并力所能及地给别人提供帮助,也许就不会发生那些不愉快的事了,而且,这不也是上学的时候老师教给我们的吗?其实每个人都拿出自己百分之百的热情和努力,我想就不会有什么解决不了的问题,我觉得在这里,虽然每天的安排都很紧,但是我的努力被自己和别人认可,别人的一举一动也同样感染着我。在这儿,真的让我感受到了当时进入这个行业的那份初心,不管面对什么都尽自己百分之百的努力,这样也许结果不是自己期望的,但也不会后悔,可总经理,不管是咱们 BYT,还是别的酒店或者是什么其他的行业,有多少人能记得自己的初心?又有多少人在职场的追名逐利中,变成了一个完全不认识的自己?所以说呢,我觉得我们要做的努力还有好多,我们要改进的地方还有好多。但那份宝贵的初心要时不时拿出来晒晒,提醒自己。"

听着岳然说的一大串话,谢梵羽也深表认同,自己也陷入了沉思:"然然,谢谢你,突然感觉,今天你跟我说的这些,比我之前准备材料的收获要大得多。"

岳然对着谢梵羽笑了笑:"总经理,我真的觉得,有的时候初心比经验重要,不过最完美的就是在保持自己初心的同时积攒经验,我想那样自己会充实,也一定会很成功吧,就像我的总经理一样,对不对啊?"

"为什么像我一样?我离成功还有好长的距离。"

"你不知道,当时我们刚刚进酒店的时候,你一直都是偶像般的存在,而且我说偶像,你介不介意,我陪着你,把你觉得尚未成功的这段距离走完呢?"岳然眼神中散着光芒,期待又崇拜地看着谢梵羽。

"是你一定要陪我走下去。"谢梵羽回以坚定的眼神。

岳然和谢梵羽幸福地重逢后,便很快迎来了谢梵羽的讲座。第二天一早,谢梵羽便在岳然的陪伴下来到了萨里大学,岳然再次坐到了讲台下,看着谢梵羽在台上发光。

在简单的自我介绍后，谢梵羽便开始了自己的讲座。

"其实原本想和大家谈谈我的经验，谈谈如何管理大型的连锁酒店，就在一天前，我都以为，这是个近乎完美的课题，可是就在一天前，一个对我极其重要的人对我说了一番话，让我推翻了自己，让我觉得自己太过片面。所以今天我打算和大家随便谈谈，谈谈当初的我们，希望大家能够有所收获。"

"当我在职场中摸爬滚打走过几年，看过或做过一些事后有时候便觉得起初的自己是幼稚的，想必大家也会有同样的感受。"

随着谢梵羽的发言，台下传来一阵认同声。

"但是我回头望去，想想现在，才发现也许现在的自己缺的就是那份幼稚和勇气。固然，有过经历后便有了经验，便觉得一切都可以按照自己的经验做，一切都不会出错，可偏偏就是这种想法出了错误。因为，我们往往因为自己引以为豪的经验忽视甚至抛弃了我们原有的热情，一切都变得机械，变得乏味，慢慢地没了动力。回头看看竟找不到原来自己的坚持，不知道自己为何而努力，到最后也许所有的经验都将成为不愿提起的遗憾……"

听了谢梵羽的话，台下一阵沉默，但马上又爆发出了雷鸣般的掌声，接下来的互动，让谢梵羽从学员们的各种故事和经历中也有了别样的体会。就这样，原本计划两个小时的课不知不觉地变成了将近 4 个小时，谢梵羽也在众人的簇拥中结束了自己的课。

就在谢梵羽准备和岳然回酒店的时候，Tony 突然打来电话。

08 莫名其妙的传言

岳然看着谢梵羽脸上由晴转阴的表情也跟着担心起来，谢梵羽刚一挂断电话，岳然便连忙走上前去。

"怎么了，总经理？"

看着岳然的一脸关切，谢梵羽怕岳然担心，不忍将实情说出，便强挤出笑脸："没事的，就是 Tony 告诉我 BYT 那边需要我早些回去，有些事情要处理。"

岳然心中清楚，BYT 肯定有事发生，但谢梵羽没说，自己便没有多问，可惜的是两个人在一起的时间只有短短的两天。

"这就要走吗？"岳然的语气里全是不舍。

谢梵羽无奈地点了点头："Tony 订了最近的机票，今晚上就出发，你一个人在这边要小心，要放心，也要安心。"

"嗯，我会的，马上也要结业了，我们回去见！"

"回去以后留在曼谷？还是另有打算？"谢梵羽拉起岳然的手，微笑着问。

"全听总经理安排啊！"岳然也笑起来，其实她是不太想留在曼谷的，在谢梵羽的羽翼下，她就无法快速成长，但是苏珊也在曼谷，这让她有些犹豫，索性就不去想了，什么样的安排都可以接受。

谢梵羽笑了笑，指了指手上的那块表："无论如何，都不能摘的。"

"放心，永远不会。"

匆忙的告别后，岳然因工作安排无法去机场为谢梵羽送行，只能默默地祈祷。盼望已久的重逢就这样草草结束，接下来的日子又将是每日每夜的期盼。

此时的岳然只希望谢梵羽一切都好，希望剩下的时间能够赶快过去，自己也能回到曼谷为谢梵羽解决一些烦恼。

在飞机上的谢梵羽也没有一丝一毫的停歇，不断地和 Tony 确认着 BYT 发生的情况，让自己做足面对问题的准备。

"也就是说，现在李董事那边已经收购了一些小股东的股份，而且因为米总裁卖掉了自己的部分股份，现在李董事的股份就快要和米总裁股份持平了？看来，他终究是不安分了。"谢梵羽表情凝重。

"这个李董事一直以来都对自己在酒店中的地位不满，如果这次真的让他得逞，米总裁可能真的就要面临危机了，而且酒店也不知道会出现什么状况。"

谢梵羽叹了口气，心中想着问题的解决办法。

两个人刚下飞机便坐上了酒店派来接机的车，可谢梵羽坐上车时却看见车中坐着米娅。自从上次米娅和岳然说过白玲珑的事，米娅就去了普吉岛的 BYT，此时相见，谢梵羽有些纳闷，看着米娅的眼神也充满了试探和疑惑。

"总经理，我也刚从普吉岛回来，咱们一起回去吧。"

谢梵羽点了点头，没有多想，顺便向米娅问起了普吉岛的情况。

从米娅的口中，谢梵羽得知，现在酒店不安定的不只是李董事，有些没有被李董事收购的小股东还联合在一起，在一旁观望，高层的争斗影响了酒店的工作，BYT非但没能恢复到良好的运营状态，反倒比上次风波时更加严重。

回到酒店，谢梵羽急匆匆地下车准备回到办公室，打算看一看最近各个部门的情况，可刚走进酒店大堂，他便感觉众人看向自己的目光有些异样，自己旁边的米娅神情也显得有些紧张，这些不知所以的信号都让谢梵羽觉得不对，于是和旁边的 Tony 说："你到各个部门去转转，看看是什么情况，注意一下他们私底下在讨论什么，我总觉得今天，大家看我都有些怪怪的。"

"好的，老大，你一直都没合眼，现在先休息一会儿吧，我去查完了之后过来叫你。"Tony 说完便离开了谢梵羽，准备着手调查近期酒店的具体情况。

谢梵羽回到办公室，一时困意也涌了上来，便在办公室中的沙发上和衣而卧。

等他再次醒来，发现自己身上盖着毯子，而 Tony 在来回徘徊，谢梵羽揉了揉眼睛，慢慢坐了起来，Tony 见他醒了过来也停下了脚步。

"老大，你醒了？"

"怎样了？了解到什么情况？"

"情况可能有一些复杂，和我们了解到的不太一样。"Tony 脸上的表情纠结起来，这让谢梵羽感到一头雾水。

"那就慢慢说，看看是有多复杂。"谢梵羽脸上的表情也渐渐起了变化。

"老大，据我了解，现在酒店各个部门运营的状况都很正常，而且甚至比之前还要好很多。"

"米娅不是说酒店各个部门现在都是一团糟吗，到底怎么回事儿？"谢梵羽更是表示不解。

Tony 有些迟疑，犹犹豫豫的，一时不知道该如何开口。

"怎么了？你怎么变得这么优柔寡断。"谢梵羽看着 Tony 跟着着急，开始不停地追问。

"现在酒店里，有很多人都在说你和米娅的婚事，老大，这件事是真的吗？"

Tony 的话让谢梵羽深深地震惊，自己和别人的婚事自己竟然不知道，谢梵羽看向 Tony 的表情充满了疑问："你说什么？我和米娅的婚事？我怎么都不知道？"

连续的发问让 Tony 知道谢梵羽对此也并不知情，于是他便开始将自己打探到的消息统统都告诉了谢梵羽。

"我在走访各个部门的时候，听到不少人都在说关于你和米娅婚约的事，而且都说你现在是未来 BYT 的董事，我也没有办法打听下去，总之目前来看基本上 BYT 的员工们都已经知道，并且相信这个消息，无比期待。"

谢梵羽一时头大起来，正在二人为此事苦思冥想之际，谢梵羽办公室的门被敲响，推门进来的人便是事件的另一位主角——米娅。

谢梵羽和 Tony 对视一眼，又将目光向米娅投去。

"米总您好。"Tony 上前打了招呼。

米娅点了点头，对谢梵羽说："总经理，有些事，我想和您单独谈一谈。"

Tony 听到这儿，便知趣地和两个人打了招呼："那米总，总经理，你们先聊，我出去送个文件。"

走出了办公室的 Tony 默默地替谢梵羽担心起来，忽然想到岳然，就更为担忧，他连忙往电梯间走去，怎么也要先和苏珊谈一下，不要把消息散发到岳然那里。

09 生活往往准备了两份礼物

"梵羽，我真的很抱歉，我也实在是没有办法，如果我不对外宣称我们两个之间有婚约，李董事肯定会肆无忌惮地继续他的扩张，现在他们相信了我们有婚约，手上的动作也停止了，而且梵羽……"米娅说话时，眼中不时有泪光闪烁，她将自己对外宣称的事一一向谢梵羽做着解释。

可谢梵羽还是打断了米娅的对话，米娅的说辞和做法让他觉得荒谬，但不知为何却又有几分同情和理解："米娅，就算你现在用这种方法，也不是长久之计，能拖得了一阵子但是根本解决不了问题，李董事如果发现事情不对肯定会以此当作说辞，变本加厉。"

"那就假戏真做，梵羽，我这么多年，一直都爱着你，你难道不知道？你会不知道吗？"终于米娅还是说出了这句话，她眼眶中的眼泪也跟着压抑在心中的情绪流出来。

面对米娅这突如其来的告白，谢梵羽只觉得抗拒："米娅，请你冷静一点儿，这么多年来，我始终对你没有过任何超越朋友或是说兄妹的想法，我真的不认为你的做法是正确的。总要找到一条正确的路，纸始终是包不住火的。"

面对谢梵羽如此直接的拒绝，米娅的情绪更是难以控制："难道你就只喜欢那个岳然吗？还是你陷在白玲珑的影子里走不出来？我哪里比她们俩差，还是我哪里做得不够？"

谢梵羽无奈地摇摇头，只得暂时妥协："好，米娅，我暂且不说我们婚约的事，而且这是我能做的仅有的让步，我希望你自己也清楚，要解决问题就要从问题的根源下手，这样搪塞只会让问题越来越大，越来越难解决。"说完，谢梵羽离开了自己的办公室。

Tony见谢梵羽从办公室走出时凝重的表情，走过去说："苏珊也觉得此传言不可信，尚未告诉岳小姐。"

谢梵羽感激地点了点头。

在车上，谢梵羽不吐不快，将米娅传出自己与她有婚约的原因和Tony说了出来。

"老大，这样岂不是将你推到了两难的境地，那接下来你怎么打算？"Tony关切地问道。

"只能暂时沉默一阵子了，不得不说，米娅这样做确实能抵挡一阵子，而且眼下也没有什么能够解决问题更好的办法，况且我手中的股份是我父亲留给我的，我不能就这样拱手让人，但是，最近的BYT真让我足够失望。"谢梵羽有些沮丧地看着窗外，眼下的BYT似乎千疮百孔，自己纵使有三头六臂，一时间也无法解决所有的问题，不如就让问题自己发酵，等浮出水面后，再从长计议。

"这样也好啊，老大，你的确该放空一下自己了，最近的BYT真的发生了太多让人不愿意相信和面对的事，但还是希望一切都能好起来吧。"

同样，为谢梵羽和米娅婚约一事感到困扰的还有苏珊，当她得知了这个消息后，心中便纠结不已，不知道到底应不应该将这个消息告诉给岳然，而Tony跑下来找她，让她更加不确定了，无奈之下便给罗菲打去了电话。

"喂，亲爱的，怎么有空给我打电话啦？"罗菲亲切地问候苏珊。

"罗菲，我现在陷入了纠结，不知道该怎么办。"

罗菲心头一紧，以为是她和陆昊之间又有了什么新的状况，便试探地询问道："怎么了？"

"最近酒店里的传言你听说了吗？就是总经理和米娅订婚的消息，我不知道该不该和岳然说。"

"什么？你是说总经理和米娅？不会吧？"罗菲有些不敢相信苏珊的话，"巴厘岛这边还没有得到这个消息。"

苏珊长长地叹了口气："我听到这个消息后和你有着同样的疑惑，但现在事实就是这样，而且刚刚总经理回到酒店的时候，米娅也在他的身边，我真的不知道该怎么办。"

罗菲沉默了一会儿："那现在总经理给出什么回应了吗？"

"并没有，谁可能过去问啊，刚才Tony还特意跑过来问我告诉岳然了没有，我说没有，他就松了口气，也不知道是想遮掩还是确定是流言。"

"我觉得，还是先别和岳然说吧，毕竟这是他们两个人的事。如果只是流言，我们说了对他们的影响会很不好；如果真的有，这件事还是总经理亲自对然然说会好一些，但是我还是觉得突然，怎么会这样呢？"

"我现在也很乱，突然听到这个消息，真的替然然难过。"

"再等等吧，也许过几天就有准确的消息了呢，希望这事只是个误会。"罗菲安慰着苏珊，同时自己听了这件事后也备受打击。

"好吧，菲菲，你先忙吧，我有空再打给你。"苏珊听取了罗菲的意见，将这件事暂时压在了自己的肚子里。

而另一边，岳然的学习终于接近了尾声，在毕业典礼后，岳然一想到自己终于能如愿回曼谷去，就非常开心。只是凡事很难像想象中一般顺利，就在毕业典礼刚刚结束之后，岳然忽然接到了宁佳佳的电话。

离开马尔代夫已经半年了，宁佳佳从未主动给过她电话，这次又是为什么呢？

正犹豫着要不要接，尤兰达跑过来说要开会。岳然便按下了拒绝接听，和其他 3 名 BYT 来的学生去了会议室，而会议室里站着的竟然是张嘉栋，这让岳然深感意外。

10 生活从来都不按剧本上演

张嘉栋站在那里，向 4 名 BYT 的员工简单地自我介绍了下，样子看上去和善，又不乏高傲。

"我受人之托，过来为大家庆祝这一阶段性的胜利，这些是我小小的心意，希望大家能够喜欢。"

张嘉栋的助理拿着几个礼盒，并且按照盒子上的名字分别将礼盒放到了每个人的面前。

岳然没有回过神来，完全无法理解张嘉栋今天唱的是哪出。

尤兰达小声和她说："张先生好像收购了不少 BYT 的股份，现在是 BYT 的三大股东之一呢。"

岳然一愣，她知道 BYT 的股权被转手，但万万没想到收购 BYT 股权的竟会是张嘉栋，正在岳然走神之际，助理将礼盒递到了岳然的面前。

"谢谢。"岳然接过礼盒微笑着说道。

"这个是为大家今天的毕业舞会准备的礼服，希望大家能够用最闪耀的一面来迎接自己的光辉时刻，也希望大家能够牢记在洲际酒店的学习，并且能用新的理念和经验，更好地在 BYT 中发热，发光。"张嘉栋见助理已经发放完了手中的礼盒，便又微笑着向着几名员工说道。

员工们听了张嘉栋的话后，纷纷投去欣赏的目光，此时此刻好像已经被这个细心又有绅士风度的股东完全吸引住了，会议室里传来赞叹与感谢。

张嘉栋点了点头："大家都回去试试各自的礼服吧，如果有不合身的，记得联系我的助理。"

随后，众人便纷纷离场，因为会议室的门在主席台旁边，所以每个人走出会议室时，也都向张嘉栋投去了感谢的目光。

岳然自然也跟着人流向外走着，当她走到张嘉栋面前正准备打招呼时，刚好，张嘉栋拿起了手中的文件，也准备出门，不经意地转过头来。

"谢谢张先生。"岳然对上张嘉栋的眼神有几分尴尬。

张嘉栋一愣："原来是岳小姐，你还在啊，不好意思，我以为你赶回曼谷了。"

岳然听了张嘉栋的话有些不舒服，上一阵子还死缠烂打穷追不舍，现在像是换了个人，让人很是捉摸不透，但岳然虽然尴尬，却也只能保持微笑，继续问候道："张先生，之前只是知道您与BYT会有马来西亚的合作，没想到您还成为了BYT的股东，恭喜了。"

张嘉栋微微笑了笑："是吗？那岳小姐希望我加入吗？"

岳然微不可察地皱了下眉，淡淡一笑："想必，以张先生的能力，加入BYT，应该是BYT的收获吧。"

张嘉栋摇了摇头："是福是祸现在还真不好说，我倒是觉得，现在的BYT，我来得有些不是时候。"

岳然听着张嘉栋的话，感觉话里有话，不想理会："是吗？我先去试装了，要准备晚上的毕业舞会呢。"

张嘉栋看了眼时间，说道："既然岳小姐在，就陪我喝杯咖啡吧，离舞会开始还早呢。"

张嘉栋率先走进了酒店中的咖啡厅，岳然有点儿郁闷，可是又没法拒绝，只好跟了进来。

岳然端着咖啡杯，看着坐在他对面一本正经的张嘉栋，气氛显得有些尴尬，她拿起了一块方糖，放进杯子中间道："张先生，您要加糖吗？"

张嘉栋摇了摇头："不了，谢谢。"

"看上去，张先生好像是有什么心事的样子。"

张嘉栋叹了口气："果然，你的观察力一直都很好啊。"

岳然笑了笑："我只是有些好奇，有什么事能让您这样担心呢？"

张嘉栋放下了刚刚举起的咖啡杯："既然来到了新的环境，自然就有新的问题要面对。"

"您是说 BYT 吗？"

张嘉栋点了点头。

"不会啊，我说真的，以您的判断和能力，处理工作上的事绝对没有问题啊。"岳然并不想接话，因为隐隐觉得不安。

张嘉栋嘴角微微上扬，随后摆出一副无奈的样子："只是有些问题虽然不是出在自己的身上，但却要自己去解决，但一时间又不能看清本质，所以自然会有些影响心情。"

岳然皱眉不语，张嘉栋接着说："你真的没有听到什么风言风语吗？"

"风言风语？既然是风言风语，听不听都无所谓吧。"岳然的笑容还是隐去了。

"米总裁的千金——米娅，和 BYT 酒店总经理谢梵羽订婚了！"

张嘉栋的话犹如晴天霹雳，岳然看着张嘉栋的表情，手里的咖啡杯没拿稳，咖啡洒在了自己的米色套装上，她立即站起来："对不起，张先生，我先回去换衣服了。"

张嘉栋看着岳然迅速消失的背影，淡淡一笑。

岳然回到宿舍，立即拿出手机要给苏珊打电话，恰在此时，宁佳佳的电话也打了进来。

岳然下意识地按了接听。

"岳然，你个傻家伙，怎么就把总经理给看丢了呢？"宁佳佳刻薄的话语传了过来。

岳然一句话没说挂掉了电话，也没有必要再给苏珊打电话确认了，脑子里不断地否定又肯定张嘉栋说出的消息。呆坐在床上的岳然，又回忆起前几天谢梵羽来英国时的样子，没有一丝一毫的异常。

岳然陷入了两难，心中对谢梵羽的信任告诉自己这也许另有隐情，但是事实同样摆在眼前，她也同样希望谢梵羽能现在就出现在自己的面前，告诉自己这一切都是假的。

恍惚之间，随着时间的推移，毕业舞会准时举行，岳然在几番犹豫后还是穿上了张嘉栋带过来的那套晚礼服，毕竟所有人都会盛装出席，虽然自己的心中始终无法平静，但岳然不希望别人看到自己的脆弱，她强忍着悲伤，努力地让自己看起来很好。岳然拖着长裙，独自向着举办舞会的宴会厅走去。

借着淡淡的月色，岳然那如同被雕琢过的脸上现出一丝忧郁，同去参加舞会的众人见到岳然都不由得为她的美所驻足。月光下，白色的晚礼服将她完美的身材包裹，在月华的照耀下，如白色星芒中走出的女神那般淡雅却又不失迷人，岳然脸上的那几分忧郁更是给她添上了神秘。岳然没有注意到旁人看自己的目光，只是自顾自地向着会场走去。

11 像是老天开玩笑

刚刚走到酒会门口，一些熟悉的面孔便出现在岳然面前，岳然也克制着自己的失落，努力让自己微笑着和旁人打着招呼。

"岳小姐，一个人吗？"张嘉栋的声音从岳然的身后传来，他看着岳然的眼神透着一丝温柔。

岳然被突然出现的张嘉栋吓了一跳，连忙收起眼中的忧伤，对着张嘉栋点了点头。

张嘉栋笑了笑，对岳然伸出了手："一起吧，免得尴尬。"

岳然正准备将手搭到张嘉栋递来的手上时，突然她感觉自己被一条强有力的胳膊环绕，并且自己的手也被紧紧地拉住，一双坚实的臂膀靠在了自己的身边，一种安全感传遍了自己的全身。

"张总，好久不见，最近可好？"谢梵羽站在岳然身边，对正在向岳然邀约的张嘉栋客气地打了招呼。

张嘉栋神态自若地打着招呼："谢总经理来了怎么都不提前通知我，这不是让我失礼了吗？看来今天真的要好好喝两杯了。"

"哈哈，我这也是忙里偷闲，一会儿一定找您多喝几杯。"谢梵羽对着张嘉栋频频点头，但身体却没有停止移动，他带着岳然走进了舞会的现场。

岳然还有些惊讶，一时还不能从这突如其来的惊吓和惊喜中走出来，但她此时此刻却真真实实地感受到了谢梵羽的温度。

"毕业快乐。"

　　直到谢梵羽开口对自己说了这句话，岳然才知道此时此刻的自己不是在做梦。虽然心中带着对谢梵羽婚约一事的猜疑和不解，但谢梵羽的突然出现还是让她感到了安慰。

　　"总经理，你，你怎么来了？"岳然克制着自己心中复杂的情绪，语气有些平淡。

　　"我说过的，该我出现的时候，我绝不会让别人抢了风头。"谢梵羽对着岳然笑了笑，又指了指两个人手腕上的手表。

　　就这样，谢梵羽和岳然手挽着手出现在了众人的视野中，尤兰达看到这一幕更是十分惊讶，眨了眨眼，最终露出笑容："总经理好，Lenka好。"打完招呼便离开了。

　　岳然看着谢梵羽毫不避讳的样子，心中对婚约一事的担心又得到了一丝缓解。随着音乐的响起，谢梵羽和岳然来到舞池中央，两个人默契的配合与曼妙的舞姿让其他人显得黯然失色，仿佛整个舞会就是为这二人专门举办的一样。

　　张嘉栋似乎并没有在意自己没有女伴这件事，继续谈笑风生，其实，他对谢梵羽会赶来，一点儿也不意外，如果谢梵羽没来，才是奇怪。只是，看着舞池中两人翩翩起舞，他忽然感到厌倦，这样的戏码之后再不会上演了，终归是要正面较量了，其他的伎俩并不能代表他的实力。

　　一曲结束，众人情不自禁地为刚刚在舞池中央的二人鼓掌，谢梵羽拉着岳然的手，环绕四周，向在场的众人示意，岳然也因为谢梵羽到来后的种种举动渐渐地安下心来，但虽然脸上表现出的是甜蜜，心中却还是有了芥蒂。

　　就在众人为两个人的舞姿喝彩时，另一个身影也出现在了众人的视野中，并吸引了众人的眼球。

　　和岳然同款的白色晚礼服，但在这个人的身上却另有一番姿态，她穿着礼服与张嘉栋随着再次响起的音乐，滑入舞池翩翩起舞，那凹凸有致的身材在舞蹈中格外撩人。舞蹈结束后，她轻轻地点头向四周致意，脸上也恢复了平时的冷艳，但这种冷艳却格外动人。

　　谢梵羽自然也注意到了这个和岳然穿着同款礼服的女人，刚刚所有的好心情都一扫而光，这人正是让谢梵羽感到无可奈何的白玲珑。

　　而且，此刻岳然正站在自己的身边，对岳然的隐瞒让谢梵羽更加心虚，看着白玲珑一点点靠近，谢梵羽的额头微微地渗出汗珠，一丝不祥的预感在自己的心中发酵。

而此时的岳然更是一脸的尴尬，看着白玲珑缓缓向自己走来，岳然局促不安起来，她只能紧紧握着谢梵羽的手，企图寻求保护。

"白总，您迟到了。"张嘉栋的声音再次传来，他拿着两杯香槟走到白玲珑面前和白玲珑寒暄。

"张总，不好意思，路上有些堵，耽误了时间。"白玲珑似笑非笑地看着张嘉栋，接过了张嘉栋递来的那杯酒。

张嘉栋拿着酒杯轻轻碰在白玲珑的杯子上，一切尽在不言中。

白玲珑轻轻举起酒杯，喝了一口，继续向岳然和谢梵羽走了过来，岳然竟不自觉地后退了一步。

"谢总经理，好久不见，看来您的审美还是老样子啊。"白玲珑上下打量了岳然转而对谢梵羽说道。

一时间，气氛像到了尴尬的顶点，岳然没了往日的那股子勇敢，被白玲珑强大的气场压得说不出话。

白玲珑见二人有些僵硬，于是又看向岳然："礼服不错，只不过尺码好像有些不合适。"

岳然听着白玲珑的话不知如何回答，本就尴尬的她更是不知所措。

最终还是谢梵羽打破了尴尬，他从侍应生的手中拿过来两杯酒，递到了白玲珑面前："是吗？白总。尺码这种事只有穿着的人才有发言权，旁人的判断无用也无理不是吗？白总，不好意思，我们这边有些事要先离开。"

白玲珑笑了笑："那这酒，就免了吧，喝酒误事啊。"

白玲珑的话说得带着深意，这一下子就勾起了谢梵羽的回忆，但在岳然面前，他不能发脾气，况且如果这个时候白玲珑将自己和她发生的事说出去，造成的后果将会无法控制，不单单是自己在 BYT 中的地位和多年的威信会就此崩塌，岳然也会因为自己的欺骗而伤透了心，所以，谢梵羽只能给自己的怯懦找了个离开的借口。

他的手揽着岳然的腰，快步离开舞会。岳然已经全然失去了思考的能力。

12 没有喘息的机会

白玲珑看着远去的谢梵羽，也没了刚刚的笑容，因为她注意到，两个人手腕上的那对腕表。她没想到，谢梵羽竟真的把自己放弃了，自己多年来对谢梵羽的执念，在此刻显得是那么的可笑，她呆呆地站在原地，看着逐渐远去的两个人，突然觉得可笑，她凭什么这么自信，认为谢梵羽会一直待在原地，等着她呢？

这时，张嘉栋见谢梵羽和岳然离开了，便走到白玲珑的身边。

"白总，有些事难以预料，但又有时也是机关算尽，天道轮回。"

白玲珑看了看身边的张嘉栋："张董的中文程度这么好，我竟是才知道。张董如今握有 HLS17% 的股份，还有 BYT18% 的股份，人生赢家啊。对了，这套晚礼服选的确实不错，谢谢，我很满意。"

张嘉栋和白玲珑对视一笑，又举起了酒杯。

此时谢梵羽拉着岳然走出了舞会，两个人来到了酒店的后花园。

"然然，对不起。"谢梵羽看着岳然的眼神充满了愧疚，却无法将道歉的缘由说出口。

而一句对不起，让岳然以为所有的传言和猜测都成了真，连质问都说不出口了，只能转身就走。

谢梵羽一把拉住了岳然："我真的不知道白玲珑会来，更不知道她会找你的麻烦。"

岳然不知道是不是自己听错了，她在意的并不是白玲珑好吗？

看着岳然疑惑的眼神，谢梵羽继续说道："请你相信我，我从未做过任何对不起你的事。"

"那为何还要说对不起？"岳然问，"你难道不是应该给我解释一下和米娅的婚约吗？"

谢梵羽一愣："婚约是假的，所以我从来没觉得这是个事。反而是白玲珑，我不知道该怎么解释。"

岳然听罢豁然开朗："如果婚约是假的，那就没有什么会让我不快的事，白玲珑，是你的过去式，不是我的，所以，我也从来没觉得这是个问题。"

第一次感受到两人的不合拍，岳然有些委屈又有些想笑，但静下来一想，其实自己并没有像说的那样洒脱。婚约是个问题，白玲珑也是个问题，只是两者相比，婚约更让她难堪。

"然然，那个婚约，是米娅用的借口，是让米总裁得到喘息的机会。我现在没办法说破，但这绝对不是真的，只是缓兵之计。我不说破，但不代表我会配合，适当的时候，我会出面澄清。"

岳然听了谢梵羽的解释，心中的疑惑彻底解开，便不再揪着不放。

"我以为你今天不会出现呢，都没有事先告诉我！"岳然岔开话题。

"本来是想给你一个惊喜，结果险些成了惊吓，不过，张嘉栋又是怎么回事？"谢梵羽忽然发现自己忽略了一个很重要的问题。

"他？他不是 BYT 的股东，代表米总裁来慰问我们的吗？你不知道？"岳然说出口后，随即又把这件事和米娅与谢梵羽的婚约联系在了一起，再次纠结起来。

而谢梵羽显然也是想到了这层，他沉默着擎起岳然的左腕，同时拿出手机，给两人的腕表拍了张照，发了 Facebook，同时也在微信发了朋友圈，并且做了定位。

岳然默默地看着谢梵羽的操作，心里不是不欢喜的，之前总以为恋爱是两个人私密的事，而且因为地位悬殊，所以也一直没有想过公开。但此时的被认可，被肯定，被公开，是最能安抚她慌乱不安或是说有些小自卑的心的。

谢梵羽也把这张照片发给了岳然："你也发一个吧。"

岳然的唇角不自觉地上扬，将照片保存在手机相册后，发了朋友圈，瞬间收到不少点赞和留言。而此时，明明是曼谷的凌晨，看来无法安眠的人真的很多。

这一天的变故太多，当岳然躺在自己住所的床上时，仍有些轻飘飘的感觉，一切都似乎是不真实的。

而蓦然出现在脑海中的形象，一下让岳然的心猝不及防地扎了一下，是今天白玲珑出现的画面和白玲珑和自己说的话。

她忽然讨厌自己的懦弱，她同样讨厌自己当时的局促，她更讨厌的是面对白玲珑，自己那不知所措，甚至惶恐不安的样子。

　　岳然心里知道，现在的自己和白玲珑真的不在一个段位上，经历上的不足，经验上的差距，都是让自己无法直视白玲珑的原因，白玲珑那强大的气场让岳然恐惧，又羡慕。

　　而谢梵羽的道歉说明他看穿了她，她是害怕和白玲珑比较的。

　　想到这，岳然明白了，与其在这里自怨自艾，倒不如好好努力，放手一搏，让自己站在能够和白玲珑对等的高度上，而不是只想着依靠谢梵羽，或是只想着逃避。

　　这个夜晚，岳然彻夜未眠，白玲珑给她的刺激，让她有了动力，她开始接受了自己能力不足的事实，并决心努力赶超谢梵羽的脚步，也许只有这样，才能真正地，更勇敢地追求自己的幸福。

　　转天一早，岳然早早地收拾好了行李，与酒店中的各位朋友告别后，接到了谢梵羽的电话。

　　谢梵羽的语气温柔："然然，怎么样？差不多该出发了。"

　　经过了昨天一夜的反思，岳然自然也有了变化，她回应的声音也多了几分温柔："我已经和同事们告别过了，在大堂等你。"

　　谢梵羽挂断电话后，一刻都没有耽搁，下楼接上了岳然。

　　在去往机场的路上，谢梵羽是放松的，昨日的风波让他更坚定了自己的内心。他始终相信，内心坚定的人是无敌的。

　　到了机场，过了安检，谢梵羽就去免税店取了市内购买的商品。

　　岳然一愣，看着谢梵羽双手提着满满的购物袋不禁有些诧异："你什么时候买的？这么多？"

　　谢梵羽笑了笑："有的是给你的朋友带的，有的是给你带的，回去之后就要开始忙了，可能就没机会逛街了，我就多买了点儿。"

　　岳然脸上露出阳光般的笑容："本以为行李寄存了，可以轻松些，这些比行李还沉。"

　　谢梵羽也不由得笑了："我来拿就好。"说完还宠溺地弹了下岳然光洁的额头。

　　岳然抓住他的手指，作势要咬，谢梵羽反手抓住她的手，一把将其揽入怀中，吻上她的唇。

是的，昨天气氛那么不好，这么重要的事情都没有完成。

岳然赶紧闭上眼睛，静静地享受这一刻的甜蜜。

"梵羽，好巧啊，没想到在这里又见面了。"白玲珑的声音不合时宜地响起来。

两个人彼此分开，循着声音看去，岳然立刻收起了刚刚脸上的微笑，虽然昨夜已经有了心理建设，但突然面对白玲珑，难免还是会有紧张的感觉，此时的谢梵羽也再次绷紧了神经。可谁都体会不到白玲珑此时就要窒息的疼痛感。

第十一章
白水鉴心

乌白头，马生角，婴城难自保。儿女亦多情，

风云气不少，虽在天愿做比翼鸟，

奈何行程艰辛知多少，回首来时路已是风雨飘摇。

众人做欠做好，念念惟天可表，伫于苍茫白昼，

阵阵涛声依旧，虽素车白马立潮头，

但观青天碧海，始终初心不改。

01 左右为难 终舍一端

谢梵羽低头看着岳然，微不可见地皱了皱眉，淡淡地回了句："回曼谷的话，这趟航班最好，所以，不算巧。"

白玲珑笑出了声："也对！是我想多了。"

岳然能听出她的话中有话，但谢梵羽揽着她的腰，姿势极具保护性，只凭这一点，岳然忽然就释怀了，觉得白玲珑再怎么折腾也没什么意义了，甚至有些同情和怜悯这个女人。似乎什么都得到了，拥有了，却又似乎什么都缺，急于去争去抢。

岳然反过手来拉住谢梵羽的手，对他展开一抹笑容："走，给我拍几张照片去。"

谢梵羽一挑眉，笑着应了，和岳然走了。

白玲珑垂着的右手紧紧攥着，她这是疯了吧？一直以为自己是最能隐忍的，可偏偏在这个关键时候失了控，那就太不应该了。想到这里，她终于松开紧握的拳，走进了 VIP 休息室。

谢梵羽给岳然拍着照，结果被岳然狂吐槽："我这是身高只有一米三吗？"

"哪里？"谢梵羽忍不住反驳。

岳然忍不住拿出苏珊给自己拍的大长腿照片作对比："你比我高了有 10 多公分，拍照绝对不能是俯视的，还有，镜头里，我的脚尖和你的照片底部边缘的距离要越近越好，这样才显得身高腿长哦。"

"好吧，拍个照也这么多讲究，脸上美美的还不够。"谢梵羽笑了，岳然这类似孩子气的青春活力，让他也觉得年轻了起来。

重新拍照后，果然得到了岳然的认可："你看，这样拍就好看了呀。"

"在我眼里，你怎样都好看。"谢梵羽说完，忽然意识到自己竟然也能把情话说得很顺溜了，不由得老脸一红。

岳然看到他脸红到了耳根，乐不可支。

终于登机了，岳然不想吃东西，只想补觉。谢梵羽细心地给她盖好毯子，再把她的头放在自己的肩上，很快，岳然的呼吸便变得轻浅了。

谢梵羽也微微闭了眼，却是在反复思考着，自己到底应该如何摆脱这两难的境地。白玲珑的两次出现打击着他，如果换作以前，自己大可不必顾虑，可现在被白玲珑抓着把柄的滋味实在难受，一边要无限地妥协，另一边又要面对岳然，这种两难的境地让谢梵羽感到很不爽。可自己一旦坦白，将要面对的很可能是自己最不愿看到的结果，谢梵羽看着自己身边入梦的岳然，实在不忍心欺骗她，但又不忍心看她伤心，站在选择的岔路口，谢梵羽手中一次次地抛着硬币但却始终不知道应该往哪走。

经过 11 个小时的飞行，飞机平稳地落在了曼谷的土地上。

"然然，有些事，我要跟你说。"下了飞机后，谢梵羽停住了脚步，表情凝重地看着岳然。

岳然终于等到了这一路自己都在期待的答案，她把目光投向谢梵羽，样子是那么的坚定，岳然确定没有什么事情，是她接受不了的，只要谢梵羽能够坦诚，自己也会尽自己最大的努力去理解，因为只有这样才能更好地走在一起。

可当谢梵羽将他与白玲珑之间发生的事讲出来后，岳然完全惊呆了，这是她从来没有听说和遇到过的。

她做过最坏的打算，但却没有现实来得突然，岳然无论如何都没能想到，白玲珑还能这样做。

岳然呆呆地站在原地，一句话都说不出来，谢梵羽也开始紧张了，可无论他如何道歉，她始终没有任何的反应。

岳然的泪水悄无声息地从眼眶中滑落，谢梵羽看着岳然痛苦的表情深深地感受到了自己给岳然带来的伤害，但此时此刻他已经无力辩解，只能痛苦地望着岳然一步一步走远。

　　两个人各自回到了酒店，谢梵羽把自己关在办公室，大小事务都交给Tony处理，关于酒店发生了什么，一时也无心过问。

　　岳然将自己关在宿舍里，谁都不见，起初谢梵羽还过来看了她几次，但因为岳然的闪躲，谢梵羽也慢慢陷入了绝望中。

　　苏珊自然察觉到岳然的失落，但却以为是婚约成真："然然，大不了辞职走人，也别这样把痛苦都憋在心里。"

　　岳然有些茫然地看着苏珊："不，我绝不辞职，如果就这样轻易退缩，我何时才能强大到足以与之相配？"

　　苏珊急了："还相什么配啊？总经理都要是有妇之夫了，你可不能犯傻去做小三啊！"

　　"啊？"岳然这才知道苏珊急的是这个，才把白玲珑与谢梵羽的事说了一遍。

　　苏珊也目瞪口呆了良久，才说："果然是生活远比电视剧精彩。不过，岳然，我支持你，我觉得你的选择是对的，凭什么你退缩不前，又不是你和总经理的错，而且，现在的BYT正是多事之秋，你！大有作为！"

　　"Tony，你说我做的到底对不对？我是不是应该继续隐瞒才对？我是不是真的不该让岳然知道真相？"另一边的谢梵羽，却还在痛苦地抓着自己的头发，给自己倒了一杯威士忌。

　　Tony看着谢梵羽将杯里的酒灌进嘴里，方说："老大，你从来都是起手无悔的人，怎么如此纠结？也许是我不懂爱情，也许是你太痴情了，现在真的是应该同仇敌忾的时候，我们没有什么时间在这里窝着。"

　　Tony看着谢梵羽每天如此痛苦，试图鼓励谢梵羽打起精神，想让他变回以前的样子。

　　可谢梵羽的回答却让Tony备受打击："Tony，我知道，你拿我当朋友才会这么说我，但是有些东西真的不是你看的那么简单，什么同仇敌忾，什么打起精神，你有没有想过，我现在的状况是为什么？是单纯的因为我爱岳然？"谢梵羽摇了摇头，又给自己灌了一杯酒，继续说道。

　　"Tony，我之所以会有现在的问题，真的不是因为我和岳然的关系，而是我和BYT的关系。现在的BYT不知为何凭空给了我很多压力，我之前在

BYT 看到的、感受到的热爱和团结，现在消失得无影无踪，剩下的这些钩心斗角，这些利益角逐，真的让我失望。我在 BYT 这么多年了，却总感觉自己像个棋子一般，你不也是如此吗？甚至还不如棋子，我们所有的努力为的难道就是今天的样子？"谢梵羽的话说得刺耳，Tony 也借着酒意将自己心中的想法说了出来。

"老大，你以为我叫你一声老大是因为什么？我真的不希望看到你这样，纵使 BYT 没了以前的样子，那我们呢？我们是不是应该像你说的那样，保持初心？就算你为了岳然想想，她已经陷入了一个这样的境地之中，你是不是也应该拉她一把，别让她像其他人一样，别让她在这个坎儿上跌倒？"

Tony 说完后便离开了办公室，他希望谢梵羽能尽快振作起来，他也希望能用自己的努力化解这场误会。

谢梵羽的脑子里转着刚刚 Tony 说的话，他知道，在整个 BYT 除了 Tony 外，没有人会对自己说这些，他自己也不想像现在这般颓废，但现在自己真的觉得无力，似乎没有什么支撑着自己的动力，岳然对自己的闪躲，米娅对自己的逼迫，白玲珑对自己的要挟，还有 BYT 的种种事情，好像眼下所有的事都在跟自己作对，好像所有的困难都在跟自己示威，累了，真的累了，不知道自己会不会就这样倒下了。

02 磕磕绊绊，缠缠绵绵

Tony 来到岳然的宿舍门外，却忽然失去了敲门的勇气。这种事，他一个外人是怎么都不好开口的。他正准备转身，却见宿舍的门打开了。

门里的岳然也是一愣："Tony？你怎么来了？"

Tony 挠了挠头："就是想来问问你休息得如何，明天休假就该结束了。"

"还好，我现在想去看下总经理，他方便吗？"岳然平静地说着。

Tony 有些紧张了："你找总经理要说什么？不是要分手吧？"

"为什么分手？"岳然反问。

Tony 松了口气："只要不是分手，那就说什么都好。"

正说着，Tony 的手机就响了，是谢梵羽打来的，他连忙接了起来，还不小心碰到了免提键，谢梵羽低沉的声音就传了过来："Tony，你不是去找岳然了吧？"

岳然听到忍不住"扑哧"笑了出来，谢梵羽显然也听到了，沉默下来。

"总经理，你现在方便吗？我过去找您一下。"

"不方便！"谢梵羽毫不犹豫地拒绝了，"你在宿舍等我一下，我过来接你。Tony，去超市帮我买些菜，我给你列清单。"

谢梵羽说完就挂了电话，Tony 只好挂断电话，耸了耸肩，对岳然说："好吧，那我去买东西了。"

"谢谢你！Tony！"岳然真诚地感谢着。

Tony 回以微笑，并说："总经理是个洁身自好，且极重情义的人，请你相信他。"

"我知道！"岳然点了点头。

"岳小姐，你比我想象中的要成熟稳重得多，幸好！"Tony 说完连忙走了，免得剧透太多，自己都伤感了。

岳然关上门，回到宿舍里，苏珊捂着嘴笑："看来我们是瞎担心了，你和总经理都是心中有数的。"

"不要笑话我。"

正说着，岳然的微信提示宁佳佳要语音通话，岳然想了想，还是接了。

宁佳佳的声音有些恼怒："死岳然，你是不是觉得我很可笑？"

"没有！"岳然郑重地说，"我知道你的想法，羡慕忌妒恨是有的，更多的还是担心我和总经理不成，又要被你的张嘉栋骚扰了。"

"滚！"宁佳佳忍不住笑出来，"你知道就好。不过听说张嘉栋也去了伦敦，还代表的是米总裁，这到底是怎么回事？"

"我也不知道，毕竟，咱们都还是小员工，高层以及董事们的事，我怎么会知道？"岳然回道。

"行吧，你好自为之，我总觉得你现在处于风口浪尖了。"宁佳佳说完就挂了电话。

苏珊凑了过来："什么什么？还有这一出？"

"不仅有这一出，还有 David 的那一出，我是觉得不太对劲，似乎有不少人都在惦记 BYT。"岳然正想给苏珊讲讲张嘉栋的事，谢梵羽已经到了楼下，给她打了电话。

"我先出去啦。"岳然说完，就出去了，苏珊来到窗前，看着岳然上了谢梵羽的车，再目送着车子开走，悠悠叹了口气："你这是卷入了什么里？"

岳然这边却很开心地和谢梵羽来到了他的公寓，房间内干净整洁，但细看已经蒙上了一层薄薄的灰尘，看起来至少有一个星期没有住过人了，谢梵羽从鞋架上拿出一双男款拖鞋放在岳然面前："家里没有合适的拖鞋，你先穿着这个吧，一会儿我叫人买上来你合适的尺寸。"

岳然拿起拖鞋，抖了抖上面的灰，神色淡然："不用这么麻烦了。"

谢梵羽停下手里的动作，坚定地看着岳然："可是，我想家里总要有你的东西。"

岳然被谢梵羽看得有些害羞起来，这样的话也太暧昧了，她迅速低下头换上拖鞋，尽量避免去看谢梵羽的眼睛。

谢梵羽拿手里的毛巾擦了擦沙发旁的桌子，掀开罩在沙发上的防尘布："你坐在这歇一会，我扫扫灰尘，一会就可以做饭了。"

话音刚落，Tony 就开门走了进来，看到岳然，直接把菜递给了岳然一部分："快来，岳然，东西太多我快提不住了。"

岳然看着 Tony 不堪重负的样子，赶紧上前接过去几个袋子，谢梵羽听到 Tony 的声音，从厨房探头看了一眼便又继续忙着厨房里的事情："Tony，都买回来了？"

Tony 放下菜，便忙着告辞，弄得岳然有些尴尬，谢梵羽则是叫住了他："吃了再走，我们一会儿说说 BYT 的现状。"

Tony 和岳然坐在沙发上，Tony 知道谢梵羽做饭的时候不喜欢别人进厨房，所以谁都没有去帮谢梵羽打下手，只是坐在客厅里发呆。

岳然打量着谢梵羽的家，这里位置不错，但并不像其他人选择的光照很好的地方，谢梵羽家里只有中午的时候才会光照很好，其余时间都晒不到太阳，岳然更喜欢采光好的房间，因为这样看着家里，心情都会好不少。虽然采光不是岳然喜欢的，但这个房间的景致很好，这一片的住宅区人比较少，住宅面积不大，基础设施却很齐全，楼的后面就是一片未经开发的树林，前面是开发商修建的人工湖。

泰国不同于中国，贫富差距极大的国情下，泰国人民的居住环境也差别很大，贫困的住在贫民窟或者很老旧的房子里，稍稍好一点的家庭也只能住在破旧的楼里，有钱人则是住在那种戒备森严、富丽堂皇的别墅里，像这种中高档小区，环境又好的很少，所以住在这里的居民大多都是外国人，泰国人很少，岳然看着窗外的景色，思绪万千，一时间都忘了自己身在何处。

饭菜很快就端了上来，要不是亲眼见了食材的来源，岳然一定以为是谢梵羽订的外卖。

谢梵羽细心地给岳然分着餐，一边说："刚才张嘉栋给我打了电话，想让你去马来西亚的项目做副总，那边装修已完成，10月份开业。"

岳然没有回答，疑惑地看向谢梵羽，掂量着他说这话的意思。

谢梵羽一笑："我帮你拒绝了，虽然觉得是个好的锻炼机会，我希望你能在曼谷的BYT再锻炼一些时日，已经和Colin说好，明天你就去人力资源部报到，做培训部经理。"

岳然点了点头，安心地吃起了咖喱蟹，有谢梵羽的安排，她有什么好担心的呢？可是想想，又觉得这样不对，总在谢梵羽的庇护下，怎么成长呢？

当然，这样的担忧并没有说出口。

第二天，岳然便去了人力资源部报到，并开始了回归后的工作。

谢梵羽和岳然在重逢的喜悦与相互谅解后，又回归到了原本的生活中，也把磨难后的感恩带回到工作里。

Tony把一摞报表放在谢梵羽的办公桌上，笑了笑："我觉得岳然真的很合适这个岗位，新来的一批员工在她的教导下，进入状态很快呢。我可不是任人唯亲，拍你马屁，是真的觉得岳然很胜任这个职位。"

谢梵羽笑了笑："我当然知道。"

谢梵羽和Tony正说着关于岳然的话题，突然谢梵羽办公室的门一下子被推开了。

"啪！"一份文件摔在谢梵羽的桌面上，"这个人事调动，我不同意！"米娅气势汹汹地闯进了谢梵羽的办公室，让办公室内的二人措手不及。

03 兜兜转转 勉为其难

Tony 见到是米娅冲了进来,无奈地看了谢梵羽一眼,便从办公室走了出去,轻轻地带上了门。

谢梵羽淡定地看着自己面前怒气冲冲的米娅,问道:"有什么问题吗?"

"明知故问!"米娅抽出了椅子,坐了下来,瞪着刚刚被自己摔在桌面上的文件。

"我真的没搞清楚,关于岳然的调动你为什么不满意,能说明吗?"谢梵羽并不想退缩,"而且,关于一名员工的调动,总经理都没有这个权限的话,是不是也可以不用干了。"

米娅被谢梵羽说得更生气,但还是强忍着不满说:"梵羽,我知道你对我宣称我们有婚约的事不满,并且还特意跑去英国发了个情侣表的照片,是急于澄清也好,还是故意打我脸也罢,你的目的都达到了。如果你们回来,继续之前的工作,我并不反对,但是,我觉得以岳然现在的能力是无法胜任这个岗位的。你这么做,只会让员工们认为你这是在徇私。当然,之前的白玲珑也是你力排众议,一力提拔的,但是白玲珑的能力,大家有目共睹。岳然呢?不过是一个来了刚刚一年左右的新人,你觉得这说得过去吗?你觉得这可以服众吗?"

谢梵羽严肃地看着米娅:"米娅,你真的只是为了岳然的调动来找我吗?不如说实话吧,争论这些没意义,人事令已经下发。"

米娅深吸口气:"梵羽,之前我说咱们有婚约,你不会不明白是因为什么,你这样做,李董事肯定又会卷土重来,现在的 BYT 经不起任何风浪。所以岳然不能升职,更不能留在曼谷。"

谢梵羽听罢,只是淡淡地"哼"了一声:"我想你一定是误会了什么,之前我答应你不向外界解释关于婚约的事,是因为李董事那边逼得紧,我以为在这段时间,你会有别的办法。我没想到,你竟然真的想用这个婚约来解决这个问题,如果真的是这样,我真的不能答应,而且关于岳然升职的问题,我还是之前的意见,她确实是最合适的人选。"

谢梵羽强硬的态度让米娅意外:"你真的要因为这个女人把 BYT 抛在身后不管吗?"

谢梵羽冷冷地看着米娅:"米总,BYT 陷入如今的状况是我不想看到的,但我请你注意，这件事与岳然是无关的，她的去留是无法解决这个问题的，而且，我认为你的做法才是真正道德层面上的绑架。退一万步讲，BYT现在的局面是米总裁造成的，你来质问我是不是不太合适？如果没有别的事的话，我就去忙了。"

米娅看着谢梵羽的离开，心痛地蹲了下来，仿佛一下子失去了行走的力量。

"爸，你就帮我跟梵羽说说吧，这样BYT的危机不仅能解除，梵羽也会死心塌地为BYT做事，这有什么不好的吗？"无计可施的米娅只好找到自己的父亲米总裁，想着让他施压，使谢梵羽妥协。

"这件事，不要再提，就算是谢梵羽同意，我也会不同意的。"米总裁没了往日对女儿的温柔，严厉地对米娅说道。

"为什么啊？"米娅很奇怪，"谢梵羽的能力您之前也是认可的啊，为什么啊？爸！"

"不要再说了，不行就是不行，我自然有我的理由，而且李董事那边你不用管，我自然有我的办法。"米总裁对米娅的态度更加严厉。

无奈，米娅先是遭到了谢梵羽的拒绝，随后又被自己的父亲打击，只得将与谢梵羽的婚约放到了一边，但米娅始终没有放弃自己的坚持。

"米总，您好。"岳然突然被米娅突然叫到了办公室，虽有心理准备，但还是有些莫名胆怯。

"Lenka，你坐，有些事，我想还是要和你谈谈。"

岳然警惕地坐到办公桌前："米总，您说。"

"是这样，关于你升职的事，其实我之前是没有异议的，但是最近酒店的状况你应该也有所了解，我考虑了再三还是决定，现在的你不适合升职，或者说，不适合在曼谷这边继续做下去。"

米娅的话让岳然很不舒服，但她其实还是有预感的，所以并未说话。

而岳然的沉默，让米娅一下冷了场。

这样的沉默持续了5分钟，最终还是米娅打破了沉默："你就没有什么要说的吗？"

"我在等您的解释。"岳然反而踏实下来。

"呃？不是说你胜任不了这个职位，是因为酒店内部的一些矛盾，让我觉得你确实不适合在曼谷继续工作，因为如果你还在曼谷，我怕会对谢梵羽有影响，毕竟，我们之前有了婚约。而且，你每天受到别人的议论应该也不好受吧，所以我觉得你不如回到马尔代夫，那边管家部的经理岗位也一直空缺，我觉得跟你的匹配度也很高啊。当然，我说的这些都只是建议，你当然有选择去留的权利。"米娅话中充满深意，一边说着一边向岳然投以真诚的目光。

岳然从米娅的话中感到了深深的恶意，但自己转念一想，也许米娅说的话并不是没有道理，一时间，自己陷入了选择的困境。她不知道是不是谢梵羽真的如米娅说的一样，会因为自己的原因承受着不该承受的压力，但她同样也舍不得，刚刚和谢梵羽团聚，就要因为这种原因牺牲和谢梵羽在一起的机会，辗转离开。

岳然的心事让她有些心不在焉，一直等到了下班后，她约了谢梵羽到离酒店不远的一条小吃街。

"还是这里好啊，看着大家都开开心心的，没那么多的顾忌。"岳然靠在谢梵羽的肩膀上，两个人悠闲地看着小吃街上的人来人往。

"所以呢，看样子我们家岳大小姐是有什么顾忌和不开心喽。"谢梵羽轻轻低下头看着靠在自己肩膀上的岳然。

岳然犹豫了一下："总经理，我是不是暂时回马尔代夫去会更好些？虽然我觉得米副总说的话不好听，但是，我后来想想好像确实有一些道理。"

谢梵羽皱着眉头："有什么道理，将自己的利益建立在你的身上，这叫有道理？我已经和她说了婚约的事无论如何我是不同意的，而且那也不是个长久打算，她还这么做，真的过分了。"

"总经理，其实米副总说的有一点是对的，现在的我，在这边真的帮不上你什么，你还要为我处处担心。现在曼谷这边情况这么复杂，你要是不能专心，那也许就真的会发生什么不能想象的事，而且我也不能一直在你的保护下成长啊，那样以后我还是帮不上你。我总要自己去经历，去长大的啊，现在的我真的没做好面对这样困难的准备，但是我相信我以后一定会足够强大，强大到能和你并肩战斗的。而且，关于婚约那事，你不用担心啦，我真的没放在心上，你还是那个值得让我相信的总经理。"岳然眼神温柔，嘴上挂着微笑。

岳然的话让谢梵羽陷入了思考，一时间不知道应该说什么好，但看着她的星眸，他的心变得柔软起来。

04 走过了人来人往

回到家后，谢梵羽躺在床上，并未拉上窗帘，看着窗外的一隅星空，忽然觉得是该发生些改变的时候了。进入BYT这10年间，他行得稳，坐得正，却因为这是一家具有传统的老牌酒店集团，面对诸多弊端，不得不选择妥协。这样妥协下来，并未让BYT得到真正意义上的高歌猛进，只是恰逢泰国旅游业的高速成长期而已。越想越觉得自己的价值也未充分体现，这种感觉是这5年来一直用工作来麻痹自己时，从未体察的。

"米副总，我昨天仔细思考了您的建议，我同意离开曼谷，回马尔代夫的BYT岛。"第二天，岳然独自找到了米娅，并同意了米娅的建议。

"好的，Lenka，你能做出正确的选择来，我很欣慰，马尔代夫那边，我来帮你处理。"米娅听明白了岳然的来意，喜出望外，还没等岳然离开便开始安排起来。

岳然无奈地看了看一脸兴奋的米娅，安静地从她的办公室中退了出去。

米娅看着岳然出去的背影，放下电话听筒，悠悠叹息一声，看来她的努力根本徒劳，岳然会这样选择，不过是对谢梵羽的一种保护罢了。也许是父亲早就知道了谢梵羽的心另有所属，所以才断然拒绝的吧？可是他也应该知道，人的欲望就是这样，越遇到阻碍就越野蛮生长。之前有白玲珑，她什么都不是，而白玲珑离开的5年，亦是她自己没能好好把握，没有与谢梵羽更进一步，这怨不得别人，且怨天尤人也不是她的风格……

由于米娅的动作很快，关于岳然调离的消息，当天就传到了谢梵羽的耳朵中，面对岳然做出的决定，谢梵羽这次没有阻拦，也许真的能如岳然自己说的，她需要自己去历练成长，既然她已经做出了决定，与其劝阻不如支持。

又是一个安静的夜，谢梵羽和岳然在湄南河畔吹着海风，看着对岸的灯火辉煌。

"总经理，你都知道了吧？"岳然小心翼翼地开了口。

谢梵羽点了点头："既然已经决定了，就走吧，不过要记住，现在的离开是为了以后更好地在一起，你一定要努力再努力，有什么困难了，第一想到的也要是自己解决，最后才能来找我，记住了吗？"

谢梵羽的口中没说什么劝阻的话，这让岳然有些意外："怎么，没打算留留我呀？"

谢梵羽轻轻回过头，用手拨了拨岳然被风吹得有些凌乱的头发："一直想着留你，但那样你只能是只小企鹅，靠着父母的羽翼来抵挡风雪，所以我想还是让你开开心心没有负担地走比较好。"

岳然抱住了谢梵羽的胳膊："放心吧，我可以的，你就等着我强大起来保护你吧。"

谢梵羽的眼睛看着河的另一面："后天，我送你的时候，就要开始坚强起来了。"

岳然望着谢梵羽看过去的方向，坚定地点了点头，冲着河面喊道："我会强大的，强大到可以保护你！"

两个人望着湄南河，又望着对方，眼神里尽是对未来的期待和对彼此的珍惜。

一切的一切都按照准备的那样顺利进行，谢梵羽在送走岳然的当晚收到了岳然发来的短信，得知岳然已经安全到达，谢梵羽才算是放下了心，没了岳然的牵绊，自己也将全部的精力转移到酒店的难关之上。

"Tony，现在李董事那边情况怎么样？"

"因为你和米总婚约的关系，李董事那边还没有什么太大的动作，不过小动作还是有的，他仍旧在扩展着势力，据说这段日子他组了不少的饭局。"Tony眉宇间透着担忧。

"关于李董事的信息，能查到的都好好查，我想单凭他自己的实力是不足以支撑他的扩张的，试着去查查，看看能不能了解到在他背后的是一些什么样的势力，这样我们也好准备。"

"好的，我知道了，老大，我会尽力去查的。"Tony说完话便匆匆离开了办公室。

在办公室中的谢梵羽也为接下来的这场硬仗调整着状态，做着最后能做的准备。

　　而另一边，岳然拿着调令回到了马尔代夫，直接坐到了管家部经理的位子上，但当岳然坐到这个位子上时才发现，原来管家部的经理并不是如米娅所说，一直空缺，而是由于自己的到来，海伦才被调去了普吉岛的 BYT 度假村任职培训总监。

　　这种情况的出现，让岳然上了走出来的第一课，不善良的人偶尔抛出的善意大多数时不是良心发现，而是为脚下的陷阱铺盖的草垫。

　　对于空降而来，还把海伦挤走的岳然，马尔代夫 BYT 岛海伦的老部下和老朋友很不满意，在岳然上任的第一天，便没有给岳然好的脸色看。这其中也包括了宁佳佳，但在宁佳佳都还未说什么的时候，管家部的主管 Beenle 就先发难了。

　　"Lenka，你不是在与总经理交往吗？那好好的曼谷你不待，偏偏要跑回马尔代夫，搞走一些人，难道只有这样才能体现出你的价值？"Beenle 的话说得难听，但却说出了大多数不满岳然空降的员工心声，宁佳佳冷眼旁观着。

　　面对 Beenle 的质疑，岳然没有退缩："Beenle，你我同为员工，对工作的安排是否可以由着自己，这你不知道吗？我被安排到这里来之前，被告知的是这个位置出现了空缺，所以才被调来。这种解释我只说一次！因为结果已经是这样，你再质疑也毫无用处，所以，该怎么工作就怎么工作，不愿意的话，两条路，申请调岗或是离开。"

　　Beenle 冷哼道："说得还真是冠冕堂皇，指不定有什么龌龊事呢，虽然之前我们都是同事，但也并未觉得你就能胜任这个职位，我们拭目以待。"

　　看着 Beenle 带着一批人走了出去，岳然并未阻止，遭遇下马威的心理准备她是有的，但没想到会是这样的，毕竟海伦被无辜调岗，是她所不知道的。

　　宁佳佳让其他几名管家去按部就班地工作后，走了过来："岳然，是不是发生了什么事？"

　　岳然摇了摇头："没什么，只是一个再简单不过的职务调动，没想到会是这样。"

　　宁佳佳知道岳然不想和自己透露心声，便也不再强求，只是说："我还是要提醒你，你的处境很糟糕，你和总经理的恋情原本就让大家羡慕忌妒恨，再来这么一出，我不认为你会好过，实在不行，你还是把总经理叫过来帮你出个头吧。"

"我不会这样做的，佳佳！"岳然注视着宁佳佳，"这样的建议以后也不要再提，我的工作，我自己会处理好，也希望你把自己的工作做好，即便不想帮我，也不要给我拆台。"

宁佳佳看得出来岳然对她的疏离，什么也没说就走了出去。是的，两个人再也回不去之前的友情了。不过是因为一个男人值得吗？她不是没问过自己，可感情的付出就是这样，没有值不值得，只有争不争取。

岳然以为风浪会随着时间的推移渐渐平静，可她未曾想到，风浪带来的灾害才刚刚开始。

05 爱里漂泊 不问前路

虽然摆在岳然面前的是一个烂摊子，但是她明白，要想一下解决这些问题是不可能的。最好的方法就是另辟战场，把上司、下属的注意力都转移，然后慢慢地整理这些遗留的大问题。所以她一上来就推行工作标准，之前的BYT也有工作标准，却是30年前的，与现在旅游业井喷式的发展是不配套的。这也是她来BYT一年多来特别深刻的体会，这一举措得到了BYT岛总经理和培训总监的支持。

有了上司的支持，于是岳然将在伦敦时就开始写的工作标准拿出来，Beenle第一个跳出来反对："这是什么？难道要我们重新学习？我不认为有这个必要。"

"你可以不学，这次培训原本就是给所有管家部的员工一个提升的机会，不管是现在的主管，还是员工，统一考核，排名最靠前的两人升任主管。"岳然直视着Beenle，毫不退缩。

原本站在Beenle一边的员工，却在听到有机会升职后，和Beenle分清了界限。

宁佳佳也感受到了岳然的手段，反思自己，忽然觉得汗颜，这一年来，她都做了什么？除了追求所谓的爱情，她还仅是一个普通员工，而同来的岳然已经是一个部门的经理，苏珊也成了大堂副经理。而此时站在员工对面的岳然，也是自带光环的，尽管有人不满，有人反抗，可站在对面的人还是具备了话语权和领导权的，而自己除了听从就只剩下努力奋进，争取话语权了。

想明白了这一点，宁佳佳不再抗拒，而是仔细翻看岳然发下来的工作标准。

远在曼谷的苏珊很快就听到了这个消息，给岳然打了电话，颇有语重心长的意味："可千万别年轻气盛，万事争先，并没有好处。就比如曼谷中心酒店来了不到半年的客务总监斯奈克，刚来时呼风唤雨，雷厉风行，甚至有些不把总经理放在眼里，结果得罪了很多深藏不露的人，最近也收敛了很多。职场之中就是这样——可以满园春色，但不可以独占鳌头；可以各展所长，但不可以脱颖而出。现在的你虽然顺风顺水，但这么快地出人头地，未必是好事，眼红心黑的人多得是呢。"

岳然淡淡一笑："我知道，却不能因此就不去做。其实，珊珊，我只是在用工作来武装自己。我还不够优秀，能力尚有不足，无法与我的对手势均力敌，我就只能永远落于下风。可我并不想这样，所以……"

苏珊懂了，开怀地一笑："加油，然然！"

晚上，谢梵羽也打了电话过来，简单的寒暄，互道思念之后，他说："你做的工作标准我也看到了，很好！能否问下，Lenka 经理打算让你的团队形成一个怎样的工作氛围？"

岳然仔细思考了片刻说："我希望我的管家团队能够像是一个捏紧了拳头的团队，我的团队更应该像是一'个'人，而不是一'群'人，尤其是在对客服务方面与执行力方面，每件事情的完成就如一个人完成的一样，不会因为信息传递的偏差而导致客人不满意，不会因为意见相左而导致程序不能坚决地贯彻。这样一来，就不会再发生客人只习惯某个员工，而一旦此人离职或是休假就感到不适和不快乐的情况。"

"说得不错，可是会不会有些理想化？"谢梵羽问。

"不试怎么知道呢？"岳然笑了，"至少现在，管家部的员工还是蛮努力的。"

谢梵羽笑了笑："好，我拭目以待，下个月会恢复每个月一次的例会，到时见。"

过了没几日，张嘉栋却先来了。

岳然安排了宁佳佳做他的管家，两人和礼宾部的员工在码头等待着水上飞机的降落。

宁佳佳最近的变化还是很明显的，这让岳然很欣慰，虽然回不到之前的亲密，却也看到了她的进步。

宁佳佳则看着波澜不断的大海，心中亦是波澜不断，昨日的考核结果，她是第一名，今日的任命便下来了，也就是说，她现在是管家部的主管了。可以说，从小到大，她都没努力争取过第一，因为总是期待靠颜值吃饭，但第一次因为能力而得到了第一，这前所未有的感觉真的很好。

不一会儿，张嘉栋就走上了栈桥，宁佳佳微笑着上前，岳然也问候了他。张嘉栋看到岳然也在，只是礼貌又疏离地点了点头。

几日下来，张嘉栋便要离开了，临行前，把岳然和宁佳佳都叫到了别墅："管家部的变化还挺大！"

从表面上看不出张嘉栋的意图，岳然只是笑了笑，宁佳佳则说："是的，因为管家部现在只有一个员工呢！"

张嘉栋疑惑地看着宁佳佳，她微笑着回答："因为 Lenka 制定的目标是：对客人服务，每件事情的完成就如一个人完成的一样。"说完她对岳然点了点头。

张嘉栋露出赞赏的表情，叹道："这是多少酒店人追求的目标啊，真的希望能在我们 BYT 实现！"

送走了张嘉栋，宁佳佳回来，敲了敲岳然办公室的门，走进来："然然，对不起。之前对你有些误会。现在我对他已经放下了，只是……觉得他似乎并未放弃你。你还是要小心些，对于男人的了解，我还是比你多一些的。"

岳然一愣，随即笑了笑："喝杯咖啡吧。"

宁佳佳坐了下来："我总觉得张嘉栋成为 BYT 的董事有些处心积虑，虽然有你的成分在内，但还是觉得他另有所图。"

岳然撇撇嘴："不关我的事哦，不过，我也感觉他对 BYT 另有所图，以后再看吧。"

与 BYT 岛的纠结一样，另一边的曼谷，情况也不容乐观。

谢梵羽转着手中的笔，眉头紧皱，陷入深深的思考当中。

"老大，目前知道的也就这么多，跟了几天李董事，他每天除了请客吃饭外，都会在下午 3 点多去一个茶楼，但由于那茶楼是会员制，我进不了，所以就只能在外边等，发现出来进去的都是李董事自己，但是我敢肯定，在那里一定有什么猫腻。"

"怎么说？"

"李董事有两次从茶楼出去后，都去了银行，而且看他的表情特别得意，所以，我敢肯定李董事一定和茶楼里的什么人有着某种交易。"

谢梵羽点了点头："嗯，我知道了，对了，薛董事那边呢，有没有什么动静？"

Tony 摇了摇头："薛董事最近好像沉迷赌博，自从米总裁把新加坡赌场的股份配发之后，薛董事就常常在赌场出现，而且每次都是大手笔。"

"李董事那边继续跟进，薛董事就不足为虑了，他已经掉进陷阱了，再观察就是了。另外，内奸的事，还要尽早水落石出，我有种直觉是李董事，所以这段时间你就再辛苦辛苦吧。"

"放心，老大，一有什么动静我立刻汇报。"Tony 说完便又匆匆地离开了办公室。

谢梵羽坐在案前，思绪又飘到了岳然那里，这几天由于 Tony 不在，自己的工作繁杂了许多，已经好几天没和岳然好好说话了。

谢梵羽想到岳然的笑脸，便拿出了手机，给岳然的号码连着打了几个电话，却始终是占线。

'然然，我好像有些想你了。'谢梵羽编辑好了信息，给岳然发了过去。

06 成长往往都是在逆境里

岳然收到了短信，内心一阵欢快，可是还没有回信，办公室的门被管家部的两个副经理 Addy 和 Bunny 敲响了。

此二人并没有与所有主管和员工一起参加考核，倒不是岳然对这两人极为认可，相反，她深知，曾是主管的 Beenle 是受这两个人指使的。她装作不知，并不是怕她们什么，而是管家部那时尚不稳定，而此时，已经风平浪静，她们再也掀不起什么波澜了。想想，也有些郁闷，原本只是想用心工作，却总是陷入这样的人际关系的泥沼中，好在还有洞悉一切的苏珊，能及时给她分析，否则，大大咧咧的她还真是一时难以适应。但总要有第一步，这一步一旦迈出，就算是摸着石头过河，也要勇往直前了。

走进办公室，Addy 便开门见山："Lenka，我们是来申请年假的，我和 Bunny 准备一起去尼泊尔。"

Bunny 随声附和着。

岳然抬头看了看两人，听着她们并不客气的语气："你们一起？那工作呢？"

"有 Lenka 在这里坐镇，您的工作能力超强，又很会激发员工，我想这点儿小问题，对您来说应该不是问题吧。"Bunny 阴阳怪气地回答道。

岳然笑了笑看了看两人："好啊，尼泊尔我也早就想去了，辛苦工作了这么久，是应该放松放松了，但是酒店自有酒店的秩序，你们想去，我支持，但是你们在商量旅行计划的时候，也商量商量去留的问题。眼下我们部门的人手有些饱和，两个副经理实在是多此一举，你们关系这么好，我想这个小问题摆在你们眼前，可能真的也不算什么。"

两个人被岳然的话说得哑口无言，一时间乱了阵脚，相互对视了几秒。

岳然看着两个人摇了摇头："不如你们再考虑考虑，考虑好了，再来找我。"

面对岳然的镇定自若，两个人的心思不攻自破，匆匆逃离了岳然的办公室。

岳然看着关上了的办公室门，轻叹一声，再次感受到管理层的不易，处理繁杂的公务不说，还要处处提防他人。

但这两人敢来宣战，就一定不是只有一招，她还是得积极应对才是。想到这里，她再次叹气，给谢梵羽回了信息："我不是好像，而是很想你。"

而另一边的谢梵羽，却在匆匆赶往医院，信息刚发出，就收到了米总裁突然住院的消息。

"米总裁，您现在感觉怎么样？"谢梵羽穿过被人群堵得水泄不通的医院走廊，来到了米总裁的病房。

米总裁倚在床背上，对谢梵羽笑了笑："没什么大碍，就是好长时间不运动了，这一动，倒是动到医院来了，看来啊，我真的老了。"

"都说了，不让您去，您非要去。"米娅坐在病床边上对米总裁抱怨道。

"这到底是怎么回事儿？"谢梵羽把疑惑的目光投向了米娅。

"没什么的，就是李董事邀请我打高尔夫，一不小心绊倒了，已经睡了一会儿，现在没什么大碍。"米总裁对米娅摆了摆手。

"米总，您一定要注意身体，多听医生的话。"谢梵羽关切地嘱咐。

"没事没事，梵羽，酒店那边应该还有不少事要忙吧，你先去吧，这边有米娅陪我就行了。"

"那好，米总，我就先走了，您好好休息。"谢梵羽从米总裁的病房离开，回忆着米总裁的话，为什么李董事会突然邀请米总裁，谢梵羽想着这其中的联系，同时对李董事的怀疑也越来越深。

见谢梵羽从病房中离开后，米娅一脸疑惑地看着米总裁："爸，您这是？"

米总裁轻轻地拍了拍米娅的手："我自然有我自己的用意，以后你就知道了。"

另一边的岳然，晚上回到了宿舍，按照往常的习惯，躺在床上查阅着第二天即将入住的客人名单。

她一行行地核对着每个重要客人对应的管家，以及每个客人对管家和入住的要求。正当岳然快要看完准备睡觉时，却发现，在名单的最后一个叫 Leron 的客人名字后没有对应的管家，岳然反复确认了名单，发现这个 Leron 竟是业内著名的酒店点评师，而且他还患有先天性的小儿麻痹，日常的活动都要依靠轮椅，虽然 Leron 已年过花甲，但他毒辣的点评在业内几乎无人不知，他随随便便的一篇点评，就足以让一家酒店经历生死。

岳然看过资料后吓得一身冷汗，又连忙在网上搜索了关于 Leron 的资料，虽然他行动不便，但是对酒店观察的专业性的确是祖师爷级别的，而且他的性格有些怪异，听不得阿谀奉承。

岳然认识到了问题的严重性，连忙胡乱地穿上衣服，给 Addy 和 Bunny 发了消息后，回到了酒店中。

刚睡下的两个人听到岳然的电话，不情愿地回到了酒店。

"岳经理，您是有什么安排，不能等到明天说吗？"Bunny 打着哈欠，瞥了岳然一眼。

岳然没有理会 Bunny 的话，只是将手中的名单递到了两个人的手中。

"你们看看吧，看完如果还想睡觉就回去睡吧。"

两个人接过名单，率先映入眼帘的便是被岳然标红的 Leron，Addy 和 Bunny 对视了一眼，知道了事情的严重性。

"我还以为你安排好了。"Addy 的语气带着责怪。

"我也是这么以为的，这几天让她气得心神不宁，这个节骨眼怎么犯了这种低级错误？"

Addy 对 Bunny 摇了摇头："这下她手上可是攥着我们的把柄了，怎么办？"

"还能怎么办，毕竟是我们错了。"

在两个人交头接耳之际，岳然早就已经开始行动起来。

"不好意思，这么晚打扰你们，是这样，由于我的疏忽，漏掉了一位客人，而且这位客人对我们来说非常重要，希望安珂经理能配合。"岳然给客房部值班经理赔着不是，解释着情况。

"不要紧的，有什么要求岳经理提就是了，我这边努力配合。"

岳然对着安珂点了点头："是这样，这位客人行动不便，我希望客房部能安排一个较低的楼层，还有，这位客人对房间的要求也极为苛刻，需要把房间中的备品和床上用品全部换成全新的，通风口要清理，卫生间里的四角也要彻底打扫，检查热水时间，还要对整个客房进行无菌处理。"

听岳然说了一大堆，安珂有些犯了难："Lenka，这些我都记下了，只是，现在这个时间，值班的人手可能不够，我还需要去叫人。"

岳然连忙摆手："不必了安珂。毕竟是我们的失误，有些工作，交由我处理就好了，这么晚还拜托您做这么烦琐的工作，实在抱歉。"

安珂笑了笑："哪儿的话，都是为了酒店，看来今天注定无眠了。"

07 最好的结果都是努力换来的

Addy 和 Bunny 同时听到了两个人的对话，瞬间脸便红了，亦是松了口气。岳然并没有把责任推给她俩，还将责任揽到了自己的身上，这一瞬间，Bunny 对岳然的印象一下子有了改观，可 Addy 却觉得岳然只不过是在收买人心而已。

"是的，安珂，这是我们的疏忽，就不劳烦您的人再过来了，有什么事情交给我们就好了。"Bunny 走到岳然身后，脸上充满歉意。Addy 站着没动。

岳然听到这话，对 Bunny 点了点头。

随后，便是彻夜的忙碌，终于在凌晨 4 点，客房被按照要求打扫好，岳然、Addy、Bunny 和客房部的夜班员工也都是疲惫不堪。

"真的谢谢您，安珂。"岳然虽然累得不行，但还是带着真诚的笑容对安珂表示感谢。

"这是为了 BYT 的声誉，所以，Lenka，你快回去休息吧，明早还有的忙呢。"安珂说完，先离开了，这一夜的班值得真是不轻松。

"是啊，经理，你去睡一会儿吧，我和 Addy 在这儿盯着，没事儿的。"

面对 Bunny 态度的 180 度大转弯，岳然很是不适应，但还是欣然接受了。

岳然在叮嘱了二人后，没有回宿舍，直接回到了办公室，靠在椅子上昏昏沉沉地睡去。

3 个小时后，岳然手机的闹钟准时响起，岳然被手机的震动吓了一跳，困意没了一半，简单地补了补妆，便去往大堂，为迎接 Leron 的到来做准备。

"Leron 先生，您好，我是管家部的经理 Lenka，您在酒店的一切，由我亲自负责。"岳然迎着 Leron 走去，礼貌地对 Leron 打了招呼。

Leron 轻轻抬头看了岳然一眼，没有说话。

虽然没有得到回应，但岳然还是笑着："您住在 3 楼，我这就带您过去。"岳然走到 Leron 的轮椅后刚想推着 Leron 走，可 Leron 却按了按遥控器，自顾自地驾驶着轮椅朝电梯的方向走了过去。

岳然连忙跟了过去，她注意到，Leron 在不住地观察着酒店大堂的环境，嘴里像是在叨叨着些什么。

Leron 跟着岳然来到了房间，皱了皱眉。

"这个，这个房间啊，是刚刚做过无菌处理吗？味道怎么还这么大？"Leron 开口的第一句便提出了意见。

岳然面对 Leron 的质疑没有顾虑太多，只是快步地走到 Leron 的身前："不得不说，您的鼻子还真的灵，是这样，由于我工作上的失误，把您的接待单遗漏了，但好在能在昨夜看到，所以连夜做的无菌，而且通风口，各个角落，以及一些备用品都处理了，您放心，肯定不会让您过敏的。"

听了岳然的话，Leron 上下打量了岳然几眼："你倒是诚实，不过还不是临时抱佛脚？"

岳然回以礼貌的微笑："不只是抱了这一点儿半点儿，我们在饮食上也按照您的喜好准备好了，如果您一会儿饿了，我叫餐饮部给您送过来。"

Leron 忍不住被岳然的话逗笑了："我还是第一次见到这么明目张胆的拍马屁，有点儿意思。"

岳然摊了摊手："Leron 先生，我觉得这个形容不太贴切，我们做酒店服务的，不就应该想客人所想吗？我在网上了解了您不少的资料，评论都说您是个怪老头，虽然我现在还没发现哪里怪，不过我倒是觉得有些可爱。而且，您每年写过的评论那么多，讽刺了那么多虚伪善意，我想与其和他们一样，不如少点儿套路，诚实一点儿，这样相处下来也不至于太累。"

Leron 的脸被岳然说得一阵红一阵白："你这小姑娘，想法太多，嘴还伶俐，不知道该说你什么好。"

岳然嘿嘿一笑："什么都不必说，您好好休息吧，有事就叫我啊，我随时待命。"

刚关上 Leron 的房门，岳然便深深地吸了口气，刚刚强装的淡定在这一刻泄气，不知道自己的态度 Leron 会做什么样的评判。不过，这个 Leron 现在应该记住自己了，岳然想着便回到了自己的办公室。

可刚到办公室没多久，屁股还没坐热，她的手机便响了起来，看了看来电显示，岳然迅速地接起电话。

"Leron 先生，您好，有什么可以帮您？"

"过来。"只有两个字，电话便被挂掉了，岳然也不意外，怪老头如果不怪，岂能对得起他的名号。

岳然又马不停蹄地回到 Leron 的房间门口："您好 Leron 先生，我可以进来吗？"

屋子里传来一声闷闷的应答。

岳然推门进入："Leron 先生，有什么可以帮到您？"

Leron 遥控着轮椅在房间里转来转去："我忘了，你先回去吧，关好门。"

"好的，Leron 先生。"岳然保持着微笑，轻轻关上了 Leron 的房间门。

再次回到办公室后，岳然真切地感受到了怪老头不是浪得虚名，接下来的半天，岳然一次一次地被叫到 Leron 的房间，却都以同样的借口让自己离开，虽然是这样，但岳然始终保持着微笑。

时间就这样在岳然的奔走中渐渐流逝，天色由明转暗，很快到了夜里，本就没休息好的岳然此时更是疲惫不堪，可 Leron 却没打算停止对岳然的折腾，岳然的手机再一次响起的时候，岳然又赶紧来到了 Leron 的房间。

"Leron 先生，您好，有什么可以帮您的吗？"

Leron 缓缓打开房门，看着岳然脸上真诚的笑，摇了摇头："不烦吗？"

岳然耸了耸肩膀："这个怎么说呢，一切你开心就好啊，你开心我才能好过呢。"

终于，岳然这少有的真诚打动了 Leron，他把岳然从门口叫进来。

"这个是我这几天的行程，你看一下，这几天我去哪你就要去哪儿。另外，并不是你们遗漏了我的预订单，而是我特意在临来前才下的订单，这是和你们总经理说好的。目的就是考察你们的应对能力。"

"乐意为您效劳。"终于，自己的方法有了成效，这个奇怪的老头终于选择了信任自己，这个消息无论是对自己还是对 BYT 来说无疑都是一个天大的好消息。

经过几日的相处，岳然发现 Leron 并不像报道中那样奇怪，相处起来，反倒轻松，没有架子，也没有什么太大的忌讳，比起主仆，两个人更像是忘年的朋友，Leron 在离开酒店之前给岳然留了自己私人的联系方式。

在 Leron 离开的第二天，关于 BYT 的点评稿新鲜出炉，通篇表扬了 BYT 的服务和人情味道。

岳然还沉浸在自己努力带来回报的喜悦中，BYT 总部却在这时传来了米总裁病危的消息。

08 素车白马立潮头

米总裁发生危险是在 5 天前，原本之前在医院的调理已经结束，刚回家没几天，却因腿部忽然形成的血栓，导致其在浴室里跌了一跤，被管家发现的时候，已经陷入昏迷，紧急送到了医院急救。

3 天后米总裁才醒过来，除了米娅，谁都没见，谢梵羽也被拦在门外。这让他更为担心，米总裁的身体一直都是不错的，而这一次状况竟是这样的来势汹汹……

"娅娅，事到如今，有些事我再不和你讲，怕是就晚了。"米总裁强撑着，有气无力地说道。

"爸，你说，我听着呢。"米娅不忍父亲如此痛苦，她哽咽地扶着米总裁颤颤巍巍的身体。

米总裁靠在米娅的身边："娅娅，爸爸真的老了，攻了一辈子人心，最后还要死在心上，娅娅，我这一辈子做了太多不该做的事，交了太多不该交的人。"

米娅始终紧紧地攥着米总裁的手，将耳朵贴在米总裁的嘴边，听着米总裁的话。

"娅娅，我知道，你对谢梵羽有心，但爸爸拦着，也真的是为了你好，谢梵羽的父亲在政府身居要职，有关新能源的开发也正是在他的管辖之中，我之所以走到今天这一步，都是拜他所赐啊！如果不是谢梵羽的父亲在背后操控，让我投资的南海项目跌破了大盘，我怎么会丢了我苦心经营的 BYT 的股权？我何必每日为此犯愁？娅娅，对于谢梵羽你一定要有所保留。"

米娅一字一句地记下米总裁的话，一边愤怒，一边泪流。

米总裁抬起手，轻轻地放在米娅的脸上："娅娅，不能哭，以后更不要哭，不要让别人看到你的弱点，这个谢梵羽虽然不能成为你的亲人，但却值得一用，你要学会把他该有的价值都用尽，特别是他现在正在怀疑李董事的时候。之前我已经替你铺好了路，你要让谢梵羽替我们拔掉李董事这颗钉子，你记下了吗？"

"我不记，我不想记，这些都等着您来做呢，爸，我还有好多都没学到，您还没教我呢。"米娅彻底控制不住悲伤，眼泪似决堤般不自觉地从眼眶中滚滚滑落。

"傻孩子，我自己的身体，我知道，以后没了我你也不要怕，你要记住，BYT就是你自己的家，而且娅娅，还有一件事我必须告诉你。"米总裁说着咳嗽了几声。

"娅娅，你记住，如果你真的遇到困难，就去找David，我已经将我在BYT的股权大部分转给了他，他承诺过我，一定会帮助我踢出我认为不该在BYT中出现的人，他也答应我会好好保护你的，"

"爸，我都记下了，可是，算了，爸你快躺下休息一下吧，剩下的就交给我好了，我肯定不让你失望的爸。"米娅小心翼翼地扶着米总裁躺在床上。

由于米总裁的病情越来越重，BYT内部更是乱作一团，本就各怀心思的各位股东更加猖獗，纷纷打算着米总裁死后的安排。

谢梵羽这段时间更是忙得焦头烂额，一边不断地加紧对李董事等人的调查，另一边还要维持着酒店之中日益混乱的秩序。

"老大，米总裁怎么会这样，不是说只是摔了一跤，怎么就会这么严重了？"Tony忙了一天后得出空米，在谢梵羽的办公室内和他聊了起来。

"也许，事情远没有那么简单，米总裁说是李董事约他去打了高尔夫后就感到不适的，我想这其中，李董事一定搞了什么鬼。"谢梵羽叹了口气，看着Tony。

这时，谢梵羽的手机响了起来，谢梵羽接起电话，电话那头传来一个温柔的声音。

"总经理，怎么样，现在的情况还好吗？"岳然的语气充满关切。

听到了岳然的声音后，谢梵羽安心了许多："然然，这边你不用担心，你在马尔代夫要照顾好自己，我已经听到很多人说，BYT岛来了个厉害丫头。"

岳然沉默了一会儿："不知道为什么，这边正常得有点不合常理，按理说股东们知道了米总裁的事后，应该有些反应，可是这边却一点儿动静都没有，我也搞不懂。"

"既然没发生什么，就先不要担心了，总之要照顾好自己。"谢梵羽叮嘱道。

"好的，我知道了。这段时间，你一定特别忙，一定要照顾好自己，我……很想你。"岳然越说声音越小。

谢梵羽看了看一旁的 Tony，把手挡在嘴边，轻轻说了声："Me too。"

"恋爱的酸臭味啊。"Tony 说完话后，一下子钻出了办公室。

然而，3 天后，米娅在米总裁的床边醒来，可睁开眼看到的一幕让她无法呼吸。米总裁静静地躺在床上，脸色有些青白，一旁是被摘下的氧气罩以及各种仪器，还有氧气罩下压着的一张纸。

米娅颤抖着手将那张纸轻轻捧在手里，米总裁的字迹，一行一行，一字一字，落入米娅眼中……

娅娅：

原谅我做了自私的决定，我的身体，我了解，我自问一生坦荡，也不想在弥留之际如此狼狈。

作为父亲，我没能照顾好你，没能看你幸福是我最大的遗憾，我原本不想看你掉进这 BYT 的漩涡，但无奈，因为我的原因，你不得已被卷入其中，但既然无法自拔，就努力地在这里站起来吧，不要为我的离开伤感，因为你即将面对的会是更大的苦难。

娅娅，我遗憾，除了股份和一些财产没能给你留下什么温暖的回忆，作为父亲的我真心地想和你说声对不起。

娅娅，你要记住我和你说的话，也要知道你的身边充满了危机，以后的一切就都要靠你自己了，无论人与事，都要好好把握。

永远爱你的爸爸

米娅看着信中父亲最后对自己的叮嘱，无尽的悲伤和无尽的愤怒在心中翻滚，她此刻已将父亲的离开和谢家牢牢挂上了关系，米娅在心中暗暗发誓，无论如何，都要用尽自己的一切方法，为父亲报仇。

米总裁离世的消息很快传遍了整个 BYT 乃至酒店行业，米娅穿着一袭素衣，站在追悼会礼堂的一旁，似乎父亲的离世让她一夜成长。面对众人的安慰，她都一一接纳，但她悲伤的眼神中多出了一丝坚决和冷漠。

谢梵羽在追悼会上忙前忙后，面对米总裁的离世，他亦是满心的伤悲。但此时，谢梵羽的行为在米娅的眼里更显得虚伪，她现在只想尽快地完成自己对父亲的承诺，只想尽快把谢梵羽赶出 BYT。

09 明修栈道 暗度陈仓

追悼会连着法事，整整 7 天，米娅哀痛欲绝，然而，在第八天的清晨，她将自己的长发剪去，并按照米总裁留下的联系方式，找到了 David。

不过是上午 10 点的光景，米娅按照约定，来到了一家茶楼，米娅抬头望着茶楼的样子，有种莫名的熟悉，可却不知何时来过。

忽然，茶楼的门被缓缓打开，米娅跟着接待的指引去了二楼的包间，David 正坐在其中，为米娅斟茶。

米娅一愣，原来 David 就是 BYT 的 VIP 客人，虽然她没见过本人，但是VIP 客户档案是看过的。毕竟做酒店这么多年，辨人强记已经成了习惯。

见米娅出现在自己的面前，David 缓缓起身："请坐吧，米娅小姐。"

由于父亲的原因，米娅看着他也有种说不出的亲切和踏实的感觉。

"对于令尊的事，我深表遗憾，米娅小姐，还请你节哀。"David 双手举着茶杯递到了米娅的手里。

"Mr. David，我这次来找您，也是为了我父亲的事。"话刚出口，米娅便阵阵心痛，她拿起茶杯轻轻喝了一口，将呼之欲出的泪水压了下来。

"David，我父亲临走之前和我说了你们之间的事，而且他告诉我，如果遇到困难，您也一定会出手相助，我这次来就是请您帮忙的。"控制了伤心的情绪，米娅的目光由悲痛转为坚定。

David 和米娅的目光相对："不知道，米娅小姐有什么事需要我帮忙？请尽管说出来，我定将竭尽所能。"

"我想让您帮我，帮我报仇，帮我把谢梵羽赶走，若不是他们谢家，我父亲也不会离开，但我恨自己没有他的能力，现在还不够强大，凭着自己的力量尚不能赶他出去，所以，我想请您进入董事会，我相信，只要有您的加入，一切都会变得顺利。"

David 一愣，刚刚要去拿茶杯的手停顿了一下，便收回了："这是从何说起呢？据我所知，谢梵羽在 BYT 的这 10 年，一直是兢兢业业地工作。"

米娅长叹一声："并不是他，而是他的父亲，这其中的恩怨、是非曲直，我也是才知道不久。"

"米娅小姐，你的心情我能理解，我也希望我能帮到您，但我美国那边的事还要一阵子才能处理完，而且我在 BYT 也只是拥有很少份额的股权，单凭这个，就算我进了董事会，想必也不能让众人信服啊，恐怕现在真的是爱莫能助啊。"David 摇了摇头，十分惋惜地看着米娅。

"David，这些都不是问题，只要您肯帮我，我愿意把我手里的股权转给你，只要能把谢梵羽赶出 BYT，David 先生，你是我父亲留给我的最后一丝希望。如果你也不肯帮我，我现在真的走投无路了。"米娅握住了 David 的手，用恳求的语气说道。

David 沉默了半晌，再次拿起了茶杯："要踢谢梵羽出 BYT，我倒是建议米娅小姐先去找一个人，比我会更有话语权和力量。"

米娅以为 David 拒绝了自己，不由悲从中来，后面的话便不想听了，于是放下茶杯，准备起身。

David 示意她坐着别动，一字一顿地说："我建议米娅小姐这个时候去找白玲珑！"

"什么？"米娅有些不相信自己的听力，"怎么会是她？怎么能是……"话说到这里，米娅忽然转过神来眼睛一亮，"必须是她，对，只能是她……是她！"

David 淡淡一笑："不过，那也是个狠角色，你还是要想明白了再去找她。"

米娅的手攥了起来，又缓缓放开："谢谢你，David，我自是明白其中利害关系，但她确实是最好的人选。"

"如果你只是针对谢梵羽，她是最合适的人选，但我不希望你殃及无辜。"David 望着米娅的眼睛，真诚地说道。

米娅一个踉跄，又是一个惦记岳然的不成。

望着她皱起的眉，David 点了点头："我的意思是不要伤敌一千，自损八百，至少不要伤了 BYT 的根本。还有，你提到的董事会，张嘉栋可以帮到你一些。"

他似乎对 BYT 更为在意，不想白玲珑介入得太多，米娅长出了口气，点了点头，转身离开。

米总裁的七七之后，BYT 召开了董事会。所到之人不过见到米娅时，才挤出一丝悲伤的神情，转头便和其他人谈笑风生。米娅看着，倒是淡定，人情冷暖不过如此，计较并没有用，不如接受。

此次的董事会，是投票选举董事长，竞争董事长的人员名单是由 113 个股东提出的，前 5 个人进入董事会投票，最高票人员将当选。股东们推选出来的人选是李董事、薛董事、张嘉栋、谢梵羽还有米娅。

股东们提名时，米娅的票数最低，不过是大家给的人情票，而到了董事会，自然不做多想。谢梵羽虽然一直是 BYT 的总经理，但毕竟所持股份不多，在很多董事眼里，他还是更适合做职业经理人，对于投资、掌舵，他尚有欠缺。

其实，明眼人都知道，真正有较量余地的，不过是李董事和张嘉栋，薛董事也不过就是陪跑而已。果然，两轮下来，就剩下二人的较量了，最终，张嘉栋以三票优势当选，一向意见颇多的李董事这时却没有恼羞成怒，甚至伸出手主动握了张嘉栋的手，表示恭喜。

掌声响了起来，米娅看了看众董事，清了清嗓子，示意大家安静下来。

张嘉栋面对众人的议论并没有理会，他缓缓地从座位中走出，站到众人面前："感谢米娅小姐对我的信任，我相信，今后在各位的配合下，我们 BYT 一定会重振辉煌。"张嘉栋说完话后环视着四周，观察着每个人的表情，当看到谢梵羽时，脸上不由得露出一丝狡黠。

谢梵羽也与张嘉栋的眼神相对，不禁从他的眼神中感受到一丝寒意。

会议结束后，谢梵羽跟着米娅的脚步追了出去，直到米娅的办公室。

"米总。"谢梵羽叫住了正准备进入办公室的米娅。

米娅循着声音望去，看着谢梵羽站在自己的身后。

"有什么事进来说吧。"

谢梵羽跟着米娅走进了办公室，轻轻关上了门。

"米娅，为什么？你去说服了那么多的董事来投张嘉栋的票，你对他很了解？还是你遇到了什么难处？抑或是他用了什么手段？"谢梵羽看起来很着急，话语中尽显对米娅的关切。

米娅听着谢梵羽的问话，冷笑了一声："难处？没错，我确实遇到了难处。"谢梵羽刚想张嘴，却被米娅的话噎了回去。

"现在 BYT 的状况，我已经无力挽回，自从我爸爸离开后，我一直试图找能够将 BYT 拉回轨道上的人，一开始我觉得你可以，但是，我想，我是高估你了，而且，我想问你，你是对张嘉栋还有我有什么意见吗？似乎你对董事们的决定很不满意。"

谢梵羽听了米娅的话一阵尴尬，思考了一会儿，还是将心中的想法说了出来："不，我是担心，如今米总裁的股份已经被稀释，如果你真的将股份转给了张嘉栋，我怕会出现什么意外。"

"总经理，这个你大可不必担心，我想张先生是有能力，也有人品的，我也希望，你能配合他的工作。如果没有别的事的话，你就先回去吧。"米娅说完话后将椅子转了过去。

谢梵羽看着米娅的背影无奈地摇了摇头，慢慢走出了她的办公室。

回到自己的办公室后，谢梵羽心中依然对张嘉栋的任命担忧。

"老大，怎么了？"Tony 看着一脸惆怅的谢梵羽凑上前问道。

"张嘉栋来势汹汹，我有种不好的预感，不知道他到底有什么打算，而且米娅对他好像有种莫名的信任，他们俩之间好像有着某种关系。"

Tony 皱了皱眉不知道该说什么。

"对了 Tony，李董事那边有没有什么动静？"

"我正想跟你说，最近不知道为什么，李董事好像特别安静，这些日子不但没有去过那个神秘的茶馆，甚至连饭局都不组了，每天只是偶尔来酒店坐坐，其余的时间就不见人影了。"

谢梵羽点了点头："这样最好，我们先做好明天董事会的消息发布后的准备吧。"

10 偷梁换柱 移花接木

酒店的一切似乎都随着张嘉栋的任命尘埃落定，回归正轨，不但李董事等股东消停了下来，酒店的业绩也在日益回升。

"总经理，最近可好？"岳然得了空闲，给谢梵羽打去电话。

"我很好。"谢梵羽揉着发胀的额头，这一阵子的压力不是一般大，而且，他明显感觉到米娅对自己的仇恨。这让他很无奈，但也无法解释辩白。而张嘉栋只是出席了董事会，便回马来西亚了，可他还是隐隐不安，这是他十年的职场经历中所没有的，当然，这些没必要和岳然说。于是问："BYT 岛如何？已经进入旺季了，你应该很忙吧，注意休息，下周例会我会过去。"

"那好吧，要多多注意休息啊，然后闲下来的时候记得想我。"岳然听出了谢梵羽的心事，没有多问轻声安慰道。

"放心，然然，你那边如果有什么事记得告诉我啊，我先去忙了。"谢梵羽匆匆挂断了电话，再次投入到了工作中。

而另一边，米娅看着日益强大的 BYT，一直悬着的心也有了着落，只不过现在在她的眼里，BYT 已经不是自己的第一任务，自己首先要解决的便是谢梵羽给自己带来的一切。

一天傍晚后，米娅约着 David 见了面。

"Mr. David，我父亲确实没看错你，真的感谢你带着 BYT 走出困境。"

David 微笑着摆摆手："哪里的话，我既然答应了你，就一定会尽力。"

"只不过现在我更想知道的是，关于谢梵羽，您打算怎么办？"米娅没有拐弯抹角，直接说出了自己的想法。

"这个，米小姐你不要着急，我现在所做的一切也都是为了将谢梵羽赶出BYT 而做的铺垫，但是现在的时机还不够成熟，而且不知道米小姐有没有去找白玲珑。"

"最近，我一直忙着观察局势，过完了这阵子，我一定会去找白玲珑的，而且关于谢梵羽，真的要请你想想办法。"

David 郑重地对着米娅点了点头："放心，我一定会努力的。"

米娅听了 David 的话又看到了希望，期待着 David 下一步的动作能让谢梵羽彻底出局。

果然，David很快地有了动作，在下一周的周三，张嘉栋便召开了他上任以来第一个董事会。

会议开始，张嘉栋对酒店近期的工作做着总结，众股东格外捧场。坐在一边的谢梵羽看着那些股东的样子皱了皱眉。而且股东们不仅捧场，在会上都纷纷对张嘉栋的工作表示肯定。

"其实，今天除了对这一阶段的工作做出总结外，我还有一个提案。"

"静一静，张先生，您说。"米娅听到了张嘉栋的话，心中一阵激动，恢复了现场的秩序后，便期待着接下来要宣布的事情。

张嘉栋看了众人，轻轻地叹了口气："这段时间以来，我发现我们在座的有些股东，出于种种原因，没有工作的积极性，也没有什么作为，所以，我提议将这样的股东从董事会中劝退，我想只有这样，我们的BYT才能长久地发展下去。"

"张先生说得有道理，其实有些话，即使张先生不说，我也早就想说说了。"李董事接过话茬。

李董事扫了众人一圈顿了顿："其实最近，因为种种变故，我感觉米娅小姐的工作状态大不如前。虽说米总裁离世，米小姐有情绪是可以理解的，但是，我们集团却还是要正常运行。如果说，因为个人的因素耽误了工作，这个责任我想什么理由都无法推卸。所以，我认为米娅小姐目前并不适合在董事会工作，或者说，能不能等米娅小姐情绪稳定后再考虑让她回到董事会工作。"

李董事的话刚说出口，台下一阵哗然，而刚刚还维持秩序的米娅更是彻底崩溃了，她反复回忆着上一秒自己听到的消息，但却始终不敢相信，于是米娅便将目光投向了张嘉栋。

张嘉栋沉默了半晌，看着李董事："我倒是觉得李董事的提议有些过于夸张了，但是既然有了提案，我们还是要按照程序来的。"

于是，董事会开始投票表决，令米娅没有想到的是，几乎所有的股东都支持了李董事的提议，除了谢梵羽和一些米总裁的老部下。

董事会结束了，米娅呆呆地坐在原位，似乎一切来得都太过于不真实，但她看着身边空空荡荡的会议室，这一切却又真实发生过。

在会议室坐了半晌，米娅突然回过神来，自己反复想着缘由，却始终都猜不透，于是米娅连忙拨通了David的电话，把见面的地点再次约在了茶楼。

米娅与David见面后将今天发生的一切都告诉了David。

David听完了米娅的讲述，脸上也露出了疑惑的表情："怎么会这样？按照你说的，张嘉栋当时说的话明显是在暗示其他股东不要理会李董事说的话啊，或者说是不是李董事和那些股东们私下有什么勾当？"

米娅被David的话一下子点醒："李董事之前就一直对我父亲不满意，肯定是他落井下石，看到我父亲离开还不够，还想把我也踢出BYT，但是David，我现在到底应该怎么办？"

David喝了口茶，脸上露出了一丝为难："事已至此，你只剩白玲珑这一条路了，若不趁着现在你还有一些影响，再继续拖下去恐怕就更难办了。"

米娅记下了David的话："希望你没有骗我，我现在就去请白玲珑帮忙。"

David见米娅心急如焚的样子，脸上透着担心，但米娅转身之后，David的脸上却浮现出一丝淡淡的笑意。

这时彭阳拿着一摞文件风尘仆仆地赶来，David伸手拿过文件，一一翻阅、签字。彭阳站在一边，有些欲言又止。

David签完字，抬头，看见彭阳的样子，淡淡地问："怎么？"

彭阳看向David："您为什么这么做？"

David站了起来，走到窗边、推开窗，曼谷的热浪就迎面而来，额头上迅速出现了一层细密的汗珠。他猛地关上窗，这种水深火热、冰火两重天的滋味本就该让敌人尝尝，不是吗？

11 无中生有 釜底抽薪

谢梵羽回到办公室，坐在椅子上生着闷气，看着眼前的一堆文件，心情变得更加复杂，随手一挥，桌上的水晶烟灰缸支离破碎。他怎么都没想到，李董事竟会将米娅踢出董事会，眼看自己奋斗多年的BYT即将易主，谢梵羽焦急地在办公室中来回踱着步子。

但一时间，谢梵羽想不到任何办法解决面前的难题，他只能一点一点地从经历的事情中慢慢分析。

"冷静，要冷静。"谢梵羽不断地暗示着自己，于是他慢慢地回忆着刚刚董事会上的细节。

从董事会上来看，李董事显然已经私下联系了不少董事。张嘉栋的表现虽说没有什么异常，但对于李董事的提案，他如果真的不同意，完全可以不走投票的形式，一票否决，然而他却并没有这么做。而且通过董事会上各个股东对张嘉栋的态度来看，想必张嘉栋才是整件事的幕后操手。谢梵羽一边回忆着，一边捋顺着思路，但想着想着，他便再次陷入了困境。

现在 BYT 酒店集团在张嘉栋管理下没有什么漏洞，而且张嘉栋既然能够在这么短的时间里轻易地站稳脚跟，如果真的想要拔掉他也不是一天两天能解决的。谢梵羽试着找出张嘉栋的弱点，但遗憾的是，似乎所有的安排都是天衣无缝，根本找不到可以下手的点。

在徘徊了许久后，谢梵羽决定，从源头查起，他拿出手机，拨打了米娅的电话。

提示音一遍遍地循环，终于电话那边传出米娅虚弱的声音。

"喂，梵羽。"

谢梵羽听着米娅的声音心中更是着急，连忙问道。

"米娅，你在哪？我去找你。"

谢梵羽得到了米娅的地址后开车来到了米总裁家的那座宅子里。

谢梵羽走在院内，记得上次来的时候一切都还那么美好安静，此刻看着院子中那红顶绿树却是那么的凄凉。

谢梵羽又走了几步，便看见米娅坐在院子中间的椅子上，发着呆。

"米娅，米娅。"谢梵羽连续叫了几声，米娅都没有反应，她只是用手轻轻扶着那把米总裁常坐的椅子。

曼谷的雨来得又突然又急促。

"快进屋子里，别淋湿了。"谢梵羽搀扶着米娅回到了房间中，他原本想问的一切都被米娅现在的情绪压抑住了。

两个人坐在屋子里发呆，谢梵羽不知怎样才能让米娅从这痛苦中走出，也不知该如何开口。

而米娅也如刚才一样，眼神呆呆地望着窗子，时不时还有泪水滑过脸颊。

突然，一道闪电划破长空，随即一声雷鸣。

米娅的身子微微一震。

"梵羽，我错了，我不该相信 David。"雷声似乎惊醒了米娅，让她恢复了意识。

看到米娅开了口，谢梵羽的担心也暂时放下，但当谢梵羽听到了 David 的名字后，脸色变得更加的凝重。

"这到底是怎么回事？"

米娅有些哽咽，看着谢梵羽一脸愧疚，幽幽地说道："当时，我爸爸走之后告诉我他和 David 有合作，而且他告诉我说 David 可以帮 BYT 走出困境，然后，我就去找了 David，但是他要求我把股权转给他，他才答应帮我。

"梵羽，我没办法，我不想看父亲辛辛苦苦打拼的事业落到李董事这帮人的手里，所以，我就答应了他，一开始，酒店的一切都在慢慢恢复，我就很放心，也就没怎么再管酒店的事，可我真的没想到，今天竟会这样。我也没想到，那李董事竟然突然出现，我想一定是 David 收买了他，想通过李董事将 BYT 吞并，梵羽，他们肯定是一伙的，之前李董事肯定是联合了 David 才敢这样做。

"可是现在，现在我引狼入室，搞得自己连反击的机会都没有，梵羽，现在真的只能靠你了。只有你能帮我把李董事赶出去了。"

米娅越说情绪越激动，她紧紧地拉住了谢梵羽的手，一遍一遍地恳求着。

谢梵羽听了米娅的讲述，原本被自己压制住的怒火，噌地一下又燃烧了起来，通过米娅的话，谢梵羽刚刚捋顺的思路再一次陷入了死胡同，如果按照米娅说的，李董事和 David 有勾结，才发生的这一切，这可以理解，但是张嘉栋肯定是有问题的，难不成张嘉栋也是 David 计划中的一部分？

谢梵羽的脑海中出现了各种可能性，但因为没有确切的证据，所有的猜想也只是推测，谢梵羽又将注意力转移回满脸憔悴的米娅身上，拍了拍米娅的肩膀："米娅，我一定拼尽全力帮你。"谢梵羽坚定地看着米娅，眼神中像是闪着火光。

"梵羽，你一定要小心，我想事情可能不会这么轻易地结束，你的处境也不容乐观。现在的 BYT 简直太恐怖了，我真的不希望你也出事，就算最后没能把 BYT 夺回来，我也不想让你受伤。"

谢梵羽听着米娅的话，有一丝哽咽："米娅，你太容易相信别人了。"

米娅看着情绪激动的谢梵羽，站起身来，紧紧地抱住了他，可在谢梵羽的背后，米娅的嘴角上却露出一丝邪笑。

谢梵羽将米娅安顿好后便回到了 BYT。

"Tony，用尽所有的办法给我找来关于 David 和张嘉栋的所有资料，这次，真的有一场硬仗要打了。"谢梵羽回忆着第一次见到 David 后发生的所有事，似乎这一切都是 David 计划好的，现在看来，他走的每一步都是那么有目的。

从他当初第一次来 BYT 入住，到接近岳然，这一切似乎都是在为今天做准备，但是令谢梵羽捉摸不透的是，David 到底和 BYT 有着怎样的关系，他才会费这么多的心血下了这么大一盘棋。

可是，Tony 方面对 David 的调查还没有结果，张嘉栋却又有了新的行动。

由于米娅被踢出了董事会，米娅副董事长的位置便空缺了出来，一时间，不少股东都跃跃欲试，想要顶替米娅的位置，参与到 BYT 集团的管理工作中，张嘉栋也因为这个在此召开了董事会，决定选出一个人来代替米娅，帮助自己。

"不好意思，最近总是麻烦各位来开会。"张嘉栋坐在桌子的正位，始终保持着他一贯的风格，看似谦虚地对在座的股东讲话。

谢梵羽观察着张嘉栋的表情，今天的会议对他来说也是意义重大，因为按照目前的发展局势来看，李董事是最有可能顶替米娅的位置参与到酒店的管理工作之中的，如果真的让这样的事发生，自己以后的路便只会更加难走，谢梵羽一边思考，一边观察着李董事和张嘉栋表情的变化。

"我知道，诸位都希望参加到酒店的管理工作中，为酒店的发展鞠躬尽瘁，但其实，我心里早就有了合适的人选。"张嘉栋脸上挂着一丝歉意。

"张先生，在你的带领下，酒店已经蒸蒸日上，想必，你心中的人选也一定有着不俗的能力，所以，尽管说出来吧，我想大家也都会支持的。"一个小股东顺着张嘉栋的话拍了拍马屁。

张嘉栋笑了笑："其实，这个人一直在为酒店的管理做着贡献，而且也一直有着出色的成绩，现在米娅小姐离开了董事会，而我对酒店集团的管理也不大精通，所以，我想提议——谢梵羽，谢总经理来顶替米娅小姐的位置，据我了解，谢总经理既有能力，又有经验，我想，如果他顶替了这个位置，咱们众股东日常的事务以及在酒店中的权益，也会有更好的保证吧。"

张嘉栋的话着实让谢梵羽吃惊，并且，谢梵羽无法想通这步棋的用意。

12 见龙卸甲

张嘉栋说完话将眼光扫向众人："看来，各位都没什么意见了？"

在座的大小董事都点了点头，又纷纷将目光投向了一旁陷入沉思的谢梵羽。

上一秒还在思考之中的谢梵羽感受到了众人投来的目光，脸上的表情瞬间由阴转晴，他缓缓地站起身来，脸上的笑意很明显："董事长的提议，真的让我有些受宠若惊，当然，我也同样感谢各位前辈对我的信任，既然大家把这个任务交给了我，我也一定努力不负众托，希望能尽我最大的努力维护好大家的利益。"

虽然不知道张嘉栋的用意，但在谢梵羽看来，此时他的提议对自己来说无疑是一个让自己重新把握 BYT 的绝佳机会，无论如何都要抓住。

"谢总经理的态度很让人期待啊，既然是这样，这件事就这么决定了，大家还有其他的事要说吗？"张嘉栋同样微笑着看着谢梵羽，只不过他那看似明朗的目光中，好像总像是透着一丝阴冷。

在各个董事交代了近期其他的工作后，董事会结束了。

谢梵羽满怀心事地回到了自己的办公室，一边为接下来新增加的工作做打算，另一方面不断地提醒着自己不能掉以轻心。

Tony 有些不放心："老大，这是什么情况？"

"我也在琢磨张嘉栋的用意，应该是来者不善。这个副董事长绝对不是好干的，想来第一步是离间我和米娅；第二则是把我架高再狠狠跌落；第三则是……"谢梵羽没再说下去，他想到的是张嘉栋对岳然一直的态度。

Tony 自是明白谢梵羽隐去的半句话，于是说："这种见招拆招总不是办法，怎么也要先和米副总解释清楚才好。"

谢梵羽点了点头，但米娅对他又有多信任呢？

这时，微信响起提示音，岳然发来一张 BYT 岛日落的照片，并配了一首陆游的诗：风卷江湖雨暗村，四山声作海涛翻。溪柴火软蛮毡暖，我与狸奴不出门。僵卧孤村不自哀，尚思为国戍轮台。夜阑卧听风吹雨，铁马冰河入梦来。

"铁马冰河入梦来！"谢梵羽的心中一阵温暖，看来 BYT 最近的动荡，所有人都有了感受，但在此时，能让 BYT 稳定的就只有他了。不管会面临什么，他都不能退缩。

其实，在 BYT 酒店集团中，谢梵羽总经理的位置是不可撼动的，现在忽然得到的副董事长的职务，不过是提升了他在董事会里的话语权。在尚不明确对手的动作时，他只能静观其变。

想明白这点，谢梵羽便不再纠结，低头看起营业报表，正要和 Tony 要前几日的数据时，传来敲门声："总经理！"

谢梵羽抬眼，是财务总监 Henry，便示意他进来，并让 Tony 先去忙。

Henry 进来便放下一摞报表，面露担忧地说："总经理，采购部的经理 Leron 被举报拿回扣。"

说完，Henry 拿出了一张进货单递给谢梵羽，接着说："是之前一直用的布草供应商举报的，说 Leron 做采购部经理的这三年间，一直都让其报价提高 3 个点，并返 5 个点给其做好处。原本这没什么，但因最近金融危机，Leron 要求降价的同时，返点却还提高了 2 个点，这让供应商很为难，多次沟通之后，竟被 Leron 一脚踢开，所以……"

谢梵羽对这种狗咬狗的事很反感，不禁皱了眉头："让 Leron 辞职，并将所吃回扣如数上缴，保有一份颜面，否则，起诉他，按程序走司法流程。这家供应商拉入黑名单，永不再用。"

Henry 有些为难地说："Leron 是李董事的侄子。"

"哼，我正是知道这一层关系，所以才说让他辞职，把回扣交回来。"谢梵羽看向 Henry，想起前几日财务部的动荡，于是说："还是你想有更大的动静？把采购部其他供应商和业务经理都换一遍？ Henry ！现在 BYT 想要的是平稳，就算你想整顿部门，现在也不是时候。"

Henry 连忙摇头："那几个不续签劳动合同的人都是有原因的，而如今，总经理也做了副董事长，我是觉得终于有机会好好清理一下蛀虫了，而且，只弄 Leron，更容易惹恼李董事。当然，如果，您觉得还不到时候，我就先放一放，也无不可，只是，不想放弃这么好的机会。"

"Henry，不要急功近利，我知道你受制于人并不舒服，但大刀阔斧还不是时候。"谢梵羽叹了口气，整个 BYT，最难弄的就是财务部，各个董事、股东都喜欢把亲戚塞进这个部门，导致这里乌烟瘴气。

Henry 只得无奈地点了点头，离开了谢梵羽的办公室。

次日一早，谢梵羽刚坐在座位上，李董事就找上了门。

"我说，谢总经理，你行啊，真有一手。""啪"的一声，李董事将手中的文件重重地摔在了谢梵羽的桌子上。

谢梵羽缓缓地抬头："李董事，这个时候你都不避嫌吗？"

"避嫌？我？你有没有搞错？你想把 BYT 搞垮，也不用这么明显吧，这个项目我一直在跟进，现在你随随便便签了个字说转让就转让了？"李董事一脸严肃地看着谢梵羽。

谢梵羽翻看桌面上的转让书，自己的名字在合同下方明显地签着，醒目又刺眼。

李董事说完便离开了房间，留下谢梵羽剑眉紧锁。

"嗡嗡……"一阵手机震动打断了思路，谢梵羽划开闪烁的手机屏幕，张嘉栋的信息映入了谢梵羽的眼帘。

谢梵羽看过简短的信息，便走出了办公室，来到了张嘉栋的办公室中。

"张先生，您找我。"谢梵羽礼貌地对张嘉栋点了点头。

"坐吧，谢总经理。"张嘉栋一脸玩味地看着谢梵羽。

"我果然没有看走眼，这段时间，虽然经历了米董事忽然离世、董事长易主，但酒店在谢总经理的管理下，临危不乱。"张嘉栋依旧春风满面。

"这也是 BYT 数年来的积累。"谢梵羽不卑不亢地回答道。

"哈哈哈，我们两个就不要在这里客气了，其实今天找你来是有事要和你说。"张嘉栋将手中的钢笔放在桌子上，把目光投向了谢梵羽。

谢梵羽回以自信的眼神。

　　"是马来西亚那边的公司有些事要处理，而且咱们一开始合作的项目也快竣工了，所以我不得不回去一阵子。现在正是旅游旺季，而且酒店的业绩也不断在上升，希望我走的这段时间，谢总经理能多多费心，我不希望我回来看到什么变化啊，而且我想对于一些风言风语，你谢总经理应该是能消化得了的。"张嘉栋说话时始终面带微笑，但谢梵羽却读出了他的笑里藏刀。

第十二章
紫色深渊

尼采说，当你凝视深渊的同时，深渊也在凝视着你，

当你与怪兽搏斗时，自己也可能变成怪兽。

也许结果是，得到了以前没有的，但也失去了曾经拥有的。

所以，是应该把怪兽彻底推翻走进另一个极端，

还是将深渊填满出现另一个深渊。

01 图穷匕见

谢梵羽回到了办公室，喝了一杯咖啡，依旧觉得脑子里乱哄哄的，索性在办公室里踱起步子。张嘉栋的话在耳边阵阵回响，同时李董事递来的文件也让谢梵羽深思，关于李董事所说的 BYT 的这个项目，他自然是知道的，那是在印度尼西亚的民丹岛开建海景高尔夫球场的项目。BYT 在民丹岛上的度假酒店有 30 年的历史了，原本是想重新装修的，但把当初买下的地一并开发，弄成海景高尔夫球场，会更有吸引力，只是资金上有些短缺。于是便先修建高尔夫球场。

可关于转让甚至是转让给 HLS 谢梵羽根本毫不知情，这些天接二连三的事故让谢梵羽感到了前所未有的焦虑，也让他嗅到了阴谋的味道——如果转让合同的签名被坐实，他将要面对的恐怕是自己根本无法承担的后果。

谢梵羽同往常一样，早早地来到酒店为每天的工作做准备，可刚来到办公室，却发现财务总监 Henry 站在自己办公室门口来回踱着步子。

谢梵羽看了他一眼，微笑道："早啊！"

Henry 看到谢梵羽，笑得有些勉强："谢总经理早。"

说完，便跟着谢梵羽来到了办公室中。

谢梵羽接了两杯水，将其中一杯递到了 Henry 面前，并投去了询问的目光。

Henry 顿了顿，将手中的文件放在谢梵羽面前："谢总经理，这边有一些文件比较急，所以，还麻烦您。"

谢梵羽点了点头，开始翻阅手中的文件。

过了半晌，谢梵羽抬头看着 Henry 说道："怎么冷气不够吗？"

Henry 的眼中闪过一丝紧张，用手轻轻地擦了擦额头上渗出的汗珠："没，可能今天的温度有点儿反常。"

谢梵羽对着 Henry 笑了笑，又将视线转移到文件中，正当谢梵羽翻阅着手中的文件时，突然一阵急促的敲门声打断了他们。

Henry 走过去开门，面前一队穿着制服的人，领头的人面无表情地说着："谢梵羽先生，我是监察专员署探员 Raymond，由于你涉嫌贪污，挪用公款，需要和我们回去接受调查。"

Henry 连忙侧身："谢总经理在里面。"

Raymond 有些难堪，但还是越过 Henry，走了进来。

谢梵羽已经站了起来，果然是阴谋！就这样揭开也没有什么不好，省得他猜来猜去了。

他走到 Raymond 面前："我是谢梵羽，我要先给我的律师打电话，然后再去协助调查。"

Raymond 点头："这是你的权利。"

这时，Tony 也赶来了，他连忙给谢梵羽的律师 Mark 打了电话。放下电话后，对谢梵羽说："Mark 会过去和你会合。"

谢梵羽点了点头，对 Raymond 说："可以走了。"

警车还算给 BYT 颜面，停在了后面的员工通道，但即便如此，员工还是有不少看到了总经理坐上警车的画面，其中就有苏珊。

苏珊愣了一下，想给岳然打电话，可又忍住了，在什么情况都还不知道就贸然让远在马尔代夫的岳然着急是无用的。她只得先走进办公室做交接班，刚走进办公室，就见前台经理也在，她正和夜班大堂经理用泰语说着："我觉得事情还不至于像你说的那么糟，但我们也不能不做打算，现在正好是旅游旺季，哪里都缺人，就是不知道职位上能不能找到更进一步的。"

经过一年多的工作，苏珊的泰语应该是同来之人中最好的了，她毫不费力地听懂了她们的对话，但依旧装作听不懂的样子，给自己冲了一杯速溶咖啡，慢慢搅着，慢慢喝着。

交完班，办公室里就剩下苏珊一人了，正准备离开办公室去大堂时，手机振动起来，上面竟然显示是彭阳，她一愣，还是接了起来。

彭阳的声音传了过来："苏珊，有件事，你们要注意，我的老板 David 先生拥有不少 BYT 的股份，都是近 3 个月收购的。我有种不太好的感觉，但说不清是什么，你是最聪明的，所以……"

挂了彭阳的电话，苏珊琢磨了下，便给 Tony 打了电话，将彭阳的原话转告。Tony 很快便从震惊中醒悟，连声道谢的同时，开始着手调查 David 的背景和动机。

面对这一切变故，苏珊的心理也是有变化的。一年多前，她是为了陆昊，放弃了去美国发展的机会，可陆昊不仅提出了分手，也离开了 BYT。她本想着至少还有岳然，友情也可以支撑她把第一份工作做满三年，赚够了资历再走。可是岳然比她顺利得多，不仅职位比她升得快，还得到了总经理的爱情……

原本以为就是这样了，但现在，BYT 正是"乱世"，乱世就是英雄辈出之时，苏珊已经有些懈怠的心又重燃起来，该努力的时候就不能随波逐流。

来到了监察专员署，谢梵羽一言不发，坐在冰冷的板凳上，保持着沉默。

Mark 还没有到，专署的探员便让谢梵羽先在一间禁闭室里等候。幽暗的空间里，谢梵羽没时间抱怨，而是迅速回忆着最近这段时间发生的事情。也想着探员在带走自己时说的话——贪污挪用公款！

这是要让自己职业生涯尽毁的节奏，谢梵羽仔细思索着能和这陷害沾边的事和人。正在铁板凳上思索着，禁闭室的铁门哗啦一声打开了，一个穿着制服的身影出现在他的面前，Mark 也跟了进来。

这探员把 Mark 让了进来，便将卷宗往谢梵羽面前一放，冷漠地说："给你们 10 分钟的对话时间。"说完就守在了一旁。

Mark 坐了下来，打开卷宗，并对谢梵羽说道："刚才 Tony 给我打了电话，说是 David 收购了不少 BYT 的股份，你可知道？"

"David？"谢梵羽仔细搜索着脑海中有关这个名字的一切。有什么从脑中一闪而过，却很难抓住，紧锁了眉头，忽然想道："他和张嘉栋的关系不错，有没有一种可能，他把张嘉栋推到前台，他在幕后操纵？可他的目的是什么？他是谁？"

Mark 点了点头："我马上去查！咱们先看看现在你牵涉其中的案件。其实并不复杂，就是你签署了转让协议，你的账户上出现了一笔一千万泰铢的所谓回扣。打款的是境外网络账户，需要一些时间查证。这段时间，你什么都不用说，交给我。"

谢梵羽点了点头，他和Mark是自小的玩伴，还是信得过的。但他也伸出手："我要看看卷宗。"

Mark推了过来，谢梵羽一字一句地看着文件中的内容，阅读完毕之后，额头上青筋有些显露，这种明目张胆的陷害，如果不能尽快找出幕后之人，以及对自己有利的证据，牢狱之灾是难免的，这是他职业生涯中的第一次，更是他人生中最没有把握的一次，因为，连对手是谁都还不能确定……

02 始终相信黄昏最后会有灯亮起

谢梵羽看过文件后，将身体向后靠："这不是我签的字，如果比对笔迹是很容易发现的。只是，这样假的东西都能送来监察专员署，那背景一定不简单。"

"我也是这么想的。"Mark说道，"要和伯父打个招呼吗？"

"暂时还不要。"谢梵羽连忙摆手，父亲是个做事狠绝的人，如果让他知道有人陷害他儿子，那一定是要采取霹雳手段的。

"好，那我先去查David的背景。另外，既然是和HLS有牵连，要不要……"Mark想问要不要去找白玲珑。

"不要，绝对不要。"谢梵羽自然知道Mark想说的是什么，断然拒绝。他其实在心里怀疑的就是白玲珑，只是不知道她的底牌，更不知道她和张嘉栋、David有没有什么交易，一旦贸然去求，必然失去谈判的筹码。而且，他不想去求，不想和她有任何牵扯。因为一旦牵扯，必然不清，必然甩不开。

Mark摇了摇头："不管你想不想去找白玲珑，这件事都与她有关了。毕竟BYT把一个势必盈利的项目已经转至HLS了，你觉得她扯得清？"

看着Mark的眼睛，谢梵羽皱了眉，他显然有些误会自己和白玲珑，于是，谢梵羽连忙说："我与她没有交易，也不想再有任何牵扯。"

"可是Tony和我说了，白玲珑对你是有企图的。"Mark索性先捅了出来。

谢梵羽叹气，Mark理解地说道："会不会是洪家？他们知道了什么，或是使用的手段，毕竟洪敏业这个老头手段也是非凡，而且，和你母亲曾有……"

谢梵羽陷入了沉思，Mark 也不逼他。良久，谢梵羽做出了决定："再等两天吧。我不想总是被动。"

Mark 点了点头："那你在这里就当放松几天吧。"

送走了 Mark，监察专员署的探员也没有为难或是提审谢梵羽，只是将他关进了拘留所。坐在狭小昏暗的空间里，谢梵羽已经没有了一开始的紧张，亦如 Mark 所说，就当放松几天。

BYT 曼谷中心酒店里的情形却是人心惶惶，总经理被带走，员工们尚且还能坚守岗位，坐不住的却是那些中高层了，毕竟这意味着要有变动，而之前的站位将决定他们的去留升降。所以，只见员工在忙碌，而管理层不是在开会，就是在找猎头。

Tony 急得犹如热锅上的蚂蚁，作为总经理助理，有总经理的时候，他还有些职权，总经理不在，他就形同虚设了。好在这时米娅休假归来，虽然没了副董事长的身份，BYT 副总的职位还是有的。

可米娅回来的第一天，便是让 Tony 将谢梵羽这一年来签署过的所有文件都整理出来，这并不是好兆头，Tony 欲言又止。

米娅冷笑道："你想救梵羽，我也想救，所以按我说的，去整理。"

Tony 却从米娅的眼里读出了怨气，他答应了，回到办公室，却迟迟没有打开文件柜。

这时，Mark 给他打来电话，两人约在了离酒店不远的咖啡厅见面。

"我已经见过梵羽了，也看过监察署提供的卷宗，还是有不少漏洞的，现在需要你找出一切和这件事相关的人，并且了解情况。梵羽的意思是想等，可这种事拖得久了会人心浮动，所以，我想这个时候能帮他的也就只有你了。"

Mark 走后，Tony 的大脑迅速运转，对于谢梵羽，他自然是相信的，可对于 BYT 与 HLS 之间的转让合同，牵扯到白玲珑，他就知道事情没那么简单了。而且，梵羽想等的原因，他也是理解的，白玲珑之前干的那些事，哪件是正大光明的？

而在马尔代夫的岳然，也得知了谢梵羽被带走协助调查的消息，陷入沉思。高层的事，她不太清楚，但她相信谢梵羽的为人和做事原则。思前想后，觉得自己这个时候绝对不能乱了阵脚，不出差错才是对的，所以，更加努力地工作。只是，没有想到，张嘉栋会来。

这天，岳然一如既往地开始了一天的工作，先看了交班日志，然后去客房检查即将入住的客人房间准备工作。

刚到别墅区，便看见张嘉栋从负责码头接送的电瓶车上下来，自从他成为BYT 的董事长后，每次再来，都不需要通过预订部了，也不需要安排管家了，所以，管家部没有收到接待单也是再正常不过了。但这个时候看到他，岳然还是有些惊讶的，毕竟他是董事长，BYT 的总经理有事，他还能这么淡定，是胸有成竹还是其他，就不得而知了。

"早，董事长！"不管怎样，招呼还是要打的，岳然微笑着。

"早，Lenka，今天心情可好？"张嘉栋见到了岳然，脸上露出了一丝喜悦。

面对张嘉栋的热情，岳然的脸上维持着微笑："我很好，谢谢董事长的关心。"

"哦？我以为你会为谢总经理担忧呢。"

"并不，因为我相信他。"岳然连忙回答。

过快的回答，反而泄露了她在担忧，张嘉栋笑了笑："我也相信谢梵羽。"

"真的？"岳然听到，长出了口气。

"只是……"张嘉栋停顿了一下，"证据对他不利，又牵扯上 HLS，使得 BYT 的董事们不满。而且，白玲珑到底要做什么还不得而知。"

岳然抬眼看向张嘉栋，他的眼神除了坦白真诚，看不到其他，可明明又是话里有话。岳然毕竟年轻，又没经过这些事，终于沉不住气问道："白玲珑会做什么？"

张嘉栋皱眉："如果她想要的是谢梵羽呢？"

"不……不可能吧？她已经结婚了。"岳然惊讶得不知道说什么好，而且这些疑问本就在她心里，如同一根尖刺。就算经历不够，揣摩不到人心，但女人的直觉还是敏锐的，她知道白玲珑对谢梵羽的志在必得，虽然只在英国见过一次，但这种危机，她早就接收到了，所以，她才想努力进步，站得更高一些，可现在，她还有没有这个机会？

张嘉栋看出她的犹豫，淡淡一笑："如果你相信梵羽，就该把这些交给他去处理，如果他处理不好，也就没有资格给你任何承诺。"

岳然再次看向张嘉栋，张了张嘴，还是选择了沉默。

张嘉栋转过身，看向不远处的大海："BYT 也会出面，力证谢梵羽的清白的。"

"谢谢你，董事长。"岳然感激地说道。

无比真诚的感谢，却扎心了，张嘉栋叹了口气，这感觉他并不喜欢，索性摇了摇头："去忙吧。"

岳然离开了，看着她的背影，张嘉栋一时有些犹豫，他对她是真的心动了吗？

03 能帮他的人不是我

查完房，岳然回到办公室，Addy 已经在等她了，她交上了辞职信，并说："Lenka，我上完下周的班，想先休年假和倒休，这样正好够一个月了。"

岳然收下辞职信点了点头："可以，谢谢你在 BYT 的付出，手续等你休假回来办吧。"

Addy "嗯"了一声，便走了出去。岳然深吸了一口气，这样也好，副经理的职位上还有 Bunny 在，之前设立两个副经理其实是没有必要的，毕竟管家部的工作与其他部门不同。

刚把 Addy 的辞职信放进抽屉里，宁佳佳就走进来了，冲着岳然一笑："然然，Addy 提出要走，你这么轻松就放人了？"

"心都不在了，留人干吗？"岳然拿出一袋咖啡递给宁佳佳。

"但是你不怕她带个不好的头，大家都提出要走怎么办？"

"你当是上学呢？这是工作，需要自己对自己负责，没找好下家，说走就走的你看看有没有？你就不能走点儿心？"

"我当然是走心了，因为 Addy 从你这里出去，就和她那几个狗腿说了。"

"那你看看她们会不会也提辞职再说吧。"

"不过，然然，Addy 走了，空出来的位置，我可不可以争取一下？"

岳然一愣，刚才还在想把这个副职去掉，而现在宁佳佳提出来，反而让她迟疑了，如果宁佳佳上来，用好了就是自己的左膀右臂，可宁佳佳会不会……岳然连忙摇了摇头，防范别人超越自己，不如自己努力上进。

可宁佳佳一看岳然摇头，心下一凛。岳然收回神说："你有这样的目标很好，我会给你提交升职报告的。"

"真的？"

"当然！"岳然的眼神清澈。

"那你刚才怎么摇头？"宁佳佳问得直接。

"噗！"岳然笑了出来，"我是想到了别的。"

"好吧！对了，张董来了？"宁佳佳又问，张嘉栋成为了 BYT 的董事长，这绝对出乎很多人的意料，也让她重燃了一点希望，岳然可以和总经理走到一起，她凭着自己的一腔热情，怎么就不能走近张嘉栋呢？就算不能，也不枉自己努力过。

"你不是吧？"岳然叹气，"我觉得你还是努力工作吧，他来意不善，真的。我不想你受伤，更不想你成为我的对立面！"

"这么严重？"宁佳佳收了戏谑的表情，"你是说总经理进去和他有关？"

"我不确定。"岳然连忙摆手，"去忙吧。"

宁佳佳看了岳然几眼，虽然心有疑虑，但还是走了出去。岳然所说的张嘉栋来意不善，有一瞬间在她的脑海里就是张嘉栋要和谢梵羽争岳然。这个念头吓了她一跳，宁佳佳使劲摇了摇头，如果真的是这样，她这样岂不是成了跳梁小丑，怎能让人甘心呢？可不甘心又能怎样呢？再想想刚才岳然的表现，明显就没有想到要提拔自己做副经理，如果要是自己不提，肯定不是自己。也许，在岳然的心里，自己并没有那么优秀，更不是她的对手……

宁佳佳走了，岳然的手机上显示出一串陌生号码，但是来自曼谷，她犹豫了一下接了起来，竟然是米娅："Lenka，我想现在梵羽需要你，我也需要你，你请几天假回曼谷好不好？"

岳然思索了一下说："我觉得我帮不上什么忙，还是应该做好自己的工作才是。"

米娅一愣："没想到你能这么理智，岳然，如果是我，我肯定做不到。"

岳然黯然，其实是因为她自己的实力还不够，根本也帮不上什么忙，Tony给她打电话的时候也说了，现在的谢梵羽除了律师，谁也见不到，所以，她很清楚自己应该做什么。

可是总有人想让她去曼谷，就如此时，岳然刚放下手机，电话竟然又至，还是来自曼谷的陌生号码。

接起时，是她意料不到却也在情理之中的人——白玲珑。

"岳小姐你好，我是白玲珑。"简单又有恃无恐的介绍让岳然坐直了身体应对。

"您好，白女士。"

"哈！"白玲珑觉得可笑，别人喊她白女士，她从来不觉得什么，偏偏岳然如此说，就是觉得刺耳。

"岳小姐！听闻梵羽出事了，而现在，只有我能帮他。"

"然后呢？"

"我想提个要求！"

岳然沉默，心中却有一丝惧意，如果她让自己和谢梵羽分手怎么办？

白玲珑也不在意岳然是想听还是不想听，继续说道："我想请岳小姐这段时间不要关注这件事的进程，因为我想帮梵羽，定是会拿出一些岳小姐不想知道的东西来证明梵羽的清白。"

没想到白玲珑的要求是这样的，岳然愣住。

白玲珑就当她同意了，已经挂了电话。

这也许就是这个女人聪明和高人一等的地方吧，岳然叹息，她不逼迫自己离开，甚至以关心的姿态让自己不要介意她将要采取的行动，除了同意，她又能做什么呢？

挂断岳然的电话，白玲珑手中的红酒杯打着转："终究还是只有我能帮你。"

但她并不急，时隔两天，白玲珑才让HLS的法务找到和谢梵羽签署的那份合同。

白玲珑拿着合同仔细地端详着上面谢梵羽的签名，仔细分辨，还是可以看出模仿痕迹的，她轻轻敲敲桌子，想着对策。

而此时，Mark的办公室里，来了一个不速之客——Henry。

Henry开门见山地说："我知道陷害总经理的人是谁。"

04 摊牌

又过了两日，白玲珑一如既往地来到 HLS 的办公室，和助理 Linda 要了两杯黑咖啡，便低头看昨日的营业报表。正值旅游旺季，出租率在 97%，已经是很好的成绩了。

Linda 端了两杯黑咖啡进来，有些奇怪："昨晚没有休息好？要两杯黑咖啡？"

"不是，一会儿董事长应该会来！"白玲珑轻松地说着。

Linda 一愣："董事长会来？他都两年没来过了吧，怎么忽然要来？"

"他再不来，HLS 就要易主了，不过，就算他来了，又能如何？"白玲珑毫不在意地笑笑："去吧，今早的晨会你代我去就好。"

Linda 点了点头，转身走了出去。

白玲珑端起自己面前的黑咖啡，抿了一口，苦味中带着微酸，而且回味中酸味会加重，亦如她此时的心情。

原本不想这么早和洪家撕破脸，但是他们还是对谢梵羽动手了，这就触碰了白玲珑的底线，是她不能容忍的。

正如白玲珑所料，HLS 的董事长洪敏业在她刚喝了一口咖啡的时候，就到了，被 Linda 请进来的时候，白玲珑打量了一下他，阴沉的面色加上久耽声色犬马的虚弱苍白，让洪敏业整个人都显得阴冷狠绝。

白玲珑忍不住暗中发笑，洪家真是奇葩绝配，老爷子是万花丛中过，儿子却是个 GAY。

洪敏业一走进白玲珑的办公室，便让 Linda 出去并关好门，再走近白玲珑，脚步加了力度，想形成逼视的气势，可是白玲珑只是站了起来，微笑着说："您来了！"然后继续喝咖啡。

在商场中浸淫久了，洪敏业自然明白白玲珑这是胸有成竹，于是冷静下来，点了点头："太久没来了，听闻有人把我的信任当成玩弄 HLS 的筹码了，这可让人不能身心愉悦了，玲珑，你说是不是？"

白玲珑将手中的黑咖啡一饮而尽，笑着看向洪敏业："这个时候，您和我讲情义？我倒是不懂了，当年您让我签那协议时，难道没想过会有今天？"

"怎么？那协议是我逼你签的？你在洪家这些年，我们有亏待过你的地方？白玲珑，做人做事皆要留后路，我劝你斟酌好。"洪敏业听了白玲珑的话，怒上心头，可面上却愈发凝重了。

"好啊，既然您都已经这么说了，那就没什么好谈的了，协议虽然还差个一年半载到期，但我和您那不争气的儿子也是走到头了，这是离婚协议，我想你儿子等得应该也很煎熬了吧？"白玲珑将早已准备好的离婚协议推到了洪敏业的面前。

洪敏业淡淡一笑："玲珑！单方面撕毁协议，你该知道后果的，何必这么冲动？难道是因为谢——梵——羽？"

"是又怎样？"白玲珑笑着，"不是又怎样？区别很大吗？"

洪敏业冷笑："离婚？你想都别想，我们 HLS 的股权，你就想这么轻易地搞到手？简直是做梦！"

"哦？"白玲珑收起了笑容，无辜地问，"什么叫你们 HLS，若不是当年你陷害我家破人亡，我怎么会轻易就同意你的协议？若不是我在 HLS 苦心经营这么多年，HLS 会有今天？洪敏业，你未免想得有些太简单了吧。"

洪敏业听着白玲珑的话，心下一凛，眉头一紧："我何时害过你？"

"呵！也是，白玲珑的名字你是不会想起什么，但如果我说我是兰悌·卡纳苏塔呢？"

听到这个名字，洪敏业跟见了鬼一样，眼睛瞬间瞪大："什么？不可能！"

"为什么不可能？你以为我们家死绝了？也是，你们当年用了那么卑劣的手段从我父母的手里夺走了 HLS，自然是要赶尽杀绝的，只是没想到我会改名换姓吧？原本，我也没想着能复仇，只想着在 BYT 和谢梵羽平平淡淡地一生，但你们既然给了我机会，我又怎么能不珍惜？"

洪敏业听着白玲珑的话，头皮阵阵发麻，他没想到那个当初自以为明智的决定，会给今天埋下这么深的祸根！更没想到事情会如此的巧合，千算万算，找来的人竟是卡纳苏塔家的人，这是何等的离奇。

但是，洪敏业毕竟是经历过大风大浪的人，很快便镇定下来，故作沉痛地说："玲珑，那些都是上一辈的恩恩怨怨，可我真的没有对不起你的地方，甚至连 HLS 的经营权都交给了你，我们有什么是不能商量的呢？"洪敏业没了刚刚的强硬，态度也软了下来，用商量的语气对白玲珑说着。

白玲珑摇了摇头："是吗？只不过有些晚了，现在不管做什么，都没法挽回了，你不知道这些年我都失去了什么，像你们这种人，永远不会懂。"

"好啊，我看你真是冥顽不灵了，如果你真的要离婚，你别想从我们洪家拿走一分一毫！"事已至此，洪敏业见没了商量的余地，便对白玲珑摊牌。

白玲珑嘴角露出一丝冷笑："好啊，我倒是要看看，到时候谁会拿不走一分一毫，对了，不知道你那个什么互联网公司的投资资金有没有收回来，我看公司的账面，你们可能只剩下那一点儿钱了吧。"

"什么！你又搞了什么鬼！"洪敏业腾地一下从椅子上起身。

"看来你还不知道啊，你投资的那家互联网公司好像已经快清盘了，我想你如果想留点儿钱养老的话，我建议你还是把钱撤出来吧。"

"哦，还有，关于离婚的事，越快越好，如果 7 天之内不能解决，那我就只能靠这些来帮我了。"白玲珑说着将一沓照片放在了洪敏业面前。

洪敏业看了眼前的照片，猛地咳嗽了几声。

"看看你的宝贝儿子吧，这些都是他和他男朋友真正幸福的样子，我等你的消息。"说完白玲珑便起身，离开办公室前，她回头说："关于 BYT 的转让合同，这么明显的套路，我想您早就知晓的，只是他们造假造得漏洞百出，如果不想承担伪造合同的法律后果，我劝您尽早撤回，免得更难堪。"

说完，白玲珑走了出去。

洪敏业又坐了下来，看着窗外明媚的阳光，他的心却凄凉得可以。

05 水深火热

"警官，这是一场误会，我们 HLS 真的没有过任何对 BYT 的收购，甚至合作计划，所以我想，关于这份转让合同应该另有玄机。您也知道商业场上难免有一些明争暗斗，我想谢总经理应是遭人陷害吧。"

白玲珑的出现，让案情有了新的转机，但探员听过白玲珑的话，脸上有明显的失望，原本马上结案的案子，就这样被截和了，这段时间的奔波也就白费了，但既然 HLS 的总经理都已经出面证明，便没有任何理由继续关押谢梵羽。

于是，探员无奈地看着白玲珑："好吧，白总，我想如果您能够早一点儿出现，也许我们的见面会更愉快。"

"我想，您接下来还会有得忙的。"Mark 的出现打断了二人的对话。

那警官一脸疑惑地看着 Mark："这话是什么意思？"

Mark 对着探员礼貌地笑了笑："我们已经找到了陷害谢总经理的人，而且也掌握了证据，不知道这些能不能对您有所帮助。"

那警察接过 Mark 递来的 U 盘，打开 U 盘，其中的视频将 BYT 的李董事和 HLS 的苏克董事见面的过程记录了下来。

那警察看过内容后，见案件又有了新的着落，笑了笑："看来，谢总经理确实是被冤枉的，好了，你们回去等消息吧。"

终于，在第二天，谢梵羽被无罪释放，虽然所有的冤屈被洗清，但当谢梵羽了解了事情的经过后，并没有开心起来，反而脸色变得更加难看。

"老大，不管怎么样，这次真的多亏了有白玲珑的帮忙，不然一切不会进行得这么顺利。"

谢梵羽坐在车里，听着 Tony 的话，心中却转得飞快："借由我，把李董事也踢出董事局，加上之前的米娅，他们还真是好手段。"

Tony 点了点头，确实，张嘉栋的手段可还不止这些呢，但他还不知道怎么和谢梵羽说，只能说："老大，接下来，您有什么打算？"

谢梵羽不吭声了，事到如今，他还能如何？主动权已经不在自己手上了，辞职会被说成心虚、是引咎辞职，不辞就要看张嘉栋的脸色；而东南亚的酒店业内不知现在都传成什么样了，进退两难！

收到 Tony 的微信，岳然自然是开心的，犹豫了片刻，还是向客务总监提出调休两天的申请，想去曼谷看看，Lucas 很爽快地批了她的调休申请。

岳然立即订了往返曼谷的机票，原本想给谢梵羽一个电话，但又想着给他一个惊喜，索性就不告知了，只收拾了一个简单的背包，便出了宿舍。

来到码头等水上飞机的时候，遇见了张嘉栋和宁佳佳，看到背包的岳然，宁佳佳一愣，说："张总要回去了，你这是……"

"我去曼谷！"岳然洋溢着发自内心的笑。

这笑容在张嘉栋眼里有些刺眼，他便转过头去看缓缓降落的水上飞机。谢梵羽被释放，他当然早就得到了消息，这些本就在计划之内，但现在看到岳然开心的笑脸，还是心里不舒服的，比小时候被抢走糖果要难受百倍。

宁佳佳立即反应过来，笑着说："好呀，代我向苏珊问好，对了，方便的话给我带些东西回来，我回去就给你列单子。"

岳然笑着点头，心中很是感慨，宁佳佳还是成熟了不少的。

谢梵羽被 Tony 送回家后，先倒了一杯威士忌，加了些冰块，一饮而尽后按了按疼痛的太阳穴，走向淋浴间。在检察署里待了不长不短的 8 天，一身的晦气还是要清洗的。

洗过澡，困意袭来，8 天来，睡眠的时间加起来都不足 20 小时，脑子总是在运转的，睡也睡不踏实。终于回到了家，总算是可以放松下来。很快，谢梵羽便进入了梦乡。

谢梵羽是被一阵刺耳的门铃声吵醒的，第一时间拿起枕边的手机，已经是晚上 8 点了，翻身坐起来，醒了醒神，门铃一直响着，他只好整理好睡衣走出了卧室，去开门。

门外站着的白玲珑松了口气，谢梵羽一愣："玲珑？该我去当面致谢才是，你怎么过来了？"

"你来谢我，和我来看你，有什么区别吗？梵羽！不要和我这么见外。"白玲珑满眼的温柔。

谢梵羽躲避着白玲珑的目光，轻轻地摇了摇头："最近经历的事太多，我可能需要休息。"

"这可不像你！打算放弃了吗？"白玲珑站在门口，见谢梵羽没有相请的意思，也没恼。

"当然不会，只是我需要时间来找到头绪，现在这种混乱的局面，还是要有应对才是。"谢梵羽的目光越过白玲珑，最终落在电梯面板上变换的数字。

白玲珑看着谢梵羽笑了笑："也对，毕竟最近发生的事确实有些突然，歇一歇也好，正好也有一件事告诉你。"

谢梵羽听着白玲珑的话没有太大的反应，只是礼貌性地回应着。

"梵羽，我终于自由了，我和洪家彻底断了关系，以后只要你需要我，我就会站在你的身边。"白玲珑说话时，语气有些激动，毕竟除了她自己以外，谢梵羽是第一个知道这个消息的，同样，白玲珑也期待着谢梵羽给自己的答复。

谢梵羽愣了一下，说道："白总，真的感谢你这次帮我，对于你和洪家的关系，我只能说，你开心就好，但，我想我们之间……"

"这些话你先不用讲，我知道你要说什么。我和你说这些，也没有别的意思，我只是告诉你我的状态，只是这样。"白玲珑嘴上逞强，但心中却像是被狠狠划了一刀，她之所以打断谢梵羽的话是因为不想在这个时候听到谢梵羽的拒绝，而且在白玲珑的心中，只要谢梵羽一刻不说，那么他就是属于自己的。

"来吧，庆祝我重归单身。"白玲珑举起手中的酒，"我真的很想你陪我庆祝一下，这 5 年，我太难了。"

谢梵羽微微皱了皱眉，身子没动，他不想和白玲珑扯上任何关系，她恢复单身，那是她的事，与自己何干？

就在这时，电梯的门打开了，岳然满心欢喜地从里面走了出来，看到门口站着的两个人一愣，手中的购物袋掉了下来，青菜、水果掉落一地。

06　心甘情愿

谢梵羽快步走了过来，一把将岳然揽在怀中，没有什么比此刻见到心爱的人更让人高兴的了。

白玲珑踉跄了一下，手中的红酒瓶变得异常沉重，看着相拥的两人，她再没有留下的理由，快速上了电梯，狂按着 B3 停车场的按键，眼泪滑了下来，落入笑着的嘴中，咸涩的泪水流向了心中。

感受着岳然发间的香味，谢梵羽在她的头顶落下一吻："见到你好开心，真的，然然。"

经历了冰火两重天的岳然只是轻轻推开谢梵羽，蹲下来，收拾地上的一片狼藉。谢梵羽也蹲了下来，大包大揽地收拾好，把岳然拉起来，往屋里走："去洗个澡吧，一路赶来辛苦了，我来做饭。"

岳然拉住谢梵羽的手："她怎么回事？"

看着岳然微红的小脸，以及眼底的笑意，谢梵羽也笑了："你生气了吗？我也是被吵醒的。"

岳然嗔怪:"我当然生气啊! 辛苦赶来,你第一个看到的女人竟然不是我,帮到你的女人也不是我……"

谢梵羽再次拥住她,额头顶住岳然的额头:"对不起,是我的错,让你担心了。"

闻着他清爽的漱口水味道,岳然仰起脸,亲了他的脸颊一下:"你是被陷害的,我知道。"虽然很想问接下来要怎么做,但她还是忍住了。

谢梵羽凝视着岳然,低头小心翼翼地吻住她的唇。

良久,饥肠辘辘的声音让两人分开,谢梵羽拍了拍岳然的额头:"快去洗澡吧,我去做饭。"

等岳然洗了澡出来,一身清爽,看到厨房里忙碌的身影,悄悄走过来,环住他的腰,脸贴在他的后背上,轻轻地说道:"白玲珑之前给我打过电话!"

谢梵羽一顿:"说了什么?"

"她让我不要太关注这段时间的事情,她会拿出一些我不想知道的证据。"岳然说得有些犹豫。

谢梵羽沉默了,不是他不想解释,而是无从讲起。

好在咖喱蟹的香味已经飘了出来,两人也确实饿了,只是刚吃了两口,门铃再次响起。

已经9点多了,又会是谁? 两人对视一眼,谢梵羽又吃了一口米饭,才站起身来:"谁呀?"

应答的只是更为急促的门铃声。

岳然也站了起来,担心地跟在谢梵羽身后,谢梵羽回给她一个微笑。

打开门,失魂落魄的米娅站在门口,还显然淋了雨。

"下雨了? 怎么这么狼狈?"谢梵羽把米娅当惯了妹妹,自然流露出担忧和责备。

米娅看到谢梵羽时,眼中的泪水滚落,和发间的雨水融为一体,可当看到他身后的岳然时,神情一暗,整个人就倒了下去。

岳然和谢梵羽都是一愣,谢梵羽伸手扶住米娅,触手极烫:"她发烧了,然然,我先送她去医院,你吃了饭就先歇下吧。"

岳然摇头,进去拿了手袋,换了鞋跟出来。

到了医院,一阵忙前忙后,米娅其实已经醒了,但只是默默流泪,等确诊了是肺炎，转入病房后，才拉住谢梵羽说："对不起！梵羽，是我引狼入室！"

说了这句，她又不肯说了，岳然自是明白，她不想自己知道，于是转身走出病房。

等米娅入睡后，两人才离开医院，午夜的曼谷，有些许的凉风。谢梵羽拂了下被风吹乱的岳然的发，除了相伴左右，享受这一刻的静谧和心意相通，别无他求。

夜——缠绵迷醉，昼——无奈别离。

谢梵羽醒来时，闭着眼去触碰身边，却空无一人，仿佛昨夜的缠绵只是一场黄粱美梦，他一下子坐了起来，在屋里寻找，岳然已经走了，留了一张纸条，说是工作上尚有事情处理，打手机已经关机了。

"Tony，帮我查下岳然是否回了 BYT 岛。"挂了电话，谢梵羽又陷入沉思，昨晚米娅说的话再次翻出来，句句扎心，米娅说自己是受了 David 的暗示，听命于张嘉栋，也找了白玲珑。David 又是谁，他的真实身份是什么？目的何在？而岳然是否在门外听到这些？这一夜的缠绵又算什么……

是的，岳然都听到了，此刻，她坐在飞往马来西亚吉隆坡的航班上，心里眼里除了感伤，还有一份坚定。

走出吉隆坡的机场时，一眼就看到了一身休闲装的张嘉栋，他对着岳然挥手："没想到你会突然答应过来，怎么？发生了什么吗？"

岳然听了张嘉栋的话后，眼圈一红，面上却强装镇定："董事长，您是误会了，对于总经理，我想我已经不用再担心了。"

张嘉栋转了转眼睛，不明白岳然此话的用意，便接过她的背包："怎么？吵架了？"

岳然摇了摇头："能帮他的人不是我，面对总经理发生的一切，我是那么的无能为力，而我跟白玲珑相比，不过是蝼蚁一般，不得不妥协。事情发生了这么多天，我想我也应该醒了，我和总经理之间不过是一场梦，无论之前多么美好，可面对残酷的现实，我始终是敌不过的。我不想每天都活在煎熬之中，也许，我是该放手了。"

张嘉栋凝视着岳然，听着她的话，脸上的表情也由疑惑转为敬重和怜惜，他将手中的咖啡递到岳然面前："人这一辈子，所有的感受，都是自己一步一步地走出来的，你现在能这么想，其实未尝不是一件好事，起码今后的生活是自己的，有些事既然留不住，那又何必强求，有时候放手之后，得到的也许比之前的多得多。"

岳然接过张嘉栋递来的咖啡："呼！说出来后，感觉真的好多了，董事长，谢谢你。"

张嘉栋看着岳然的样子，仿佛自己第一次见到岳然一样，眼神一时间无法从岳然的身上移开。

"董事长，您放心，我以后一定会努力的，像你说的一样，毕竟生活是自己的。"

张嘉栋淡淡一笑："对于你工作的态度，我一直是放心的，只是你还需不需要再放几天假？"

岳然对着张嘉栋笑了笑："如果可以的话，3 天假期会不会很过分？"

张嘉栋摆手："当然不过分。"

亲自送了岳然来到 BYT 和栋梁集团合作的度假村项目，岳然看着熟悉又陌生的这里，而张嘉栋一直在看着岳然。

昨天到底发生了什么，让岳然一下做出这个决定？表面坚强，掩饰着内心的伤痛，他想拆穿，却又有些心疼，更多的是迟疑和害怕……

放下行李，张嘉栋告辞离开，岳然躺在舒适的床上，感受着自己疯狂跳动的心脏，长长地出了一口气，但愿自己做出的决定是对的！

07 无间地狱

Tony 很快就查出来岳然的机票已经改签，是飞往吉隆坡的。谢梵羽听完汇报，内心颇受煎熬，岳然的潜台词他懂，她一定是听到了米娅说的话，可是就这样去接近张嘉栋也太草率、太冒险了。

谢梵羽立即前往机场，并让 Tony 订了去吉隆坡的机票。一路上，他都在给岳然打着电话，可手机一直没有开机，焦躁让他失去了往日的镇定，他真的怕岳然做出什么傻事。

　　两个小时的飞行就是两个小时的煎熬，落地时已是下午 5 点，谢梵羽坐了出租车赶往即将开幕的 BYT 度假村，岳然的电话还是没能够打通。

　　在大堂中坐了片刻，岳然和张嘉栋便出现在了谢梵羽的视线中，他将报纸举高了一些，挡住自己的脸，暗中观察着岳然的神情，她显得还算轻松。

　　两人说着话，从他面前经过。

　　"这里的主厨是从米其林餐厅特邀的，味道还不错吧？"张嘉栋问道。谢梵羽觉得幼稚，撇了撇嘴。

　　岳然回答道："味道很好，西餐应该是这样，我更关心的是马来菜和泰餐的厨师水准。毕竟这才是 BYT 的根本。"

　　岳然的话，让谢梵羽的唇角微微扬起。见两个人走出了大堂，他收起了报纸，也站起来跟上。一路上，谢梵羽一边隐蔽着自己，一边观察着两个人的样子，当两个人走进咖啡厅后，谢梵羽便直接去了宿舍区等岳然回来。

　　从岳然的态度上，谢梵羽已经看出她的目的和企图，那张嘉栋那么精明的一个人怎么会看不出？

　　入夜，谢梵羽在宿舍外的花园里来回踱着步子，良久，才听到一串叮咚的高跟鞋的声响，转身，花径处，岳然袅袅走来。

　　谢梵羽站直了身子，等在那里，岳然也看到了他熟悉的身影，顿了脚步，对视了一会儿，岳然才犹豫着向谢梵羽靠近。

　　谢梵羽数着她的脚步，直到近在咫尺。

　　"总经理，我……"岳然刚想开口，突然被谢梵羽紧紧地抱在了怀中。

　　"然然，你不必说，我都懂，我知道你想利用自己接近张嘉栋，但然然，你知道你这么做，我的心有多痛吗？"谢梵羽的情绪在这一刻完全倾泻出来，他一边说着，也一边将怀中的岳然抱得更紧。

　　而岳然，虽贪恋着谢梵羽的拥抱，但很快，她便用力地从谢梵羽的拥抱中挣脱出来，神情黯然地说道："但是除了这样，我真的想不到别的任何的方式能帮你，我承认，我没有白玲珑那样的能力，我也清楚，我还有很多需要努力的地方，这不也正如我那天对你说的，这种情况，你让我如何能够有勇气，有信心和你走下去？总经理，如果你真的不让我这么做，我想我真的没有办法面对你。我总在想，与其在这里怨天尤人，不如跃进深渊，看看这深渊之中到底有着怎样的惊险。"

谢梵羽听着岳然的话心如刀绞，他没想到自己的这番经历，竟会让岳然生出如此极端的想法。

"然然，真的不是你想的那样，我知道这段时间你一直在为我的事情担心，我也知道你这些日子想了无数的办法要帮我，这就够了，我真的知足了。"

岳然对谢梵羽摇头："总经理，那是你认为的，而在我的心里，这道坎始终迈不过去。而且，我并不是想要把自己献给谁，这个我自己也不能接受，我只是想在他身边，至少可以第一时间知道他的动作。"

"但是然然，你知道你这样做让我有多自责吗？我怎么能眼睁睁地看着我心爱的女人为了我去和别的男人暧昧？然然，这些事，是我们男人之间的事，纵使张嘉栋手眼通天，我也会和他斗个鱼死网破。但是我不想把你卷到这场风波之中，然然，我只希望你能够像往常一样，我就心满意足了。"

面对谢梵羽的深情款款，岳然又怎么不为之动容，岳然咬着嘴唇，犹豫了一会儿："但是，总经理，如果我什么忙都帮不上的话，我也根本没有快乐的理由。"

谢梵羽再次拉起了岳然的手："然然，这是男人的尊严，也是男人之间的事，你卷进来，只会让我更心疼，也会让我更慌乱。我要的从来不是能帮我的人，而是一个一想到她，就让我内心温暖坚定的女人；从来不是为了我去奉献一切的女人，这样的女人只会让我愧疚，我想要的是一个自带光芒，时刻吸引我的女人。然然，别那么做，你的光芒会消失的。"

"那我现在需要怎么做？"岳然的泪水还在眼眶中打转。

"然然，你只需要像平常一样就好，只把这里当一份工作，一份值得你努力的工作。虽然我不希望你来吉隆坡，但你已经来了，就去做好。这里即将开业，和在 BYT 岛时不一样。那时，你们还是新人，并没有主动性，现在的你已经是中层管理者了，在筹备过程中，好好学习和体会，也是好的。"

"好，总经理，我答应你，但你要答应我，所有的一切都不要对我有所隐瞒，把我当树洞也是好的。"岳然说着，眼中闪耀着泪光。

"好，我答应你。"

岳然皱了皱眉："我要做前厅部经理了，但有些心虚怎么办？"

谢梵羽笑了："不是还有我？我当你的老师应该是可以胜任的。"

"好呀，谢老师。不过，他已经在找总经理的继任者了，是 Anna 告诉我的。"

"对哦，有 Anna 在，你还做什么卧底？"谢梵羽笑了，听到张嘉栋找别的职业经理人，他一点儿也不意外，更不会难过，这是正常的，他自己也是在等尘埃落定，离开是早晚的事。

岳然和谢梵羽对着月亮整整谈了一夜，从两个人的见面谈到了一路上的种种坎坷，岳然通过这次彻夜长谈，感受到了一个更加真实的谢梵羽，也终于释怀，白玲珑并不是什么问题。但谢梵羽被陷害的背后，那股隐秘的力量还是让人担忧的。

08 再入圈套

清晨的阳光照进房间，岳然转动了下身体，就碰触到谢梵羽的胸膛。她微微一笑，昨晚也不知道是怎么睡着的，只感觉说了很多很多……

谢梵羽早就醒了，但他贪恋这样的感觉，即使被岳然枕着的胳膊早就麻木了，但依旧不舍得抽离。直到岳然动了动，仰起脸看向他，他才回以一笑："早！"

在确定了岳然要留在即将开业的 BYT 后，谢梵羽决定先回曼谷去面对他必须面对的一切，于是订了回程的机票。

谢梵羽临行时，岳然极为不舍地拉住他的手，一声叹息："什么时候能与你并肩战斗就好了。"

"一直就在啊，不过我这次回去，应该很快就会卸任。"谢梵羽看到岳然担忧的眼眸，笑了笑："别担心，在 BYT10 年的积累，我还是很抢手的。"

可事情并没有按照谢梵羽的预料出牌，他回到曼谷，BYT 董事风波已近平息，李董事黯然离场，谢梵羽几乎算得上风光回归，紧接着就是吉隆坡的项目要开业，张嘉栋还力邀谢梵羽过来主持。

再次来到吉隆坡，谢梵羽的心情是不一样的，而在这里工作了月余的岳然也是不一样的。

两人皆猜不透张嘉栋的动机和下一步的动向，这种完全没有准备的仗不好打。好在苏珊和宁佳佳也来了，与岳然一样，两人也得到了升职，苏珊是大堂高级经理，宁佳佳则是成为了管家部的经理。

岳然并没有说起谢梵羽的事，而是把所有精力都放在了开业筹备中。

就在这种惶惑中，BYT 在吉隆坡的项目终于就要开业了。

开业当晚，很多贵宾下榻，晚上有酒会，身为管理层的岳然等人也被邀参加。

傍晚时分，岳然和苏珊以及宁佳佳，来到了礼服店正在试衣服。

最喜欢的一套礼服被宁佳佳先下手为强了，再试的几套礼服，岳然都不满意，有些想放弃了，苏珊不甘心，找到了一件红色的礼服，安抚着岳然："别着急，这件不错，你再试一下。"

岳然有些无奈地接过裙子："又不是新娘，穿红色的会不会太扎眼？"

但这的确是一款做工细致的长礼服，特别是后面恰到好处的露背设计，既性感又不会失了优雅。

"不会不会，快去试吧。"

换完衣服，拉开帘子的那一刻，被惊艳到的不只有苏珊，还有正好路过的 David 和彭阳，雪白的皮肤让岳然穿起这件红礼服看起来明媚动人，空气好像瞬间凝固了，彭阳依旧表情复杂地望向岳然，岳然也不知道该怎么回应这种尴尬，只有在旁边的 David 笑得意味深长。

David 连连点头："这条礼服可是这儿的镇店之宝，我看过太多女孩试这款礼服，你是最适合的那 个。"

岳然看见彭阳和 David 出现在自己面前，有些惊讶，已经有小半年没有看到 David 了，可为什么 David 会出现在女士礼服店里？为什么他会看过很多人试这件衣服？

彭阳出来打破了尴尬："岳小姐穿这款礼服的确落落大方，David 平时会做一些小投资，而且对服装很感兴趣，这家店有他的股份，而岳小姐穿在身上的这件礼服，是 David 亲自设计的。"

岳小姐？岳然虽然不喜欢彭阳对自己的这个称呼，更讨厌他官方的语气，但见到彭阳，岳然心里不由得想起上次他对自己说的话："小心 David。"

David 依然笑得意味深长："虽然红色礼服更适合婚礼，但毕竟是新店开业，也不为过，而且你穿着极为好看，就送给你了。"

岳然一愣："谢谢您的好意，我们只是租一晚即可。不过……"自从上次在伦敦的照片事件以及之后的种种，谢梵羽对于 David 是忌惮的，无论如何都不能白白收下这件礼服。

"您设计出来的作品也应该被好好珍惜，能用金钱这样简单的方式买来您的作品，我已经觉得很开心了。"

David 一笑："岳然小姐真是会说话，你这样说我也无法拒绝了。"

岳然害怕 David 这样阴晴不定的个性下一秒又会反悔，连忙给苏珊一个眼神，苏珊立刻领会到岳然的意思："那我们去结账吧！佳佳，你试好了没有？"

这时，宁佳佳从另一个试衣间里走出来，银色鱼尾礼服将宁佳佳的身体曲线完美地展示出来，再加上她本就明艳的脸庞，让人挪不开眼去。

David 由衷地赞叹："很漂亮，看来今天的礼服还是要送三位美女了，就当是给我做宣传了。"

David 说着话，但眼神始终没有离开岳然，岳然对着 David 礼貌地笑了笑，回到试衣间赶快把礼服换了下来。

晚上 7 点，酒宴准时开始，半年前的岳然还会因为这种应酬的场合而感到压抑、透不过气，可现如今的岳然已经渐渐对于这种人际交往得心应手，她感觉自己变得更加成熟，对人对事也懂得变通，但她却并不厌倦渐渐成熟的自己，人总会成长的，关键是在成长的同时没有改变最初的那颗心。

时间过得很快，宴会已经过半，相谈甚欢的宾客也已经微醺。闲下来的岳然打量着站在不远处忙于应酬的谢梵羽，可能是已经微醺，岳然好似在恍惚间还看到了 David，还没等定下神，突然有人撞动桌子，导致桌边的红酒洒了岳然一身。她并不想打扰到谢梵羽的交谈，一个人向宴会厅的洗手间走去，岳然打开水龙头，简单地冲洗了一下。

这时，手机响了，说是有几个客人吐了，似乎今晚的红酒有问题，于是岳然提着裙角连忙往酒店的客房方向走去。

客房的走廊灯光有些昏暗，有点微醺的岳然摇摇晃晃地走在走廊里，被突然蹿出来的黑影吓得酒醒了三分。那黑影捂着岳然的嘴将她按在墙上，她嗅到了一股浓烈的酒味。岳然害怕极了，借着昏暗的灯光终于辨别出这个人的面孔，原来是 David。他抓着岳然的手臂，看来他喝了不少酒。

"你这是干吗！放开我！"

David 将岳然的两只手紧紧地摁在墙上，用额头抵住岳然的额头，喘着粗气低声呢喃："你觉得我这样像是要做什么？"

David 的脸跟岳然的脸距离很近，她能明显感受到他的喘息，岳然紧张地看着 David 的眼睛，不知道为什么会觉得和谢梵羽有些相像，而 David 的喘息声越来越粗重，身体贴得也越来越近。

岳然连忙醒过神来，她不想让这个场景被别人看到，她尽可能地降低声音，低吼着："快放开我！你知不知道自己在做什么？"

David 抓得更紧了："你说，如果我伤害了谢梵羽最在乎的人，他会不会也像我失去母亲的时候一样痛苦？"

岳然听得一头雾水，但也管不了那么多了，毫不畏惧地说："你都沦落到通过伤害女人来解决问题了吗？"

双手被 David 抓得有些酸痛，她努力保持清醒，拼命抵住他越靠越近的身体。

David 压迫的力度轻了几分："你凭什么认为我会这么想？"

岳然冷静下来，尽量语气平稳："David，你喝多了，我会绝口不提今天晚上发生的一切，放开我吧。"

David 慢慢松开按住岳然的双手，有些无力，他靠在岳然旁边的墙上，突然笑了起来。

岳然此时也耗尽了身上的力气，瞥了一眼 David："你笑什么，你是不是真的疯了？"

David 从墙壁滑坐在地上："我是笑你，岳然，你真是一个会蛊惑人心的高手，不去当谈判专家可惜了。"

岳然觉得好笑："David，不是我会蛊惑人心，是你总是掩饰自己的感受。"

David 冷笑："你是不是觉得自己什么都懂？"

岳然直起身子，整理了一下头发和裙摆："不，我什么都不懂，我只是一个普通的小职员，还有，请不要在这里吸烟。"说完岳然转身就要离开。

"岳然。"David 叫住岳然，岳然转身，看着坐在地上的 David。

"你穿这条裙子真的很美。"岳然愣了一下，回过神来看着 David："我虽然不会提起今晚的事情，但也不代表你夸我两句我就会原谅你。"岳然转身离开。

09 连环杀

岳然顾不得其他，快速来到刚才电话中提到的喝酒后出现呕吐现象的客人房间，竟发现，该房间是空的，再低头看手机上的号码，岳然觉得自己一定是有点喝多了，竟没反应过来。诓她来的人一定是受了David的授意，太让人生气了。

她快速找到盥洗室，清理了礼服上红酒的印记之后岳然才发现，手臂上被David抓住的痕迹越来越明显，不过才十来分钟的时间，皮肤已经有些泛青了。她害怕谢梵羽看到又要多想，于是拿出补妆的粉饼扑在伤痕上，又补了补妆，匆匆回到了宴会厅。

回到宴会厅，岳然找不到谢梵羽了，找来找去只找到了Tony："Tony，谢梵羽呢？"

"老大刚才和谢部长出去了，说是去办公室谈点事情。"

岳然疑问："谢部长？哪个？"

"Kevin的父亲，谢峻，现在是泰国能源部的部长，之前一直是国家旅游局的局长呢。"Tony刚说完，就又被别人叫走了。

岳然听到谢梵羽的父亲来了，本就是一愣，再一听他父亲的名头，更是吓了一跳。之前谢梵羽从未提过，她也没想起来要问问他的家庭背景，只是觉得爱情是两个人的事，可现在一听谢梵羽的父亲是高官，她的心里没来由地瑟缩了一下。

一时有些茫然，岳然迟疑了片刻决定还是回宿舍休息。这时，一晚上都没怎么看到的苏珊出现在面前。

苏珊略显狼狈："然然，快跟我来，要出大事的样子。"

"怎么了？"岳然的精神一下紧张起来。

"先过去看看吧。"苏珊的神情很凝重，这样重要的晚宴没能参加，她的心里或多或少有些遗憾，但比起刚才遇到的事件，都不算什么了。

"那快走吧。"看出苏珊的欲言又止，岳然再顾不得其他，两个尚且还穿着晚礼服的女孩急匆匆地赶往客房部。

再次回到23楼，岳然一愣，刚才她来过，除了David，没察觉到什么异样啊？

苏珊率先走向另一边，来到2335号和2336号房间门口，便能听到客房里传来一声声救命的呼喊！是一个年轻女孩的声音，好像是突然受到了什么惊吓。

苏珊指着 2335 号房门，低声说："我们确定是这间，刚才敲过门，却没有人应答和开门。"就在此时，里面还是时不时传来断断续续的哭泣声，难道是家庭暴力？

岳然连忙拨通了客房部经理 Mary 和安保部经理的电话。

两人火速赶到了现场，在门外亦是有些迟疑。

Mary 将双手交叉抱在胸前："保护客户的私人信息是我们的工作职责，没有客户本人的同意，我们不能随便侵犯人家的个人隐私。"

安保部经理则是有些担忧："保护客户的个人安全也是我们的职责，BYT 集团作为东南亚酒店行业的代表，如果出现安全问题，势必会引起不小的轰动，这个后果你担得起吗？所以我们只是想确认一下她是否安全，或者只是我们反应过度。"

苏珊早已查过客人的入住记录和个人信息，是个来自日本的女孩，叫花野真衣，独自入住。

Mary 拿出万能门卡给安保部经理："那你来吧。"

开门后的场景，着实吓了大家一跳，一个长头发的女孩在地上抽搐，眼里全是泪，苏珊赶紧联系了医院，将花野真衣送到医院，并请安保部经理保护现场。岳然则是嘱咐在场的工作人员不许对外声张。

送花野真衣到医院后，岳然就给谢梵羽打电话，却打不通，只好给 Tony 打电话说明了情况，Tony 表示会立即上报给总经理。

陪护了花野真衣一夜的岳然连衣服都来不及换，直到医生确认花野真衣完全脱离生命危险才松了一口气。可蹊跷的是，花野真衣的病连医生都无法确诊，不论是用英语还是日语交流，花野真衣就是不肯开口说话，顾不上问那么多，一夜没睡的岳然只想赶紧拖着疲惫的身体回到宿舍的床上。

岳然准备掏出手机给谢梵羽打电话汇报，刚点亮屏幕的她，发现自己的手机竟然被各种消息轰炸了。

慌忙赶到 BYT 的时候，酒店门口已经被记者围得水泄不通，而被围在人群中间集体讨伐的对象正是同样来不及换去礼服的谢梵羽，看来他也忙得一夜未眠。

　　事情的起源正是昨晚花野真衣的事件，有谣言说 BYT 酒店客房闹鬼，并以讹传讹地将整件事与花野真衣中邪的事情联系到一起，甚至透露风声给媒体，说这是马来西亚版的"蓝可儿事件"，一时间，BYT 集团被推到风口浪尖。

　　而看到似乎一身狼狈的谢梵羽，岳然更是担忧，他昨天到底遇到了什么事？

　　一行人费劲地冲破媒体的包围，走进饭店，谢梵羽告诉公关经理，一定要把这件事情压下去，并和身边的 Tony 说："Tony，彻查到底是谁散播了谣言。"

　　"好的老大，这件事交给我来办。"

　　话音还没落，谢梵羽发现了身后刚刚挤进人群的岳然，于是径直走向人群，一把将重心不稳的岳然护在怀里。岳然感觉到自己的心扑通扑通地跳个不停，好像要跳到嗓子眼一般。她知道安保部现在已经在调查酒店的监控录像，同在一个楼层，她昨天出现过两次，如果自己被 David 按在墙上的监控录像被谢梵羽看到，她该怎么解释？想到这里，岳然的心跳更快了，她从昨晚熬到了现在，一夜没合眼，身上还穿着那件礼服，已经有些力不从心。

　　岳然想了想，谢梵羽一定会看到监控录像的，如果现在她什么都不说的话到时候就更解释不清了，岳然拉住谢梵羽："总经理，我有话想跟你说，昨天晚上其实……"

　　"昨天晚上到底发生了什么，一会儿你再仔细汇报，你有没有吃早饭？别一会儿又低血糖了。"

　　听了这些话，岳然感觉自己扑通扑通乱跳的心注入了一股温暖的甜蜜，安稳下来，只是没提起的时候还不觉得，紧张过后的岳然的确有些眩晕，她想用力回答"我没关系"，却渐渐失去了意识……

10　怎样才算情深

　　醒来后的岳然这次没有看到熟悉的医院天花板，而是在自己的宿舍中，虽然躺在自己的床上无比舒适，但是天已经黑了，她讨厌这种在黑暗中醒来的无助感。

岳然打开手机，屏幕上推送的新闻竟然也是《国际知名酒店 BYT 发生花野真衣神秘事件》，她对于新闻记者如此荒谬的报道觉得可笑的同时又感到可悲，BYT 真是流年不利。正想着渐暗的手机屏幕又亮，新的推送更是劲爆——BYT 总经理与 HLS 董事长旧情复燃，配图的照片正是谢梵羽与白玲珑相拥走进酒店房间的照片。

手机一个没拿住掉在了地上，屏幕应声碎裂，岳然却看着它发呆。她强迫着自己思考，昨晚和今早，谢梵羽穿的都不是这件西装，衬衫颜色也不一样。可这也只能说明照片上并不是昨晚发生的事，岳然猛然想起之前白玲珑说的话，以及更早之前，谢梵羽曾提起过的白玲珑下药的事。想通这些，岳然松了口气。

正要起床给自己倒杯水，苏珊就回来了，看到岳然和掉在地上碎了屏的手机，一阵心疼，随手关了门走过来："然然，还好吗？"

"我挺好的。"岳然俯身把手机捡了起来，还和苏珊分析起这些事。

苏珊听完，皱紧了眉头，按住岳然的肩："然然，你怎么会这么冷静？你真的爱总经理吗？"

岳然听完一愣，半晌才说："冷静不对吗？那是因为我相信他！"

"可我总觉得你这样不太对，爱情总是让人发疯才是，你看看宁佳佳！一提起她，我就有气，也不知道这几天都疯哪里去了？"苏珊给岳然倒了水，"BYT 的股票大跌，你的总经理不好过。"

已经凌晨 12 点半的 BYT 依然灯火通明，每个人都忙得不可开交，换了件衣服就出门的岳然显得有些凌乱，冲进电梯刚好遇见要去送文件的 Tony。

岳然慌忙着整理了下头发和衣服："现在情况怎么样了？事情被压下来了吗？"

Tony 挂掉手中的电话，从紧锁的眉头就能看出来他的焦虑："Lenka，你休息好了吗？今天早上你晕倒的时候可是给我们和现场的媒体吓了一跳。BYT 现在状况不太好，花野真衣竟然在媒体面前默认我们酒店客房有不干净的东西，现在事情越炒越热，想压都压不下来，警察也介入了这件事情，并且已经立案，因为他们觉得我们酒店里可能有恐怖分子，股市那边也一直在跌。老大的状态也有点儿不太对……"

"怎么个不太对？"岳然震惊地张大了嘴，"那个花野真衣竟然默认这件事？"

Tony 略显无奈地连声点头："我们怀疑有人在幕后操纵这件事，目的就是影响我们的名誉。"

"总经理在哪里？"岳然问。

"在办公室，下午张董和 David 来过，然后，总经理就有些反常了。"

听了这话，岳然忙着整理头发的手停在了半空中，David 竟然来过，直觉告诉她，花野真衣的事情肯定没有那么简单，而且和 David 肯定有着联系。但是 David 过来到底说了什么，岳然回想起昨晚 David 按住她的地点，又想到昨天走廊里发生的事情，她感到头大。

说话间，两个人已经从电梯间走到了谢梵羽的办公室门前，岳然的脚步有些踌躇，但还是说："Tony，我进去看总经理一下。"

鼓足勇气的岳然却紧张到忘记敲门，直接推门而入，感觉自己像一个理直气壮的孩子，正站在窗前的谢梵羽却如雕像一般，对外界全然没有意识。

岳然连忙走过去，越近酒味就越浓，当她触碰到谢梵羽时，他缓缓转过身，看清是岳然时就倾了过来，整个人的重量压在岳然身上。谢梵羽虽然身材匀称，一个成年男子的体重还是让纤瘦的岳然吃不消，两个人直接摔在了地毯上。

还没等岳然反应过来，谢梵羽就用力地吻上了岳然的唇，他的吻激烈而带有灼烧的温度，一股浓烈的酒精味道在空气中肆意弥漫，他发疯似的往下脱岳然的衣服，粗重的呼吸声让岳然感受到了他的愤怒，此时的岳然用尽全身力气在与谢梵羽做无谓的抵抗。

谢梵羽松开了岳然的唇，在脖颈间亲吻缠绵，啃咬着向下游走，他的动作并不轻柔甚至有些粗鲁，发烫的肌肤不时摩擦岳然散乱的头发。

"梵羽，快停下，你弄疼我了！"挣脱不开的岳然只能拼命地呼喊谢梵羽的名字，希望他能停下来。

但不受控制的谢梵羽并没有停下自己的动作，反而变本加厉地撕拉起岳然的衣服，不知道是因为极度不舒服的感觉，还是痛苦无奈的情绪，岳然眼睛里蓄满了泪水，直到微凉的泪水滴到谢梵羽的手上，他才慢慢停下手中的动作，逐渐冷静下来，把头埋在岳然的耳后。

"对不起。"看见岳然的泪水，谢梵羽的眼神中充满了自责。

岳然赶紧捡起散落的衣服披在身上，强忍住泪水："为什么要这样对我？"

谢梵羽的语气有些激动和痛苦："我爱你，岳然，不要离开我。"

这虽然算不上什么动人的情话，氛围更是不对，但岳然的心还是狂跳起来，这就是苏珊说的因爱疯狂吧？可是谢梵羽这样，是对自己不信任吗？可是看着谢梵羽一直伸着的手，她还是毫不犹豫地握了上去，并坐在了他身边。

"对不起，总经理，不是你想的那样。"岳然低下头，万千情感堵塞在喉咙。

谢梵羽用手搂住岳然的双肩，心疼又自责地望向她："不要说对不起，该说对不起的人是我，整个下午，我想了很多，这件事你没有错，我也没有生你的气。连自己心爱的女人都保护不了，我只是在跟自己置气，我可能并不是你的良人，你跟着我可能……"

岳然伸出双手，摩挲着谢梵羽的双颊，她确定自己是爱着谢梵羽的，她有信心和勇气陪着谢梵羽去面对接下来的困难："让你害怕的到底是什么？告诉我好吗？你该知道，我从来都是站在你这边的。"

谢梵羽看着眼前这个凌乱但却散发着光芒的女人，他的酒好像还残留着一半没醒，迷迷糊糊地喘着粗气，在昏暗的灯光的照射下，素颜的岳然竟然格外动人。

谢梵羽忍不住试探性地靠近岳然的唇，岳然勇敢地迎了上去，两人对视着，从对方的眼中都看到了自己真诚的模样，再也控制不住努力克制的情感……

这个夜晚，无法入眠的不止谢梵羽和岳然两个人，与此同时，David 正坐在自己豪华的办公室里俯望整个吉隆坡。年过 30 的他，是富有的，也是孤独的。他害怕这样一个人度过的夜，却也从来不让任何人靠近他的内心，支撑着他继续前行的唯一动力就是他母亲的遗愿。现在，是最接近成功的时刻，可是他的内心却如此的空……

11 前尘往事

一个深吻过后，平复了所有的激情，谢梵羽躺在地毯上，拥着岳然，望着窗外的星空，幽幽地说："然然，我要离开 BYT 了。"

尽管他说得平静，可内心的不舍还是带了出来。岳然连忙问："为什么？"

"说来话长。"谢梵羽转身抱住岳然，"让我再抱一下。"

从来没见过总经理这个样子，岳然缓缓地伸出手回抱住谢梵羽。虽然是躺在地毯上，硌得要命，但这温情的一刻却让人感到温暖和真诚，两颗心从来没有这么近过。虽然尚未说出事件的原本，却都已经知晓了一般。

这也让岳然更加相信，情到深处并不会不理智，而是在于你是否信任。那些所谓轰轰烈烈、大开大合却不能坚持到最后的，皆是不能再信任造成的，与是否为爱疯狂无关。

片刻之后，谢梵羽坐了起来，也将岳然拉起来："我们出去走走，我要给你讲一个很长的故事，虽然我也是第一次听到，但真的刻骨铭心。"

岳然看出谢梵羽的落寞，怕是和他相关的故事，于是点头。

谢梵羽帮她整理好衣衫，两个人走出了办公室，门外却站着张嘉栋和拦着他的 Tony。

张嘉栋的脸色并不好看，看到两人出来，故作镇定地看向谢梵羽："谢总经理要做出怎样的决定？"

"辞职信已经定时了，明日一早，各位都会收到。"谢梵羽轻松地说道。

张嘉栋点了点头："这是明智的选择，只是，岳小姐和 BYT 签署的劳动合同还有两年。"

谢梵羽笑了："张董这么关心 Lenka？看来接下来的两年，她会有不小的提升。"

岳然心里大为不满，于是瞪了谢梵羽一眼，谢梵羽一愣，但觉是岳然不满刚才自己的言外之意，笑意更浓。

两人之间小情绪的互动，看得张嘉栋一阵心塞，恋爱的人，眼睛里没有外人，他只得点了点头，转身就走。

谢梵羽看了看手表，已经是 10 点了，他带着岳然走进电梯，按了顶层的按钮，长出了口气："这么晚了，就去天台看看，来了这么久，我还没来得及去看看，明天就不能了。"

听得出他的落寞，岳然心里满是酸涩和甜蜜，她此时只有一个愿望，就是希望谢梵羽能够永远开心快乐，她可以为他做任何事。

到了天台，岳然看到夜空仿佛是透明的一般，星光与灯光一样璀璨。

"对不起，然然，我先选择了离开。不是我不想坚持、坚守，是因为有些事我不曾参与，但结果却要我承担，且没有选择余地。"谢梵羽叹了口气，缓缓说起前尘往事。

"从我记事起，就在 BYT 里四处乱跑，因为那时，我的父亲是 BYT 的董事长。在我七八岁的时候，他弃商从政，把 BYT 的股份转让给了和他一起打拼的米总裁。那时，李董事作为候选人之一，却以一票之差输了。所以当我父亲离开 BYT 后，他俩一直在斗。在今天之前，我一直以为的都是这样的。直到下午，David 走进我的办公室，我才知道，很多往事真的可以被尘封、被掩饰。"

看着岳然充满疑惑的双眸，谢梵羽顿了一下："你会觉得 David 和我有相似的地方吗？"

岳然一愣，她还真的有过一两次有这种感觉，于是点了点头。

"因为，他是我哥！而 BYT 也不是我父亲的，而是他的前妻任家的。我与 David 是同父异母的兄弟，他的名字叫谢梵羽。"

眨了眨眼，岳然有些不知道怎么接话，心里想的却是宁佳佳说的都是真的，豪门狗血剧果然存在原型。

谢梵羽简明扼要地讲完上一代的恩恩怨怨，却让岳然思考了良久，才梳理清楚，这场历经 40 年的沉浮恩怨，却是一场婚姻引发的。

当年的谢骏是 BYT 的总裁助理，是从行李员一步一步成长起来的，他是华裔，亦是贫民窟里长大的孩子，出人头地的念头一直深埋于心，也一直为之努力，所以才在 BYT 中上升得很快，短短 10 年便升到了总裁助理的职位，人也不过才 28 岁。

到了这个位置，谢骏终于鼓起勇气，向深爱了多年的女人——林云娴求婚。在当年，林家、洪家、任家是华人商界领袖，且以林家为首，林家自是没把谢骏放在眼里，直接安排了林云娴与洪敏业订婚。

谢骏悲伤难过之时，任家大小姐——任雪主动示好，谢骏毫不犹豫地娶了任雪，不久便成为 BYT 的总经理，成婚一年后，有了谢梵羽。可林云娴与洪敏业的婚礼却迟迟没有举行，一个偶然的机会，谢骏方知这是任雪和洪敏业联手拆散他们，且是以爱情的名义。林云娴当初并没有答应洪敏业的求婚，只是去非洲做了些慈善援助，避开一段时间的同时，也表明了自己的意志，然而，回来时，爱人就已婚，她只能跑去清迈静修，避洪敏业如蛇蝎，也不愿再见谢骏。

知道这一切的时候，正是谢梵羽抓周的生日宴上。在谢骏知道真相后，便开始伺机报复，先是卧薪尝胆三年，在董事长去世后，顺利得到了 BYT 董事长的职位，又慢慢将任雪的股份转移到自己名下，最后向任雪提出离婚。最终任雪带着谢梵羽远走美国，幽怨而亡。

谢骏则是在离婚后，第一时间找到林云娴，将前因说明，最终得到了林云娴的原谅，喜结连理，继而生下了谢梵羽。

而洪敏业亦是记恨在心，虽然早已娶妻生子，并将洪家原本的运输业做大做强，但用不光明的手段，强行收购了 HLS，为的就是和 BYT 正面冲突。

谢骏则是因为和最爱的女人兜兜转转终成一体，则看淡了这些，在从政的最好机会下，将 BYT 转手。

可洪敏业一直耿耿于怀，利诱白玲珑嫁给他的儿子，也是因为想赢过谢家一次，只是没想到，白玲珑竟是卡纳苏塔家的大小姐。这一次，他输得很惨。

对 BYT 和 HLS 都恨之入骨的是 David，他在美国野蛮生长，任雪在他 9 岁时便去世了。怀抱着仇恨，他负重前行，一路拼杀，凭的是本事，也有野心和权谋。他合纵连横，救过张嘉栋的命，所以张嘉栋甘当急先锋；他帮过薛董事，所以薛董事步步为营，帮着他，离间谢骏与米总裁的关系，再将米总裁、米娅、李董事逼入绝境。现在轮到 David 摊牌了，谢骏发现了问题，前日也飞过来，最终答应了 David 的要求，彻底放弃 BYT，谢梵羽没得选。

被狗血的剧情弄得一时没有反应的岳然，呆呆地看着谢梵羽，也终于明白了为什么整个下午和晚上他会一个人待在办公室里，因为这一切，对他的刺激都太大了。

正想伸手去安抚谢梵羽的时候，岳然的手机响了。

岳然看到是苏珊，下意识地接了，苏珊焦急的声音就传了过来："然然，宁佳佳失踪了！"

12 险象环生

"怎么了，然然？"谢梵羽看着瞬间变了脸色的岳然，亦是一阵心悸。

"总经理，我要马上去趟仙本那，宁佳佳出事了！"

"怎么回事儿？你别急，说清楚。"

"具体的情况我还不太了解，不过听苏珊的语气非常严重，她已经请了假，订了明日一早去斗湖的机票。也不知道佳佳怎么好端端地就跑去仙本那了，跟谁也没说一声。"岳然很是担心，转身就往楼梯处走。

谢梵羽眉头微皱，掏出了手机："我先问下 BYT 仙本那酒店那里出了什么事。"

说完，他拨通了仙本那酒店总经理 Enrique 的电话，询问到底发生了什么。听着 Enrique 的说辞，谢梵羽握着手机的手蓦然一紧，心也随之一紧。

挂了电话，谢梵羽问道："你问下苏珊订的哪个航班，我跟你们一起去。"

"到底发生了什么，很紧急吗？佳佳会不会出危险？"正在下楼梯的岳然，脚下一滑，被谢梵羽及时抓住。

"Lenka！宁佳佳和一个客人一同被绑架了。"谢梵羽并没有隐瞒，一字一顿地说出来，"我马上联系中国大使馆和领事馆，你和我一起去。"

岳然的脑子已经蒙了，但是她努力镇静着，再惊慌也没有用，她必须冷静下来，去想所有能解决问题的办法。

而此时，宁佳佳也的确身处险境，她在朦胧之中睁开了双眼，想要说话，但却喊不出声，嘴被胶带封着，她透过眼前蒙着的黑布缝隙努力观察着周围的环境。

破破烂烂的屋子中空无一物，却散发着臭味，宁佳佳用尽全身力气想要挣脱手上的胶带，根本徒劳无功，她只能向眼前的光亮挪动着身体。

前所未有的恐惧将宁佳佳整个人都笼罩着，就在她爬到那光亮之处时，只听见哐当一声响。

是门被踢开的声音，几个全副武装的人走到了房间里，并且注意到了宁佳佳的移动。

"老大，这个女人怎么处理？"其中一个人用枪指了指宁佳佳，一脸坏笑地对身边的人用塔加洛语说道。

"满脑子想的都是什么！"那名首领模样的男子狠狠地踢了他同伙一脚，用英语严声呵斥。

"可是，老大，我们的目标也不是她，绑都绑来了，还不如让兄弟们……"

那男子正要往下说，但看着首领模样的人越来越冷酷的目光，还是闭上了嘴。

宁佳佳趴在原地瑟瑟发抖，她听着陌生的语言，这是已经离开马来西亚了吗？那句英语更是让她感到害怕，无助和恐惧一点一点地吞噬着自己的精神和心理。

过了一会儿，宁佳佳忽然感觉自己身子一轻，嘴上的胶布一下子被扯开，脸皮生疼。

"吃饭！"其中一个人用枪指着宁佳佳并用蹩脚的英文对她说道。

宁佳佳不敢轻举妄动，把整个脸都埋在那人递来的小碗中，一口一口地咽下面前类似粥样的食物，在这个时候宁佳佳突然意识到，如果他们还给自己提供食物，那么自己一定不会轻易地被杀，那么她一定要坚定信念活下去。

谢梵羽、岳然和苏珊3个人，早早赶往机场，3个小时后到达，酒店已经派车来接了，又是一路颠簸，来到了仙本那的BYT度假村，刚下车，就接到了来自中国领事馆的电话。

放下电话，谢梵羽对岳然和苏珊说："大使馆已经要求马方和菲方的警方尽快施救，外交部也派了人来仙本那处理问题，说是菲律宾的反政府武装所为。不过，刚刚的新闻发布会上，沙巴州的警察总监说得有些不负责任，认为绑匪有酒店内部人员接应，为索要赎金而实施绑架。"

这确实令人气愤，在人质尚未安全解救，一切结论和推卸责任的行为都还太早。

"被绑的客人是谁？"岳然担忧地问。

"Emma！"苏珊回答道，她刚才查阅了新闻通报。

这世界真小，岳然叹气，而Emma的赎金一定不会低："BYT度假村会如何？"

"员工和客人都被紧急疏散了。"

这样一来，BYT不仅损失了客人，更是损失了声誉，这一切都衔接得太好，让人措手不及。

"马来西亚方面已对劫持人质者展开大规模搜索，但我觉得他们应该已经退回菲律宾了。"谢梵羽皱眉思索着，"之前也发生过类似事件。沙巴州是马来西亚著名的海滨胜地，往东与菲律宾南部隔海相望，之前，这里曾经隶属于菲律宾苏禄苏丹国王的统治，现在这个地区仍然有些争议……"

"会武力解决还是缴纳赎金？"岳然听着这些错综复杂的关系，愈发担忧。

"上次的事件就是武力解救，但死亡一人。"

3个人沉默了，心事重重地往酒店大堂走去。

酒店里的客人和员工都被疏散了，只有这里的总经理Enrique还在值守，他是一名西班牙人，且是亲身经历过马德里爆炸案的幸存者，他对恐怖事件深恶痛绝，却又无能为力，他告诉岳然等人："宁佳佳是陪着白玲珑来的仙本那，白玲珑的水屋是倒数第二座，倒数第一座水屋是Emma的。当时白玲珑和Emma约定洗个澡，一起吃晚餐，宁佳佳作为管家，就从房间里出来等她们。通过监控录像可以看到，宁佳佳是忽然看到几艘快艇靠近，并登上了最后一间水屋，连忙喊着救人，并自己先冲了过去的，结果被绑匪一起带走了。"

"没想到佳佳这么勇敢。"岳然很是伤感，苏珊拍了拍她的肩头，说不出话来。在她的印象中，宁佳佳除了打扮和追着男人跑，并无长处，这两点更是抹黑了她的整体形象。但听Enrique的话，宁佳佳的形象一下高大了不少。

"白玲珑怎么会来这里？"谢梵羽抓住了重点。

"你应该直接问我本人才更好，不是吗？"白玲珑的声音从他们身后传来。

几人转身，白玲珑从门口走了进来，略显疲惫和憔悴，她看了一眼尚且握着岳然的手的谢梵羽，幽幽说道："早知道会这样，我就不麻烦宁小姐送我过来了。"

谢梵羽瞥了她一眼正要开口，手机再次振动起来，他连忙接了起来，听完通话，挂断后对岳然说："绑匪已经联络了Emma的家属，索要3640万马来西亚令吉的赎金。宁佳佳没有过多的消息，只是知道还活着。"

"活着就好！"岳然抱住谢梵羽，把脸埋在他的肩头，忍了很久的眼泪终于滚落。白玲珑扭过头去，看着清澈的玻璃海，心似狂潮……

第十三章
彤云霜华

当一切尘埃落定，发生的种种全部归零，

回首一路走过的风风雨雨，变成如今的风平浪静，

翻涌着的只有回忆，明天的旅程仍将进行，

初升的太阳泛着金光，前方的轨道映着希望。

01 仇恨就是对手不死便不休

马来西亚的沙巴享有风之下乡之美誉，是因它得到上帝的眷顾，台风从不会到达这里，与一海之隔却饱受台风肆虐的菲律宾形成鲜明对比。

在沙巴州最有名的旅游胜地就是亚庇和仙本那，3 年前，BYT 先选择了亚庇作为沙巴州的第一站，收购了一家经营不善的酒店。现在，和张嘉栋签署了战略合作后，便开始了吉隆坡和仙本那这两个项目。岳然等人本就是在为仙本那项目筹备开业的，本该是这几日要举办盛大的开业仪式的，却不想成了这个样子。

而谢梵羽离开 BYT 的消息已经在东南亚酒店业传开了，联系最近 BYT 发生的一切，大有背锅侠的意思。

就算是谢梵羽再不想见白玲珑，她还是坚定地站在了他和岳然面前，毫不客气地说："梵羽，都这个时候了，你还停在这里做毫无意义的等待吗？你不是这样不分轻重的人。"

"到了该离开的时候，多说无益。"谢梵羽皱了皱眉，"很感谢白总，以 BYT 与 HLS 多年来的积怨，你没有落井下石，实属难得，难道你也早就知道其中的是非曲直？"

白玲珑眉头微皱："从我执掌 HLS 以来，从未与 BYT 为难。现在就更是不会，与知不知道 David 与你的关系无关。我今天要说的是 David 并没有放过你和我的意思。我希望你清醒，别以为拱手相让就能化干戈为玉帛。你不了解一个心怀仇恨的人，为达目的不择手段的决心。你更不了解他们为了毁灭，会将自己所付出的、所失去的，全都算在你的头上，不将你碎尸万段，绝不会罢手。"

谢梵羽一叹，深深地看了一眼白玲珑："正因为知道，所以宽容。"

白玲珑忍不住退了一步，指尖微颤："因为知道，所以宽容，是说……"

谢梵羽打断了她："我累了，我不想再陷在其中而已，就算是离开酒店业也无所谓，我不想让家人为难，更不想与哥哥为敌。其实我并不伟大，甚至是怯懦的，但我有想要保护的人，也知道温暖的方向，所以，我不想与谁为敌，变成满是仇恨之人，我有我的幸福足矣。"说完，他握了握身边岳然的手，暖暖一笑。

白玲珑看不下去了，转身就走，可不忘说出真心的担忧："梵羽，你太天真了，你以为你能全身而退，保护自己想要保护的人吗？你根本就什么都做不了。就像上次你入狱，他们不过是故意卖个破绽，引我上钩，你就已经毫无能力反抗了，这次，他们是要你万劫不复。仇恨，就是对手不死便不休。如果不是我赶来，如果不是我让Emma住了最后的水屋，你以为你还会站在这里吗？"

"你说什么？"谢梵羽和岳然异口同声问道。

"难道绑匪……"谢梵羽猜到了真相，却说不出话来。

岳然还没有那么多花花肠子，自是想不到症结所在，有些蒙："你是说你知道会发生绑架的事？怎么会是这样？"

谢梵羽捏了下岳然的手："你回去和苏珊在房间里等，不要乱跑，更不要把刚才的话说出去。我……要和白总单独了解下情况。乖，听话。"

岳然欲言又止，凝视了一眼谢梵羽，又看了看白玲珑，点了点头，转身离开。

看着那道背影消失不见了，他才转过身来，锐利的目光盯向白玲珑："知道却不作为，或是任由事态发展，于你可有意义？"

"有，当然有，你支开岳小姐，就说明你知道的，何必明知故问？"

"你在其中，又扮演了什么？"谢梵羽忍着怒气，眼神愈发锐利起来。

"我只是知情不报而已，推波助澜的事，我没做过，而且也帮你把水搅浑，让他们下不了狠手，就无法栽赃你，置你于死地。"

"你又是如何说服Emma的？又为何把宁佳佳卷进来？"谢梵羽冷静下来，把心中的疑问说出来。

"Emma深爱张嘉栋而不得，自然会愿意配合，而宁佳佳，则是专为你的岳小姐而设计的。我只是想让她见证一下，做个目击证人。以她的性子，我没想到她会去救人。"白玲珑说得云淡风轻。

"所以你就任由事态发展，甚至搭上 Emma 和宁佳佳，然后，你再来上演救世主？白玲珑！你是有多笃定 Emma 和宁佳佳会没事？你是有多笃定，我会受你威胁？"谢梵羽怒极反笑，扬了扬手中的手机："我录下来了。"

说罢，扬长而去。

白玲珑追上来，抱住谢梵羽的腰："梵羽！David 恨你的父亲入骨，你的父亲或是你不付出代价，他是绝对不会放手的。梵羽，我没有想威胁你，从来没有，我只是想和你在一起，无论贫穷或富有，我都只想和你在一起，就算是把 HLS 扔掉，我也可以。毕竟我为了它，已经蹉跎了 5 年，已经和你分别了 5 年，已经让我痛不欲生了 5 年。我不想余生都遗憾……"

谢梵羽挣开白玲珑，冷冷地说："我不是你可以操纵的傀儡，对你的爱也没有到为你生为你死的地步。还有，玲珑……之前对你有情，绝无掺假，而今对岳然有情，自是真心，并非从她身上找你的影子，如你所讲，我想抓紧她，亦不想余生都遗憾。"

说完，谢梵羽头也不回地走了，白玲珑瘫坐在地上，苦笑、嗤笑，到疯狂大笑，眼泪不受控制地流了出来……

在新闻报道过 Emma 的家人已经答应给赎金，而确认 BYT 的员工宁佳佳还活着后，张嘉栋才从吉隆坡赶过来，距离事件发生已经是 3 天了。他走进安静的度假村时，远远地就看见岳然坐在连接各个水屋的木桥栏杆上，望着眼前的琉璃海。他想径直走过去，可是谢梵羽的身影亦出现在她的身边，戳了戳岳然的额头，她便跳了下来，拉起谢梵羽的手，向着水屋的尽头走去。

张嘉栋攥了攥拳，无奈地笑了，此刻终于体会到先下手为强的重要性，失了先机便再没有机会，尤其是人心，后来的人怎么也挤不进去的。

02 虎口脱险

杂乱的脚步声由远及近，缩在墙根底下的宁佳佳，颤抖着身子不禁又往后退了退，却避无可避。下一秒，黑色的眼罩被解开，她忍不住喜极而泣。

警员对着对讲机用英文快速报告："仓库发现一名人质。"报告后，警员快速蹲下为宁佳佳松绑。

宁佳佳的声音很慌张："我不知道 Emma 被他们带到哪里了。"

"我们会找到她的，还可以走吗？需要我背你吗？"

宁佳佳眼含泪光地摇头："我可以自己走。"

说着，她站起身跟着端枪的警员走出了大门，刚迈出一步，警员迅速把枪对准左边："放下你的武器。"

绑匪举枪相对峙，宁佳佳躲在警员的身后，身体不停地颤抖。

"放下你的武器！"警员持枪再次宣告。

离仓库不远处，枪声响起一片，绑架犯侧头望去，警员抓住时机，一下子将其制伏在地，绑匪在混乱中发出一枪，宁佳佳尖叫一声，迅速上前踩住绑匪的手腕，并将枪抢了过来，扔给警员，警员咧嘴一笑。

两名警员迅速赶到，将绑匪押走。

警员快速将宁佳佳扶起："我叫 James，跟我走。"

宁佳佳被搀扶着，成功地护送到一辆警车上，车门一关，警车迅速开动。宁佳佳双手捂住嘴巴，泪流满面——我还活着，我还活着。

一路飞驰，警车停在了港口，登上快艇，看着海岸线渐渐远去，宁佳佳才有了终于脱离苦海的真实感。

乘风破浪一个多小时，宁佳佳再次看到了海岸线，远处有五星红旗在挥舞，她的眼泪再次夺眶而出。

终于，下了船，一下就望见了苏珊和岳然，怔愣片刻后，嘴唇微微颤抖。苏珊和岳然立即飞奔而去，两人将宁佳佳紧紧相拥在怀，喜极而泣。

岳然："你还活着，太好了，你还活着。"

苏珊："你怎么那么傻，你可要吓死我了！"

宁佳佳感受着两个人的温度，手不停地颤抖着。

岳然发觉后一把握住宁佳佳发抖的双手："佳佳，你是我们的英雄！欢迎你凯旋。"

苏珊也伸出手向宁佳佳的手紧紧地覆盖上去。

另一艘快艇也随后而来，三个女孩循声望去，Emma 走了下来，身上沾染了不少血迹。看见三人，她快速跑了过去，握着宁佳佳的手，泣不成声："谢谢你，谢谢你。"

宁佳佳眼里泛泪："我们还活着。"

Emma 重重地点头，露出喜悦的笑容。

岳然一惊："Emma，你哪里受伤了？"

Emma 低头望了望自己身上的衣服，惨笑中落了泪："这些血不是我的，是救我的一个警官，他……"

Emma 低声抽泣了起来，三个女孩心里一沉，没有再继续发问。

救了宁佳佳的 James 走了过来，对她说道："你很勇敢，恭喜你获得自由和荣誉，再见！"

宁佳佳的眼中闪耀着光芒："再见，James，我是宁佳佳。"

James 笑着转身离开。

张嘉栋和谢梵羽走了过来，Emma 扑向张嘉栋，他略有尴尬，却终是没有推开。

宁佳佳在看见谢梵羽之后，却想起了什么，脸上神采尽退，拉住岳然的手，欲言又止。

岳然望向宁佳佳："我们先回房间，你去洗漱一下，再睡个好觉。一切就都过去了。"

苏珊亦是连连点头："我去给你熬点儿粥来。"说完就跑开了。

谢梵羽冲着岳然一笑，温柔说道："去吧，多陪陪她。"

宁佳佳却是一抖，岳然看向她，有些不解，但还是说："我们走吧。"

不一会儿，就到了沙滩上的别墅区，岳然推开门，宁佳佳随后进来，坐在沙发上，不说话也不动。岳然坐到她身边，握住她的双手。

宁佳佳却触电般地抽出了双手，双手紧紧纠缠在一起，看上去很是不安。

岳然心痛不已，哽咽道："佳佳，你现在已经安全了，那些劫匪已经被警察们绳之以法，他们不会再伤害你了。"岳然犹豫半刻，"他们是不是虐待你了？"

宁佳佳视线直直地望着纠缠到一块的双手："没有。"

怎么可能没有？岳然看着宁佳佳胳膊和锁骨处的瘀痕，沉默不语。

宁佳佳猛地抬头，一把抓住岳然，岳然惊愕，有些吃痛："佳佳……"

宁佳佳目光咄咄地看向岳然："你一定要小心谢梵羽。"

岳然大惊："佳佳，你在说什么啊？"

宁佳佳激动了起来："岳然，你一定要小心他，你绝对不能相信他。"

岳然见宁佳佳的情绪有些不稳定，想要稳住宁佳佳，于是顺着回道："好，好，那你总得告诉我为什么不能相信他吧。"

宁佳佳定定地看着岳然："因为这场绑架案就是谢梵羽策划的。"岳然睁大了双眸，宁佳佳又接着道，"还记不记得上次酒店的枪击案，那也是谢梵羽策划的。"

岳然猛地挣开宁佳佳的手，站了起来，不敢置信地道："佳佳，这怎么可能？"

宁佳佳站起来，走到岳然面前，有些失控："你为什么不相信我呢？我说的都是真的，这些话，都是那些绑匪们说的，我只不过是意外听到。你以为我就不觉得荒唐吗？可是这就是事实。"

岳然眼神有些躲避，摇晃着头："这不可能，那些绑匪说的话怎么能相信？"

宁佳佳不容岳然逃避，抓住岳然的肩膀："这世上没有什么不可能发生的事，利益当前，什么人都会成为魔鬼。你还记不记得我和张嘉栋出海遇险的那次。"

岳然猛地一惊，宁佳佳轻笑："你好好想一想，既然谢梵羽能动用个人关系来搜救我们，为什么就不能用这些关系来绑架我们呢？谢梵羽，他从头到尾都不是什么好人，我们都被他骗了！"

岳然蒙了，转身开门就往外跑。

不可能，这绝对不可能，谢梵羽绝对不是这种人！

慌乱中，岳然跑到水屋的栈桥上，迷茫地望向四周，视线毫无焦点，一步步地往后踌躇，脚下一个打滑，岳然落在水中，她的脚重重磕到了礁石。她痛苦地皱皱眉，划开臂膀正准备往上游去，腿肚子却不幸抽了筋，整个身子一动都不能动，又沉落在水底。

岳然微睁开眼，咸咸的海水刺眼得紧，连忙闭上，眼前一片漆黑，神情恍惚起来。

我就要这样死了吗?

一个身影朝岳然快速游了过来,两片唇瓣紧贴,渡了一口气,然后搂住岳然的腰,向水面游去。

03 不辞而别

岳然醒来时,已经是午夜时分,朦胧的月光让她觉得有些不真实。她眨眨眼睛,唏嘘不已,原来死亡离自己如此之近。回忆起当时沉在海底时的绝望,以及那个熟悉的吻,岳然知道,自己是被谁救的,心中那种自然而然的信任以及宁佳佳一口咬定的事实,纠缠在一起,让她有些喘不上气来。

谢梵羽!岳然惊慌地抬起上身,急忙寻找起来,往右转头,一眼就看见谢梵羽坐在椅子上,微微地仰着头,眉头微蹙,一看就是很不舒服的样子。心安下来,躺回床上,有些着迷地用眼神勾勒着谢梵羽的轮廓,一醒来就看见自己所爱的人在身边守候,这种感觉简直比吃了蜜还要甜,心底都被幸福涨满,可是佳佳说的话……

笑容慢慢敛去,岳然望着谢梵羽沉思。她不是不相信谢梵羽,谢梵羽的为人,她是再清楚不过的,他的行事风格不是霸道狠绝的,而是堪称儒雅的,而且酒店行业与别的行业不同,并不是逼死同行才能得以存活,而是互通互惠的。所以,就算是 BYT 与 HLS 交恶多年,但在满房的时候,如果客人提出要去对方酒店,还是会为客人安排的,毕竟没有和钱过不去的。

所以,说谢梵羽为了利益做出绑架这等疯狂的行为,她是完全不相信的。可宁佳佳又没有道理去凭空捏造诋毁谢梵羽,事实摆在眼前,她的心里的确是有些纠结了。

"然然!"

岳然抬起头,一眼就看见谢梵羽又惊又喜的双眼。

"你什么时候醒的,为什么不喊我?"谢梵羽急切地问完,立刻按响了护士铃。

岳然回答道："觉得你应该很需要睡眠，我又怎么忍心叫醒你。"

谢梵羽压低了身体，靠近岳然，爱怜地在岳然额头上深沉地印下一吻，又把她的手握在手心里，亲了亲："你知不知道，你要吓死我了，都这么大人了，怎么还会跌进水里呢，是不是有人……？"

谢梵羽话还没说完，护士就走了进来，谢梵羽回头看去："麻烦你叫医生做一下身体检查。"

护士点头："我这就去找值班的医生。"

谢梵羽转身看向岳然，语气充满急切："还有没有不舒服的地方？"

岳然缓缓摇头："我没什么事，你放心吧。"

谢梵羽嘴唇抿成一条直线，岳然一下子就知道坏了，他是真的生气了。

值班医生走了进来，后面跟着刚刚来过的小护士："什么时候清醒的？"

谢梵羽看了岳然一眼，犹豫了一会儿："大约10分钟前。"

值班医生看了一眼仪器显示的各项指标，拿出电筒往岳然眼睛里照了照，又从脖子上拿下听诊器，在岳然的胸腔和腹部听了听，看向岳然问道："有头晕恶心的感觉吗？"

"没有。"

值班医生点头："那就今天晚上再观察一下，没什么问题的话，明早就可以办出院手续了。"

岳然："谢谢医生。"

值班医生笑笑："谢谢你的男朋友吧，你的命可是他救的。"

岳然看了一眼谢梵羽，悄然一笑。值班医生和小护士走出了病房，谢梵羽坐到病床前，充满爱怜地看着她。

她也握住谢梵羽的一只手："谢谢你，梵羽。"

这次她没有称呼他总经理，而是叫了他的名字，这让谢梵羽一喜，但随后面色又沉了下来："以后你给我离海远点。"

岳然知道谢梵羽现在是老虎的屁股，摸不得，哪敢造次，只好乖乖地应了一声。

谢梵羽犹豫了一阵，问道："是你自己不小心落水的吗？"

岳然一怔，随即反问："难不成你还以为有人把我推下去的？你该不会是宫斗剧看多了吧。"她揶揄道。

谢梵羽眉头皱得更紧了："那你怎么会掉进去？"

岳然沉默了，谢梵羽拧眉："然然，到底怎么了？"

与其纠结不如直接询问，岳然打定主意，深吸了一口气："梵羽，上次在公司发生的枪击案，究竟是怎么回事？"

"你怎么会突然问这件事？"谢梵羽倍显意外。

"你先回答我。"

谢梵羽沉默一会儿，才缓缓开口："那场枪击案是米总裁为了得到合约做的局，我也是后来才知道的。我想，你更想问的是这次绑架案与我有没有关系吧？"

岳然震惊地道："这都猜到了？"

谢梵羽轻嘲："这次的绑架案，他们是想将此事栽赃给我，目的就是让我坐牢，要不是白玲珑从中发现了他们的阴谋，把 Emma 裹进来，出手救了我，恐怕就真的要如他们所愿了。他们的目的就是彻底扳倒我，让我永无翻身之日，而监狱就是他们为我选的地方。"

岳然又急又气："为什么这些你从来都没有跟我说过。我是你的女朋友，你却连我都要隐瞒！"

谢梵羽宠溺地笑了，亲昵地刮了一下岳然的鼻子："还不是怕你胡思乱想，担心我。身为男人，怎么会愿意让自己的女人过着担惊受怕的日子？我只想你幸福……"

岳然的眉头紧紧锁起，心思沉重的模样立刻出现在脸上。谢梵羽两只手按在岳然的额头，一下一下地把眉峰皱起的小山抚平："我就是不想看见你这样，才不愿告诉你的。如今一看，我还是有先见之明的。"

岳然瞪大了眼睛，脸气鼓鼓的："你还敢在我面前沾沾自喜，等我好了以后看怎么收拾你。"

谢梵羽拿起手，又亲了一下："只要你好好的，怎么收拾我都成。"

岳然的脸微红，羞涩的眼神微微垂下。

"该你说了。"谢梵羽捏捏岳然手心的软肉，问道。

"佳佳说她跟 Emma 这次绑架是你一手策划的，还有上次她跟张嘉栋出海，枪击案，都是你策划的，而且她是从绑匪那里听到的。"岳然说完，小心地观察谢梵羽的脸色，发现谢梵羽毫不意外。

"那你呢？"谢梵羽淡淡地问，神情却深沉得可怕。

"我当然是相信你。"岳然毫不犹豫地回答。

谢梵羽笑了，笑得很开心："这样就足够了。"

岳然被谢梵羽的笑容感染，也笑了起来。气氛正好，岳然的肚子突然咕噜噜地叫了起来。

岳然不好意思地慢慢地缩进被子里。谢梵羽拍了拍岳然的脑袋，站起身："我出去给你买粥，乖乖等我。"

"哦。"

岳然拉下被子，肚子又咕噜噜地在唱空城计，岳然无奈地抚上腹部："你也太不争气了吧。"

门突然一开，岳然疑惑地望去："怎么这么快……"一见来人，她立刻噤了声。

一袭红衣的白玲珑进入病房，径直走到岳然的病床前："我要告诉你的是，David 不把谢梵羽整死绝不会善罢甘休，你也不想梵羽出事吧？"

岳然警惕地看向白玲珑："你什么意思？"

"如果你退出，我会不惜一切代价去护梵羽周全。"白玲珑轻笑，"或者，你也可以去找张嘉栋，以你在他心里的位置，他自然是会帮你的。你好好想一想吧。"白玲珑深深地看了岳然一眼，转身走出了病房。

岳然眼底流露出挣扎和茫然……

罗菲落地后，一边拿出手机拨通了苏珊的电话，一边大步朝机场门口走去："我已经下飞机了，你们到了吗？"

"早到了，出来找车牌尾号 2347 的出租车。"

"好，我马上到。"罗菲挂了电话，开始一路狂跑，刚出机场，就听见苏珊的喊声："罗菲，这里。"罗菲望了一眼苏珊的方向，三步两步来到车前，坐上了车。

苏珊朝前面的司机吩咐道："麻烦到安娜医院。"

罗菲坐好后，急忙问苏珊："岳然怎么样了？"

苏珊拍了拍罗菲的肩膀，让她放松："我刚刚给总经理打了电话，说然然已经苏醒了。"

罗菲松了一口气，看向宁佳佳，有些踌躇。

宁佳佳笑了一声："放心吧，我没事。"

罗菲点头，一时间，大家都陷入了沉默。过了一阵，宁佳佳突然开口："我准备辞职，回国发展。"

苏珊笑了起来："其实我也有这个想法。"苏珊看向罗菲："你呢？"

罗菲犹豫了起来："我还不打算回去。"

宁佳佳带着讽刺一笑："就算你在这里耗着，陆昊也不会选择你。"

罗菲脸色立刻难看了起来，苏珊不满地看向宁佳佳："佳佳，你说得太过了。"

一路沉默着，到了安娜医院，宁佳佳率先下了车，苏珊递给司机车钱，转头对罗菲安慰道："佳佳说话不好听，你别往心里去，她不是那个意思。"

罗菲没有回答，直接开了车门下车，苏珊叹了一口气，接了司机找回的零钱匆匆下车。

"苏珊？"

苏珊一回头，点头问好："总经理，我们是来看然然的。"罗菲和宁佳佳随后点头问好。

"大家进去吧。"谢梵羽拎着粥走进医院的大门，苏珊几人紧跟在后。

看来总经理对岳然是真的很照顾。苏珊在心里不禁为岳然高兴。

几人坐了电梯，在六楼下了电梯，往左一拐的第三间病房就是岳然的房间。谢梵羽拉开病房大门，示意苏珊等人先进。

"谢谢总经理。"苏珊迫不及待地走了进去，"然然，我们来看你了。"

可是面对空空的床位，苏珊一愣："人呢？"

04 忽然离世

宁佳佳和罗菲狐疑地望向谢梵羽，苏珊也转身看向谢梵羽，不解地问道："谢总，然然呢？"

谢梵羽望着空空如也的床铺突然回过神来，一个箭步就推开了病房的洗手间，空无一人。他的心紧紧地揪起，快速走出病房。三人对视一眼，赶紧跟了过去。

谢梵羽火急火燎地来到护士站："607号病房的病人在哪里？"

6楼的病房全部都是VIP床房，护士不敢懈怠，立刻开始查阅病人资料，拿起座机电话联系了负责照顾岳然的护理人员："607号病房的岳然小姐人在哪？"护士沉默一下后放下听筒，一脸抱歉的模样："岳然小姐并没有办理出院手续，可是人在哪里，现在我们也不清楚。"

苏珊发怒了："你这是什么话！"

谢梵羽拿出手机，点亮了屏幕，是他和岳然的合照："看见她出去了吗？"

照片上，岳然靠在谢梵羽的肩头上笑得无比灿烂。护士看着照片回想了一阵，才猛然想起："我想起来了，大约在20分钟前吧，我看见她上了电梯，是下行，应该是出去了。"

"一个人？"宁佳佳追问道。

护士点头。

"有别人来过吗？"苏珊反应算是快的。

"有一位女士来过，和岳小姐有几分相似，我以为她是岳小姐的姐姐。"护士解释着。

谢梵羽只觉得脑袋一片空白。然然，白玲珑和你说了什么？你为什么不告而别？他失魂落魄地朝着电梯走去，手上还拎着白粥。

苏珊看着谢梵羽离去的背影急得团团转："这到底是怎么回事啊？"

"先别急，既然是然然主动离开的医院，我们至少知道她是安全的。我给她打个电话。"罗菲说完掏出手机，拨通了岳然的电话，电话虽然一直是畅通状态，可是就是没人应答。罗菲挂了电话，缓缓摇头："她不接。"

苏珊很少有的一脸抓狂的模样："她到底在搞什么？"

"苏珊，你这是关心则乱，既然她偷偷离开，就是不想让我们找到，急也没用。"宁佳佳淡淡地道。

苏珊不敢置信地看向宁佳佳："岳然失踪，你怎么能这么冷静？"

"非得大呼小叫出来，才能表现出我很担心岳然吗？"

苏珊气结。

"我们先寻找一下附近的宾馆，再去找找岳然可能会去的地方。"宁佳佳说完，迈开长腿，就往外走。

罗菲拽着苏珊："走吧，找岳然要紧。"

罗菲跟苏珊走到医院外时，宁佳佳正好拦下一辆出租车，罗菲跟苏珊快步上前，坐了上去。

谢梵羽坐在医院对面街心公园的长椅上，四周一片黑暗。从裤兜里掏出手机，拨打岳然的电话，优美的女声发出提示音：对方已关机，请稍后再拨。

你到底为什么要离开？刚才说完信任，怎么下一秒就要离开呢？谢梵羽痛苦地闭上眼，感到一阵眩晕。

等再次有了意识，竟是刺鼻的消毒水的味道，谢梵羽努力睁开了双眼，一眼就看到了自己的母亲——林云娴。

"梵羽！你可醒了，怎么这么不会照顾自己？胃出血啊，差一点儿就没命了。"一向端庄的林云娴，焦急地说着。

"妈！"谢梵羽努力地喊出一个字，并扬了下嘴角。

林云娴叹了口气："梵羽，Tony 把事情始末告诉了我们，我和你爸就赶过来了。对不起梵羽，我们之前的恩怨连累到了你，真的对不起。"

"没有！妈，没有。"谢梵羽说话很费劲，便只能努力扯出微笑。

最终体力不支，还是睡了过去。

谢骏从医生那里了解完情况才进病房，就听到林云娴轻叹："这都是造的什么孽哦。"

谢骏定住，转身走出了谢梵羽的病房，来到医院门口，一辆黑色的迈巴赫就停门口，司机看见谢骏出来连忙下车，为谢骏打开车门。

"去 BYT。"

司机恭敬行礼，等谢骏上车后，立刻回到驾驶座，发动车辆。

车子一路畅通无阻，斗湖是个极小的镇子，街上的风景也一般，谢骏的眉头越皱越紧，终于来到了仙本那的 BYT，他下车后，径直来到了 David 的办公室。

David 从文件中抬起头，看见一脸阴沉的谢骏和惊慌失措的 Anna。

"对不起，总经理，这位先生执意要进来。"

David 扫了一眼 Anna，Anna 识时务地退出办公室，轻轻带上了门。手中的文件又被 David 翻了一页，视谢骏如无物。

谢骏绷着脸站着僵持了好半天，才终于开口："对不起。林羽。"

David 手下一顿，接着又翻看起来。谢骏叹了口气："以前的恩怨，我不知道该从何说起。"

"是没脸说吧！"David 头也不抬，冷冷地回着。

"看来你对我误会重重，我不知道任雪是怎么和你说的，所以，这个时候，我更不能解释。但我希望你能放过梵羽，要怨也是你妈妈会怨我，与他无关。"

"你给我闭嘴！"David 恶狠狠地盯着谢骏，就是这个男人，蹉跎了妈妈一生的岁月，害得妈妈在异国他乡的楼顶一跃而下，如果不是痛苦到了极点，怎么会丢下才 5 岁的自己？

谢骏心中悲凉："你到底怎样才肯罢手？"

David 站起来，步步逼近谢骏，眼里的厌恶和愤恨，谢骏看得分明。

"想让我不为难谢梵羽可以，但是你必须来为我颠沛流离的 30 年付出应有的代价。"

谢骏看着自己眼前的另一个儿子，不管如何，谢梵羽都是他的亲生骨肉，被自己的儿子这么怨恨，他无法不感到痛心。

"代价是什么？"谢骏问道。

"下去陪我妈妈啊，这才是赎罪应有的态度吧？"David 的每一字都像是索命的厉鬼，让人心生凉意。

谢骏惊呆了，立刻拒绝："不……不行。"

"哼！那就没办法了，我不看着你们下地狱，是不会罢手的。"

"你不能这么做！"谢骏没想到父子一场，David 真的会这么绝情。

"谢骏，在我这里，没有不能做的事。你知道吗，我更想亲手宰了你，可惜，你这样的人渣根本不值得我动手。"

谢骏还想辩驳，却忽然呼吸困难，他右手紧紧地捂在心脏位置上，心中呐喊着："不是你以为的那样！"可话已经说不出了，他渐渐瘫倒在地。

David 静静地看着谢骏瘫倒在地。

这是干吗？在他面前装死吗？David 想要哈哈大笑，却笑得流出了泪。拨打了急救电话，David 滑落在皮椅上，一言不发地看着地上脸色逐渐灰白的谢骏。

Anna 带着急救人员冲进了 David 的办公室，看见 David 失魂的模样，

Anna 一惊。

David 晃过神来，跟急救人员一同走出了公司，上了救护车。他眼睛一眨不眨地看着心肺复苏器一下又一下地击在谢骏的身上，机器显示的各项生命指标却直线下降。等谢骏被送往医院的时候，已经停止心跳了。

David 站在谢骏的床前，眼里有说不清的情绪。就这么死在自己的面前了吗？怎么能这么简单就死了呢？这 30 年处心积虑的报复竟这样结束了，算什么？David 的两手紧紧地握成了拳头，踉跄着走出了太平间。

而另一边，苏珊、宁佳佳和罗菲还在忙着寻找岳然，可是依旧无果。3 个人电话在线联络着，苏珊急切的声音传了过来："该找的地方我们都找遍了，岳然到底能去哪里啊？"

"她会不会已经离开这里了？"宁佳佳问道。

"佳佳说的有道理，苏珊，你人脉广，看看能不能找人查一下岳然是否订过机票。"罗菲说。

"好，我马上找人去查。"苏珊立刻联系了 Tony，将岳然失踪的消息告知。Tony 动用了手头上的关系，查到了岳然现在已经坐上了前往吉隆坡的飞机，并订了机票转机去美国。苏珊听到后松了口气，随即给罗菲和宁佳佳致电："岳然订了去美国的机票。"

罗菲惊讶道："然然怎么会突然去美国？她什么时候办的签证？算了，只要她平安就好。"

苏珊"嗯"了一声："她在英国学习的时候，不是本来要去洲际酒店总部的吗？就办了签证，我觉得这件事大家不要声张，先想办法联系岳然，看看究竟是怎么回事。"

"知道了。"宁佳佳率先挂断，心里却有些犹豫，岳然，你突然离开，是我说的话得到了验证吗？

谢梵羽倚靠在病床上喝着粥，林云娴在一旁默默地看着，一脸的怜惜。

病房门被敲响，林云娴闻声望去："应该是你爸回来了吧？都早上了，也不知道干吗去了？"

林云娴打开病房门，David 走了进来，将手里拿着的一个牛皮纸袋递给谢梵羽。

谢梵羽有些意外，迟疑了下，接了过来。

"谢骏刚刚死了，这是之前签的一份遗嘱，将所有财产作为补偿，全部转到我的名下，而你，和你的母亲分文没有。"

05 世事难料

林云娴震惊地手握着门把手，苦苦支撑着身体，颤抖着问道："你说什么？谢骏他怎么了？"

David 冷笑着看向林云娴："他死了！"

"你！你！……"林云娴再也说不出话，昏倒在地。

谢梵羽连忙按了呼叫铃，护士随后进来，看到这个场景，转身跑出去喊了医生过来，又是一阵慌乱。

David 冷冷地看着林云娴由悲痛万分到昏厥，到被救过来后的万念俱灰，也冷冷地看着接连失去挚爱、至亲之人的谢梵羽在那里强撑着。原本以为应该满是快感，可不知为什么心里却被堵得厉害，喘不上气来。只能站到窗边，看着远处的山峦，重重地喘息。

谢梵羽见母亲醒过来，才看向 David，一字一顿地说："父亲在哪儿？"

他没有强调是我的，因为谢骏是他们两个人的父亲，就算是再痛恨，也是无法摆脱的事实。David 冷哼一声："太平间。"

这里只有这一家像点儿样的医院，谢梵羽没再和他纠缠，看向母亲："妈，我去看看爸……"

林云娴握住他的手："带我一起去。"

"妈！你这个样子不行。"谢梵羽努力安慰着。

林云娴已经一把拔下输液针头，坐了起来，语气坚定地说："我要去看他。"

谢梵羽知道母亲一向坚强，他知道拦着也没用，只好扶住她，为她穿上鞋，相互搀扶着向那个冰冷的地方走去。

看到谢骏尸体的一刹那，两行热泪从谢梵羽眼角滑落。他跪在冰冷的地板上，重重地磕了三个头。

林云娴说谢骏在去年就查出心脏不好，这几天又舟车劳顿没休息好，又见了对他恨之入骨的 David，才会撒手西归。

谢梵羽木然地听着，接二连三的打击让他真的好累、好痛，累到连呼吸每一口气都疼痛不已。然然……我真的好想你在我身边……

第二天一早，谢梵羽醒来的时候，白玲珑就坐在病床旁垂着泪。

见他醒来，白玲珑万分疼惜地说道："梵羽。"

谢梵羽看向白玲珑的双眸，神情冷淡："有事？"

"我是来看伯母的，也很担心你，梵羽，节哀啊。"白玲珑握住谢梵羽的手，举到自己的脸边，被谢梵羽抽离："我没事。"

白玲珑苦笑一番："梵羽，我来是为了帮你的。我说过，David 是不会放过你的。现在伯父就这么走了，你……"

谢梵羽看向白玲珑，等待下文。

"你就这么甘心看着 David 把所有属于你的一切都夺走吗？梵羽，我可以帮你，只要你一句话，我一定会帮你全部都拿回来。"

"梵羽，你不能答应。"

白玲珑和谢梵羽循声望去。林云娴从病房门口走进来："白小姐，你的心意我们领了，但是这件事，我们不能答应。"

白玲珑不敢相信："伯母……"

林云娴不等白玲珑说完，就看向谢梵羽："梵羽，妈知道这个决定对你来说很不公平，可是妈还是想让你放弃。当年如果不是因为你爸的一念之差，也不会造成如今的局面，冤冤相报何时了，说到底还是我们亏欠那对母子太多，既然他想要，我们就给他，要是能平复他心中的怨气，也算是值了。"

"你爸已经走了，上辈子的恩怨也就让它们随着你爸一同去了吧。无论如何，他也是你哥哥，长子继承家业，也是应该的。更何况 BYT 原本就是谢梵羽母亲家的，这也算物归原主了。"林云娴拉起谢梵羽的手，"儿子，妈不求你有多出息，这些糟心事闹了这么多年也够了。从今往后，妈只希望你能平安无事，我们娘俩好好地过日子。可不能再有事了，这个家禁不起了。"林云娴的眼眶又泛起泪珠。

谢梵羽反握住林云娴的手："妈，你放心，我原本就没有报复的意思，既然爸决定将一切都给他，我尊重爸的想法。"

林云娴感慨不已："你能这么想，妈就放心了。"

"梵羽，伯母！你们不能这么想啊！"白玲珑声线尖锐了起来，"这明明就是 David 的圈套，那份遗嘱绝对不是真的。"

"白小姐，这是我家的家事。你能来看我和我母亲，我很感激，但是以后也不必劳烦白小姐了，请回吧。"

白玲珑站了起来，急忙开口："伯父病重离世，全是 David 所逼，要是没有 David，伯父身体向来康健，怎么会突发心脏病身亡？伯母，你真的要让梵羽将伯父费尽心血打下的江山拱手让给害死自己父亲的凶手吗？梵羽，就算你真的不在乎 BYT 的产业，那岳然呢？"

谢梵羽一愣："你什么意思？"

"David 故意将岳然撮合给张嘉栋，就是为了得到张嘉栋的支持。你的父亲，你爱的女人，如果这些都不能成为你反击的理由，你还算个男人吗？"

谢梵羽沉默了，林云娴惊诧地看向谢梵羽："这到底是怎么回事？"

白玲珑轻笑："伯母，您宽容待人，是您心善，可是以 David 的心性，他可不会以德报怨。抢走 BYT 只是 David 的第一步，不把您跟梵羽逼上绝路，他是不会善罢甘休的。"

林云娴听得心惊，闭了下眼睛，沉默了……

苏珊在夜里突然接到岳然要回来的短信，立即把罗菲和宁佳佳叫醒，而此时，又听到谢梵羽父亲病逝的消息，3 个人一晚上都没睡好。苏珊一早就去了机场，等了两个小时。等岳然和彭阳肩并肩出现在面前时，苏珊一时没醒过神来。

岳然看见苏珊，侧头跟彭阳打了声招呼，俩人分道扬镳。然后岳然走向苏珊，苏珊怒了："你这个时候跑去美国是什么意思？还和彭阳一起回来，你难道不知道总经理的父亲昨晚忽然去世了吗？"

岳然的表情一下凝固："你说什么？"

"我是说你不告而别后，总经理胃出血被送到医院急救，刚醒过来，他的父母来看他，结果父亲又心脏病突发离世，这接二连三的打击谁也受不了，可你在哪里？你在干什么？你为什么？图什么？"

岳然手里极其简单的手提袋掉在了地上，这一切发生得太快，她一下子失去了反应的能力。

苏珊叹了口气，很多事就是这样，走错一步，也许就是错过一生。

良久，岳然才缓过神来，喃喃地说："我把彭阳找来，只是想请他帮忙……"

苏珊一下明白了岳然的用意，更是心疼了，抱住她："你可以让我去啊，何必自己过去呢？"

岳然哭了出来，世事难料……

岳然跟彭阳一下飞机，David 就收到了消息。彭阳此次回来其含义不言而喻，David 面容闪过一丝紧张，随即又不屑地轻笑出声。

一个助理而已，他的把柄可不是什么人都能捏在手里的。David 从办公室的抽屉里拿出另一个黑色手机，拨通了一个电话："是我……"话还没说，手机就被夺走。David 转头一看，是张嘉栋。

"你这是做什么？" David 脸色深沉。

张嘉栋将手机扔进抽屉里，随手挂断："收手吧，林羽。"

David 的脸色更黑了："我说过别叫我那个名字。"

张嘉栋毫不退让，直视满眼怒火的 David："谢骏死了，BYT 也成了你的囊中之物，该放手了。不要再执着于复仇，你非要弄到无法收场的地步吗？咄咄逼人，你要用余生去防范别人来复仇吗？David，已经够了！"

06 原来还是不能在一起

David 仿佛听到了天大的笑话，无声地笑了起来，有些疯狂。张嘉栋皱眉看向 David，眼里竟有些怜悯。

"我告诉你，我这个人最痛恨的就是半途而废！" David 走近张嘉栋，气势咄咄逼人，"是，谢骏死了，我也夺回了他从我母亲手中抢走的 BYT。可是你别忘了，谢骏虽死，但林云娴、谢梵羽都还没死呢，我怎么可能放手！每当我一想到自己的名字——谢梵羽，我就耻辱得要死，一个男人已经娶妻生子却公然怀念别的女人，他把妻与子置于何处？"David 愤怒的气息全部喷在张嘉栋的脸上："别拦着我，否则就算是你，我也绝不会手下留情。"

"你想对谢梵羽和林云娴出手，那是你的事。但是你要是为了你所谓的复仇牵连到无辜的人身上，就别妄想我会坐视不管，任由你胡闹下去。"

David 挑眉，嘴角闪过一丝嘲讽："你说的无辜的人是特指岳然吧？你我哪个是君子，还何必在彼此面前惺惺作态？今日要是你我的位置对调，张嘉栋，你只会做得比我更绝情。"

"你说得没错，但我绝对不允许你伤害我爱的女人一分一毫。David，我没有跟你开玩笑，你要是动了岳然，我们的情分就到此为止了。"张嘉栋目光如炬，字字真切。

张嘉栋对于岳然的情意既在 David 的意料之中又在他的意料之外，他冷笑道："岳然爱的是谢梵羽，你心知肚明。你保护岳然就等于保护谢梵羽。我怎么不知道以铁腕著称的张嘉栋还有为他人做嫁衣的喜好？"

张嘉栋沉着依旧："爱有很多种，但绝不是非爱即恨。岳然不爱我，不代表我就要为了这份不爱而去报复她和谢梵羽。我张嘉栋的度量还没有那么小！

David 嫌恶地撇开头："别跟我在这装出一副痴情圣人的嘴脸，你懦弱是你的事，别想让我跟你一样。"

张嘉栋叹息："放手吧，只有这样你才能得到解脱。否则到死你都会被这份仇恨纠缠。"

"你说得轻巧，可是你又知放手这两个字的分量有多重，我 30 年的苦痛煎熬，我母亲苦难的一生，怎么能说放就放。我不奢望能有谁懂我，但我不会让别人对我的人生指手画脚！"

"我今日劝你，是为了岳然，但更为你。话我已经说尽，你若依旧执迷不悟，最终毁的是你自己。"

张嘉栋转身就走，门一开，与彭阳撞了个迎面。

"张董。"彭阳恭敬行礼。

张嘉栋轻笑一声，回头与 David 四目相对："你来得正巧，David 可恭候你多时了。"

彭阳余光瞥向冷若冰霜的 David，张嘉栋走出了办公室。

David 朝彭阳一摆手，彭阳将门带上，走到了他面前，从随身携带的公文包里面拿出一个文件袋递给了David。

他疑惑地接过了文件袋，绕开封口的白线时，彭阳道："这是您让您的律师调查当年谢骏跟您母亲的结果，您的律师知道我要回来时，就将这份文件转交给我，让我一定要亲手交给你。"

David抽出文件袋里的文件，仔细阅读了起来，每看一张，David就多一分震惊，等到手头的八页资料全部查看完，David已经震惊得无法言语。

这怎么可能呢？

原来，当年的谢骏虽然很气恼任雪的行为，也的确因为一时冲动，把任家的BYT收入囊中，但在之后，每年David的生日时，谢骏都会悄悄地跑去美国，远远地看看他，在私下里给母子俩提供了不少帮助。后来，BYT在谢骏的手中又上了一个高度，但却将BYT的股份还给了任雪。任雪知道这一切后，觉得无颜面对谢骏，最终才选择了跳楼自杀。而任雪死后，被洪敏业从中作梗，没有让警方把任雪的遗书交给David，故意让David产生误会，认为这一切都是谢骏所造成的悲剧，离间他们父子。

David惶恐得不知如何是好，他恨了、怨了整整30年的人，到头来都是他一个人的臆想。不是谢骏辜负了他的母亲，而是他的母亲有愧于谢骏。他竟然亲手逼死了自己的父亲。

David想起谢骏死前的一幕，苦笑起来。

太迟了，这一切都太迟了。他最终酿下了大错，要承着弑父的痛苦度过余生。

David痛苦万分，一拳砸向了墙壁，鲜血直流，嘴里喃喃地懊悔道："我为什么没有早点发现真相，为什么？"

David的反应，彭阳毫不意外，悄无声息地退出了David的办公室，给岳然发了短信，长叹一口气，满是悲情。

岳然从手包拿出手机看了一眼短信，心里轻叹，David，愿你能有勇气承担你犯下的一切。她将手机重新塞进包里，整理好心情，按下了门铃。

门一开，岳然对着眼前傻愣的人，也有些胆怯："我能进去吗？"

谢梵羽一脸的不敢置信，小心翼翼地伸出手去触碰岳然，一把将岳然拽进怀中，埋在岳然的肩窝里："然然，你回来了。"

岳然也是百感交集，用力地回拥谢梵羽，带着一丝哭意："嗯，我回来了。"

　　谢梵羽用力地将岳然往怀里一拉，随即关上门，将岳然抵在门板上，整个身体都压在岳然的身上："你去哪里了？我好想你。"

　　岳然眼眶发酸，伸手抚上谢梵羽的头，似乎在诉说不尽的缠绵："对不起，我回来晚了。"

　　"你肯回来就好，我以为你真的要离开我了。"谢梵羽又将岳然搂紧了几分。

　　岳然从未见过谢梵羽如此脆弱的一面，心里又酸又涩："不会的，我永远都不会离开你的。"

　　谢梵羽抬起头，望向泪眼婆娑的岳然，深情地吻了下去。岳然搂住谢梵羽的脖子，加深了这个吻。一切的思念和爱恋全化作缠绵。

　　良久，谢梵羽低头看着靠在自己胸膛上的岳然，又是深情地一吻。岳然一手环住谢梵羽的腰，扬起小脸望向谢梵羽，许下诺言："梵羽，我不会再离开你了。"

　　"好。"

　　林云娴走了出来，看着相拥的两人，却一下子想起谢骏，有些悲从中来，踉跄着回到了屋里。

　　而相拥的两人根本不知道林云娴出来过。

　　岳然最先发现林云娴，连忙将谢梵羽推开，朝林云娴问好："阿姨好，我叫岳然。"

　　林云娴意味深长地"啊"了一声："原来你就是梵羽口中的然然啊，进来坐。"

　　接连几天，岳然都住在谢梵羽的酒店房间里，每天除了帮着谢梵羽料理谢骏的后事，一有闲余就陪在林云娴的身边。

　　这期间，白玲珑知道岳然与谢梵羽同住后，来到谢梵羽面前，冷冷地说道："上一辈的恩怨看似平息了，但酿成苦果的根由是情。其实我与David极像，都是不达目的决不罢休的，因为我们重情重义。"

　　说完这些，白玲珑转身离开，这样的狠绝让谢梵羽心惊不已。

　　谢梵羽犹豫了整整三天，才下了决心："岳然，我们分手吧。"

　　岳然震惊，良久，才哽咽问道："为……为什么？"

　　谢梵羽忍住心痛，冷漠地看向岳然："我以为我可以不介怀，但是我还是无法原谅你在我最需要的时候，离开了我。"

岳然上前欲解释，谢梵羽转过身，根本不给岳然这个机会："今天过后，我不想再见到你。"

谢梵羽的分手来得毫无征兆，岳然看着昔日的爱人如此绝情，以为自己是在做一场梦。她含着泪，抓起手包，夺门而逃。

谢梵羽在窗前，看着岳然离去的背影，心如刀割。

对不起，我不能让悲剧在你的身上重演。

07 离开你是否还有诗和远方

岳然失魂落魄地走在街上，她心里质问了自己一万遍，到底为什么？可最终都汇成谢梵羽最后那句决绝的话。

"今天过后，我不想再见到你。"

这句话真的太狠，太坚决，利索地斩断了两人一直以来的牵绊。而这份感情，从开始起，就艰难万分，好不容易一切苦尽甘来，却是谢梵羽亲手毁灭了这份幸福。

无论如何，她都无法坦然接受她跟谢梵羽分手的事实。不管是厌倦了，还是不爱了，还是有其他难言的理由，她都累了，筋疲力尽。

街上的路灯一盏盏熄灭，犹如岳然的心，一点点死去。迎着冷风，她泪流满面，每一滴眼泪都是她对谢梵羽的情意。等她走回公寓，明明已经麻木了，可是心脏却还隐隐抽痛。岳然脱下脚上的高跟鞋，在黑暗里摸索着回了自己的房间。

如果这注定是她的结局，她举手投降。岳然闭上了眼睛，一夜未眠。

凌晨 5 点 30 分，岳然缓缓睁开眼睛，眼睛里充满了坚定。她爬下床，从电脑包里抽出手提电脑，20 分钟过去后，打印机的指示灯亮起，一封辞职信新鲜出炉。岳然从头到尾浏览了一遍，确认无误后，装进了信封里，放进了手包，踏进盥洗室进行洗漱。一切准备就绪后，岳然走出了房间，来到厨房做起了早餐。

　　第二个荷包蛋刚刚煎好，苏珊就从房间走了出来。

　　岳然抱歉地说："是我吵醒你了吗？"

　　苏珊朝岳然晃了晃手中的辞职信，然后塞进放在沙发上的包里，转身走到客厅帮岳然拿餐盘，走到餐桌旁坐下。

　　岳然拿了两杯黑咖啡，一杯放在苏珊的面前，一杯自己喝了起来。

　　"我也决定辞职了。"

　　苏珊意外地看向岳然："你决定好了？之前问你，看你犹豫的模样，还以为你会留下呢。"

　　岳然起身回房，将自己写好的辞职信拿出来，放在餐桌上。

　　"Wow！"苏珊捧着咖啡杯惊叹一番，"看你眼睛那么肿，该不会昨晚偷偷哭鼻子了吧，是不是舍不得你们家总经理啊？"苏珊冲岳然挤了挤眼睛，调侃道。

　　岳然吃三明治的动作顿了一下，随后开始沉默地咀嚼起来。苏珊整个人都在兴奋，根本没有留心岳然的不对劲："真是太好了，以后我们又能在一起了。"苏珊随后又叹了一口气："可惜罗菲并不准备走。"

　　岳然没有感到很意外，将最后一口三明治吃完，才回道："又不是小孩子了，做什么都要绑在一起，罗菲有罗菲的路要走。"

　　苏珊点头认可，随即感慨道："我家然然说话真是越来越有哲理了。"

　　岳然无语地斜了苏珊一眼："早饭我做的，盘子你刷。我走了。"岳然说完，拿起辞职信就朝玄关走去，换下拖鞋。

　　"辞职加油哦！Go，go，go。"

　　餐桌旁的苏珊一手抓着三明治，一手为岳然加油助威。

　　岳然被逗笑了，这是什么奇葩的朋友！

　　岳然在 BYT 的楼顶待了很久，吹够了风，才来到张嘉栋的办公室提交了辞职信，张嘉栋以为岳然将和谢梵羽一起离开，没再挽留，签了字。

　　岳然没有想到会这么顺利，惊讶后也庆幸张嘉栋的理解。她鞠了一个标准的躬："谢谢张董。"

　　岳然转身离开，被张嘉栋叫住："岳然。"

岳然回头，张嘉栋眼里的爱意不减："如果你需要我，你知道我的电话。"

感激地点点头，岳然转身推门而去。回到公寓后，岳然开始打包行李，不到5分钟，苏珊也跟着回来了，朝着岳然打了一个OK的手势。

"票买好了吗？"岳然问。

"没呢，我先给佳佳打一个电话。"苏珊刚拨通电话，公寓门就被敲响，苏珊前去开门，宁佳佳拖着行李箱走了进来。

苏珊收了手机，一脸敬佩："这位美女，我们买几点的机票？"

宁佳佳二话不说拿出手机敲打了一番，抬头说道："你们还有半个小时打包行李的时间，要不然你们就跑着去泰国吧。"

苏珊暗骂了一声："你这个狠毒的女人，多亏我昨晚睡不着打包好了！"

岳然看着两人，露出了浅笑。

真好！就像我们谁都不曾变过，我还是那个岳然，你们还是我的宁佳佳和苏珊。

由于宁佳佳和苏珊的加入，岳然的打包工作高速完成。岳然看见自己被强迫扔掉的那些衣物心在滴血，她就不应该让这两个不知柴米油盐贵的人帮忙！

罗菲虽然和她们一起前往吉隆坡转机，但她将继续前往巴厘岛，继续在BYT工作，大家都表示理解，但心里未免还是有些遗憾。

下午4点，岳然、苏珊、宁佳佳又从吉隆坡飞回了曼谷。一落地，3个人就上了提前订好的车赶到BYT曾分配给她们的公寓，各自开始收拾行李。由于第二日是双休日，三人转天又一起相约出门采购，一天下来，大包小裹地添置了不少东西。

望着曼谷繁华的街道，苏珊不禁感叹："没想到兜兜转转了一圈，我们又回来了。"

宁佳佳摘下秀挺鼻梁上的咖啡色墨镜："我们可以回到原点，却永远无法拾回初心。"

一句话，三人陷入了沉默。

岳然迎着阳光，惬意地眯起眼睛。

重回曼谷，时过境迁，心境自然不一样，可那又如何？人生可不能自怜自艾地过下去。

"我们聚餐吧！"

岳然的提议让两个人来了兴趣。

苏珊兴奋道："好啊，不过光我们3个人聚餐可没什么意思，我知道咱们同来的还有几个在曼谷，不如我们搞一场同学聚会？"

宁佳佳耸了耸肩："我没问题啊。"

岳然也赞同地点头："我也没问题。"

得到两人的响应，苏珊立刻将聚会的邀请发到了沉寂已久的同学群里。晚上6点，同学群热闹地讨论起来，最终将聚会敲定在了明晚的6点。

3个女孩睡了大半天，下午两点才爬起来，敷了个面膜，开始进行准备。

晚上6点，岳然她们3个人来到了曼谷最有名的酒吧——Dark Night。所有还在曼谷的同学都来了。岳然明知道自己喝香槟过敏，却还是喝得酩酊大醉。苏珊早就喝得晕头转向，在舞池里甩得整个人都要飞起。只有宁佳佳还尚存一些理智，却也好不到哪去。

岳然在众人的起哄下，当众干了一瓶小香槟，叫喊声一片。苏珊毫无理智地叫好，宁佳佳晕乎乎地看着岳然，只知道大事不好，却做不出反应。

岳然举起空的香槟瓶，傻兮兮地一笑，随后"砰"的一声，摔倒在舞池里五光十色的地板上。众人还没反应过来，就见一个身材高大的男子冲进了舞池一把将岳然抱了起来，走出了酒吧。

08　说散就散何必纠缠

谢梵羽将岳然放进副驾驶座，系上安全带，快速坐到驾驶座开始开车。岳然毫无意识地躺在座位上，看得谢梵羽又心疼又后悔。

祈祷着岳然不要出事。

好在今晚曼谷的马路上，车辆并不多。岳然很快地被送到离Dark Night最近的亚泰医院。

谢梵羽将岳然从车里抱下来，快步跑进医院里，用泰文跟医护人员交代岳然酒精过敏的病史以及现在的症状。

岳然立即被送进急诊室洗胃，苏珊和宁佳佳这时也跌跌撞撞地赶了过来。

两人连站都站不稳，苏珊脚上的两只鞋子更是不翼而飞，在医院里横冲直撞，谢梵羽走向两人，拽着两个醉鬼去输液。两个多小时后，苏珊穿着医院统一发放的一次性拖鞋跟宁佳佳乖巧地来到岳然的病房。

坐在岳然床边的谢梵羽看见两人进来，仔细给岳然掖了掖被角，起身，示意两人出来。

3个人来到走廊，谢梵羽看见羞愧的两个人，轻问道："酒醒了？"

苏珊将头差点低到腰线处："对不起，谢总……总经理。"

宁佳佳也是无脸见人，根本不敢正视谢梵羽，一同行礼赔罪。

"然然没事了，你们也回去休息吧。"

苏珊和宁佳佳对视一眼，松了一口气。

"但是这种情况，决不能有下次！"

苏珊和宁佳佳猛点头。

"我不便久留，然然就拜托给你们照顾了。"

宁佳佳听出了蹊跷："谢总为何说不便？还有，这几天岳然就不对劲，而且明知道自己对香槟过敏，今日却如此不要命地喝，想必也是因为谢总吧。"

苏珊瞪了宁佳佳一眼，谢梵羽淡淡地看了一眼宁佳佳，没有任何不满："我跟她分手了。"

宁佳佳早已猜到，苏珊却被吓得不轻。

"既然然然没有主动跟你们提起，你们也就继续装作不知道的样子吧。"

"为什么？然然为你做得还不够多？"宁佳佳发问。

谢梵羽沉默不语，脸色沉了下来。

宁佳佳不怕死地继续道："我猜谢总跟然然分手应该是因为白玲珑吧。"

苏珊恨不得再把宁佳佳拽回刚刚的输液室，让医生再给她输一袋清醒液，也不知道有没有。她敢跟谢总叫板，绝对酒还没醒，虽然她也想知道到底是为什么。苏珊悄悄打量起谢梵羽。

"我必须保护然然，如果然然跟我在一起，就一定会受到伤害，如果是这样，我更愿让她离我远远的。"

苏珊再听不出来这里头的猫腻，她可真的对不起她的高智商了。虽然谢梵羽这么做会让然然受到很大的伤害，但这也是无可奈何的办法。明明是相爱的两个人，非要跳出个程咬金来搅上一局。

苏珊能理解谢梵羽的选择，可是宁佳佳却不能。

"谢总美其名曰是要保护然然，可是岳然却不明不白地被谢总抬手甩人，您以为您是为她好，殊不知，您的保护却给她带来了更大的伤害。她今天酒精中毒进了医院，就是因为谢总这种不负责任的行为导致的。我知道这是谢总跟然然之间的事，但是我今天就想问谢总一句，明明是白玲珑当初自己放弃的，凭什么她说要回来就要回来？凭什么谢总您就不抗争一下，而是任由白玲珑摆布？难道谢总的父亲做错了事，就该报应在您身上吗？谢总，您今天的选择，终究是伤人伤己，你谁都没有保护好。"

谢梵羽有些受触动，可是他无法拿然然的性命做赌注。他，输不起。

"在事情还没有彻底解决之前，我不会给任何人可乘之机，岳然只有远离我才是安全的。"

宁佳佳气愤，被苏珊一把拉住。

谢梵羽看了一眼病房："你们进去看着然然吧，她也快醒了。"谢梵羽留恋地透过门上镶嵌的玻璃看了岳然许久，才转身离开。

宁佳佳甩开苏珊的手，一脸怒气。苏珊知道宁佳佳心里不服，选择不跟她一般见识。

"我知道你是为然然好，难道谢总就不是吗？我们既然没办法让白玲珑滚蛋，就不要站着说话不腰疼。要是谢总真的为了一己私情，将然然留在身边，那才是真正害了然然。谢总能做出这种决定，你以为他很容易吗？"

宁佳佳当然知道苏珊说得有道理，只不过看着白玲珑小人得志，实在是让她难出一口恶气，只好叹口气："我们进去看看岳然吧。"

苏珊点头："走吧，记着别跟然然瞎说。"

宁佳佳不耐地蹙起了两条弯眉："知道了，我又不是长舌妇。"

苏珊跟着宁佳佳进入病房，坐了半个多小时，岳然才悠悠转醒。

苏珊第一个发现岳然的苏醒，连忙起身："然然，你醒了？"

岳然虚弱地转头，看见是苏珊和宁佳佳陪在身边，有些难过。

原来在自己昏迷前，看见谢梵羽来救自己真的是幻觉，也是，她跟梵羽之间已经没有任何关系了，她凭什么让梵羽来救她呢。

岳然越想越难受，眼前突然一黑，又昏睡了过去。

宁佳佳迅速按响了护士铃，护士立刻赶了过来。

宁佳佳跟苏珊担心不已，苏珊语气急匆匆道："护士，刚刚她已经醒了过来，可是突然又昏了过去，这是怎么回事？"

护士拿起听诊器在岳然身上听了听，收回了听诊器："放心吧，没什么大事，只是病人需要休息而已。"

苏珊和宁佳佳听闻都松了一口气。

谢梵羽驾车回到自己的公寓，满脑子都是岳然昏迷的样子。刚到家门口，就看见了白玲珑站在那里。

"你换了锁，我进不去了。不过，我很高兴你跟岳然分手了。"

"我更高兴你能现在离开我的家。"

见谢梵羽真的要发怒，白玲珑笑笑，朝电梯走去："晚安，梵羽。"

电梯门一关，谢梵羽靠在门上，压抑地喘息。

然然……

白玲珑知道谢梵羽的心里不可能放下岳然，她所要做的就是永绝后患。白玲珑出了谢梵羽的公寓楼，就拨出了一通电话："岳然已经跟谢梵羽分手了，你要是还喜欢岳然，就拿出点本事来。"白玲珑自顾自说完，就收了线。

张嘉栋握着被挂断的电话，还是有些不相信，他知道谢梵羽跟岳然分手一定跟白玲珑脱不了关系，可是心里却还是蠢蠢欲动了起来。张嘉栋立刻找人去调查了一下岳然的近况，等张嘉栋得知岳然酒精中毒，很是心疼，立刻买了最早一班前往曼谷的机票。等张嘉栋到达亚泰医院的时候却犹豫了，就算见到岳然又如何？恐怕她想见的根本不是自己。

张嘉栋冷静下来，来到护士站询问了岳然的病情，知道岳然今日就可以出院后，张嘉栋思来想去，还是决定去找David。

Anna却告诉张嘉栋，David已经有三天没来上班了，现在谁也联系不上他。

张嘉栋怕David又要整出什么幺蛾子来，立刻派人去查David的踪迹。让他没有想到的是，会在曼谷的寺庙里找到David。

09 都是有软肋的人

David 跪在蒲垫上，十分虔诚。

张嘉栋站在一旁等候，还顺便捐了香火钱。

等 David 从蒲垫上站了起来，张嘉栋才上前："我不知道你还信仰佛教。"

David 转身看见张嘉栋，眼里闪过一丝错愕，随即勾唇轻笑："看来你找我费了不少功夫。"

张嘉栋朝四周望了望："是啊，只不过没想到最后会在这里找到你。David，我有事要问你。"

David 深沉地看了一眼张嘉栋，走出佛堂，张嘉栋跟了上去。

"岳然跟谢梵羽分手了，是白玲珑告诉的我。我不知道白玲珑在这里面做了什么手脚，但是能让谢梵羽与岳然分手，一定是白玲珑拿岳然威胁了谢梵羽。David，你放手吧，我不管这里你扮演着什么角色，都收手吧。"

David 站定："我可以放过谢梵羽。"

张嘉栋意外，随即含笑抱怨："早知道来一趟寺庙就能让你想通，我当时还跟你废什么口舌，直接把你绑来不就成了？"

"是谢梵羽把谢骏送过来超度的，我却只能在旁边的佛堂里……"

张嘉栋沉默一会儿："你为什么会突然改变主意，彭阳跟你说了什么？"

"他没有说什么，只不过是带来了真相罢了。"David 脸上露出了痛苦，虽然只是一瞬，但还是被张嘉栋捕捉在眼里。

"谢梵羽，我不会再为难他，但是我无法管束白玲珑，感情上的事只有当事人自己做主，就算我去劝说白玲珑，你觉得那个女人会听我的话吗？还有你，岳然跟谢梵羽既然分手了，你为什么不趁这个机会得到岳然呢？"

张嘉栋深深地吸了一口气，再缓缓吐出来："她的心不在我这儿，得到了人又有什么用？我不是想赢怕输的人，也不是乘人之危的人。既然在这场感情的追逐战上，我输给了谢梵羽，我愿赌服输，这没有什么好说的。而岳然，她教会了我什么是爱情，我不想让她恨我，更舍不得让她难过。只能说，我跟她有缘无分吧，既然这样，又何必强求，倒不如放手，成全她也给自己一个解脱。"

张嘉栋认真地看向 David："白玲珑是我和你引狼入室的，因是我们种下的，结出的恶果也应该由我们帮忙处理。如果你不愿出手，那么只有我自己来了。"

David叹息："我不懂爱情，甚至可以说厌恶爱情，但是你成人之美的这份心境我表示赞赏，作为男人，你输得有风度。岳然是个好女孩，我也不想看着她难过。毕竟在这场战役里，她才是最无辜的。这个恶果，我会跟你一同除去。"

张嘉栋看了David一阵儿，开怀大笑起来，笑得David莫名其妙。

张嘉栋笑得酣畅淋漓："David，我没有看错你。"

David白了他一眼："哪那么多废话，赶紧走。"

岳然终于可以出院，苏珊知道这个消息后，立刻跑了出去，让她们务必等她回来才能出院。

苏珊这一走就将近两个小时，宁佳佳等得焦急不堪，几次都想带着岳然直接走人。

又过了一个小时，宁佳佳数落道："都等你多长时间了，打电话也不接，你去银河系了啊？"

苏珊狠狠地瞪了一眼宁佳佳，从包里掏出一块豆腐献宝似的给岳然。

岳然跟宁佳佳一愣，宁佳佳问："你这是干吗啊？"

苏珊嫌弃地看了一眼宁佳佳："这都不懂啊，吃豆腐是去霉气的。然然，你可不要小瞧这块豆腐，这可是价值1000块钱的豆腐啊！"

岳然震惊过后，担忧地看向苏珊："你该不是被人骗了吧？"

"我看也是，花1000块钱买豆腐，你脑子是不是豆腐做的啊？"宁佳佳用一种无药可救的眼神看向苏珊。

苏珊急了："你这个头发长见识短的！这块豆腐可是曼谷里号称米其林餐厅三原豆腐店里的豆腐，你知不知道这家店只有15个位置，很难预约的，我买一块容易吗？"说完，苏珊就端着豆腐在一旁生闷气。

岳然知道缘由，很是感动："苏珊，对不起啊，我跟佳佳不知道。"

岳然说完就示意宁佳佳道歉。

"对不起啦，奴婢在这里给苏珊大小姐赔罪了。"宁佳佳说完，还学古人做了个礼。

苏珊心情好转，一脸为难的样子："那好吧，我大人不计小人过，原谅你们吧。"话一说完，还没矜持到两秒钟，苏珊就捧着豆腐凑到岳然面前，"快吃快吃，赶紧去去霉气，咱以后可别来医院了。"

岳然看着正正方方的豆腐，有些心疼："刚刚还没注意，这么大点的豆腐就卖 1000 块，也太黑了吧。"

苏珊嫌岳然太磨叽，抄起筷子就把豆腐夹了起来塞进岳然的嘴里。

宁佳佳好奇地问道："这什么味啊？"

苏珊也很是期待："好吃吗？"

岳然咽了最后一口，有些委屈："太小了，我还没尝出来就吃完了。"

苏珊心在滴血，心痛地摆摆手："赶紧回家，要不然就该我住院了。"

"呸呸呸。"岳然和宁佳佳一齐道。

三人回到公寓，吃着打包回来的餐，宁佳佳问："我们什么时候回国啊？下礼拜一？"

苏珊拿出手机，打开日历："下礼拜一还有 5 天，还是再下个礼拜一走吧。"

岳然喝着肯德基的皮蛋粥点头："可以啊。对了，那天是谁送我到医院的啊？我还没来得及谢谢人家呢。"

苏珊和宁佳佳心虚地对视一眼，苏珊大大咧咧地道："那我哪知道啊，我跟佳佳都喝醉了。你管是谁送的，好人做事都不留名的。"

岳然"哦"了一声，继续低头喝粥，苏珊和宁佳佳都松了一口气。

岳然的思绪飘远，虽然我知道不可能，但会是你吗？

David 掷下重金，得到了当时白玲珑放出的酒店走廊中与谢梵羽的录像。David 将录像拷贝多份，匿名寄送到各大报社。

前因后果被曝光，HLS 股票大跌，引起了各界的关注，David 又趁机收购了 HLS 大量的股票。

张嘉栋看向得意的 David，笑道："兔子急了都会咬人，你就不怕这只母老虎生吞活剥了你？"

"她没有这个机会了。"David 轻笑道，"有弱点的人做事不会太狠绝。"

10 得不到才更想要

张嘉栋和 David 一早刚到曼谷的 BYT 中心酒店，就看见站在大厅里怒气横生的白玲珑。

Anna 跟在张嘉栋身后，小声提示道："白小姐 20 分钟前就到了。"

20 分钟前？我以为应该是昨晚就来了，David 心里轻笑，也早已料到了这个结果。

张嘉栋和 David 视若不见地走进电梯，认定了白玲珑不敢在此造次，毕竟现在 HLS 最丢不起的就是脸面。

白玲珑看着这两个人的背影咬紧牙关，本以为他们和自己是一条船上的，没想到反手就是一个狠招，男人果然都是信不得的。

白玲珑微扬下巴，深吸口气，优雅地跟上前去，进入了同一部电梯。

短短几十秒，在电梯中虽然都保持着沉默，但剑拔弩张暗流涌动。电梯门一开，几人迅速走进办公室，Anna 给张嘉栋开了门，立刻闪人。

"为什么？"白玲珑直视着不慌不忙地脱下外套的 David。

David 解开袖口，坐在了办公椅上，似笑非笑地说："是你先过界了，白女士。"

"我过界？ David，当初我们合作时可是说好了，为何你不遵守契约精神！"

David 冷笑："遵守契约的前提是要保障我的利益，可是白女士最近跟谢梵羽交往频繁，要是白女士再联合谢梵羽一同对付我，我岂不是得不偿失了？既然早晚都要开战，我当然要先下手为强。"

白玲珑深吸一口气，现在她必须冷静。

"怎样你才肯放手？"

David 双手交叉放在胸前，看着白玲珑沉默。

白玲珑心一沉，知道 David 是不可能吐出已经收购的 HLS 股份了，可是她又怎么能任凭 David 抢走 HLS？

"我在 HLS 整整卑躬屈膝了 5 年，放弃了爱情，放弃了我所有的一切，才将 HLS 夺回来。你明明知道 HLS 对于我的重要性，为何还要如此相逼？"

白玲珑弯下上身，双手拄在 David 的办公桌上，满眼血丝："HLS，我不能失去。"

David 与白玲珑对视良久，才开口："你想要回 HLS，很简单。"

白玲珑心中一喜，直起身体。

"放过谢梵羽，我就不对 HLS 动手。"

白玲珑对于这个答案备感意外："为什么？你跟谢梵羽不是水火不容的吗？"

"我的弟弟，只能我来教训，外人可不行。尤其是野心勃勃的你更是想都不要想。别以为我不知道你去找过谢梵羽，更不要以为我不知道你和谢梵羽都说了什么。白玲珑，你这几年的日子过得实在是太安生了，恐怕你自己都忘了你把 HLS 当年被洪敏业收购的账，可是算在了 BYT 的头上的。"

白玲珑被说中后恼羞成怒："谢梵羽是我人生唯一的美好，如果被剥夺，我到死都不会放手的。"

David 怒极反笑："你已经没有选择的权利了，没了 HLS，你还妄想操控谢梵羽，我看你简直是痴人说梦。"

白玲珑很好奇 David 跟谢梵羽究竟发生了什么，竟会让 David 倒戈到谢梵羽的一方。难道说谢骏死了，David 的恨也跟着去了，现在又上演了一场血浓于水、手足情深的场面？白玲珑冷笑着，真是可笑。

"我们明明都是同一类人，都拥有毁天灭地的能力和狠心，可是我们也愿意为了得一人心，从此放弃。"白玲珑试图以情动人。

David 缓缓摇头："谢梵羽心里没你，只怕到最后你会落得和我母亲一样的下场。"

白玲珑愣住，随即发狠，昔日的美好形象变得狰狞不已："谢梵羽，你不要如此咄咄逼人。你们若是把我逼上了绝路，我绝不会一人去死，我定要你们所有人都陪着我粉身碎骨。"

David 看着白玲珑摔门离去，不禁叹息一声。

亲情，爱情……说到底都是被情这个字所困……

白玲珑甩上车门，用力地捶敲着方向盘，泪水潸然而下。美好的童年，受尽屈辱的少女时代，劳累奔波的青春中，那个给过她温暖的男人，现在心里已经没有了她。不用别人说，她也感受得到。但得不到才更想要！

白玲珑硬生生地把眼眶的泪水逼回去，抽出几张纸巾，快速擦干脸上的泪痕，启动车子，开出了 BYT。

岳然这几日茶饭不思，整个人整整瘦了一圈。她不是有心想要节食，只是实在没有胃口。她很努力地想要去忘记谢梵羽，可是越努力，谢梵羽这个人就越鲜明。她数不清有多少次都想打电话给谢梵羽，去问问他到底是为什么，可是一想起他那句再见的话，立刻击碎了她所有的勇气和自尊，哪怕她每晚都要梦见这个人。

憔悴、伤心的岳然，苏珊和宁佳佳都看在眼里，可是谢梵羽这个名字就像是禁忌一样，谁都不敢轻易提起。不光是宁佳佳，就连苏珊都有冲动想要把真相告诉岳然，让这对有情人终成眷属。可是，她们怕事情会更加复杂。为了能让岳然好受一点，宁佳佳和苏珊把回国的日程提前了 3 天。

清晨 6 点，3 个人为了避免赶上早高峰，早早就出来赶往机场。岳然是前一晚才得知今天就要回国的消息，在去往机场路上的时候，岳然好奇地问道："怎么突然改机票了呢？"

宁佳佳飞快解释道："反正在曼谷也是待着，还不如早些回国，提早适应一下。"

苏珊点头："是啊，你现在都要瘦成纸片人了，带你回归到祖国的怀抱里，好好补点油水。一回国，我们就去吃海底捞怎么样？"

"嗯，也行，不过补油水，不应该只吃海底捞吧？"岳然说完，就转头望向路边的风景，看着风景迅速掠过，她觉得，这一走，仿佛就真的要说再见了。

她突然觉得自己根本没有那么坚强，要不然她也不会同意苏珊和宁佳佳的决定。她这样，算不算一个逃兵？

出租车在一个小时后到达了曼谷机场，3 个人每人拖着两个行李箱进入了机场大厅，毕竟待了两年多，不会行囊空空。

机场的人不少，三人决定分头行动，岳然负责去办理登机牌，宁佳佳和苏珊则带着 3 个人的行李去办托运。岳然排了将近 15 分钟的长队后，终于拿到了登机牌。又等了 10 分钟，苏珊和宁佳佳才出现。

苏珊呼出一口气："还好我们出发得早，要不然肯定是赶不上了。"

岳然看了一眼手表："还早呢，一会儿安检完去逛逛免税店吧，我竟然什么都没买呢。"

苏珊点头，3个人又加入了安检大军。岳然数了数前面还是二十几人，一回头，发现后面早已排起了长龙。岳然正要转头，视线一顿，眼眶就酸了起来，猛地往回跑去。

11 想要新生就得忘记

谢梵羽一把将跑过来的岳然拥入怀中，岳然窝在谢梵羽的胸膛上，不肯抬头。不一会儿，谢梵羽的胸襟前湿了一大片。

机场的人开始侧头观望，窃窃私语。

苏珊傻眼地看了看一旁的宁佳佳，不确定地问道："那是谢梵羽吧？我没眼花吧？"宁佳佳伸手狠狠地掐了一下苏珊，苏珊疼得跳脚，又因为要保持形象生生地把痛忍了回去，狠狠地瞪向宁佳佳："你这个疯女人，怎么下手这么狠啊！"

宁佳佳看了一眼暴跳如雷的苏珊，又望向谢梵羽，认真地点头确认："真的是谢总，也是个放不下的。"

谢梵羽怀中的岳然带着哭腔的声音传来："我以为你再也不想见到我了。"

然然……

谢梵羽心中纵有万般不舍，也必须面对两人分离的现实。谢梵羽将岳然从怀中扶起，两人四目相对。

他瘦了。

岳然心疼地抚上谢梵羽的脸，被谢梵羽抓住，紧紧地握在手心里。

"然然，不要放弃你的梦想，不要离开你喜欢的酒店业。你是我见过最优秀，也是最有潜力的酒店人。你曾经说过，你要成为最棒的酒店人，所以你从不轻言放弃。你一向坚强，这次你也一定要坚守住你的梦想，就像以前你做的一样，永不气馁。"

岳然泪流满面："你没有信守承诺，我也不会。"岳然抽出手，决然地转身。

岳然走回苏珊和宁佳佳身边，宁佳佳秀眉紧蹙，苏珊欲言又止，回头只能看谢梵羽一人相望。两个人之间不过数十米，却咫尺天涯。

此时，安检也轮到了岳然一行人，岳然毫不犹豫地上前，进行检查，进入闸口。

谢梵羽默默地看着岳然的背影融入人海，想起自己当年在人海中和她相遇的场景，大声地喊："我不会弄丢你的，这是我的承诺。"

岳然听到了，眼泪倾泻而下，脚步越走越急，也越走越坚定。

最终是大哭一场，免税店还是没有逛。岳然率先登机入座，见宁佳佳跟苏珊满脸担心，立刻闭眼装睡。耳边传来一声轻叹，岳然知道是苏珊坐在了自己的身边，见她没有拆穿自己，心底很是感激。

谢梵羽的出现让她又惊又喜，她本以为两个人会像电视剧演的那样重修旧好，他会告诉她这一切都是一个误会。可是他们的结局没有被改写，既然他们没有可能，为何还要给自己希望？为什么不能再狠心一点？或许她还会忘记。

岳然脑海中全是谢梵羽那句承诺。

飞机落地，岳然才终于睁开了眼睛，伸手一摸，发现眼睛已经哭肿了。岳然苦笑，就连睡梦中也还能感受到心痛。

宁佳佳往岳然脸上戴了一副墨镜，自己又戴上了一副。苏珊见此，立刻从手包掏出一副今年最流行的猫眼墨镜，玉手一挥："Let's go！"

岳然嘴唇微颤，几乎就要再次落泪。

出了机场，3个人上了一辆出租车，来到事先在网上预订的租房。房子没有图片上那么好，但倒也没有差太多。检查了一遍马桶的冲水系统和水煤电都无误后，岳然她们还是决定先在这里住下，毕竟是日结房，不仅比酒店的花销便宜很多，也可以随时搬走，方便得很。

重返故土，苏珊当即就要兑现承诺，搂着两人去吃了一顿海底捞。味道佳，服务好，酒足饭饱后回到家，就开始为了生计发愁。

一整晚，苏珊跟宁佳佳一人顶着一张面膜，开始搜索当地的酒店，最后两人一致认为即将开业的 IM 酒店很有潜力。苏珊将笔记本电脑放在发愣一晚上的岳然的大腿上，努努嘴："IM 最近正在招聘员工，我跟佳佳想去这里试试，你跟我们一起去看看吧。"

岳然看了一眼就答应："好啊！"

宁佳佳、苏珊皆是一愣。

"我还以为你不会答应呢。"宁佳佳伸手抚了抚脸上面膜的褶皱。

"我得向生活的大佬低头啊。"岳然笑笑，开始浏览有关 IM 集团的资料。

第二天一早，三人挽起了长发，各自都换上了一身利落的行头，精神抖擞地来到 IM 进行面试。毕竟有在 BYT 的两年工作经验，三个女孩倒是没有太紧张。

IM 的面试有三项。第一项是面试，主要是根据递交上的简历，进行交谈，让彼此了解一下对方。第二项是笔试考核，主要考核酒店的基本事项。第三项是情景演练，会由酒店的招聘人进行评估，主要考察员工对突发事件的应变能力。

本以为第一项面试是最简单的，可是在公布入选名单时，却发现这一环就刷掉了三分之二的人，也就是说，包含岳然等三人，总共仅剩下 10 个人。这个结果，让大家都震惊不已，开始重视了这场考核。

苏珊回到公寓后，还有点神情恍惚："这场面试，我觉得大部分人连自己是怎么被淘汰的都不知道。"

岳然把在网上找到的酒店理论资料发到两人的微信里："别想了，笔试在两天后，我们还是多背背知识点吧。"

宁佳佳叹了一口气："没想到毕业后，竟然还有挑灯夜战的时候。"

奋战了两天，三个女孩笔试结束后回到家里，都疲惫不堪。

苏珊萎靡地躺在懒人沙发里："我已经对我学的专业产生怀疑了。"

宁佳佳举手附和："Me too."

不怪苏珊和宁佳佳吐槽，岳然也是崩溃不已。IM 笔试的考核内容只有 1/3 是死的理论点，剩下的竟然全部都是活络的开放题，这种考法简直是闻所未闻，更别说那些奇怪的考题了。

岳然叹口气："我也要凉了。"

苏珊不知不觉哼唱了一首《凉凉》，一夜未眠的三人参加了第二天的情景演练。

岳然倒是觉得自己表现得还不错，因为她即兴的考题是她曾经在酒店服务中遇到过的，所以应变得很快，她也看得出面试官对她的解决办法很满意。宁佳佳和苏珊的表现也都不错，三人总算舒了一口气，在最后一局中重拾了自信。

最终的结果，要两天后才能出来。这两天，岳然她们就出去好好逛了一遍大街小巷，将周边著名的小吃也吃了个遍，毕竟，一旦工作确定下来，就该各回各家了。

两天后的一大早，苏珊和宁佳佳一手端着粥喝粥，两双眼睛却直勾勾地盯着手机屏幕。岳然倒是没有这两人那么夸张，但是心里也是忐忑不已。

苏珊的手机率先响起，苏珊快速放下粥，打开短信，兴奋地叫起来："我录取了！"苏珊把手机给两个人看，宁佳佳口气有些羡慕："真厉害，还是管理层的 Offer 呢，还说自己考得不好呢。"

苏珊捧着手机直亲了好几口，笑得开怀。

"恭喜你啊，苏珊。"岳然这句恭喜真的是真心实意，她真的很为苏珊开心。

宁佳佳的手机下一秒也响了起来，叮铃叮铃，岳然的手机也跟着响起。

苏珊紧张地问道："怎么样？怎么样？"

宁佳佳轻松一笑，眉眼尽是得意，拿手机给苏珊看："跟你一样。"

苏珊笑着"切"了一声，双手一拱："同喜同喜。"苏珊激动地看向岳然："怎么样，然然，你也通过了吧？"

岳然按灭了手机，笑容僵硬："我没有通过。"

12 柳暗花明又一村

苏珊和宁佳佳的笑容一下子就垮了下去。

"怎么可能？"苏珊疑惑。

宁佳佳皱了皱眉："会不会是你这两年多频繁调岗，让他们觉得你对每个岗位的了解度还不够？"

"也许吧。"岳然笑了笑，"没关系，别为我担心，不是还有很多酒店吗？

我明天都去试试。只是不能在一起，还是有些遗憾的。"说完低头喝起了粥。现实摆在眼前，她只能告诉自己不要气馁，继续努力。

宁佳佳知道这时说什么都太过无力，可是不说她又很担心岳然，但是她的确不知道该说些什么，苏珊也是，两人一同陷入了纠结的怪圈。

岳然喝完了碗里的粥，一抬眼就看见两人一脸纠结的表情，伸手抓住两人的手，笑道："喂，你们干吗啊？我只不过是没有面试成功而已，干吗都一副要死不活的模样？不知道的还以为是你们被 pass 了呢。"

宁佳佳看见岳然如此坦然的模样，倒真是觉得奇怪了。如果说今日苏珊和岳然都通过面试，只有她自己被淘汰的话，她绝对是会心理不平衡的。宁佳佳这么想了，也这么问了："你就一点都不难过吗？毕竟只有你一个人没有被录取。"

苏珊愤怒地大叫："宁佳佳，你怎么哪壶不开提哪壶啊！"

"我不提就能装作这壶水开了吗？"宁佳佳毫不示弱道。

岳然见两人又要吵起来，立刻叫停："好了好了！说实话，我没有被录取上确实有些失望，但是你们能被录取，我也真的为你们高兴。"

苏珊有些难过地看向岳然："然然……"

岳然看着两人实在是无可奈何："你们真的不必这样，这又没什么的，再接再厉呗。"

苏珊感动得一塌糊涂："然然，你是真朋友！"

岳然笑得灿烂："这么大的喜事，两位美女得请客吧。"

"法餐？牛排？还是火锅？"宁佳佳提议道。

岳然认真想了想："我想吃点口重的，我们去吃川菜吧。"

"好啊好啊！"苏珊积极响应。

宁佳佳摸了摸脸蛋，有些抗拒："不能换一个吗？会长痘的啊！再说了，我们现在正在吃早饭，你们就开始讨论晚饭了？"

……

晚上 6 点，一家人气爆棚的川菜馆靠窗户的最后一桌，岳然辣得眼泪鼻涕横流，苏珊的左手边已经空了 3 个矿泉水瓶。宁佳佳用纸巾优雅地擦了擦嘴角，嘴角抽搐地撇了两人一眼，继续拿起一只麻辣小龙虾，不紧不慢地剥壳，挖肉。

苏珊幽怨地看向宁佳佳："你不是不能吃辣的吗？"

说话间，宁佳佳快速解决完一只龙虾，又拿起第二只，岳然在一旁一边擦着眼泪，一边看得瞠目结舌。

"我只是为了皮肤才不吃的而已，但你们如此盛情，我哪好意思拒绝？"

岳然一口气灌了一瓶水，肚子都微鼓了起来，可是辣意却丝毫不减。岳然吸着气，直摆手："不，不，我不行了。"

苏珊看着吃得津津有味的宁佳佳做了最后的挣扎，开始了水泡龙虾，去了些辣味后，苏珊这才勉强能下肚。

岳然看得一脸佩服，立刻跟着照做。

"你们丢不丢人啊。"宁佳佳恨铁不成钢地骂道。

岳然跟苏珊不闻不顾，低头吃了起来。岳然正准备尝试一下香辣蟹，一首浪漫悠长的意大利歌从岳然的包里吟唱起来，岳然拿起一旁的餐巾擦了擦手，从包里拿出手机，按下了接听键："喂？您好。"

"您好，是岳然小姐吗？"

"是的，您是哪位？"

宁佳佳跟苏珊都好奇地看向岳然。

"不好意思打扰了，我是 IM 酒店的人力资源部总监林程，因为你的职位我们有所调整，所以我们想邀请你明日再来一次 IM 集团，不知您是否有空？"

岳然大喜，可是欣喜过后更多的是奇怪："能请问一下，是因为什么你们才改变的决定呢？"

"明天我们会跟岳小姐详细谈，要是可以的话，请岳小姐明天上午 9 点到 IM 集团。"

岳然有些忐忑，但毕竟这是件好事。

"好的，明天我会准时到的。"

岳然挂了电话，有些发蒙："IM 让我明天过去重新谈一下。"

宁佳佳和苏珊一脸的惊喜，宁佳佳兴奋道："这真是太好了，明天你一定好好表现。"

苏珊立刻招来一位服务生："再给我们来两份小龙虾！两份香辣蟹！谢谢！"

宁佳佳鄙视地看了苏珊一眼："不能吃还点那么多。"

苏珊一脸骄傲："我有钱我乐意。然然，一会儿你可得多吃点，这可是幸运的虾兵蟹将啊。"

岳然吃吃地笑了起来："知道了，一会儿我一定把它们统统吃掉。"

第二日，岳然再来 IM 集团，一进门就见到了林程。林程笑着上前："岳小姐吧，这边请。"

岳然微笑点头，跟林程来到了人力资源部的办公室。

"请坐。"林程说完就从抽屉里拿出一份档案递给岳然："岳小姐，是这样的，IM 集团有意向主题酒店进军，而我想让你参与到新品牌——MC 亲子酒店的筹备建设中来，如果可以的话，希望你能在一周内交给我一套完善的亲子酒店的提案。"

岳然将资料翻到最后一页，合上，站起身朝林程伸手："我很荣幸。"

林程握住岳然伸出的手："那我就敬候岳小姐的好消息了。"

岳然浅笑，一回家就把这件事跟苏珊和宁佳佳说了。

苏珊赞赏地点点头："亲子主题，这个想法倒是很不错。我们国内好像还没有这样的酒店呢。不过，没说入职，就让你先提案吗？而且还要得这么急，靠谱吗？"

宁佳佳打开手提电脑："不管靠不靠谱，做个提案而已，就当锻炼了。正好，我们也是一周后入职，我们先帮你查查这方面的资料，然后做个综合，再详细讨论。"

"Ok。"岳然说完，三人迅速投入工作中。

一周后，宁佳佳和苏珊来到 IM 集团报到，岳然则拿着策划好的提案去见林程。

林程看完之后眼里流露出赞赏："简直是太棒了，我这就带你去见亲子酒店项目的总经理，到时你详细跟他说说你这个 MC 亲子酒店的想法。"

岳然觉得这些天她的努力没有白费，很是开心："好的，林总监。"

林程迫不及待地起身，岳然也一同站了起来。

岳然跟林程走出人力资源部，坐上了电梯，来到 18 楼。秘书小姐为两人推开办公室的大门。

"总经理。"林程恭敬地行礼。

岳然顺着视线看去，突然觉得窗前这个男人有些熟悉。

第十四章
粉黛烟暖

微凉三月，诗中的烟花细雨，穿林戏叶，

打湿了放飞的纸鸢，那些看不见的梦，沉淀着厚重了些许。

那偶然照面的阳光，是纯色调的温暖，

像断桥边上一株出丛的春野花，开出卑微的花，

却依然单纯地美丽着。

亦会看见这座城市，开出一片明媚的花海。

01 爱情不是非要脸面不可

窗边的男人转过身来，岳然的眼泪不争气地流了出来，她转身就走。

这算怎么回事！她到底算什么。

谢梵羽三步并作两步抓住岳然的手臂，岳然拼命挣扎着，满脸全是泪痕："放开！"

林程发怔的时候，谢梵羽就下了命令："林总监，麻烦你先出去。"

林程行礼，恭敬地退出办公室。站在门口琢磨起来，岳然跟谢总难不成是情人关系？怪不得已经被 IM 的人力资源 pass 掉的人，会被请来 MC 的筹备组。林程越想越觉得不公平，已经把岳然做得很好的策划案完全忽视了。

谢梵羽注视着低头落泪的岳然："然然，我已经跟白玲珑彻底撇清了关系，她不会再纠缠我们了。"

岳然擦干了眼泪，抬头哑声道："你这是什么意思？"

谢梵羽上前，温柔地将岳然拥进怀中，两人紧贴着对方，毫无缝隙。岳然感受着谢梵羽灼热的体温，所有的不安全部消失殆尽。

岳然眼睛一酸："谢梵羽，你到底要我怎么样？我真的太累了，再这样下去，我会死的。"说完，她无力地闭上眼，感受着心痛。

谢梵羽也是不安的，当初那么决绝说分手，现在又说要和好，如此不要脸面的事，他也没做过，但是爱情不是非要脸面不可，只要她愿意，他做什么都好。

"对不起，然然，我只是想保护你，我真的太害怕你会被白玲珑伤害，才会狠心将你推开……这不是狡辩，请你相信我。"

岳然快速睁开眼，盯着谢梵羽深情的双眸，颤声问道："真……的吗？"

谢梵羽拉起岳然的手，放在自己的心口上："人生下来的时候都只有一半，为了找到另一半而在人世间行走。有的人幸运，很快就找到了，有人却要找一辈子，而我遇到一个彩虹般绚丽的人，其他人只能是过眼云烟。"

岳然一下子撞进谢梵羽的怀里，两人紧紧相拥。

"从今以后，不许你再用这种方式保护我！"

谢梵羽亲亲岳然的额头，眼中尽是爱意："再也不会了。"

两人无声地相拥了一会儿，岳然才起身，擦了擦眼泪，把不知什么时候掉在地上的文件夹捡了起来："我先跟你说一下我对 MC 亲子酒店的设想吧。"

谢梵羽被逗笑了，低头狠狠地在岳然的唇上亲了一口："我真是栽你手上了。"

岳然羞得低了头，被谢梵羽拉住手走到一张长方形的会议桌旁，两人坐下。

岳然将策划书递给谢梵羽，自己说了起来。

"MC 亲子酒店，是 Magic Crew 的缩写，代表我们的亲子酒店如魔法师一般有魔力。我的设想是将 MC 亲子酒店的 60% 的场地都设为游乐设施，所有的工作人员都将扮成孩子们喜欢的卡通人物进行招待，打造成孩子们的梦想王国。为了让父母也能够一同愉快地享受假日，亲子酒店会提供一项托管的服务，只要是 5 岁以上的孩子都将得到工作人员免费的照顾。

"亲子酒店的第一层，将设为宝贝俱乐部，主要针对年龄较小的孩子设计，为了保证安全，我们会安排专业的人员进行陪玩。二层，儿童俱乐部，游戏设施 1~17 岁的孩子都可玩耍。三层，则是专门为大一些的孩子和成人准备的。四层和五层将设有温泉馆、小吃街，还会有各种功能的休息室。六层有游泳馆、健身房，七层会有能让大人与孩子一同享受的酒吧、KTV 和电影院。八层我们准备设一个嘉年华宴会厅，聘请多国籍的专业演员进行演出，孩子们也可以一同参与。九层为餐厅，早餐、午餐和晚餐都采取自助的形式。十层以上则是客房。在房卡上，我选择将传统的卡片变成感应手环，同时也作为在酒店的通行证，既方便又能减少房卡丢失的可能。而客房的风格主要是偏温馨简约风，同时我们会为住客们提供亲子服，并且每一间房我们会配备一名贴身管家进行服务。

　　"消费方面，除小吃街、酒吧、KTV 和电影院需要另付费用，其他项目将提供全包服务。在第一次入住 MC 亲子酒店时，亲子酒店会有欢迎礼遇，主要是提供当地特色小吃，还有酒店设施介绍，还有客房迷你吧首次消费免费。

　　"在 MC 亲子酒店的周围，可以放养一些温顺的小动物，会给 MC 亲子酒店的印象加上一笔高分。以上这些，是我对 MC 亲子酒店的大概设想，详细事宜我都已经在策划案上表明了……"

　　谢梵羽合上了策划案："你的策划案做得很完美，但光有策划和设想是不够的，落在实处需要很多程序和努力。首先，就是选址。"谢梵羽站起身，从办公桌上拿起一个文件夹递给岳然："这是近几年中国国内的旅游调查，三亚，昆明，杭州，广州，是近年来大家旅游频率较高的地方，你觉得 MC 的亲子酒店应该在哪座城市创建？"

　　岳然看完了文件夹所有的资料，思虑片刻，才道："我首选是三亚！气候占了先天优势。而且，与泰国的气候相似，我……喜欢那里。"

　　谢梵羽的心一动，点头："买地新建还是收购旧的酒店改造，或者与现有的酒店合作，这些都需要进行详细的调查才能决定。"

　　"我会先调查一下三亚现有的酒店，再看看三亚有哪些土地适合我们的 MC 亲子酒店。综合评估后，我会为 MC 亲子酒店选择一个最佳的地点。"岳然说完站起身就要走，被谢梵羽一把拉住。

　　"去哪？我这电话、电脑都有，你在这办公就可以。毕竟，策划还是机密阶段，不能对外泄露。"

　　真是冠冕堂皇的理由，不过，岳然有些喜欢，跟着谢梵羽坐到了一旁早已准备好的办公桌前。

　　两人都是热衷于挑战和工作的人，很快就进入了工作状态。

　　两天后，二人乘坐了最晚一班前往三亚的飞机，因为陵水有一块商业用地的持有人有意和 IM 集团合作。

　　其实，这几天的工作开展得并不顺利，三亚的旅游业开发已经趋于饱和，且费用早已炒到了新高。

　　与三亚仅有 20 分钟高铁时间的陵水，现在也是众多酒店集团看中的地方，香水湾、陵水湾、清水湾和土福湾四个海湾已被圈了不少地，今日接洽的正是香水湾 3 号地的持有者，这让岳然和谢梵羽有些激动，连忙买了机票前往。

到达时已是凌晨，在机场附近找了一家三星级酒店，匆匆洗漱后便休息了。

第二天一早，岳然看着躺在自己身边的谢梵羽，虽然舟车劳顿，但仍是有满满的幸福感，她亲了一口谢梵羽的脸颊，被谢梵羽一把抱住。

谢梵羽起身给了岳然一个缠绵的早安吻，下巴抵在岳然的肩膀上："早！"

"早什么早！快点起来，陵水地产的黎总约了 10 点见面。"岳然佯装恼怒地说完，就走进了洗漱间，脸上的笑意却未减一分。

10 点钟，谢梵羽跟岳然准时到达了黎总的地产公司。岳然跟黎总说了 MC 亲子酒店的构想后，不料，黎总竟然勃然大怒，脖子上的金链子都气得一颤一颤的："什么亲子酒店，那东西能挣钱吗？我要的是超五星的豪华酒店！"

岳然只好又耐心地把 MC 亲子酒店未来发展的前景说了一遍。黎总不耐烦地一摆手："你甭跟我说那些，不是豪华酒店，免谈！"

02 刚好遇见你

"很抱歉，张总，IM 目前只有做 MC 亲子酒店的想法，要是日后开超五星的豪华酒店，我们再跟张总联络。"谢梵羽起身，岳然连忙站起来朝张总行了个礼，跟着谢梵羽走了出去。直到两人出了张总的办公室，岳然还能听到张总骂骂咧咧的声音。

走出张总的地产公司，岳然泄了一口气："现在怎么办，我们岂不是白跑一趟了？"

谢梵羽并不气馁："怎么会白来，刚刚来的一路，我看见这附近有很多地产公司，我们可以先探查一下陵水的地价再说。"

岳然听完谢梵羽所说，沉默后，缓缓开口："到这里我才发现，其实陵水和泰国有不少相似之处，可是到这里来玩的成本并不比泰国低。既然如此，我们还不如找一些繁华的都市作为据点，毕竟亲子酒店做的不光是度假娱乐，也不能只靠每年的旅游季来做生意，还是需要兼顾平时和周末的。要是真的在这里建亲子酒店，除了旅游季，我们的营业额估计会异常惨淡。"

"你说的这点我倒是疏忽了，但我对中国国内的情况并不了解，你呢？"谢梵羽反问道。

岳然遗憾地摇摇头："我毕业后就去了 BYT，也不太了解国内的酒店业的情况。"

说到这里，岳然犹豫了一下，还是把困扰自己的问题问了出来："总……"想到现在还叫总经理，有些不合适了，于是改口说："梵羽，我一直觉得奇怪，你是怎么来做 MC 项目的？毕竟，你并不熟悉中国这里的行情。"

"因为你在这里，所以我来了。"谢梵羽答得倒是轻松又直接，"当时并未多想，但来了之后，因与 IM 的陆总裁之前也是有过几面之缘，对主题酒店的想法也是不谋而合，所以才有了这次合作。陆总裁能如此信任我，也让我备感压力。怎么你担心……其实不必。白玲珑之所以收手，是因为 David 收购了 11% 的 HLS 的股票，对她也算是敲山震虎吧，至少短时间内，她不会找我麻烦。"

岳然一愣："David？你和他相认了？"

"并没有，但我在给父亲超度的寺庙里见过他。"谢梵羽叹了口气，"那一瞬，我决定原谅他，他的孤苦我永远无法体会，但逝者已矣，只要他虔诚悔过，我没有什么不可原谅他。"

岳然握了握他的手，其实这么多事在那么短的时间内接连发生，谢梵羽并没有被击倒，就足以说明他的强大，就算是他提过分手，但现在他在她身边就足够了。

她不是一个喜欢纠结于过去的人，尤其是从妈妈病逝之后，岳然总是拼命地向前赶，尤其是对弃她去者，她必弃之，就像彭阳。但对谢梵羽，她舍不得放手，虽然无数次告诫自己要放，但放不下，好在他追来了，惜她疼她，她便以命相待。但她也会害怕，这又是一场伤，所以一直憋着没问缘由。而现在，听到他如此云淡风轻地说出原谅，原本就对谢梵羽有着些许崇拜的她，愈发如此。

但崇拜归崇拜，接下来的工作还是要面对的，对国内状况都不了解的他们要如何做呢？

"梵羽！接下来我们要怎么做？"岳然轻声问道，"我的工作经验不足，现在，有点儿完全找不到方向的迷茫，根本不知道该怎么筹备一个酒店，有力使不出的感觉。"

"其实，不用担心，就算是在中国，想来也是和在泰国很接近，一个星级连锁酒店的运作，靠的是酒店自身的声誉以及人脉。IM 酒店集团在中国虽然是酒店新贵，但能在几年内迅速崛起，一定有它的优势和人脉……"

"等等，那我们为什么还要这样亲力亲为地考察？"岳然有些蒙。

"你说呢？"谢梵羽笑得爽朗。

岳然眨了眨眼睛，瞬间就想明白了他的潜台词，笑着捶了下他的胸膛："你故意的？"

谢梵羽毫无掩饰地点头："很多年了，没有假期，也没有好好享受一下生活，现在只想给自己一个喘息的机会，回去还要好好工作。"

"那这个陆总又是什么鬼？"岳然的轴劲上来了。

谢梵羽刮了下岳然的鼻子："该见识的总要见识的，我们先去看看天涯海角，然后去丽江。"

岳然放下所有的担忧，跟在谢梵羽身边，让她心安。

他们一路行来，一直在试住主题酒店，从中学习着。

三亚主打亲子酒店的天域和海韵酒店，让他们发现所谓的亲子主题还只是停留在表面形式上。

丽江的"安隐野奢"让他们踩在云端上，对着山川大江，眼中只有彼此。

广州的亲子酒店，也是形式大于功能。

南京的"星空宿泡泡屋"倒是让他俩眼前一亮，这是以十二星座为主题的酒店，每个泡泡都有不同的房型，很有科技感，且形式与主题结合得非常完美。

杭州的情诗酒店则让岳然脸红心跳，这家情侣酒店有不少主题房，大胆，充满着野性和回归的味道。

"感觉主题酒店，还是情侣的做得比较有创意，而亲子酒店大多还是停留在形式上。我认为并不是只有卡通主题房，以及游乐区就是亲子酒店了。"岳然和谢梵羽走在西湖边上，岳然说着感受。

谢梵羽点头："我也做了不少功课，没想到的是你上次的提案中，那条让父母解脱出来的设想，得到了不少年轻父母的认可。"

岳然笑了："这些还是听罗菲提起的，很多来 BYT 的家长们，把孩子托管到儿童中心后，都开心得不得了。其实并不是他们不爱孩子，也不是不想陪伴，只是他们也需要一个属于两个人的空间和时间而已。"

正说着，岳然就被后面吹着泡泡倒着走的小朋友撞到了，她连忙回手扶住小男孩，而自己手中的手机却划了一个完美的弧度，跌入了西湖中。

小男孩看到手机落水溅起的水花，竟然还笑得开心，小男孩的母亲快步走了过来，慌乱地道歉，岳然虽然哭笑不得，但对小男孩的母亲说并没介意手机落水。

小男孩和母亲走了，继续一路吹着泡泡，七彩的肥皂泡顺着风飘散过来，谢梵羽却蹲下来，拿出手机各种拍照。

岳然不解："你这是在干吗？"

"坐标定位啊，看来这里是福地，我们的亲子酒店就定在杭州吧，等开业的时候，我会把你的手机捞出来的，所以我得记住这个地方。"谢梵羽说着，笑得灿烂。

岳然还是有些心疼的："里面有好多照片哦。"

"不是都放在百度云了吗？"谢梵羽说着，站起身，拉着她向传说中的断桥跑去。

从杭州回京的航班上，岳然将报告写好，靠在谢梵羽的手臂上，看着舷窗外火红的夕阳，不知不觉中睡着了。

到了首都国际机场，岳然和网约车司机通着电话，不经意地一回头，却看见陆昊、罗菲和段剑从后面走过来。

四人皆是一愣……

03 回到原点

罗菲扔下手中的行李就朝岳然跑来，两人激动地抱个满怀。随后，陆昊和段剑拖着 3 个皮箱也走了过来。

"谢总好。"陆昊点头问好，段剑也跟着叫了一声。

谢梵羽点头。

罗菲松开岳然也向谢梵羽问候："谢总好。"

谢梵羽点头："你好。"

岳然按捺不住激动："你们怎么都回来了啊？该不会都辞职了吧？"岳然说到最后有些傻眼。

罗菲跟陆昊和段剑相视一笑。

"哪能啊，我们可不像你那么有勇气，这次我们是休年假才回来的。"罗菲解释道。

岳然笑了起来："年假啊，那这次回国应该能待一周了。哪天有空，我们出来聚聚？"

罗菲一口答应："好啊，没问题。大家都多久没见了。"

陆昊裤兜里的手机响了两声，掏出一看："我们叫的车到了，聚会的事我们微信上定。"

"好。"岳然笑着应答。

罗菲朝岳然摆了摆手，又对谢梵羽道别："谢总再见。"几个人一起挥手，纷纷道别。罗菲接过陆昊手中的行李箱，3个人上了一辆黑色的商务车。

岳然并没有选择回家，而是依旧要回宁佳佳租的公寓，原本是想等工作定下来就回家的，但谢梵羽来了，而且家在北边，上下班也很堵，还是住在附近方便。

回公寓的路上赶上晚高峰，马路上堵得水泄不通。岳然望着谢梵羽的侧脸，回忆着两个人这段时间的相处，让她真的有一种想要嫁给这个男人的冲动。

"梵羽，这个周末，你愿不愿意来我家吃顿饭？"岳然问完，紧张地等待着谢梵羽的答案。

"当然愿意！"谢梵羽看着岳然的神情少有的激动："伯父伯母喜欢什么？有没有什么我需要避免的禁忌，他们会喜欢我吗？"

岳然看了谢梵羽良久，发现他真的是在忐忑不安，"扑哧"一笑："干吗那么紧张，我爸和王姨没那么讲究的，就是去吃顿饭，你像平常一样就好。"

谢梵羽点头，思考了一会儿，突然问道："周末哪天？几点？"

岳然还没有跟老爸说，也不敢擅自决定，毕竟他们的业余生活丰富得很："我定下来就告诉你。"

谢梵羽"嗯"了一声，随即像是不放心似的又提示道："要早定下来啊。"

岳然靠在谢梵羽的肩上笑个不停："知道啦。"

等岳然回到公寓，已经7点了，一进门，就看见苏珊跟宁佳佳在吸溜着方便面，两人看见岳然，一愣，随即从椅子上跳了起来，两人一个勒脖子，一个拽胳膊。

"你去哪了！"两人异口同声地质问道。

岳然双手作投降状："两位大侠，我能坐下说吗？"

苏珊跟宁佳佳对视了一眼，押着岳然就走向了懒人沙发。宁佳佳下巴一抬："快说！"

岳然只好把她跟谢梵羽一路视察的经历说了出来。

宁佳佳一脸不屑："你还不如说你跟谢总私奔去了呢。"

"你的想象力不去当编剧真是可惜了。"岳然抢过宁佳佳的泡面吃了两口。

宁佳佳点头："我也这么认为。"

岳然和苏珊顿时一副见鬼的表情互望，长长地叹了一口气……

这时，三人的手机齐响，苏珊和宁佳佳迅速跑回餐桌，拿起手机看。

苏珊惊叫："罗菲他们回国了？"

岳然这才猛然想起聚会的事，立刻拿出手机查看，罗菲在微信群聊提议今晚出来聚聚。

宁佳佳看向两人："去吗？"

岳然觉得应该先报备一下："陆昊跟段剑也一同回来了，他们是休年假才有机会回国的。"岳然说完，就跟宁佳佳看向苏珊，苏珊耸了耸肩："聚聚呗，大家都好久不见了，总不能因为我跟陆昊曾经是男女朋友就扫大家兴吧。"

苏珊看上去真的是一点都无所谓，但是这话真的没法接，岳然跟宁佳佳快速躲回屋换衣服准备赴约。苏珊看着两人跑得比兔子都快，"切"了一声，拿起桶面一口气吸溜了剩下所有的面，就杀回了屋里，开始梳妆打扮。

9点，岳然她们到达约好的地点——一个慢摇的酒吧，陆昊一行人已经到了，甚至连酒都预备好了。苏珊和陆昊双双在场，大家不免都会觉得有点尴尬。苏珊倒是没有不自在，给自己倒了一杯酒，喝了一口，就熟络地问道："我们离开曼谷的时候，你们都没在，没想到在这里又聚到了，有没有一种回到原点的感觉？你们都还好吗？"

罗菲主动回答道："我被公司调回了曼谷BYT中心酒店，现在是培训主管。段剑已经是普吉岛度假村的礼宾部经理了。"

宁佳佳"哇"了一声，惊叹地看向段剑："混得不错嘛。"面对宁佳佳，段剑总是有些内敛："佳佳，你最近怎么样了？"

"我们三个回来就进了IM酒店，我是管家部的副经理，苏珊是大堂高级经理。然然她正跟谢总负责一个亲子酒店的项目。"

段剑点头，腼腆地笑了一下："那挺好的，其实我也想过回国来工作的。"

众人都是一惊，宁佳佳笑道："混得那么好，回什么啊，真的的。"宁佳佳说完就给段剑满了一杯酒："敬你一杯，段大经理。"段剑举杯，两人相碰，一饮而尽。

苏珊看向陆昊："你呢？在HLS混得怎么样了？"

陆昊笑了笑："还好，前厅部副经理而已。"

陆昊的野心大，苏珊是了解的，苏珊拿起酒瓶给陆昊倒了一杯酒，举杯相邀："祝你节节高升。"

"谢谢。"陆昊与苏珊碰杯后，滴酒未剩。

一杯过后，气氛有些凝固，罗菲连忙开口："差点忘了跟你们说了，听说薛凝已经在薛董事的照拂下，成为BYT普吉岛度假村的副总了。"

岳然听完很是敬佩，对着大家笑道："看来大家都很厉害嘛。"

宁佳佳站起身，举起酒杯："来，为了今日的相聚，也为了日后的前途似锦，我们干一杯。"众人开始倒酒，岳然一脸抱歉："对不起啊，我已经戒了酒了，我以水代酒吧。"

陆昊笑问道："怎么戒酒了呢，难道你们的工作不需要应酬吗？"

岳然扬了扬唇："就是为了工作才戒的呢。"还有爱情……

苏珊从桌上拿了一瓶矿泉水拧开，倒进了岳然的杯里。大家都知道岳然香槟过敏的事，也就没有人为了一时的欢乐去劝阻岳然。久未见面，这一晚，大家都载兴而归。

周六，岳然带谢梵羽回父母家去吃晚饭，谢梵羽带了许多名贵的见面礼前来拜访。岳然的老爸和王姨一看谢梵羽仪表堂堂，谈吐不俗，喜欢得不得了。

席间，老爸和王姨轮番上阵，差点把谢梵羽的老祖宗都给问出来了，岳然的父亲更是直接催婚，询问两人的婚期。

岳然已经快晕了："爸，你这是干什么啊？王姨，你怎么也跟着我爸胡闹呢？"

王姨对着岳然的老爸笑道："咱们的然然，还害羞了呢。"

岳然恨不得找个地缝钻进去，连看都不敢看谢梵羽一眼了。

谢梵羽倒是跟岳然的老爸和继母聊得愉快，不管他们问什么，谢梵羽都是听一句，主动回三句，态度极其诚恳。老爸和王姨都笑得合不拢嘴了。

门铃突然响起，王姨起身，岳然连忙站起："王姨，你吃你的，我去开门。"

岳然一开门，只见彭阳的妈妈捂着心口就倒了下去，她惊慌地喊起来："刘婶，你这是怎么了？"

谢梵羽连忙跑了过来："快叫救护车！"

王姨看着地上的人一惊："这不是彭阳他妈吗？怎么了这是？今早我去给她送饺子的时候还好好的啊。"

岳然已经给 120 拨了电话，谢梵羽则是一边把刘婶抱到沙发上，一边问岳然的老爸有没有硝酸甘油。

急救车很快就到了，一阵兵荒马乱之后，岳然一家人都焦急地在急诊室门外等候着……

04 只有放不开的心

岳然有些茫然不知所措，谢梵羽先让她父亲和王姨回家去，自己留下来陪着岳然。

看着父亲和王姨走了，岳然在父母面前尚能佯装的坚强，在这一刻土崩瓦解在谢梵羽面前，她一刻都装不下来。岳然埋在谢梵羽的肩头，无声地哭泣起来。

刚失去父亲不久的谢梵羽自然能理解岳然的害怕和紧张，而他亦是有些触景生情，眼眶微酸，只能仰起脸，看着天花板。

"我都没和你说起过刘婶和彭阳呢……"岳然打破了沉默，说起了自己和彭阳小时候的糗事，以及自己母亲刚过世时，是刘婶给了她母亲般的温暖，而如今，她不敢想，第二次失去。

谢梵羽搂紧了她的肩："人的一生总是要经历相聚和分开，我们总要学会长大，学会承受，学会和所爱的人告别，学会哭过之后，擦干眼泪，微笑面对以后的生活。"

抢救室的红灯终于熄灭，医生走了出来，岳然紧张地看着医生，腿却跟灌了铅一般，抬不起来。谢梵羽走了过去。

医生说："还好，你们应对及时，患者已经抢救过来，但要在 ICU 观察24 小时。"

岳然的腿一软，喜极而泣，谢梵羽伸手扶住她，她只觉脑中一片空白。

当在 ICU 室外，通过玻璃窗看到插着各种仪器的刘婶时，岳然才缓过神来，仿佛死里逃生的是自己一般。

周一，再次来到 MC 项目筹备组办公室，岳然先去茶水间，准备给自己和谢梵羽冲杯咖啡，但没走到门口，就听到林程的声音："警告你们别乱说话啊，也不看看这是什么地方！有工夫羡慕忌妒恨，怎么不把自己工作做好，你们忌妒她和谢总的关系，但你们也应该看见她为工作的付出是你们的几倍？想要得到高层的垂青，光好看可是没用的，IM 里漂亮姑娘多了，跟着有钱人走的也不少，但有几个能上位的？你们自己好好想想吧！"

岳然一愣，下意识地停住了脚步。

"她能有什么能力啊？还不是谢总说她有她就有，林总监，不是我说，大家都这么认为，一个工作不到两年的人，能爬到这个位置，简直逆天了好吗？而且，您又不是没看见，谢总对她可是不一样的，那种恋爱的酸腐气，简直不要太明显，天天虐我们这些单身狗，真是的。我们哪个不努力工作了？谁不是废寝忘食工作了 5 年、10 年的，才得到今天的位置？"

这个声音是总裁办秘书何云的，岳然总共见她不过三次，没想到她会说自己这些。她不能在这里停留了，转身走回办公室。

回到办公桌前坐下，岳然有些意难平，但又觉得何云有些话并没有说错，就比如她才工作不到两年，没有和谢梵羽这层关系是绝对不会做到现在这个位置的。而且之前 IM 没有接受自己的应聘也是因为自己每个岗位都没有深耕，经验不足。

谢梵羽进来的时候，就看见岳然对着电脑屏幕发呆，以为她还在担心刘姍，于是说："刘姍不是已经从 ICU 出来了？"

岳然看过来，摇了摇头："我没有担心刘姍，我在反思自己。"

谢梵羽被逗笑了："怎么了？这一大早上就开始自省？"

岳然咬了咬嘴唇："没什么，我马上把您晨会所需要的会议资料准备出来。"

谢梵羽点了点头，他向来公私分明，当然除了上一周和岳然去考察，现在该收回心来把 MC 的事情做好了。

很快，岳然把昨晚就整理好的考察报告打印出来，放在了谢梵羽的桌上，谢梵羽看了看手表，便拿起资料去了会议室，临走前，他说："开完会，我要去天津考察一个项目，顺便把 Tony 接回来，那个家伙一不小心，订了到天津的机票。我自己过去就行，你这两天也没好好休息，今天就不用加班了。"

岳然一愣，一向缜密的 Tony 怎么会犯这样的错误？也许另有隐情吧。

等谢梵羽走出去后，岳然重新坐回座位，打开自己曾经的计划书，做新的修订。虽然对早上听到的那些话不开心，但那些只会成为她前行的动力，别人越不认可，她就越想做得更好。再说了，修炼自己，让自己可以站在谢梵羽的身边，成为他的臂膀，一直就是自己努力的目标，别人说什么做什么并不会左右她的意志。

正整理着文档，传来敲门声，她抬了下头，说请进。

门被推开了，竟是 David 和张嘉栋，岳然一愣，竟有些不知道该如何应对的样子。

David 冷着脸："小管家，你这服务意识越来越差了。"

岳然站起来，有些尴尬地笑了："Mr. David，您怎么会来？还有，张总。"

张嘉栋进来之后，并没有看岳然，这时才看向她，她瘦了，但神采奕奕，再不是离开曼谷时失魂落魄額样子。他为她高兴，但心也为之痛着。曼谷机场他也去了，但终究是她的眼里没有他，而她更需要的是谢梵羽。

"来北京出差，得知梵羽在这里工作，便过来看看。"张嘉栋说得严肃而疏离。

David 扫了张嘉栋一眼，岳然不无遗憾地说："总经理开完晨会就直接去天津的。你们……"

"来得真不巧？"David 淡淡一笑，"我知道他会不在，我是专门来找你的。"

岳然已经不像刚才那样紧张，将二人引到沙发处坐下，给秘书处打了电话，让送进来三杯咖啡。

David 环视了一下办公环境，开始斟酌怎么开口。张嘉栋也不开口，办公室里一下陷入了沉默。

尹秘书送了咖啡出去后，岳然打破了沉默："其实，David，你有什么事情直接找总经理说也是可以的，不必经过我这里，可能会更好。"

张嘉栋抬眼看着岳然，忍不住笑了："看来你知道我们来的目的了，那我就替 David 说吧。其实，BYT 跟 HLS 多年来纠缠不清，现在 David 已经将一切都处理好了，白玲珑这次也受到了重创。David 想和梵羽道个歉，关于谢骏的事，非常抱歉。可他不知道该怎样和梵羽提起，所以……"

岳然看向 David，可他不愿直视岳然的目光，转过头去，他突然觉得自己很可怜，更可悲。他的恨从头到尾都是个笑话，如今他想爱，在别人的眼里却还是个笑话，这世上恐怕无人会想象他究竟有多么懊悔和自责。真是应了那句话，可怜人必有可恨之处。

"曾经，我被仇恨蒙蔽双眼和内心之时，我恨不得谢家的每一个人都去死，每一个阻挡我毁了谢家的人也必须死。我的存在就是为了让谢家下地狱，而他们的苦难必须由我亲手给予。我告诉自己我必须为我的母亲复仇，为自己讨回一个公道。甚至，我对彭阳都起过杀念。"

岳然听得心惊，随即又叹了一口气："但是你放下了，你后悔了，是吗？"

"对，彭阳给我带回了真相，我才知道母亲的死是母亲自己一手造成的。而谢骏，他从未亏欠过我……"David 的眼眶泛红，久久不能言语。

岳然因为宁佳佳被绑架，险些被侮辱又差点失去性命，她对 David 本是有气的，但听了 David 的内心独白后，还是有那么一点点同情的。其实 David 一来，她就猜到了他的用意，可是他犯下的错不可能就这样一笔勾销，究竟原谅不原谅，更不是她能做决定的。

"您跟谢梵羽之间的心结必须由你们自己解开，而且这是你们的家事。"

David 点头："我会的。另外，我知道梵羽在做 MC 的项目，我想帮忙。不知可不可以？"

岳然先是一喜，随即又陷入了深深的担忧之中，谢梵羽可以原谅 David，但未必愿意与他共事。

David 一眼看出岳然的担忧，说道："IM 寻找的是合作伙伴不是吗？"

岳然摇了摇头："您还是需要和谢梵羽谈，但是，我觉得谢梵羽也有他的骄傲，就算他肯原谅您，也未必愿意接受这样的帮助。"

David 的脸上闪过一丝受伤的表情，起身便走，张嘉栋随后起身，对岳然说："白玲珑与 IM 的陆总裁也是旧识，所以……"

看着他们离开的背影，岳然陷入沉思，原来白玲珑还是放不开的，没有不可原谅的人，没有解决不了的事，只有放不开的心，她要更坚强才是。

05 但行好事，莫问前程

谢梵羽与张嘉栋离开之后，岳然思前想后，还是忍住没有给谢梵羽打电话，反而仔细审视起 IM 的背景以及 MC 的项目，以防万一。

其实，工作这么久，岳然觉得自己在很多方面都有了提升，比如做事先从对方角度思考，比如遇事冷静不慌张，再比如喜怒不形于色，用微笑掩饰一切。

但这件事，她不可能不慌张，也不可能微笑掩饰，而是应该想对策，可在她这个层级，能接触到的并不多，就更别提呼风唤雨了。

想明白这点，岳然总算知道自己该做什么了，不把手头的工作做好，就等于是空谈。

晚上 7 点，总算是把 MC 项目书修改完，岳然才往公寓走。

回到公寓，宁佳佳跟苏珊正在客厅里吃着寿司。

"来吃点吗？"苏珊问道。

岳然晚饭根本没吃几口，这时也饿了："好啊。"

宁佳佳递给岳然一双木筷，岳然从寿司豪华拼盘里夹了一块鱼子酱寿司品尝起来，不禁竖起了大拇指。

　　宁佳佳起身从冰箱拿了三瓶苏打水，一人分了一瓶，坐下问道："然然，罗菲他们明天就要回曼谷了，9点的飞机，你能送她们吗？"

　　岳然惊讶："什么时候说的？我怎么不知道？"

　　苏珊示意岳然看手机："我明天9点有个会要开，佳佳你帮我带个好吧。"

　　宁佳佳点头，又看向查群消息的岳然："你呢？"

　　岳然放下手机，遗憾地摇头。

　　"成，那我明天就代表一下咱们三个去送个机。"

　　"没想到现在，你倒是成了最重情重义的那个。"苏珊有些感慨。

　　宁佳佳撇嘴："我可是经历了两次生死的人，一次是海上风浪，一次是被人劫持，我能不珍惜当下吗？"

　　苏珊搂住宁佳佳："我知道的，别看咱们才出去两年，你经历生死，而我却经历分离，忽然觉得明明还是大好的青春年华，但心境已经苍老。"

　　"行了啊，你俩，但行好事莫问前程，懂吗？"岳然喝了一大口苏打水，继续说道，"我今天忽然明白一个道理，与其在这里悲春伤秋，不如挥汗实干，就算我们今天还弱小，命运无法掌握，总有一天，可以强大，可以掌握自己的命运。"

　　"你受什么刺激了？"对岳然很了解的苏珊，敏锐地觉察出她有心理变化。

　　"没什么！就是觉得自己实力欠缺，要努力工作而已。"岳然握了握拳。

　　宁佳佳翻了个白眼："您都是项目副总了，这么说是寒碜我呢？"

　　"我哪里是什么项目副总？"岳然叹了口气，"可能真的是有些尴尬。"

　　苏珊瞥了一眼宁佳佳："行了，你赶紧做个面膜，明天送机哈。"

　　说完拉着岳然走进房间："怎么了？"

　　岳然把早上听到别人的小话，以及David、张嘉栋来访的事全都和苏珊说了。

　　苏珊点了点头："那你这么想是很对了，其实也不用太担心白玲珑，这是在中国哦，别怕。"

　　看着苏珊大姐大的样子，岳然笑了："刚才听你那么说，还真有点儿感伤，你对陆昊还是有些在意的吧？"

　　"毕竟是初恋吧，用的心和情都是最真的，也是不管不顾，倾尽所有地去爱的。所以现在我都不敢回家，很怕我妈唠叨。"

"好了，别伤感了，结束才能开始，等我们自带光芒了，一定能遇到更好的。"岳然安慰着。

"你已经够光芒了，也遇到很好的了。"苏珊有些羡慕，也有些落寞。

三人一起出门去附近新开的一家粥店吃了个早餐，宁佳佳就奔向了机场。

"岳然和苏珊今天得上班，所以就我一个人来送机了。"

罗菲跟宁佳佳拥抱了一下，罗菲有些感叹："也不知道下一次见是什么时候。"

宁佳佳笑了笑："等下次我们休年假就去看你们。"

罗菲笑着应了一声："成，那我们就敬候大驾了。"

陆昊低头看了看手机的时间："我们该进去了，佳佳，我们下次见，帮我给苏珊和岳然带个好。"

宁佳佳红唇勾起："知道了，苏珊跟岳然也是让我这么转达给你的。"

段剑突然一个箭步走上前，吓了宁佳佳一跳。

"罗菲，陆昊，你们先进去吧，我一会儿就过去。"段剑紧盯着宁佳佳道。

陆昊跟罗菲奇怪地对视一眼，陆昊："那我们里边等你。"

段剑一脸的郑重："佳佳，我喜欢你，喜欢你很久了，但一直没有表白过，这次，我很认真的——我们交往吧。"

宁佳佳惊呆了，缓了半天才说："你这太突然了。"

段剑有些焦急，急于说明自己的心意："我喜欢你，已经喜欢你很久了，真的很喜欢你。"段剑说到最后，脸都涨得通红。

段剑深沉的爱意，让宁佳佳心中一惊，有些结巴地回答道："你……让我……考虑一下。"

段剑喜上眉梢，也松了一口气："那我等你，再见，佳佳。"

宁佳佳回到了家中，一坐就是大半天，怎么想都觉得不可思议，她宁佳佳丰富的情史中，竟然就缺这么一个勇敢告白的。

等晚上岳然跟苏珊下班回来，宁佳佳就把段剑告白的事说了出来，岳然跟苏珊也很吃惊。

苏珊连忙问："那你呢？你是怎么想的！不过段剑可比你择偶标准相差太

远了啊。"

"段剑品行端庄，又肯上进，我觉得很不错。"岳然表示。

苏珊认可点头："那倒也是。"

宁佳佳想起机场上段剑顶着一张大红脸告白的模样，"扑哧"笑出了声："虽然我也谈过不少的恋爱，段剑也确实不属于我捕猎的范围，但是我想试试。"

岳然和苏珊对视一眼，岳然说："别说得这么将就啊，喜欢就是喜欢，不喜欢就别招惹，两情相悦才能走到最后，一开始就觉得勉强的，到时就是你分手的理由。"

"说的跟你多懂似的。"宁佳佳扭脸进了屋，认真地思考起来。

一夜过后，岳然起了个大早，亲手做了寿司，给苏珊和宁佳佳各留一份，就带着三份出发了。

今天，她想跟谢梵羽一起吃早餐。岳然笑吟吟地拎着饭团走进了谢梵羽的办公室："梵羽。"

谢梵羽一脸凝重地看向岳然；"我正好找你有事商量。"

岳然笑着回答："我已经猜到了，所以带了早餐。"

"David 来了，昨天找到我，说是想一起做 MC 项目，我知道他是想缓和与我的关系，但我还是拒绝了。我更想……"

"我支持你，不过，好像陆总裁与白玲珑是认识的。"

谢梵羽听罢一愣，起身推门就走。

06 如果放弃，就什么也不是

谢梵羽出去没一会儿，Tony 就走了进来，岳然一见是他，仿佛又回到了曼谷，笑着说："你总算是来了，我们都要忙炸了。"

"我跟着总经理这么多年，都没有放过假，这次怎么也要来一个月的旅行，你们中国这里不是有个人说'世界那么大，我想去看看'？我也是这么想的。你知道我都去了哪里？"

岳然看着他神采飞扬的样子，笑着摆手："你还是别说了，免得我眼馋，你还是说说你都住了什么酒店，有什么不一样的体验吧。"

Tony 也笑了："你呀，肯定是想问主题酒店吧？"

"对呀，我们在忙这个嘛。"岳然拿出已经修改过几遍的案子。

"我倒是突然想起一件事，就是我去东京的时候，遇见了驹井，那个极有前途的漫画家，你还记得吗？他已经是东京大学土木工程系的学生了，本来是想暑假去曼谷找你的，你换了手机号，联系不上了。说你回国了，在做主题酒店的筹备，他说他有好的想法，我之所以去了天津，也是和他会合的，天津有一个主题酒店，就是他设计的，怎么样？去喝个咖啡吧？"

与之前诸事不顺的状况相比，岳然觉得终于可以喘口气了，感慨道："太好了，我们还等什么？不过，梵羽去哪里了？"

"他的事情，让他自己解决去，咱们忙咱们的。"Tony 说着，打开了办公室的门。

正是 8 月底，阳光格外强烈刺眼，但在酒店的玻璃长廊中行走，却似走在一条阳光铺就的金光大道上，一身职业装的她比两年前更为坚定和自信。

来到咖啡厅，岳然远远地就看见坐在窗边的驹井在向自己招手，她也挥了挥手，有时，时光并不只会让人老去、陌生，而是让人变得更好、更心意相通。

来到驹井身边，岳然伸出手："好久不见！"

驹井则是站起来，给了她一个拥抱："你还好吗？"

"很好。"岳然笑了笑，"工作让人快乐，也让人有存在感和成就感，你不是也有体会了吗？"

驹井腼腆地点了点头："就是和导师一起做做项目而已，但你要做的项目我很感兴趣。"

"那太好了。"岳然的心里感到了踏实，虽然还没有到请专业设计师的那一步，但如果 David 真的会参与进来，那么很快就用得上了。

3 天后，IM 的陆总裁和 David 在颐和园的仿膳斋共进晚餐，而与此同时，远在曼谷的谢梵羽也参加了一场酒宴。

"梵羽，我还以为你不会来呢。"白玲珑一身白色流苏裙，深情款款地走到谢梵羽面前。

谢梵羽一袭黑色燕尾服，面目清俊地站在她的面前，眼神中却是悲悯，这刺痛了白玲珑，同时也提醒了她，他们之间隔着的不仅是 5 年分手了的时光。她深深地叹了口气："梵羽，我知道我们两个再也无法回到过去，但我希望能帮到你，比如，MC 亲子酒店的项目……"

"不必了，我之所以答应你的邀约，只是想好好和过去告个别，我们之间没有谁欠谁，也不需要谁帮谁。我要说的已经说完了，从今往后，再见，是朋友还是敌人，全在白小姐的选择。"

谢梵羽说完，毫不留恋地转身离开了酒宴，白玲珑看着他一步一步离开的背影，心已经疼到麻木，她满腔怨恨，却又清楚地知道，就算是怨，也怨不到谢梵羽身上。可就这么看着他离开自己的视线，离开自己的世界，她忽然觉得之前所做的一切都毫无意义，就算争来了一个 HLS 又有何用？孤单的时候没有人陪，痛苦的时候，只能自己去扛，何必？早已不熟悉的眼泪滑落，她一把抹去，喝了杯中酒，转身继续游走在酒宴中。

入了红尘抽身难，毕竟还有很多人虎视眈眈，更有很多责任要承担。所以说小说里只要美人不要江山的皇帝都是昏君，抑或是作者的一厢情愿。一介女流的她都做不到舍下辛苦得来的一切，去追心爱的男人，何况那些拥有了生杀大权的皇帝。而且，她更清醒地知道，拥有这些，在谢梵羽面前什么都不是，而舍弃这些，则是在任何人面前什么都不是，还何谈将谢梵羽抢回来？

David 和陆总裁的晚餐却很愉快。陆总裁也不过 46 岁，正当年，在酒店精英群体中，亦是有良好的口碑。他并没有雄厚的身家背景，而是职业经理人的代表，从业 20 多年，从底层做到今天的位置，多少辛酸只有他自己知道。所以在看到猎头送来的谢梵羽的简历时，他仿佛看到了自己，所以毫不犹豫地认可了这个推荐。

可今日，见到的是谢梵羽的哥哥，正以为谢梵羽也是有身家背景的人，没想到，谢梵羽的几句关于身世的话一经抛出，陆总裁半晌说不出话来，谢梵羽白手起家，做到今天这个地步，真心不易，而手段之霹雳也是可想而知了。

再说起多年的恩怨是非，以及现在想要补偿的心，陆总裁被打动的同时，在商言商，对自己的 IM 集团可以说是百利无一害，虽然与白玲珑相识在先，但利益面前，仅仅的几面之缘又能算得什么呢？

谢梵羽回来的时候，陆总裁和David的签约仪式正在举行，而MC的第一个项目选址也定了下来——杭州的翡翠酒店。这是一家修建于20世纪80年代的酒店，就坐落在西湖上，而且，早在两年前就开始寻求收购。

岳然和谢梵羽都认为，因有雄厚的资本，在进行购买谈判时，还是有着底气的，可不想，却十分困难。

翡翠饭店的拥有者是身份神秘的金先生，虽然早就放出风声要出售酒店，但当谢梵羽和岳然自信满满与之联系的时候，却避而不见了，这让他们有些摸不着头绪。

07 太过宽厚和太过轻浮都行不通

站在手机掉落的地方，岳然看着月光下的西湖，其实，万事不顺也不是没有设想过，所以，心情也没有那么糟，但吃闭门羹还是不爽的。

谢梵羽在湖边找了半天才捡了十几块石头，他拉着岳然打水漂，岳然也来了兴致，两人比着谁打出去的石头弹跳得多。岳然玩得少，所以能打出两个就已经惊喜万分了，谢梵羽很厉害，最多的竟能弹跳17下，就连路过的人都忍不住喝起彩来。

手中的石头终于没了，谢梵羽看向一旁的岳然，伸出手在她的面前晃了晃，笑问："怎么看出了神？"

岳然回过神来说："我好像有些不一样的领悟。"

"是什么？"

"我们常形容努力做事情却白费了精力的事情叫打水漂，但刚才看到你那么厉害地打出17个跳跃，石头依旧落入了湖底。我就在想，努力付出并不是非要求得什么违背常理的奇迹，而是，这个过程精彩即可。"

谢梵羽刮了她的鼻子："知道我最喜欢你什么吗？就是这种善于观察和总结的样子。不过，我倒是想起当年父亲教我打水漂时说过的话。"

"是什么？"

"他说——你看看这些打水漂儿的石头。同样是出于你的手，同样给出那么大的动力，同是这一湾水域，太轻浮的，能够跳跃的不多，而过于厚重的，却一个跳跃都没有，就永远沉没，只有那些棱角圆滑，不慤于厚，不轻于薄的，才能跳得最长远，才蹦得最欢！这就是世界！在这世界上，太过宽厚和太过轻浮都行不通。

"现在回想起来，那个时候，是他刚刚将 BYT 转手给米总裁，应该是他终于认识到自己的错误了吧。"

岳然拉起谢梵羽的手："中国有句老话，说是吃一堑长一智，人都是在知道错以后才会懂得承担，也才会知道不去执念。"

谢梵羽点了点头，两个人朝着翡翠酒店走去，不管怎样，先要住上一次体验一番。

在前台办理入住手续的时候，岳然竟有些出乎意料，其实，岳然回国后，发现国内很多酒店的服务员都不太热情，感觉她们只是在把这个当作一份工作，而没有从心里发出热爱，更没有把酒店当作自己的成长之地。而翡翠酒店的服务员笑容可掬，细心周到，岳然忍不住多聊了几句。

"听说你们酒店在寻找合伙人或是出售，你不担心吗？"

"我们酒店的位置这么好，为什么要卖？而且我们老板很爱这里的，找合伙人还不如银行贷款，就更别提出售了。"前台的小姑娘温柔地笑着。

岳然的心里一凉，原来不过是说说啊？

拿了房间的钥匙，岳然和谢梵羽走向电梯间，整个酒店还是有了年代感的，而这种年代感并不会给你距离，而是让你莫名觉得神秘和想亲近，再加上地理位置如此优越，要是岳然自己做老板，也绝对不会卖啊，可到底是为什么要挂出要出售的消息呢？

谢梵羽倒是开始想第二条方案了，如果翡翠饭店收购不成，那就该找别的酒店试试，总不能在一棵树上吊死。

不能实现在西湖边上开第一家 MC 亲子酒店的想法，虽有遗憾，但生活就是这样，并不是所有付出都会有回报。

次日回到北京的时候，已经是下午 6 点了，谢梵羽本想送岳然回公寓，自己去 IM 酒店的办公室，准备再筛选一下其他可以收购的酒店，但岳然非要和他一起，所以就一同回了 IM 酒店。

一直忙到晚上 10 点，宁佳佳打来了电话："一起吃个夜宵吧？你家苏珊又升职了，都是前厅部副经理了。"

岳然开心地答应下来，和谢梵羽道了别，兴冲冲地赶往约定的饭店，结果，刚走进饭店的大堂，就看见宁佳佳被一个醉醺醺的男人笑眯眯地拦住："美女，走，我请你喝酒。"男人说完就拉住宁佳佳的手要走。

宁佳佳脸色一白，随即挣扎了一下："请你放开我。"

门口的保安人员也赶上前："先生，请您松开这位小姐。"

男人打了一个酒嗝，抬手就扇了保安一个嘴巴子："什么玩意啊？敢跟我这么说话。"

宁佳佳见保安因为自己而被打，也怒了："您这样是做什么？喝醉酒就可以无法无天了吗？"

男人却是一怒，一把给宁佳佳甩倒在地："装什么装，不就是出来卖的吗！"男人骂完还是觉得不解气，上去就想踹宁佳佳几脚，保安也不敢上前了，岳然就想往前冲，却被一个男人抢在了前面。

宁佳佳已经下意识地闭了眼，准备承受这一脚，却听到了一声凄厉的惨叫声。

宁佳佳睁开眼，不敢置信："段剑！"

段剑一脸杀气，手上的力度逐渐加大。男人受不住手腕的疼痛慢慢跪倒在地，两个保安也赶紧上前将人按住。

段剑连忙大步走过去，扶起宁佳佳："你没事吧？"

宁佳佳倒吸一口凉气，用手轻轻托着自己的腰："应该是腰被撞到了。"

段剑看着宁佳佳胳膊上青紫的 5 个手印，脸色阴沉，放开宁佳佳，就冲男人走去。醉酒的男人因为疼痛酒醒了大半，看见段剑一脸杀气，当场就害怕了："你干什么你？"男人立刻示意架他的两个保安："你们赶紧管管啊！"

宁佳佳上前拦住段剑，嫌恶地看了一眼男人："跟这种人渣浪费时间不值得。"

岳然连忙上前，让饭店的经理出来处理，然后也蹲下来看宁佳佳的伤势。

饭店经理连忙对着宁佳佳笑道："非常抱歉，让您受惊了，这事我会好好解决的。"

宁佳佳已经站了起来，拽着段剑就走了出去。走出门口，宁佳佳回头一望，看见饭店经理正赔着笑给那个男人道歉。宁佳佳冷笑，她就知道。

岳然也是愣愣的，这算怎么回事？

段剑也看见了这一幕，顿时也咽不下这口气："我回去再揍他一顿。"段剑说完就走，被宁佳佳拉住。

"我以前怎么不知道你这么好打架啊，还以为你是一只温顺的小羊羔呢，结果这么暴脾气。"宁佳佳笑着调侃。

"你不是被欺负了吗？"

宁佳佳笑容一僵，眼眶有些润湿："喂，我们交往吧。"

段剑瞪大了眼睛："什……什么？"

宁佳佳转身就走："不愿意算了。"

段剑连忙跟上："我愿意，我愿意。"

宁佳佳看段剑傻头傻脑的样子，笑了起来，伸出手，抬下巴示意段剑拉她的手。

段剑小心翼翼地牵住宁佳佳的手，傻笑起来。

宁佳佳笑着，回握了段剑，两人十指相扣。

岳然一下成了闪亮的电灯泡，耸了耸肩，扭头走了。

08 摸不透的对手才最需要提防

刚走到拐角，就撞上了姗姗来迟的苏珊，岳然问她怎么来这么晚，苏珊却是一脸疲惫："怎么了，你怎么往回走？"

岳然把刚才的事情说了一遍，苏珊艰难地扯出一个笑容："那就咱俩去吃一顿吧，总不能饿着肚子。"

"你遇到什么事了？"岳然还是发现了苏珊的不一样。

苏珊叹气："今天是我成为前厅部副经理的第一天，可从我进到办公室起，就诸事不顺，一些极为简单的问题也要找我来解决，我就觉得不对劲了，然后客务总监又让我去处理前台这半年来的错漏账问题，在账单库房待了三个小时，简直了！最让我生气的是，我回办公室的时候听到她们议论，说是因为我妈的原因，才破格给我这个职位的。"

看着苏珊倔强地忍住眼中的泪水，岳然上前一步抱住了她："亲爱的，前几天，我也听到了关于我的流言，嗯，怎么说呢，可能不能完全算是流言，就是说我和谢梵羽的关系暧昧，仗着他，我才进的 MC 项目组。当时我也很生气，可细想，人就是这样，不了解的人和事，出于羡慕也好，忌妒也罢，反正没好话也是情理之中，但你和她们较真就输了。很多时候，流言蜚语也可以作为动力，她们不是看不起吗？就让她们看看！"

"对，让她们看看我的实力，不要再小瞧了人。"苏珊总算又扬起斗志，两人在簋街点了 40 只麻辣小龙虾，解恨一般把它们肢解，大快朵颐起来。

回到公寓的时候，宁佳佳已经回来了，毫不掩饰脸上的幸福感。岳然才问道："段剑怎么刚去泰国就回来了？难道辞职了？专程为你？"

宁佳佳点着头："瞧你这意思，还是不认同我俩呗？"

"我是担心你祸害了段剑。"岳然话没说完，就被宁佳佳拍了脑袋。

"你少来！臭岳然，就许你天天和总经理一起腻歪人，还不许我们脱单了？"宁佳佳笑骂着，"再说了，我是真的想好好谈一场恋爱，不去计较得失，奋不顾身地来一次。"

"你家里……"苏珊有些担忧。

"我回来就换了号码，不想和他们联系，我在泰国挣的钱一次性地全给他们了，就是不想再受羁绊。"宁佳佳壮士断腕一般英勇地说道，"我都还没有一次轰轰烈烈的恋爱呢！"

岳然和苏珊无语地一起走进厨房，懒得理这个恋爱无脑的家伙，她哪次不是轰轰烈烈的爱呢？不过这次，段剑也许真的不一样。不管怎样，她们都没有立场去阻止。

再次来到 MC 项目组，因为有了 Tony 的加入，进展快了很多，又联系了几家有意出售的酒店，而此期间，翡翠酒店的金老板又打来电话说还是有意合作的，上次是因为家里出了事，赶回老家去了，那边又没有信号，所以没联系上，特别不好意思。

岳然接的电话，虽然明显知道是托词，可还是热情地回应着，并约了下次见面的时间。

挂上电话，她有些不太明白，金老板到底是什么意思，正好张嘉栋和David过来和谢梵羽评估其他几家酒店，张嘉栋就给岳然解了惑。

"商场上这种观望很正常，不过，这个金老板的背景查过没有？毕竟对中国国内的情况并不了解，而且这里做事方法和泰国、马来西亚也很不同，我建议你们还是要将合作方的背景都做好调查才是。"

"嗯，你说的有道理，只是这种背景调查要怎么做？"岳然有些茫然。

张嘉栋笑得爽朗又无奈："那我来想办法吧。"

"不是不是，这种事早晚我要懂的，你告诉我就是了。"

张嘉栋求助地看向谢梵羽，谢梵羽虽然和David一直说着话，但也听着这边的对话，所以接到他的求助眼神后，看向岳然："这个事，我们来处理。"

"哦。"岳然有些明白他们话里的意思了，于是乖巧地继续忙碌自己的事情了。

和其他酒店接洽的事宜进展得很顺利，广州的白玉兰酒店和长沙的长虹酒店都很有诚意，而且老板的身份背景简单，酒店也都不算太老，在设施上装修改造的难度并不大。可有时，人就是这样，第一个入了眼的总是比别的要好，就比如翡翠酒店，虽然又老又破，装修起来基本上等于重建，但它的外观以及地理位置的优势无人能及。也可以说，认定了它为最好，其他就是将就。

而翡翠饭店的金老板也很有诚意地专程飞到了北京来道歉，这让岳然更加觉得和翡翠饭店的合作还是大有机会的。

岳然亲自去机场接金老板，远远地就看到一个儒雅的男人从国内到达口走出来，往外走的人很多，但这个男人非常令人瞩目，高瘦俊朗，神采奕奕。一身休闲装却挡不住他商务人士的精英范儿。

虽然举着接机牌，但岳然已经断定这个男人就是她要接的金老板，于是将接机牌放下，扬起笑脸："金先生！您好！我是MC项目专员岳然。"

金启琰笑着走过来："你好，岳小姐。"

一路上，金启琰都没有谈起项目的事，而是问着岳然的工作经历以及为什么想做亲子酒店等问题。岳然耐心地一一回答，看来这也是对方对自己这一方的摸底和背景调查吧。

金启琰听到她是一毕业就去了泰国，工作两年后回来就担任这么重要的职位，认定岳然的工作能力非凡。岳然笑着解释："可能是工作态度还不错吧。"

"态度决定一切。很多年轻人对第一份工作的重视程度并不够，一点委屈都受不得，上司还要哄着。岳小姐这样的员工走到哪里了都会是成长最快的。"

聊着聊着，就到了 IM 酒店，陆总和谢梵羽都在门口迎接，并引着金先生进去了，岳然总算松了口气。

回到办公室，岳然正准备喝一杯柠檬水的时候，电话响了，是白玉兰酒店的总经理秘书打过来的，说是也想来北京面谈。

岳然记录下来，说定下来会回电话，挂了电话，她又重新比较了三家酒店的优劣势，就等着谢梵羽和金老板的会面结果了。

3 个小时后谢梵羽才回来，岳然和他说了白玉兰酒店总经理想来面谈的事，谢梵羽点了点头说："应该谈一谈的，不过，我们要亲自过去看看，岳然，你问问驹井什么时候回去，如果时间允许，就和我们一起过去看看，这样对设计改造计划也是有好处的。还有，就是这个金先生深藏不露，我和陆总都有些拿不准他的态度。看上去很有合作的意图，可一谈具体的就被岔开了。"

"连你都觉得他深不可测，那就真的是了，毕竟在酒店每天接触的人已经很多了，一般人说不了几句话便能看出他的性格和意图，而金先生说话滴水不漏，需要你去猜。"

谢梵羽点头，这种摸不透的对手才最需要提防。

09 总有上不得台面的商道

3 天后，岳然与谢梵羽、驹井来到了广州。离开北京的时候，正是桑拿天，没想到更南端的广州即将台风登陆，竟是十分凉爽。

飞机刚落地，岳然打开手机，新闻推送显示印尼地震引发海啸，已造成几百人死亡，她的心一紧，立即想到了巴厘岛的 BYT，然后再惊觉，自己已经离开 BYT 了。可这份担心还是有的，谢梵羽从行李架上拿下行李，看到愁眉不展的岳然，问道："怎么了？"

"印尼发生地震，引发了海啸……"岳然的话还未说完，谢梵羽已经把岳然的手机拿了过来，飞快地看完新闻，拿出自己的手机给 David 打了电话。

驹井对岳然温和地说："2011 年日本大地震并引发海啸的时候，我 13 岁，我的大伯就是福岛核电站最后撤离的工程师。他说在大自然面前，人类弱小无比，但在灾难面前，人类又坚强无比。每一次灭顶之灾之后，都会更加认清自己，也会更加强大。"

听完驹井的话，岳然的眼眶竟是一热，眼泪差点儿流出来，任何事在生死面前都是小事，而面对过生死之后，更是淡然。

走出到达口的时候，谢梵羽才和 David 沟通完，从通话中也大致能知道 David 已经订了去雅加达的机票，虽然地震发生在中苏拉威西省，巴厘岛不受影响，但作为有责任的企业家，还是应该过去和员工站在一起。

岳然虽然离开了 BYT，但心还是属于那里的，难以割舍。

刚松口气，手机又响了起来，是苏珊打来了，岳然接了起来，电话里就传来苏珊的哭声："然然，陆昊在美娜多……那里刚发生了地震和海啸。"

岳然的心一紧，但随即说道："你这是关心则乱，美娜多在苏拉威西省北部，你先别乱了阵脚，暂时联系不上，也是很正常的事，电力供应应该都中断了。你工作上的事可别耽误了，那么多人盯着你呢。"

"好的，我知道了，听你这么一说，我踏实了不少，谢谢你！然然。"

"我俩之间客气什么？"岳然挂了电话。

看到白玉兰酒店前来接机的阳光大男孩，岳然收拾起方才有些烦躁的情绪，和其打了招呼，继而上了商务车。

过了 40 分钟，商务车并没有停在白玉兰酒店门口，而是在一间古朴的茶室门口，早就听闻广东人爱喝茶，没想到第一次会面也要先喝茶。

谢梵羽笑了笑，在茶博士的引导下，走进了一个包间，见到的却是长沙的长虹酒店总经理——龙先生。

这个变故有些意思了，岳然看向谢梵羽，谢梵羽也是微不可察地挑了下眉："龙总也来广州了吗？"

龙先生摆了摆手说："我是专程过来见你们的，而且是抢在白玉兰的黎总之前见你们的。"

"在项目没有确定合作方之前，我们多见几个酒店，也无可厚非吧，而且，接下来我们就要去长虹酒店的。"

"我是见你们还蒙在鼓里，特意赶过来的。并非为了截和！"龙先生坐了下来，摆弄了几下功夫茶，然后就给谢梵羽倒了一杯。

谢梵羽接过来道谢。

龙先生一摆手："中国的茶文化能撑得起文化二字，也是融合了儒道佛的思想，上升到了思想领域的。而我们现在的商道，还只是停留在术的层面，与文化还搭不上边，且大多是上不得台面的手段。"

这明显是话中有话，岳然很辛苦地维持着面上的笑容，谢梵羽品了一口茶，缓缓地放下茶杯："龙总还是直接说出来吧，何必拐弯抹角？"

"那我就直言不讳了，事情是这样的！我昨天收到了一份合作意向书，也是亲子酒店的主题，而且理念和你们MC项目如出一辙，但价格更具诱惑力。"

岳然一听，就有些心急了。

倒是谢梵羽沉得住气，问道："合作方是哪里？"

"是一家专门做主题酒店的管理集团——曼妙，他们的成功案例不少，尤其是杭州的情侣酒店，非常轰动。可我一拿到合作意向书，就觉得他们这么做有些过分，你们应该好好查查，内部资料怎么会被竞争对手拿到的。另外，我和白玉兰酒店的黎总既是对手，也是朋友，他也收到了这份意向书。而以他重利轻义的商人本质，我只是提个醒，你们要怎么选择，那是你们的事。"龙先生说完，看了看表，"还好，耽误了10分钟而已，你们现在过去也是不碍的。"

岳然要了龙先生说的意向书来看，一翻开，真的被吓到了，从项目论述到初步规划，几乎和自己一个字一个字敲出来的方案一模一样。可她并没有把企划书往外发过，都只是在口头联络中提及过一些理念而已，那这到底是发生了什么？

再次坐到商务车上，岳然的心里很不是滋味，看负责接机的员工很警惕了，龙先生打得一手好牌，先收买了白玉兰的员工，让他们改道见了龙先生，然后带着隔阂和疑感，再见黎总。虽然听说过不少商场上的算计，亲自经历还是不一样的，尤其是听闻自己做的文案已经外泄，就觉得谁都有可能被收买了。

见到黎总的时候，黎总正在饮茶，见他们进来，热络地站了起来。

分宾主落座后，喝了几杯凤凰单枞茶，黎总说到了正题上，正如龙先生所言，黎总并不避讳收到了别家的邀约，且把龙先生已经告知的底价又说低了一成，让 MC 选择，要么成，要么不合作。

没想到兴冲冲的广州之旅会是这样一个开端，驹井感受到了岳然的失望，用泰语安慰着她："就算是方案被抄袭剽窃了，但我们可以做出更好的。"

在一旁的谢梵羽也听到这句话，向驹井展露出真诚的笑容。

婉言谢绝了黎总的午餐邀请，三人走出白玉兰酒店，外面的风大了不少，果然台风要登陆了。

驹井去见自己的朋友了，谢梵羽则是打电话给 Tony，让他查一下方案泄露的事，并把此事写成文件，他们一回去，就递交给陆总，向他报备，并说会建议陆总报警。

正说着，张嘉栋打来了电话，告诉岳然，金启琰竟是曼妙主题酒店管理集团的最大股东。

岳然握紧了拳，竟会如此，真是让人始料不及。

谢梵羽点了点岳然的鼻子："就算是风大，也不要哭哦。"

"我才没想哭，不把这个隐藏在身边的间谍揪出来，我没心情哭。"岳然扁了扁嘴。

谢梵羽伸过手来，等着岳然将手放上去，方说："好，我等着看你的表现。"

10 她说过不死不休的

因为台风的影响，航班全部停飞，外面的风雨也大得很。岳然和谢梵羽就在商场中位于五楼的咖啡厅喝着咖啡，等着驹井回来。

岳然望着窗外的狂风暴雨，心中也是翻江倒海，这样的事情，她是真的没想到过的，看来还是自己太年轻了，而且之前接触的人都太好了。

看着岳然不甘心的表情，谢梵羽倒是镇定得很，笑着说："你在气金先生无耻，黎总贪得无厌，还是在气自己没有管好资料，抑或是没能管理好项目组的员工？"

"都有！"被说中心事的岳然看向谢梵羽，"人心不古不过如此。所以，现在想想，BYT 还真是天堂啊。”

“也不尽然。”谢梵羽轻轻地摇了摇头，不由得想起那次枪击事件。正如中国的老话那样，商场如战场，毕竟面对的是生死。可如果总是拿这个当作做坏事的借口，那么初心就忘记了。

他不想岳然受打击而一蹶不振，于是说道：“好事多磨不是吗？还有，此时此刻，我想起了在伦敦的时候，你给我的启示，不忘初心，始终坚持出发时的信念。还有，就是看淡成败，虽然我要对陆总负责，但把事情做好，也是一种负责的态度，也是一种成功吧。”

谢梵羽的话并不能让岳然从郁闷中自拔，她依旧嘟着嘴，自己和自己较劲，同时，也在想，会是谁把自己电脑里的方案拷走的呢？这个人是受利益驱使，还是别有隐情？

忽然，一股带着咖啡香的热气扫过自己的脸颊，转头，就被一双唇吻住，对上谢梵羽带着笑意的眼睛，她本来有些气恼，但还是害羞地闭了眼，去汲取着香气。

良久，两人分开，谢梵羽喃喃说道：“看你一直噘着嘴，所以……”

岳然有些哭笑不得，但心底的那份阴霾竟少了几分。

“别去想太远的事情，也别把事情都想得那么糟糕，至少我们没有一无所获，还是结交了龙先生这个朋友啊。”

明明也是个奸商，岳然心里想着，嘴上反驳着：“不去想解决方案怎么行？就算是船到桥头自然直，那也还是有掌舵的功劳的。”

“你一直是自己的掌舵人啊！”谢梵羽刮了一下她的小鼻子，“走吧，去八楼看场电影，然后吃晚饭，反正今天也走不了。”

“我是个很专注的人，心里有事，一定不能好好看电影，还不如回房间去思考人生。”

“也行！”谢梵羽竟无法反驳，毕竟她要思考人生。

广州的 IM 酒店和商场是连着的，并不属于白玉兰酒店，按照原计划，本应该是住在白玉兰酒店的，现在只好住自家的酒店了。

在前台开了三间房，谢梵羽把岳然送到房间门口，岳然打开房门，从谢梵羽手里接过行李箱的把手，连带着把谢梵羽也带了进来，关上了门。

　　这是岳然第一次主动，谢梵羽温柔以待，只是两人正热吻时，谢梵羽的手机不合时宜地响了起来，且坚持不懈。

　　谢梵羽只好把手机从地上捡起来，看到是 Tony 的名字有些郁闷："最好是重要的事，否则打断你的狗腿。"

　　"噗！Sorry！" Tony 明显察觉到了自己打扰了老大什么，于是飞快地说："老大，泄露方案的人找到了，是项目组的元老——林程！但他给的并不是金启琰，而是白玲珑！"

　　Tony 说完，就挂了电话，信息量大得让谢梵羽一愣，而在身边的岳然也坐了起来，听到了一切，不由得叹息："又是白玲珑！还有，林程怎么会被收买的？"

　　谢梵羽没接话，但岳然也有些懂了。MC 亲子酒店的项目进行得越顺利，林程就会越坐不住。亲子酒店的项目本来他也参与其中，甚至是很重要的角色，只不过后来她加入后，谢梵羽就把他的实权慢慢转移到自己手中，再到后来，Tony 又来了，他感觉自己已经被默默地踢出了这个项目组，所以……

　　具体他是怎么偷的方案，以及怎么和白玲珑交易的，岳然已经不在意了，她满脑子都是阴魂不散的白玲珑。

　　谢梵羽已经想明白了前因后果，于是立即给 David 打了电话："这次方案外泄的事，是白玲珑一手制造的，而且她曾经向我提出过要帮忙 MC 亲子酒店的事，被我拒绝了。"

　　电话另一边的 David 沉默一会儿："这个女人不仅比狐狸还要阴险狡猾，还和狼一样韧性十足，明明我都警告过她不准再接近你，但她也说过不死不休的。"

　　谢梵羽握着手机的手紧了紧："不管怎样，对手至少是藏不住了，我们也好处理，而且，翡翠饭店的金老板怕是野心更大。相信很快就会反将白玲珑一局。至于白玲珑，她既然想要从中掺和一脚，这就绝不会是她最后一次出手。躲是躲不了的，那不如我们引蛇出洞。"

　　"你想怎么做？"

　　"长沙的长虹酒店对 MC 亲子项目极为关注，金启琰给他发了方案，但他认准的还是我们，我想与长虹酒店的龙先生演一出戏，诱白玲珑上钩。"

谢梵羽看了一眼坐立难安的岳然，坐过去拉住岳然的手，以示安抚，继续打着电话："我会马上和龙先生联系，并亲自去长沙一趟。"

"好，那我等你的好消息。"

谢梵羽挂断电话，岳然拧眉询问："这件事跟白玲珑有关？"

谢梵羽点头："有些事，总是要当面解决了才是，我会引出白玲珑。"

"恐怕不会那么容易吧。"岳然拧眉。

谢梵羽露出一抹浅笑："为了彻底解决这个问题，需要先抓住白玲珑。"

岳然一脸凝重："这件事你必须让我跟你一起解决，共同面对。"

谢梵羽笑了起来："你是 MC 亲子酒店项目的总策划，你当然要与我一同去。"

岳然靠在谢梵羽的胸膛上："谢谢你，梵羽。"

谢梵羽环住岳然："傻瓜，你我之间还谢什么，我更想你相信我，我不会让任何人伤害你的。"

岳然甜蜜地"嗯"了一声。

谢梵羽知道接下来也许会掀起一场怎样的腥风血雨，但他的坚定，使他像一个勇敢的巨人，毫不畏惧。

11 纠缠到底

驹井回来的时候，带了些水果，岳然接过来笑了："你把台风都买回来了？"

"让我们把台风吃掉吧。"驹井说着把垃圾桶拿了过来。

谢梵羽也坐了过来，拿起一个山竹掰开，递给岳然："外面的雨势减弱了，一会儿给航空公司打个电话，看看飞机能不能正常起飞，如果可以就订明天的机票去长沙看看。"

"去那个龙先生的酒店？"驹井有些不满，他对龙先生的印象很差。

岳然笑了："先去看看长虹酒店整体的布局，毕竟只是看过照片而已，龙先生的手段虽然差了些，但他是真心想做亲子酒店，而且，他为人简单，比摆咱们一道的金先生强多了。"

驹井点了点头，谢梵羽问他："快开学了吧？什么时候回去？"

"最迟下周二。"驹井有些不舍。

晚上8点了，雨彻底停了。岳然正要给航空公司打电话，房间里的电话响了，她走过去接，是前台的服务员："岳小姐，大堂有您的朋友在等您，您是否接她的电话？"

"她叫什么名字？"岳然觉得奇怪，服务员为什么不把名字告诉自己。

"是我！"电话已被人接了过去，岳然听到这个声音一愣，不自觉地看向沙发上坐着的谢梵羽，低声说："白女士，您找我？"

"对，是我，你一个人下来。我在咖啡厅等你20分钟，过时不候。"说完，电话里就剩下忙音了。

谢梵羽已经看过来："白女士？白玲珑？"

岳然点头，转念，白玲珑在广州并不意外，否则怎么可能凭一纸合作意向书就把黎总说服？而且，她开出的应该不只是更低的价格，一定还有其他附加条件。

谢梵羽拦住岳然："我和你一起去。"

岳然却坐了下来："不是还有时间吗？我再吃个山竹。"

"你呀。"谢梵羽看到如此镇定的岳然，不由得钦佩起来，但他的心里还是不能放松的，毕竟是白玲珑呢，5年间就将HLS经营得风生水起，其手腕强悍自是不必多说，手段狠厉更是早有体会，他是绝对不能让岳然去冒险的。

"然然，你不去行吗？"

"刚才不是还说要一起去，再早一些，也说会让我参与，怎么事到临头了还退缩？而且，这是IM酒店呢，我有何惧？"岳然努力说得理直气壮。

"事发突然，我们并没有做好准备。"

"面对处心积虑的人，我们也许永远也准备不好。"岳然按住谢梵羽的手，"只是在咖啡厅见一面而已，你在监控室里看着就好了啊。"

谢梵羽内心挣扎，但也觉得这毕竟是IM酒店里，白玲珑又能怎样，于是点了点头。

岳然收拾妥当，走了出去。

出了电梯，往咖啡厅走去，门口就望见了坐在窗边的白玲珑。

窗外一片漆黑，一袭白衣的她竟显得有些柔弱。

"你迟到了5分钟。"可她的语气还是这么强硬。

岳然坐下："但是你没走，不是吗？"

"离开梵羽，我就把白玉兰酒店给你，甚至翡翠酒店。"

"不可能。"

白玲珑讽刺地一笑："你凭什么跟梵羽站在一起，你根本就配不上他。"

"配不配得上，也不是白小姐说了算的。"

"亲子酒店你不想做了？"

岳然轻笑："当然要做，但这里是中国，还轮不到你指手画脚，你可以收买一个，两个人，但这么多酒店，你收买得过来吗？还有，我郑重地告诉你，我不会离开梵羽，永远不会，不论什么诱惑。"

白玲珑冷哼："你还真是天真。"

岳然心里一惊，这个女人到底怎样才肯罢手？

"你这样苦苦相逼又有什么意义？只是给彼此徒增痛苦罢了。"

白玲珑从包里拿出几包糖，接连倒了4包，才抬杯浅尝，脸上露出一丝满足："我其实一点都不能吃苦，但是我每次都会点一杯美式，再加4包糖，这件事我从没有告诉过任何人，连梵羽都不知道。你猜我为什么要这么做？"白玲珑边说边把剩下的4包糖，一袋袋倒进了岳然面前的咖啡杯里。

"因为我的人生从刚开始就是苦的，所以我一点点争取，拼命地努力，才换来这些短暂的甜。而如今，你却把我最爱的糖抢走了，你说，我会不会放过你？"白玲珑狠厉地看向岳然。

岳然双手攥拳，仿佛看见了一个疯子："白女士，从你离开BYT，离开梵羽的时候，就应该想到总会有一个人站在他的身旁，而那个人再也不会是你。"

白玲珑下巴一抬："是吗？你不尝尝加了4包糖的咖啡吗？"

岳然端起咖啡杯，刚喝一口，就被齁得咳了起来。

白玲珑大笑："看来这甜，也不是谁都能享受的。"

"白女士，你除了往别人的杯子里加料，还会别的吗？"谢梵羽的声音，从白玲珑身后传来。

白玲珑脸上的血色褪尽，尽显委屈："我没有。"说着，把岳然面前的咖啡杯夺了过来，一饮而尽。

"在你眼里，我竟是这么不堪了？"白玲珑笑得凄然，"算了，既然你都来了，我这出戏也唱不出什么了，告辞。"

白玲珑站了起来，谢梵羽却说："白玲珑，吃相别太难看了，既然敢玩就要有输家的风度。你恐怕是忘了，David既然能收购HLS第一次，就有第二次，第三次。只要他想，他随时都能收购。比起诡计，你还棋差一招。"

白玲珑转头看向谢梵羽，仅一眼，她的心就沉入谷底。

不可能了，她跟梵羽真的再也不可能了。明明她心里早就知道这个结果，为什么就不肯早点接受事实呢？

白玲珑走向谢梵羽，每一步都踏着爱的碎片，走得异常沉重。谢梵羽将岳然护在身后，充满敌意地面对白玲珑。

白玲珑看着谢梵羽跟岳然紧紧相握的双手，笑着流泪："梵羽，从头到尾，我对你的心，从未变过。"

"我们之间早已是曾经，你该走出来，向前看了。"谢梵羽的眼里没有一丝留恋："白玲珑，放手吧。"

"怎么可能，怎么可能放手！"白玲珑疯狂地大笑起来，泪流满面。她跟跄着后退："我又何尝不想放手，我又何尝不想放过自己，你们以为，我整天看着自己人不人鬼不鬼的样子就好受吗？我就是做不到，做不到啊！"

白玲珑痛苦的模样让岳然感到可怜："你不是做不到，你是从未放弃过。你总在奢望梵羽心里还会有一个你的位置。如果没有阴谋，没有算计，梵羽心中或许还会对你有一份留恋，对曾经你们过去的感情有一份缅怀。可是这一切都是被你亲手摧毁的。就算今日梵羽身边的人不是我，也会是别人，也请你记住，再多的可能，也绝不会是你。"

"你给我闭嘴！给我闭嘴！"白玲珑恶狠狠地盯着岳然，恨不得将她拆骨吞肉。

"今日，就算你没有算计，但我知道，你没那么简单，但是，你敢对岳然出手，我保证会在你的身上百倍奉还。"谢梵羽狠绝道。

白玲珑深深地看了谢梵羽一眼，转身跑出了酒店。

"她也是个可怜人。"岳然轻叹道。

"我不会再让她伤害你的。"谢梵羽深情地望向岳然。岳然笑得一脸幸福满足:"我知道。"

只是刚走了两步,岳然就觉得头晕恶心,呕吐起来,谢梵羽愤怒,就不能相信那个死女人。

谢梵羽连忙扶着岳然走出酒店大门,正好远处有出租车驶过来,谢梵羽和礼宾员说了要车,大堂经理也将瓶装水送了出来,谢梵羽本是扶着岳然,但岳然又感到一阵恶心,推开谢梵羽,来到旁边的垃圾桶。而一台黑色的奔驰车停在远处,白玲珑紧紧地盯着岳然的身影,她将油门猛踩到底:"谁站在梵羽身边都可以,但我绝不会让你如愿。"

车子高速冲向岳然,晃眼的大灯让岳然避无可避。"砰"的一声,报警器响起。

12 皆大欢喜

"梵羽,梵羽。"岳然焦急地看向倒地的谢梵羽,眼里酝满了泪水:"梵羽,你别吓我啊,梵羽。"

大堂经理快速打了120之后,犹如天神降临的张嘉栋忽然出现在酒店门口,怒气冲冲地把六神无主的白玲珑拽下了车,抵在车上,狠狠地说道:"你最好祈祷他没事。"

救护车赶来,白玲珑看着医护人员将谢梵羽抬上担架,随后岳然和张嘉栋都跟着上去了。直到救护车消失不见,白玲珑才回过神,号啕大哭。

焦急地等待两个半小时后,谢梵羽才脱离了生命危险。岳然跟张嘉栋在谢梵羽的病床旁,岳然的眼泪一滴一滴地掉了下来。

她哽咽道:"如果可以重来,我愿意放弃这段感情。"

张嘉栋怒骂:"你要是真的放弃,才真的是对谢梵羽的不负责任,对你自己不负责任,对这段感情不负责任!你拿你们之间的感情作为儿戏吗?"张嘉栋看向昏迷的谢梵羽,眼眶也是通红一片。

张嘉栋深吸口气:"医生说了,梵羽只是小腿骨折,只要静养3个月就好了。

从车祸的角度看，这样的伤害程度已经是最小的了。他会好起来的。"

岳然落泪点头："你怎么会突然出现？真的很感谢！"

张嘉栋叹了口气："我三天前就知道白玲珑来了，我不放心你们，所以早你们一天就来劝她了，但还是……对不起！"

躲在病房门外的白玲珑听完后，紧紧掩住嘴巴，喜极而泣。她透过门上的玻璃窗看向躺在床上还在昏迷的谢梵羽，眼泪越流越凶。

梵羽，你怎么能这么傻？要不是我及时踩了刹车，你……你爱岳然真的爱到连命都心甘情愿地为她舍去吗……梵羽，你成功了，你用你的生命让我彻底放手了……

白玲珑苦笑，转身悄然离开。

回到北京，已经是20天后了，谢梵羽打着厚厚的石膏，陆总亲自来接，他风趣地笑着："谢总这招苦肉计，帮MC赢得了开门红啊！"

谢梵羽笑着摆手："真的是意外，金启琰忽然反悔，黎总要争口气，龙总也不肯放手，最后只能是皆大欢喜地签了两家酒店，算是幸运。"

陆总拍了拍谢梵羽的肩头："接下来就是正式筹备开业阶段了，加油！"

再次回到MC项目组，林程已经辞职离开了，Tony正在运筹帷幄，并告诉岳然，她的助手也到了。

岳然好奇地推开自己的办公室门，没想到她的助手竟然是学成归来的彭阳。

"好久不见，岳然。"彭阳伸出手，岳然回握。

岳然看见彭阳既意外又惊喜，看彭阳状态不错的样子，她安心不少。

Tony笑着为两人引荐："你们两个是老朋友了，以后一起工作一定会事半功倍，默契十足。岳然，彭阳会主要负责软件配套，希望你们合作愉快。"

"我当然相信彭阳的能力，只不过当我的助理会不会有点太屈才了？"岳然不好意思地道。

"这句话可就过谦了，你是MC亲子项目的总策划人，要说这也是我的荣幸。"彭阳道。

Tony笑着拍了拍彭阳的肩膀："你们好好合作，我还有事，先走了。"

Tony一走，岳然跟彭阳两人相视一笑。

岳然由衷地表示："彭阳，你能走到今天，我很为你高兴。"

"上次我妈的事我还没有来得及感谢你，谢谢你能在那个时刻陪在她身边。"

"客气什么，你妈就是我妈。"岳然说完有些局促，"我的意思是……"

"然然，你不用觉得不自在。我们之间的事已经是过去的事了，我知道你跟谢梵羽在一起很幸福。我们之间，我也已经放下了。看见你离开我以后，越走越好，我也为你高兴。只要你不觉得跟我工作会尴尬，就好。"

"怎么会啊，我们开始工作吧。"

岳然带着彭阳来到会议桌，两人都很快地投入工作，一切都顺利地进行，配合默契十足。可惜好景不长，在两天后的设计改造方案上，两人起了第一次争执。

驹井的设计发了过来，和岳然的初衷大相径庭，她认为 MC 亲子酒店的主题就是孩子们的梦幻王国，在主题设置上当然要以梦幻为基调，应该选用马卡龙色作为 MC 亲子酒店的整体风格，再用卡通人物的主旋律设置主题场所，但是驹井设计得完全不是这样。岳然找到彭阳吐槽，没想到彭阳也不认同岳然的想法，认为她是在建一所幼儿园而不是 MC 亲子酒店。两人彻底陷入了僵局，这一僵就持续了 3 天。

大排档里，岳然跟彭阳就设计改造方案，依旧吵得热火朝天，苏珊在一旁拼命地相劝："我说你们，从上班争到下班，两位就不能各退一步吗？"

"不行，我的每一个设计都是有我的打算的，怎么可能说改就改？要么你就说服我，要么你就得按照我的来。"岳然坚决道。

"彭阳，那你就听听岳然的，我觉得岳然说的也很有道理啊，只要孩子满意了，大人不就也跟着满意了吗？"

彭阳也毫不退让，看向岳然："你的设计改造根本就站不住立场，要是按照你的设计改造，MC 亲子酒店也不用建了。你要是想让我同意，必须得拿出能站得住的想法。"

"好，我就不信我说服不了你。"岳然"唰"地翻开自己的设计方案，准备进行今天的第八轮攻击。

"他们俩以前真的是男女朋友，而不是仇人吗？"苏珊一转头，就见宁佳佳与段剑甜蜜喂食。苏珊心态一下子就炸了，一掌拍在饭桌上，"这还让不让人活了！"

四人一顿，随即争执的继续争执，喂食的继续喂食。

这一顿饭，苏珊吃得心力交瘁，回家的时候，嗓子因劝岳然跟彭阳都喊哑了。

散局后，岳然去了谢梵羽的公寓，正靠在床上看书的谢梵羽看到她噘着嘴，深叹了一口气，把书放回床头柜："然然，又跟彭阳吵起来了？"

岳然顿时像开了闸的水龙头一样，不满和抱怨全都倾泻了出来。

谢梵羽每晚都要听这么一场吐槽大会，三天下来也实在有些吃不消了。

谢梵羽听岳然发完牢骚，缓缓开口："然然，你亲力亲为固然很好，但是你也不能抓得太紧了，如果你什么都管，反而会让你下面的人施展不开拳脚，你应该学会放权，让专业人做专业事。就像彭阳，他做软体开发配合驹井的设计，他们才是最专业的。你所提出的卡通主题没什么不好，只是雷同的太多了，驹井的设计很前卫也很时尚，我觉得不论哪个年龄段的人都很容易接受。你应该好好听听他们的建议，而不是固守自己原有的计划，一丝改动都不愿意。你应该做自己熟悉的管理领域，这才是酒店管理人应该做的。"

岳然听后觉得很有道理，她冷静下来，仔细思考，发现自己的确是有些太过霸权了。细想下来，驹井和彭阳的设计和建议也不是并没有道理，只不过她实在是太过专注于自己的设计理念了。

"我会尝试放权的。"

谢梵羽亲昵地揉了揉岳然的额头："这就对了嘛！好好做，我相信你。"

岳然笑着点头："嗯！"

岳然开始尝试放权，她渐渐明白了管理的意义——专业事用专业人，学会用人才是成为一个好的管理人应该掌握的第一步。

很快，MC 亲子酒店的装修设计方案顺利成功结束，又紧锣密鼓地筹备 6 个月，广州的 MC 亲子酒店终于开业了。

第一批来住店的嘉宾非常满意 MC 亲子酒店的酒店设施和服务，成功打响了第一枪。岳然忙里偷闲，马上给谢梵羽报了这个好消息。

"梵羽，我们接下来 3 个月的客房已经全部被预订出去了。"

　　"恭喜了，我听 Tony 说了。岳然，MC 亲子酒店有今日的业绩都是你的努力换来的。"

　　岳然举着手机低头笑得羞涩，随即觉得有些可惜："要是你也能在就好了，晚上我们还有烟花活动呢。"

　　"是吗？那真是可惜了。你快去忙吧，我们晚上见。"

　　"嗯，好，晚上见。"

　　岳然挂了电话就继续投入了工作之中。到了晚上十点，岳然来到 MC 亲子酒店的草坪空地，发现空无一人，草坪周围的灯也全部熄灭，漆黑一片。岳然正疑惑地准备拿出手机联系负责人，草坪周围的灯一一亮起。岳然的父亲、王姨、谢梵羽的母亲、David、张嘉栋、苏珊、宁佳佳、罗菲、陆昊、段剑、彭阳，纷纷到场，盛装打扮。

　　岳然惊讶："你们？！"

　　突然，天空飘下满天的花瓣，岳然一抬头，天空飞着数百架无人机，撒落花瓣。

　　谢梵羽走到岳然面前，单膝跪地，献出戒指："然然，嫁给我吧。"

　　岳然激动得不能言语，含泪点头："我愿意。"

　　苏珊等人对视一眼，众人纷纷放出准备好的礼花。背后操控数百驾玩具直升机的张嘉栋一看时机已到，立刻拿出手机，下达下一步指令："Tony，放烟花。"

　　Tony 挂断手机，立刻招呼着其他员工，在远处的空地上点燃了几十个烟花。

　　岳然的喜、怒、哀、乐的面容在天空一一绽放，最后的烟花汇成一句"我爱你。"

　　"我爱你，然然。"

　　"我也爱你，梵羽。"